［苏联］普拉东诺夫 著 淡修安 译

切文古尔人墟

Чевенгур

Андрей Платонов

上海译文出版社

外省的乡野老城多半毗连一围陈腐破败的树林子。一些与天地为伍的家伙时常出没其间，径直把这里当成落脚栖身的去处。眼前来得一人，眉目炯炯闪烁神色却颇为忧郁憔悴。这伙计修修补补东西是把好手，可就自己的日子无论如何操弄，始终落得一无所有。但凡家用小玩意，无论什么锅子还是闹钟，就算已经在这世上走过一遭经他的手总得又活一回。抑或，为着乡间古老集市上的交易，这人倒也不拒绝显摆浑身本事，给新靴旧鞋钉钉掌底，炼制些打豺狼的铁砂弹，或者依葫芦画瓢浇出几块纪念章子。而他自身却什么也没为自己备下，既没个家也无像样的窝子。苦逢夏日则席地而卧，喜居于旷野，把那伺候手艺的工具往麻袋里一塞，勉强凑合出块枕头用，不求软和舒坦，但求一应吃饭的家伙有所收纳不至失散了去。为防一大早日头打扰，这人头天夜里便采下牛蒡草叶搭在眼珠上。而到冬天，再荒天野地则不成了，得寻处教堂的屋子寄宿，房租尚能靠夜里帮衬着敲钟打更对付，可一季的吃食用度便只落在夏日里卖力出活攒下的工钱上了。要说这人有什么兴趣爱好，除了喜欢摆弄些手艺玩意儿外似乎就没啥特别在意的了，周遭的人人马马和天地自然活像全然与他不相干。是以往来的身影和枯荣的田野，他即便示之以温柔客气，却总冷冰冰的不愿上前搭理，无意去牵扯内中的纠葛利益。冬日夜里，这家伙喜欢捣鼓些全然派不上用场的东西，或弄铁丝编几座楼塔，或拿屋顶的铁皮碎片凑几艘军舰，或干脆粘糊几具纸飞艇，凡此种种不一而足，尽是些耍把戏，权当聊以自慰。可就为着这档子不着调的事情，他兴一来竟把人家临时定下的正经事死活给耽误了，比方说这会儿，有件活路找上门来让给一口木桶打几围新箍子，这家伙却尽忙着

001

招呼一堆木制闹钟，将里面零件构造摆弄来去，心里还老琢磨这东西打个转绕个圈哪用得着什么发条，单靠地球自转的力气便能成事。

眼瞅着这白费功夫不落好处的把戏教堂看守大为不喜。

"你呀你，扎哈尔·巴雷奇，将来老了准是个叫花子讨饭的命！你那桶杵那儿立着都好些天了，你光顾着把些木头块块搁地上碰来碰去能碰出啥名堂。"

听则听之，扎哈尔·巴甫洛维奇习惯保持沉默，那人长人短的说东道西如同林间喧闹之于林子里的生灵，不过耳边风；又何曾在意过。那看守燃起一支烟，眼里瞅着，心里却宁静泰然，想他平常求神拜佛也没见少了诚意礼数，可上帝却从未显灵应验过，是以料定，扎哈尔·巴甫洛维奇再怎么劳神费心捣鼓也折腾不出什么新鲜玩意儿；这世上的人活了几几辈辈了，还有几样东西没琢磨过。可扎哈尔·巴甫洛维奇却不这么看，反倒觉得既然天地自然中的那些物质仍原封不动各行各的活法，谁也未曾触碰过，那么这琢磨也就远没有尽头。

又过得四回寒暑，到第五年上，村子已面目全非，一半沦为矿场和城市，另一半则化作了树林。那年头全然断了收成。自古相传，即便干旱年份林子里草坪上也生着肥嫩的青草、蔬菜和谷物。于是那剩下的半片村子自然而然便朝林子移了过去，免得里面绿绿葱葱的吃食遭一波又一波四处流浪饥肠辘辘的行游信众转眼间抢光了。只是今儿这遭旱情再度袭来绵绵不绝，来年怕也未见得好转。村子里家家户户闭门上锁，一下子全跑空了，出了两队人马到外面讨生活，一路去向基辅讨口要饭，一路投奔卢甘斯克找活干；再有剩下的竟转向树林和草木丛生的山涧沟谷，径直靠嚼食湿草、泥巴和树皮活命，渐渐沦为野人。有命跑远路的差不多都成了年，没长大的娃子们要么自个儿早早丧了命，要么左近四里八乡要饭去了。更有那奶孩子的娘亲再也给不出一餐饱吸，身子里的奶水所剩无几，尽瘪在胸膛焖干了去。

倒有这么一位老太婆，名叫伊格纳季耶夫娜，想了招法子替那实在饿得慌的奶娃子吊口命：弄些蘑菇汁儿，再添搭几片嫩草叶子搅和在一起给娃子喂下,孩子一时半会儿倒也不哭不闹安静了,只是嘴皮上不住泛着干巴巴的泡沫星子。那当娘的一边亲吻婴儿小脑门,上面皱巴巴枯萎得厉害,一边轻轻念叨:

"我的小心肝儿呢,你这可是遭罪了哟。安息吧,愿上帝保佑你!"

伊格纳季耶夫娜则站立当场连连叹息:

"就这般去了倒也落个安生:比那活着的躺得还舒坦些,这会子没准儿正听着天堂里白亮亮的风,跑来跑去……"

母亲瞧着孩子平静的脸蛋,心想那凄苦阴郁的小小命运这下算是解脱了,也松活了。

"谢谢你,伊格纳季耶夫娜。没别的了,就剩这条破裙子,你拿着吧。"

伊格纳季耶夫娜把裙子凑阳光底下照了照,便说:

"你呀,米特里耶夫娜,哭几嗓子吧,苦倒出来些也好受些。这裙子呢,你穿来穿去都穿锈了,再添块头巾帕子吧,要不搭把熨斗子也成……"

村里没了人,扎哈尔·巴甫洛维奇倒时常过去走动,喜欢那份独处的安宁。不过多数日子仍住树林那边,与一条光棍儿挤在口土窑洞里过活。寻常间靠咽些草叶汤水糊口,那光棍还说这吃法挺营养,早前他曾专门试过。

饿肚子的滋味实在难熬,扎哈尔·巴甫洛维奇便不停干活麻痹自己,各式各样物件,从前需用金属打制,如今倒学会单凭木头也能做得似模像样了。光棍儿活了一辈子哪样也没做过,如今更甚;他这一生可谓风轻云淡,堪堪年近半百了,只知两眼瞅着周遭世界不时感叹一下,怎么会,咋这样呢,然后便巴望那万般的奇妙和神异几时有个终了,几时能变个翻天覆地,好让他弄个明明白白、怦然心动,以便由他来开始干点什么,再眨眼间即有所作为;他过日子无牵无挂放任自流,大好的一双手活像两件摆设,既不抬起来招惹个娘们儿讨房老婆,也不伸出去干件好事情混个人缘。打生下来这家伙一天到晚活在惊讶中，临到上岁数了，脸色还幼稚鲜嫩，眼神仍无知幽蓝。见扎哈尔·巴甫洛维奇弄橡木制了柄小煎锅，光棍儿死活不信这木头东西能煎熟哪样东西。扎哈尔也不争辩，往锅里盛了水放文火上慢慢温煮，过得一阵水开了，而锅子却没烧坏。这下子光棍儿惊呆了：

"这事儿神了呀，兄弟！你是咋弄的，简直没有天理了！"

光棍儿两手一摆，显见是给大千世界的万般奥妙打垮了。看来，从无人给他讲过世上简简单单的道理，要不就是这家伙的脑袋纯属一团糨糊。这不，扎哈尔·巴甫洛维奇试着给他讲讲风打哪儿起的缘由，而不是呆在原地一动不动，可那家伙怎么也闹不明白，这也吃惊那也奇怪，要说风是动的却又明明白白清楚得很。

"真的假的？你说说！是不那天上太阳把什么地方给烤暖和了风也就来了？这可是好事啊！……"

扎哈尔·巴甫洛维奇又跟他讲，天上的太阳烤来烤去可不是什么好事情，烤得久了要热死人的。

"要热死人？！"光棍儿又被惊到了，"照你这么说，上面那家伙简直就个巫婆啰！"

光棍儿那厮凡事都觉奇了怪了，这德性单单浮在感觉上，而从一个东西换成另一个东西时则丝毫印象也出不来了。喜欢不喜欢的，他从不过脑子，一味都信以为真。

整整一夏，扎哈尔·巴甫洛维奇把但凡会做的器物尽皆用木头做了出来。土窑洞里头和外面院坝子上摆满他的手艺，一眼望去整个儿一个庄户人家生产生活用具俱乐部，各色各样的机器、行头，凡与乡下过日子相干的东西一律弄木头备了齐全。怪就怪在里面没一样东西酷似什么天生地养的生灵，比方说造匹马儿、做窝南瓜，或者别的哪个家伙。

八月间，突得一日，光棍寻一处阴凉窝着肚子趴下便嚷嚷：

"扎哈尔·巴甫洛维奇，我要死了，昨儿个吞了条壁虎下去……我给你带了两朵蘑菇菌子，那壁虎子则自个儿烤着吃了。不行了，快拿片牛蒡叶子给我扇扇,来点风吧,可想死我了。"

扎哈尔·巴甫洛维奇还真扇了他几叶子,又找来水给那吊命的家伙喂下。

"死不了的。你呀,尽瞎琢磨。"

"会死的,我发誓,扎哈尔·巴雷奇,马上就没命了,"光棍儿生怕别人不信他,"五脏六腑全空了,里面好大一条虫子钻来钻去,把身上那点儿血都吸光了……"

光棍儿翻身问了句:

"你说,我该害怕不?"

"有啥可怕的,"扎哈尔·巴甫洛维奇没好气回了句,"我要这会儿倒下就死了也知足了,心想啊,这样式样的玩意儿哪一件不是咱的手艺……"

听见这话光棍儿深有同感看开了,入夜前放放心心死了。光棍儿咽气时扎哈尔·巴甫洛维奇正在溪里沐澡,再回来那家伙已没气了,被自己嘴里倒出来的东西憋死过去了。那东西绿森森的,干巴巴黏乎乎,光棍儿的鼻子眼睛给糊了严实,上面还有些白嫩嫩的小虫子爬来蠕去忙得不亦乐乎。

午夜,扎哈尔·巴甫洛维奇醒来,听得外面雨声淅沥。这是打四月起落的第二场雨。"光棍儿若还活着又得大呼小叫了。"扎哈尔心想。只是,那光棍孤零零躺夜色中静静悄悄肥胀起来,从天而降的水流把夜浇得更黑了,也浇透了他那身皮囊。

雨意绵绵无风而密,隐隐传来一声沉闷压抑嘶鸣,那么遥远,似乎来自某处晴空朗朗的天地;那地方想必没下雨。扎哈尔·巴甫洛维奇一骨碌爬起来,什么光棍儿、喜雨和空肚子全然顾不上了,脑子里只有那声响动,那是一架活生生的机器,一台奔跑的火车头呼啸着打远方经过。扎哈尔来到外面茫茫雨夜,任凭温暖雨流哗啦啦淋湿自己,雨声似乎在歌唱安宁祥和的生活,又似乎在呼唤广阔辽远的无边大地。树影婆娑黑黑地摊开身姿,静静地打瞌睡,沉浸绵绵雨落的温软甜蜜；它们这会儿可美滋滋了，早已是累得精疲力竭，而一场宁静好雨则使得身上残枝败叶复苏了，摇摇摆摆招起手来。

扎哈尔·巴甫洛维奇没心思顾及万物复苏的欢悦，只焦躁不安，那尚未打过照面的火车头咋就没动静了。万般无奈他又躺回去睡下，可心里再难平静，心想这雨还下着而我却睡下了，躲在这方林子里白白浪费生命：光棍儿死掉了，你也活不长久；想那光棍一辈子啥样物件都没捣鼓出来过，光知道东瞅瞅西瞧瞧，似乎一切都挺顺眼，可对样样事物却大惊小怪，哪怕内中道理再简单，落他眼里皆是神异无比的稀奇事；一双手什么也不愿招惹，免得这样那样坏了人家的自在；光晓得采拔什么蘑菇，可蘑菇打哪儿来却压根没想过；如今死去一了百了，于这大千世界万事万物倒也无损无伤。

晨起日头泱泱，林子深处风来风往直撩得片片树叶沙沙响。扎哈尔·巴甫洛维奇掠过这清晨时光，醉心万象更迭的嘈杂繁忙：雨水已沉眠土壤，日头赶上前来替它守候这方天地；而阳光则普照驱赶风儿兴冲冲奔跑，惊扰了大树清修，唤醒了小草呢喃和灌木丛林的低吟浅唱，甚至那雨滴也仅获片刻歇息便给阵阵暖流搔痒得万般难耐，纷纷扬起身来向高处飘去，复又回到半空化身一团垂涎欲滴的云朵。

扎哈尔·巴甫洛维奇把一地木头东西想方设法往麻袋里塞了个够，然后启程上路，脚下泥泞苗条的羊肠小道温润绵长，遥遥伸向远方。他无意再去瞧一眼那光棍：死了的人容貌看着就瘆人；不过他倒想起另一位早已去了的故人，那家伙打鱼为生，却从穆捷沃湖给捞了出来。这渔夫生前逢人便问死是咋回事，好奇里面到底有何神异之处，并为此苦恼得时常郁郁寡欢；渔夫这人寻常间打回鱼来倒不为贪图那口吃食，而单单觉着鱼是一种奇特生灵，或许知晓死亡的奥秘。曾经，他指着那些死鱼的眼珠子跟扎哈尔·巴甫洛维奇讲："瞧瞧，可是些聪明绝顶的家伙呢。鱼儿们常常往返生死之间，所以才不屑说东道西和左顾右盼；那牛犊子落得地来还会想这想那，可鱼呢却是不会，它一切早已是清清楚楚了。"渔夫长年累月望着那片湖水，琢磨来琢磨去只想闹明白一件事,死亡里面究竟有何好处。扎哈尔·巴甫洛维奇曾劝过他:"里面想必也没啥特别的,还不那样,紧紧窄窄挤得慌。"这话撂下不过一年,渔夫耐不住性子从船上翻身投了湖,脚上还拿绳子绑了结实免得身不由己又漂了出来。渔夫自个儿对死不死压根不在乎,单单想去瞧一眼死亡里面到底有什么:没准儿里面某些东西比村子里或湖岸上活着熬日子有趣得多。渔夫眼里死亡的去处恰似天穹下罩着的另一省份,只不过刚好坐落冰凉水底罢了,正因如此他才无比神往着迷。渔夫投湖前跟不少泥腿子老乡聊过他的打算,说想到死亡里面去住一阵子然后再回来。有些老乡劝他别去了,而另一些则表示赞同支持:"去吧,德米特里·伊万诺维奇,试一试又没啥害处。试出啥感觉来回头跟俺们说道说道。"德米特里·伊万诺维奇倒真去试了,结果三天三夜后打湖里给捞了出来,埋在村子墓地边的篱笆墙下。

这当口扎哈尔·巴甫洛维奇正经过那片墓地,于排排十字架围栏下找寻渔夫的坟头。渔夫坟头空无一物,没人给他立十字架;想来,这家伙莫名其妙没了,非病非灾,纯属好奇心作祟把自己给干掉了,这一去有哪颗心会替他悲痛难过,又怎值得谁个人为他祈祷安息。他婆娘早没了,后来又没添一房;倒留下一儿子,年纪尚幼只能跟了别人家过活。扎哈尔·巴甫洛维奇赶去送葬那天见过那孩子,牵上小手瞧了瞧,长得倒也怪机灵讨人喜欢,不知是随了他娘还是跟了他爹。如今也不晓得那孩子还在不在。碰上这灾荒年生,像他那号没爹没娘的野孩子恐怕得头一波便丧命了。他老子出殡那天孩子规规矩矩跟着队伍,也不见多么伤心难过。

"扎哈尔叔叔,你说我爹这是躺着故意不起来是不?"

"他倒不是故意的,萨什①,而是犯糊涂。说什么没啥害处,这不就让你遭罪了。眼下他怕是有的是功夫,想怎么捞便怎么捞鱼了哟。"

---

① 正名亚历山大的小名为萨沙,爱称为萨什卡,而萨什是萨什卡的简称。

"可那些大娘大婶儿哭个什么劲儿呀？"

"还不是身上亲戚来了呗！"

棺材下到坟坑时众人没谁愿意上前摸两把死者身体以示告别。只扎哈尔·巴甫洛维奇跪下身摸了摸渔夫胡子拉碴的脸，倒还白净新鲜，许是湖底沉得久了给冲洗了干净透彻。末了，扎哈尔·巴甫洛维奇跟那孩子吩咐一句：

"上来跟你爹告个别吧，他这一去怕就永生永世了哟。仔细瞧两眼吧，今后也好有个念想。"

小男孩扑他爹身上，那件旧衬衫飘起一股亲人的汗水味儿，似乎仍鲜活如初；那身衬衫是入棺材时另外穿上的，先前他跳湖时穿的那件早没影了。小男孩够着父亲的手摸来摸去，上面沾满湿漉漉的鱼腥气，内中一根指头套了枚锡铁制的订婚戒指，这是套住忘在九霄云外的母亲的唯一念想。那小不点回过头望向众人，一时陌生得恐惧，哀哀伤伤地哭了起来，双手死死抓住父亲身上的衬衣褶子，活像那处皱皱巴巴的地方才是自己最后的避难所；他心中的悲痛无声无息、绵绵不绝，不知今后何去何从，痛得失魂落魄也就无以拿话安慰；他对着死去的父亲伤心绝望的样子，让人觉着仿佛那死了的人反倒落得幸福快活些。众人见那孩子哭得实在可怜，又或者望着棺材板子觉得自己迟早会有那么一天，死了去也将招来别人的恸哭哀悼，可怜来同情去，不禁照样纷纷掉泪。

扎哈尔·巴甫洛维奇按下心中万分悲痛，牵挂上渔夫的身后事。

"打住吧，尼基福尔罗夫娜，往后够你哭的！"他对一婆娘说。那婆娘正三长两短呼扯着调调儿，哭声上气不接下气。"你呀悲伤个啥呢，装模作样的，将来要是老了，难不成还找不到人给你使着劲儿哭么。行啦，把这小子领回家去吧，反正你家都有六个讨债鬼了，也不在乎多这么一口，睁只眼闭只眼添把粮食凑合着养活吧。"

尼基福尔罗夫娜一下子反应过来，妇道人家的精明打算顿时涌上心头，嘴上不嚎了，脸也拉下来了：那婆娘哭时本就没心没肺没眼

泪,使劲皱巴起一张苦脸。这会子更是凶神恶煞活像要吃人:

"照说呢这也在理!他老子也曾提过,就睁只眼闭只眼凑合着养活吧!可你也瞧见了,这小不点儿的啥时候才能盘出个人样来,那嘴一张啊得填多少粮食下去?手一伸呢又得多少衣服裤子都搭进去?放你家你也是养不过来的!"

这时旁边另一婆娘一把将那小家伙扯了过去,是玛芙拉·费季索夫娜·德瓦诺娃,家里已有七个孩子。小不点儿牵上玛芙拉的手,那妇人操起裙角往他脸上抹了一把,帮他擤了擤鼻子,转身将这没爹没娘的小可怜往自家茅舍领去。

小男孩突然想起他爹给他做过一把鱼竿,不知几时扔湖里了,差点给忘了。这会子倒回过神来竿子上没准儿已有了收获,得把鱼弄回去给自个儿煮口吃食,免得去到别人家占了人家伙食招顿白眼挨骂。

"婶儿,水上我钓了条鱼来着,"小萨沙开口,"我这便去取来,有吃的了也好替你家省口粮食。"

玛芙拉·费季索夫娜眉头一紧心里怪不是滋味,赶忙扯过头巾揉了揉鼻头,死活也不松开那孩子的手。

扎哈尔·巴甫洛维奇掂量再三,寻思就此外出流浪,可终究留了下来。他胸中那颗坦坦荡荡的良心莫名不安,为着那份痛苦,也为着那份孤苦无依的凄凉深深难以释怀;他恨不得片刻不停走遍这苍茫大地,去尝尽田间地头哀鸿遍野的苦难,去爬到陌生人家的棺材板子上痛痛快快哭一回。只是眼前的一些央请他实难推辞,便就耽搁了:村长找上他给了几挂闹钟让修理;神父也来相托,请他调试一架钢琴。扎哈尔·巴甫洛维奇这辈子还从未听过什么像样的曲调调:有回县城里他倒碰见过一台留声机,可却遭几个刨田种地的家伙折腾坏了,怎么也放不出一丝声响;那机器就停在一家小饭馆里,机箱上的玻璃特意给敲破了,好显出里面玄机,给人一种错觉那歌呀曲的不定什么时候即会流出来,可唱片盘子上却扎着一根绣花针头。那钢琴一调试起来眨眼竟花了月把工夫,琴音试了又试可听来总悲悲戚戚,内中零件琢磨来琢磨去老软绵绵使不上劲。扎哈尔·巴甫洛维奇有时照着琴键便是一拳，咣的一声响了个凄凉沉闷，遥遥地飘天上去了；又抬起头眼巴巴盼着那道声响再落回来，心里却怪舒坦，仿佛一身力气总算释放出了去处，飘得无影无踪。如此调来试去神父早不耐烦，忍不住出了言语："你呀，大兄弟，尽整得咣当响有啥用，赶紧把这事儿利利索索办个了结吧，那有一出没一出的歪念头尽瞎琢磨个什么劲儿。"听见这话扎哈尔·巴甫洛维奇不高兴了，这岂非看低了他的手艺，转过背便在钢琴架子里安插了块小名堂，不显山不露水，若是没点眼力劲儿还真发现不了；而要想拿掉不过分秒秒的事情。这么一搞几乎隔不一星期神父便找上门来大呼小叫："走吧，老伙计，快走一遭吧，那音乐玄玄乎乎的响动劲儿咋说没就又没了呢。"扎哈尔·巴甫洛维奇安下那道机关倒非成心为难神父，也非动不动便想亲自走一遭去贪图那乐音婉转，单单只想闹明白：这东西究竟咋弄的，怎么就发出了那美妙响动，任人听了都心醉神迷，还心平气和地露出善意来；为着这点心思他弄出了那道小窍门，专门干扰曲子的抑扬顿挫，甭管怎么弹都一腔破嗓子，咿呀呜呀不成样子。修来调去十来回数，扎哈尔·巴甫洛维奇总算搞清楚了音色咋揉来揉去那般好听，主音板又是如何抖来动去成了曲调，奥妙解开了便拔了那块小名堂，从此对那曲呀调的动静竟失了兴致。

今儿个扎哈尔·巴甫洛维奇边走边想，自己过往的日子似乎没什么可遗憾的了。这些年下来林林总总的东西装置他不声不响地不也了如指掌，只要材料备得妥当工具又齐全称手，要做得一模一样还不手到擒来。这会子他趟过村子往外走，不外乎有什么从未过手的机器物件惹得他想见一见；村子尽头，朗朗乾坤倾天之势，其下静谧田野层层叠叠接天连地茫茫一线。他朝远方走去，心情如同赶往基辅朝圣的农家老乡，心中信仰枯竭，生命只剩苟延残喘。

村子胡同错落，飘散着一股焦糊味儿，原是路面堆积的灰渣气息扑鼻呛人，寻常间在上面东翻西刨的鸡群却不见身影，应是早啄食了个饱足。缺了孩童的嬉闹欢笑，家家农舍安静得未免有些木讷；门口牛蒡草无人打理，长得过了头，身粗叶子厚，看上去好不凌乱荒凉，仿佛正盼着主人家回来侍弄，道路中央和人来人往踏出的平整地头如今少了惊扰，也是一眼的牛蒡草绿，牛蒡草纷纷赶在别的草儿前头抢得了地盘，摇头晃脑间恰似欲长成参天大树。篱笆墙上无人照管亦是热闹非凡：牵牛花和蛇麻草钻来爬去争抢风头；木桩子和柳条子纷纷土里扎了根，若是人们再不回还怕不得生出一溜小树林来。户户院儿里水井枯竭，三三两两的壁虎顺着井架自由自在地跳来跑去，只为到井里贪图那丝凉意，再撒着欢繁育后代。扎哈尔·巴甫洛维奇发现了一样稀奇事，尽管难以理喻但却好不惊讶：田里庄稼早死得一干二净，不料那一窝窝草房顶子上竟生出些绿油油的禾苗，那些残留屋顶枯草中的种子生了根发了芽，长出了黑麦、燕麦和黍米；之间夹杂棵棵滨藜草，草随风吟沙沙作响。寻常间田野上巡游的飞鸟黄黄绿绿一大片，如今搬进了村子，径直安家落户亭亭阁楼上；原本山脚下安营扎寨的麻雀这会子黑压压乌云盖顶般扑将过来，翅膀扇动风起风落呼啸声穿梭，似乎在传唱它们才是世上最最勤劳的主人。

刚出村头，扎哈尔·巴甫洛维奇发现地上趴着只草鞋；这鞋于无人时悄悄活了过来，开启了自己的另一程命运：身上干枯的柳条悄悄抽发嫩芽，鞋底烂成的一摊腐泥，将幼苗的绿荫浓浓呵护在怀，以便长出灌木林子。草鞋底下应是有块水洼洼土壤，滋润得一大蓬乳白色的嫩草茎疯着劲儿地探出头来。田间地头的寻常东西中扎哈尔·巴甫洛维奇最是喜欢草鞋和马掌，而各式各样的建筑设施里他独钟情那一口口的水井。挨边村口有间农舍，烟囱端头蹲了只燕子，瞧见扎哈尔·巴甫洛维奇的身影便缩了回去，爬进漆黑烟道将自家儿女紧紧守护羽翼下。

村口右侧幸存一座教堂，再后面则是大片空空旷旷的沃土良田，平整又舒缓，宛若刚被风儿抚弄过。钟楼上那口小巧的吊钟不过时间的应声虫，这会子恰好正午时分便又得劲儿了响得欢呼，足足敲了十二下。教堂墙上爬满牵牛花，探出身子欲够着墙边十字架。墙外头躺着些牧师神父的坟冢，为密密麻麻杂草淹没，一些落在低处的十字架遭了灭顶之灾已全然显不出模样。留守教堂看门护院的老人家倒也尽职尽责，正立在门廊前静观夏日时光流转飞逝；老头敲钟敲了好些年，与时间的脚程早是亦步亦趋、如影随行，以至到这把年纪对时间的气息越发敏感戒备，如同品尝日子的苦与甜，每份滋味都那么浓烈深刻；平日里甭管正干哪样，即便身处睡梦（上了年岁的人身上每分性命都越发小心谨慎，分分秒秒弥足金贵，其香甜远胜过酣梦），每过得一钟头老看守便莫名惊慌不安，或生出依依不舍的渴望，赶忙跑去敲钟打更，生怕错过了光阴，然后再复归沉寂安然。

"老大爷，身子骨儿可还好？"扎哈尔·巴甫洛维奇跟看守打招呼，"你这没日没夜地数日子为谁过来着？"

看守却不搭话，懒得理会，他这辈子风风雨雨七十年只闹明白一个道理，人世间的是是非非大半都白搭力气，那话里来话里去的言语没几句当得真；自个儿辛苦操劳一辈子孩子们尽都没了，老婆子也没留得下来，还有啥样话头能落心里，荡起丝毫涟漪，不过是些不相干的嘈杂罢了。"我若跟这人聊上一句，"老人暗暗提醒自己，"这家伙过得一里路程，保准儿便把俺忘得一干二净，我是他什么人，既非爹娘老子也非伙伴搭档，犯得着吗？！"

"我看也是瞎忙活！"扎哈尔·巴甫洛维奇埋汰起人来。

这话可不中听，看守终是抢白一句：

"怎么说话的呢，谁是瞎忙活？我印象里俺们这村子走空了不下十回，可哪一回不又挤得满满当当？看着吧，村子明儿个便活过来了：空得久了没点人气可要不得。"

"那你敲来敲去敲啥名堂？"

老头心里清楚，扎哈尔·巴甫洛维奇这类人干什么活都是把好手，随便抬抬手的事情，可对时间却全无概念，不晓得它有多金贵。

"敲啥名堂，还不为你敲的！这钟子一响，那时间俺就把得上准头，唱起歌来便有了劲头……"

"得,唱你的吧。"扎哈尔·巴甫洛维奇撂下句话转身上路了。

离村口不远有户人家撂在了外面,紧紧巴巴一间屋子也没像样院落,一看便知是那主人家讨媳妇这事儿心急火燎办得太不厚道,遭他老子骂了出去,只得分家单过。屋子亦是没人,里面空落落好不阴森恐怖。堪堪快走过时扎哈尔·巴甫洛维奇倒发现了样稀奇,心里豁然好过些了:屋子烟囱冒出一株向日葵,长得已有了几分模样,正哈着腰鞠向日头,花盘子里挤满胀鼓鼓的籽粒。

道上尽是枯草,灰头土脸衰败荒凉。扎哈尔·巴甫洛维奇找地方坐下抽口烟歇脚,低头一瞧好一片悠哉游哉的林子,里面棵棵草儿长得跟大树似的:那林子简直一处热闹非凡的生命世界,也有繁忙道路,气息暖和设施齐全,一些细模细样的小生命忙来忙去日子过得倒挺滋润。扎哈尔·巴甫洛维奇一时着迷,瞅着那些小蚂蚁不舍眨眼,这都离开又走了四五里地仍历历在目难忘怀;他思来想去似乎悟出个中道理:"这蚂蚁或蚊子什么的,要是咱们人有它们那样的精明,日子打整起来就不费事儿了,分分钟都理得顺当。这些小东西相互帮衬过日子,齐心合力真是再高明不过;咱们这些当人的比起蚂蚁的能耐手段,可差得远了去了。"

扎哈尔·巴甫洛维奇来到一座城市,近郊租下间杂物室,房东乃一木匠,老婆没了,留下一大堆孩子;这时他走出屋琢磨今后的活路:该干什么才好?

房东收工下班回来即挨着扎哈尔坐下。

"说说吧,房租咋算?"扎哈尔·巴甫洛维奇问他。

木匠清了清喉咙,麻酥酥地活像要笑出声来;只听他嗓音嘶哑好不消沉,似乎压着长年累月的无尽绝望,但凡愁苦伤心透了的人一生大都如此灰心丧气。

"你又能干啥呢?啥也弄不了吧?唉,就这么混着命过吧,当心啥时候我家那帮野小子把你的脑袋瓜子给揪了……"

他这话倒非虚言:刚住下的头一天夜里扎哈尔正睡着,木匠那帮小子，十到二十岁的全出动了，闯进屋来冲他脑袋撒尿，欺负完人还不忘拿木叉子把门给顶了严实。扎哈尔·巴甫洛维奇倒也不见气，他对世上的人从来都不在意也就懒得发火。他心里只装着他的机器和纷繁复杂的威猛东西，他看人品行是否优雅高贵，也全照着这些东西的德性来，偶尔一次的野蛮粗鲁影响不了他的判断。这不，一大早他见木匠的大儿子灵巧又专注地削着一把斧头柄子，当即得出结论，这孩子身上要紧的不是那泡尿水，而是出手稳准狠的果敢本领。

熬得一星期扎哈尔·巴甫洛维奇便受不住了，没事可干真愁人，于是操起家伙也不待人招呼，就修理上木匠的房子。屋顶子破了裂了，他上去补好；进出穿堂的台阶残了，便补了新的；烟道里灰渣积得厚了，就清理得一干二净。天色刚暗下，他又空出手来削上了木桩子。

"你削这玩意干吗？"木匠好不纳闷，边问边拾掇胡须上粘的面包屑，这家伙刚吃下午饭：配了些土豆黄瓜。

"说不定有用得着的时候。"扎哈尔·巴甫洛维奇回道。

木匠口里嚼着面包碎屑，心想："用得着，给死人坟头周围摆一圈倒挺合适！我家那帮小子斋月里使劲儿磕头作揖，赶紧把墓地上的坟包包通通都围牢实了吧。"

扎哈尔·巴甫洛维奇自个儿明白的确是瞎忙活，可手上不干点事情心里空落落更是难受，是以削来削去一直弄到后半夜，疲了困了方才罢手。若是无有活儿干，扎哈尔·巴甫洛维奇手膀子里的血液则会流回脑子，变得清醒无比想东想西，种种念头打脑海深处纷纷冒了出来，嘴上还不停胡乱叨咕，可心底那忧伤的荒原却阴风习习好不怕人。白天，院子里阳光大好，他走来逛去脑子里的想法根本停不下来，觉着人怕不是蠕虫造的，一条软乎乎的虫子，通身只一根狰狞的肠道管子，再简单不过了，里面什么也没有，只有无尽的黑暗荒凉，还臭烘烘怪是难闻。城里那些房子，扎哈尔·巴甫洛维奇瞅来瞅去怎么看怎么像封着盖子的棺材盒，吓得他再不敢进木匠屋子过夜了。扎哈尔一身狂野奔腾的能耐力气找不到发泄的去处，竟吞食咀嚼上他的心灵，怎么也压不住止不了，种种悲欢离合的情绪不断翻涌可着劲儿地折磨他；而他有得活儿干时却没这些情绪。他依稀闯进了一场梦境，见着他那矿工老子快咽气了，他娘把着他爹的头挤着奶子喂他，想让他再活一会儿；他爹却不领情直冲他娘吼："你这婆娘作啥妖，死都不让人落个安生。"说完又躺了好一阵迟迟死不透彻；他娘守旁边低头问起："还要多久，快了不？"他爹死得倔强，撑着最后一丝气憋出了口浓痰，翻过身埋下脸还不忘交代："埋的时候换条旧的吧，这身裤子你留着将来给扎哈尔卡①！"

扎哈尔·巴甫洛维奇的唯一乐趣是爬上房顶，坐上面远远张望离城两里外的地头，那方向不时有火车风驰电掣般呼啸而过。那铁家伙跑起来车轮飞滚气喘吁吁，扎哈尔看得热血沸腾，一股兴奋劲儿搔得浑身直痒痒，眼里隐隐泛起一层湿润，恨不得替那火车头遭罪受累。自家这房客天天如此，木匠日日瞧在眼里，心生不忍便招呼扎哈尔合了一张桌子吃饭，还免了他的伙食费。头一回端碗上桌，木匠那堆儿子就没给好脸色，一把接一把的鼻涕正正对对扔他碗里。那当爹的瞧见也不发话，起身抡起拳头照着大儿子的脑门狠狠给了一锤，顿时鼓起一块青包。

"我这人活来活去还算有个人样子，"木匠坐下若无其事抱怨，"可你也瞧见了，这是养了一群啥子混账，简直造孽哟，说不定哪天这帮东西就把我给干掉。你看看费季卡！一身蛮力鼓鼓囊囊，脸盘子横七竖八，鬼晓得在啥地方撑出了这副模样，我愣没搞懂，你说打小也没给他们喂啥不得了的东西，这真是……"

秋天的头一场雨，不论逢不逢时，也不论管不管用，照样淅淅沥沥给了下来；眼下这光景，田里干活儿的早没影了，不知流落哪旮旯去了，大多数人都没命走到地头，什么矿场和南方鱼米之乡连门儿都没挨着就倒路上死掉。火车站那边木匠有位相熟的司机，便带了扎

---

① 扎哈尔卡是扎哈尔的小名。

哈尔·巴甫洛维奇过去看看能否讨份活儿干。

他俩在值班室找到那司机，平常这里是车组人员歇脚打盹儿的所在。司机见面就说来找活儿的多了去了，可事儿却没几件；又说四里八乡留下的全挤到站上讨活路来了，碰上啥即干啥没得挑，工资按件数算不值几个钱。木匠听了转身出去，再回来则揣了瓶伏特加和一圈香肠。酒一下肚，司机拉开了话头，跟他俩扯起蒸汽机器和韦氏刹车。

"晓得不，一列车子装六十根轴子打坡上直冲下来惯性有多大？"司机对着两颗榆木脑袋怎么讲也讲不明白，气不过，手上活灵活现比划一通，好显显那惯性的威风。"嚯，好家伙！你这边使劲儿扳制动开关，它那边煤水车下面直冒青烟，就在刹车片里头！后面的车厢全挤成柳条辫子了，车脑袋里蒸汽憋得哼哧哼哧，可怜那烟管子一个劲儿地直咕嘟，抖得不成样子了！哎哟喂，这他娘的！……满上，快满上！买什么黄瓜，有香肠裹肚子不就够了……"

扎哈尔·巴甫洛维奇闷头闷脑坐着心里直打鼓，估摸着蒸汽机上这份工怕是有点悬了。想他捣鼓什么木头锅子还成，可上这地方来放哪儿能派上用场！

得司机一通形容比划，扎哈尔心头那蓬摆弄机械物件的兴致暗暗沉了下去，深深难过，活像爱情表白遭了迎头一棒。

"打蒙了吧，这就泄气啦？"司机见扎哈尔闷闷不乐出言劝慰。"明儿个到段上来吧，我跟大师傅说道说道，看他们那边缺擦洗工不，没准儿能成！龟儿子的，卖力气吃饭活命有啥不好意思的……"

司机话音未落便卡住了，给一通打嗝生生掐断了。

"只是，你个鬼东西，这买的啥子香肠，倒着看屁股后面都发霉了！啥玩意儿嘛，角把钱一斤的烂货，打发叫花子呢是不，早知道还不如老子整点棉纱条条下起酒来还香些……只是呢，"司机又把话头对准扎哈尔·巴甫洛维奇，"你可得当心点，仔细照着镜子把火车头给老子擦亮堂些，到时老子专门戴上五月的新手套挨个零件都会摸一遍！火车头这东西可不是吃素的，丁丁点点的灰尘气都受不得。你呀兄弟，这机器呢就是未出阁的娇小姐……说它是娘们儿都是在作践它，那身上的孔呀洞的可乱捅不得，多一丝缝儿都要命咯……"

司机扯半天竟扯到某某女人身上，瞎话连篇越扯越远。扎哈尔·巴甫洛维奇听来听去好不糊涂：他不晓得这女人爱起来竟还如此有讲究，远远的就迷得掏心掏肺；却倒晓得，像这么个爱法早该娶了回家当老婆才是。这人啦，侃侃世界打哪儿来，聊聊搞不懂的那些物件东西，多好的事情，非要扯什么女人，跟扯男人有何区别，扯再多也扯不出个所以然来，一点意思都没有。扎哈尔·巴甫洛维奇从前本也有过老婆；女人爱他，他亦舍不得叫她受委屈，可再怎么爱来疼去也不见自家老婆有多快活。人的一生下来，身上奇奇怪怪的东西多了去了，谁若成天到晚都热情巴拉去琢磨，保准惊讶得大呼小叫，甚至傻呵呵地乐得上气不接下气。但又有什么大不了的？不过自个儿玩自己，自娱自乐罢了，可却跟身体外头那些正正经经的事物毫不相干。

如此没营养的瞎扯扎哈尔·巴甫洛维奇向来打不上眼。

扯了个把钟头，司机突然想起轮到他值班。扎哈尔·巴甫洛维奇随木匠送那人到机车跟前，车子刚加好油正自车库驶出来。尚且隔得老远司机便亮开他那副行家里似的低沉嗓子朝自己副手喊话：

"蒸汽稳不？"

"七个大气压。"副手打窗口探出半个身体，话音一腔严肃。

"水呢？"

"水位正常。"

"火箱呢？"

"弄干净了。"

"太棒了。"

第二天扎哈尔·巴甫洛维奇准时来段里，找到那位司机大师傅，是一小老头子，不怎么信人，尤其活人，拿眼睛审视了扎哈尔好一阵。这大师傅对火车头爱得死去活来，时时心疼不舍、处处严防死守，只要瞅见那些东西奔来跑去心里便一阵阵发紧。若依他意愿，这大大小小的火车头统统都不该拿来跑路，最好平平安安放着，免得遭什么外行生手不懂事，给磕着碰着伤了筋骨。他老觉着世上的人多得乌泱乌泱，可车子却少得可怜；人活着，只要还有口气在就晓得保护自己，而车子的生命却是那么温柔娇嫩，那么脆弱易损；所以，要想把车子开得顺顺溜溜、无伤无损，非得先把自个儿老婆给扔了，将脑子里杂七杂八的念头统统都毙了，吃饭时面包全敷上机油，如此这般人才勉强够格接近车子，且还得在上面打磨十来年的性子才成。

大师傅瞅着扎哈尔·巴甫洛维奇边琢磨边难过：这下里巴的小奴才，若叫他去弄，等着瞧吧，手指头随便往哪儿一放这头畜牲保准儿力气使得跟抡大铁锤似的，只碰一碰压力表上的玻璃片片还不得立马破了口子；稍微把一把管子上的仪器怕莫连头带脚都给扯飞了。就这号的泥腿子还能放心任他去接近那些机械吗？！

"我的天老爷，这不要命嘛，"大师傅也不吱声，可打心底直冒怒火，"你们呐，有经验的机械师、助理师、锅炉师和擦洗师们上哪儿去了？从前那阵儿人还没挨着火车头便直哆嗦发抖，生怕弄出个好歹来，如今可倒好，是个人都觉得自家比那车子还在行，没有搞不定的！什么人嘛，简直些没心没肺的畜牲、坏蛋、恶魔、王八犊子奴才样！要照老规矩，就该立马住手别动这儿碰那儿的！现今的机械师们算个什么东西？是人在干事儿吗，不瞎胡闹吗，真是灾难呀！这些流氓痞子，吃闲饭不干正事的吸血鬼，光知道逞能斗狠的冒失货，一颗螺丝钉都不该沾的呀，可居然爬上去摆弄起操纵杆来！想我那会儿，车子动起来只一丝杂响听着不对头，那大机器随便一呻吟，我拇指尖尖立马便察觉到了，同样在痛啊，整个人浑身哆嗦，嘴巴子刚一贴上去毛病就找着了，再舔几圈吸儿几口，抹上点鲜血，哪敢瞎着眼睛乱开呀……可这位呢，刚下了庄稼地就想往火车头上钻，简直乱弹琴！"

"你回去吧，到家里把脸啊、手的洗干净了，再来碰这火车头吧。"大师傅扔给扎哈尔·巴甫洛维奇一句话。

过得一昼夜，扎哈尔·巴甫洛维奇还真把自己搓洗干净了才来到站上。当时大师傅正躺车头底下检查传动轴,那小心翼翼的劲儿,生怕摸坏了;手上拿柄小锤子轻轻柔柔地敲来敲去,每敲一下还将耳朵贴上听那铁家伙嗡嗡嘤嘤的响动。

"莫佳,过来!"大师傅唤他钳工,"这里,把半扣螺丝杆子上的螺母给我拧紧些!"

莫佳操起扳手刚拧得小半圈大师傅就气得哇哇大叫,好不凄惨难过,连扎哈尔·巴甫洛维奇都替他可怜委屈。

"龟儿子莫秋什卡①!"大师傅痛得心尖尖直滴血几欲背过气去,咬牙切齿骂开来,"王八蛋啊,混账东西,有你这么搞的吗?我说啥来着,螺母螺丝的帽子!哪颗帽子?最大那颗!你这家伙揪那保险螺丝干啥,把老子都给搞晕了!还不给老子拧回去!他奶奶的,你再动保险螺丝试试!狗东西,活该下地狱呀,拿你们还真没办法了是不?赶紧滚犊子去,真他娘的猪脑袋!"

"老师傅,我试试成不?就拧半圈保险螺丝准回到位,那颗大螺母帽子也一准儿给您老把紧啰!"扎哈尔·巴甫洛维奇开口央求。

大师傅顿时觉着这旁观的家伙还有些眼光,看出了点名堂,不由暗自大喜,嗓门儿也随之柔和下来。

"啊?你也发现了,是不?那东西,那东西呀……光顶颗伐木头的脑袋,钳工的活儿屁都不懂!你跟他讲螺丝帽,他听都没听说过!啊?你说这咋整?他到这儿侍弄车子跟办娘们儿似的,乱球来!就算婊子破鞋也遭不住这么蛮干呀!天老爷呀,我是真服了!……伙计,你过来,靠近点,那螺丝帽,你明白我意思,给把好啰……"

扎哈尔·巴甫洛维奇当即钻到车底下干开了,动作灵巧精准,三两下便交差了事。过后大师傅边检修车头边跟那些司机争吵,一直忙活到天黑。陆陆续续上灯了,扎哈尔·巴甫洛维奇又跟大师傅提起自己的事情。那位这才停手站他面前想想怎么开口。

---

① 莫秋什卡是莫卡的卑称。

"操纵杆呢,就是车子的爹,而斜坡坡呢,则是它的娘。"大师傅无限深情陶醉地讲起,似乎自灵魂深处开始回味每天夜里让他舒坦安逸的美事。"明儿个呀,你先把炉膛子擦干净了试试。早点来。不过成不成我可作不得准,答应不了你什么,试试看吧,机会嘛……可不要小瞧了,这事儿大着呢!你须得明白,那可是炉膛子!可不是啥别的东西,而是活生生的炉膛子!……好啦,回吧,滚蛋吧!"

扎哈尔·巴甫洛维奇回到木匠家,缩进杂物室又混了一宿。第二天一大早天刚擦亮便来到段上,离开工整整还有三钟头。地面上,根根铁轨磨得光亮照人,一溜溜货车停得规规矩矩,车厢上涂有字眼,遥遥指向那些远方的国度:来自外里海、外高加索和乌苏里斯克的迢迢铁路四通八达。一伙非同寻常的怪物晃晃悠悠飘了过来,尽是些聪明绝顶脑门发亮、眼神犀利神色不善的家伙:有扳道的、开车的、检车的和一些别的人员。环顾一圈,房子建筑、车子机器、零件配件和设施设备前前后后都围了个水泄不通。

此时此间,扎哈尔·巴甫洛维奇眼前好一方精巧高明的新世界,自己做梦都想亲近它,宛如生生世世的老相好;扎哈尔当即打定主意,此生无论多长都要在这一世界活得稳稳当当。

今次寒岁,早在头一年玛芙拉·费季索夫娜就怀上了第十七个孩子。她家男人普罗霍尔·阿布拉莫维奇·德瓦诺夫却兴致不高,一如寻常。这家伙平日间惯于张望田野绵绵、星空浩瀚,听风儿呼来啸去,顿觉欣慰;还成,一切都妥妥的!自家日子自家过,横竖倒也安生,儿女绕膝,满屋子活蹦乱跳的家养小不点儿。他家女人生产了十六回,活下来也只有七条命,第八个还是收养来的,就是那自觉自愿投湖而去的渔夫的儿子。当天他女人领了那孤儿回家,普罗霍尔·阿布拉莫维奇也无怨言,只开口道:

"就这么着吧。这人啦,孩子越多将来老了去了的时候心里便越有盼头……养着吧,玛芙鲁莎,给他口吃的!"

孤儿就着牛奶吃了几口面包便远远退开,偷瞄着人,怯生生地躲闪。

玛芙拉·费季索夫娜见他那可怜样不免叹气:

"造孽哟,又是条不招老天爷待见的命……活不长啊,成不了什么气候。看嘛,眼里魂儿都没了,喂再多粮食又有啥用……"

可随后两年小男孩非但活了下来,连病也没害过一回。那孤孩子舍不得吃东西,玛芙拉·费季索夫娜看眼里越发心疼。

"吃吧,好孩子,再吃点,"玛芙拉劝道,"俺们家你虽不吃饱哇,去别家可连口汤都捞不着哦……"

穷困潦倒又一大堆孩子压得普罗霍尔·阿布拉莫维奇早没了脾气,见什么事情都燃不起热情:村子添丁进口也罢,孩子们七病八痛也好,抑或地里收成是好是坏,他全然不放心上,过得闲云野鹤谁见了都觉善良和气。只自家婆娘几乎年赶年回回挺起大肚子一事才让他心头稍稍添了些喜气,他眼里,生儿育女这事儿是他与命运相连的唯一牢固纽带;孩子们娇嫩柔弱的小手活像纤纤的鞭儿,赶着他种田耕地,忙东忙西片刻不得歇息,日子操心起来没完没了。平常他去哪儿、咋过的、干了什么事情尽皆恍恍惚惚如梦游,身上似乎已无多余精力品尝幸福滋味,活得浑浑噩噩、稀里糊涂。要说上帝,普罗霍尔·阿布拉莫维奇平日里说拜也拜,可心头却丝毫感觉都没捞着;再说身上那股子正当壮年的火热劲儿,比方贪恋女人的身子,或者喜好什么佳肴美食,诸如此类不知厌足的冲动早彻底断了念头,只因自家老婆已是昨日黄花,还有那菜肴饮食年复一年都老样子,吃不饱饿不死。儿子丫头越生越多,熬干了他的兴致,对自己也就不在乎了,心头热情更是凉了淡了,人也轻飘飘枯黄了。普罗霍尔·阿布拉莫维奇活得越久越发忍得住性子,越发看得清事情,村里大大小小的是非就越发与他扯不上干系。要是哪天白日夜间他那群儿女突然一股脑儿死掉没了,他回头另择一白日夜间再收养一群便是,数目一个都不见少;而若是连收养的也统统丧命了,那他想都不带想,立马潇洒而

021

去,庄稼活不干了,该啥命是啥命;老婆娘们儿也不顾了,爱跟谁跟谁去;只孑然一身光着脚向远方某处走去,那里似乎才是人间的归宿,到了那里心灵或许仍沉重忧伤,可至少双脚得了一回轻松快活。

自家婆娘怀了第十七胎这事儿普罗霍尔·阿布拉莫维奇一算经济账就心焦:比起往年,今儿这秋村里的奶娃子明显少了生养,最最要紧的是连玛丽亚大婶的肚子这回也没见动静,过去二十年,除灾荒年生哪一年她落空过。这次序村里人把得一清二楚,若是哪回玛丽亚大婶走来行去身上空了包袱,大老爷们儿便有话说了:"瞧啊,今儿个玛丽亚走路像细妹子一样,明儿个夏天准闹饥荒。"

今次这年玛丽亚大婶走起路来又纤细瘦弱悠闲轻飘了。

"玛丽·马特韦芙娜,你那地头又荒着了吧?"路过的泥腿子们瞧见后,客客气气拿话打趣。

"干你啥事儿!"玛丽亚嘴上回得利索,可脸上却罕见地挂不住了,身子空落落自己也觉着不好意思。

"得,能有啥事儿,"泥腿子们也不忍心真恼了她,"你呀,空不了多久儿子还不又上身了;你那地头肥着呢,一点就着哟……"

"这干吃闲饭不落事儿的有啥意思!"玛丽亚毫不示弱,"只要有口吃的就不能荒着。"

"这话倒也在理,"一帮爷们儿深以为然,"婆娘们下几窝崽子确实不难,难就难在粮食怕是赶不上趟哦……你倒好,像个女神仙,啥时候来啥时候空掐得准准的……"

普罗霍尔·阿布拉莫维奇跟他老婆提起,她这回身子重得可不是时候。

"咋的普罗沙,我的崽子们,"玛芙拉·费季索夫娜怼了回去,"我自个儿生的,自个儿揣身上挺着肚子难受,我愿意!你行,你来试试!"

普罗霍尔·阿布拉莫维奇无话可说,日子就此默默静了好一阵子。十二月上了,雪却迟迟没着落,越冬作物眼巴巴地冻死了。这时节玛芙拉·费季索夫娜又一口气生了对双胞胎。

"下蛋呢这是,"普罗霍尔·阿布拉莫维奇瞧着床上母子三人直叹气,"天上的主啊,这可如何是好哟!两个娃子一看小命儿就旺盛着呢,瞧那眉头皱得多起劲,小拳头捏得多结实,今后不好对付哦。"

那养子站家,当场看得清楚却想不明白,只一张略略长开几分的脸上隐隐难得抽搐。大人们的事情他不懂,可一阵温热刺鼻的酸楚却痛上心头,顿时觉得他们的爱离自己好远,自己好不多余孤单,恨不得转身逃离,远远躲进山谷去。他心想,要是自己两天两夜没落口吃的,见着那些外来的野种狗也会觉得厌烦、碍眼甚至恐慌,连带对整个狗类从此都恨上了。产妇房里飘着一股牛棚的味道,活像小母牛刚生完牛犊,湿润的奶气儿甜腻闷人;玛芙拉·费季索夫娜瘫床上虚弱得昏睡了过去,她自己是闻不见的。一床弄花花绿绿的烂布料拼凑出来的被子把她大半身捂了严严实实,一条白生生的人腿露外面,脂肪松松垮垮,皱纹横七竖八,显出岁月的风霜和母亲的艰辛;几点暗黄斑痕,几多痛苦煎熬,尽皆刻在那条腿上;根根青黑血管分外刺眼,血液仿佛凝固;血管在皮肤下面挤成一团随脉动起伏膨胀,几欲冲破禁锢迸裂出来;最粗的那条蜿蜒若树根,不时鼓胀一下,那是心脏在发力,在拼命挤压血液,想要穿过身上条条幽深而狭窄的荒谷。

"怎么啦萨沙,发什么愣?"普罗霍尔·阿布拉莫维奇见养子脸色渐差关心道,"这不,又给你添了俩弟弟。去吧,去切块面包,自个儿带上跑路去吧。你看这天啊,也没那么冷了……"

萨沙没理面包,径直跑出门。玛芙拉·费季索夫娜撑开眼睛,惨白黯淡,数落上她男人:

"说的啥话,普罗沙!算上这孤儿咱们家拢共十个孩子,再算上你,十二口人一个都不能少……"

家里该有多少口人,普罗霍尔·阿布拉莫维奇自个儿理得清:

"就这么过吧。有多余的嘴巴便会有多余的粮食,饿不着谁。"

"外面都传要碰上灾荒年景了。老天爷哟,这不要人命吗?俺们这双刚落地的奶娃子咋活得下来呀?"

"没那事儿,饿不着的,"普罗霍尔·阿布拉莫维奇把心一横满不在乎,"冬粮要是不行了,咱们就拿夏粮充数。"

这年,越冬作物还真没能幸免于难:秋天那会儿本就地里冻伤了,开了春又封冰壤子里,硬是活活给憋死了。尽都盼着春天这一季了,下了种,喜也好忧也罢好歹落了收成,多少不论,每亩倒也赐下十担粮食。普罗霍尔·阿布拉莫维奇的大儿子十一岁上头了,跟养子一般大小,看来是时候打发一个出去讨口要饭了,也好贴补家里粮食亏空。可普罗霍尔·阿布拉莫维奇却拿不定主意开不了口:打发自己亲生的,舍不得;打发那没爹没娘的吧,心里又过意不去。

"你老坐那儿发呆,不发个话咋行?"玛芙拉·费季索夫娜见他左右都犹豫没好气埋怨,"阿加莫卡家七岁的小不点儿都打发出去了;米什卡·杜瓦金更狠心,连丫头片子都派上了。你呢?老磨叽,笨头笨脑的,想饿死俺们娘几个吗!这剩下的黍米熬得到圣诞节不?那白面包,咱家打救主节那天起闻到过味儿见到过影儿了么?……"

这下子普罗霍尔·阿布拉莫维奇坐不住了,找了些破破烂烂粗麻布着手缝制麻袋,想着既要宽大好装东西,又要方便利于携带,一缝就是一宿。期间他叫萨沙过来两回,将袋子放他肩上试试大小:

"合适不?长不长了点?"

"合适。"萨沙答道。

七岁的普罗什卡坐旁边,见父亲眼神不好使,那么粗的线都脱针了,便搭把手帮忙穿上。

"爸爸老子,明儿个就把萨沙撵去讨饭么?"普罗什卡问起。

"小孩儿家家的乱掺和啥呢?"他老子生气了,"你小子再长大点呀,也给老子讨口要饭去。"

"我才不去呢,"普罗什卡犟嘴,"我去偷。记得不,你说过,格里什卡叔叔下崽的那匹马遭人给顺了?那顺了马的心里高兴死了,可格里什卡叔叔呢,还不得自个儿又掏腰包买了匹没卵子的公马。我长大了呀,定把他那匹公的也偷了。"

当天晚上玛芙拉·费季索夫娜专门给萨沙备了顿好吃的,瞒着自己亲生的一众儿女偷偷端给他添了黄油的稀饭和牛奶,紧着他吃够。普罗霍尔·阿布拉莫维奇打柴房抽了根木棒子,等家人都歇下,悄悄打磨上路讨口的打狗棍子。萨沙没睡着,听他弄切面包的刀子削来刨去好不磨蹭。普罗什卡呼哧呼哧睡得正香,脑袋直往身上缩,想避开脖子上飞来爬去的蟑螂。萨沙捉了一只,却又不敢下手捏死,只好从炉子上扇到了地下。

"萨什,你没瞌睡吗?"普罗霍尔·阿布拉莫维奇听见动静,"睡吧,别整事儿了!"

孩子们落觉干脆,又贪玩,鸡未醒天没亮便爬起来打打闹闹;上了年纪的瞌睡断断续续,夜里起一回,再醒来已是第二遭了,浑身痒痒搔来挠去。时辰尚早,村子里家家户户的门都还闭得安静,田野上万籁俱寂。这会子,普罗霍尔·阿布拉莫维奇竟牵上养子来到村门口。小男孩迷迷瞪瞪拉着普罗霍尔的手,全无防备。四下里朝露未散、凉气袭人;教堂守夜人敲响更钟,小男孩听见声声脆鸣幽咽神情略略兴奋。普罗霍尔·阿布拉莫维奇低下头跟那孤儿交代起话来。

"萨沙,瞧见没,喏,那边。咱村这条路通向山里头,你呢沿着这路一直走一直走。过阵子要碰上家大村子,山梁上有座瞭望台。你别管那么多也别害怕,对对直直走过去就是,然后会见到一座镇子。那城里仓库中的粮食多着呢。你且去那儿把口袋给装满了,再回家来便可歇着了……唉,上路吧乖儿子,听话哈!"

萨沙吊着普罗霍尔的手舍不得松开;看了看四周,天色蒙蒙亮田野灰扑扑,秋晨初开正是荒凉。

"城里头常下雨不?"萨沙望着远方问。

"常下,好大的雨!"普罗霍尔·阿布拉莫维奇很肯定。

听见这话小男孩放心了,松开手,也不回头再望一眼那大人,径直独自默默上路。他背着口袋拄着棍子不时抬头依山探路,免得迷了方向。小男孩转过教堂下到墓地,隐没了小小身影迟迟不见出来。普罗霍尔·阿布拉莫维奇倒没走开,等着盼着那孩子几时打山谷口再冒出头来。一大早,三三两两麻雀落路上翻来刨去找吃的,小身板瑟瑟发抖冻得可怜。"也是些孤儿哟,"普罗霍尔·阿布拉莫维奇心里叹息,"谁还有口吃的省得出来给这些家伙!"

小萨沙穿行墓地茫然失措。活这么大他头一次对自己有了想法,摸着自个儿小胸膛起了心思:跳着呢,我也就活在这里边,外面都是别人,跟自己终究不一样。家里,有普罗霍尔·阿布拉莫维奇、玛芙拉·费季索夫娜和普罗什卡,他爱他们,也跟他们住一起,可到底不是一家人:他们把他一大早赶了出来,路上冷飕飕。半大的年龄本就直肠子,心里落了忧伤倾尽脑海之水也冲淡不了,只觉那无穷无尽的委屈汇集成了一股洪流梗塞在喉酸楚难当。

墓地阴森森落满枯叶,踏进这份寂静谁不脚步轻轻缓缓而行。遍地十字架,都是村里农民,多数人没留下姓名,也没谁来上坟。一些十字架破旧得全然没了模样,几欲扑倒在地一同埋入墓冢死去,萨沙倒看得兴起。可又觉着还是那些没有木架子的坟瞧来更顺眼,里面的人静静幽幽躺着永生永世都是孤儿:跟他一样娘早没了,爹也跳河投湖淹死了。萨沙他爹的坟头早已踏平几无痕迹,上面穿出条小路,两侧添了些新坟渐次引向墓园深处。父亲似乎就在身旁默默躺着,丝毫也无抱怨,他独自一个人孤单单过冬多么凄苦害怕。到了那边会碰见什么呢?那边同样糟糕和荒凉,同样沉重得透不过气来;到了那边可再也见不着有这么一个小男孩,正拄着打狗的棍子背着讨饭的袋子。

"爸爸呀,我给赶出来讨口了,也快死了,马上就去见你啦。你在那边一个人好不孤单可怜,我在这边也一样。"

小男孩把棍子放坟上,弄树叶盖好,想着回来时再来寻它。

萨沙这会儿只一门心思,去了城里甭管碰上什么吃的装满口袋便回来;到时紧挨着他爹的坟挖口土洞子,反正也没家,就住里面过活。

普罗霍尔·阿布拉莫维奇久不见人影，等得有些不耐烦正打算回去。这时小萨沙的头冒了出来，只见他跨过几条小河沟，爬上光秃秃的黄土梁。萨沙累得快不行了，步子也迈不动了，可神情却不错，美滋滋想着很快便有自己的家和自个儿的爹了；这爹死了又咋地，躺着又如何，不言不语又怎样，他总之就在身旁，衬衫上的汗味儿仍那般温暖可亲，一双大手仍那么有劲，跟过去湖边时一样，老还要在梦中把自己紧紧搂着，不离不弃相依为命；自己这爹是活不过来了，可还不照样完完整整，别人的爹啥样子他也啥样子。

"那小家伙把棍子丢哪儿去了？"普罗霍尔·阿布拉莫维奇百思不解。

朝露湿滑，山坡走来更是费劲，小男孩双手扞地一路艰辛爬行。身上袋子肥大宽阔，晃来荡去像挂了件外人的衣服。

"他娘的，我这是缝了个啥玩意。哪像要饭的，简直像抢人的。"普罗霍尔·阿布拉莫维奇见麻袋晃得厉害忍不住骂自己，"就那袋子的狠样他怕是一粒粮食也讨不着哟……管他娘的，就那样了，讨不讨得来听天由命吧……"

小男孩上得坡顶后停下，望向远处苍茫，偌大一片无边田野。天色初开晨光熹微，村野尽头光暗吞吐间其下如临深渊，其上若接天河。萨沙打量空旷原野，心生骇然；天高、地远，阴森沉寂如死地，暮气缭绕浩浩荡荡，一切都那么陌生那么可怕。不过，萨沙暗暗庆幸自己还活着，还将回到那处低洼的村庄，回到那片亲切的坟场，那里有他的父亲，有温暖的土洞子，里面藏着一个小巧而完整的家，即便孤单得忧伤，可也躺在大地的怀抱，盖着风儿送来的树叶被子。这么一想他当即迈开步子向那座肥美香甜的城市走去。

见孤儿下坡而去眨眼没了人影，普罗霍尔·阿布拉莫维奇心底一空恋恋不舍："瞧那小身板儿吹得都站不稳了，怕莫要倒在哪处地缝缝里再也爬不起来了哟。这白亮亮的人间终究不如自己那黑洞洞的狗窝。"

普罗霍尔·阿布拉莫维奇恨不得赶上前去将孤儿一把拽回来,哪怕饿死也要一家人平平静静挤一起。可一想到家里骨肉可怜,老婆眼神哀怨,春播粮食又所剩无几,也就泄了气。

"俺们全他妈混蛋,都该下地狱!"普罗霍尔·阿布拉莫维奇骂自己倒是一语中的,骂得透了心头也好受些了。回家后普罗霍尔整日整夜闷闷不乐,找了件闲得无聊的破事打发时光,跑到林子里去砍树伐木头。他这家伙一旦心里有事沉重得熬不过去,专喜欢找树木的麻烦,不是折磨那棵粗壮的云杉,就是欺负那些不成林的小树苗。折磨来欺负去也仅此而已,一把钝刀子又能砍出何样东西来。养子出了远门,玛芙拉·费季索夫娜心中难过动不动抹眼泪。头里的八个孩子,当初没了时,去一个她哭一回,零零碎碎三天三夜,挨着炉子就掉眼泪。她这番伤心情形跟普罗霍尔·阿布拉莫维奇砍树是一样德性。玛芙拉·费季索夫娜这回一开哭,普罗霍尔·阿布拉莫维奇早不早便把稳节奏,她哭多久自己就砍那棵歪脖子树多久,掐指一算还有一天半时间。

普罗什卡瞅来瞅去见爹娘老子总没消停,忍不住埋怨:

"老哭个什么劲儿,萨沙反正要回来。你呀,老爹,萨什卡是你亲儿么,不就捡来的货,操那份心还不如给我缝双毡靴子。你一坐一个坑,削来削去没完了是吧,真是老了不中用了。"

"哎哟我的娘啊!"玛芙拉·费季索夫娜听见吓一跳,也不哭了,"这个杀千刀的,人不多大点话怎么这么难听,教训起自己老子来了,胆儿肥了是吧!"

不过普罗什卡倒没说错,也就两星期孤儿自个儿回来了。他带回一大堆食物,面包碎皮子干瓤子什么的满满一麻袋,活像路上一口也没吃似的。到得家来天刚擦黑萨沙倒头就睡,自己扛回的食物照样一口没尝,躺炕上直哆嗦死活暖和不过来,这一路风尘吹干了他的身子骨儿。昏昏沉沉之际,萨沙嘟嘟囔囔、胡言乱语,来回念叨自己树叶下的木棒子,反复央求他父亲:把棒子仔细收捡好,到湖底的地窝子里等他回去,那里有他的家,有新新旧旧的十字架。

隔了三星期萨沙才活过来。普罗霍尔·阿布拉莫维奇见人没事了,拿上一根鞭子,背口麻袋进城找活儿去了。他候在工地等人来买自己的一身力气。

后来普罗什卡尾随萨沙去过那片墓地两回。他见孤儿给自己挖坟坑双手刨来刨去老不得劲,便回家取来父亲的铲子,说这东西挖坑要好使些,村里下地的都这么干。

"你呢,家里是留不住的,迟早要撵出去,"普罗什卡活像早看透了,提醒萨沙,"你看呀,老爹打秋天起一粒粮食也没种下,而老妈呢,夏天那会儿又揣上了,这回一生怕莫要钻出三个家伙来哟。走着瞧吧,我这可不是吓唬你!"

萨沙抄起铲子即开干。可这东西高他实在太多,没挥几下便累得快虚脱了。

普罗什卡在旁边看着,站不一会儿,后半晌的雨竟稀稀落落飘了下来,直往人脖子里钻,冷得他心酸不由催促:

"你快点啊,挖那么宽干吗,装棺材板子吗,你买得起吗,够你躺就行了。麻溜点完事儿得啦,搞不好老妈都要生了,你呀,马上成吃闲饭的了。"

"我得挖好了才行啊,今后就住这儿呢。"萨沙回答。

"住这儿,不吃俺家的饭啦?"普罗什卡对此很在意。

"不吃,谁家的也不吃。到夏天我挖土田七去,拿它当饭吃。"

"说好了,你过你的,"普罗什卡放心了,"到时候要饭可别讨上俺家来,没你的份儿。"

普罗霍尔·阿布拉莫维奇在城里挣得五普特①面粉,顺道搭了别家的马车回来,进屋便瘫炕上。没多久面粉就去了一半,普罗什卡见

---

① 1普特约为16.38千克。

这么下去也不是办法，拿话挤兑他老子。

"挺尸呢这是？"他爹那天正趴炕上瞧着那对齐齐哭得难受的双胞胎，"这面粉见底了呀，俺们一家子得饿死了哟！生得起人就该养得起命，去刨食来呀！"

"格老子没良心的，你敢乱说！"普罗霍尔·阿布拉莫维奇也不下炕，气急败坏骂开了，"你他娘的来当这个爹试试，老子不当了！屁大点儿的东西，屎尿都没刮干净，倒教训起人来了！"

普罗什卡坐着，脸上虽满不在乎心里却痒痒，直琢磨要咋整才能当上一回爹。娃子是打娘肚子里掉下来的，这他早就晓得，他娘的肚皮这才花得、皱得跟破抹布似的，只是不明白孤儿是打哪里钻出来的。有两回，普罗什卡夜里醒来，见自家老爹在使劲捣鼓老妈肚子，没多久娘肚子便鼓了起来，接着一串串生了下来，尽是些吃闲饭的吞货。这事儿他还专门提醒过他老子：

"你呀别再老爬娘身上了，就边上躺着睡你的觉吧。你说，帕拉什家大婶子咋一个小不点也没下呢，还不是费多特老爷子从来也不捣鼓她肚皮子……"

普罗霍尔·阿布拉莫维奇忍无可忍从炕上一跃而下，套上鞋，满屋子找称手家伙。农家破院向来没几件多余闲摆设，只寻得一把扫帚，普罗霍尔抄起就抡在普罗什卡脸上。普罗什卡一声不吭，反而寻了条板凳干干脆脆趴了下去。普罗霍尔·阿布拉莫维奇照样不发话，没头没脑一阵猛抽，一腔怒火越憋越旺。

"轻了，轻了，再加把劲儿，挠痒痒啊！"普罗什卡也不抬头，只是撙嘴。

打够了，普罗什卡翻身爬起，气儿不带喘地张口就说：

"这下该把萨什卡撵出去了吧？多一张嘴便少一条命啰。"

抽完人，普罗霍尔·阿布拉莫维奇反倒累坏了，比不得普罗什卡轻松，靠上摇篮耷拉下脑袋望着那对不再哭闹的双胞胎。他打普罗什卡是打他说了实话：玛芙拉·费季索夫娜真个儿又怀上了，可越冬作物连种子的影儿都没见着。普罗霍尔·阿布拉莫维奇这辈子在世为人活得跟那山谷野草没两样：春天里残雪消融、冰雨飘零，浇得直哆嗦；夏天时暴雨如注、风沙尘土，刮得几跟斗；冬天上天寒地冻、雪来雪往，压得难受、憋得心慌；是以草这一生每时每刻备受打压摧残，累累沉重包袱临身，活得直不起腰杆，仿佛随时都在点头鞠躬，好让身上苦难多少能倾倒出些。那一大堆孩子就是撂在普罗霍尔·阿布拉莫维奇身上的包袱苦难，养活他们比自己下崽儿还难，可孩子一波接一波从他娘肚子钻了出来，比地里收成还快。要是田土跟自家婆娘一样说生就生，而自家婆娘肚皮里的肥力又不那么赶趟，那他普罗霍尔·阿布拉莫维奇这辈子早把自己养得肥肥胖胖，也早就顺风顺水当好这一家之主了。可人生事实难如意，孩子们像溪流一样连年不断流出来，汇成一摊山谷淤泥，把这个家淹浸得严严实实，普罗霍尔·阿布拉莫维奇简直操碎了心，灵魂上都压着厚厚的浅滩烂泥阴影。日子过成这样他哪有心思咀嚼生活滋味，又哪有功夫花销自己的闲情；那些没儿没女自在逍遥的家伙见普罗霍尔·阿布拉莫维奇成天浑浑噩噩，居然揶揄他这是养了一身懒病。

"普罗什，普罗什，死哪儿去了！"普罗霍尔·阿布拉莫维奇叫唤起来。

"嘛事儿呀你？"普罗什卡老大不高兴。"把人打了打了，这会子却普罗什普罗什地叫得亲热……"

"普罗什，快去趟玛丽亚大婶家，看看她肚子鼓起来没。我好一阵没见她人了，该不会又闹肚子了不是？！"

普罗什卡虽是个小心眼儿，这回为着一家人生计却并未犯糊涂。

"这倒好，我成当爹的了，你呢反而做起普罗什卡来了。"普罗什卡对他爹满肚子气。"看那肚子有啥看头？！冬粮空着地也荒着，早晚大家饿死完事儿。"

普罗什卡把他娘的背心褂子套身上，像个小大人似的接着唠叨：

"村里泥腿子们尽胡说八道。夏天那会儿玛丽亚大婶身上闲得空荡荡,可雨水硬是没断过。你说那会儿她是不该种一身吃闲饭的崽子?可她生了吗,没有。"

"那是她早就闻出来了,秋天下种的粮食要遭冻死。"他爹有气无力嘟哝一句。

"奶娃子们吸的是娘身上的奶汁儿,啥粮食不粮食关他屁事。"普罗什卡不认他爹的理,"那当娘的只要有夏粮吃就成……你的那个什么玛丽亚,反正我不去,要是她肚子真大起来了,你就好耍得很了,连炕都懒得下,光知道说这回安逸了,草儿要肥了,夏粮也有好收成了。而肚子呢,还不照样饿得慌,这俺们可不答应,你就得养着俺娘和俺们崽子!"

普罗霍尔·阿布拉莫维奇无言以对。若无人问话,萨沙同样懒得开腔。就算在自己家里,普罗霍尔·阿布拉莫维奇有时面对普罗什卡总觉得自己差不多也混成了孤儿,可此孤儿却非彼孤儿,他根本搞不懂萨沙,闹不清他是个好人还是个混账;这孩子吓唬几句讨口要饭倒也去,可心里究竟咋想的却是个闷葫芦。萨沙这孩子平时不爱动脑子,觉得大人们和别的孩子比自个儿脑子好使,也就胆儿小怕人。比起普罗霍尔·阿布拉莫维奇,萨沙更怕普罗什卡,那家伙家里每分粮食皮子都盯得仔细、算得清楚,谁要贪他家丁点便宜立马翻脸不认人。

路上一驼子撅着屁股蛋子朝村子走来,吊着两条长长的膀子,一双爱招惹是非的毒手沿途草儿头上摸来摸去。这家伙叫彼得·费奥多罗维奇·康达耶夫,腰杆上的老毛病早前好一阵就不痛了,想来那天气说变就变的脾性也料不出个准数了。

轮到这年,天上的日头早不早便威风八面亮堂堂了,堪堪四月末,又热又烫不差七月后半晌势头。地里老乡热得都定住了,脚下踩着干巴巴的田土,四周围着死热一片不动如山的汪洋天地,心里好不是滋味。半大娃子们往田野尽处东瞅西盼,看天边雨云何时探出舌头好提前逮个喜信儿。可惜,只见得田野道路上尘土飞扬打着转儿卷来滚去,一辆辆外村的四脚车子来来往往穿梭。康达耶夫打村子这头过巷子直奔村子那头,去找他心心念念的半大姑娘娜斯佳,一十五岁大小的丫头片子。他馋那丫头身子,仿佛身上有股邪火痒得心慌意乱痛得死去活来,没日没夜煎熬他那连着驼背的腰杆;这股邪火,放到腰直心亮的正常人身上不过一阵热血沸腾的心动。康达耶夫这老不羞见天也干了、地也旱了,心里甭提多得劲,越想越美。他那双手,抚过草儿草命遭了殃给掐断脖子搓来揉去粉身碎骨,涂得满指满手花花绿绿。碰上灾荒年生,村里长得英武壮实的汉子们就坐不住了,得出远门找活干,多数没命再回来,留下一堆大好的娘们儿无人照看,还不成了他康达耶夫的天下,岂不令这家伙心里乐开了花。日头愈旺、地里火气愈灼人,尘土都冒烟了,康达耶夫却笑得越发滋润。每天清晨,他扑进小池塘洗弄,一双贪婪大手在光秃秃的驼子上游走,仿佛逮着了谁家婆娘似的,怎么搂来抱去都不知餍足。

"不打紧,"康达耶夫深陷陶醉,"泥腿子们马上要动身了,婆娘们很快便荒着了。谁要尝一口俺的滋味呀,那她这辈子可就有想头了哟,俺这身筋骨不是头犍牛还真比不了……"

康达耶夫抡了抡膀子,臂上肌肉筋骨咔嚓直响,长长地伸了出去,幻想这是搂上了娜斯佳。他越想越美越吃惊,娜斯佳丫头瘦瘦弱弱的小身板怎地如此肥沃迷人。这一开想竟不可收拾,浑身血液沸腾咆哮,激荡得他把持不住鼓鼓囊囊硬邦邦起来。这下麻烦了,想得太真切投入迷得太陶醉忘情显了形状,只好跳进小池塘游来游去拯救自己;他大口吞水灭火,可体内火势却旺得像在燎原,怎么吞也不够;末了,他把身体里的水连带那股燥热的风流骚情一股脑喷了出去。

返家路上,康达耶夫遇着泥腿子老乡见谁即开口劝人家出去找活干。

"那城市呢就一大大的堡垒,"康达耶夫使劲鼓吹,"里面应有尽有、啥都齐全得很。可你看俺们这儿,天上的日头立得直溜溜的,瞧这势头怕是没完没了,你说那收成还有啥盼头!你呀动动脑子醒醒吧!"

"照这么说,彼得·费奥多罗维奇,你又该咋办呢?"老乡关心起别人的打算,好给自己参谋条出路。

"我嘛,废人一个,"康达耶夫倒也坦诚,"只要谁可怜可怜,这活下去嘛,不见得有多难。可你不一样啊,好手好脚一身力气鼓鼓囊囊,咋能饿死自家婆娘呢!去吧,去刨些食回来,填饱你那娘们儿的肚子,这才是正儿八经的大事业!"

"看来眼下恐怕只好这样啰。"那照了面的家伙直叹气,一脸无可奈何的死样,心里却另一番打算,想着无论好歹就家里呆着过日子:家里白菜秧子、浆果子、蘑菇菌子、野菜杂草叶子,东西多着呢。城里面嘛,想想就得啦。

康达耶夫驼子喜欢柔柔顺顺的细缝缝,贪图里面残留的小暖和,什么快垮掉的篱笆栅栏子、快死掉的树根破口子,凡病恹恹软塌塌的缝隙他都着迷不得了,悄悄欺身上去尽情蹂躏发泄,一腔老淫棍的醒醍也就此换得一哆嗦的酥麻。他早盼夜盼,专想着几时村子过不下去了,也软绵绵静悄悄的了,好方便他行事,去搂搂抱抱那些有气无力的活生生的妙人儿。早晨那会儿,天色蒙蒙亮四周冷清清,康达耶夫躺着躺着想起好事来,眼前一片朦胧,村子似乎已半死不活,条条胡同也荒芜了,纤纤柔柔的娜斯佳越发瘦弱憔悴,正饿得晕头转向,躺身于一堆毛绒绒、枯蔫蔫的麦秆上胡言乱语喃喃起梦话。瞧她那副可怜巴巴的模样,无论她活得像棵小草,还是有本事过成个大姑娘,康达耶夫心里都隐隐五味杂陈,一时既凶狠又气恼;若她真是棵小草,那他就不客气了,立马抢过来一阵死命揉搓,让她尝尝自己那双大手火热贪婪的凶残;这双大手下一切鲜活的生命都如同女子的美妙童贞,他摸来抚去饥渴难耐,那份贪婪膨胀得令人不寒而栗;若娜斯佳成了娘们儿或大姑娘家,那他康达耶夫便只剩嫉恨和怨毒了,要么永生永世诅咒她丈夫或准新郎不得好死,要么早早便祈祷她父亲和兄弟们赶紧出远门。好在康达耶夫碰上了他这辈子的第二个灾荒年生,这给了他机会也给了他浓浓寄望,觉着过不多久村子只剩他一个男人了,他想怎么着发狠摆弄那帮婆娘,就怎么着撒野疯狂。

酷热漫天折磨得草木片片枯黄,也没放过农家房舍和篱笆桩子,没熬多久竟纷纷皮软了。早在头年夏天萨沙已见过这番景象。清晨起来,见着明晃晃、清澄澄的黎明初霞,他就会想起父亲和穆捷沃湖岸边的幼年时光。晨祷钟声悠扬引来天边朝阳,转眼间日头开始发威,大地奄奄一息村庄狼狈不堪,人们欲哭无泪的仇恨蒸腾而起,这怨气同样那般枯黄干燥,直似要燃起一股青烟。

普罗什卡爬上房顶,愁眉苦脸巴望天空。每天早上他都会问他爹腰杆痛不痛,好探明天气走向,想着若是要变天了,那接下来一个月就能舒舒服服冲场雨水了。

康达耶夫专爱大正午满村闲逛,瞅瞅道上虫子蚂蚁,乐颠颠看它们浑身痒痒呲牙咧嘴。有一回,他见普罗什卡光着腚子从屋里跑出来,那小家伙还以为天上有啥东西滴下来了,着急忙慌连裤了也没顾上穿。

日头炽烈如凝固火焰,四周死寂一片静得叫人癫狂;房屋撑得难受依稀摇晃呻吟,顶子上枯草炙烤乌黑如炭,飘散阵阵焦糊味。

"普罗什卡!"驼子喊住他,"你这是干啥,打算上天遛鸟去吗?倒也是,这会子窝里老凉不下来是不?"

普罗什卡一出来即闹明白了,天上啥也没滴下来,只错觉而已。

"你这没卵子的废物,滚开,上别家摸母鸡屁股去!"没撞上雨普罗什卡心里窝火,没好气骂道,"别人家眼看日子快过不下去了,他倒好还乐得屁颠颠儿的。起开,去摸哪家老子的大公鸡吧!"

普罗什卡这话来得生猛,又准又狠正中康达耶夫痛处,扔得那驼子嗥的一声尖叫,弯下身急忙寻块石头扔回去。石头没摸着,只抓了一把干泥巴灰土,匆匆朝普罗什卡扔了过去。不过普罗什卡早料到他有这么一手,已缩回家去了。驼子追向院子,边跑边地上摸索。半道上撞见萨沙,康达耶夫抬手就一巴掌,瘦骨嶙峋的指骨恶狠狠招呼在了额头上，打得萨沙的骨头咔嘣一声脆响，皮破了血也冒出来了。萨沙扑倒在地，只觉头发下湿乎乎凉浸浸。

萨沙昏了过去，再醒来却恍恍惚惚不得透彻，活像置身梦境。萨沙隐隐记得院子正热得憋闷，饿肚皮的日子又长又硬，突来一驼子给了他一拳，朦朦胧胧间便见着了自家父亲，正立于湖水中，湖上水气弥漫如雾；父亲隐身小船上，周围一片模糊，将母亲留下的锡戒指远远扔到岸上。萨沙跑过去自湿漉漉草丛中捡起那只戒指，而正是这戒指被那驼子操起来脆崩崩砸在了他头上；随着这声脆响，天幕也咔嚓一声干得绷开了口子，内中顿时流出黑乎乎的雨水，这下子天地间忽忽然安静了：白花花的日头拖着刺眼的嗡鸣悄悄隐向了山后头，落在一片湿淋淋的水草地上，就此寂然无声。水草丛中，驼子立那儿撒尿，正正对对落在那颗小巧玲珑的太阳上，这日球早已偃旗息鼓变换了模样。萨沙一边瞅着梦境，一边隐然瞧见日子往来如常，听见普罗什卡同他爹普罗霍尔·阿布拉莫维奇在说话。

康达耶夫来到打谷场，趁着无人竟干起偷鸡摸狗勾当，追着一群母鸡屁股后面飞跑，想给村里乡亲们再来一波欲哭无泪的伤害。母鸡没逮着，应是怕得紧了，飞落道边树杈上。康达耶夫不死心，正打算把那鸡从树上摇下来，却见路过一人，只好罢手，偷偷转家去了，步子迈得轻松悠闲，一副浑然无事样子。普罗什卡揭发了这家伙的真面目，说驼子康达耶夫就好摸母鸡屁股，一摸便弄个没完，直到鸡吓得半死痛得要命在他手上拉出一摊稀汤货；偶尔运气好，母鸡还会早产下一颗没熟透的卵蛋子，若周围无人瞧见，康达耶夫这东西一把塞口里软乎乎地囫囵吞下，再揪下鸡脑袋扬长而去。

秋天那阵，若碰上好年生收成不赖，村民们身上闲劲就宽裕，大人小孩一起捉弄欺负那驼子以之为乐事：

"彼得·费奥多罗维奇，过来，摸摸俺们的雄公鸡，上帝都恩准了，来吧！"

实在太欺负人了，康达耶夫忍无可忍追打一帮促狭鬼；这一逃一追还真叫他给逮着了谁家的半大小子,当场狠命修理一番,不叫那胳膊腿儿什么的破点皮、受点伤难消心头火气。

萨沙又一次看出天色变得苍老陈旧了。他老早就觉得那炎炎烈日如同一糟老头子,而凉凉夜色和清清月华似乎更像一对儿小姑娘和男娃子。

玛芙拉·费季索夫娜家开着窗户,依稀映出那不便出门的婆娘围着炉子瞎忙活。但凡生儿育女谁没害过喜,这会子她肚里闹得慌,阵阵恶心反胃冒酸水。

"哎呀,人难受,恶心想吐,普罗霍尔·阿布拉梅奇①,你……快点,去请产婆……"

夜幕渐渐拉开长长忧伤暗影,晚祷钟声不紧不慢响起,萨沙却仍躺身草丛之中。窗户已闭上,窗帘亦落下,只见产婆打屋里出来,手上端一小木盆,走近篱笆墙边抬手泼了出去。这时,一条狗慌忙跑来,三两口吃净泼下的东西,只余一摊湿漉漉污渍。普罗什卡在家却迟迟不见出门。剩下几个孩子跑别人家院子嬉戏玩耍去了。萨沙不敢起身,害怕时机不对屋子进不得。草地上暗影越缩越深;吹了一天的风贴着地面露出疲态,渐渐站定不动了。产婆又再出来,头上裹了块披肩,立门口台阶上,向着漆黑东方天际画着十字喃喃自语,祷告了番,就此离去。夜越发静了。土墙下,一只蛐蛐儿试着叫了两嗓子,待叫顺口了再又悠扬婉转唱起来,这一唱竟没完没了,整间院子,偌大一片草丛,甚至远处篱笆墙上,都落下它的声音,隐隐唤醒一个孩子梦中的故乡,那方人间有世上最美最甜的日子。夜影浮荡,周遭房屋、篱笆和草丛中的雪橇车辕子反复变换模样,却也更显亲切生动,萨沙看着这些东西不禁心生怜悯,它们跟他一样都是孤儿,可却老是沉默无语一动不动,说不得哪天就一命呜呼到永远了。

萨沙心想这会儿要是转身离去,那这方院子一应事物老这般呆一

---

① 即普罗霍尔·阿布拉莫维奇。

处地方，没了他的气息会不会更生孤单寂寞，看来此间还是缺不得他的，这样一想略略开心不少。

屋里传来新生儿哇哇大哭声，时断时续长长短短，虽不成像样话语却也喝止了蛐蛐儿的吟唱。或许，蛐蛐儿之所以住嘴照样是给那响亮的尖嗓子吓着了。普罗什卡走出来，手上拽着萨沙的那口麻袋，拎着普罗霍尔·阿布拉莫维奇的帽子；那麻袋正是小萨沙秋天那阵儿被赶出去讨饭的行头。

"萨什卡！"夜色沉闷幽寂，普罗什卡一声大叫惊破宁静，"快滚过来，你这吃闲饭的寄生虫！"

萨沙本就离得不远。

"啥事儿啊你？"

"喏，拿着，这是老爹送你的帽子。这个呢，给，你那口袋。走吧，都带上别搞丢了。讨着啥就自个儿吃了吧，不用再给俺们带回了……"

萨沙接下帽子和口袋。

"你们打算一家子自己过了是不？"萨沙问了句，心里一时转不过弯来，没想到在这个家他已不招人待见了。

"你说呢，还能咋地？明摆着，只一家人！"普罗什卡给了他答复，"俺们家又添了吃闲饭的家伙，要不是他，你挤巴挤巴一过也不算白闲着！可眼下你啥用场也没有了，里里外外都是累赘。你看哈，你又不是俺娘生的，是自个儿天上掉下来的……"

萨沙转身向院墙外走去。普罗什卡站了站，又到大门口守着，那意思往后孤儿就别再回来了。一时无处可去，孤儿萨沙倒没当即走远，停下来望着磨坊里那盏小小的灯火。

"萨什卡！"普罗什卡急了，催促起来，"你可千万别再上俺家了。袋子里给你备了粮食，老爹的帽子也送你了，你呢，赶紧走吧。想过夜呀，就到打谷场去吧，反正夜也到时辰了。别再打俺家窗前过了哈，免得老爹见着了又要心软……"

顺着村道，萨沙朝那片坟场走去。普罗什卡关好大门，扫了一眼自家院子，从地上捡起一根闲得寂寞的棍子。

"死活都舍不得来场雨……雨水，啥意稀！"普罗什卡粗声粗气叹息，腔调活像上了年纪，又再吐口唾沫，嘴里门牙缺着口子关不严实话音。"咋地，偏舍不得下：你从上面下来到这躺会儿就撞地上摔死……死了不成，真是个笨蛋，你使劲儿淋她呀！"

萨沙溜进墓地，寻得父亲坟头，跳进那口尚未完工的地洞睡下。坟场上处处十字架，他胆小不敢走动，可躺他爹坟旁却又睡得出奇安稳香甜，仿佛回到湖边老家的那坑土窝子。

过不久，俩庄稼汉子悄悄来到墓地，偷偷摸摸掰断几根十字架，打算弄回去当柴火。萨沙正神游天外骑梦而飞，丝毫也无察觉。

扎哈尔·巴甫洛维奇日子如常，不爱与人打交道；喜欢跟机车火箱守一起，看炉门火苗蹿动，一坐好几钟头。

他这般发呆心情却舒畅得浑身暖洋洋，远比与人攀谈拉话和结下交情快活自在。瞅着生机勃勃的火焰，扎哈尔·巴甫洛维奇自觉也活得有劲，脑袋仍在转动，心儿还在放飞，浑身上下平和又舒坦。扎哈尔·巴甫洛维奇对煤炭、铁块诸如此类样样尚未觉醒的原材料和半成品，都怀有一份殷殷敬意，不过他真心喜欢和心领神会的唯有那些已活出模样的制成品，只有这些家伙身上才具备人们劳作的痕迹，才从物变成了有用之材，也才可以自由自在地继续活下去。午饭后难得片刻休息，扎哈尔·巴甫洛维奇却不舍得把眼睛从机车上挪开，默默看着守着，既沉迷又心醉。他时常将一些闲置的机械零件带回自家住处，有螺丝螺栓、废旧阀门、气嘴开关或别的玩意。他把零件排桌上一溜站好，乐滋滋笑眯眯地望着它们，不觉半点孤单。扎哈尔·巴甫洛维奇觉得时时处处都有伙伴，那些机器车子在他眼里均是活生生的人，总能令他激动牵挂，让他生出思绪想法，给他以希望追求。机车车轮的外缘部分戏称为"线圈儿"，这东西引起了扎哈尔·巴甫洛维奇的好奇，令他不由对空间领域的无限性暗自担忧。为此，深夜时分，他专门跑出去张望天上星辰，琢磨大千世界是否真的辽远无际，是否有足够地方容得下车轮永不停歇的转动和一往无前的日子？星光闪闪眨巴眼睛，各自兴奋快活却也各自孤单寂寞。扎哈尔·巴甫洛维奇不禁揣摩，这茫茫天宇究竟该如何作比？突然，他想起有回去枢纽站取轮箍的情景。那会儿，月台上虹光璀璨交相辉映，仿佛置身信号灯的海洋，指示灯、臂扳信号灯、岔道信号灯、警告灯和奔驰的列车耀眼的探照灯林林总总四面八方。那茫茫天宇想来也不过此般情景，其寂然无声的浮动荡漾仅仅更加遥远和井然有序一些而已。接着，扎哈尔·巴甫洛维奇忍不住用目光丈量抵达一颗闪闪发亮的蓝色星斗之里程；他张开手臂以之为弧，想象将这道弧横跨天宇间，依稀估算出那颗星斗约闪耀在两百来里开外。虽则一直以来他始终坚信世界没有边界，可这结果却令他未免失落不安。他多希望世界真的无边无际，好使车轮子永远都有用武之地，绵绵不断给人以幸福快乐；可他始终难以把握那浩浩荡荡的无限性。

"这得多少里路程，实在难料啊，到底远远的永无止境哟！"扎哈尔·巴甫洛维奇喃喃自语，"只是，总得有条死胡同吧，那最后的一寸地方总该有处尽头才是……若这无限性确定存在，那它该是宽宽达达、无拘无束地四下散了开去，绝无任何坚硬屏障……这可能吗？无限性真的永恒么？想来未必，理当有条死胡同才对！"

一想到车轮子的生命终归到底有限，扎哈尔·巴甫洛维奇焦虑得两天两夜没落安生，由此生出了一丝奇妙念头，觉着当条条道路尽皆走进死胡同时，这方方圆圆的大千世界是否也能更拉长拉宽一些，毕竟那空间之地如同生铁片一样，该是亦能受热膨胀，伸展出更长更远的距离。这么一想他宽心不少。

炉膛子总收拾得干干净净，上面机械部件也从无一丝划痕，眼光所及之处均锃亮光滑如镜，司机大师傅将扎哈尔·巴甫洛维奇这份工作的热情痴迷瞧在眼里，却从没挤出一句赞许的好话。大师傅心里明镜似的，机器车子都是有生命的，它们活着飞驰转动并非出于人的安排和操作，而是按自己的想法行事；人在这里什么也不是。恰恰相反，自然之物、能量之泉、金属之材的善心好意搁到人身上反倒会带来破损伤害。随便哪个奴才玩意儿往火箱加把柴、点簇火均非难事，可机车运转又与他有何相干，人家自个儿在跑动，而那奴才玩意儿不过一件白添累赘的货物而已。若这温和谦逊的技术再往前柔柔顺顺地走动几步，那么人势必因其似是而非的成就感而腐朽堕落，而锈迹斑斑无可救药，那时，人的命运必将给那能耐非凡本领高绝的机车碾压得粉身碎骨，而机器车子则在世间想怎么过就怎么过。不过，相较别的工友伙计，大师傅倒甚少责骂扎哈尔·巴甫洛维奇，只因他行事不由人不敬佩：手持铁锤敲敲打打从无丝毫粗鲁野蛮，而是万般怜爱心疼；上了机车，绝不随地吐痰；挨近机器，手上工具老老实实，任何时候都不会磕着碰着伤了谁。

"大师傅先生，麻烦您了！"有一回，凭着对手上活路的痴迷热爱，扎哈尔·巴甫洛维奇鼓起勇气请教，"我老纳闷，怎么这人横看竖看都一样，不好也不坏，可车子机器却过来过去都那么出色优秀，有啥讲究没？"

这一问惹得大师傅心头火起，他向来看不惯对机车心不在焉的人，觉着若是把自己的感情花销在了眼前这家伙身上也太不划算了。

"这个灰头土脸的魔鬼哟，"大师傅暗生憎恨，"居然也打起了机器的主意！天啦，真活见鬼了！"

俩人面前停了驾火车头，正在一列夜间快客做行前预热准备。大师傅盯着车头迟迟不舍转眼，眸光中满是惯常的欣慰宠爱。车头站得笔挺大方，威武雄壮、彬彬有礼，身下是井然有序、温顺通达的铁路轨道。大师傅一脸肃然神情专注，内心泛起阵阵惊讶赞叹，久久难以平息。车库大门空空旷旷敞开，朝向夏日清澄辽远的幽幽夜色；夜色深处有那漆黑幽深的未来，有那迎风招展、起起落落的日子；这日子在铁轨上来来往往奔驰如飞；这日子在夜的摇篮里、在精密机器温柔又危险的嘶鸣声中隐隐心醉神迷恋恋不舍。

此情此景直叫司机大师傅心潮澎湃不已，内里生命中某种坚硬的力量在疯狂咆哮和激越膨胀，仿若回到青春年少时，又恰似见着了惊天动地的未来；这感觉撑得他不由握紧了拳头。一激动他暂时忽略了扎哈尔·巴甫洛维奇那不值一提的业务技能，将之当成了平起平坐的伙伴，回答上他的那一问题：

"看来你干了一阵头脑也机灵不少！只是要说这人啦，他就是个丑陋的东西！这人呢，习惯家里闲躺着翻身打滚、无所事事，还真不是啥有用的玩意儿……可是呢，你拿鸟比比……"

话未讲完车头喷出一股蒸汽，活像一阵旋风打断了交谈。大师傅和扎哈尔·巴甫洛维奇只好双双离开，向嘈杂嗡鸣的夜色深处走去，路过排排黯然沉寂的火车头。

"没错，你就拿鸟比比！多美的家伙，可过后呢，一辈子啥也没留下，关键就在于它们不工作！你见过鸟用劳动吗？没见过吧！再说，即便鸟儿们也费心费力张罗吃的住的，可它们手上有工具没？它们为自己的日子有没有围起过啥屯子镇子没？没有吧，也不可能有。"

"那么人呢，手上有什么？"扎哈尔·巴甫洛维奇不太明白。

"人嘛，有机器呀！明白不？人，对所有机械东西来说不过开了个头；而鸟儿们呢，它们自身由始至终都在收尾。"

扎哈尔·巴甫洛维奇的想法跟大师傅差不多，难就难在他不善组织恰当言语表达，而这一窘境又进而限制了他的思想，心里着实窝火。在他俩眼里，不管是司机大师傅还是扎哈尔·巴甫洛维奇，都觉得自然万物若是未经人的触碰调理便没多少美妙可言，甚尔更是死气沉沉的丑态，无论野兽或树木皆是如此；野兽和树木之所以在他二人身上引不起丝毫同命相连的恻隐之情，原因在于任何人都从未曾参与它们的生命制造，它们身上无一丝精心敲打的痕迹，也无一处显出人之非凡手艺的雕琢。它们自在自为地活着，路过扎哈尔·巴甫洛维奇的眼睛,却恍若空气。而任意一件东西物件,尤其金属制品,情形则全然不同,活得要生动得多,甚至其结构和力量比人还要神秘有趣。扎哈尔·巴甫洛维奇心中有个执念一直纠缠不休,时常令他着迷:那些机器无论尺寸大小还是思想深浅都远胜制造它们的工匠师傅,若是这些家伙激动了,兴奋运转起来,此时人身上藏在血液中的力量贸然闯了进去,会不会给那些家伙瞧得上眼?

答案不言而喻,正如司机大师傅所说,每个人干活时想方设法要超越自己,制造物件东西时无不力求手上出来的东西比自己的日子更有意义,也更天长地久。此外,扎哈尔·巴甫洛维奇曾亲眼见证过,当机车运转起来时人留在它身上的那股力量,那股最为火热也最有激情的力量,紧绷得远了去了;而同样是这股力量,人干活时却因找不到发泄去处而只能温顺沉默。通常,钳工师傅们几杯酒下肚侃侃而谈、无所畏惧,可要来到机车上就相形见绌了,留给他们的印象唯有巨大和震撼。

某日,扎哈尔·巴甫洛维奇想着给一眼螺母配颗螺丝钉,怎么也没找到合适的,便上段里寻帮忙。他问一帮钳工师傅,谁有三八式螺钉。众人摇头,其实那小玩意儿他们手上老大一把。问题在于钳工师傅们上班闲得无聊,凡事都爱搞复杂化,你推我让故意刁难,以此找乐子穷开心。只可怜扎哈尔·巴甫洛维奇这新手压根不晓得,此种秘而不宣的鬼把戏几乎每个车间都很寻常。使点小手段逗点小乐子,看着被捉弄的人老半天摸不着头脑,一众家伙便傻乎乎地乐开了,觉着上班的日子好打发了,那日复一日单调乏味的活路就不怎么讨厌了。可正是这种不着调的穷开心让扎哈尔·巴甫洛维奇不知瞎忙活了多少回事情。管理处的棉纱头堆积如山,却偏要派他去仓库再取些;车库里小木梯子和装机油的木桶多得用不完,非要他亲自动手再打制些;甚至有一回,虽遭人怂恿他却居然信以为真,未经请示就自作主张,打算把机车锅炉上的保险栓换掉,若非司炉师傅刚好撞上,见事不对头及时提醒几句,他的结局恐怕就不妙了,绝无任何说辞,当场便会被炒了鱿鱼。

当天，扎哈尔·巴甫洛维奇真没找到合适螺钉，只好另寻一种型号代替，打磨几下将就给螺母套上，他倒不缺这点本事，也不缺那份耐性。事情解决了，可那伙人还来打趣：

"嘿，三八式螺钉，快来拿螺丝哟！"

自此扎哈尔·巴甫洛维奇便招了个"三八式螺钉"的绰号，不过这名字一传开，他再要着急用哪样工具器械竟甚少有人故意欺瞒哄骗了。

后来没人知道，"三八式螺钉"这叫法扎哈尔·巴甫洛维奇自个儿还蛮喜欢，至少比他那个打教堂得来的名字要强：这对儿名字活像一应机器身上兢兢业业的零部件，随时随地在将他推向一个真理所在的国度，而那真理真就真在：寸把长的铁器打败了里把长的圣地。

扎哈尔·巴甫洛维奇年轻时总想着长大后脑袋瓜子会好使些。可日子流转，没有任何交代也根本停不下来，恍若绵绵不断的梦想；时间迎面而来，扎哈尔·巴甫洛维奇却从无察觉它有多么坚硬实在，于他而言时间不过闹钟机械装置上的神秘背影。只是，当扎哈尔·巴甫洛维奇掀开闹钟摆动的神秘面纱后才发现根本没有时间的影子，有的只是绷紧的弹簧匀速跳动的脚印。但大千世界万事万物中必定有某种沉默而忧伤的力量在悄悄行动，只是从不回头而已。扎哈尔·巴甫洛维奇观河流奔涌前行，既不显步履快慢也不察身影沉浮，仿佛静悄悄弥漫一汪苦涩忧愁。当然，春潮也曾泛滥，暴雨也曾倾盆，风儿也曾扑面，可一切的一切都不敌生活，它那么宁静又那么冷漠，一如河流漂逝、草木枯荣、四季变换，来来往往总在不经意间。扎哈尔·巴甫洛维奇觉得，自然万物中那股波澜不惊无悲无喜的力量把持着辽阔大地，使之傻乎乎茫茫然；而唯有这股力量逆向而行时扎哈尔·巴甫洛维奇才恍然大悟，原来一切并没有变得更美好，村庄似昨、人群如故。大千世界中这股安之若素的力量去来皆不增不减从无断绝，以致人身上的灾难同样也不增不减往复循环。四年前饥荒来临，老乡们弃村而去，孩子们早早入了坟头，可这并非命运的终局，如今厄运又再降临，情形恍若隔夜，于那寻常日子不过一场注定要重现并准时到来的厄难。

无论扎哈尔·巴甫洛维奇怎样生活都惊奇地发现自己没变，脑袋瓜子也没更好使，日子仿佛给拉平了，眼下什么模样，十岁或者十五岁时也这般模样。唯有一事，他曾经的某些预感如今倒沦为了寻常见解，可即便如此也丝毫没改善日子的样貌。起初他憧憬未来生活，想象那应是一处湛蓝深幽的家园，它那么遥远，似乎始终难以抵达。诚然，扎哈尔·巴甫洛维奇早有预感，自己把日子过得越深远，那未来尚不曾飘摇过一丝烟火的家园就越发虚无渺茫，而自己身后走过的路就愈益死气沉沉冗长。可这似乎又仅是错觉：那曾经熬过的日子毕竟增长了，它的背影越积越凝重；那一直向前的未来同样也增长了，它的脚步越迈越飘渺，比他年轻时深邃又神秘得多，仿佛他扎哈尔·巴甫洛维奇在从生活的终点日益向后退缩，或者在给自己的未来不断注入希望和信心。

车灯镜面上，扎哈尔·巴甫洛维奇瞧着自己日渐苍老的面容心生感叹："真不可思议，我居然也快入土了，可一切似乎都还老样子。"

临近秋天，日历上节日排得让人喘不过气，接连三个档期整整齐齐挤成一串。碰上这样的日子扎哈尔·巴甫洛维奇百无聊赖，只好到铁路上去，一逛老远，想从起点到终点把列车的行程看完整。走着走着他生出一念头，突然想去瞧瞧矿山里那座小镇，他娘就埋在那里。他仍清楚记得母亲下葬的地方，她坟头没名没姓也无人来扫墓怀念，旁边还立着一根别人家的铁十字架。十字架已然陈旧，上面墓志铭乃上世纪的牌子，早锈迹斑斑几无从辨认，只隐约显有个叫克谢妮娅·费奥多罗夫娜·伊罗什尼科娃娅的1813年死于霍乱，死时年仅十八岁零三个月。牌子上还刻有一排字，卖相倒还完整清晰："安息吧，亲爱的女儿，愿来生再见，我们仍做一家人。"

扎哈尔·巴甫洛维奇恨不得挖开母亲的坟，看看她的样子，瞧瞧她的骨骼头发，找找自己儿时襁褓所残留的丝丝痕迹——如今已毫无消息。若母亲再活过来回到他身边，他绝然不会陌生奇怪，自己与儿时那会儿似乎没多大区别。那时稚龄初开如若清幽朝雾，他喜欢一切打着转撒欢的东西：篱笆墙上的钉子，路旁铁匠铺子的炊烟，马车身下的轱辘轮子。

那时，小小的扎哈尔出门从来也不担心，无论去哪里走多远心里都记得母亲永远在家等着他。

铁路两旁生满护道灌木。灌木丛中偶尔会碰见几个叫花子坐树荫下吃东西或摆弄脚上的鞋子。一辆辆车头拖着长长列车，兴高采烈地呼啸而过，乞丐们看着路上奔来跑去的铁家伙，没谁闹得明白火车头怎么自个儿就动起来了。甚至一些最为显明的道理，比方自己活着该品尝哪样幸福滋味，乞丐们压根没想过。是怎样的信念、希望和热情支撑着他们双脚前行，走在尘土飞扬的道路上；毕竟世上哪有什么白痴大善人，能投下怜悯还肯施舍幸福不成！扎哈尔·巴甫洛维奇见长长的手臂无力摊开，偶尔也掏出两戈比不假思索递了过去，没想过自己付出的正是乞丐们曾经失去的东西，那可是他懂得机器所换来的回报。

路边斜坡上坐着一蓬头垢面小男孩，正把讨来的物品挑来捡去：不中用的垃圾刨一边，卖相新鲜的放回麻袋。小男孩瘦弱纤薄，可脸上却精神，一副欲求不满的样子。

扎哈尔·巴甫洛维奇停下脚步。刚入秋，空气清新怡人，他掏出支烟卷美美地吞云吐雾。

"干吗呢，你在作报废处理么？"

小男孩显然不太能理解这充满技术含量的问话。

"大叔，给个钱儿吧，"他讨要，"要不你抽你的烟，别来烦我！"

扎哈尔·巴甫洛维奇给了五戈比。

"你这家伙呀，不是小偷儿就是二流子。"他善意打趣。给了人家钱须得说点粗鲁反话，别让人家觉着这份好心有多沉重，免得自己心里老过意不去。

"不，我可不是偷儿，是要饭的叫花子，"小男孩一边为自己正名，一边摁了摁袋子里鼓鼓囊囊的皮鞋，"我是有爹有娘的人，我不偷。只是俺那爹娘饿得都躲起来了哟。"

"那你把这么多吃的包起来打算送哪儿去呀？"

"回家去看看呗。老妈说不定抱着奶娃子又回来了。不带回去他们吃啥？"

"那你自个儿呢，吃谁？"

"我呀，吃爹呗。我可不是那种没爹没娘的孤儿。你看那边，那些才是，全都些偷儿。我要敢去偷呀还不叫我爹给抽死。"

"那你爹呢，吃谁？"

"我爹嘛，还有我娘在呢，他也是我娘牛的，也是从那大肚子里掉下来的。那肚子揉来揉去软了变大了，吃闲饭的家伙们就从那沟沟缝缝里钻出来了。这一出来呀，你就得去要饭，可不得养活他们！"

小家伙对他爹怨气不小，脸都垮下来了。那五戈比硬币他早收进脖子上烟袋里了；那袋子鼓鼓，看上去攒了不少铜子儿。

"讨饭辛苦吧？" 扎哈尔·巴甫洛维奇关心道。

"是啊，蛮辛苦的，"小男孩直来直去，"你以为个个都像你，随便一伸手东西就讨来啦？都鬼精鬼精的，你东拉西扯还不是饿了想要我吃的！这给了五个钱儿，自个儿心里怕莫心疼死了吧！说好了哈，我可没啥东西还你。"

小男孩掏出一坨发霉面包，揪下一片霉透了的；看来他打算把卖相好点的给爹妈留着，带回村子去，而不中看的才自个儿吃下。见他如此，扎哈尔·巴甫洛维奇顿生好感。

"你爹很稀罕你吧？"

"我那爹呀他啥也不稀罕，像根枕木似的成天老躺着。我更稀罕我娘些，她身上老流血可辛苦了。有回她害病我还帮她洗过裤子呢。"

"你爹呢叫啥？"

"都叫他普罗霍尔叔叔。你没听过的，我不是本地人……"

扎哈尔·巴甫洛维奇的脑子突然钻出番景象，仿佛看见一荒弃农家房舍，烟囱上长了株向日葵，村道上杂草丛生都快挤成小树林了。

"普罗什卡·德瓦诺夫，你个狗崽子，原来是你呀！"

小男孩吐出几嘴没嚼烂的麦麸子，也没就此扔了，而是装进麻袋，想着过会儿再来嚼干净。

"你莫不是那个爱管闲事的扎哈尔卡叔叔？"

"嗯，就是他！"

扎哈尔·巴甫洛维奇坐下。这下子他对时间的存在似乎有了感觉，它就一段旅程，是普罗什卡从他娘那里出发走向陌生的城镇。他算看出来了，时间是苦难移动的痕迹，或者诸如此类的东西，它很显眼，似乎看得见摸得着，可却没哪样用场，装饰不了任何日子。

这时来得一人，身量瘦小，浑似被修道院去了法号赶出来的头陀。那人放着大好的道不走，偏要挤过来挨着他俩坐下，眼睛一眨不眨呆呆望着二人说话。来人唇红齿白，两片色泽鲜艳的嘴巴像极小婴儿的嘟嘟嘴；眼神倒也慈祥，只是不机灵。他这张脸一般老百姓可长不出来，想那长年沉浮苦海的百姓人家脸上怎少得了饱经风霜的沧桑。

那过路的，尤其两片红亮亮的口唇，令普罗什卡顿时来了兴致。

"你那嘴巴子噘得老高想干啥？想给我来个吻手礼么？"

那人也没搭腔，起了身信步而去，没理会方向是否对路，或者本身就没个准头，走到哪儿算哪儿。

普罗什卡这机灵鬼一眼看明了那人情形，在他身后大声嚷嚷：

"走啰，走啰。朝哪儿去呢？自个儿却不晓得。你要让他转过身顺势往回走也成。瞧吧，这就那号吃闲饭不干事儿的鬼东西！"

普罗什卡人小鬼大的机灵劲儿，扎哈尔·巴甫洛维奇比照起来略略惭愧：在搞懂与人打交道方面自己花了好长时间，却总觉得脑瓜子比不过别人，远不如这小家伙老到。

"普罗什卡！问你个事儿。"扎哈尔·巴甫洛维奇打听，"那个小不点娃娃，就渔夫家那孤儿，如今在哪儿？当初是你娘把他捡走了。"

"你说的萨什卡吧？"普罗什卡当即反应过来，"他早跑了，抢在大伙儿前头离开村子了！他呀，天生撒旦家的野种，谁沾上了准没好日子过！我家最后一块面包就他偷的，当天晚上拿了便溜了。我在后面追呀追跑了好久，还跟他说拿就拿了呗，没事的。然后我自个儿便回去了……"

扎哈尔·巴甫洛维奇姑且信他，想想又问：

"你爹呢，上哪儿去了？"

"出去找活儿了。走之前把一大家子人交我手上，让我找饭吃。我逢人便讨，要得了吃的回村一看娘不见了，奶娃子们也没影儿了。人都走了，村子荒了，家家户户住满了荨麻草……"

扎哈尔·巴甫洛维奇又给了普罗什卡五十戈比，顺便请他啥时候再到城里就上他那儿坐坐。

"你要是舍得，把头上帽子给我吧！"普罗什卡又讨要，"反正你也不在乎这点东西。搁我头上还可挡挡雨，免得感冒了。"

扎哈尔·巴甫洛维奇将徽章摘下，把帽子递了过去；徽章是铁路工人的脸面，在他心里可比罩脑袋上的布片片珍贵多了。

一列长途客车呼啸而过，普罗什卡乘机站了起来，起心赶紧离开，生怕扎哈尔·巴甫洛维奇把那钱和帽子又要回去。那帽子套在普罗什卡乱糟糟的脑袋瓜上倒也刚好合适，可这小家伙仅只试试大小便卷进麻袋跟他的口粮混在一起了。

"那就再见啦，走吧，上帝照着你呢。"扎哈尔·巴甫洛维奇开口告别。

"你说得倒轻巧,反正你又不缺吃的。"普罗什卡气乎乎怼了回去,"俺们可是吃了上顿没下顿哟。"

他这么一说倒叫扎哈尔·巴甫洛维奇愣住了,不知该如何接话。想再给点钱,可身上一个子儿也没了。

"前儿不久我在城里见过萨什卡,"普罗什卡又丢出一串话,"他个笨蛋,饿得人快不行了,讨饭都不会,哪儿有人给他吃的。我给了他块面包,自个儿一口还没尝呢。就是你,是你把他扔给我娘的,来吧,给钱吧,把萨什卡赎回去!"话到这地步普罗什卡竟一脸严肃。

"那你怎么着也得把萨什卡带我面前来吧。"扎哈尔·巴甫洛维奇算是应下了。

"先说好啰,付多少钱?"普罗什卡先论价钱。

"干活儿嘛!哪能不给钱呢,一卢布银票子够吧。"

"成,"普罗什卡也应下,"我这就去把他给你找来。提醒一句哈,你可别惯着他,当心他缠垮你,一辈子都撑不起腰杆。"

普罗什卡走了,选的行进方向与回村的道路不沾边。看来小家伙有自个儿打算,上哪儿能搞到填肚子的粮食货心里有谱。

扎哈尔·巴甫洛维奇望着普罗什卡渐行渐远的身影不舍转眼,心中那份对机器和制件远胜于人的敬意莫名动摇起来。

普罗什卡越走越远,那小小的身板跟周遭越发空寂的庞然天地相比愈益渺小凄凉。普罗什卡沿铁路而去,路上来来往往还有别的一些人;这条路似乎与他无关,也帮不上他什么忙。铁路上的桥梁、钢轨和火车头他看着便看着,神情冷漠无动于衷,这些东西跟路旁灌木、迎面风儿、脚下沙土没什么两样。在普罗什卡眼里,一切人搞出来的房子和道路不过是大自然换了副模样,长在了别人家的自留地上而已。普罗什卡脑瓜子里思绪绵绵不断,看什么事情都有自己的想法判断,是以他活得并不轻松。不过,他对自己的脑子倒未必把得有多清楚透彻,要不又怎会突然扮起大人口吻,讲的那些话全然没过脑子,自个儿也吓得不轻,那话里话外的道理不是他这小小年纪该有的见识。

铁路拉出长长弧线,要拐弯了。普罗什卡顺着拐了过去,那孤单的小小身影无依无靠地消失不见了。扎哈尔·巴甫洛维奇心中不忍,想去把他叫回来再也不任其离开,可去得已太远追不上了。

清早醒来,扎哈尔·巴甫洛维奇有异平常,不那么着急赶去上班了。到晚上,他心中忧郁得寂寞,早早上床睡下。那些螺丝、开关和老掉牙的压力表仍规规矩矩趴桌上,但再也无助他消愁解闷,这些东西就摆他面前,却似乎距离好远,自己跟它们再也不是一伙的了。他觉着,仿佛有什么东西在体内打孔挖洞往外钻,活像那颗心在往回跳动,因陌生和不习惯而慢慢绞碎自己。普罗什卡的身影始终飘荡扎哈尔·巴甫洛维奇眼前,那么瘦小、那么孤单,沿铁路遥遥地走向远方,一幕巨大的天地仿佛正垮塌倾倒下来,淹没了路尽头。扎哈尔·巴甫洛维奇脑海一片朦胧,念头倒不复杂,唯有一种刺痛不断膨胀,不断灼烧其敏感清浅的心灵,让他久久难以释怀。他仿佛看见普罗什卡在抱怨身上的苦难,这苦难因何而来又往何而去他自个儿也不懂;又仿佛看见铁路自顾自繁忙操劳,没理睬普罗什卡,也没发现身上有个小滑头在艰难生活;依稀恍惚间,扎哈尔怎么也闹不明白这是啥日子,凭啥这样子;想不出所以然,唯有莫名的忧伤痛楚无穷无尽折磨自己。

再一日,已是见过普罗什卡的第三天了,扎哈尔·巴甫洛维奇仍没到段里上班。只去了趟值班室,把工作牌取下随即又挂了回去。他把自己关进山谷一呆一整天;初秋时分日头晴和、蛛网晶莹,倒也悠闲。机车汽笛声依旧,呼啸而过的撕裂声也依旧,他远远听见却再难燃起兴致爬出去瞧一眼,那份对火车的爱慕之情似乎已烟消云散。

渔夫死了,跳进穆捷沃湖;光棍儿没了,倒在树林子里;村子荒芜了,长满闲花野草。可教堂看守的钟声依旧,路上列车来来往往奔忙的身影也依旧。如今,那鸣钟、那列车对时间不离不弃的忠诚令扎哈尔·巴甫洛维奇只觉腻味,他替它们羞愧万分。

"普罗什卡到我这年纪脑瓜子会捣鼓出啥名堂?"扎哈尔·巴甫洛维奇比了比自己,再想了想那小家伙,"说不定呀,天都要给他捅个窟窿,这小狗东西!……人不大点霸道劲儿可不小,以为我不晓得萨什卡去要饭还不是叫他给欺负走的!"

曾经的日子恍若罩着暖洋洋的薄雾,扎哈尔·巴甫洛维奇居于其间心安理得、波澜不惊,可如今变了,仿佛给一阵清风吹散了,眼前明亮了也清晰了,一种别样的生活令他触目惊心,人们衣不蔽体,无依无靠、孤零零地漂泊人世;而此时机器在哪儿管什么用,他的信仰崩塌了,他瞒不过自己。

司机大师傅对扎哈尔·巴甫洛维奇有些失望,不再如从前器重:"有人说我太过迁就纵容了你,认为你是把好手,会跟过去那些能工巧匠一样优秀,可你呢,咋作践自己的?!你个烂泥巴扶不上墙的狗东西,看你那厌样,跟个娘们儿似的,也就那点出息!"

扎哈尔·巴甫洛维奇有解不开的结,良心难安,一身热血沸腾的本领真就凉了下来。难道单为着讨一份工钱不容易,每天非得一丝不苟敲来敲去不可吗?即或钉颗钉子也得规规矩矩吗?司机大师傅心里最清楚,倘若工人们丢失了对机器的热爱追求,他们的劳动付出不再出于本能的无私奉献,而是变成单纯的钱物交换,那么这个世界也就走到头了,甚至比走到头还可怕:当最后一个工匠师傅消亡,那最后的一批恶棍败类必将复活,必将把天上太阳养育的作物吞食得一干二净,也必将把工匠师傅们创造的产品破坏得面目全非。

好奇心泛滥的渔夫遗下的那儿子性子温和逆来顺受,总以为生活中一切遭际都有其往来的道理。讨饭时别人不屑一顾,他却以为大家也不见得比自己过得好。他没饿死街头还真得感谢一位好心的钳工师傅。那钳工师傅年纪不大,家里老婆病了,自己却还得上班,一时半会儿又没找着人照顾;而他老婆病在家里不出门,怕得慌也闷得难受。钳工见那可怜的小男孩模样不坏，饿得无精打采、黑不溜秋，可要饭时仍一副爱理不理的样子，便起了恻隐之心，领回家让他照看自己生病的女人。他宠他老婆，痴心一片绵绵不断，觉得她是世上最可爱的。

萨沙成天坐小方凳上守护病人身旁，他觉得这女人很漂亮，跟他娘一样美；他爹口中他娘亦是这般好看。就为这他天天忙前忙后尽心竭力照顾病人，似乎眨眼间长大不少，他对人可从没如此上心过。女人也对他不错，从不在他面前摆太太架子，反而经常尊称他的大名"亚历山大"。可过不久女人病好了，她丈夫只好打发萨沙："孩子，这二十戈比你拿着，这就走吧。"

萨沙接下钱，但对钱全无概念，那份陌生亦如他的不舍；离开后他来到一处院子，终于忍不住哭了。院子厕所旁堆有一山垃圾，山头坐着普罗什卡，正弄手往身下刨来刨去翻找骨头、破布和废铁片。他嘴里叼着烟，脸上灰扑扑，应是给垃圾山扬起的灰尘熏老了。

"又哭了，早说你是鼻涕虫没错吧？"普罗什卡边忙边招呼萨沙，"你过来接着刨，我去整口茶水。今儿个吃咸了，老口干。"

可普罗什卡这家伙没上茶铺子讨水喝，径直找扎哈尔·巴甫洛维奇去了。扎哈尔那会儿正在家搞阅读，他识字不多读得吃力响亮："维克多伯爵手捂胸膛，里面跳动着一颗勇敢而忠诚的心，开始表白，我爱你，亲爱的……"

普罗什卡以为是在读童话故事，先耐着性子听了片刻，可后来发现不对顿时扫兴，冲扎哈尔叫嚷：

"扎哈尔·巴甫洛维奇，给钱吧，一卢布，孤儿萨沙我这便给你带过来！"

"谁呀？！"扎哈尔·巴甫洛维奇吓一跳；转过身，愁容满面沧桑凄凉。如今这张脸，若他老婆还活着恐怕也就她不嫌弃。

普罗什卡又确认了萨沙的价钱，扎哈尔·巴甫洛维奇想着自己还活着，马上要见到萨什卡了又开心，便将一卢布钱给了普罗什卡。房东木匠不在家住，搬到枕木防腐厂去了，正好给扎哈尔·巴甫洛维奇腾出两空房间。在木匠家里尽管过得不太平静，可与那帮土匪小子相处惯了日子倒不枯燥；那堆儿子长得格外壮实，浑身是劲儿，找不到地方发泄，好几次差点把自家房子烧飞了，幸好抢在火势大旺前扑灭了，这才避免房子化为一堆烟尘。那当爹的气得不行，劈头盖脸一通好骂，可一帮家伙竟回嘴："多大的事儿啊，老爷子，火有啥可怕的，东西烧过了就烂不掉了；你呀，老朽啰，也该拿来烧烧，将来入了土哇，保证新鲜得紧，再也不会发霉腐烂变臭了！"

木匠搬走前，那帮野小子先是把厕所棚子掀翻了，后来又将看家护院的那条狗的尾巴给绞了。

普罗什卡拿了钱没急着去寻萨沙。先上百货铺子买了包"小老乡"卷烟，在那儿跟几个老娘们儿胡天胡地扯了一阵，才又回到垃圾山。

"萨什卡，"普罗什卡喊他下来，"走吧，我带你去跟个人，省得你一天到晚老缠我！"

此后经年岁月阑珊，扎哈尔·巴甫洛维奇过得不如意越发颓丧。担心老了没伴儿死得寂寞孤单，便招了位枕边人，一苦哈哈的婆娘——达丽娅·斯捷潘诺夫娜。日子浑浑噩噩，他不经意间陷入麻木茫然，却似乎又别样轻松：去段里上班有工作缠身；守家里呆着得老婆啰嗦。这一对儿那种你方唱罢我又登场的忙乱纠缠汇在扎哈尔·巴甫洛维奇身上虽确是不幸，可没了这羁绊，兴许他早四海漂泊流浪去了。那份对机器和手艺的热爱已大不如当初：一来，无论他怎样卖力干活，人们依旧过得贫穷活得凄苦；二来，人间死气沉沉仿若扣着一笼阴暗冷漠的幻梦。扎哈尔·巴甫洛维奇真就疲了倦了心力交瘁，仿佛看见寂然无声的死亡阴影正日渐悄悄逼近。这感觉不少工匠师傅都有过，人到暮年唯余伤感，跟那些见得清楚摸得实在的东西打了几十年交道，倒让他们悟透一条亘古不变的定律：人生在世，万事万物终究难免一死。他们眼睁睁看见一辆辆车头打列车上取下来，风吹日晒没过几年竟浑身锈迹斑斑，终是烂成了一堆废铁。碰上周日休息，扎哈尔·巴甫洛维奇爱上河边钓鱼，理一理心头近段时日的思绪。

小家伙萨沙是他呆在家里的唯一念想。可就这份念想他婆娘也看不惯，时常拿腔拿调，弄得他心烦，不能专心专意体味内中快活。或许也并非坏事：若扎哈尔·巴甫洛维奇对一些喜欢的人或事太过沉迷，深陷其中难以自拔，那他说不定要放声痛哭。

一年又一年，日子松松垮垮漫不经心。有时扎哈尔·巴甫洛维奇躺在床上瞅着萨沙看书，忍不住开口问：

"萨什，你就没闹心的时候么？"

"没呢。"萨沙回道。自己这养父什么脾性他早习以为常。

"那你觉得，"扎哈尔·巴甫洛维奇心存疑惑想问出个了然，"这人啦，该不该全都非活着不可？"

"该。"萨沙隐隐把准了他爹的愁苦，回话干脆。

"那你在书上读到过没，为啥非得活着？"

萨沙放下手中的书，认真答复。

"读到过，书上说活得越久日子越有盼头。"

"啊，这样吗?！"扎哈尔·巴甫洛维奇半信半疑，"白纸黑字，书上真这么写的？"

"白纸黑字，书上真这么写的。"

扎哈尔·巴甫洛维奇不免感慨：

"看来理是这么个理。可未必都闹得明白哟。"

萨沙在段上已当了一年学徒，想着今后干钳工的活儿。他虽则喜欢机器和手艺，却赶不上扎哈尔·巴甫洛维奇当初那般入迷。他这份喜欢倒非出于好奇，不像他养父，一旦揭开机器神秘的面纱便兴味索然了。萨沙对机器的兴趣跟对别的活得有模有样、过得有滋有味的事物一样浓厚。他觉着光知道还不够，得亲自感受那些事物，体会它们过的日子。正因由存了这份心思，下班后他一路扮演火车头，学它各式各样的叫唤，宛若自己也奔跑在铁道上；上床时他边睡边琢磨村子里的母鸡们恐怕早歇下了；就这般扮来想去，他似乎与那些母鸡和火车头有了同命相连的感觉，心里乐得美滋滋。萨沙行事不甘形单影只的寡然：事儿来了，先瞅瞅左近有无类似情形，然后再行动，倒非缘于事情非干不可，而是出于跟某物或某人牵扯上了同命相连的干系。

"他怎么着，我便怎么着。"萨沙心头藏着这么句口头禅。见篱笆墙破得快塌了，他暗自安慰："好好地立稳了哈！"然后自个儿随便寻处地头照样无依无靠地立稳了。秋天风大，窗护板吹得嘎吱直响，几多阴郁、几多凄凉，每夜，萨沙窝在家里甚是无聊烦闷，听见窗户板呜咽心生戚戚：看来它们也无聊烦闷得紧！然后就心平气和了。

有时萨沙燃不起兴致上班，于是向不舍昼夜的风儿找平衡。

"他怎么着，我便怎么着。"萨沙看向那风儿说，"我上班活路忙在白天，可风不一样，夜里也得忙，它比我惨。"

开战了，列车往来好不频繁。战争，落工匠师傅们眼里也就那么回事，他们不用上战场，打仗那玩意儿跟火车头一样，不过身外之物。他们为机车操劳忙碌，又上油又修补，可这些家伙拉来运去还不尽是些没出半分力气的陌生人。

日升月落、四季变换，列车昼夜飞驰，累累光景萨沙在心里一遍又一遍捋过，寡淡如白水。岁月流逝、年齿增长，迎面而来红尘万象渐次打开，萨沙须得不断体会感受，以便心中不落下丝毫疏离生分的尘埃，就这般，已然难再想起他的渔夫老爹，想起他的村子和普罗什卡。他对自己意识模糊，从不觉自身也是一条坚硬的生命，反而于用心用情的臆想中，于别的事物身上，把对自己的认识和感受一点一滴挤了出去。他的日子仿佛居于襁褓，又似乎陷落深渊，活像始终活在母亲温暖又漆黑的思念中。他受制于对面的人间烟火，就如同四海为家的流民会受制于脚下的沧海桑田。十六岁了，年纪老大不小，可萨沙却过得风轻云淡、漫无追求；不过论起同情心泛滥，见一事一物即起一回善念，他似乎又甚是执着绝无丝毫迟疑：院子里小草蔫了枯了，他同情其生命芳华不再；夜间来了路人，无处安生歇息，故意打开嗓子咳嗽两声，好让人听见和可怜同情。萨沙听见了，也就同情可怜了。他时常心潮澎湃热血亢奋，一腔冲动膨胀，黑压压挤满胸膛，这状况如同那些成年人，面对心爱女人一发情就海枯石烂。隔着窗户他盯着那路人，设身处地推心置腹地臆想开来。路人渐远，隐入夜色深处，只传来人行道上石子磕磕碰碰的响动，石子比路人更默默无闻可怜。几只家狗远远嚎了几声，叫得惊慌又响亮；夜空也不平静，不断有星辰坠落，应是倦了困了站不稳。兴许，那漆黑夜幕尽头，茫茫冰凉的田野上，有一群游子正蹒跚前行，他们心中的感觉亦如此时的萨沙，这空旷寂静和坠落繁星跟自己的命运遥相呼应，同样那般苍凉惆怅。

扎哈尔·巴甫洛维奇由着萨沙，从不干涉打扰他生活；他很在意萨沙，用一个老人的全部热情，用此生不甚明亮但却从未熄灭的本能的希望浓浓地呵护着他。他真老了，就着灯火也看不清字眼了，动不动便叫萨沙给他念一念战争消息。

经萨沙之口，哪儿战斗了，哪里城市失火了，消耗了多少惊人的钢材、人命和财产了，悉数清清楚楚。扎哈尔·巴甫洛维奇先是听着一言不发，末了才终于感慨：

"我这辈子活来活去老想不通，人和人之间仇恨真有那么深，非得有个政权来管着不可么？政权来了，战争便跟着来了……有时边走边想，战争，它就是政权故意挑起来的，平头老百姓谁干得出这事情……"

听他这么说萨沙便问究竟如何是好。

"应该这么办，"提起这一问题扎哈尔·巴甫洛维奇顿时来了兴致，"没别的办法。他们呀，该把我派到德国前线去；只要争端一吵起来我立马上去劝和，大家各退一步，如此岂不比打来打去省事省钱得多。不然啦，那就派脑瓜子最管用的家伙上去试试！"

扎哈尔·巴甫洛维奇一直难以想象世上居然有这种人，不能坐下来交交心、好商好量。然而上面那帮家伙，沙皇和他的大臣们，莫非是群没心没肺的笨蛋。谁都看得出来战争是件荒唐的事情，是故意找茬儿。这问题上扎哈尔·巴甫洛维奇的脑子陷入了死胡同：那些人在故意杀人。难道就不能开诚布公与他们好生谈谈？或者，难倒就不该把他们手上那万恶的武器、财富和荣耀事先通通拿掉？

萨沙平生头一次见打死人就发生在机务段。那会儿快下班了，再有不到一个钟头该响铃了。萨沙正给汽缸箍密封圈，俩司机抬着一脸苍白的大师傅冲向办公室。大师傅脑袋破了洞一路滴血，机油路面落下一溜腥红。一进办公室，摇起电话就叫急诊。萨沙一脸惊诧，那血竟红艳艳活鲜鲜，而司机大师傅本人却满头白发面色苍老，想必他体内活得还挺娇嫩，如同一个婴儿。

"鬼东西们！"大师傅吵吵嚷嚷声音清晰响亮，"给头上整点儿油来，抹满了，先把血招呼住再说！"

一锅炉工飞跑出去拎了桶汽油回来，弄把棉纱头里面浸了浸，径直往大师傅血糊糊的脑袋招呼上去。那颗脑袋顿时油黑锃亮，热气腾腾几近冒烟了。

"这就对了，对了嘛！"大师傅觉着那伙计干得不错，"这不，松活多了。咋想的，见老子快死了么？还早得很嘞，狗东西们，乐起来，乐起来……"

大师傅有些脱力，昏了过去。萨沙仔细瞅了瞅他脑袋上的坑，里面全是断根而亡的头发，深深陷了进去。这会儿没人再计较大师傅的不是，哪怕他一直甚至现在仍觉得螺丝钉比人管用比人亲切。

扎哈尔·巴甫洛维奇也在场，眼睛死撑着，生怕掉下泪来给大伙儿听见添堵。他仿佛又见证了，一个人无论多么凶巴巴，多么能干勇敢，还不照样可悲又可怜，照样要轻飘飘地死去。

大师傅突然醒过来，眼中射出一抹冷光打一众下属和同事脸上扫过。他目光仍敏锐犀利充满活力，可身影却已衰败萧索，显出挣扎在死亡深渊的痛苦凄凉，苍白的脸颊全然凹了进去，蜷缩在眼眶下面。

"没出息，哭啥哭？"大师傅余威犹存，吊着口气跟往常一样呵斥。众人皆忍着，只扎哈尔·巴甫洛维奇眼睛瞪得久了泪水自己钻了出来，腮帮子上隐然挂了一片泥泞。"挺那儿干吗，哭个啥劲儿，丧钟还没敲响呢！"

司机大师傅又合上眼，好让眼珠子软软黑黑地歇一阵；死亡似乎还很遥远，几无半点预感，他只觉身子骨儿仍暖洋洋；这身温软热乎劲儿他从前竟没在意过，眼下倒来得清晰贴切，仿佛体内藏着一口澡堂子，满池子热水肆意荡漾，自己正游得欢畅。这感觉似乎曾经有过，只是太久了不记得哪儿碰到过。大师傅再睁眼，见一众人等似乎这会儿也荡漾在波光粼粼的水池里。一家伙站他面前，身体活像没长脚似的都快趴他身上了，正自愁苦得沮丧，脏分分的双手捂脸上，裂口纵横皱纹密布，显出了干活时的操劳辛苦。

大师傅见他那副模样心里好不气恼，又看这家伙身上水光快要暗淡消散了，赶忙抢出一句话来数落：

"哭啥呢，格拉西卡他，难不成这狗东西又把锅炉烧穿啦……他哭个鬼不是？去招个新人来吧，培养培养……"

大师傅记起在哪儿见过眼前这幕热乎乎静悄悄的黑暗：是在娘肚子里，挤挤巴巴黑得温暖。他觉着仿佛正被塞回去，塞回他娘张开的骨架里，可自己年岁老了，个子也太大，怎么挤也过不去……

"记得招新人来哈，培养培养……那混蛋东西，钉螺母不行，钉人倒他娘的手脚麻溜得很……"

这时大师傅使劲吞咽空气，两片嘴皮子咂吧嚅动起来。那样子活像地方太窄箍得难受、憋得气紧，肩头耸了耸想一下子挤过去，再也不受这份活罪了。

"把我往管子里再塞深一点，"大师傅喃喃嘟哝，嘴唇肿得老高，活像新生的婴儿，似乎心里早料知再过九个月自己又会重新生出来，"伊万·谢尔格伊奇，把'三八式螺钉'叫过来，让他呀，多好的人，找颗保险螺帽把我给拴稳啰……"

担架上来了，已不顶事，司机大师傅用不着再送急诊室了。

"把人送家去吧。"师傅们跟医生交代。

"先别忙，"医生回了句，"先记下事情经过，他还有用，得留一会儿。"

事情经过记录本上说法如下：死者乃一级司机大师傅，机车转场途中受了致命伤。机车笨头笨脑，挂有五丈长手脚灵活的钢缆；过岔道时钢缆扫倒边上路灯，灯杆砸下，正中大师傅头部。当时该大师傅正于后车煤水车上观察转场进程。事故原因一是司机大师傅本人麻痹大意，二是未严格遵守列车调度与操作规则。

扎哈尔·巴甫洛维奇把萨沙从段里牵出来径直回了家。晚饭时他老婆说眼下卖粮的少了，牛肉也没影儿了。

"饿死算了，不就那么回事儿。"扎哈尔·巴甫洛维奇顶了他婆娘一句，没给好脸色。他眼里日子已没什么过头了，一切皆成空。

萨沙眼里却另一样感觉，生活刚排上起头，才冒出一茬儿嫩芽，每天都很新鲜，充满诱人梦幻，未来似乎还有更多神奇色彩；司机大师傅已成过去，沦为一道影子，只偶尔会走进他梦里。不过，扎哈尔·巴甫洛维奇身上早已没了这股沸腾不休的青春劲儿，他真老了，这把年纪，生死也只旦夕间，跟那刚落地的婴儿一样，在死亡面前那么娇弱无助，赤裸得任凭收割。对大师傅的离世他感同身受，那悲痛哀伤恐怕到死都难忘怀。

匆匆又几年，日子平淡乏味，无一事再触动扎哈尔·巴甫洛维奇，心中唯一波澜竟是每晚瞅着萨沙看书荡漾起的那一丝垂怜。扎哈尔·巴甫洛维奇有时真想跟萨沙讲：别再看了，何苦来着，书上尽瞎说，但凡正经点，世上的人早就一家亲了。不过他终究没开口，尽管有些感触极为平凡普通，在心里也一直摇来晃去，比如幸福快活的滋味，可脑子不配合说不出个所以然来。他时常苦苦憧憬宁静祥和的日子，它远离现实，摇曳在波光潋滟的湖岸边，里面人们亲如兄弟，不再谎话连篇,也不再把生活描绘得那样高深莫测不沾人间烟火。

可惜这份憧憬终不过南柯一梦,醒来后扎哈尔·巴甫洛维奇不免惊慌失措;他全部的生活被这样那样突来的爱好兴趣,比如那些机器和手艺物件,给牵走了鼻子扰乱了节奏;不过这么些年下来他倒若有所悟:有些道理,当初在襁褓时母亲一边奶他就该一边喃喃细语说给他听,那些话是生命和血脉的真谛,是不可或缺的营养生机,如同她的乳汁一样珍贵又香甜,可惜如今再也想不起那份滋味了。遗憾的是母亲终究什么也没告诉他,弄得他对整个人世间一直未能想得明白看得透彻。如此,扎哈尔·巴甫洛维奇只好向日子屈服听天由命,对未来不再报任何希望:那些机器车子,无论怎样心疼爱护还不转身就跑了,既不拉普罗什卡也不载萨什卡,甚至连他自个儿都不搭理。一辆辆火车头没日没夜操劳奔忙为谁来着?还不为那些不相干的人,为那些打生打死的士兵,而他们坐上面来来往往还不是身不由己。机器车子自个儿同样身不由己,只不过被使唤惯了便认命了。对这家伙扎哈尔·巴甫洛维奇已不如当初着迷,如今更多是同情怜悯,甚至有时还会在车库跟它唠唠心里话:

"怎么着,想跑起来?那就跑呗!你瞧,这牵引杆呀我已给你拉到位了,可不是吗?如今要拉的那帮混蛋重着呢。"

机车虽则不能开口,可扎哈尔·巴甫洛维奇却听清了它的心声。

"煤太差劲了,炉条都熏黑了,肿起来了,"机车仿佛幽幽抱怨,"上坡重啊,老费力了。一帮娘们儿人数照样不少,都赶着去前线找自家男人,每人身上至少带了三普特口粮啊。邮车呢,本就不轻,如今还拖两节,从前可只有一节来着。眼下人们活得距离远了,信也就写得多了哟。"

"是啊。"扎哈尔·巴甫洛维奇边唠嗑边琢磨。那么多人把那份遥遥相思的沉重满满地压机车身上,他又能如何,想帮一把却无从下手,只好添句安慰:"那你就别那么用劲嘛,半死不活地对付下得啦。"

"那可不成，"机车脑子不糊涂，话也和气明事理，"我跑在路基上身子高着呢，周围村子抬眼便能望见。你说那村里头多少人在哭鼻子抹眼泪，人还在的信件，受了伤的亲人，尽都盼啦。你帮忙瞧瞧密封圈，我老觉着拧紧了点，这要一跑起来还不三两下就把活塞杆烧废了。"

扎哈尔·巴甫洛维奇走近前松了松密封圈的螺丝。

"还真是拧得紧了些，那帮混蛋家伙，这是想干啥呀，胆儿也太大了！"

"那谁，你在那儿瞎忙活啥呢？"值班机师打办公室出来，抬头便质问，"磨磨蹭蹭的，是专门请你来吃闲饭的吗？说呀，是还不是？"

"不是，"扎哈尔·巴甫洛维奇老老实实回答，"我觉得螺丝好像拧紧了点……"

见态度不错机师也没发火。

"只是觉得嘛，就别乱动了。拧再紧管啥用，一跑起来还不照样漏汽。"

那人刚转身，机车偷偷跟扎哈尔·巴甫洛维奇咕哝："漏汽跟拧得紧不紧毛关系没有。活塞在缸子里动来动去油封还能把汽压得住不成？你以为我自个儿想这么干吗？"

"是呀，我明白，"扎哈尔·巴甫洛维奇叹了口气，"我不过一擦洗工，你也晓得，人微言轻话不中用哦。"

"这倒也是！"机车嗡声嗡气，不免深为同情，浑身的劲儿也泄了气，就此冷冰冰黑洞洞地木然了。

"要我说还不就那样！"扎哈尔·巴甫洛维奇附和了句。

萨沙考上夜校，扎哈尔·巴甫洛维奇心里又乐了一把。想他这辈子活来活去都自个儿撑着，没人搭把手也没人提醒一句，什么体会感觉都得自己琢磨。萨沙这下好了，别人讲了什么道理书上都写得有，只管听便是。

"我琢磨得辛苦,他呢翻翻书就明白,什么都现成的!"扎哈尔·巴甫洛维奇直羡慕萨沙好命。

书翻够了,萨沙动起笔来。灯亮着,扎哈尔·巴甫洛维奇那口子睡不落觉。

"老是写,"心有怨气她不免牢骚,"写来写去图个啥呀?"

"睡你觉吧!"扎哈尔·巴甫洛维奇劝她,"眼皮子合上,闭紧些睡去!"

他老婆闭紧了,可灯光仍明亮晃眼,活像煤油不烧钱似的。这婆娘是对的,亚历山大·德瓦诺夫少不更事,这年龄挑灯夜读还真是白费灯火,那些愤世嫉俗、振振有词的书一页页全照进心里,派得上几个用场?他该咋过还不就咋过,听过、信过么?念再多书想再多道理心里还不总空落落的;那处空空如也的地盘,书上不曾说过或没写明白的沧海桑田,还不想来就来想走即走,像阵恼人的风刮过没留一丝痕迹。德瓦诺夫这小伙十七岁上头了,心思仍单纯如初,全无一点防备架势:既不信上帝,竖个神仙保佑的盾牌;也不藏什么高明道理,披层生人勿近的铠甲;他硬是舍不得把眼前这方敞敞亮亮的无主世界寄养在别人名下。当然,他同样也不愿意这世界老无名无姓没家归属,一心想它跟自己姓,它嘴里呼唤的永远都是自己,而非那些没安好心凭空捏造的乱七八糟名字。

某日深夜萨沙坐着发呆,惆怅又不请自来。他心无所属魂无所护,徒增烦恼空自辛苦,想琢磨些事情以便解脱快活。只见他耷拉下脑袋设想心里那处空寂之地有种生活打里面进进出出,常来常往日日不断,既无迟疑逗留,也不惊慌躲闪,始终平平顺顺,活像远方的回音,遥遥吟唱却总飘渺难辨。

萨沙突地一阵发冷,仿佛真有股风扑面而来吹向身后无尽黑暗,而他面前深处,那风的故里似乎耸立一座轻盈透明的庞然山峰,那是空气们在热热闹闹聚会嬉戏,正是它们即将打开自己的呼吸,撬动自己的心跳。那呼吸和心跳似乎早有察觉,先不先齐齐候在自己胸膛上,体内那处空寂之地也大大方方躺得更平更宽了,敬候未来日子的主人光临霸占。

"瞧啊,那就是我!"亚历山大吼一声豪情万丈。

"那就是啥,你?"扎哈尔·巴甫洛维奇竟没睡着。

萨沙立马住嘴,好不懊恼愧窘,那大门洞开的心灵荡漾的惬意顿时烟消云散。本以为尽都睡下了,就他一个人,没料扎哈尔·巴甫洛维奇还留了分心神在自己身上。

扎哈尔·巴甫洛维奇见萨沙脸上几分挂不住,顺势自问自答若无其事地把那一问题绕开了:

"朗诵吗,你这是?不要紧的……只是夜也深了,该睡觉了……"

扎哈尔·巴甫洛维奇打声呵欠,轻言细语劝了句:

"愁啥呢萨什,你还小,有些事儿不懂……"

"这位,说不准哪天好奇也跳水里淹死了,"扎哈尔·巴甫洛维奇缩在被子里兀自咕哝,"我这把自己埋枕头憋死了事儿。还不一样。"

夜深人静,车厢连廊处传来几声咳嗽,站上挂钩工人正当班忙活。堪堪二月末,铁路两侧的沟渠已隐隐露出身影,上面仍趴着隔年陈草。萨沙看着那些草仿佛见着了大地的枯荣繁衍。草儿失去生命他心生怜悯,死死瞧着它满腹伤怀,他对自个儿可从来没如此留神用心。

别的那些遥遥各不相干的生命他却能感知察觉,仿佛有种呼唤在激荡血液深处的沸腾,可这感觉落回自家身上却又那么乏力困难。他对自己仅能想想而已,若稍微站远一些,从旁观者角度用身上敏锐的生命触觉来感受对面的自己,还真没看出自己与旁人有什么两样。

扎哈尔·巴甫洛维奇某天心血来潮,拿萨沙当大人一般唠嗑。

"昨儿个,新型机车的锅炉炸了。"扎哈尔·巴甫洛维奇提起。

萨沙知道这事。

"他娘的，这科学闹的，"扎哈尔·巴甫洛维奇心里难受，对科学很不满，当然还有另一起因，"刚出厂的车子呢，那螺丝铆的什么鬼哟！……没谁是好东西，办得来啥正经事，放着脑瓜子不用硬他娘的凭一身肉横冲直闯蛮干……"

身体和脑子有何区别萨沙一时半会儿还闹不明白，便无意多嘴。听扎哈尔·巴甫洛维奇那话意思，脑子就是一懒得发力的软蛋屁货，而机器设计则凭的是人心肥胆壮妄想瞎琢磨，跟脑子毫无干系。

偶尔有军列过站传来声声响动，汽笛威风刹车刺耳；到站后一队人马叽里呱啦，腔调怪模怪样活像来自另一世界。

"部队换防啰！"扎哈尔·巴甫洛维奇留心细听两句摸清了状况，"这老换来换去换到哪旮旯是个头哇。"

年岁大了，一辈子过下来人也迷茫了，遇哪样事都提不起兴致，是以革命来了扎哈尔·巴甫洛维奇丝毫也不奇怪震惊。

"闹革命总比打仗松活些，"他怕萨沙不明就里，"这人呐，太难的事儿是不会去干的：眼下呢，情形难还是不难真不好说……"

到扎哈尔·巴甫洛维奇这把年纪没几样事情瞒得了他，行事非十拿九稳不出手，是以暂时把革命拒之门外了。

他跟那帮师傅讲，政权又叫一伙机灵鬼给把持了，今后恐怕没什么好果子吃。

临近那个最最十月的月份，扎哈尔·巴甫洛维奇暗含讥讽嘲笑，平生头一次觉得自己脑瓜子开了窍，当了回聪明人，心头不免得意。然而正是那年十月的一天深夜，他听见城里枪响整夜都不敢落屋，死活院子里候着，偶尔进门也只卷一把烟即出来。是夜通宵达旦他把门摇得咯吱直响没个消停，硬不让他婆娘睡死了。

"你个神经病，消停会儿成不，疯疯癫癫闹啥呀！"老太婆孤零零翻身，"这帮跑路的，光知道抢！……日子咋过哟，吃没个吃的，穿没个穿的！……那双打枪子儿的手咋不断了呢？！有娘生没娘养的东西，就知道野！"

扎哈尔·巴甫洛维奇站院子中央,手上烟卷一闪闪发亮,远处枪响一声声惊魂。

"怎么会这样子?"扎哈尔·巴甫洛维奇心存疑惑,摇了摇头又回屋找烟去了。

"你个死鬼,歇了吧!"婆娘招呼他。

"萨沙,睡了没?"扎哈尔·巴甫洛维奇隐隐激动,"那边呀,傻子们夺权啰,看吧,日子怕是要聪明起来了。"

一大早,萨沙和扎哈尔·巴甫洛维奇便进了城。扎哈尔·巴甫洛维奇想寻一家最严肃正经的党,找到立马加入。各家党全挤一通班房里,每家都宣称自己是最好的。扎哈尔·巴甫洛维奇有自己的判断,不轻言信任,他在找一家纲领开门见山的党,一切都写得明白又实在。走了多家没谁说得清楚那一天何时到来,何时才能降下无上幸福的尘世乐园。一些人说幸福这玩意儿是件复杂玄奥的东西,人活着目标不在它身上,而在于要把历史规律走完整。另一些人却又说幸福这东西就是永不停歇永无止境的斗争,天长地久其乐无穷。

"看吧,就这水平!"扎哈尔·巴甫洛维奇看得透彻也惊得清醒,"扯那么多,还不是说活儿你来干工钱一分没有。这算啥党,简直就是剥削。走吧萨沙,到别家去逛逛。你说那宗教里头,东正教都还有点狂欢闹腾的福利呢……"

接下来一家摆出道理,说人是一种高级高明又贪婪的生物,脑子里的想法大得惊人,甚至起心将幸福整个儿吞下去,把自己撑得满实满载;这要满足了他岂非世界末日。

"幸福那玩意儿俺们也缺着呢!"扎哈尔·巴甫洛维奇跟了句。

楼道尽头,紧依门口位置摆着最后一家党,也是名称最长的一家。招牌下拢共只一人,脸上闷闷不乐,别的人都跑去搞统治了,光留他坐那儿干等。

"你啥事儿?"那人问扎哈尔·巴甫洛维奇。

"俺俩想一块儿加入来着。那最后阶段转眼要到了是不?"

"你指的是社会主义吗?"那人没太闹明白,"再有一年吧。眼下只是先把政府机关夺下来。"

"给俺们登个记吧。" 扎哈尔·巴甫洛维奇听见这话来劲了。

那人给了他俩一摞小册子,又一人一张纸,纸上半数地方事先已印好字眼。

"给,纲领,章程,决议,履历表,"那人发话了,"填吧,每人再提供两位担保人。"

扎哈尔·巴甫洛维奇心里一凉,觉得怕莫要上当,便追问一句。

"先口头登记成不?"

"不成。我脑子可记不住,办不了手续党就不记得有你们这号人。"

"到时我俩会亲自到党面前的。"

"那也没辙!到时我凭啥给你俩开党证?这不明摆着的事嘛,凭这张履历表,并且还得会上通过才行。"

扎哈尔·巴甫洛维奇发现那人说得清楚、准确,公事公办、公道公正,不讲情面不搞通融。心想由这党来办说不定会办出聪明绝顶的政权,在其治下过得一年兴许整个世界还真就建成最后阶段了,不过也兴许是另一番结局,到时这五花八门的瞎折腾、白忙活大行其道遍地开花,搞得连那不理事的小孩子家家都疲于应付心力交瘁。

"萨沙,你先登上吧,试试看,"扎哈尔·巴甫洛维奇推让道,"我呢,过年把再说吧。"

"试一试的态度我们可不收,"那人不同意,"要么全心全意永远跟我们,要么敲别家的门去。"

"也对,是得整严肃点。" 扎哈尔·巴甫洛维奇觉着有理。

"一码归一码,这事跟平常可不一样。"那人没再阻挠。

萨沙坐下填表。扎哈尔·巴甫洛维奇乘机向这位党的人打听革命。那人一心两用,边搭腔边忙活别的更要紧的事情。

"昨儿个弹药厂的工人起来罢工了,营房那边也暴动了。懂不你？莫斯科那边，工人和劳苦大众拿下的政权也快两周了。

"后来呢？"

来电话了，党的人忙那头去了。"不成，走不开。"他对着听筒吼，"群众代表要上这儿来，那就再派个人手，让他来弄报道！"

"你说啥，后来么？"那人又想起这头，"后来呀，党派了代表下来巩固运动成果，只后半夜城里要害部位全给我们拿下了。"

扎哈尔·巴甫洛维奇听得一头雾水。

"那可是当兵的和工人们起来暴动了，干你们上这儿来啥事情？他们自个儿有力量那就接着闹下去呗！"

说着说着扎哈尔·巴甫洛维奇竟动怒了。

"你呀同志，工人兄弟，"党内成员不紧不慢开导他，"要照你这想法，那咱们这天下如今便就踩在资产阶级脚下啦，武装力量也握在他们手上啰，哪儿还会有什么苏维埃政权？！"

"说不定，还有更好的呢！"扎哈尔·巴甫洛维奇心中念头一闪，不过这更好的是什么他自己也没弄清楚，举不出模样来。

"莫斯科那边没有劳苦大众。"扎哈尔·巴甫洛维奇不全信那人的话。

那党的人本就眉目紧锁，这会儿脸拉得更长了，脑子里直转悠，群众的不学无术浩浩荡荡，这要缠党身上，操心的麻烦事恐怕无穷无尽。一想到这他心里竟先累垮了，无力再搭理半句回话。可扎哈尔·巴甫洛维奇却没就此放过他，缠上来的问题越发直白，想搞清楚眼下城里最大的官儿是谁，工人们都认识他不。

得此一问那人脸上阴云顿消一派阳光灿烂，心想这群众关心的方式粗暴是粗暴了点，直接得也有些生硬，但觉悟还蛮不错。他抓起电话准备发令。扎哈尔·巴甫洛维奇扫了一眼电话机，心里那股久违的热乎劲儿蠢蠢欲动。"这玩意儿我咋好像没见过呢，"他把自己往日制的东西脑子里悉数捋了一遍，"还真从来没捣鼓过。"

"把佩列科罗夫同志派我这儿来吧，"党的人顺着电话线将意思传了过去,"啥,佩列科罗夫是谁?是这么个情况。报纸上的消息得尽快安排人弄出来。眼下流行的文艺读东西什么的最好也再加几个版面……我听着呢。你,你哪位?啥,赤卫队员?那你抓听筒干吗,还不放下,啥也整不明白……"

扎哈尔·巴甫洛维奇又来气了。

"我这儿心里难受,过不去才向你请教,你倒好,打算拿张报纸就想让我心里过得去……不,伙计,你没整明白,任何政权都是一座王国,王国呢?就是有头有脸的人和王权的天下,这事儿啊我可反复琢磨了多少回……"

"那照你的琢磨,到底该咋弄?"那人又转到这边,想搞清自己究竟哪儿没整明白。

"财产的位置得往下削一削平一平,别举那么高。"扎哈尔·巴甫洛维奇开门见山,"老百姓的位置得往上抬一抬松一松,别盯那么紧。这么弄自然越来越好,上帝就保佑它啦,真理也就到来了!"

"你这是无政府主义!"

"无政府主义碍你啥事儿,不过干一天活算一天账过一天日子罢了!"

党的人摇了摇脑袋,睡眼惺忪蓬头垢面。

"你呀,这是身上的小资产阶级意识在作祟哟。睁大眼睛瞧好了,顶多再有半年,你会发现自己是犯了个原则性错误的。"

"那咱们拭目以待吧,"扎哈尔·巴甫洛维奇也不松口,"到时你们这边还没摆平的话,那期限我们也可以宽限一些嘛。"

萨沙填好表交了。

"怎么会这样子?"回家路上,扎哈尔·巴甫洛维奇一脸茫然,"莫非眼下这搞法还就千真万确了?再看看吧,会有结果的。"

年龄上来了,扎哈尔·巴甫洛维奇的心性脾气也变了,爱较真、易动怒。如今,他只在意枪杆子究竟落谁手上更稳当,心想那小小的准星该是能将布尔什维克人测出些模样。也偏偏这一年上,他竟怀念珍惜起自己一路遗落的东西。他身上似乎一切都错过了：头上的天还是那方天，操劳半生天仍宽宽阔阔如故无一丝改变，可他却又老又枯了，曾经沸腾不休、光芒四射的满腔热血力量白白打了水漂，一无所得；他把自己过得一团糟，与生活背道而驰渐行渐远再也抓不住了，何曾品尝过内中真正滋味；而今，那些篱笆墙、村庄和芸芸众生他瞧眼里痛心底，半辈子都过去了，他于这一切既无施一分快活也没予一丝守护，往事难追，余生竟只剩依依惜别。

"萨什，"他感叹，"你本就孤儿一名，命呢，算是白捡的，过一天便赚一天，别舍不得，哪儿的生活充满阳光你就长向哪儿吧。"

亚历山大没接话，养父心中苦水深似海他能体会，便由着他倾吐。

"还记得不，费季卡·别斯帕洛夫？"扎哈尔·巴甫洛维奇继续倒苦水，"咱们那儿的一钳工，前些天命没了。原本呢叫他去丈量啥玩意儿，他也就去了，爪子直接摁了上去，膀子伸得老长，徒手便开干。结果呢，还没够着那东西的把手，自个儿从一尺宽变成一丈长了。都骂他：'你个狗日的，这是想干啥呀？'可他咋说：'就想着拼命弄弄，这回总不会再开除我了吧。'"

到第二天亚历山大才反应过来他参说那番话是什么意图。

"你呀，别看那边的人是布尔什维克，又是自身信念的苦行僧。"扎哈尔·巴甫洛维奇在萨沙人生的拐口处叮嘱，"可你一定得小心，凡事多看看多想想。自己心里要有数，你爹是投水淹死的，你娘连名字也没留下，咱老百姓过日子心里空得慌啊，这心窝窝旮旯就是最伟大的事业……布尔什维克人该当有颗宽广空旷的心灵，里面无论装什么都容得下……"

扎哈尔·巴甫洛维奇被自己的话点燃了，胸中豪情万丈，隐隐回到冲动倔强的年龄。

"要不然啦……你说，要不然会啥结果？你看那炉膛子，往里面装股风，风转眼变成黑烟子了！那煤渣子呢，煤渣子虽不能装什么，可你把它往坡道上一放,比那火钩子还有劲儿,要翻车的!我说这么多你明白不?……"

扎哈尔·巴甫洛维奇激动难耐几欲炸开,慌忙跑进厨房点了一嘴烟。稍得平复,返身抱了抱自己这干养的儿子,竟不住哆嗦。

"萨什,你呀,别嫌我唠叨,话说重了也千万别见气!我也是没爹没娘的孤儿,咱爷俩啊,没谁心疼,自己的苦自己咽吧。"

亚历山大怎会见气。扎哈尔·巴甫洛维奇心里荒凉凄苦他能感觉到,不过他相信,革命就是人间的远方尘世的尽头。真到了未来那一世界,扎哈尔·巴甫洛维奇的恐慌立马一下子就消散了,而渔夫老爹投湖而去要找的那东西也一定会找到。这感觉越来越强烈清晰,未来那一崭新世界已耸立他脑海,只是它不可述说,而仅能动手去完成。

半年后亚历山大考上铁道人员培训班,接着又转入中等技校深造。

每日夜里,萨沙都会给扎哈尔·巴甫洛维奇读一读他的书本,技术知识多他念得也起劲。听书的人则更是陶醉,那些科学技术跳动的声音他固然陌生不解,但他的萨沙却懂,因而甚是享受老怀大畅。

可惜没多久亚历山大的学业便歇下了,这一歇竟再无回头。党给了任务,派他上内战前线,去草原城市乌罗乔夫办差。

扎哈尔·巴甫洛维奇陪萨沙在站上守了一天一夜,等过路军列顺道把儿子捎走。离别在即,扎哈尔·巴甫洛维奇的心怎么也静不下来,只不停抽烟,燃了足足三俄磅[①]的黄花烟叶。爷俩二人把该说的话都说透了,偏偏谈恋爱这事不知该如何启口。但无论如何总得提醒几句,扎哈尔·巴甫洛维奇的嗓子扭来扭去磕磕碰碰挤出一番话来。

"萨什呀,你也老大不小了,该懂的自己心里也有数……关键是,这事儿呢,强求不得。话又说回来,这档子事情硬来也没用,虚得很也飘得很,把人迷得团团转,老勾你的魂儿,使劲儿扯你拽你,你去了则会发现到头来啥也没有……其实呢,每个人裤裆下天生就盘

[①] 1 俄磅约为 409.5 克。

着一头掠夺成性的帝国主义……"

亚历山大在脑子里把自己剥光上上下下捋了一遍，没感觉有什么帝国主义。

末了，等来一趟混合军列，亚历山大当即爬上去，扎哈尔·巴甫洛维奇在月台上一个劲儿叮嘱：

"空了就来封信，别老让家里惦记，老担心你还在不在，记着哈，有事儿没事儿报个平安……"

"晓得了，我有空就写。"萨沙让他爹放心。这当口，瞧着扎哈尔·巴甫洛维奇的身影才猛然发现他那么苍老，那么孤单无助。

发车铃已催了四五回，平时普客三回就够了，可军列却迟迟未见动身。又上来一伙人，面相生得紧，把萨沙挤进了车厢，门边再也不见他身影。

扎哈尔·巴甫洛维奇委实累了，转身回家。这一路竟无比漫长，烟也没心思抽了，那小小的别离竟绵绵得惆怅。一到家，径直坐向角落上的小桌旁，平常萨沙就坐这位置念书；他捧起萨沙的代数课本，一字一句读得好不专心，虽则仍全然不懂，可念着念着心便活过来了。

亚历山大·德瓦诺夫去往的那座城市，新霍皮奥尔斯克市，此前握在哥萨克人手中，不过，涅赫沃拉伊科师长的队伍出了手妙招便将那伙人撵跑了。该城四面旱地，只一条水路沿河而下，两侧沼泽淤积不便通行，哥萨克人对此就没太在意，疏了戒备。然则，涅赫沃拉伊科师长备了些草鞋给部队马脚套上，方便穿行沼泽水洼，于一月黑风高夜发动袭击拿下了城市；哥萨克人被赶进一处泥泞河谷，出口外沼泽茫茫，坐骑光脚赤蹄实难踏行，因而受困好长一阵不得脱身。

进城后德瓦诺夫去了趟革委会，跟人攀谈了番。眼下粗麻布紧张，红军战士一身衬衫无有着落，惹得身上虱子成群结队，热闹得如一锅滚粥。众人虽则牢骚不少，但仍决心继续打下去，直到将大地一扫而光。

期间，机务段一火车司机，乃当地革委会主席，给德瓦诺夫摆了摆道理：

"革命呢就是四处刨食：要成不了事儿啊，那俺们也把上面的好地给翻刨干净，只留割嘴的黏土，叫那帮龟孙子谁爱啃啃去，俺们工人们倒了霉呀，谁都别想好过！"

德瓦诺夫暂时闲着没给安排，只叫先行住下："跟咱们一起过吧，大伙儿相处一阵熟络了回头再来掰扯，看看你有哪样最是放心不下的事情要办。"

集市广场上有家俱乐部，德瓦诺夫跟一群年岁相仿的小青年挤在里面学习革命著作，读得如饥似渴，周围挂满红色标语，可窗外却一片空旷原野，无遮无挡危机四伏。众人和标语均暴露敌人枪口下，书摆眼前头浮窗边，打野外随便起一颗子弹就能击中这些青年共产党员的脑袋。

草原上的革命是打来打去的战斗，当德瓦诺夫渐渐习惯这种生活、慢慢喜欢上此间同志时省里却来了封信，一道命令让他回去。亚历山大当即启程，出得城来一路徐步一路沉默。火车站离得倒不远，只四俄里开外，可德瓦诺夫却心头茫然，不知该如何才能回到省城：风传，铁路沿线到处都是哥萨克。原野上，一乐队蹒跚而行，打车站出来沿途吹吹唱唱，曲调哀婉声腔凄苦；原来涅赫沃拉伊科师长阵亡了，大伙儿抬着他冰凉的遗体往远方送葬；他的部队在大村子流沙寨遭遇伏击，给在近富农武装偷偷消灭了。此情此景德瓦诺夫对涅赫沃拉伊科好不同情，死了去了，没得爹娘哭别今世，只有哀乐祭送往生；而一群送葬的也齐齐面无表情跟在后面，仿佛随时打算把命交出去，革命生涯风云变幻牺牲在所难免。

德瓦诺夫身后，城市越退越远终隐入山谷，消失在频频回眸的视线尽头，只余孤单身影萦绕脑海，仿佛经此一别，没了自己守护的新霍皮奥尔斯克市将更难安生自在，不禁恋恋惋惜。

德瓦诺夫来到车站,隐隐察觉这处杂草丛生几近荒凉的所在弥漫着一股惊慌不安的忐忑。那心情跟人一样,仿佛有一乡远方在招手,于这处所在,则似乎有那天涯海角的种种神秘事物在遥遥思念召唤。

一群陌生人席地而坐,稀稀拉拉十来张焦虑面孔,盼火车把自己的命运载向远方换一处好点的活路。革命无情风雨飘摇,他们默默承受,默默浪迹俄罗斯辽阔的草原旷野,只为寻一口吃食讨一条生路。德瓦诺夫走出候车室,发现五号轨道上停着一趟军列,于是凑上前去。列车拖了八节平车,上面摆满辎重车辆跟火炮,随后两节客运车厢,尾部又再挂了两节平车,这回装着煤炭。

部队指挥员检查了证件,便放德瓦诺夫上了客运车厢。

"同志,我们这趟车只到拉兹古利亚伊会让站!"指挥员事先声明,"后面的路用不着火车了,我们直接进入阵地。"

坐一程算一程,即便只到拉兹古利亚伊,毕竟离家又近不少。

车上清一色红军炮兵战士,几近纷纷酣睡。整整两周,这支部队在巴拉绍夫市近郊打得昏天黑地,早疲倦已极。倒有俩人,想是歇够了,靠着车窗幽幽哼吟小曲儿,战争苦闷,浅歌轻吟聊以舒怀。指挥员躺着,手上捧本书,《蒂克出品:一位热爱艺术的修士奇遇记》;政委这会儿却不见人影,许是躲进某处发报室忙活。车厢墙壁和条凳上密密麻麻写满思念和孤独,应是一波又一波红军战士车来车往路途迢迢苦闷而忧伤,便掏出随身彩色铅笔打发心情;那支笔在前线就是家书抵万金的寄托。德瓦诺夫一路看来伤感越积越重:一句句留言仿若串起来的一部新年日历,早前在家时德瓦诺夫已将这一年的日子悉数翻阅在心。

"我们的希望停泊在海底,"某位战场游子写下这么个念头,并附上心血来潮的时间地点,"1918年9月18日,占科伊城。"

夜幕降临列车徐徐而行,无一声鸣笛悄然上路。车厢闷热,德瓦诺夫昏昏沉沉打盹,再醒来已四下漆黑。当时,一阵刺耳刹车、一通拖着尾巴的呼啸惊扰了他的梦乡。一道闪光擦亮车窗,有颗炮弹落在近处，燃起炽热烟尘。炮火撕裂黑夜，映出片片秋后荒地，照亮夜色下安静田野。德瓦诺夫顿生警觉起了身来。

列车却已停下，浑身战战兢兢。指导员跳下车，德瓦诺夫跟在身后。显然，前方不远藏着哥萨克人的炮兵部队，正例行朝铁路开火，不时扔几颗远弹。

夜色清幽阴凉愁楚，俩人摸黑而行迟迟来到车头跟前。机车微微喘息，锅炉嗞嗞作响，一亮小小火苗照射压力表上，活像一盏细细的电灯泡。

"咋回事儿？"指导员有些纳闷。

"路上不安全，政委同志，我怕出事儿：炮弹飞来飞去，我们又没火力掩护，白白挨打迟早要翻车！"车头上司机赶忙小声解释。

"胡扯！你没长眼睛啦，那边扔的远弹，没准头的！"指导员大为光火，"你只管闷着脑袋跑就是了，火速冲过去！"

"成，这就跑起来！"司机没再推托，"可我这儿只一名副手，忙不开，能否派个兵过来搭把手，帮忙稳稳炉膛火势！"

德诺瓦夫看出司机有些心虚，当即爬上车头助其稳住心神。机车前方，炮弹如雨点左右开花，照亮整架列车。司机脸色苍白，死死把住调控器手柄，猛力一推，大声使唤德瓦诺夫和那副手：

"给汽，出发！"

亚历山大真还卖力，不断往炉膛填塞柴火。列车飞驰一路咆哮而去。迎面漆黑如网，罩得人透不过气来，兴许，那阴森森暗夜深处路已塌道也毁。拐弯时机车差点甩了出去，德瓦诺夫隐隐觉得或许已脱轨飞了起来。车头气喘吁吁，蒸汽时紧时松，间或传来车身穿刺而过的呼啸，气流如疾风，响声不绝于耳。车身下不时飞过一座短桥，只听见一阵丁零咣啷的快响；炉膛时开时合，火光忽隐忽现，映得车头上方云层闪烁变幻好不神奇。过不片刻德瓦诺夫即挥汗如雨，心里甚是奇怪，哥萨克的炮兵部队早远远抛在身后了，司机咋还赶着列车死命飞奔。然而司机吓破了胆，只不住叫给汽，生怕力道不够，还亲自动手喂填炉膛，调控器一直拉到满格，速度半点也不曾松活。

亚历山大探身窗外张望。草原久时宁静，只闻列车行进响动，仿若撕裂漆黑暗影。道路前方几点朦胧光亮摇曳，看来离车站已不远。

"他跑那么急干吗？"德瓦诺夫不解司机意图，向副手打听。

"我也不晓得。"那家伙一脸阴沉茫然。

"这么疯跑，保不准我们自己就把车开翻了！"德瓦诺夫叹息，却又一时莫可奈何。

车头绷紧筋骨上下颠簸得厉害，车身疲于奔命，左右摇晃几近散架；列车全速飞驰，力气汹涌如浪似欲毁灭己身，去势不减、绵绵长长给拖得死去活来，恨不能择机脱轨而去。德瓦诺夫有时甚至感觉车头已全然出离了轨道，只因身后一众车厢慢了半拍才幸免翻覆；这时，他生怕自己下一瞬就没命了，倒进大地软绵绵怀抱，淹没于静悄悄灰沙尘土，是以不由紧紧捂住胸口免得恐惧撑破心脏。

列车驶入一小站，尚未看清站名已飞驰而去；掠过条条道岔和交叉口时德瓦诺夫看见，车轮翻滚奔腾打在辙岔上磕出串串惊心动魄的火花。

过站后列车似乎依旧行程遥遥，再次踏上全速冲刺的狂暴征途，也再度陷入夜色深幽的漆黑荒凉。每回过弯道车头上均要人仰马翻一通，后面车厢则全然乱了节奏，车轮一阵猛烈胡乱拍打，只听得轮子哀嚎不断、钢轨愤怒难休，却又安然无恙地挺了过去继续上路。

一直忙不休，副手早不耐烦，于是商请那司机：

"伊万·帕雷奇！马上到什卡里诺了，咱们停会儿加点水吧！"

司机听见却没搭腔；德瓦诺夫心想这家伙怕莫是累坏了，脑子开不动了，于是偷偷拧开煤水车下方的放水阀，好把水流了干净一滴不剩，看那司机还有什么本事白费功夫瞎跑。却未料到司机自己拉下调控器加速挡，也不再瞭望前路，离开了车窗一侧。司机神色平静，还掏出一把烟草点上。德瓦诺夫也放下心来，又再将放水阀拧紧。司机瞧见会心一笑，打趣他道：

"你这又何必呢，瞎操什么心？打马里因会让站出来咱们身后就跟了辆白军装甲列车，一直咬着不放，我只好拼命跑！"

德瓦诺夫还是想不明白。

"那这会儿白军啥影子？再说，过哥萨克炮兵阵地后你干吗仍不减速？那会儿咱们离马里因会让站可还远着呢……"

"这会儿嘛，装甲列车撵不上了，跑慢点也没事，"司机随口解释，"你爬到柴火上，瞅瞅后面便知道了！"

柴火堆成小山包，亚历山大爬了上去。车速仍飞快如故，疾风袭人刮得德瓦诺夫透心凉。身后漆黑茫茫，只传来车厢奔驰的咣当声。

"那到马里因前您咋还跑这么快？"德瓦诺夫又纠缠上了。

"那些炮兵发现咱们了，不赶紧跑远点咋行，一旦他们瞄准岂不完蛋！"司机犹自辩解，可德瓦诺夫却不以为然，觉得这家伙是吓破了胆。

到什卡里诺了，列车终于停下脚程。政委走上前来，听了司机一番说辞觉得不可思议。站上冷冷清清，余水不多，龙头乏力，只缓缓流向车头。夜风急促，迎面走来一本地人士张口招呼，声音为风所阻不甚真切，似乎在提醒再往前到波沃里诺城一路都是哥萨克的会让站，红军军列开不过去。

"我们只到拉兹古利亚伊！"政委回了那人一句。

"哦，好吧！"来人应了声，寻幢建筑黑黑地走了进去。亚历山大跟他身后进屋。候车室空无一人荒凉苦闷。内战不休，屋子空荡荡留不住人，只剩阴森恐怖，如此景象几多绝望悲凉，几多孤寂阴郁，几多绵长哀愁，一时扑面而来齐齐堵在德瓦诺夫胸口。头里那位跟政委搭腔的家伙素未谋面孤孤单单，找了处角落躺在一条腿脚尚且完整的长凳上和衣睡下，衣衫单薄贫瘠裹来滚去不见暖和。这人是谁，缘何流落至此，亚历山大分外好奇，不禁浮想联翩。曾经多少次，今后也不知还有多少回，茫茫人海、匆匆陌路，多少素昧平生的人与自己擦肩而过，尽皆独来独往，活得悄无声息，自己的那颗心灵从未曾有所靠近，不曾上前问候他们几句，也没想过要不干脆跟了前去一路同行，一起摆脱这恼人的滚滚红尘。兴许，此时此刻在这荒凉孤独的什卡里诺车站，德瓦诺夫最好的选择就是走到那人身边，紧挨着一起睡下，待清晨醒来再离开，默默消失向茫茫草原深处。

"司机那家伙就是个胆小鬼，哪有什么装甲列车！"德瓦诺夫后来想起跟政委说了实情。

"由他去吧，总会把车开到地头的！"政委也不着急，困得有气无力搭理一句，说完转身往自己车厢走去，一路自言自语神情忧伤惆怅："唉，杜尼娅哟，我的杜尼娅，眼下这光景你拿啥喂活咱们的那群孩子？……"

亚历山大也走回车厢，只一路怎么想也不明白人们到底为何这样难受，亦如眼前这俩人，一个孤零零躺身空荡荡车站，另一个忧心忡忡牵挂自家老婆。

一进车厢德瓦诺夫倒下睡去，却天色尚未明，一阵寒气逼人就此惊醒睡意。

草原泥泞，列车停处一片潮湿。车厢内红军战士呼噜声此起彼伏，又夹杂悉悉索索动静，浑身瘙痒难耐睡不安稳，手指不由身上抓来挠去，指甲划过倔强硬皮一阵刺啦一时酸爽。政委睡相忧愁凄苦，似有解不开的心结，想是身在这头家在远方忧心如焚，那份苦、那份痛梦前梦后始终萦绕胸口挂在脸庞。阴冷下来的草原风来风去，吹得刚抽芽的草茎东倒西歪直不起腰杆；昨晚夜雨初歇，光秃秃的荒地上积起一洼稀泥。政委对面躺着指导员，早也入了酣梦；那本小册子仍摊开在侧，书页上正讲述拉斐尔的故事；德瓦诺夫搭眼瞧了瞧，上面说温暖的地中海沿岸老早以前繁衍生活着一群幸福的人类，他们把拉斐尔当成活菩萨，称他是现世的救世主。可那时候风不调雨不顺，炎炎烈日下农夫们田间劳作，孩子们嗷嗷待哺，而他们却见亲娘倒毙身旁。如此情景德瓦诺夫实难想象那时那地幸福会是什么样子。

政委醒来抬眼便问：

"咋啦，咱们还停着是不？"

"还停着！"

"搞啥名堂，整整一天一夜就跑了百把里路！"政委气得不行，跳下车，德瓦诺夫当即跟上，一同朝车头走去。

车头寂寞人去车空，司机和那副手双双消失不见人影。道路前方五丈开外铁轨给蹂躏得乱七八糟不成样子。

政委的脸一下子垮了下来：

"鬼才晓得，那俩家伙是自个儿溜了还是遭人撵跑了！眼下咋整，咱们该如何上路？"

"那还消说，肯定是自个儿溜了呗！"亚历山大跟了句。

车头仍冒着热气，德瓦诺夫决定亲自动手把列车慢慢悠悠开走。政委觉得可行，派了两名红军战士打下手，又下令其余的士兵通通修路去。

约莫三个钟头后列车复又动了。一上路德瓦诺夫既要管火箱，又须操心水位，还得顾及路况，虽一心多用却也隐隐兴奋激动。德瓦诺夫不慌不忙开着，偌大的一列车子平平顺顺走着。开着走着胆子大了起来，速度也慢慢提了上来，不过下坡和转弯时当刹车就刹车，他一点也不含糊。那俩打下手的红军战士很够意思，说哪样听哪样，让稳住汽压就稳住汽压，表现相当出色。

列车徐行，途经一清冷小站，几无人烟，只见一站牌"扎瓦利什内"；站台厕所旁坐有一位老者，嘴里啃着面包，列车驶来连眼皮都未抬；德瓦诺夫看准道岔驾车而过，悄然驶离小站继续前行。日头拨开云雾探了出来，潮湿阴冷的大地渐次暖和。偶遇几只飞鸟荒原上空盘旋，转瞬又扑了下来，许是寻见了吃食，几粒稀稀拉拉遗落在地的谷粒。

要下坡了，坡路笔直修长。德瓦诺夫关了蒸汽，列车惯性而行越跑越快。

道路无遮无挡一眼可达辽远，直望见坡路尽头垂落一挂草原洼地，然后再扬头向上。无须更多操作，德瓦诺夫放下心，离开座位去瞧瞧俩帮手干得如何，顺便再闲聊几句。堪堪五分钟后他再落归原位，伸出脑袋查探窗外路况。远远的，臂扳信号灯的光亮隐约闪烁，看来快到拉兹古利亚伊了；信号灯后面拖着一串列车行进的浓烟清晰可见，德瓦诺夫丝毫也不担忧，早在新霍皮奥尔斯克他就晓得拉兹古利亚伊站掌握在苏维埃手中。这里设了一所指挥部，与大型枢纽站利斯基之间保持有正常交通往来。

拉兹古利亚伊站上的那趟列车渐行渐近，头上浓烟已积成黑云，德瓦诺夫甚至看清了车头面孔和顶上烟囱，心想："不消说，这趟车是打利斯基出来的。"只是情形似乎有些不对头，那车在冲向信号灯，直奔新霍皮奥尔斯克这边的军列而来，"它马上会停下的，会从道岔口避开。"德瓦诺夫死盯着那趟列车。可对面烟囱仍呼吸急促，蒸汽开合间浓烟翻滚如飞，显见机车还在卖力运转，风驰电掣般冲将过来。德瓦诺夫好不紧张，整个人几乎探出窗外。眼睁睁，那列车驶过信号灯，速度飞快载荷不轻，不是货物成山就是士兵如海，沿着同一条铁轨对对直直朝德瓦诺夫的机车迎头劈脸冲了过来。这当口，德瓦诺夫的车在冲下坡，对面那家伙也在冲下坡，不难想象必定遭遇在那片草原洼地，于两面铁路的接口处撞一起。亚历山大料定要倒霉了，连忙拉响双声汽笛，一时警报长鸣；俩红军战士眼见对面列车扑将过来吓得惊惶失措。

"我马上减速，你俩瞅准时机赶紧跳下去！"情况危急，这俩家伙反正也帮不上忙。紧急制动刹车失灵了，昨儿个那老司机还在时，德瓦诺夫便了解这一情况。只能回汽倒车反着开了。对面列车显然也发现了新霍皮奥尔斯克的军列，顿时警声大作汽笛急促不休。德瓦诺夫死死扣住汽笛开关小环连连用力，一再示意危险，腾出手使劲扳动换向把手好让车倒退。

操作过久手都僵硬了才勉强扳开绷得死紧的蜗杆。接着，德瓦诺夫汽门大开将蒸汽一股脑放掉，便再也坚持不住，累得瘫倒锅炉身上；红军战士已不见人影，他没注意何时跳的车，不过倒庆幸那俩家伙总算没浪费机会。

军列徐徐后退。车头上，管子里的水一阵猛烈拍打，奔涌急切；机车推着身后车厢使劲往后挤，身下轮子连连打滑。

德瓦诺夫正打算一跃而下，又想起刚才回汽太猛两台汽缸的盖子怕莫都掀翻了，当即过去查看。还好盖子无事，只密封垫破了孔，汽缸封不严实漏气了。对面车头疯了，火急火燎冲过来；身下刹车片紧箍轮子不松劲，只见青烟阵阵弥漫如雾罩；可整列车委实太重，一跑起来单台机车根本拉不住速度。司机着急坏了，恶狠狠拉响三声短促尖锐的汽笛，催促乘务人员赶紧摇手刹。德瓦诺夫将对面情形看得一清二楚，也晓得他们在干什么，却如同旁观者爱莫能助。德瓦诺夫一向脑子缺乏急智，思绪总慢慢悠悠，此时此刻倒成全了他：他半天拿不定主意跳不跳车，若是跳了，害怕政委一枪就把自己崩了，又担心事后党知道了将他给开除掉；此外，莫说扎哈尔·巴甫洛维奇，连他亲生父亲都不会饶过他，他俩的性子亚历山大心里有数，绝不容许司机弃车不顾，放任完好无损的机车热腾腾、活生生地给毁了去。

要撞上了，德瓦诺夫抓紧窗台准备硬生生抗住打击，最后留下一眼瞥了瞥冲过来的对手。只见对面列车上人们顾头不顾尾乱哄哄跳了下去，有人摔断了胳膊腿儿，有人幸免于难；车头也落下一人，砰的一声砸在坡道上，看情形不是司机就是副手。德瓦诺夫回头望了眼自家列车，不见人影，许是都还在睡梦中。亚历山大紧闭双眼，生怕那轰隆一声巨响突然耳边炸裂。也就一刹那他浑身顿失知觉，双腿刚活过来即顺势飞出驾驶室，他伸手够着门边舷梯，抓紧扶手打算纵身一跃；这当口德瓦诺夫脑子里警钟长鸣，潜意识觉得危险万分：撞得太猛锅炉要爆了，车子将把他像敌人一样炸得粉身碎骨。人在空中，身下大地密匝匝、硬邦邦地扑了过来，张开怀抱迎接他这条生命，而只消瞬间他将气息全无，徒留孤零零大地黯然神伤。大地却又仿佛遥不可及，活生生越落越远去；德瓦诺夫恍恍惚惚闯进幼小童年，依稀可怜隐隐伤心：母亲要去赶集，越走越远，他吊在身后拼命追赶，小脚杆怯怯发抖，小步子跌跌撞撞，认定母亲这一去再不会回来，追着跑着泪流满面，哭声只有自己听得见。

一抹幽暗，悄然而温暖，拉黑了德瓦诺夫双眼。

"让我再喊一声吧！……"仅嘟哝半句，突地浑身一紧就此深深黑黑陷了进去。

再苏醒，撂得老远左右无人；身下一地苍老枯草，呵得他脖子直痒痒，周遭天地嘈嘈杂杂乱成一团。两边火车厮杀在一起，汽笛呜咽、安全阀哀鸣；震动剧烈，阀门和汽笛的弹簧尽皆挤变了形。德瓦诺夫的机车还好，稳当当停轨道上，只那身架子略略弯曲，头脸给瞬间冲压和灼热弄得青黑难辨。拉兹古利亚伊的车头则不妙了，整个儿歪了出去，轮子狠狠扎进道砟。德瓦诺夫这边的头节车厢被随后两节破壁而入冲进了肚子。拉兹古利亚伊那边挤爆了两节车厢，双双摔倒草地，几对轮子连轴带轮飞落煤水车上。

政委走近德瓦诺夫跟前问了句：

"没死吧？！"

"还好。咋回事儿啊，怎么搞成了这样子？"

"鬼晓得咋回事！那边司机说他刹车失灵了，跑过了拉兹古利亚伊，根本停不下来！我们把他逮了起来，这该死的混蛋！你呢，怎么看路的？"

德瓦诺夫一时惶恐赶忙辩解：

"我有倒车呀！不信叫个委员会来调查，当时究竟该如何操作……"

"委员会顶屁用！你看看，我们这边加他们那边，四十来条人命说没就没了！牺牲这么大，够拿下白军整整一座城了！都在传附近到处是哥萨克，不定啥时候就溜过来了，这下麻烦大了哟！……"

过不久，拉兹古利亚伊开来辆救援列车，连人手带工具一起。没人再顾及德瓦诺夫，他起身朝利斯基徒步而去。

没走多远发现前路躺有一人，摔翻在了地上。那人身体正迅速膨胀，眼瞧见地鼓了起来，一张脸堪堪死灰一片，活像整个人在缓缓坠落向漆黑深渊。这时德瓦诺夫不由抬头看天，日头正当明亮，心里不解：这人越来越黑，那天光到底还管不管用。

转眼那人已鼓胀到骇人，德瓦诺夫直发怵：怕莫要炸开了，里面生命的河流势必喷射而出，想到这他吓得退开几步。不过那人身体又渐渐蔫了下去，还隐隐白净起来，想必早咽气了，身上只剩死亡的物质力量在翻滚激荡。

不远处一红军战士蹲地上，眼睁睁看着自家肚子尽头鲜血汩汩，活像过期的葡萄酒黑黑地涌了出来；战士脸色苍白，双手拄地想把自己撑起来，嘴上嚅嚅跟鲜血不住讨好：

"别流啦小狗子，我快撑不住了，行行好吧！"

可血却不听劝，越流越浓气味刺鼻，折腾老久方才慢慢淤黑下来，直到全然止了势头；战士倒下，有气无力叹了句，声音透着真诚；世上的人，但凡自言自语不求回应时多半会如此诚恳：

"唉，身边连个人影没有，好不孤独难受！"

德瓦诺夫走近跟前，战士意识到来了人，招呼他帮帮忙：

"把我眼睛关上吧！"说完眼皮一动不动，珠子木然失色直勾勾射出一抹死光。

"怎么啦？"德瓦诺夫问来，心中却愧疚得慌。

"眼晃得痛人……"战士道出原委，又使劲扣紧牙关想把眼睛也扣上。可眼睛终是没关上，内里神气耗尽、光泽熬干，变成了灰蒙蒙的矿石珠子。死眼如镜，天上飘过的云影清晰可见，仿佛周遭大自然给面前这条生命冷冰冰地挡住了去路，顺势要挤回那人身上，而红军战士挤得难受，为求解脱只好一死了之，如此方才与天地自然双双和解。

德瓦诺夫生怕给叫住停下接受检查，便绕过拉兹古利亚伊站径直投向茫茫荒原深处，里面人迹罕见，谁进去过活都势必孤苦无援。

但凡路过铁路沿线的护路亭，德瓦诺夫总忍不住心生向往，里面的人儿静悄悄，思绪也静悄悄；他一直觉得那些护路工人离群索居下会多一分宁静，也厚一分聪颖。眼前一幢如是小屋，德瓦诺夫抬脚走了进去，想讨口水喝；屋内一地苦哈哈的孩子，手上缺少玩具，只好变着法儿靠脑子玩耍嬉戏；德瓦诺夫恨不得这就留下，与这些小家伙同呼吸、共命运，从此不离不弃。

当天晚上德瓦诺夫留下过夜，没去正屋，过道上凑合一宿；正屋里一妇人即将临盆，彻夜不安，叫得撕心裂肺痛不欲生。她男人徘徊不休一宿未合眼，路过德瓦诺夫时只听得口中自言自语连连叹气：

"唉，偏偏这个时候……偏偏这时候哟……"

他担心革命年代人祸天灾孩子生下来没命长久，不定哪天就夭折了。一小不点儿男孩约莫四岁样子，给母亲惨叫声惊醒瞌睡，起来喝口水、出门撒泡尿，像事不关己的闲游过客把屋内情形尽收眼底，只看得明白却不知就里。忽忽然间德瓦诺夫竟睡了过去，再醒来已晨光熹微天色初开，屋顶细细麻麻响成一片，正是雨落纷纷惆怅绵绵。

这时主人家走出屋子，心情大好张口一声欢喜：

"生了，儿子！"

"大喜大喜，"德瓦诺夫打垫子上坐起道贺一声，"会成人的！"

那刚得儿子的父亲却是神色一黯，嘴里幽幽怨怨：

"是啊，成了人又一条放牛的命，俺们呀，人是人命非命，多了去了哟！"

德瓦诺夫走出屋子顶着雨上路。那四岁大小男孩倚坐窗台，小小指头在玻璃上划来划去，画出一些与自己生命不重样的东西。亚历山大挥手作别，连挥两下，却把小男孩吓着了，当即爬了下去就此隐没细小身影；不见了，德瓦诺夫这辈子恐怕都再也见不上了。

"再见了！"看着那屋子，这处自己住过一宿的地方，德瓦诺夫把心一横直奔利斯基而去。

走不一里地遇见一婆子，肩上扛一包袱，神采奕奕面含喜气。

"已经生啦！"见那婆子行得匆忙德瓦诺夫当即知会一声。

"这就生了？！"老太婆脸色一闪好不惊讶，"那不没够月份啦，大兄弟，这可坏事儿了！我的主喂，这回赐了个什么家伙下来哟？"

"儿子呢。"亚历山大冲口而出，神情分外得意，活像自己是当事人似的。

"儿子！完了完了，又是个不敬父母的家伙哟！"老太婆似乎早早看出了兆头。"哎哟喂大兄弟，生孩子可遭罪了！这世上的男人家，但凡叫他自个儿生一回便晓得有多要命了，还不赶紧趴他老婆和丈母娘身下，捧着小脚板规规矩矩磕头！……"

老太婆这一拉开话匣子眼见一时半会儿歇不下来，德瓦诺夫听不下去了，赶忙开口打断：

"行了老奶奶，再见吧！反正咱俩都生不出孩子来了，争来争去有啥意思！"

"再见，亲爱的！自个儿的娘心里记着点！别当个没心没肺的逆犊子！"

德瓦诺夫应了声，说会孝顺的，老太婆见他态度不错乐得心欢喜。

回家路长长迢迢，亚历山大走了许久。天空阴沉愁云伤心，一路行来如影相随，眼目所及大地秋妆正浓。间或，日头破云而出洒下缕缕金芒，吻上小草，抚过黄沙，温存片片荒芜黏土，仿佛无欲无求，却又彼此亲热默默传情。日头友善大爱无声，赐下无尽光明激昂天地生命，此般宁静祥和令德瓦诺夫一时心醉神迷。

到利斯基后他爬上一列火车，车上拉了一车的水兵和中国人开往察里津。水兵们不满站上伙食太差，清汤寡水不见一丝肉星，纷纷跳下车，逮着餐饮部管事儿的一通好打方才罢休，这趟军列也方才徐徐动身前行。车上供有鱼汤，俄罗斯水兵闻见就倒胃口，中国人却不在乎，一桶接一桶喝了干净，还不算完，又拿面包将桶壁上残留的汤汁美滋滋地裹了精光，才想起俄国兵提的那一怕不怕死的问题，齐齐哄然答曰："我们想死来着！想得不得了哟！"说罢，肚腹鼓胀，纷纷倒下睡去。当天夜里，水兵孔佐夫心事重重难以落觉，拖来一杆枪口子塞进门缝，一枪又一枪打了出去，沿路点射铁道人家的烟火和信号灯的光亮；孔佐夫这家伙生怕自个儿保卫别人白白送了性命，于是寻思先为自己做足心情，提早存下一份拼死战斗的使命责任，才好义无反顾地替那些自己亲手结果了性命的倒霉鬼去英勇牺牲，求一个两不相欠。打够了心满意足了，孔佐夫倒下即刻酣睡，这一觉竟过了四百来里路程，全没察觉第二天清晨德瓦诺夫一早便下车远去了。

德瓦诺夫归来，推开自家院子篱笆门，迎面一株老树亭亭偎守外屋旁，他见之如故顿觉欣慰。树身遍体鳞伤，当是劈柴备料时人手上累了，斧子随手一劈插停树上稍作歇息所致；然而树命顽强生机绵绵，始终挺着片片盎然绿意，不舍枯枝残杆地苟延喘息。

"是你吗萨沙？回来啦？"扎哈尔·巴甫洛维奇听见动静。"回来就好，不然这家光剩我一人守着喽。你不在家夜里我睡不安稳，老觉得你就躺在床上还醒着听着，该不会又要下地走动几步！那大门我一直舍不得上锁，就想着你一回来抬脚便进来了……"

到家后头几日亚历山大浑身发冷，一直躺坑上暖和，扎哈尔·巴甫洛维奇成天守坑下，边坐边打瞌睡。

"萨沙，饿了没，想吃点啥不？"扎哈尔·巴甫洛维奇不时关心问候。

"不饿，没胃口。"亚历山大回道。

"我觉得你呀，还是吃点东西的好。"

可过不久无论扎哈尔·巴甫洛维奇再问什么，德瓦诺夫已全然听不清了，也没瞧见他养父整夜整宿对着炉子埋着脑袋默默流泪，炉火上还烤着他的长袜子。德瓦诺夫得了伤寒，反反复复折腾了八个月始终不见好转，后来还转成了肺炎。亚历山大人事不省，性命气若游丝，只冬夜里偶尔听见几声鸣笛才又想起列车的身影；有时，远处传来隆隆炮响，惊醒德瓦诺夫几近沉寂的思绪，顿觉浑身捆得死紧，体内闹闹哄哄，好不闷热憋气。难得片刻清醒，德瓦诺夫感觉自己直挺挺的，身上空空如也内里干枯荒芜，似乎只撑着一张人皮，赶忙死死贴紧床铺，生怕随时会飘了起来，就像那些死去的蜘蛛，仅剩一张空壳在风中干巴巴轻飘飘晃荡。

复活节前夕，扎哈尔·巴甫洛维奇给养子打了口棺材，结实、美观、棱檐分明、铆钉精致，算是他这手艺人父亲送给儿子最后的礼物。扎哈尔·巴甫洛维奇心想，把儿子存放于一口上好棺材里，即便人已死去没气了，可几时想起再怀念疼爱一番里面的人也还完完整整；他计划好了，每隔十年就把儿子从墓里起出来，瞧上几眼呆上一阵，找找相依为命的滋味。

又是一年新夏，德瓦诺夫终于走出屋子；只觉空气沉重如水呼吸艰难，日头热浪逼人闹哄哄，周遭世界既新鲜又呛鼻，直醺得他虚弱不堪目眩头晕。德瓦诺夫面前生活又亮堂了，不由挺了挺胸膛，一时思绪纷纷念头扶摇而起。

篱笆墙外一道熟悉倩影看过来，是索尼娅·曼德罗娃丫头，瞅着亚历山大一时脑筋转不过弯，这棺材都备下了怎么萨沙还活得新鲜。

"你没死成吗？"索尼娅甚是惊诧。

"没呢，"亚历山大老实回答，"你不也还活着嘛？"

"对呀，我也还活着。咱俩会一起活着过下去的。感觉好吗，这会儿？"

"好着呢。你呢？"

"我也好着呢。你怎么这么瘦哇？莫非你身上那催命鬼还在，还没将它打发走？"

"我要死了，你可情愿？"亚历山大问她。

"我呀不知道呢，"索尼娅回了句，"我见过，好多人眼看快死了，可又都活了下来。"

德瓦诺夫招呼那丫头进来；索尼娅光着双脚翻过篱笆墙，进得院子轻轻碰了碰亚历山大，整整一冬没见人影都快不记得他了。德瓦诺夫跟索尼娅聊说他生病时做了许多梦，梦里又黑又冷好不孤单寂寞：到处都没人；现在他晓得了，原来世上人本就很少；以前他打战场边经过，处处田野却人烟荒芜，难得碰见几家房子。

"哎呀，人家说不知道不是故意的，"索尼娅赶忙解释，"你要死了的话我会哭老久。你还是走得远远的才好，虽不见面却多份念想，你仍活着，完完整整好好生生的……"

亚历山大不由细细打量她几眼，心中好不诧异。也就这一年把，虽没吃上什么名堂，可这丫头却出落得有了模样；一肩长发乌黑浓密，身子骨儿亭亭玉立婀娜多姿，几分羞涩矜持。

"你还不知道吧，萨什，我如今进学习班了！……"

"都教些啥？"

"啥都教，只要我们不懂的。有位老师说，我们都是些臭烘烘的面团，他是来把咱们做成香甜可口的馅饼的。照他说法，我们岂不要打他那儿学点政治什么的，对不？"

"难不成你真是臭烘烘的面团儿了？"

"是啊。可往后就不臭了，将来别的人也不会再臭了，我要当老师去，从小抓起教孩子们明是非懂道理，到时候就没人再看不起他们，再拿'臭烘烘的面团'取笑人了。"

德瓦诺夫拉拉索尼娅的小手想重新熟悉一番，索尼娅落落大方，干脆把另一只手也伸了过去。

"这下你会舒服些，会快点好起来的，"索尼娅说，"你呀凉冰冰的，我呢热乎乎的。是不？"

"索尼娅，晚上到我家来吧，"亚历山大求了句，"我一个人的话难受死了。"

当晚索尼娅如约而至，萨沙给她画画，她不时指指点点，好让他画得更顺手漂亮。扎哈尔·巴甫洛维奇悄悄将棺材搬到外面劈成一堆柴火。"如今呀，恐怕得张罗打一把儿童摇摇椅了，"他暗自估摸，"就是软和点的弹簧不好弄啊，哪有呢这东西！……咱们这里肯定没有，有的只是硬邦邦的火车弹簧。将来呀，索尼娅没准儿会给萨沙生一堆娃子，通通得由我来照看。索尼娅这丫头眼见要成人了，那就好好活着吧，也是个苦命的孤儿哟。"

索尼娅回去了，萨沙一阵心慌意乱赶忙躺下，想一觉睡到大天亮，免得这孤独的夜老缠着自己。躺是躺下了眼睛却不听话，一直盯着夜幕难入梦；他的生命慢慢回来了，越来越有劲也愈益冲动烦躁：生怕被忽略，不肯老老实实待他身上。于是德瓦诺夫开始想象，眼前这片漆黑是冻土冰原上空的夜影，有一群人自地球温带地区给赶了出来流落到那里过活。这群人铺了条小小铁路，运输木材修筑房屋，好赶在夏季离去天寒地冻前存一份暖和。德瓦诺夫把自己想成了司机，往来运送木材，为新城市建设操劳忙碌；在他脑海里，火车司机的一应活路依次飘过：开过一片无人区，到站加水，拉响汽笛冲进暴风雪，刹车停车，跟副手交代几句，末了，倒身终点站睡下，该站立于北冰洋岸边。睡梦中他望见一片大树林子，生长贫瘠土地上，四周风起云涌天幕摇摇晃晃，一条孤零零空荡荡的道路不离不弃遥遥伸向远方。德瓦诺夫好不喜欢羡慕梦中的一应事物，他多想把那树、那风云、那道路通通拿过来，塞进身体一块儿带走，有这些东西在体内守护似乎就能死得慢一些。德瓦诺夫还想记起点什么，可努力往后想比回忆浮现费劲多了，梦里想法拐弯了，他的思绪也消失了，如同车轮出发后停上面的鸟儿飞起不见了。

夜风呼啸吹冷整座城市。家家户户寒气逼人，当娘的正伤寒病重浑身滚烫，孩子们则齐齐贴紧她身子挤了暖和免得冻醒。省执委主席舒米林的老婆也招了伤寒，躺床上，左右各挤一个孩子，暖暖地睡得香甜；停电了、灯灭了，舒米林点燃煤油炉子放桌上照明，打算画张风力发动机的草图，好使那家伙拉上犁头耙地种粮节约些牲口。省里眼下几无一匹派得上用场的好马，可地里荒着等不急再生一批马驹，再长出一批牲口劳力,看来须得想想办法找科学技术要条出路。

舒米林画好图纸倒沙发上,裹了件大衣极力蜷缩一团,好与当下苏维埃国家的贫穷寒酸打成一片,共同分担缺衣少粮的生存困难,也就此安然睡了过去。

天刚亮舒米林掐指一算,这会子省里老百姓说不定早想出什么招法来了,连社会主义兴许都在哪个地头忽忽然搞成了,毕竟人们为消灾避难和解决温饱用度才刚刚聚拢一起,正不知所措找不到一条好活路。他老婆伤寒烧得厉害,眼睛干枯苍白,微微瞄了丈夫一眼,舒米林难过得更往大衣里缩紧了几分。

"就该呀,"舒米林喃喃自语给自己打气,"就该尽快开始社会主义,不然她恐怕活不下来哟。"

俩孩子也醒了,可却舍不得起床,贪图那份暖和,只想再度昏昏睡去省得老想吃东西。

舒米林轻手轻脚收拾了番出门上班;每次他都答应妻子尽快回来,可日复一日答应总停留嘴上,哪回到家不已夜半更深。

省执委门口,一群人拖拖沓沓而过,身上衣衫泥泞,仿佛刚从哪家山沟沟村子爬出来,趁天色赶往远方,尚不及收拾干净。

"你们去哪儿?"舒米林问这群蹒跚而行的人。

"你说我们吗?"一老者出面搭腔,只见他满身绝望,这绝望似剪刀不断剪去他的生机和个头。"我们呀,走到哪儿把咱们剪短得过不下去了就算哪儿。你要把咱们掉个头哇,我们顺势往回走也成。"

"得,你们还是往前走的好。"舒米林给了主意;他突然想起有回在办公室看过一本科学著作,上面说在引力加速度作用下物体和生命的重量会不断减少,看来人们痛苦不幸时老想动来动去恐怕也是这么个缘故;俄罗斯大地上,那些四处流浪的信徒和行僧长年累月四海为家,恐怕也就为着于艰苦跋涉中抖落这个民族灵魂深处的沉重创伤。省执委办公室窗外有片农田,尚未下种正秃得荒凉;偶尔地里会冒出一只孤零零人影,弄拐棍支着下巴直勾勾望向城市,瞧够了转身进到山谷，回自家昏暗小茅屋继续过日子，继续揣着莫名梦想。

舒米林给省委书记挂去电话汇报自己的忧虑不安：人们在田野和城市游来逛去，想什么要什么我们并不清楚，却老在办公室发号施令领导他们；如今是否该派个讲道德、懂科学的年青小伙儿到省内四下走走瞧瞧，看看什么地方的日子是否已掺进了社会主义的成分因子；明摆着，群众也都希望自家日子，要是允许的话，过得更自力更生一些，何况眼下他们大都还不习惯接受别人帮助，既如此就得找到贫困的要害部位再果断出手，务必一击功成，不然咱们没时间了！

"没啥说的，办吧，"书记同意了，"人选我来找，任务你来下。"

"人最好今天就到位，"舒米林又提请求，"叫他直接上家里来找我吧。"

书记作了安排工作自会一路向下在机关层层传达，结果如何已不归他操心。事情紧急，组织部干事再想把这命令逐一落实到整套省委基层部门看来是行不通了，只得自个儿想办法：视察全省这差事到底派谁去好？现成人手一个没有，所有党员均已各就其位、各负其责；编制上暂时闲着的只有那位叫德瓦诺夫的家伙，从新霍皮奥尔斯克给召了回来，原本打算派去修理市政水管，不料其档案上居然附了张病历，虽算是其个人私事却也因此告了病假。"这人要还活着，正好派他去。"干事拿定主意，赶忙跑去向书记汇报德瓦诺夫的事情。

"他这人没评过优秀党员，"干事介绍，"组织上没有任何突出表现。书记同志，这回重任下来考验人的时候到了，优不优秀一试便知。"

"就这样吧，"书记答应了，"年轻人脑子里就得装点任务压些担子，要经一事才长一智嘛。"

天擦黑时德瓦诺夫收到一纸公文：即刻前去找省执委主席，商谈当前群众中社会主义自发产生的苗头问题。德瓦诺夫爬起床，迈开怯生生的双腿径直上路了；索尼娅学习班下学回来，手里拽着一小本儿笔记和一棵牛蒡草；那草里层叶瓣嫩白晶莹，每到晚上风儿吹过耙出内芯月光下荧荧发亮,就为这份白嫩亮光索尼娅把它摘了回来。想她小时候夜里精力旺盛睡不着,两眼落窗外正正看着这牛蒡草,而今只消打荒天野地顺道路过便就把它给采了下来。她屋里已摆了好些植物,多数为蜡菊,此花常见于士兵墓地。

"萨沙,"索尼娅有回提起,"我们很快要下放农村了,去教那儿的孩子识字,可人家想到花店工作来着。"

亚历山大对此有自己看法,劝说索尼娅:

"鲜花嘛,人人都喜欢,没几个不爱,可孩子呢,别人家的有几人喜欢来着,也就自个儿父母心疼罢了。"

这话索尼娅不太能明白,她脑子里满当当还装着各式各样的生活感受,腾不出地方来顺畅思考正确领悟。亚历山大这下把她得罪了,转身气呼呼走了。

德瓦诺夫没太搞清楚舒米林家的住处。起先他到了一幢差不多接近的房子,认定舒米林家该住那儿,是以顺道进了院子。院内有间农舍小屋,里面住着看门护院的;天已黑尽,看守和他老婆早上了高板床歇下,白白净净的桌布上放有几片面包,以备不速之客贸然进来时取用。德瓦诺夫进得小屋,仿佛闯入一片农村天地,飘着干草和牛奶的味道,还有一屋子主人家酒足饭饱后的暖洋洋气息,这气息正是俄罗斯乡下广大老百姓繁衍生息的好兆头,想必这会子,那当看守的主人家也哄着他婆娘芳心谋划起自家的大事业。

那年月,看门护院的计入屋院卫生护理员序列,免得有损其身份体面;见德瓦诺夫来请教舒米林家住处,这卫生员只好爬出被窝,下床套上毡靴,衬衣外再裹了件军大衣,先跟他老婆交代:

"公家差事怠慢不得,我这就去会儿暂时凉凉兴头,你呢,波利娅,可别睡着了哈。"

到舒米林家时他正喂病恹恹老婆吃饭,一小碟土豆泥;女人身子虚弱嚼得费劲,手上轻轻拍打三岁儿子哄着睡觉。德瓦诺夫吱了一声,说找他有事。

"稍等会儿,我喂完老婆再说。"舒米林让先饶点时间,完事后指着眼前情形说:"德瓦诺夫同志,你也亲眼瞧见了,咱们如今到底缺啥:白天我要上班,晚上还得手把手喂这婆娘。咱们无论如何都必须学会换一种方式过日子了……"

"就这么活着也没什么不好,"德瓦诺夫宽他心,"我生病那会儿扎哈尔·巴甫洛维奇就手把手喂我,心里可安逸了。"

"你安逸个啥?"舒米林有些不解。

"我安逸嘛,啥时候世人都有人手把手喂饭吃才好。"

"嚯,去安逸你的吧。"舒米林看不出有多安逸,随口打发了句。接着,他想叫德瓦诺夫到省里四处走走看看,瞧瞧老百姓过得咋样;说不定贫下中农早自个儿团结组织起来了,社会主义的活法也已上轨道了。

"我们在这边办公事,"舒米林满腹忧伤不吐不快,"而群众却在那边过日子。我老担心,德瓦诺夫同志,他们那边共产主义转眼即毫无征兆地冒出来了,可一点防备也没有,除了同志关系,拿啥保卫自己。你最好去那边看看到底什么个情况。"

这时德瓦诺夫脑海浮现形形色色人群身影,一些散于原野上流浪,一些窝在前线空洞洞的房子里睡觉;或许,这些人真的就汇入某条山谷,背着风也背着整个国家过起日子,彼此相亲相爱心满意足。德瓦诺夫答应去找找居民们自觉自愿围起来的共产主义。

"索尼娅,"第二天一早他招呼了声,"我要走了,再见啦!"

那姑娘正在院子里洗脸,听见声音当即爬上篱笆墙。

"我也要离开了,萨什。格鲁莎又赶人了。我还不如到乡下去自个儿过日子。"

德瓦诺夫懂,索尼娅父母早没了,随关系亲近的婶子格鲁莎过。可她一个人到乡下究竟能去哪儿?原来,索尼娅跟一帮要好的姑娘家提前自学习班结业了,起因是一帮大字不识的家伙在乡下纠集成了匪患,须得派一队女教师下去,随行的还有红军正规部队。

"咱俩啊，革命后再相会啦。"德瓦诺夫豪言壮语。

"我们会见面的，"索尼娅满怀信心，"来，亲我一下，脸蛋上，我也亲你一下，脑门上。我见过，人们告别时就这样办的，可我还从来没与谁告别过呢。"

德瓦诺夫凑上双唇碰了碰索尼娅脸蛋，随即又感觉自己脑门上也落下了一口干巴巴小嘴，活像印了圈小小花环；索尼娅转过身抚弄篱笆，心里难过手儿哆嗦。

德瓦诺夫见索尼娅情绪不高想上前安慰，可刚一凑近略略弯身便闻到她发间飘来一股枯草气息。索尼娅回过头来，复又精神焕发灿烂如花。

扎哈尔·巴甫洛维奇跨门槛上，手中拎着尚未打制妥当的铁皮箱子，眼睛却不敢眨下，生怕掉出泪来。

德瓦诺夫踏遍全省，座座县城家家乡镇，奔忙于路途。但凡村落他都得靠近了打上照面，故而势必要穿梭道道河谷和山涧。走出谷地来到分水岭上，德瓦诺夫眼前已绝了村庄身影，不见落落烟囱，更无袅袅炊烟，这平阔的草原高地已甚少有人来此耕作播种；岭上遍地眼生野草，接连一片丛丛簇簇，倒成全了鸟儿们和虫子的饮食起居之所。

若单从岭上景象看，德瓦诺夫眼里偌大的俄罗斯不过一片蛮荒之地，然而只须稍稍放眼几分条条峡谷深处，瞅瞅一众溪流江河沿岸的浅滩洼地，则不难发现处处皆有村庄人烟，显见是人们习惯逐水而居，生生世世甘当流水的囚徒奴隶。起初，德瓦诺夫一路行来眼目所及一无所获，全省各地浑然一般模样，单调又乏味，活像一只苍白的梦幻幽灵；不过变化却起于一次偶然：某天傍晚，德瓦诺夫眼见无处过夜，只得爬上分水岭高处寻了窝草丛打算将就一宿。

德瓦诺夫躺下身，刨开下方泥土，发现土壤肥美得不像话，可却从无人耕种，心想此间左近乡野怕莫皆是些无马的赤贫农民，想着想着竟入了梦乡。堪堪黎明德瓦诺夫突觉身上好不沉重，惊醒过来见正正压了一道人影，迅疾掏出手枪。

"别怕，"那贴在上面的家伙招呼，"我一个人睡怕冷，见你躺着便挤了过来，咱俩这下抱紧点，讨个暖和再睡一觉。"

德瓦诺夫搂实了，两人均生温热。

晨光大亮他俩仍挤成一团，亚历山大轻声问道：

"这大好的田地咋就没人种呢？你瞧，黑黑的，肥得冒油！缺马吗，你说是不？"

"先别忙说这事儿，"路人正得暖和，哑着嗓子冒着烟味儿扯起别的来，"这么跟你说吧，我要没面包的话脑子是转不动的。早前那会儿人是人，现如今就剩嘴是嘴了。我这话你听懂没？"

"没，你啥意思？"德瓦诺夫好不气恼，"挤了我一宿取暖和，这会儿倒作起怪来了！……"

路人腾地站了起来。

"昨儿个那阵儿是晚上，我的先人祖宗呃！人身上的痛苦是寻着太阳走的；晚上那会儿它落到人心里头，早上时候又打里面升起。晚上那阵儿我是冷得要死，可早上就不了嘛。"

德瓦诺夫衣兜里倒还有些碎面包瓤子。

"吃吧，"他递了一把过去，"让你那脑子变成肚子转起来吧，我的事儿没你照样问得着人。"

是日中午德瓦诺夫走进一条卖相不错的山沟，远远见着了一家村子，于是找上村委会，说他们那片草原上的土地恐怕得安置一批莫斯科的迁移户。

"那就安置呗，"村委主席大方答应，"把他们放那儿无论咋折腾都只一个结局，那边水没水喝，地头又远。咱们这方的人几乎一辈子都没动过那片土地……但凡那边有丁点水味儿，咱们就算使出吃奶的劲儿也得把它给挤出来，那片荒弃的地头也早就热热闹闹养活得风生水起了……"

眼下，德瓦诺夫在省内各地越走越远心里越没准数，这要走到哪儿才停得下脚步。他心想，等到干瘪瘪的分水岭高地上波光粼粼、水色潋滟之际，那时候便该是社会主义了。

不久后德瓦诺夫闯进一道狭长河谷，河床古老早已干涸。河谷上有一村寨，唤作彼得罗巴甫洛夫卡，村里挤挤攘攘好大一丛院子，饥渴难耐地围着一方可怜巴巴的水塘。

彼得罗巴甫洛夫卡的村道上，德瓦诺夫发现好些圆滚滚的大石头，也不知何时随冰川一起流落到此。如今胖乎乎的石头就卧在家家户户屋门外，成了老人们歇脚落座的好去处。

德瓦诺夫原本没在意那些石头，不过当他坐进村委会时石头却又浮现脑海。他去找村委会是眼见夜幕快尽了，要借处地方过夜，顺便给舒米林写封信。德瓦诺夫对信该如何落笔正没头绪，竟想到了那些石头，于是提笔给舒米林讲起，大自然没什么得天独厚的创造才能，它偶有所获也只因耐性持久长远而已：想那圆滚滚巨石骑着冰川的舌头从芬兰出发一路跨过平原，再历经漫长岁月艰辛才来到彼得罗巴甫洛夫卡。再说那高高的草原岭子，就该从稀稀拉拉的河谷沟壑和肥肥厚厚的土壤深处把水给抽出来送上去，好在上面种出一片新崭崭的火红日子。此事花销的路程可比将巨石从芬兰一路拖过来近多了。

德瓦诺夫正写着，一农民来到桌旁莫名其妙候着；这家伙一脸桀骜不驯，围了圈胡须，显见是自个儿动手修剪而成，凌乱得神经兮兮好不张扬。

"还在用功啊！"那人开口调侃，他深信这世间的人普遍误入了歧途。

"我们都用功得很！"德瓦诺夫听懂了那人话里话外的意思，"你们这号儿的呀，就该拉到草原上去，让那纯洁的天雨好生淋一淋！"

农民摸了把胡子，神情轻浮放浪。

"你算老几！难不成咱们这昝晃今儿个冒出些聪明绝顶的人来了！哎哟喂，可缺不得你们啦，这要缺了呀，咱们啥时候吃饱饭啥时候饿肚子都掂量不清楚了哟！"

"肯定不行，当然掂量不清楚！"德瓦诺夫没好气赏了他一句。

"喂，你个搅屎棍，还不快滚！"邻桌的村支书听不下去了，吼了一嗓子，"你不是上帝吗，干吗跟咱凡人搅和一起！"

原来，这家伙觉得自个儿是上帝，天上地上无所不知，心头还挺有信念讲究，久而久之也就弃了田地，不事耕种，径直靠吃泥巴过日子。这人竟扯出一番道理，声称既然粮食都能从土里长出来，说明土里营养物质是天生自带的，吃了便能饱肚子，只是肚子里头那胃口须得好生适应习惯才行。大伙儿起先觉得这人命不久矣，可没想他居然活了下来，还当着众人的面从牙缝里剔出些泥巴黏土。这下大伙儿或多或少倒有些佩服他了。

村支书正打算领德瓦诺夫去住宿，见"上帝"立在门槛冷得直发抖。

"上帝呀，"支书唤他，"把这位同志带到库贾·波甘金家去，就说村委会来的，轮到他们家了！"

德瓦诺夫随"上帝"走了。

路上碰见一半老不死的庄稼汉跟"上帝"打招呼：

"你好啊，尼卡诺雷奇，上帝过时啦，该当列宁了吧！"

这招呼好不气人，可"上帝"硬把这口气咽了下去；却稍稍错开几步再把那口气松了出来。

"呵，真是霸道得很啦！"

"咋地，"德瓦诺夫不解，"那家伙不听你这个'上帝'的？"

"不听嘞，""上帝"干干脆脆承认，"那些家伙眼珠子瞧清楚了，手巴掌也摸实在了，可硬是不信哟。那天上的太阳自个儿够又够不着，可却还老当回事儿，挺认它的。这些家伙呀，不要脸要皮拉不下面子么，活该一天到晚愁死算了。"

到波甘金家门口,"上帝"丢下德瓦诺夫,二话不说转身往回走。

德瓦诺夫却把他叫住:

"等等,别忙走,你这会儿心头打啥主意,要弄啥事情?"

"上帝"瞅了瞅眼前这方农村天地神情忧郁,天宽地阔就他一人孤零零好不寂寞。

"看着吧,我要是宣布一晚上把这田地给啃光了,到时那些家伙呀准吓得屁滚尿流,也就信我了。"

这话一出口"上帝"心里一片宁静肃然,好一阵不作声。

"而等到第二天晚上呢,我又把它给吐出来分给大家,那布尔什维克这顶荣耀光环照理说就归我了。"

"上帝"又转身,德瓦诺夫目送他离去,眼神茫然,说不出半分不是。"上帝"也不看路,远远走开了,光着头、赤着脚一身短衫,无尽落寞;他这人吃的是土壤,而盼的却是幻想。

波甘金出来接过德瓦诺夫,脸拉得老长,实在是穷困潦倒愁云惨雾。他家子女接连几年食不裹腹,都干瘪成小老头儿小老太太了,满心满眼只想落一口吃食。俩丫头片子,忽一看活像一对小号儿的婆娘:身上松松垮垮地裹着母亲的裙子短衣,头上别只发夹,人前人后叽叽喳喳搬弄是非。这小小的妇道人家聪明机巧又老于世故,里里外外忙活操劳,举止言行俨然有模有样的娘们儿,可于生儿育女的男女之事却又绝然没开窍,让人不免觉得甚是荒唐。俩丫头身上这错位的幻象,德瓦诺夫怎么看怎么觉得如此两条生命多么令人心酸和汗颜。

天色渐暗,十二岁的瓦里娅弄土豆皮掺杂一勺小米利利索索熬了一锅粥。

"老爸,晚饭好了,快爬过来吧!"瓦里娅吆喝一家人,"老妈呀,把院里小家伙唤回来:老在外面干吗,都冻成青皮绿脸丑八怪了!"

德瓦诺夫一时僵住,不知接下来瓦里娅的一张利嘴还会泼出些什么话来。

"你这家伙把脸转过去,"瓦里娅冲德瓦诺夫甩脸色,"没你们这号的份儿,咱自家还一大堆嘴巴呢!"

瓦里娅说完拢了拢头发,扯了扯衣服裙子,那神情活像里面有哪样见不得人的东西。

滚进一双小兔崽子,一对儿鼻涕虫,许是从来也没吃过饱饭便就不知愁,又正值玩耍年纪横竖欢天喜地快活。这俩细娃子,革命来了,过了,却稀里糊涂不晓得,仍觉那土豆皮子即是这辈子顿顿不变的伙食。

"你俩家伙,我提醒过多少次,早点回来,早点回来!"瓦里娅冲俩弟弟一通咆哮,"啊?耳朵呢,装傻是不,脏得跟个鬼似的!还不赶紧把衣服脱了!这要搞坏了上哪儿再弄去?!"

一身破旧不堪的羊皮袄子,俩小家伙说刮便刮了下来,里面什么也没穿,上半截儿没衬衣,下半截儿缺裤子,整个儿光溜溜爬上长条凳子,赤条条蹲桌旁。看来,要如何爱惜衣服那当姐姐的早把他俩调教好了。瓦里娅将皱巴巴的皮袄子找地方搁好,随即分发吃饭家伙,一人一把勺子。

"顾着点儿老爸的节奏哈,你俩别抢那么快!"瓦里娅敲打了一番俩兄弟吃饭规矩,自个儿却找一角落坐下,手托腮帮子候着:搞伙食的女主人家通常都最后上桌。

俩小崽子眼睛一眨不眨盯着父亲生怕错过节奏:见他勺子刚一抽离盘子边口,他俩立马插了进去,舀起一勺就往嘴里送,咕咚一声吞下。而后举着空勺子再等父亲开始新一轮行动。

"你俩等着,给我等着!"见弟弟们猴急,老想赶着跟父亲一起把勺子伸进盘子,瓦里娅气不过一通威胁吓唬。

"瓦里卡①,老爸他不讲规矩,只舀干的,你可得管着点儿!"

---

① 瓦里卡是瓦里娅的爱称。

一小家伙不干了，照他姐教的规矩毅然决然坚持正义。

波甘金这当爹的也心虚瓦里娅，见势不对勺子只好舀向稀汤寡水。

窗外，天上牧场不同地上荒凉，颗颗迷人的星辰已渐次熟得透亮。德瓦诺夫找到北极星，心想这星子挂天上过活得煎熬多少年月；而他自己要活命也当长长久久忍耐下去。

"明儿个那些土匪强盗怕莫又得窜出来了哟！"波甘金边嚼边叹，手上勺子还不忘敲了下一小家伙脑门，那小崽子正嗖的一声掏走了块土豆。

"土匪强盗咋回事儿？"德瓦诺夫心存疑惑欲问清楚。

"夜星繁、大晴天，条条道路宽，处处好庄园！俺们这方啊，遍地泥泞即得和平；而一旦道路有了形状也就起了杀戮争抢！"

波甘金放下勺子欲打饱嗝儿，可搜肠刮肚也没见动静。

"喏，抢吧！"波甘金发话任俩孩子吃去。

小家伙们猱身而上，盘子里只残汤剩水，一时却抢得不可开交。

"唉，每次都撑得这么满一年到头难得打回饱嗝哟！"波甘金一脸苦相，跟德瓦诺夫掏心窝子，"想当初，吃完午饭直到晚祷钟点，那饱嗝都还在嘴上转悠，心头也总要念叨父母的好！那会儿呀顿顿都有滋有味嘞！"

德瓦诺夫躺平，打算沉沉睡去，想一觉醒来即见明朝晨光。明天他要去找铁路，要回自己家乡。

"你们的日子很没劲儿是吧？"德瓦诺夫躺安稳，入梦前又聊上。

波甘金深以为然：

"是啊，就那劲儿，无球事、穷开心！这村子哪地方不无聊得要死。就因为闲得慌白生出好多人口，越生越没劲。闲得蛋疼不折腾女人折腾谁去，难不成还有别的事儿可干吗？"

"你们呀，最好还是搬到上边去，那边田土肥得冒油！"德瓦诺夫掂量说辞,"那上面过日子多少要宽裕些,人活得也就快活些。"

波甘金转动脑筋。

"去那边咋整,拖着这一家子小不顶事儿的,莫非你还挪得动窝子不成?……小子们,赶紧松松肚皮这就过夜去……"

"咋就挪不动了?"德瓦诺夫探了探底,"你们要不搬,那上边的地可要收回去了哟。"

"这咋回事儿?莫非政策下来了?"

"下来了,"德瓦诺夫挑明了说,"那么好的地白白荒着咋成?这一大场革命闹来闹去不就图田地,已分给你们了,却几乎产不出东西。如今啦,得把这地交给外来的迁移户了,他们一到上边立马开干……该挖井就挖井,该到干沟里办农庄便办农庄,这田地也就活了,庄稼也就一茬茬儿产出来了。你们呀,再去上边草原就只剩做客的分儿了哟……"

波甘金浑身一紧,德瓦诺夫看出他心虚了。

"那上边的田地,老实说好得没得挑!"自家那份田产波甘金提起竟也一脸羡慕,"种啥即收啥。你说苏维埃政权难不成还要分出个谁勤快谁懒惰来吗?"

"那当然,"德瓦诺夫趁夜黑会心一笑,"你想啊,迁移户搬过来还不照样成农民。但你再想啊,既然他们把田地经营得更妥当,那这地给他们还不顺理成章的事儿。苏维埃政权也是偏爱收成的嘛。"

"此话倒也在理,"波甘金情绪有些低落,"地分光了到时再搞余粮征集就方便多了,手一挥就成!"

"余粮征集制很快要禁止了,"德瓦诺夫估摸了下形势,"一旦战火熄了这办法就派不上用场了。"

"对呀,乡亲们都这么传,"波甘金附和,"唉,这苦本就不是人吃得消的,谁受得住啊!列强列国哪国家让这么弄过?……看来搬到上面草原不是坏事儿,或许真行得通?"

"去吧,行得通的,"德瓦诺夫加了把火,"去吆喝上十来家户主，合一块儿便动身……"

随后，这搬迁大事波甘金跟瓦里娅和病号老婆一起商量了许久；德瓦诺夫给他们心上种下一个大大的梦想。

早晨，德瓦诺夫上村委会喝小米粥，又撞见"上帝"。叫他喝粥，他拒绝得挺干脆，"我整这玩意儿干甚，"还满口嫌弃，"我要把它吃了，从今往后再怎么着也填不饱肚子了哟。"

村委会有大车，却不肯借德瓦诺夫用，"上帝"见了给他指了条路，通往卡韦里诺村，到那儿后再有二十来里路程便上铁路了。

"别把我忘了，""上帝"嘴上不舍眼含忧郁，"咱们呀，一离别多半即永远，这滋味有多难受没谁心里明白。你说两个人，一分开就各是各隔得老远！可别忘了，一个人活着往上长得靠另一个人的友谊撑着；而我活着往上长就指望心里头的那块泥巴养着了哟。"

"所以你才成了'上帝'是不？"德瓦诺夫问。

"上帝"望着他好不伤心沮丧，活像在看一个不信事实的家伙。

德瓦诺夫断得分明，"上帝"这家伙人不笨，只是把日子过反了；不过俄罗斯人本就两面活法的性子：正着过和反着过都行，且两种情形下均还活得挺完整。

途中遇到雨下得绵绵不休，直到黄昏时分德瓦诺夫才下到一弯山道。山下边河谷幽暗，一条河流自草原上来，打此静悄悄而过。不过真要说来那河已全然身首异处了：身子这头堵满山谷冲刷的泥沙，水流失去形状四下横溢，泛滥出大片沼泽。沼泽上方已然夜色临空，正是阴郁愁闷。鱼儿回家沉降水底，鸟儿归巢飞入密林深处；虫儿犯困躲进水草枯叶间发呆。这些细小的鲜活生灵向来喜温暖，爱挑逗热情四射的阳光，这会子它们那激昂隆重的欢悦叫响已龟缩低处洞穴，声息渐轻缓缓呢喃。

然而半空中，德瓦诺夫隐约听见日间的欢歌仍余音飘渺，如散文诗一节节遥遥荡漾，他突发奇想，欲将白天听闻的欢悦叫响填回那些诗行。他能体会，那生命的反复歌咏再和以这天地的情感共鸣将是怎样一股躁动不安的浪漫风潮。只可惜那一潮潮欢歌、一节节诗行给徐徐微风搅乱撕碎，渐渐消散于空中，汇入周遭大自然无尽昏暗的压抑气息，曲音不再、一片寂然，如同脚下不言不语的泥土。德瓦诺夫把这一切听得真切，那是一种别样的起落浮沉，不同于他往日心中的经历感受。

山路蜿蜒地势渐次倾斜缓缓向下，德瓦诺夫边走边喃喃自语。但凡四周开阔无有人烟他便喜欢独自一人念叨，不过若是有人突然闯来偷听了去，德瓦诺夫顿时羞愧难当，活像漆黑夜色掩映下一场恋爱谈得火热，却给人当场双双逮了正着。唯有说话方可将一时之感变为思想，是以陷入沉思的人总爱喋喋不休交谈。不过，自说自话交流乃一门艺术，而与他人攀谈则只算消遣。

"因此，人步入社会、投身消遣就像水往低处流一样势不可挡。"德瓦诺夫终得明悟就此打住。

他头一扭转得半圈，目光扫过，半幅世界尽收眼底，忍不住又念念有词以方便思考：

"大自然终归是一场实事求是的大事件。这些歌来唱去的河流山岗不单单是美妙的田园诗，还可滋养土壤、繁育牛羊和人群。它们付出亦得收获，岂不妙哉。大地和山水养育世人，而我终将和人们在一起携手活下去。"

德瓦诺夫渐渐有些疲倦，拖着步子前行，感觉浑身直难受。这股疲惫难受劲儿在他体内燃烧烘烤，熬干了脑海滋养思绪的全部水分，终致浑身里里外外均难以动弹，似乎被捆了严严实实。

站在谷顶羊肠小道隐约可见卡韦里诺村炊烟缭绕。身临峡谷光影渐暗，一股浓郁山涧气息扑面而来。谷中处处沉寂泥塘，塘边或许住有人烟，皆是些行为古怪的人，为着一份单调乏味的冥思苦想而避开了多姿多彩的生活，躲在此间栖息安身。

想那彼得罗巴甫洛夫卡村的"上帝"，自由如他一般的家伙省内各村各寨并不鲜见。

峡谷深处传来声声倦马的响鼻呼哧。马背上驮有人，踏着泥泞艰难前行。

马队前方一青春雄壮的嗓子勇敢又嘹亮地率先唱起，听那歌词曲调来自遥远他乡。

> 那遥远地方，
> 与我们隔岸相望，
> 无数回梦中向往的甜蜜，
> 却已落入敌人手里……

队伍跟上，马踏声渐齐。众人齐声高唱，歌声盖过头里起唱的歌者，曲调歌词却是一变，已成本地唱法：

> 小苹果呀，快躲藏，
> 红彤彤金灿灿的模样，
> 千万莫叫苏维埃碰见——
> 会举起镰刀锤子把你砍……

那孤零零独唱的声音再度响起，与大部队格格不入：

> 剑在手，心在跳，
> 可我的幸福在远方……

众人合力副歌响起，嗓音淹没了前者后半句：

> 嘿哟，小苹果哟，
> 亲亲的小心肝，

你若当我腹中粮——
只会慢慢腐烂……
你要树上一直长
树命一朝风云变,
苏维埃定会把你抢
打号盖戳尽收编……

末了众人一哄而上,歌声响彻云霄,曲将尽好纵情。

咿哟,小苹果哟,
千万守好自由身:
莫给苏维埃,莫给沙皇,
要给全体老百姓……

歌声静了。德瓦诺夫停下脚程,饶有兴致望向谷中行进的队伍。

"嘿,上面那人!"队伍传出一声吆喝,"下来吧,这里都是无法无天的老百姓!"

德瓦诺夫站原地没动。

"赶紧过来!"又一声吆喝,嗓音浑厚有力,想来应是那位起头开唱的歌者,"你瞎数啥呢,数不一半就成枪靶子啰!"

见此情况,德瓦诺夫心想索尼娅下乡的日子未必好过,性命怕莫难有保全,于是心一横索性把命豁出去:

"你们还是自己过来吧,我这边实在些!老在谷里磨蹭啥呢,你们这些地主的狗爪子光知道欺负马儿!"

下边队伍当即停下。

"尼基托克①,把这家伙给我崩了!"那粗嗓子发令。

---

① 尼基托克是尼基塔的小名。

尼基托克端起步枪，心想这罪孽得由上帝担着，如此才好射出胸中憋得难受的勇气，是以先聒噪一番：

"耶稣的卵袋子，圣母的腋窝子，还有基督家的龟孙子，通通瞧好啰，放！"

德瓦诺夫只觉亮光一闪，一股强劲火力喷了出来，却不闻声响，接着仿佛腿上挨了记闷铁棍，站立不稳从山道滚落谷底。德瓦诺夫躺地上意识尚清醒，只觉地面人影绰绰嘈杂声惊心动魄，颗颗人脑袋挨个儿凑上来侧耳倾听他动静。德瓦诺夫清楚伤在了右腿，那里有只铁麻雀正咬住伤口不放，翅膀上尖刺如芒火辣辣扑扇。

谷底阴冷，德瓦诺夫拽住一条热腾腾马腿，顿觉这腿好不安全可亲。马腿累坏了，不住微微打颤，汗味直扑鼻，又掺杂些许路边青草芬芳，透出一丝生命静静流动的气息。

"尼基托克，给他来个双保险，那生命之火还旺得很嘛！完事儿后衣服归你。"

德瓦诺夫听得真切，赶紧死死抱住马腿。一时间马腿似乎变成了某个生命的鲜活肉体，散发芬芳迷人的气息，这生命他不熟悉，将来也未必会了解，但此时此刻的突然遭遇却成了他不容选择的唯一慰藉。德瓦诺夫深知毛发的神妙秘密，一颗心迅疾蹿到嗓子眼儿上，于恍恍惚惚的自我释放中大吼一声，顿觉浑身通泰好不舒坦平静。大自然没有放过机会，从德瓦诺夫身上拿走了传宗接代的种子，以便新的人类继续开枝散叶；就为这份种子，即便母亲生产时已不省人事，他仍安然无恙来到人世。临终时刻，德瓦诺夫于莫名其妙的幻觉中深深占有了索尼娅的倩影。生命最后一程，他紧紧搂住大地的肌肤和马儿身躯，平生头一次听清了生命的本能激情绽放的回响，不由大为惊讶，这只代代相传的不死鸟扇动翅膀栉风沐雨才抵达自己身上，在它面前一切思想追求多么微不足道。

尼基托克走近跟前，摸上德瓦诺夫额头试试有无凉透。这家伙手掌宽大、火热。德瓦诺夫对那只手掌恋恋不舍，生怕它这便缩了回去，连忙将自己的巴掌搭上以示亲热友好。不过德瓦诺夫明白，尼基托克是在探他是否还活着，心想就不给他添麻烦了，径直开口：

"来，尼基塔，照着脑壳锤。快点，直接开瓢吧！"

德瓦诺夫发现尼基塔这家伙人是人手是手，二者全然不同。他家伙一开口叫嚷嗓子活像长了疥疮，尖细嘶哑得厉害，跟他手上那份生命宁静安然的气息浑不相称：

"哦哟，你还活着呢？直接开瓢，想得倒美，我呀，要大卸八块。想死痛快，哪有那么好的事情？哦哟，你不还活着吗？那就请你再受点苦，再躺一会儿，见阎王嘛，还是不慌不忙的好！"

那头领骑着马也凑上来。只闻一声语气严厉的粗嗓子喝斥尼基托克：

"你个混账东西，要是再敢侮辱人，我这就把你塞进坟墓。我不说过吗，结果了他，衣服归你。跟你提过多少回，咱们的队伍不是土匪，是无政府主义的兵！"

"生命之母、自由他娘、秩序的妈哟，再见啦！"德瓦诺夫躺地上，突来一问，"您贵姓？"

头领笑得不行：

"都这时候了你问这个还有意义么？听好了，我姓穆拉钦斯基！"

德瓦诺夫一听暂时忘了自家性命。他读过一本书，名叫《阿格斯菲尔现世历险记》，作者穆拉钦斯基。难不成是眼前这位骑马上的家伙写的？

"您居然是位作家！我读过您的大作。您姓啥对我确实没什么意义了，但您那本书我真还喜欢。"

"还是让他自个儿脱光吧！等死翘翘了，我在一个死人子身上还忙活啥呢，到时翻都翻不动！"尼基塔等得有些不耐烦，"你看那身小衣服尽都箍在腰杆上，到时一扯全破了，一点搞头都没有。"

德瓦诺夫亲自动手脱身上衣服，免得叫尼基塔那家伙吃了亏：要从死人子身上扒衣服还想求个完好无损确实办不到。右腿麻了，硬邦邦不听使唤，倒是不觉疼痛了。尼基塔看着心焦索性出手帮忙。

"我那枪子儿中的这里，是不？"尼基塔轻脚轻手抓上那条腿，挺在意。

"就是这里。"德瓦诺夫应了声。

"看来没多大事儿嘛，肉够结实伤口不深，没伤着骨头。小伙子年纪不大嘛。爹娘老子都还在不？"

"在呢。"德瓦诺夫回他。

"还活着，那就好，"尼基塔啰嗦上，"他们呀，挂念一把也就忘了。当爹娘的也就这会儿心里难受一阵！你是共产党员，对吗？"

"共产党员。"

"那是你的事业嘛，谁还不想掌权来着！"

头领旁边打量一直没开腔。别的无政府主义家伙牵马的牵马，抽烟的抽烟，没谁理睬德瓦诺夫和尼基塔。峡谷上方余晖散尽黄昏不再，夜色轮回徐徐降临。德瓦诺夫心生遗憾，索尼娅的倩影今儿个怕是再也入不得梦里来了，是以连剩下的一丝性命都懒得回味了。

"这么说来我那书您还挺喜欢吧？"头领问起。

这当口，德瓦诺夫身上的外套和裤子全光了。尼基塔一把将衣物塞进自家口袋。

"我刚才说了，是的。"德瓦诺夫再次申明，说完瞧了瞧腿上伤口，已发炎了。

"那个，您本人是认可该书的思想啰？还想得起来不？"头领不依不饶欲问实在，"书上有个人，孤零零活在地平线尽头。"

"那倒不，"德瓦诺夫直话直说，"上面的思想我记不清了，不过其构思方向却有点意思。通常都如此。您在书上看人的角度跟猴子看鲁滨逊似的：把一切都反着来理解，所以读起来倒蛮不错。"

这话评得纠结半天的头领震惊不已，自马鞍上腾身而起。

"有点儿意思……尼基托克，咱们把这共产党员带到利曼内村去，到那儿你想怎么着就怎么着，都归你。"

"不就那点衣服片片嘛，啥意思？"尼基塔一脸苦大仇深。

德瓦诺夫同尼基塔事先讲好，表示他死的时候一定把自己剥精光。头领听见倒没反对，只给尼基塔下了死命令：

"你当心点，别让风把他给我刮坏了！这可是布尔什维克的知识分子，很稀罕的品种。"

一队人马动身了。德瓦诺夫吊住尼基塔的马镫，支着一条左腿奋力前行。右腿本已不痛了，但若落地上立马又扯着伤口，只觉那铁家伙跟长了刺儿似的钻里面扎得锥心。

峡谷蜿蜒穿行草原腹部，越收越窄终抬起头来。夜风遒劲阻人行程，德瓦诺夫剥光了干净，单着条腿拼命往前跳，浑身热气腾腾。

尼基塔骑马上，将德瓦诺夫的几件内衣翻来看去盘算得失。

"见鬼哟，都打湿啦！"尼基塔嘴上抱怨，态度倒还和气，"你们呀，在我眼里也就是一帮小崽子，胆儿贼小！我手上啊，就没捞着过啥干干净净的家伙，哪怕事先也打发去拉屎拉尿了，可咽气时全都一哆嗦的工夫便搞脏了……就一个老乡表现不错，是乡里的委员来着，是条好汉，毙他时只喊：'打吧，狗东西，永别了，我的党和孩子们。'人死了，衣服里里外外都干净。这老乡特训过的，很是了得！"

德瓦诺夫也想扮扮那特训过的布尔什维克，冲尼基塔放狠话：

"等着吧，你们蹦跶不了几天了，通通都枪毙，连衣服带裤子都不要你们的。我们可不穿死人身上下来的东西。"

尼基塔也不见气。

"你就跳吧，赶紧跳你的吧！说大话谁不会，可你也得分个时候。我呀老弟，就绝不会吓得尿裤子，俺身上那玩意儿你吸都吸不出来哟。"

"你就算弄了，我瞧都懒得瞧一眼，"德瓦诺夫顺着尼基塔的话打趣，"若不小心瞧见了，我嘛，见怪不怪不揭你老底……"

"这就对了嘛，我也不会揭你老底，"尼基塔嘴软了不争了，

"这事儿嘛，人之常情。俺身上那点儿货金贵得很嘞……"

一路走了两个来钟头才赶到利曼内村。众无政府主义者进村后去找村里各家各户管事儿的说事情，德瓦诺夫留在风中直发抖，趁四下无人赶紧扑马身上讨些暖和。不久众人回来牵马走了，撇下德瓦诺夫不管。只尼基塔发了善心牵马时丢下句话：

"找地方躲躲吧，自个儿机灵点。就一条腿光跳又跑不多远。"

德瓦诺夫寻思藏起来，可体内虚弱乏力一屁股坐了地上，守着一汪乡间夜色凄然泪下。偌大的庄子鸦雀无声，众匪徒各自寻了下榻处躺下睡去。德瓦诺夫爬进一间板棚，扑倒黍草堆上。整夜梦境联翩，只是你造梦时内中景象已远高于生活，你又如何记得住。夜色漫漫宁静无边，此刻他寂然中醒来，按老辈传说正是孩子们长个头的好时辰。梦中德瓦诺夫显然哭过，眼里噙满泪水。他想起天一亮自己就要丧命了，不由抱紧身下黍草，像是搂了条鲜活生命。

心中安然了便又睡去。清晨，尼基塔费了老劲儿才找到他，起初见他睡梦中脸上笑容一动不动以为人已没气了。不过他这么认为倒并非没道理，德瓦诺夫那紧闭的双眼竟全无笑意。尼基塔依稀明白，活着的人脸上绝无可能满布笑容：总有一抹忧伤不舍离去，不是藏于眼角，就是挂在嘴边。

索尼娅·曼德罗娃分到沃洛希诺村，一路坐乘四轮马车而至，成了该村一名小学教员。平时，谁家生孩子缺帮手，村里小青年晚上打堆热闹乐呵，谁家小病小灾，都要来相请，她也从不得罪人，但凡会的来者不拒，处理得妥妥帖帖。村子紧靠山沟不大不小，全村老小都喜欢索尼娅能干，离不开她；索尼娅见村民们在自己帮助下疾病和痛苦皆有所缓解释放，也自是觉得自己很重要，欣欣然幸福。只是每到晚上独自一人时总要挂念德瓦诺夫，盼他来信。新住处的地址一下来，她第一时间给了扎哈尔·巴甫洛维奇和但凡能托得上的熟人，就为着大家跟萨沙通信时别忘了告诉他索尼娅的住址。扎哈尔·巴甫洛维奇答应照办，还送了她一张德瓦诺夫的相片。

"这照片搁哪儿都一样，"扎哈尔·巴甫洛维奇自有说辞，"你俩成亲后还不是跟我一起过，到时不就又带过来了。"

"我会带过来的。"索尼娅答应。

夜里校舍内，索尼娅望着窗外天幕，群星闪烁，之下夜色宁静。天空辽阔沉寂亦如草原宽广无声，空空荡荡仿佛只剩虚无，连空气都稀薄得无以呼吸活命，致使群星难熬纷纷坠了下来。索尼娅念念不忘信的影子，担心这偏远田间乡野信能否安全送达；如今信成了她唯一精神养分和生活寄托；无论手上忙活什么，索尼娅都笃定信必然在路上，正朝她赶来；信儿静悄悄，藏着一份不可或缺的情感源泉，只独属她一人，支撑着她继续活下去，继续满怀欣然期待；为此，在帮助村民们对付种种不幸时索尼娅越发爱惜自己，也越发勤勉努力。她心里明白，待信儿到来这一切付出都值得。

不过那年月来信往率先读到的皆是全然不相干的人。德瓦诺夫写给舒米林的信早在彼得罗巴甫洛夫卡村时就给人拆开了。第一个看的是邮递员，随后是与他往来的熟人，凡想看的均都看了，有教师、神甫、小馆子的寡妇老板娘、诵经士的儿子等等。那时图书馆停了，书也无处卖了，可人们心头苦闷，精神沉重渴望轻松。这么一来邮递员办公的小屋子便成了大家的图书馆。一些尤为精彩有趣的信根本到不了收信人手中，尽皆截留下来供大伙儿读一次开心一次，如此反复乐此不疲。

邮递员的邮政包裹一搁地上，大伙儿早就扒拉开探知了其中内容。但凡打彼得罗巴甫洛夫卡村中转的信件多数情况下都能让它的读者受到教益有所收获：那些陌生人写信，要么忧伤痛苦，要么快活幸福。

信读完了无人再理会，邮递员糊上糖浆封好口子再顺着路线一站站传下去。

索尼娅尚不了解信在途中的这番命运，否则她哪怕用脚走也要把乡间的邮局踏遍。学校有个看门的，索尼娅隔着墙角炉灶听见他一长串呼噜声；这人来此值守不图工钱，只求公家财物无伤无损活得长久。他甚至企盼孩子们不要来上学，免得划破桌椅弄脏墙壁。看守有种预感，要是缺了他照看，那位女教员说不得早没命了，而学校也将被那些泥腿子拆得精光，偷回去填补自家院子的空缺。夜里，索尼娅听到旁边有人响动，这活人的气息总能令她睡得安稳又香甜；她悄悄将脚搁褥子上擦干，轻轻睡下，床却冷得惨白森然。近近远远，三三两两忠诚的家犬冲着草原漆黑夜色深处胡乱叫嚷不停。

索尼娅缩成一团，紧紧讨好里里外外的整副身体，自个儿焐热自己方才沉沉睡去。一头乌黑长发悄然散开铺落枕上，酣梦紧张，惊心动魄张嘴欲呼。她梦见身上道道黝黑伤口越拉越长，吓得惊醒过来，迷迷糊糊中慌忙上上下下摸遍，查看是否完好无损。

学校大门突地响起一阵粗鲁棍棒声。看门人已醒转，只身下床摸摸索索来到外屋，紧了紧插销合了合门闩，冲屋外半夜扰人清宁的家伙一通好骂：

"你手上的骚棍子发啥子神经，想拆房子是不？俺们这儿有女子休息，门板可一寸多厚呢！喂，你嘛事儿？"

"劳驾，这儿是哪里？"门外那人问了声，态度还算和气。

"这儿是学校，"看守回道，"莫非你还以为是哪家投宿的大车店么？"

"看来只女教师一个人住这儿啰？"

"就她那职位不住这儿住哪儿？"看守直呼怪事，"再说，与你何相干，找她干吗？想过我这关门儿都没有！你还不就是个下流东西！"

"让我们见见她吧……"

"既然他们硬是要见，你就出来瞧瞧吧。"

"谁呀？把门打开吧。"索尼娅在里屋吱了声，接着跑了出来。

屋外俩人下了马，正是穆拉钦斯基和德瓦诺夫。

索尼娅退开几步侧身让过。萨沙立她面前，胡子拉碴邋里邋遢神色忧郁。

穆拉钦斯基上下打量索菲娅·亚历山大罗夫娜一眼，颇为不屑：这可怜小身板儿引不起他兴趣，也犯不着太费心思。

"你们一行几人，还有谁在外面？"幸福来得太突然，索尼娅按下心中欢喜淡淡招呼，"萨什，把你的同志们都叫过来吧，我这儿还有点糖，给你们烧壶茶喝几口也好。"

德瓦诺夫站门口台阶上呼唤几声再返了回来。尼基塔进来了，身后还跟有一人——个头儿不高，样子清瘦眼神游移，似乎一切都浑不在意；这人其实早在进门时就注意到有位女子，心神也立马给吸引了过去，当然，倒非想着据为己有，仅是泛起一腔同情，欲保护这受尽压迫的柔弱女性的那副可怜模样。这人叫斯捷潘·科片金。

科片金进得屋来，摁住内心的桀骜不驯生硬地点了点头，算是与众人见了礼，然后掏出一把伏牛果糖递到索尼娅手上；那糖在他兜里已揣了快两月，一直没找到合适对象。

"尼基塔，"科片金甚少发话，一开腔就气势汹汹派头威严，"到厨房烧水去，把彼得鲁沙叫上一块儿干。好生出去搜一搜，弄点儿蜂糖来。你这家伙偷抢惯了，别跟我磨叽！混蛋透顶的东西，到后方看我不收拾你，一准儿把你给审判了！"

"看门的是叫彼得①，您打哪儿知道的？"索尼娅好不奇怪，战战兢兢问了句。

科片金欠了欠身，彬彬有礼谦谦敬意：

"我呀，同志，亲自逮捕过这位，在布申斯基庄园，当地革命群众要消灭罪大恶极臭名远扬的财产，这家伙居然跳出来要反抗！"

遇上这伙怪人索尼娅心中惶惶不安，德瓦诺夫见她吓得不轻出言宽慰：

---

① 彼得是彼得鲁沙的大名。后文中的彼得鲁什卡也是彼得的爱称。

"索尼娅,知道眼前这位是谁不?他可是野外布尔什维克的领导,喏,那位想杀我,是他把我救了下来!"德瓦诺夫边介绍边指了指穆拉钦斯基,"这个家伙嘴巴上宣称什么无政府主义,可我哪怕多活一会儿他都紧张害怕得不得了。"

德瓦诺夫说着便笑了,已过去的事情他倒也不计较纠缠。

"这混蛋那般行事简直无法忍受,一遭遇我就想动手,"科片金指着穆拉钦斯基控诉,"您不晓得,我碰上萨沙·德瓦诺夫时他有多惨,在一村子里,身上光溜溜还受了伤。而这只老鹰正带了他队伍到处偷人家的鸡吃!这些家伙表面上追求什么不要政府不要管束!我则拿话问他们:'干啥?'都说无政府主义。见鬼去吧,你们这些该遭瘟疫的坏蛋!大家都没政府了,他们倒好手上还端着枪,啥意思!简直一派胡言!我这边就五个人,他们那边整整三十号,还不那样,统统给逮了起来。这些家伙说到底不过小打小闹的强盗偷儿,哪是兵?根本就打不来仗!我留下尼基塔和这家伙当俘虏,其余的让他们发誓从今往后热爱劳动,便放走了。留下这位老兄我就想看看,真土匪来了他敢不敢扑上去,敢不敢像扑萨沙那样狠着劲儿上,还是吓得屁了声儿都不敢出了。那到时候哇,我再将他脑袋给揪掉,把这笔账给算清楚。"

穆拉钦斯基一旁听着,手上弄块小木片清理指甲缝。他自觉败得冤枉,也就无话可说分外老实。

"科片金同志的那些战士呢,咋没见人?"索尼娅好不奇怪,问德瓦诺夫。

"科片金打发他们走了,给了两天假让他们去找婆娘。他这家伙,认为军事上吃败仗全因战士们缺了女人。他想拉支部队,里面一家家的夫妻双双齐上阵。"

尼基塔弄啤酒瓶装了些蜂蜜回来,那看门的则带回一口茶炊。蜂蜜有股煤油味道,不过众人仍吃了一干二净。

"你个机械脑壳,龟儿子的就不开窍!"冲着尼基塔,科片金气得不行,"谁见过拿这号儿瓶子偷蜂蜜的,你洒掉的比装瓶里的还多。就不能弄口瓦罐什么的,简直是颗榆木脑袋!"

突然而然科片金态度大转弯,神情激昂振奋。他端起满满一碗茶向大伙儿宣布:

"同志们!干了这碗,喝下茶鼓足劲儿,咱们要保卫天下的下一代娃娃,要牢记美丽的姑娘罗莎·卢森堡!我这里发誓,一定亲手把那些折磨杀害她的凶手狂徒通通捉过来,跪在她坟前!"

"好得很啊!"穆拉钦斯基喝了声彩。

"一个也不放过,通通杀光!"尼基塔大声附和,手上却没闲着,往盘子里的杯子又满上了,"坚决不允许把妇女伤害致死。"

索尼娅坐那儿心头阵阵恐惧。

众人喝干,茶碗空空。科片金翻转碗底儿朝天,弄手指弹了弹声响。这时他注意到穆拉钦斯基,才想起自己有些讨厌这家伙。

"你不是好朋友么,到厨房去,隔个把钟头给马喂喂水……彼得鲁什卡,"科片金唤了声那看门的,"你过去,把他们看紧点!而你这家伙也去厨房呆着,"他又冲尼基塔吼,"就那点儿开水你一个人喝光了,别人咋整?!什么玩意儿嘛你,掉火山眼儿里啦,啊?"

尼基塔咕咚一声水下肚便不再口渴。科片金起了心事闷闷不乐。他那张大义凛然的国际主义面孔此时一片朦胧,看不出明显情绪,并且还断不清他的出身来头,要说是雇农,却也有点像教授:脸上的鲜明棱角和个性特征早已为革命消磨得光滑平顺。而要变脸也仅转瞬间,眼里猛然就爆发了,烈火熊熊激情四射信心挤满胸膛,觉得天底下的不动产只消一把火就能焚烧殆尽,以便在人身上只留下气贯长虹的同志情谊。

然而往事翩翩阻了科片金的激情,令他一时半会儿不得动弹。他不时打量索尼娅两眼,心头对罗莎·卢森堡越发爱得痴狂:这俩女子都一头乌发青丝,身上都惹人心疼怜惜;依稀恍惚间科片金眼里似乎尽皆了然,他的涓涓爱意沿着回忆之川越流越远。

对罗莎·卢森堡的那份感情委实令科片金心潮澎湃，阵阵忧伤袭上心头，汪汪苦涩的泪水浸湿眼眸。他的脚步永无停歇，拳头永不放下，要叫那些杀死自己未婚妻的凶手，那些资产阶级和土匪强盗，那个英国和德国，时刻都紧张害怕不得安宁。

"今后，我的爱情要闪耀在剑刃和枪口上，而不是在贫瘠的胸膛中发亮！"科片金拔出军刀誓言如山，"我要把这天下穷人和妇女的敌人，把罗莎的仇人，通通杀光，像割野草一样割掉他们的脑袋！"

尼基塔走了过来，手上捧着一罐牛奶。科片金军刀一挥，胸中恶意难消。

"咱们眼下连白天的口粮都供不上了，而他却还想着威胁吓唬头年的苍蝇，真是的！"尼基塔心存不满忍不住细声牢骚。随即又响亮汇报："科片金同志，午饭来了，给，只剩粥可喝了。东西不咋地，多少也给你带了点儿，要不然你又得骂人了。昨儿个磨坊主家宰了头羊，我请求批准把它拿过来充作军粮份额！咱们行军就该有行军的伙食定额。"

"就该有吗？"科片金有些犹豫，"那你去取三份口粮吧，不过得拿秤称清楚了！取够定额就成，不许多拿！"

"那当然，否则岂不成反革命了！"尼基塔保证了又保证，满口正义凛然，"公家的定额标准我是知道的，骨头嘛，我是不会拿滴。"

"明天再去吧，这大半夜的别把村民们吵醒了。"科片金又吩咐了句。

"等明儿个，科片金同志，他们一准儿藏起来了。"尼基塔嘴上预言在先，可脚下到底不敢擅自行动，他清楚科片金的性子，说一不二不喜争辩，要不听话下一瞬保准招呼都不打直接动手。

夜已是很深了。科片金向索尼娅躬身一礼，祝了声好梦，然后一行四人去了厨房彼得处歇息。干草堆上，一顺儿五人齐齐排好；过得片刻德瓦诺夫入了梦乡，神色越睡越差脸上苍白凄哀；他一头滚进科片金怀里方才睡安稳;科片金则和衣而卧,一身戎装军刀在侧,双手抱胸随时准备奋起战斗。

待众人鼾声渐浓,尼基塔爬了起来,先瞄了一眼科片金:

"哼,魔鬼似的家伙,呼噜可真不含糊!这老乡心肠倒不坏!"

咕哝完尼基塔出了门,打算去逮只鸡以备早餐填肚子。德瓦诺夫又做梦了,一时心慌意乱辗转反侧不得安生;他梦见自己心脏停了,吓得不轻,活生生惊醒过来,呆呆然坐地上。

"那个社会主义呢,究竟上哪儿去了?"德瓦诺夫使劲想了想,发现不见了,赶忙四下寻找,屋内却是一片漆黑;他隐隐觉着自己似乎已找到了社会主义,可夹在这群陌生人中间睡熟后竟搞丢了。这可不妙,将来定会遭惩罚,他顿生恐惧闪身闯了出去,连帽子都忘了,只穿了双袜子;来到屋外见夜色寂寥阴森怕人,当即一气跑出村子;心之所向即是远方,他又上路了。

黎明前夕大地灰暗,徐徐光亮摇曳,德瓦诺夫一路奔跑直到朝阳初升,直到看见草原上有处车站隐隐升起一炷黑烟。一列火车停在站台,等候时辰出发。

恍恍惚惚间德瓦诺夫爬过月台,一头扎进拥挤窒息的人群。他身后似乎跟了个奋勇前进的家伙,锲而不舍也想冲上车。只见他在人群里横冲直闯身上衣服都挤破了,可突然,他前面的人包括德瓦诺夫全一股脑儿涌上了货车厢手刹台。见此状况那人老不甘心,叫他前面剩下的人都坐下,好让自己也突然涌上去。上车后那人得意洋洋笑了,见手刹台车厢墙上有一排小小标语便放声读了出来:

"苏维埃的运输四通八达,历史的车头从此驰骋天下。"

标语暗合心意,那人读来满心欢喜:脑子里浮现一列威武雄壮的火车,车头红星闪闪,拖着空空如也的车厢一路沿铁轨轻快飞驰,不择方向任意驰骋;那些廉价的便宜货色只配装进陈旧腐朽的火车,根本配不上历史的车头;眼前这种瞎忙活的车子与那标语极不相称。

德瓦诺夫眼一闭远离周围如海视线,一个人静静地躲在角落,静静回味走过的征途，只为想起自己一路行来遗落或者忘记发现的东西。

德瓦诺夫过得两日才想起自己为哪样活着，还有给派往何处。只是，人的身上还活着一个小小的旁观者，这家伙既不参与任何行为，也不承受种种苦难；他总那么冷漠那么孤单。他唯一职责即是目睹一切并成为见证，不过，于人的生活他无权发声不得干涉，也闹不明白那人为何如此寂寞孤独。在人的身上，这处意识之角日日夜夜灯火明亮，如同一大幢楼房里的那间看门人的小居室，始终透着亮光。那看门人白天黑夜都清醒冷静，目光如炬坐在人这幢大楼门前，他熟悉大楼的每位居民，可没哪位居民会跟这看门人商量自己的事情。居民们进进出出，而看门的旁观者只能用目光迎来送往。外面有任何风吹草动他都闭目塞听、难以察觉，故而有时不免忧伤难过，可却总那么彬彬有礼，那么独自泰然。他在别处楼房有间独属自己的居室；人身上这幢大楼起了火看门人叫来消防就算了事，然后静静蹲守外面漠然观察事情进展。

德瓦诺夫无论行走还是坐车，但凡迷迷瞪瞪上路，他的这位旁观者把身上一切看得清清楚楚，却从不提醒半句，也不出手相助；他始终不离不弃在那里，永远与德瓦诺夫风雨同舟，却又非德瓦诺夫本人。

这旁观者如同人身上的双生兄弟，死后仍形影难离：他身上人之为人的一切要素都具备，只缺少某种毫不起眼却又举足轻重的成分。人从来都不记得他，却又永远那么信任他；共处一个屋檐下，出门时独留妻子在家人倒也放心，不会因她与这看门人要好而拈酸吃醋。

这旁观者就像一个太监，忠守在人的心灵小屋。正因于此他才成了内中一切的见证者。

德瓦诺夫一上车便老实沉默。但凡什么地方聚来一群人，转眼便会冒出个领头的家伙。群众信任带头人，将自己虚无飘渺的希望寄托他身上，想多少落个保障，而带头人则自群众身上取得他所需要的东西。这不,近二十号人齐齐挤在手刹台上,整个手刹台不久便认了位头领;就是早前那家伙,是他把大伙儿硬塞了上去,好方便自己也爬上来占处位置。这带头的家伙什么也不懂,可嘴上消息倒说来头头是道。故而人们也就信他,原本梦想在哪个地头搞到一普特面粉,如今有了这领头的便须得先闹明白自己究竟能弄到什么,好攒些力气承受打击舔舐伤口。带头人宣称大家伙儿必然而然会换得面粉的:众人要前往的那处地方他早前去过;是家富得流油的村子,他熟悉得不得了,那里的老乡有吃不完的鸡鸭和塞不够的饼子。近来当地眼看要过建堂节了,凡外来的背袋贩子有一个算一个必然而然都会有招待。

"那地方啊,家家户户木房子里头暖和得不得了,跟进了澡堂子似的,"头领一个劲儿地给大家打气,希望越烧越旺,"那肥嫩嫩的羊肉管够,撑得你倒下就睡着了!我那时候哇,每天早上一起床一大坛子克瓦斯汁儿灌下去,到现在这肠子肚子里都还干干净净的啥虫子都生不了根。再说午饭,上来便一大盆子热腾腾甜菜汤,直烫得你浑身都软和舒坦,跟着还有成堆的肉哇,想吃多少随便吞就是,还不算完,再上白米粥,又再上煎饼子;好家伙,这一顿吃下来保准你腮帮子累得直打摆子。那身子里头,打肚脐眼儿到嗓子眼儿活像塞了根鼓鼓囊囊的根子似的。最后哇,你再添一勺肥油拿舌头裹了干净,免得它露外头难受,到这当口你巴不得闭上眼睛就睡过去。想想,多美呀!"

头领讲得起劲,巨大的欢喜憋得大伙儿透不过气,心儿怦怦乱跳,魂儿直呼危险。

"我的天嘞,莫非这是过去那光景要回来了?"一干巴老头儿半傻不傻冒出这么一句;这老家伙想起自己饿肚子时那难受,那口干舌燥眼巴巴心慌,就跟死了孩子的娘们儿似的。"不会的,过去的始终过去了,哪能回头再来过!……唉,我这会儿呀,要是能小嘬一杯那该多美,立马就把沙皇犯下的罪孽统统勾销掉!"

"怎么着,老爷子,劲儿上来啦?想整一口?"头领问。

"我的好人嘞，你可别再吹了！有哪样玩意儿我这辈子没喝过尝过？眼下这世道啥东西都给你漆得光鲜鲜的，若不够，再刷一层清漆，亮铮铮直花眼睛，结果呢，来瓶娘们儿用的烧刀子吧，你都还得掏一大把钱。尽整些花花肠子没啥用场：把你身上皮呀肉的挠得痒酥酥的，可心弯弯儿又不按实在了，一点儿快活都不给！还记得不，从前那阵儿，那才叫伏特加，酒酿出来却拿去养身保命了，真是不知好歹的混账啊！你说那酒多清澈透亮，那味道多醇厚干净，跟天堂里的空气似的，一点杂质一丝怪味都没有，活像姑娘家的眼泪。那装酒的小瓶儿标标致致，贴上头的标签也正正规规，整个儿一精美的艺术品啦！整上那么一口，二三两一下肚，你立马飘起来啦，觉得众生都平等了，大伙儿都相亲相爱了。那时候才叫过日子哟！"

众人听得戚戚焉，直痛心疾首连连叹息，从前时光一去不再，丝毫也无停留。朝阳初升天色渐亮，照得田野渐次分明；草原景象单调忧伤，直欲唤起人们心中片片惆怅，可人们却不甘愿，坚决拒之心门外，只落得那层层景色一次次白白牺牲在了列车脚下，尚未来得及顾上一眼便已纷纷倒在了身后头。

在那个注定烟消云散的清晨，众人行色匆匆，一腔希望满腹牢骚，全没发现有那么一位年轻人挤他们中间直挺挺地睡了。他身上既无袋子也没行李；想必，准是有哪样别的东西装着他的口粮，或是干脆藏了起来。领头那家伙出于职责所在习惯使然，起心去检查一下证件，顺便问问他这是要上哪儿。德瓦诺夫却也没真睡踏实，听见问话随口搭理一句，就坐一站地。

"你那一站马上要到了，"头领知会一声，"这么短的路程还占处位置也不嫌浪费，甩开步子走也到了嘛。"

虽则已大白天，可站上煤油灯还燃着，照得站台多了抹色彩，而值班副站长就守在煤油灯下。一众乘客拎上水壶丁零哐啷抢跑起来，生怕火车头那呼哧呼哧的不歇声响把自己又带上行程，从此与这眼前的车站失之交臂再难稍作停留；其实人们大可不必如此匆忙，这趟列车要在此间车站待一整天,得过了夜才出发。

整个白天德瓦诺夫徘徊铁路附近,反反复复打瞌睡,直到夜幕降临才踏入紧邻车站的一家农舍,里面宽宽敞敞供人夜间歇脚休息,只是须得付一定费用。这家乡间客店地板上层层叠叠躺满身影。屋内炉门大开火势正旺,烧得屋子通红透亮。炉灶旁坐有位老乡,一蓬乌黑胡须死气沉沉耷拉着,有一搭没一搭扒弄炉火免得熄了动静。一时间呼噜声叹息声此起彼落响成一片,活像此处不是睡觉的所在,而是干活的地方。那年月日子不易,尽皆忧心忡忡,故而入梦也不轻松。木板墙隔壁另有一间屋子,模样要狭窄些,也昏暗几分。那小屋摆了一座俄式土炕,炕上一对光条条的家伙正熬夜补衣服。德瓦诺夫进屋,见炕上还留有空地方当即爬了上去。那俩赤身裸体的又挪了挪位置。其实炕正热得发烫,怕莫连土豆都能烤熟。

"年轻人,在上面可别睡着了,"一人出声劝告,"这地方也就适合烤烤身上虱子。"

德瓦诺夫没管那么多,横竖躺下。他这会儿觉着身上似乎贴有一人,双双叠一起:只要眼睛睁着,这过夜的农家小屋和整个儿自己躺炕上的身影同时同在齐齐挤了进来。他稍微挪动了下,好腾出位置给身上那位同伴,随即抱着他便人事不省了。

那俩光身的补好衣服。一人开口:

"晚了,瞧那小伙子睡着了。"话音一落双双下了炕,到人群中摸索,寻了处空隙睡下。那黑胡子老乡边上炉火已熄灭,他起了身,双手一摊叹口气:

"唉,这身上的痛苦真是烦人!"说完出门而去,从此再没回来。

屋子渐渐寒凉。跑来一只猫,在人群中慢慢悠悠爬来爬去,不时弄快活欣喜的小爪子逗挠人们四仰八叉的胡须。一人睡得迷糊没闹明白猫的意图,径直从梦里嚷出一句:

"走开吧,小姑娘,俺们自家肚子都还饿着呢。"

突然间，一小伙子猛地自屋子中央坐起，脸涨得通红，颌下爬了一蓬嫩芽似的胡须。

"妈妈，好妈妈！拿块布来，快点老妖婆！听见我话没，给我一块布……把这黑乎乎的铁脑壳赶紧罩上！"

猫听见声音觉察到危险，背乍然弓起，紧张兮兮盯着那小伙子。旁边一老头睡是睡着了，可上了年纪梦不踏实脑子静不下来。

"躺下，躺下吧，你这冒失鬼，"老头儿劝慰，"小伙子，周围都老百姓有啥好怕的？上帝保佑，睡吧。"

年轻人又倒下，眨眼工夫神游天外。

夜色寂寥星海如渊吞没大地残留的日间温暖；黎明蠢蠢欲动，渐次将气流托向高空。窗外，草儿头上露水盈盈，正是焕然一新模样，晃眼一看仿若月谷中的那片小树林。远处，一列快车忙着赶路汽笛嘶吼不歇，只见它身陷广袤而沉重的茫茫天地，一路怒号冲锋，强行从狭窄荒芜的谷槽间穿梭而去。

惊梦易碎，有人蓦地一声尖叫，德瓦诺夫就此醒转。他想起自己有口箱子，里面装着给索尼娅的细白面包，数量还不少，足以让人填饱肚子。这会子原本放炉灶上的箱子却不见了。于是德瓦诺夫俯身地上小心翼翼扒找，看下面有无自己那口箱子。箱子断断丢不得，他心里着实害怕浑身不住发抖，满心满眼都那箱子的影子，焦虑得不免忧愁。四肢着地手脚并用，德瓦诺夫边爬边摸寻众人身下，猜想定是这些家伙把箱子藏了起来。众人沉睡未醒，顺着拨弄翻了翻身，露出身下空空如也的地板。找来寻去哪儿都没有，彻底丢了，德瓦诺夫吓得要死悲痛欲绝，不禁哭出声。他不甘心，再度蹑手蹑脚往回搜寻翻弄众人袋子，甚至还不时瞄一眼炉炕上面渴望奇迹出现。一路爬过，踩了谁谁的脚，鞋底蹭破某某的脸，或将哪家伙整个儿翻动了位置，无一得幸免。先后七个家伙醒来席地而坐。

"嘿，你个鬼东西，翻来翻去找啥？"一相貌堂堂的老乡出言不逊，压着嗓子质问，"你这睡不安生的魔鬼哟，布瘟疫呀你？"

"斯捷潘，拿靴子狠命敲他，就你面前，近些！"另一家伙嚷嚷，这位睡觉那会儿脑门上搭了顶帽子，头下枕了块砖头。

"大家见着我箱子没？"众人虽一通吓唬，德瓦诺夫却仍打听，"箱子我上了锁的，昨儿带过来这会儿不见了。"

一老乡视力不太顶用了，反而越发敏感仔细，摸了摸自家布袋子，对德瓦诺夫甚是起疑：

"你呀，狡猾得很呢！还箱、箱什么箱子！你昨儿个来时手上光溜溜的，我那会儿眼睛可没闲着，就坐那儿看得一清二楚。你这时候倒想起要箱子来了！……"

"还……还不揍他，斯捷潘，一巴掌的事情，你那爪子可比我的厚实管用多了！"戴帽子的家伙继续鼓噪，"他要讨打你就满足他吧！这狗东西把一屋子的良民都吵醒了！现在咋办，还不真得坐等天亮了。"

德瓦诺夫失魂落魄立人群中，一副求救样子。隔壁屋子俄式炉炕上传来一嗓闷响，落话掷地有声：

"把这跑路的家伙立刻马上扔外面去！不然等我起来把你们呼啦一下全扔出去。大半夜了，还不让苏维埃人稍稍落个清静。"

"唉，老跟他废话干吗！"门边一脑门儿铮亮的小伙子吼了声，跳将过去一把放倒德瓦诺夫径直拖了出去，活像拖了根壮烈牺牲的树棒子。

"到外面凉快去吧你！"小伙扔下句话转身砰的一声关上门，屋里正得暖和。

德瓦诺夫搁外面穿巷而行。天上星辰如列，星辉若羽守护着他的身影。天际微微亮，若隐若现露出那方世界，而下方大地正是一片清凉。

好不容易钻出村子，德瓦诺夫急欲放步而飞，却不料刚抬腿便摔倒了。他竟忘了自己脚上有伤，早已化脓血水脓液汨汨外渗；伤处如缺口走泄一身力气精神，德瓦诺夫只觉疲惫老想困觉。他爬起来浑身乏力，想着得先处理好伤口，于是找处水洼洗了干净，再将绷带翻转重新包扎妥当，才又试着迈开步子战战兢兢继续前行。他面前新的一天已然拉开，恰似美好无限；今儿这朝霞光破出东方直似一群惊起的白色大鸟，浩浩荡荡划天而过，风驰电掣般射向前方那汪高悬的昏暗深渊。

前路右侧有丘土岗，看样子似遭水流席卷过，冲得塌了下去，上面停了一片乡村墓地。坟场排排十字架，模样简陋身姿忠诚，经风雨而致陈腐破败。十字架直挺挺守在那里，似欲提醒路过的活人，死去的人白活了过去，一心要复活。德瓦诺夫伸手挨个儿摸了摸十字架头顶，借此向坟里死者转达自己的问候同情。

沃洛希诺村小学，尼基塔窝在厨房啃鸡，科片金和其余能打仗的躺地上睡觉。索尼娅第一个醒来，冲到门口唤德瓦诺夫。只尼基塔应了声，说德瓦诺夫人不在，没留下过夜，想必找新生活去了，共产党员嘛，曙光在前头重任扛肩上可不得一路前行。索尼娅当即光着脚跑了出来，对直冲进看守彼得的房间。

"你几个，就知道躺就知道睡，"索尼娅急了，"萨沙不见了！"

科片金先睁了一只眼，帽子戴好双脚站稳，又才开了第二只。

"彼得鲁沙，"他扭头交代，"找点儿水去，给大伙儿烧上，我离会儿，顶多半晌工夫！……同志呀，昨儿夜里您咋没提醒我呢？"科片金竟怪上索尼娅，"他嘛，人年纪轻轻，自由滑溜惯了的东西，身上还带着伤，怕莫得凋谢在荒天野地里了哟。这会子也不晓得在啥地头瞎转悠，风儿一吹脸上一把把全是泪……"

科片金出得院子牵自己马去。他那马体形庞大，抬起木头来比人强多了。这马自归了它主人后又上了一场国内战争，早已习惯烽火硝烟的岁月，啃啃新立的篱笆墙叶子、嚼嚼房顶上的枯草秆子也能过日子，即便瘦了却心里知足。不过若由着它性子去填饱那肚子，碰上什么青苗林子非得掐头去尾吞掉其半条命不可，还得添上喝的，一口气下去一洼草原上的小水塘子便没影儿了。科片金稀罕他那匹马，当个宝似的，在他心中稳坐三号位置：第一罗莎·卢森堡，其次革命，再有就是马儿了。

"嗨，无产阶级力量！"科片金打声招呼，那马咽下一肚子粗饲料正撑得呼哧呼哧直响鼻，"老伙计上路了，向罗莎的坟墓前进！"

科片金满怀希望也确信无疑，他这辈子，全部事业和一应道路必然而然通向罗莎·卢森堡的坟墓。这份希望在他心中不断膨胀燃烧，召唤并指引他须得时时刻刻为革命建功立业。每天早上科片金都命令马儿朝罗莎的坟前进，以致那马脑子里深深印下了"罗莎"一词，认定这是催促它前行的吆喝。但凡听得一声"罗莎"响起马当即抬腿扬蹄，不管前路是沼泽泥潭还是丛林莽原，或者皑皑雪野深渊，奋不顾身冲过去便是。

"罗莎，罗莎呀！"一路奔行，科片金不时嘴上嘟哝几声，那马壮实的身体便也不时鼓足劲头。

"罗莎哟！"科片金一声长叹，好不羡慕天上云朵遥遥飘向远方的德国：它们将掠过罗莎的坟墓，飘过那人儿双脚踏遍的一方大地。科片金眼里，条条道路的走向，阵阵风儿的去势，通通要汇入德国那方，而若是不按这走法，那么总而言之这些家伙绕地球一圈终归会落脚罗莎故乡。

每当前路悠长又碰不着一个敌人，科片金心急如焚失魂落魄如堕深渊。

这时他满心满眼都堵着火辣辣的忧愁思念，却又不得丝毫建功立业的机会缓一缓身上的寂寞孤单。

"罗莎啊！"科片金撕心裂肺大喊一声，吓得那马浑身一紧；呼声回荡四野空旷，科片金不禁失声痛哭，但见泪珠连绵颗颗晶莹饱满，只消过得片刻却又兀自风干了去。

"无产阶级力量"有时乏了累了多半与路程迢迢无关，而是身子沉重耗尽了力气。这马打小在比秋格河岸长大，那里峡谷青幽牧草丰美，偶尔忆起故乡丛丛肥嫩甘甜的青草，它难免馋得唾沫翻飞，滴滴滑落从前滋味。

"瞧你那样儿，牙又痒痒了吧？"科片金坐鞍子上发现身下马儿不对劲，"赶来年我就放你一月探亲假，任你到草丛厮混去，吃饱喝足咱们再转身速速上路，直奔坟墓……"

一番嘉许，那马恰似感应到了甜头在望，足下发力热情翻踏地面，瞧不上沿途的野草粗食，统统踏回生养它们的土壤窝子里。碰上道路突然岔开，科片金也不强行给马明确方向。"无产阶级力量"自个儿会比较择其一而往之，这一去前路每每会有科片金的用武之地。科片金这人往往行动没计划、出没无线路，一路瞎碰运气，由着那马的性子来；他老以为生活浩荡、见多识广比自己脑瓜子精明强干得多，有的是办法替他选择。

有位叫格罗希科夫的土匪尾随科片金尾追了好些时日，可怎么折腾硬是没遭遇上，究其原因根底不外乎科片金自个儿也不知道他下一脚去处会迈向哪里，更何况格罗希科夫这倒霉蛋了。

出得沃洛希诺村行不五里地，科片金抵达一处农庄，居有五户人家。这家伙抽出马刀，刀尖依次敲过家家户户门楣。

只见家家农舍窜出些疯头疯脑的婆娘，那神情似乎早不想活了，要命就老命一条拿去便是。

"我的好人嘞，你想干吗呀，俺们这地方白军来了走了，红军又藏不住躲不了！"

"家家户户全体都有，外面排着去，立刻马上！"科片金端起嗓子下了道沉甸甸的命令。

最终拢共只出来七婆娘和俩老头；未成年的娃子没给带出来，而成年的男人汉子则躲进牲口棚子藏匿去了。科片金扫了眼这伙百姓，又命令：

"各回各家！守好本分安居乐业去吧！"

看来德瓦诺夫定然不在此处庄子。

"出发吧'无产阶级力量',咱们再靠罗莎近些。"科片金又吆喝马儿上路。

"无产阶级力量"又开始打击蹄下土地,继续以胜利者姿态前行。

"罗莎!"科片金喊出胸中思念郁闷,眼神好不狐疑,射向一丛光着身子的灌木林,心想这林子是否跟他一样因思念罗莎而忧伤。若非如此,那他科片金便要稍稍牵转马头冲上去,拔出马刀死命朝那林子猛劈狂砍:既然你不需要罗莎了,那就没必要再为别的人活着了,这世上除了罗莎还有什么更值得等待。

科片金头上那顶帽子缝了张宣传画,样子正是罗莎·卢森堡。画上的罗莎着色鲜艳美丽非凡,比过天下任何女子。那画惟妙惟肖,科片金信以为真,轻易不敢乱动一分感情,生怕一时忍不住便出手将它拆下。

日落前科片金一直游走荒天野地,不时东看看西瞧瞧沿途坑洼,想找那仅剩半条命的德瓦诺夫家伙有无睡于其间。可处处尽皆人烟寥寥,静得荒芜。堪堪暮色降临,科片金来到一家大寨子,占地修长一眼望不到边,却取名叫"小村";为查探德瓦诺夫有否落谁屋里,科片金又挨家挨户叨扰搜寻。待摸到村子尽头时已是夜色幽深;万般无奈他只好策马进了山谷,并叫停了"无产阶级力量"的脚步。就此,一人一马双双沉默无语安静过了一宿。

清晨,科片金留出几许时间给"无产阶级力量"填饱肚子,然后又再上路,虽方向不明却目标坚定。道路插进一片沙地,马蹄起步不易,可走了许久科片金仍无意叫停。

行路艰难,"无产阶级力量"累得满身大汗,汗水渗出点点白色泡沫,其时已是大正午,堪堪抵近一落村子寨门口;村子不大人家不多。科片金入了村子,放马稍作歇息。

一妇人上身着件短皮衣,头上顶块小方巾,沿一排牛蒡草盈盈而来。

"你是谁?"科片金叫住那女人。

"我么?我是接生婆来着。"

"这地方莫非还有人生得了孩子不成?"

那接生婆一向自来熟,与人交道八面玲珑,尤喜跟大老爷们儿攀谈拉话。

"咋就生不成了?!男人家们打战场下来一窝蜂扑向女人,而婆娘家们身上那兴致也跟着来了……"

"大娘,找你是这么个事儿:今儿个有位小伙子跑这地方来了,头上没戴帽子的,而他家婆娘身上孩子老生不下来,多半上这儿找你来了。这么着,麻烦你挨家挨户跑一趟,打听打听哪家有他人在。然后回来单单跟我说哈!听清了没?!"

"是不瘦不拉几的?穿一件棉布衬衫?"接生婆欲问仔细。

科片金思来想去却实在说不出个什么名堂。他眼里芸芸众生只生有两副面孔:自己一伙的和别人一伙的。自己一伙的眼睛淡淡的蓝;别人一伙的大多黑乎乎或灰扑扑,要么军官要么土匪;也就到此为止,再往下便没作细看了。

"对对对,就他!"科片金连忙点头,"上面棉布衬衫,下面还有条裤子。"

"那敢情好,我这就把人给你带来,在菲克卢莎家,头里她还给人家煮土豆吃呢……"

"大娘,领他过来吧,我再好生谢你,以无产阶级的名义!"科片金边说边摸了摸"无产阶级力量"。那马笔挺挺立着,活像一架机器庞然而硕大,身上肌肉疙瘩鼓鼓囊囊捆扎得结实,不住抖动;依这马的货色卖相只适于开荒,甚至拿去拉拔大树。

接生婆上菲克卢莎家去了。

菲克卢莎这会儿正得忙活,擦拭她那身寡妇家的宝贝,露出一双胖乎乎红通通的手膀子。

那接生婆撞见这副场面赶紧胸前画了十字,这才开口问话:

"你那客人呢,这会子在哪儿?那边有个骑马的问他来着。"

"睡下了他,"菲克卢莎回了句,"小伙子嘞,差点儿没把命拿过去,我可不想这就把他叫醒。"

德瓦诺夫躺炕上,右手软塌塌撂外头,一呼一吸深深浅浅尽皆起落于那只手上。

接生婆回身找到科片金讲明情况,那家伙大步一迈亲自上门要人来。

"把你那客人叫醒!"科片金上来就命令人,语气毫不含糊。

菲克卢莎扯了扯德瓦诺夫的手。德瓦诺夫睡得迷糊,梦中吓得不轻,嘴里一阵咕噜闪过翻身露出那张脸。

"跟我走吧,德瓦诺夫同志!"科片金请他回去,"女教师交待下话,得把你递到她手头。"

德瓦诺夫清醒过来,想了想前因后果老大不情愿:

"不了,我就在这儿,哪儿也不去。你回去吧。"

"成,你看着办吧,"科片金也不强求,"你还活着嘛,就是天大的好事情。"

天快黑尽,科片金启程回返,却是抄了一条近而又近的捷径。夜已深到后半晌时他终于又见着那磨坊,也望见了学校灯火闪烁的窗子。

看门人彼得和穆拉钦斯基在索尼娅房里下跳棋,而女教员本人却呆坐厨房桌旁,手撑着头,头撑着忧伤。

"他不想走呢,"科片金通报情况,"在一寡妇娘们儿家,我去时正炕上躺着。"

"躺着,那就让他躺个够吧,"索尼娅决定再不理德瓦诺夫了,"他老觉得我还是丫头片子,可我不也动不动说心痛便心痛么。"

科片金去瞧队伍马匹。他的手下还赖在娘们儿被窝里没回来,穆拉钦斯基和尼基塔俩家伙光晓得吃百姓住百姓,成天啥事儿也不干。

"这仗打来打去,我们怕莫是要把整个农村都吃光啰,"科片金看出了苗头自言自语,"什么后方基地都不留下,你说到时候凭啥走到罗莎·卢森堡跟前。"

穆拉钦斯基和尼基塔跑到院子里一阵装模作样瞎忙活,好让科片金亲眼见证自己随时都派得上用场,那股热情劲儿也还在。穆拉钦斯基落一堆陈年农家肥上双脚踩来踩去胡乱捣鼓。

"你俩回屋呆着去,"科片金看不下去了,若有所思发话,"赶明儿我把你俩放了,爱上哪儿上哪儿去。我干吗要遭这罪,拖一群乱七八糟的家伙跟着自己?你们算啥子敌人,就是一帮吃闲饭不干正事儿的混球!你们如今也算搞清楚了我本人是谁,晓得我无处不在就对了。"

一生中这阵子时光仿佛最是冗长悠闲,屋里又正得舒适安逸,德瓦诺夫也不起身,静静瞅着他的那位女主人家将一身内衣晾挂炉旁长绳上。炉上一小瓦罐熬着马油,炉火摇曳活像县城画上的地狱,正探出阴森贪婪的舌头;村里人纷纷出门,顺着乡间道路前往四邻八乡,逛逛那些给战争打废了的地方。但凡国内战争犁过之处,遍地狼藉,处处散落人民的财产,仿佛上面仍残留战争的影子:匹匹死马,驾驾破车,件件土匪烂衣衫,块块凌乱枕头。那些枕头遭土匪拿来当了马鞍坐垫,原是此前匪方部队下过一道命令:通通换上羽毛垫子!针锋相对,红军骑兵一路追击一路风驰电掣,一路响起军官们的呼喊声:

"枕头留下,还给妇女!"

有座叫"中博尔泰伊"的大寨子,每天夜黑整村人全跑光了,涌入附近山谷和小树林,游荡片片硝烟渐散的战场,搜寻自家用得上的东西。大多数人多少倒也弄得些好处;这打扫国内战争战场的行当反正又不亏本。只是那捡到的武器装备军事委员会一再下令要求交回,可根本无人理睬:打仗杀人的家伙零零碎碎给拆了,转而变成了和平生产的劳作工具,比如,带冷却装置的机关枪给拾掇出一堆生铁来,然后制成自家酿酒的全套家当；行军灶最简单，直接拿去砌入农家澡堂；野战炮的部分零件则落在了弹羊毛的工人手里；大口径火炮的炮栓弄进磨坊装石磨上正好当卡子用。

德瓦诺夫就曾见到，某家院子挂了一件女式衬衫，面料用的英国旗帜。这衬衫被俄罗斯的风吹来吹去已然干透，露出几口破洞和女人家穿过的痕迹。

女主人菲奥克拉·斯捷潘诺夫娜活儿忙完了。

"小伙子，你老心事重重想什么呢？"她关心问起，"是肚子饿呢，还是心头闷得慌？"

"也没啥，"德瓦诺夫随口应了声，"你家清静，我就歇会儿。"

"那你歇着吧。你人还年轻，往后日子长着呢，有啥可着急的……"

菲奥克拉·斯捷潘诺夫娜打声哈欠，连忙用粗大勤劳的手掌捂了捂嘴巴，再又挤出一句话来：

"你看我……这辈子差不多都过去了。沙皇那场仗把俺家男人给打死了，靠不了谁也没啥盼头了，就梦里还能见到份快活了。"

也不避着德瓦诺夫，菲奥克拉·斯捷潘诺夫娜径直脱衣服，心头明白如今这副身子不管用了，对谁都无所谓。

"把火熄了吧，"脱下鞋袜，菲奥克拉·斯捷潘诺夫娜吩咐了声，"不然明儿个起来里面啥都不剩了。"

德瓦诺夫朝小瓦罐方向吹了一口风。菲奥克拉·斯捷潘诺夫娜爬上炕头。

"你过会儿再上来吧……这会儿可不是时候，我身上那见不得人的地方就不污你眼睛了。"

德瓦诺夫心下明白，屋里若是没得这位在，他没准儿转身便跑了，回索尼娅身边去，或者再跑远点赶紧找到社会主义。菲奥克拉·斯捷潘诺夫娜最后避着德瓦诺夫的那一下是要让他习惯自己身上女人家的矜持纯洁，如同她乃德瓦诺夫亡母的姐妹一般，他不记得自己母亲的样子，也就没法子更不会念她爱她。

菲奥克拉·斯捷潘诺夫娜睡了，德瓦诺夫独自一人难过得有些不自在。今儿这一天俩人虽没说上几句话，可德瓦诺夫却不觉孤单：毕竟菲奥克拉·斯捷潘诺夫娜过来过去多少都还惦记着他，而德瓦诺夫也不时嗅得几分她的气息，从而避免了陷入动不动失魂落魄的沉思。而此时间菲奥克拉·斯捷潘诺夫娜不再注意他了，德瓦诺夫顿觉遥遥酣梦直向他逼近，逼得他疲惫不堪，非要逼进梦里一切皆烟消云散方才罢休；这当口，浑身的暖洋洋劲儿在将他最后的一丝清醒用力往体外推搡，要推出去变成那孤独而忧伤的旁观者。

旧的信仰把这丝遭驱逐流放的心神称作守护天使。德瓦诺夫隐隐记得守护天使可谓使命重大，不免心生怜悯，想这天使从那活人漆黑的心灵深渊给赶了出来，只得孤身朝无尽的阴森凄凉独行。

每当疲倦得沉寂德瓦诺夫便会思念索尼娅，却又不清楚自己到底该如何是好；他多想手拉着手将索尼娅带在身边，焕然一新而又自由自在地一起前进，去开拓无限美好的另一番天地。屋外，天光止步不前渐渐消散；屋内，风儿不起空气挤得好不憋闷。

村外田野上一阵细碎的悉悉索索声响，乡亲们忙完一夜解除战争武装的活路后迟迟归来。偶尔手上拖了些重家伙一路爬犁而过，一路野草粉身碎骨，一路土地赤裸荒芜。

德瓦诺夫蹑手蹑脚上炕。菲奥克拉·斯捷潘诺夫娜胳肢窝发痒抓挠几下，左右翻了翻身。

"上来躺了么？"菲奥克拉·斯捷潘诺夫娜睡得冷清问得漠然，"半天不动想干啥呢，合眼睡吧。"

只是刚躺下，德瓦诺夫一挨着铺上滚烫炕砖便不自在，心里越发焦躁不安，直到浑身暖和得疲惫了，嘴里迷迷糊糊冒出些胡言乱语时才渐渐睡过去。依稀恍惚间一些小玩意儿三三两两浮现眼前，有小盒子、碎瓦片、毡靴子和女人的短布衫，齐齐膨胀渐至庞然大物，一股脑向德瓦诺夫扑压而下。德瓦诺夫隐然觉着须得任这些家伙扎进自己身体；那些东西慢吞吞挤了进来，撑得全身皮肤紧绷绷。德瓦诺夫好不担心这一直撑下去非把皮肤胀破不可。真正可怕的倒非这些似乎活过来急欲将人压死挤死的东西，而是皮肤撑破后那干巴巴、热乎乎、毛绒绒的毡靴料子势必会卡在皮肤间，堵住毛孔细缝活生生憋死自己。

菲奥克拉·斯捷潘诺夫娜伸手摸上德瓦诺夫的脸。德瓦诺夫闻到一股枯草气息，忆起那次离别，一抹单薄可怜的身影，一位光着脚丫的半大姑娘楚楚动人站篱笆墙边，不由紧紧抓住菲奥克拉·斯捷潘诺夫娜的手。忧思潜藏苦闷不再心儿缓和过来，德瓦诺夫将菲奥克拉·斯捷潘诺夫娜的手往上抬了抬，贴身依偎过去。

"干啥呢？小伙子，乱钻个啥？"她觉出一丝不对劲，"别东想西想了，老老实实睡吧。"

德瓦诺夫没应声。他的心扑通扑通一阵猛敲，仿佛硬邦邦鼓了起来，内里一时奔放自在欢快得响声大作。德瓦诺夫命中的那位看门人规规矩矩坐在老地方，无喜无悲坚守本分，忠于不容有失的职责。

德瓦诺夫摸上菲奥克拉·斯捷潘诺夫娜的身子，双手熟门熟路活像早学会了这套似的。终于，手突然呆滞不动，既害怕又震惊。

"咋的啦你？"菲奥克拉·斯捷潘诺夫娜轻声耳语，嗓音扑落脸上隐隐惊慌，"这个，女人家身上都一样。"

"你们是姐妹嘛。"德瓦诺夫温情脉脉搭了句；一时间，往日时光翩翩而至活灵活现惹得他暗下决心，必须通过索尼娅的这位姐妹为她做下一件幸福的好事情。过程中德瓦诺夫既不觉多么开心，也没浑然迷失深陷：由始至终都在仔细倾听自家心跳，速度飞快节奏精准。可惜那颗心突然放弃了，慢下来了，砰的一声泄气了，接着便关上了，只恨内里已空空如也。这心灵适才张开得委实太宽阔，全没料到竟放飞了里面那只独一无二的雀鸟。那看门的旁观者目不转睛注视着雀鸟飞逝的身影，见它撑开忧伤的翅膀腾空而起，带着轻盈身体越飞越高远，直至模糊难辨。看门人不禁失声痛哭，在人的生命中他就哭这一次，同样也只这么一次，他因惜于遗憾而失了一贯的平静泰然。

屋内夜色缓缓苍白暗淡，德瓦诺夫眼前一片朦胧，似乎罩了一层昏黑。那些小玩意儿已回归原位，细模细样呆在那里，德瓦诺夫无欲无求安安然睡了过去。

到是日清晨德瓦诺夫仍没歇够。他醒过一次，已有些晚了，那会儿菲奥克拉·斯捷潘诺夫娜刚给炉台上的三角架生了火，可转眼这家伙又睡着了。他觉着好不疲惫，仿佛昨儿晚上又受了伤，耗尽了一身精神力气。

临近大中午，"无产阶级力量"的身影停现窗前，科片金再次打它背上跳下，又来找寻自家朋友。

科片金举起刀鞘敲了敲玻璃。

"主人家，该打发你那客人了，叫他出来见我。"

菲奥克拉·斯捷潘诺夫娜晃了晃德瓦诺夫的脑袋：

"醒醒，小伙子，有个骑马的喊你来了！"

德瓦诺夫千难万难醒了过来，只觉眼前雾色朦胧，一片青幽茫茫然。科片金跨进屋子，身着短衫头戴帽子。

"怎么着，德瓦诺夫同志，打算在这地方龟缩一辈子不挪窝是不？喏，这是女教师捎给你的东西，你贴身穿的宝贝。"

"我就在这儿待一辈子。"德瓦诺夫仍不肯走。

听见这话科片金脑壳一耷拉，生不出半点头绪来帮衬自己。

"那我走啰。再见吧，德瓦诺夫同志。"

隔着上半幅窗子，德瓦诺夫目送科片金踏进平阔原野深处，遥遥落入天地那方。从这里"无产阶级力量"驮走一位不再年轻的战士，而那方有共产主义活生生的敌人在出没；科片金德瓦诺夫越来越远，只残余一道风雨飘摇、前路迢迢却又那么幸福满足的单薄身影。

德瓦诺夫一骨碌从炕上跃下，跑到院子外才想起过一阵子再来照顾那条受伤的腿，而这会儿只好委曲它先且忍着。

"你跑我这边来啥意思？"科片金骑马上边走边问，"你也不想想我不久便没命了咋办，到时候就光你一人在马背上了哟！……"

说完他一把抓起德瓦诺夫放"无产阶级力量"屁股后面坐好。

"抱紧啰，我肚子这里。咱俩一块儿上路，一块儿活着吧。"

"无产阶级力量"徐步前行直到是日黄昏，待夜幕黑尽德瓦诺夫和科片金才寻了处人家过夜；一家护林人的住所，安在森林和草原交界位置。

"你这地方有没来过什么乱七八糟别的人？"科片金进门就质问护林人。

然而，到他这家护林哨所投宿的路人确实不少，是以护林人当即反击回去：

"眼下这世道上路讨饭活命的人还少了？！怎么，你有那记性都记得住？！我这地方我这人都是大家的，公开得很，谁谁谁来了走了，啥嘴脸啥长相就该通通记下是不，我可没这份能耐呀！"

"但你那院子里咋有股焦糊味儿？"科片金这才想起外面的气味个对头。

护林人随科片金来到外面院子。

"喂，听见没，"护林人神色一紧似乎有所发现，"草儿老哧哧哧地响动，可这会儿又没风。"

"是没有。"科片金竖起耳朵听了听。

"这个呀，听过路的说是白色资产阶级在发无线电信号。你感觉下，是不又有股焦糊味儿飘过来了？"

"没闻到。"科片金耸了耸鼻子。

"你那鼻子遭堵死了哟。这不明摆着嘛，是无线电信号把空气给烤糊了。"

"快，舞棍子！"科片金这命令下得陡然急切，"把他们的呼喊搞乱，叫那些家伙啥也听不清。"

科片金手上马刀一亮胡乱挥劈，要砍翻那害人的空气，一通猛劲儿使下来，手膀子抡得顺溜都快自肩关节飞脱出去了。

"差不多了,"科片金终于住手,"这下子那些家伙该是只能收到一片模糊了吧。"

得胜后科片金好不快慰满足;他眼里,革命就是罗莎·卢森堡身躯的延续,是她身上遗留下来的最后一部分,哪怕这部分毫不起眼但他仍要拼命守护。护林人再不言语,递给科片金和德瓦诺夫各一片纯粮面包便远远坐开了。科片金三两口吞下,没在意面包味道;这家伙吃东西囫囵吞枣,打瞌睡高枕无忧,过日子直来直去不受自己身体摆布。

"你请我们吃饭是咋想的?说不定我们是坏人呢。"德瓦诺夫对护林人的举动有些纳闷。

"那你就别吃!"科片金怪他多嘴,"粮食这东西自个儿生长土里,庄稼汉只消弄犁头给田地挠挠痒痒便成,好比下牛奶,婆娘只消揉揉母牛奶子也就出来啦!这份劳动是不完整的。对不,主人家?"

"对,是这样,理所当然的对,"那人给了吃的只好随声附和,"你们有政权,你们就得远见。"

"你个装疯卖傻的混蛋,跟富农一家的,"科片金勃然大怒,"我们的政权可不是唬人的把戏,而是老百姓思来想去的结果。"

护林人倒同意,当今这时局确实是思来想去的结果。临睡前德瓦诺夫跟科片金商量明天的事情。

"你咋想的,"德瓦诺夫问,"我们把农村按苏维埃方式迁移安顿下来这事儿用不了多久吧?"

一路革命过来,科片金永远坚信任何敌人都是纸老虎。

"那花得了多久工夫!我们一出手眨巴眼的事儿:咱们就说,不跟着干是不,那上面的干谷地便归一撮毛乌克兰人了……若还不成,就用武力挨家挨户摊派下去,让出人出马出车通通运送建筑物资去;既然说了土地是社会主义,那就得上,就得坚持。"

"先得将水引到草原上去,"德瓦诺夫盘算,"从这个角度讲那边纯粹就是旱地,咱们那些分水岭根本就是外里海荒漠生下的杂种。"

"这么吧,咱们把水管铺过去,"科片金赶忙宽慰身边同志,"将喷泉弄起来,哪怕碰上干旱年生地也有得水喝,再让婆娘们把鹅也养起来,到时大伙儿全穿上羽绒服,你看,多辉煌灿烂的事业!"

这当口德瓦诺夫已有些迷糊了;科片金在他那条伤腿下垫了些软和草叶,然后安心睡下,再醒来已天亮了。

一大早,俩人别了林边小屋,径直取道草原那方。

顺着车来车往辗压的故道,他俩碰上一迎面而行的家伙。那人时不时倒下,在地上翻滚几圈后再又起身走动。

"那个你,麻风病么,干啥呢?"待走到跟前科片金叫住那赶路的。

"我嘛,老乡,在滚包袱呢,"过来的那家伙解释,"脚杆累得遭不住了,我便让它们歇会儿,而自个儿呢还得继续往前动着不是。"

科片金不大相信:

"那你这走法可有得长久,没出啥毛病吧。"

"就这走法,我一路从巴统市过来赶回家去,都两年没见着家人了。我若停下休息那苦闷呀哗啦啦地往心头落;而滚包袱呢,虽说也静得冷飕飕,可心里想着这离家多少又近了些嘛……"

"瞧,那边有个村子,晓得叫啥名儿不?"科片金问那人。

"那边么?"这位浪迹天涯的人转过身,露出一张惨白的死人脸;他尚未闹明白,照他这走法,一辈子弄下来怕是要远远地滚到月亮上去了。"那边怕莫是可汗王宫村吧……唉,狗鼻子才晓得是啥地方,这大草原上村子寨子多了去了。"

科片金绞尽脑汁想摸清这人底细:

"这么说来你很爱你老婆喽……"

那走路的瞭了眼俩骑马的,眼神似乎因路途迢迢而茫然朦胧。

"那当然,喜欢着呢。她生孩子那会儿我心里苦得痛得都爬房顶子上了……"

一进可汗王宫村,一股子浓浓饭香味儿,却不是弄吃的,而是在用粮食酿酒喝。这产业可得藏着躲着偷偷摸摸干活,有鉴于此,村子干道上便有么一位疯疯扯扯的婆娘像阵风似的跑来跑去,嗖的一声飘进谁家农舍,随即又唰地一下刮了出来。

"战线转回来啦!"她挨家挨户提醒乡亲们,不时回头瞅瞅科片金和德瓦诺夫这支武装力量,眼里满是惊恐。

一帮农民赶忙灌水熄火,家家房顶顿时浓烟四起;三两下,酒糟一股脑儿倒猪槽里,家家户户的猪吃得欢快,接着便腆着肚子蹿了出来,满村子哼哼唧唧疯跑。

"你来说说,老实人,这村的苏维埃在哪儿?"科片金碰见一公民样的瘸子便向他打听。

瘸子公民起脚悠悠步幅庄重,那气派活像是荣归故里。

"你说我是老实人?他们把我的腿拿去了,你们这会儿过来却叫我老实人,啥意思?……这地方没什么子村苏维埃,而我就是乡革委会全权代表,是此间贫农专政的政府和权力。别看我是瘸子,我可是这里最聪明智慧的人,啥都会!"

"那你听好了,全权代表同志!"科片金嗓子一沉话声透出一腔唬人雷鸣,"你面前这位乃省执委首席特派员!"德瓦诺夫跳下马,朝全权代表伸了只手过去,"他可不一般,在全省大干着社会主义呢,其斗争方式凭的是革命的良心和义务生产役。而你们这儿有啥?"

全权代表毫无惧色:

"我们这儿呀聪明的脑袋挺多,粮食嘛,没有。"

德瓦诺夫当场揭穿了他:

"可我怎么闻到那些被没收的地主家的田土上有股老白干味儿。"

全权代表气得一脸严肃。

"我说你这位同志,别张口便乱讲哈!就昨天,我亲自签署了官方命令,为庆祝摆脱沙皇专制今天俺们全村举行大集会大祷告。我给了老百姓一天加一夜各行其是的权利,想干啥便干啥;我这么办行得正走得直,没谁反对,革命总也得歇会儿不是……你闻到味儿了?"

"谁给你这种自作主张的权力的?"科片金眉头一皱下得马来。

"我在这儿干的跟列宁可一模一样啊!"瘸子就这一目了然的事情解释,"今儿个富农们办招待宴请贫农,按我开的条子规矩来办,我呢,事后再去检查完成情况。"

"检查了吗?"德瓦诺夫问。

"挨家挨户查了,还专门抽查了,全办得规规矩矩。上的酒的度数比战前可高多了,赤贫的无马户们相当满意。"

"那……那婆娘当时吓得拔腿就跑是怎么回事儿?"这可是件糗事,科片金哪壶不开提哪壶。

瘸子自个儿也觉挺丢脸,气愤得又严肃了:

"这不还没有苏维埃的觉悟嘛。百姓见到客人同志不敢招待呀,最好的办法就是把手上吃的喝的倒进牛蒡草,然后恢复老样子,就又再是国家的贫农了。我这村里情况熟悉得很,谁家藏了啥在啥地方,大伙儿过日子有啥想法抱啥目的,我全瞧眼里一清二楚……"

瘸子有个叫法,唤作费奥多尔·陀思妥耶夫斯基。这名字的来头是他本人亲自动手重新登记的结果,在做正式身份证明文件时上面写道:乡革委会全权代表伊格纳季·莫雄科夫受理了公民伊格纳季·莫雄科夫提出的姓名变更申请,以纪念著名作家费奥多尔·陀思妥耶夫斯基,由此做出决议:改名自次日昼夜生效而至永久,同时建议今后全体公民重新考虑自己的叫法,想想是否满意自己现有名字,此处的意思是看看有否必要照此办理新名字。费奥多尔·陀思妥耶夫斯基存心谋划了这场运动,目的是让公民们实现自我完善:谁若选了李卜克内西这个叫法,那他过日子就得像李卜克内西的样子,否则就撤销其这一光荣的名号,打回其原名。倒吸引来两位公民照此程序办理了改名事宜：一位是斯捷潘·切切尔，改作了克里斯托弗·哥伦布，另一位挖井工彼得·格鲁金则成了弗兰茨·梅林，只不过是走街串巷的梅林罢了。费奥多尔·陀思妥耶夫斯基登记这俩名字时考虑到了前提条件和争议事项：他向乡革委会打了份报告，请示是否有叫哥伦布和梅林的仁人志士，他们的名字值不值当拿来作为今后生活的榜样，抑或是这哥伦布和梅林对革命来说默默无闻。乡革委会的答复还没下来。是以斯捷潘·切切尔和彼得·格鲁金这俩家伙日子过得就暂时快要没名没姓了。

"既然是自己选了这名字，"陀思妥耶夫斯基找他俩谈话，"那就得干出点叫人刮目相看的事情来。"

"俺们会干的，"俩人积极表态，"只是得请你定下来，再开个证明才行。"

"先口头上这么叫着，文件上嘛，我暂时按原先的名字标明就是。"

"那口头上给俺们出个证明也好啊。"俩申请人仍想求份保障。

科片金和德瓦诺夫找上陀思妥耶夫斯基那天这人正思考改善生活的新招法。他琢磨过同志式的婚配组合，思考过生活的苏维埃真谛，考虑过能否消灭夜晚以提高收成，想过成立好好劳动天天幸福协会，推敲过什么是灵魂：是苦痛悲伤的心田，还是脑袋里的神智，思前想后事情层出不穷搞得大伤脑筋，连带家人夜夜都没个安宁。

陀思妥耶夫斯基家藏书不少，却因尽皆烂熟于胸再也不能排忧解难，弄得他自己的问题只能自个儿想了。

在陀思妥耶夫斯基家吃了点小米粥，德瓦诺夫和科片金放下碗就着急忙慌跟他商量事情，谈谈来年夏天建成社会主义的必要性。德瓦诺夫强调此事迫在眉睫，是列宁本人亲自论证过的。①

"这么说吧，苏维埃俄国，"德瓦诺夫开导陀思妥耶夫斯基，

---

① 此处及后文中关于列宁、马克思的说法及相应的语录引用均为杜撰，此后不再一一注明。

"就像一棵白桦树幼苗,资本主义的山羊正朝它扑过来。"他甚至举出一则报纸上的标语为证:

> 快将鞭儿扬,催催小白桦赶紧长,
> 不然欧洲的山羊要过来把它啃光!

陀思妥耶夫斯基想到资本主义的危害在劫难逃,脑子里的弦就绷得好不紧张,脸色都白了。确确实实,他预感到,那白色的山羊把咱们嫩绿的树皮啃光后整个革命不就赤条条了,还不得冻死完蛋。

"那咱们还等谁靠谁呀,同志?"陀思妥耶夫斯基一声怒吼,慷慨又激昂,"现在马上立刻就开干吧,赶在新年前一定来得及把社会主义弄成!到夏天时那白山羊再跳过来,咱们苏维埃白桦树的皮子早长结实了。"

陀思妥耶夫斯基以为社会主义就是好人们抱成团的社会,不晓得还应有种种东西和建筑。德瓦诺夫一听他开口即明白这家伙真不懂。

"不是这样的,陀思妥耶夫斯基同志。社会主义就像太阳,到夏天才会红红火火升起。它得在高地草原的肥沃土地上进行建设。你们村有多少户人家?"

"我们村是人口大村,有三百四十户,并且村子外头还有散户十五家。"陀思妥耶夫斯基报了数。

"这太好了。你们呢要分成劳动组合,五组六组都行,"德瓦诺夫琢磨行动计划,"然后宣布立即推行义务劳动役制度,暂时先安排撂荒地上打井的活路,开春后则着手弄马车运送建筑物料。那个,挖井工你们这儿有吧?"

德瓦诺夫这番话陀思妥耶夫斯基吸收消化起来有些迟钝,好不容易才将其转化为看得见摸得着的情景。他这人缺乏琢磨出真理的天分,但理解尚可,只不过必要先将思想转变为他那一亩三分地的事件才行,而这一过程却又相当漫长:得在脑子里把那片无所事事的草原事先理解演化为自己熟悉的场所,然后再将本村的一众人家按姓氏分门别类重新安置上去,最后再来看看这样办的效果如何。

"这个挖井工嘛倒是不缺,"陀思妥耶夫斯基回话,"比方说弗兰茨·梅林,那家伙动动脚便能嗅出水的气味儿。他呀,去山沟里逛一趟,比划比划水位,张口就来:挖吧,伙计们,照这地窝窝打六丈深。接着呀,那水流便泪汪汪地冒出来了。多半啦,他娘和他爹把他给撞出来时用的也是这么个法子。"

德瓦诺夫进一步替陀思妥耶夫斯基开窍,帮他在脑子里将社会主义有血有肉地立起来,提出建设小门小户的劳动合作村,各家院子共用一块自留地,大伙儿均分。这建议陀思妥耶夫斯基本已全盘采纳,不过仍觉有美中不足的地方,认为那一处处打谷场上缺了某种助大伙儿娱乐开心的安排,不便于将未来生活憧憬转化为男女间的爱情和彼此的温暖,也不便于那苏维埃的良心和时不我待的激情化作一种力量涌进他身体,毕竟社会主义的身影暂时还看不真切摸不实在。

科片金听着听着就来气了:

"你这浑蛋真太可恶了!省执委都跟你交代了,夏天前务必完成社会主义!既然咱们有铁的纪律,你就拔出共产主义的剑吧。你在这里充什么列宁,不过是苏维埃的一名卫兵而已,你的职责就是阻击经济崩溃的速度。你那些心思是有害的,完全要不得!"

德瓦诺夫继续鼓动陀思妥耶夫斯基:

"你看哈,地球正因种上了庄稼秧子才变得更加清晰明亮,从别的星球上也才能见得更真切。还有,这水循环转得越频繁,那头上的天呢才会越发湛蓝,越发清澈!"

如此一摆道理陀思妥耶夫斯基脸上顿时乐开了花,他终于见到了社会主义:头上的天蓝汪汪水灵灵,地上的苗吐气欢快自在滋润得天色越发亮丽;和风习习如约而至,沃野千里碧波浩渺,风过微微浪;日子多么幸福美好,安静得无一丝杂响。剩下的便是安排好生活的苏维埃真谛罢了。而正是为着这项事业,他陀思妥耶夫斯基才给一呼百应地选了出来；也才有了他整整四十来个白天晚上起早摸黑、不眠不休、忘情忘欲地冥思苦想；才有了一群美好正派的纯洁姑娘给他送来香喷喷的伙食，甜菜汤和肥猪肉，只不过却又原封未动给带了回去：陀思妥耶夫斯基这人职责所在工作为重，压根儿没回过神来。

好几位少女水灵灵地爱上了陀思妥耶夫斯基，却皆是党员，得遵守纪律不便表白感情，只能按规矩自觉自愿默默承受痛苦折磨。

陀思妥耶夫斯基用指甲划了下桌面，仿佛在将时代一分为二，嘴上不由豪情壮志：

"我就弄出个社会主义来看看！都不用等黑麦子挨到成熟，社会主义一定准备得妥妥当当！……到那时我再来看看，咱究竟一直愁个啥？肯定是太想社会主义的缘故。"

"是想它的缘故，"科片金挺赞同他这番感悟，"每个人都是心甘情愿地爱着罗莎的。"

一听"罗莎"陀思妥耶夫斯基眼神一亮，却浑然满头雾水，只好暗自揣测，这"罗莎"兴许是革命的简称，或者是他所不知道的某种口号。

"完全正确，同志！"一想到主要的幸福之局面已然打开，他讲起话来就眉飞色舞，"只是啊，在本区一直领导革命工作我到底瘦得有些不成样子了哟。"

"明白，明白。你嘛，这里大大小小的日常事务哪儿出了漏洞还不得你亲自扑上去塞着堵着。"科片金给足了陀思妥耶夫斯基面子。

然而不过，费奥多尔·米哈伊洛维奇当天晚上硬是没安安稳稳睡个囫囵觉，身体翻腾不休，嘴里一个劲儿咕哝心心念念的细节琐事。

"你咋回事儿？"科片金没睡着，听见陀思妥耶夫斯基的响动便问他，"你是不闲得蛋疼浑身不自在？你呀，想想那些国内战争牺牲的人吧，你就会从伤心变得平静了。"

深更半夜陀思妥耶夫斯基吵吵嚷嚷偏不让人睡觉。科片金还在梦里猛冲，翻身抓起马刀准备迎击突然来犯的敌人。

"不好意思打搅，我这也是为苏维埃政权着想嘛！"陀思妥耶夫斯基连忙解释。

"你早干吗去了，吵人瞌睡也不挑个时候？"科片金心里不痛快，脸拉得老长。

"咱们那牲口的总头数不得行啊。"陀思妥耶夫斯基心里有话憋得难受冲口而出。原来这家伙大半宿都赶着趟在想事情，从社会主义事业到生活本身悉数琢磨遍了。"要是缺了牲口，哪个公民会为你跑到那肥嫩嫩的草原上去？那一车一车的建筑材料拖上去到时又派得上什么用场？……我心里急得呀都愁死了……"

科片金弹了弹颔下尖尖瘦瘦的喉结，活像要割喉开膛似的。

"萨沙！"他朝德瓦诺夫递言语，"别睡了，睡也白睡，起来告诉这位代表，他对苏维埃的法律简直一窍不通。"

随即科片金冷冰冰刮了陀思妥耶夫斯基一眼。

"你呀，就是白方的帮凶，根本不是区里的列宁！他老人家是不会这么考虑问题的。明儿个凡是活牲口你通通都赶出来，要是谁敢私自留着不出，你就拿刀子跟他抵着心尖尖分析分析、掰扯掰扯革命的感情。嘎巴一下，还不搞定！"

科片金说完脑袋一歪又睡着了。他对什么是犹豫不决压根儿不理解，心里也没起过那样的念头，只觉得犹豫不决就是对革命的背叛；罗莎·卢森堡老早就替大家把一切都考虑妥当了，剩下的不过一双战斗的手，一双建功立业的手，去消灭一切敌人，一切眼前的和背后的敌人。

一大早陀思妥耶夫斯基便巡视整个可汗王宫村，挨家挨户宣布乡革委和省执委联合发布的命令，说一应牲口通通进行革命分配，谁也不能例外。

于是乎，在一片有产者人家凄凄楚楚的哭号下，三三两两的牲口纷纷被牵到教堂广场上。那场面连一众无产者人家亦大是不忍，看着悲痛欲绝的苦主和一把鼻涕一把泪的苦主婆，一些人憋不住了竟也跟着哭哭啼啼，全没意识到自己这回是时来运转了。

女人家搂着下奶的母牛亲来亲去，男人家则松松垮垮地牵着自己的马儿，脸上亲昵、手下温柔，嘴里不住加油打气，活像要送亲儿子上战场似的，而心头一时半会儿尚拿不定主意，是就此伤心哭一场还是干脆认命算了。

一农民，身材修长，骨架单薄，脸面白净消瘦，嗓音娇嫩如处子，牵了头快步骏马，不仅全无满腹牢骚，反而出言出语安慰一众垂头丧气的乡里乡亲。

"米特里大叔，咋的啦？"那人高高飘出声来，冲一愁眉苦脸老头儿说，"你牵着你家老伙计干吗半死不活的样子，瞧你那德性！怎么着，这是割了你老命啦，还是生离死别日子没法过了？悲伤个啥劲儿哟！他们要牵马拿走就是，魔鬼会保佑它的，谁倒霉还说不定呢！咱们啦再养就是。你呀，收起你的苦瓜脸吧！"

陀思妥耶夫斯基清楚这农民老乡情况：一位哪支部队也不收的闲杂人员，年纪老大一把了。他这家伙打小不知从哪旮旯窜到了这方，身上既无什么身份证明，也无哪样来历材料，就这般不明不白避过了一场又一场战争，根本征召不了他；没有官方出生年月和正式姓名，人世间的手续上就没他这号人；只是再怎么着也总得有个叫得出口的名号，左邻右舍为应生活之便赐了这逃兵一称呼，叫做残次品涅多杰兰内，而在上一任村苏维埃的各种名单账本里仍不见其正式踪影。头里那位村支书于全村一众户主姓氏下面添了这么一行："其余：1号；性别：不详。"可第二任支书却给那条记录搞得一头雾水，于是便在大牲畜一栏将其作为一头多余的牲口列了进去，还专门划掉了"其余"俩字儿。如此这位涅多杰兰内竟成了一名社会失散人员，一直不清不楚地活着，跟那从大车上脱落在地的黍米粒一般命运。

不过，前不久陀思妥耶夫斯基专门找来墨水，将他列进了公民名册，称之为"私人姓氏暂缺、逃脱兵役的中农"，如此方才把这家伙的人间存在形式牢牢靠靠地固定下来；就仿佛他陀思妥耶夫斯基为了苏维埃的利益硬是生出了这么一位涅多杰兰内公民。

自古以来草原上的日子都围着牲口转，牲口上哪儿人们便活在哪儿，从而传下一份没了牲口就会饿死的恐惧，是以当天乡亲们哭得死去活来多半出于这份偏见迷信，少乃心疼肉痛自己那点损失。

陀思妥耶夫斯基正着手将牲口分给贫农人家，德瓦诺夫和科片金竟赶到了现场。科片金想看看这家伙的决心和勇气，于是发话：

"别犯错误哈！好生掂量掂量自己身上革命的感情还完整透彻不？"

陀思妥耶夫斯基背靠政权春风得意，当即亮出一只手从肚皮一下划拉到脖子表明态度。分配方案他早琢磨到位了，简单又明了：最穷的人家拿最好的牛马；可这么一来牲口数目就不够用了，弄得一帮中农眼巴巴没了着落，只几幸运的家伙各得了一头羊儿了事。

正当事情接近尾声平顺得眼见大获成功，又是那位涅多杰兰内跳了出来扯着嘶哑嗓子憋出一番话：

"费奥多尔·米哈雷奇·陀思妥耶夫斯基同志，咱们这件事情，当然而然，办得有些不成样子，我这便跟你说道说道，不过你听了可别见怪哈。千万千万别生气才好！"

"说你的吧，公民涅多杰兰内，照直了说，大胆讲出来！"陀思妥耶夫斯基当众表态，同意了，也顺便给大伙儿做做典范送送教育。

涅多杰兰内转过身，对着一群愁云惨雾的老百姓。这会儿甚至连贫农也哭丧着脸，手上战战兢兢牵着白得的马匹，更有好些人偷偷将牲口又还了回去。

"既然这么着，趁大伙儿都堆在这里，且听我来掰扯几句！我就弱智地问一问：接下来咋办？比方说彼季卡·雷若夫吧，他得了我那匹骏马往后咋整？他家那点儿饲料全铺到草房盖子上了，院子里连根提前备下的小木棍都没有，肠子肚子里那半颗土豆还是前儿天就埋下去的，早给焖化了。这是一个问题，再说第二个；你别见气，费奥多尔·米哈雷奇，你的事情就是革命，这没得说，我们都懂；第二个问题嘛，今后下了崽儿如何处理？今儿眼目下我们成了无产的贫农了，那么事情就来了，那些拿了马的是不要为我们生养马驹子呢？可是呀，喂，费奥多尔·米哈雷奇，你且拿话问问，今后这贫农养马户们他们到底愿不愿意替我们养活马驹子和牛犊子？"

这番道理如此合情合理，百姓们一时听呆了。涅多杰兰内显然注意到了沉默的力量，于是趁热打铁：

"照我看来不消五年，家家户户的牲口也就剩些鸡鸭之类的小畜生了，比它们更大的家伙肯定没了。可谁又乐意为左邻右舍干养母鸡白下蛋呢？就拿眼前这些牲口来说，也不能长生不老吧，总会死翘翘的。我那匹骏马呀，落到这位彼季卡手上保准儿第一个倒下。大伙儿想想吧，这人打生下来就没见识过马是什么东西，屋里除了干木棍子又整得出啥像样的饲料来，没有！那么，费奥多尔·米哈雷奇，你来告诉我这情况咋处理，好让我也放放心早点有个谱儿。得得，你可千万别怨我，别气坏了身子！"

陀思妥耶夫斯基当即表态让他放放心：

"有道理，涅多杰兰内，这分配毫无意义！"

人群中，科片金听不下去了，挺身而出光明磊落：

"这怎么就毫无意义了？你咋回事儿，立场呢，偏到土匪那边去了？要真站偏了看我不好生修理你！公民们，"科片金气得发抖，连吓带唬点醒一众百姓，"刚才那位残缺不全的富农老弟说的那些情况绝不会出现。社会主义马上就到来了，对一切都必将战而胜之。那牲口哇，赶不上下什么崽儿社会主义就降临了，多好的事情！鉴于有人反对雷若夫养马，我提议将那匹骏马转交给省执委特派员，也即德瓦诺夫同志。现在嘛，贫农同志们，散会，各回各家，坚决跟经济崩溃斗争到底！"

贫农百姓们心里直打鼓，随着那群牛马三三两两散开了，却又觉得手上缰绳直烫手，不知如何是好。

涅多杰兰内一下子愣住了，望了望科片金；他这会儿倒不心疼他那匹马没了，反而好奇得怪是难受。

"那个省里来的这位同志，可否允我多句嘴请教一下？"终于，涅多杰兰内鼓了鼓勇气嫩声嫩气小心试探。

"既然没授权让你闭嘴，想问就问吧！"科片金心一软答应了。

见得允许，涅多杰兰内端正姿势客客气气一本正经问了出来：

"那个什么是社会主义，将来里面有啥好处，到了那儿财富要增长又打何处来？"

科片金解释起来不费吹灰之力：

"你若是贫农呢自个儿心里便有数，可你嘛，毕竟是富农，那就啥也搞不明白。"

德瓦诺夫和科片金计划当晚就走，可陀思妥耶夫斯基却请他俩多留一宿，待早上再启程。他把人留下是想搞清楚在这大草原上社会主义如何开头，然后又怎样收尾。

科片金觉着在这地方待得够长了，早不耐烦，铁了心当天夜里就上路。

"该跟你说的都说了，"临行前他进一步指示陀思妥耶夫斯基，"牲口有了。阶级群众也站起来了。如今你直接宣布实行劳力畜力义务劳役制便是，到草原上去，把井打出来，将池塘挖起来，然后开春就运建筑材料。整个过程你只管睁大眼睛盯紧了，社会主义到夏天前便打草丛中冒出来了！到时候我再来看看你的成果！"

"那到时候明摆着也就贫农会出力出活儿了，马毕竟在他们手上；而那些有钱有粮的家伙反倒省下力气白白过日子了！"陀思妥耶夫斯基又转不过弯来。

"那又咋地？"科片金毫不奇怪，"社会主义就该出自清一色的贫农手上，而富农必将在斗争中全部消亡。"

"嗯，此话有理。"陀思妥耶夫斯基悬着的心终于放下了。

夜色昏暗，德瓦诺夫和科片金到底上路了，走前再次狠狠敲打陀思妥耶夫斯基，要他注意建成社会主义的期限。

涅多杰兰内的那匹骏马亦步亦趋跟在"无产阶级力量"身旁。远离了人群拥挤,脚下道路遥遥伸向远方,俩人坐马上心情舒畅悠哉游哉。哪怕只在嘈杂人群中窝了一天一夜,他俩心上竟也堆满苦闷阴影;是以德瓦诺夫和科片金生怕再多看一眼那密密麻麻房顶子,慌慌忙忙启程,只为一路风尘吹凉胸中憋得难受的热血。

只见,一双风尘仆仆的骑士策马扬鞭细细奔跑草原上,前方不远一条宽阔县道在向他俩招手。

头顶上方,夜幕裹着浓云当空而立,日头虽早已落下可却仍摇曳丝丝余晖,衬映云层若隐若现;白天风儿吹来刮去撕扯得空气浑身酥软,此时竟呆若木鸡。四周旷野日间烟火气熄了正是清幽静寂时候,弄得德瓦诺夫好不疲惫乏力,骑在马上昏昏欲睡。

"前面碰上人家咱们便过去睡一宿吧,天亮再走。"德瓦诺夫招呼了声。

前方不远隐隐露出一抹林子,趴在空旷大地上黑得好不安静悠闲。科片金手一抬指了指那方。

"那边肯定有护林子的哨所。"

密林幽深,落落树木心无旁骛齐齐静穆忧伤,俩过客刚踏进林子,便听见几条家狗汪汪汪直叫得苦闷,原是护林哨所的忠犬黑黑地守护着主人家孤单荒僻的家园。

此地护林员看来酷爱科学,也为着这份痴情才坚守这片林子,都这时辰了仍坐姿稳稳当当,一心一意钻研一摞古书。他在替苏维埃时代寻找历史的回音和重影,以便搞清楚革命今后坎坷不平的命运走向,并为自己家人寻条出路好得拯救。

他父亲,此间林场主任,身前留下一屋子书,尽是些便宜货,乃当时那些刚出道、尚未被读者知晓就给世人遗忘的作者写下的作品。老人曾跟儿子说过,决定生活运道的真理就藏在这些荒弃的书籍中。

护林员他爹曾将此类遭遗弃的坏书比作胎死腹中的婴儿;婴儿之所以不幸是因其幼小,身子骨儿太过脆弱,不适应人世间的野蛮粗暴,即便有母亲的坚强怀抱保护,那重重戾气仍渗进去毒害了他。

"若没夭折一难,生下十数个这样的孩子再完完整整成长起来,整个人类必将在他们手上变成一种威武雄壮而又神圣高贵的生灵,"这是那父亲临终前的遗言,"可惜呀,有命生下来的尽是些脑子糊涂、心子麻木的玩意儿,一落地就要承受外面刺鼻空气的侵蚀,就将经历人间茹毛饮血生活的掠夺争斗。"

这天护林员正阅读尼古拉·阿尔萨科夫的一部书,名叫《次等人》,出版于1868年。书写得干瘪枯燥,护林员仍孜孜不倦字里行间寻找有用知识。他认为世上就没有无聊和无益的书,只是需要读者居安思危于其中探求生活的真谛罢了。书之所以无聊概因读者之无聊,读者进书中入眼的仅有他想要的万念俱灰,而非作者的真知灼见。

"你们打哪儿来的?"护林员看不透布尔什维克,"你们,没准儿从前什么时候早就有过,而没有类似的人人马马,没有抢来夺去的是是非非,那么一切便不会发生。"

床上,一双小家伙和略显富态的妻子睡相香甜,全无一丝防备。护林员望着他们心潮澎湃思绪万千,挖空心思琢磨如何守护好这三条弥足珍贵的生命。他多想一把撑开未来,提前将一切都理清楚安排好,免得自己这世上最最亲近的人儿遭遇任何损伤不幸。

阿尔萨科夫写道,唯有次等人才能创造水滴石穿的价值;太过精明的脑袋成事不足败事有余,就像良田沃土里的青草,长势迅猛异常,一成熟便重重趴下,根本来不及收割派不上用场;上等人快马加鞭赶着生活滚滚向前,日子便疲惫不堪,便失去了曾经拥有的从前。

"我们人,"阿尔萨科夫告诫世人,"曾经老早就开始行动,却甚少有所明悟。如有可能,理当尽量拉住自己的行动,哪怕花些代价也在所不惜,以便让心灵腾出一半位置来自由思考和反省。反省自身,这是从别的那些行为事件中吸取经验教训以自我完善的一种手段。就该让我们人不断向外部自然环境学习,能学多久便学多久,好让我们的行动开始得晚一些,但却要正确无误一些,牢固可靠一些,在本领上经验更成熟一些,在手段上伎俩愈高明一些。我们永远不要忘记,一个屋檐下酿出的苦果之所以会开花结果,全因涉世不深的丈夫强行将自己的意志硬生生塞给对方塞给婚姻的缘故。只要让历史风平浪静五十年就足够了,足够这人世间轻而易举地踏进无上幸福的世外桃源。"

屋外群犬叫得惊恐,护林员抄上枪出门迎接深夜到访的客人。

大狗忠诚,小狗也已壮实,列队而吠;护林员走上前将德瓦诺夫和科片金迎了回来,马身与狗身交错而过。

半小时后,屋内三人直挺挺立桌旁,桌上灯亮四面木墙,日子沉闷憋气。护林员摆上面包牛奶招待客人。

但凡有客人深夜来访护林员即惴惴不安暗自戒备提防。不过德瓦诺夫那张平凡憨厚的脸,还有不时沉稳安定的眼神,倒让护林员宽心不少。

吃饱喝足,科片金见书摊开随手拿起来,费心劳神地翻了翻阿尔萨科夫写的东西。

"这书你怎么看?"科片金将书递给德瓦诺夫。

德瓦诺夫也翻了翻。

"资本主义的论调:活着吧,别折腾。"

"我也这么觉得!"科片金亦有同感,边说边把那不道德的坏书扔了出去,"那你说,到了社会主义咱们把这林子搁哪儿?"科片金忧心忡忡,一时头痛唉声叹气。

"同志,您说说,一亩林子一年下来收成如何?"德瓦诺夫先问那护林员。

"这比较复杂,"护林员面露难色,"得看什么林子,长了多少年生和成了啥势头。里面变数不少……"

"呃,平均来说呢?"

"平均来说的话……每年当有十到十五卢布。"

"只这么点儿?那种黑麦呢,会不会多一些?"

护林员觉察有些不妙，生怕说错什么话来。

"种黑麦是要多一些……庄稼人来种的话每年每亩纯收入在二十到三十卢布。我想不会低于这个数儿。"

科片金脸上闪过一道愤怒，活像从前一直蒙在鼓里给骗惨了。

"这么说来该当立马将林子砍掉，腾出地方种庄稼！那些树木光知道跟越冬作物抢地盘……"

护林员不敢吭声，眼神一拧望着情绪激动的科片金，心里直打鼓。德瓦诺夫就着阿尔萨科夫那本书拿铅笔在上面写写画画，计算林业带来的亏损。他又问护林员林场有多少亩土地，随即算出一结果。

"就这片林子，庄稼人每年的损失得有万把卢布，"德瓦诺夫板着脸通报情况，"看来种黑麦要划算些。"

"当然，划算得多！"科片金嚷嚷，"护林员都亲口说了嘛。那就把这片林子砍精光，种上黑麦子。起草命令吧，德瓦诺夫同志！"

德瓦诺夫突然想起许久没跟舒米林联系了。虽然事情明显对革命有利时他直接采取行动舒米林也不会怪罪。

护林员壮了壮胆微微表示反对：

"我想申明下，近段时间自作主张任意砍伐现象一发不可收拾，不要再砍这些坚硬顽强的植物了。"

"那岂不更好，"科片金恶狠狠地把话堵了回去，"我们是沿着百姓的足迹前进，而不是要跑在他们前头。也就是说是百姓自己发现的，种黑麦比养树划算得多。下手令吧萨沙，砍林子。"

德瓦诺夫写了一道长长的号召令，通告上莫特林乡全体贫下中农。通令以省执委名义号召百姓持贫农等级证明立即赶赴比捷尔曼诺夫斯克林场砍林子。命令声称此举将迅速开辟两条通往社会主义的道路。一来贫农得了木材，有助于在高地草原建设新的苏维埃城市；二来解放了土地，可用于种黑麦，种一切比没完没了生长的树木更值钱的农作物。

科片金看完通令大为赞赏：

"太棒了！给我，我在下面签上名字就有气势多了，绝对威风凛凛。我可是有武器的人，这方圆地头大伙儿多半都记得我。"

于是他签下一套挺全乎的称号：

"上莫特林地区'罗莎·卢森堡'野外布尔什维克纵队司令斯捷潘·叶菲莫维奇·科片金。"

"你，明天带着这命令到附近村子转转，别地儿的村子自然很快就知晓了。"科片金将一纸命令交托给管林子的护林人。

"那个林子没了我干啥呢？"护林人请示下一步安排。

科片金指示：

"你呀跟大家一样，种地收粮食自己过日子！没准儿你一年下来收成多得够整庄子人饱肚子了！从今往后群众咋活你就咋活吧。"

已是很晚。革命之夜幽深如渊，笼罩着那片在劫难逃的森林。革命前科片金对一切熟视无睹，无论林子、世人还是被风刮得摇摇晃晃的天地均难以在他心中勾起丝毫涟漪，他亦不会滋扰生事打扰这些身外之物。如今世事起了变化。科片金再听这冬夜呼啸，四平八稳绵绵不绝，心里便起了想法，盼这夜色就此顺顺利利滑过苏维埃大地。

罗莎是被砍了头，科片金心中对她的那份爱埋得却并不孤单：这份爱不过静静地躺在自己暖和的心窝窝里而已；而心窝窝有绿叶长相伴，编织得郁郁葱葱，那绿叶，是对苏维埃公民层层叠叠的关怀，是对整个因贫穷而满目疮痍的人世间的深重悲悯，是每时每刻同劳苦大众的来犯之敌不懈斗争所建立的荡气回肠的不朽功勋。

比捷尔曼诺夫斯克森林上空夜色呢喃，轻轻流过它的末路时光。德瓦诺夫和科片金席地而卧，睡梦中腿脚尽情舒展，弛缓日间的鞍马劳顿。

德瓦诺夫梦见回到儿时襁褓，揪着母亲的乳房不松手，心里好不甜蜜快活；他曾见过别的孩子如何吸奶，依样学样也拼命挤压；只是他不敢并且也没学会抬头望母亲的脸；心中隐隐畏惧，害怕在母亲脖子上见着一张别样的脸：爱怜得那般慈祥，却又生分得格外遥远。

科片金梦无所见，他那里一切均于梦外真真切切应验了。

此时此际，或许又或许，幸福自己在找寻其幸运的人儿，而幸运的人儿已酣然入梦，释放日间奔波于世的红尘喧嚣与疲惫，浑然不觉自己与幸福女神本血脉相连。

第二天黎明初开，德瓦诺夫和科片金顶着朦胧天色上路，踏向远方；刚过大正午已现身"贫农友谊"公社管委会会议现场。公社位于新肖洛沃县南部，占了卡里亚金庄园的旧产业。当天开会是为讨论如何将此地房产分配给七户社员家庭。商量来去散会前一致采纳科片金的提议：除留下一正屋一板棚一仓库以应必备之需外，其余俩屋子及一应杂用房统统交由左近一家村子处置，白送其拆掉拿走，省得公社因财产有富余而对附近农民形成了压迫。

会后公社文书开了几张晚餐券，每张均亲笔抄写下一则响亮口号："全世界无产者，联合起来！"

社员中凡岁数成年的均担任有固定职务，拢共七个男人五位妇女和四个姑娘家。

各人各职务各姓名列有清单挂于墙上。平时大伙儿对应墙上清单和白天作息安排各自管好手上日常事务，职务名称的叫法有别于旧时，明显透出更尊重劳动的趋势，比方说设有：公社食堂主管（女）；牲口畜力室室长；铁器坊大师傅，也即农具东西和建筑器材掌门人（看来铁匠、木匠和别的手艺人在这里没有区别，身份都一样）；公社安保警备部部长；共产主义进自由散漫乡村宣传队队长；下一代集体保育园教导员（女），等等，管理服务职位不一而足。

清单繁复，科片金看了许久若有所思，而后向埋头签发晚餐券的管委会主任指出一问题：

"呃，你们那地又是咋种的呢？"

主任手未停下张口即答：

"今儿这一年我们没种地。"

"这是为何?"

"总不能坏了内部章法吧,一种地大伙儿的职位还不得成了空摆设,头衔儿都丢了跑了,到时候公社成啥样子?这好不容易才把一切捋平顺,岂能乱来,再说庄园里还有些粮食……"

"哦,既然有粮食那就这么着吧。"科片金疑虑渐消不再坚持。

"有,当然有,"主任接着解释,"粮食我们当场点了数儿,当场就拿了充公,还不为着大伙儿共同饱肚子。"

"这个嘛,同志,干得对头。"

"我们的做法无可怀疑,一切都登记在册清清楚楚,每人一张嘴留足了口粮。还叫来位医士定下伙食标准,谁也不偏向谁,一视同仁管一辈子。我们这儿对每件事情都要慎而又慎地进行大思考大琢磨,公社毕竟是项伟大的事业!是使生活复杂化的伟大过程!"

此一做法科片金倒也赞成;他坚信只要不横加干涉人们自己就会公平公正地处理好生活。他的事情则是确保社会主义大道的纯洁性;为此他手上挥舞过杀人的武器,嘴上下达过字字千钧的指示。唯一事不解,刚才主任提及使生活复杂化,科片金对这法子把不准,便同德瓦诺夫商议是否有必要这就毫不拖延地将"贫农友谊"公社撤销掉,毕竟复杂生活情形下难以辨别清楚到底谁压迫了谁。不过德瓦诺夫奉劝他先别动手,"且听之任之吧,"他指出,"大家也是出于高兴劲儿,出于对脑力劳动的一腔热忱才弄出这么个复杂化;过去人们干活光着膀子就上阵,脑袋里什么念头都不存;如今脑瓜子开窍了,便由着他们开动自家脑筋乐乐呵呵转一转吧。"

"嗯,不错,"科片金想通了,"我看呐,他们就该好好生生来一场复杂化。这可得花大力气帮帮忙才行啊。你给他们想点儿啥招法……就老半天都掰扯不清楚那种。"

接下来要远行,德瓦诺夫和科片金便在这家公社留了一天一夜,好让两匹马儿痛痛快快吃一通。

一大早日头新出,日子明媚敞亮之际公社例会开场了。会议定时定点召开,隔天一次,以便及时关切当前发生的大小事件。会议日程上列有两项固定议程,一为"当前时局",一为"当前事宜"。会前科片金提出他来发一次言,众人欣然应允甚至纷纷建议,对他这位发言人的时间无须作硬性要求。

"你就畅所欲言吧,时间多的是,离天黑还早着呢。"主任给科片金吃了颗定心丸。然则科片金这人寻常发言讲话平平顺顺至多两分钟,原因在于他脑子里老有不相干的种种杂念进进出出,且还彼此碰撞纠缠不休,致使表达思路断断续续难以维系,故而动不动便停下言语,乐滋滋地倾听脑子里念头吵来吵去好不热闹。

今儿这朝科片金的发言径直以"贫农友谊"公社当前的建设目标为题,开宗明义指出,使生活复杂化就是要让事情办得云山雾罩把水搅浑,叫那些暗藏的富农看不清状况、摸不着头脑狠狠地受到打击重创。"当一切都复杂了,挤严实了,也理不清楚了,"科片金进一步解释强调,"劳动工作便只会选择和亲近诚实善良的脑袋,而别的私心杂念脑子就进不了那处复杂而狭小的场所,怎么钻都不成。有鉴于此,"科片金急于收尾,免得忘了早前备下的具体建议,"有鉴于此,我建议公社例会每天开一次,甚至夜里还可追加一回,而不是隔天才一次;好处在于,首先,增加了日常共同生活的复杂性;其次,及时抓住了当前事件的变化性,免得一不留神白白错过了,大伙儿想想吧,一天一夜里得发生多少事情,你们要是在此迷糊耽搁一会儿,像进了野草丛那样乱一阵子,那后果……"

话未尽,科片金才思断流言词枯竭活生生给搁浅了,只好落手把了把刀柄欲稳一稳,却反倒将满肚子说辞倏尔丢到九霄云外去了。大伙儿望着他,心里忐忑震惊又敬重佩服。

"大会主席团提议予以一致通过。"主任总结性发话了,嗓子一开显出一贯成熟老练的做派。

"太棒了。"众人前头一社员长身而立带头叫好,正是牲口畜力室室长,这家伙对不熟悉的人、不熟悉的脑袋向来信任有加。大伙儿当场举手,整齐划一笔直规矩,一看便知平时训练有素。

"这么搞不合适!"科片金有异议大声反对。

"咋啦?"主任一时惶恐。

科片金大手一挥掉下片片沮丧,对会场大为不满:

"你们呀,哪怕出位小姑娘家过来过去都投反对票也成啊……"

"可这是啥讲究,科片金同志?"

"你们真奇怪,这不正好图个复杂化嘛……"

"哦——,明白了,高,真高!"主任转而眉开眼笑,当即表示,今后开会家禽并谷物科科长玛兰娅·奥特韦尔什科娃单独划一方,从此不管任何事项过来过去专门投反对票。

随后德瓦诺夫通报当前时局。他提议大家高度重视目前面临的一种致命危险,土匪四处流窜将影响部分公社的生死存亡,此类公社大多分散在荒无人烟的草原上;草原辽阔却并不温和,随时都有风险。

"这伙人,"德瓦诺夫开始分析土匪,"一心想扑灭黎明曙光,可曙光并非渺小的蜡烛,而是伟大的天空,且看那些遥远又神秘的星辰,上面肯定蕴藏有人类子子孙孙的未来,那未来光明而正大、辉煌又浩荡。道理毋庸置疑,在征服占领整个地球之后决定全宇宙命运的时刻就要到来了,人类起来对宇宙进行庄严审判的时机也成熟了……"

"讲得太生动了。"又是那位牲口畜力室室长带头鼓掌。

"你哟,闭上嘴巴仔细领会吧。"主任悄声提醒。

"你们公社,"德瓦诺夫接着分析,"就该用脑袋智取土匪,让他们闹不清楚你们这儿到底什么个状况。你们哪,须得动动脑子、耍耍心眼,有事儿没事儿都复杂一把,让这里的共产主义表面上风平浪静一丝痕迹都没有,而事实上呢,它又真真切切在你们中间。我们比方说,一个土匪端着半截子枪闯进公社庄园来了,东张西望,看看能拿点儿啥、瞅瞅想崩了谁。不过呢,这时候支书拿着一沓票据迎上那家伙,就跟他讲:'这位公民,您是不是正好缺点儿什么?喏,拿上这单子自个儿到库房取去吧;您要是贫农的话就去领份口粮,白送不花钱,若不是呢,那在咱们这儿干一天的活当一夜的班也成,又比方说,去办办打豺狼的差事。'公民们,我向大伙儿保证,没哪个土匪会招呼都不打就朝你们下手,因为他一时半会儿弄不明白你们底细。这么一搅和,不外乎两种结果,要是土匪人数比你们多,那大伙儿就将其打发走算了;要是人数儿少,便趁他们惊得稀里糊涂,趁他们子弹未上膛、枪口正哑火,打算巡视庄园却晕头转向摸不着头脑时,把他们通通拿下俘虏了事。大伙儿说说看我讲得对头不?"

"对,大差不差吧。"牲口畜力室那家伙最喜搭腔,这下又满口赞成。

"一致通过,嗯,咋搞的,不是只一票反对吗?"主任高调宣布。然而情况比他嘴上说的还要复杂:玛兰娅·奥特韦尔什科娃自然而然投了反对票,只是她之外又冒出农家土肥股股长来,投了弃权票;这家伙乃社里成员,满头棕红发色,一张脸跟普通群众长相没什么区别。

"你这是闹的哪出?"主任面色不善一头雾水。

"弃权也算复杂化呀!"那家伙倒发明了一道新步骤。

自此,根据主任的提议会议又将这人固定下来专门投弃权票。

当晚德瓦诺夫和科片金本想动身继续前行,去黑卡利特瓦河大峡谷,那地方有两处大村子,光天化日下盘踞一伙土匪,策划上一场大阴谋,要杀光全区一应苏维埃政权的人员。只是,此地公社主任再三恳请多留一夜,出席公社的晚场会议,一起研究有关革命纪念碑的事情。会上支书建议碑立于大院中央,可玛兰娅·奥特韦尔什科娃反对,要立花园里。那位管土肥的股长一声不吭,又弃权了。

"照你那意思,这碑立哪儿都不中意是吧?"主任逮着这弃权的家伙质问。

"弃权也是一种声音,是自己意愿的表达。"股长不慌不忙,回答合情合理。

"不过呢,多数——赞成,这碑嘛当立还得立,"主任定了调子,却仍忧心忡忡,"现在嘛,关键在于得把碑的样貌先琢磨出个形状。"

德瓦诺夫当即在纸上画了开来。

他把画好的样貌图递给主任并予以说明:

"这躺着的'8'字形代表时间的永恒性;而立着的双叉箭头则象征空间的无限性。"

主任将图样向整个会场展示。

"看吧,永恒性和无限性都在上面了,也就是说整全乎了,谁还有那脑子想得出更好的来。我提议表决通过。"

表决通过了,只一票反对和一票弃权。会议裁定碑就立庄园正中,基座便选磨坊那块上了年份的石头,那东西盼革命可盼了好些年生。碑体则交由铁匠大师傅负责弄铁棒打制。

"看吧,我们在这里组织得不错。"一大早启程,德瓦诺夫跟科片金感慨。二人赶赴远方黑卡利特瓦河大峡谷,这会儿头顶着仲夏云彩,身下是软绵绵泥巴路。"今后这地方啊,人们复杂化的进程会越来越快,不等开春,在复杂化的驱动下他们保准要去种地播粮食,到时就不会再啃光庄园残余的尾巴了。"

"这思路理得真是清楚。"科片金满口赞赏一脸幸福。

"那当然,可不得清楚。有时候人本健健康康没事儿,为把事情搞复杂便装起病人来,那么只须告诉他,他病得还不够,劝他最好病得再重一些,这么一来那人自个儿也就好起来了。"

"明白,到时候哇,这人便会觉得健康也是一种新的复杂化现象,是他身上曾经遗失的稀罕事物。"科片金似乎若有所悟,思路倒没错,随即心里又升起一念头,"复杂化"这个词儿好得多么管用,又美得多么朦胧,就如同那个"当前时局"的叫法一样。时局这东西变化万端,根本难以想象把握。

"请问,那些平时听不明白的词儿叫什么来着?"科片金虚心求教,"叫木语,对不?"

"叫术语。"德瓦诺夫回得简短，无意多言。他心里喜欢无知胜过文化：无知是一片净土，上面仍可长出茂盛的知识丛林，任何知识都有机会；而文化则已是一层废土，早繁茂得长烂了，土里盐分已为种种植物吸食一干二净，内中再也长不出任何东西了。由此德瓦诺夫对眼下的俄罗斯大地可谓心满意足，一场轰轰烈烈的革命将为数不多的丛林密布之地，也即文化泛滥之所，铲除得干干净净，而老百姓经此洗礼又回到从前，变回一片净土，一片未曾耕种过的良田，一片肥沃悠闲的荒地；而这片土地德瓦诺夫却不急于下种，他认定，上好的良田耐不住寂寞，过不多少时日它自己就会长出东西，并且这东西从前未曾有过，如今还珍贵无比；只是还得有个前提，就是别让战争的风把西欧资本主义杂草的种子给刮了过来。

有一回，草原平阔无垠，德瓦诺夫远远望见一群人蹒跚而行，瞧那队伍规模人数还不少，顿时心中腾起一股快活兴奋，活像他与这群遥不可及的人从此有了联系，呼吸与共性命相依。

科片金骑马上耷拉着脑袋念念不忘罗莎·卢森堡。突然而然毫无防备，他内心深处涌出悲痛欲绝的不祥预感，不过也只片刻，他那绵长的生命不断往返，如梦似幻的呓语呻吟宛若一股暖流席卷而至，又令他骤然心血来潮恢复了往日那份期待，觉得过不久必将踏进另一国家的土地，必将吻上罗莎柔软的长裙，那裙子一直保存在她亲人手里；而他也将从坟里把罗莎给起出来，带着她一起上路一起投身革命。科片金甚至嗅到了罗莎那身长裙的气息，一股枯草的气息；这气息暗藏生命粉身碎骨前的最后一丝温暖。只是他尚不知道，跟自己思念罗莎·卢森堡一样，德瓦诺夫心上飘着的是索尼娅·曼德罗娃的气息。

某次，科片金来到一家乡革委会驻地，站那儿盯着卢森堡的画像久久不舍转眼。他看向罗莎的一头长发，想象那是一丛神秘花园；进而他仔细端详罗莎绯红的双颊，想到有股滚烫炽烈的革命热血正自她身体深处涌出来，涌向她那隐隐忧思却坚定不移朝向未来的整张脸庞，如此方才洗出了这分鲜艳。

画像无言，科片金不动，忍着内心的暗潮汹涌直到膨胀出一眶热泪。是夜，他仇恨满胸恶狠狠地将一富农大卸八块；个把月前，这坏蛋挑唆一伙泥腿子把乡里余粮征集处代办的肚子剖开，并往里面塞满了黍米。那代办在教堂广场上滚来滚去半天落不了气，最后跑来一群鸡将肚子里的黍米一粒粒啄了干净方才解脱。

当天劈砍那富农是他平生头一次如此怒火万丈地杀人。寻常他打杀敌人不同于平时过日子，脸上神情冷漠，出手一击致命，仿佛舍不得多花一分力气。科片金眼里，无论白军还是土匪均非什么了不得的敌人，不值他怒火万丈，打杀他们稀松平常，只须专心用力就好，如同婆娘家进到地里收割黍子。他战斗，无论骑马上还是立地下都精益求精，动作干净利索，本能地节省自己的感情以便蓄够心神迎接今后的希望和行动。

苏维埃大地上大俄罗斯的天空朴实无华，亮得那么沉寂淡然，那么习以为常和波澜不惊，仿佛这遍地的苏维埃自古以来早就存在，头上的天已见怪不怪，与其共处相得益彰。德瓦诺夫心中早存下一份堂堂正正的无垢信念，断定革命前无论头上那片片天空还是脚下这层层大地均皆另一番模样，绝不如眼下这般迷人。

远处，地平线若隐若现静悄悄抬手，活像在探向世界尽头，那里天接着地，人挨着人。马上行者走在自家祖国的大地上，纵步深远渐至荒凉。偶尔道路绕上山梁，放眼一观，遥遥低洼处隐隐坐落一窝可怜村庄。那陌生村子孤苦无依，德瓦诺夫不禁心生同情，恨不得这就策马拐进去，一刻也不耽误地与村子相依为命，一起厮守至幸福绵绵；只是科片金却不同意，提出得先去黑卡利特瓦河把那边事情料理妥当，然后再转回来。

白日无尽，四野荒凉，天地只余忧伤，马上骑士全副武装，一路行来连个土匪影子都没遭遇。

"尽躲起来了！"科片金一想到土匪就来气，胸中愤怒的力量越积越难受,忍不住怒吼,"为了天下的太平,我们一定会揍得你们稀里哗啦。一帮爬虫,躲牛棚里算啥本事,光知道吃肉喝汤,孬种……"

道路前方,迎面两排白桦拉出一条林荫道;树影稀疏,当是给附近老乡砍伐过,只未尽取而已。观那去向林荫道该是通往一处庄园,兴许就在前面不远的路旁。

林荫道尽头立有两根石桥墩。一根桥墩上贴了张手抄报,另一根则挂了块铁招牌,刻有字,已遭雨水侵蚀几近模糊:

帕申采夫同志名下"全世界共产主义"革命自然保护区。
朋友生有门,敌人死无路。

手抄报残缺不全,不知被哪个敌人撕掉了一半,风来风去上下翻飞晃荡。德瓦诺夫上前摁住报纸从头读到尾,声音响亮好使科片金听得真切完整。

报纸名叫《贫农之福》,曾是家机关报,机关称作"伟大的地方村苏维埃和波索尚斯克乡东南部安全保障革命专委会"。

报纸残留一篇社论和半则简讯。社论名为《世界革命之任务》,简讯标题《护好地里的雪——提高劳动收成的产能》。简讯写到一半就跑题了,扯出这么一句话:"把雪扫光吧,哪怕有成千上万胆大妄为的喀琅施塔得冒进分子,我们永远都无所畏惧。"

"喀琅施塔得冒进分子"是个什么鬼东西,有那么可怕?这问题叫德瓦诺夫一时摸不着头脑,心里隐隐不安。

"上面甭管写啥还不是吓唬和压迫群众,"科片金没作细想,听完即冲口而出,"那些个书写符号被琢磨出来不就图使生活复杂化嘛。识字儿的靠脑袋行巫术骗人,而不识字儿的却凭双手给他们当牛做马。"

德瓦诺夫不禁笑他:

"你这可乱说哈,科片金同志。革命——就是老百姓的识字课本。"

"你且别误导我哟,德瓦诺夫同志。咱们解决问题,一切问题,可都是按大多数人的意见来办的,而这个大多数呢又几乎都不识字儿,有朝一日啊,这不识字儿的为了全天下一律平等,说不得打定主意要让那识字儿的把字儿给戒掉……更何况让少数人戒掉文化,总比从头教大家学习要方便顺手得多吧。从头学起,鬼才教得会他们!你前脚刚教会,他们后脚便忘得一干二净……"

"咱们还是快去找那位帕申采夫同志吧,"德瓦诺夫想了想转开话头,"我得给省里上份报告。那边什么个情况,好久没来消息了……"

"没那必要,革命自己会踏着步子前进的……"

顺着林荫道俩人又行了约莫一里半路程。眼前一座小山坡,坡上一落白色庄园,雄伟大方威严肃穆,却不见炊烟无闻人声,冷清得恍若废墟。正屋前支有几根圆柱,形貌活生生像极女人滚圆的大腿,高傲地托起上方一根横梁,横梁再往上则撑着一拱弧形穹顶。略略几丈开外现出正屋本体,为一排造型奇特的廊柱包绕,柱子形如劳动的巨人,驼背弯腰不得动弹。科片金一时闹不清楚这些孤寂沉闷的柱子有何寓意,便姑且统统视之为革命对不动产进行镇压后的余孽。

内中一根腿柱子受了诱惑怀上一块白色浮雕,刻有地主身份建筑师职业的缔造者之名号,还有那家伙的侧面肖像。浮雕下方趴有几排古罗马诗行,倒使得那大腿显出几分凹凸不平来:

> 宇宙——一位飞奔的女子:
> 双脚滚滚转动地球,
> 娇躯颤抖遨游太空,
> 眼眸扑闪繁星忽去忽留。

四周幽寂阴郁，弥漫着一股封建主义气息，德瓦诺夫幽幽叹了口气，又再瞄了一眼那排圆柱，三个纯贞女子六条秀美玉腿。他心中升起一片宁静涌出一份渴望，这情形，每当他欣赏那些遥不可及却又不可或缺的艺术品时多半如此。

唯有一样令他深觉遗憾，这些青春气息膨胀的玉腿却不属于自己人；不过好在那姑娘家身上生着的是如许长腿，将自己的生命变成了一份诱人魅力，而不是生儿育女的工具；并且也好在那些姑娘固然靠生命的力量撑着，不过生命于她们而言仅是力量之源，而非思想之泉；这力量之源会被消化加工成别的东西，内中那些不太美观的鲜活物质便化作了冷若冰霜却美丽动人的样子。

科片金立身圆柱前同样神情严肃；他尊重一切宏伟庄严的事物，只要这事物看着漂亮且别无所求。若那宏伟庄严之物身上别有所图，比如大机器身上，科片金就觉得它是压迫人民群众的工具，并对其怀恨在心嗤之以鼻。正是在别无所求的事物面前，比方眼前这圆柱，他站着看着心中不禁对自己生出同情，也不免对沙皇专制充满仇恨。科片金认为，正是沙皇专制的罪过才让自己没有一来到这巨大的玉腿面前就心情激荡，就感慨万千；仅是由于见着德瓦诺夫一脸忧伤才想起自己也该悲愁一下。

"幸好，我们可以不顾一切烦恼造出举世闻名、辉煌壮丽的东西！"德瓦诺夫放出豪言却忧郁如故。

"你呀，一下子是建不成的，"科片金半信半疑，"资产阶级把咱们挡在了整个世界的外头。咱们如今要造就造更高挑更带劲的柱子，而不是这些下流无耻的母鸡脚杆。"

左边几间杂物室和矮房子残垣断壁，胡乱趴在杂草灌木丛中，有如乡村墓地上的一窝窝坟头。几根立柱守着这片空荡荡的尘封世界。寥寥观赏树静立优雅，挺着纤弱身躯守望此间一动不动的死亡之地。

"不过我们肯定会干得更好，会建遍全世界每座广场，而不是守着这么一处犄角旮旯！"德瓦诺夫向整个世界挥了挥手，嘴上豪言壮语内心深处却有道声音响起,"且等着瞧吧!"某个刚直不阿不惜性命的家伙在他体内发出警告。

"当然,咱们会建好的,这是事实也是号召,"科片金热情高涨满怀希望,掷地有声赞同,"咱们的事业一往无前永不停歇。"

走着逛着偶遇一串巨大人形脚印,科片金策马上前依足印而行。

"这里居民到底穿啥鞋呀?"科片金颇为惊讶,当即抽出马刀准备战斗,活像突地要冒出一巨人来,那旧制度的卫兵。过去地主家就有这样的卫兵,一群养得肥肥胖胖的仆人;若真撞上,得他靠近招呼不打抬手便一巴掌扇过来,怕莫要皮开肉绽筋骨断裂。

科片金平时最是爱惜手筋脚筋,认为它们皆是力量的拉索,生怕给扯断了。

俩骑士继续前行,来到一扇巨大而坚固的门前,那门通往一处地下室,地下室下半截埋土里,上半截连着一幢破烂房屋。一地足印打门口进进出出,看上去不像人类的痕迹;甚至似乎明显有某个蠢货老在门边转来转去,踩得地面光秃秃。

"这地方究竟住啥人啊?"科片金好不诧异,"不出意外这里肯定有个暴徒。看吧,马上要扑过来了,准备好,德瓦诺夫同志!"

这当口科片金心里甚至有点小激动小欢喜,活像孩子们闯进夜间漆黑的森林,心儿欣喜忐忑魂儿兴奋哆嗦,一身恐惧分两半,另一半塞满好奇。

德瓦诺夫上前喊话:

"喂,帕申采夫同志!……这里有人吗?"

无人应答。没风,连草儿也懒得动。而天色已渐渐暗淡。

"帕申采夫同志!"

"唉!"一声粗嗓子遥遥响起,自潮湿地穴深处瓮声瓮气传来。

"出来吧,都乡里乡亲的!"科片金大声命令。

"唉!"又一声叹息,几分忧郁回音荡漾,自地下室深处滚滚而出。只是这声回应听来既无恐惧害怕,也无要露面的意思。那答话人该是躺着在应声。

科片金和德瓦诺夫等了等，见老没动静不由勃然大怒。

"赶紧滚出来，有话跟你说！"科片金愤然咆哮。

"人家不想出来，"那陌生家伙慢悠悠搭理一声，"中间那屋子搁着面包，厨房有自家酿的酒，去吧。"

科片金跳下马，举起马刀敲门，咚咚直响。

"滚出来，我扔手榴弹了哈！"

那人又不作声了，看来对手榴弹似乎还颇为欢迎，想试试扔过来有怎样结果。也仅片刻他又开腔了：

"你倒扔啊，别耍赖。我这儿满满一仓库那玩意儿，轰一声爆了，保准把你炸回你娘肚子里面去！"

僵住了，又陷沉默。科片金这边还真没手榴弹。

"扔吧坏蛋，赶紧！"那神秘家伙躲深处不住挑衅，语气平静浑不在乎，"给我来一炮试试，我手上的炸弹呀，怕莫都潮了锈了哟，啥也炸不动了是吧，你们这些该死的魔鬼！"

"呵呵！"科片金一时语塞应声古里古怪。"那好吧，麻烦你出来，收一下托洛茨基同志的公文。"

那人略略沉默隐隐思索。

"他算我哪门子的同志，就知道高高在上冲大家发号施令！在我这儿革命的长官都做不得同志。你呀还是赏个脸吧，把你那炸弹扔过来痛快些！"

科片金用脚掌使劲钻地面，硬生生抠出块砖头，抄上手猛力一扔，砰的一声砸门上。门上铁皮顿时哀嚎连连，不久复归沉寂。

"没炸烂呀，这笨蛋玩意儿，看来里面弹药冻成饼了，响不了啰！"科片金就门上砸出的那道裂口煞有介事分析上。

"我的不也没响嘛！"那陌生家伙腔调一转几分严肃，"你那垫片儿松开了没？我这便出来瞧瞧什么型号的。"

一时间只听得一阵金属晃荡声发作，不慌不忙节奏悠扬，有人出来了，确确实实迈着钢铁般的步伐。科片金手把稳刀鞘眼满含期待，好奇心极度膨胀盖过那份警觉提防。德瓦诺夫仍骑马上未松戒备。

神秘人物咔嚓丁当的声响越走越近，可脚下始终慢吞吞丝毫快不起来，显见负重过大举步艰难。

门一下子开了，原本并无上锁。

见此场面科片金反倒安静了，略略退后两步，一脸期待，看是把自己猛地吓一跳，还是转而神秘不再；只是其人虽已现出身影，可那份神秘却依旧完整。

门大大方方张开脱落出一人影来，个子并不高大；浑身上下铠甲叠铠甲护片连护片，整个儿给裹了严实；脑袋盘着帽盔，肩头扛着重剑，脚下蹬着钢靴，靴身厚重，靴筒由三根青铜管子绞合而成；如此重靴草儿们挨着碰着难免粉身碎骨。

那人生着脸的位置，尤其额头和下巴处，得一圈高领钢盔围牢实，额头上方垂下一开合自如的护面栅栏。整套装备严严实实把这位战士保护上，随时可承受敌人的任何打击。

可惜战士本人个头儿委实矮小，凭此就想吓唬人还真说不过去。

"你的手榴弹呢？"那现身的鬼家伙上来就问，嗓子嘶哑声音尖细；起先那会儿，其嗓音遥遥传来之所以又粗又响，全因他一开口话音先落金属器物上，来回几经荡漾，再于空旷屋子中反复膨胀终至宏亮。而这一露面则打回了原形，既凄惨又悲凉。

"哦呦，你这坏蛋！"科片金嚷嚷，开口并无恶意却也少了敬畏，只一个劲儿盯着那骑士兴趣盎然。

德瓦诺夫不禁开怀大笑，一下子联想到这人怕是夺了别人的特大号装备才如此滑稽；可再定眼一瞧却发现那顶旧式钢盔上居然拧有一枚红军五星，是用螺丝钻进去的，外面还拿螺帽给拴紧了；这一发现更是让他乐不可支，也才笑得那么张扬。

"尽是些混蛋，穷开心啥呢？"骑士语气不善，态度漠然，寻来寻去没见着那枚哑火的手榴弹。这家伙根本弯不了身，只得拿剑在草丛中刨来刨去，手上动作施展不开，看来那身盔甲的重量还真不可小觑，弄得他要不断与之抗衡斗争。

"别找了，你这糊涂东西，要找不自在么！"科片金语气严肃，恢复了往日寻常心境，"带我们去过夜吧。你这儿有干草饲料没？"

那骑士的住处安在庄园办公房下方，就半地下室那一层。里面有一厅室，得一盏小油灯照来半暗半明。厅室远角处躺了一地骑士盔甲和冷兵器，重重叠叠小山包模样；另一角落略略靠中间的位置摆了堆手榴弹，如同一座金字塔。室内还摆有张桌子，旁边搁了条板凳，桌上立着一杯子，杯中倒有饮料，像是劣质的杯中之物。杯子外壁弄面包糊了张纸条，写有一排铅笔黑字，乃一口号：

打倒资本家！

"帮帮忙，把我剥开，好过夜！"骑士央求。

科片金费了老力，好半天才脱下那身永垂不朽的行头，边脱边琢磨这东西里面的机关还真讲究。终于，骑士全身散开，恰似剥落了一层青铜色外皮的果子，露出里面普普通通的帕申采夫同志；这人一身棕色皮肤，约莫三十七岁年纪，一只眼睛曾桀骜不驯因此没了，另一只幸免于难便越发专注。

"来吧，咱们干一杯。"帕申采夫盛情邀请。

只是科片金即或在旧时代也不喝伏特加；他不饮酒，发自内心拒绝，仿佛这类饮料丝毫也无助其情感成长似的。

德瓦诺夫亦不懂酒，帕申采夫只好自己饮了份孤独。只见他端起杯子，就那写着"打倒资本家！"的玩意儿，凑近嘴边头一仰咕咚一声灌进喉咙。

"真是妖精呀！"他叹了声坐下，酒杯已空空如也，脸上倒和气了，也胖嘟嘟了。

"啥玩意儿，爽不？"科片金有些好奇。

"甜菜酒呢，"帕申采夫耐心解释，"这酒哇，是一未嫁人的清白小姑娘家用纯洁白净的手儿亲自酿出来的，正儿八百的货色，香得流口水哟，老兄。"

"你这家伙到底什么来路？"科片金不耐烦了，气粗粗质问。

"我嘛，一个闲散自在人，"帕申采夫明确答复科片金，"我给自己下了个决议，我们这里一切都在1919年那会儿结束了，军队过去了，政权和秩序也过去了；那咱老百姓咋办呢，你呀又得排排站了哟，又得从星期一开始忙活……你说这该不该死……"

只见帕申采夫手一抹，当前这整个时局似乎再简单明了不过。

德瓦诺夫懒得思考，饶有兴致细听这位思如泉涌的家伙侃侃而谈。

"还记得不，1918、1919那两年？"帕申采夫说得起劲，眼里涌出兴奋泪花。这家伙，曾经那些一去不再的时光他一回忆顿时心潮澎湃；嘴上滔滔不绝，手上紧握拳头不停捶打桌子，虎视眈眈向自己这一亩三分地示威宣泄。"如今还有啥奔头哟，"见科片金不住眨巴眼睛，帕申采夫恶狠狠地向他证明一切，"看吧，一了百了万事皆休，法律上来了，人与人的差距便裂开了，活像有他妈个魔鬼在拿秤称人的命运……就拿我来说吧，难不成你一生下来就闹明白了，喏，这个地方，有什么东西在吸气儿么？"帕申采夫拍了拍后脑壳，那地方他脑子该是挤得紧窄以便腾出空间留给智慧，"瞧吧兄弟，就这地方，整个天地都能派上用场。每个人这里全一模一样。而那些家伙却想骑到我头上统治我，作威作福！你呀兄弟，我说这么多你全闹明白没？你说，那是骗人不？"

"骗人。"科片金那颗憨直的心灵老老实实承认了。

"就是嘛！"帕申采夫这下满意了，一番话也到头了，"我呀，眼下就一朵光棍儿火苗，隔着整片火堆火海独自一边发光发热哟！"

帕申采夫打科片金身上嗅出一股地球孤儿的味道，活像找到了同类，掏心掏肺地邀请他从此留下一起过日子。

"兄弟，你现在有何需要？"帕申采夫觉着找到了相亲相爱的知音，欢喜得忘乎所以语气尽显亲昵，"就这儿住下吧，把日子过起来。有吃有喝管你够；我呢，存了五小桶苹果，都腌渍好了，还留了两麻袋黄花烟，烤得香香脆脆的。周围林子都是好朋友，里头日子过得；附近草儿全亲人，上面歌儿唱得。你想啊，成千上万的百姓来我这地方，全是些没家没口的穷苦人，到我这公社还不乐开了花；老百姓们，千难万苦不就缺一简简单单的避难所么。那村里头层层苏维埃防着百姓，个个看武器当政委的管着百姓，县上粮食委员会恨不得把那粮食打百姓肚子里给挖出来。而我这地方呢，哪个公家的人敢露面……"

"怕你了呗，"科片金一语道破，"你这家伙浑身裹着铁，又睡炸弹上，谁有那胆子……"

"怕是肯定怕的，"帕申采夫点头，"有一回他们上我这儿，坐下来便套近乎，想清点我庄子上的财产；我呢，穿上这身行头直接找政委，手里掂着炸弹没跟他客气：'把公社交出来！'还有一回，到我这儿来摊派粮食。我直接告诉政委：'吃吧，喝吧，狗东西，可要是还想再顺点儿什么别的，那你就留下来等着发臭吧。'那政委灌下碗老白干后打算离开，还说：'谢谢，帕申采夫同志。'我呢给他手里塞了把瓜子，嗒，就拿那把剑的铁尖尖扎在他背上，打发他上公家的地头去了……"

"那眼下过得咋样？"科片金问。

"还能咋样！我过我的日子没谁管着不挺好么。我宣布这里是革命自然保护区为的就是免得政权走歪了，我这是在保护革命，让它始终活在原封不动的大无畏的边界里……"

德瓦诺夫一直琢磨墙上的题字，那字儿焦炭墨迹，涂画者写字手生还不住发抖。德瓦诺夫举起油灯，盯着革命自然保护区那道题满字的墙壁念念有词。

"念吧，念念吧，"帕申采夫笑呵呵劝他，"别的时候尽哑巴，哑巴便哑巴吧，哑巴够了对着墙壁张张嘴也好；这要长时间没人说说话呀，我脑袋就晕头转向涨得厉害……"

德瓦诺夫念起墙上的诗句：

资本家不在，劳动不请自来——
庄稼人的脖子又套上枷锁。
来吧，勤劳的农民请相信我，
原上小野花的日子更加美滋滋！
耕地，播种，收割，你别舍不得，
这天下的土地何不任其自生自养育。
生命无常，不会两次将你供养——
你只活一次，何不从此快活一世，
带上神圣不可侵犯的公社，
牵起所有诚实的双手，
对着世人耳朵大声喊出来吧：
日子艰难，心中的苦早已不甘愿，
是时候了，我们大家要开开心心乐翻天。
打倒可怜的劳动，打倒地里索命的囚笼，
大地仁慈，将无偿赐给我们吃食。

这时，响起一阵不紧不慢的敲门声，浑似来了位主人。

"唉！"帕申采夫简单答应，身上酒劲儿已过无意更啰嗦。

"马克西姆·斯捷潘内奇，"外面透进一句话音，"请你允许我到林子边去找根木杠子搁车辕上头，我那根半路上咔嚓一声断了：要不就放你这儿过了冬再说。"

"没那必要，"过冬的事情帕申采夫拒不答应，"真是的，啥时候才教得会你们？我不在粮仓上头挂了条命令么：土地，它是天生自长的，那就绝非谁私人的。你要问都不问一声自个儿拿了呢，我便睁只眼闭只眼默许了……"

外面那人一听高兴得嗓子都裂开了。

"那敢情好,多谢了哈。既然开口要东西犯了规矩,木杠子我就不动了;我给自个儿另外找点啥,不算要,算自己送自己。"

帕申采夫大大方方来了句:

"啥时候都别开口要,开口要就是奴才心态,自己送给自己你送啥都成。你落地那会儿靠的也不是自个儿的力气,而是白白下来的,所以嘛,过日子就不要算来算去了。"

"这话无比正确,马克西姆·斯捷潘内奇,"门外求人的家伙大为赞同,态度诚恳加老实,"自个儿动手捞到啥也就靠啥过活呗。要是没了这庄园子啊,咱们半个村子怕莫都饿死了哟。咱们从这儿搬东搬西整整五个年头了,布尔什维克人就是公道正派!感谢你呀,马克西姆·斯捷潘内奇。"

帕申采夫一听又来客气顿时冒火了:

"你呀,又说啥感谢!今儿啥也别拿了,你个猪脑袋!"

"别介,干吗呀!马克西姆·斯捷潘内奇?你说当初我在阵地上流血流汗整整三年,图个啥呀?我这会儿跟干亲家赶着马车一块儿来不就为取只大铁桶么,而你却拿话挤兑我——你敢……"

"看看吧,这便是为祖国拼过命的!"帕申采夫自己叹气,也示意科片金,然后又朝门外放话:"刚才你不是说来补车辕子的吗?怎么这会儿又换说法要取大桶了!"

那求人的根本无动于衷。

"取啥还不一样嘛……有一回你本是来拿鸡的,可眼睛往下一瞅路上摆了根铁棒槌,你一个人呢,又搞不定,那棒槌硬是不讲礼偏偏赖地上不起来。咋办,还不得唤人手,谁叫咱们那点儿家当到处都是窟窿呢……"

"既然你有人手,"帕申采夫不想再费口舌,"便把那白柱子上的婆娘腿卸下来自个儿拖回去吧……放进你那家当总派得上些用场。"

"行嘞，"求人者这下心满意足了，"俺们这就拿绳子磨磨唧唧慢慢拖，弄回家去砸了碎了正好当瓷砖用。"

求人的终于退开，先去查看研究柱子，心里盘算如何才能省力又省事连绑带拐把那东西弄回去。

夜堪堪黑尽，德瓦诺夫给帕申采夫出主意，说与其让庄园慢慢消耗进村子，不如把村子直接搬过来，这样办恐怕更妥当。

"这样办会少费些手脚，"德瓦诺夫摆出道理，"更何况庄园霸着高地，这上边的田土产量该是要高不少的。"

帕申采夫死活不同意。

"这么弄的话，一开春全省的光脚杆的还不都跑过来了，那可是最最纯正的无产阶级呀。到时咋安置他们？不能这么弄，我这地方决不允许出现富农来耀武扬威！"

德瓦诺夫寻思，倒也确实，庄稼人跟光脚杆游民还真活不到一处。另外，这上边肥油油的土地恐怕也得白白落空了去，村子一搬上来，大家都成了革命自然保护区的居民便什么也不会种了，光靠果园幸存的果子和外面天地自产的东西也能过活：说不定到时弄荨麻和滨藜还真熬得出汤来。

"那这么办，"德瓦诺夫想了想转而又冒出主意，"你用庄园换村子如何？你把庄园交给乡亲们，再到村里将革命自然保护区搞起来。对你嘛，反正过来过去都一样：重要的是人，而不是地方。老百姓挤山沟沟里受苦，而这山包包上呢就你一个人！……"

帕申采夫顿时一脸幸福满目惊讶地盯着德瓦诺夫看了又看。

"这主意太棒了！就这么办吧。明儿个我就去，骑马跑遍村子把乡亲们都发动起来。"

"他们会来不？"科片金心里不踏实。

"只消一天一夜全都会上这儿来的！"帕申采夫信心爆棚按捺不住大喊大叫，浑身兴奋直哆嗦。

"我看干脆这会儿就去！"帕申采夫脑袋发热改主意了。他现在倒是有点喜欢德瓦诺夫了。起先他对德瓦诺夫不太感冒，觉得这人坐也坐着老不言语，兴许心里装着大把的计划、章程和草案，这类聪明人他帕申采夫向来不喜欢。寻常生活中，他老看见那些脑袋愚钝的和日子不走运的比聪明人善良多了，也更善于为了自由和幸福改变自家生活。瞒着所有的人，他心里偷偷藏着一个信念，认定工人和农民比起有学问有文化的资本家虽然要鲁笨些，却老实厚道些，正因如此他们的命运才善有善报。

科片金稳了稳帕申采夫，说不用那么着急："胜利站我们这边，早点晚点都一样，跑不了的。"

帕申采夫答应了，再又聊起野草。说自己小时候要死要活瞎折腾那会儿，特喜欢看挤着黍苗疯长的野草，齐头齐脑渐渐茂盛起来，却又那么可怜那么命薄。他清楚，一到大晴天，婆娘们上地后准得沿着白柳树秧子把生不逢时的野草不带一点儿怜惜地统统拔掉：有矢车菊、草木樨和风滚草。这野草可比相貌平平的庄稼秧子漂亮，开的花活像小孩子临死前泪汪汪悲伤的眼睛，花儿也知道它们终将给汗津津的婆娘们扯掉性命。不过这类子野草比弱不禁风的庄稼秧子要顽强且命硬得多，等婆娘们扫荡一空后它们过不久又生出来了，数量密密麻麻多得生生世世灭绝不尽。

"贫下中农不正是这样么！"帕申采夫比照草跟人的命运顿觉好不遗憾，刚才怎么就一口干了那"打倒资本家！"，"比起那些非我同类的货色，咱们身上的屎尿要多一些，彼此间的心灵也更近一些……"

是夜帕申采夫实难平静。他把锁子甲当衬衫径直罩在身上，随即出门去庄园里瞎逛走动。夜已深，屋外正清凉，他置身其间却仍冷静不下来。非但如此，夜空星光璀璨浩渺无际，他只觉自己低矮的个头委实太渺小，反而燃起一股雄心壮志，想着这就去冲锋陷阵建功立业。他眼前，夜幕浩荡席卷天地恰似蕴含无穷力量，令他不免自惭形秒，却又不甘屈服，一冲动竟不过脑子，决定当即要把自己给比下去的面子挣回来。

庄园的主建筑屋子住有少许百姓，皆是绝然缺少栖身之所且无处安身落户的流浪人家；屋里炉火正旺，许是壁炉上煮着饮食，炉门大开燃亮了四扇窗户。帕申采夫扬起拳头捶打窗子，浑不顾有否扰了屋内住户安宁。

出来一姑娘，头发蓬松散乱，穿一双高筒毡靴。

"干吗呀，马克西姆·斯捷潘内奇？大半夜的你搞得惊心动魄的，什么意思？"

帕申采夫走近那姑娘，见她浑身上下透着穷困落魄不禁鼻酸心凉，赶忙泛起阵阵火热同情好抵挡那股空落落的寒意。

"格鲁尼娅，"他招呼她，"让我亲一下吧，可怜的小鸽子，也没个什么婆家心疼！我那身炸弹早枯了瘦了，炸不动了的，呃——，我刚想着去把那些圆柱子卸下来，可你瞧这不没家伙可用嘛。来吧，给我抱一下，同志间的。"

格鲁尼娅口头上放行了：

"你这是咋地啦？一向不蛮正经的嘛……那个，把你身上铁皮子脱了，不然顶得人家浑身肉疼……"

可帕申采夫却凑上姑娘的嘴巴轻轻点了一下，转身就走了；那双唇又黑又干，只吻着了两块硬皮。他心情松开了，扣在恢宏浩大的高天之下也不那么憋屈了。此时，一切庞然巨大和质优身贵之物，落他眼里激起的不再是事不关己的自我宽慰和消极满足，而是一股不屈的英勇斗志，他发誓要在力量和本事上跟它们比比大小分分优劣，并彻底战而胜之。

"你俩啥情况？"冲着两位客人帕申采夫突然从天而降来了这么一问，貌似快意得膨胀过头了，想找个出口宣泄。

"该歇了哟，"科片金哈欠连天，"你最好把咱们约的章法记牢了，可得把庄稼人妥妥当当地安定在那饿慌了的土地上；不然的话咱们上你这儿来串门子岂不白忙活了？"

"明儿个我就连拖带拽拉老乡去，绝不耽误！"帕申采夫信誓旦旦，"这门呢，你们再串下去关系不就搞好了嘛！赶明儿个格鲁尼卡①给你们烧顿午饭……我这儿的东西别地儿可不好我哟。我思来想去呀，怎么着才能把列宁请过来，横竖那也是领袖嘛！"

科片金刮了帕申采夫一眼，这人还想要列宁！转而提醒他：

"你不在时我瞅了瞅你那些炸弹，全不中用了。你到底咋把人唬住的？"

帕申采夫当即承认：

"当然不中用了，我自个儿把弹药给退了。可老百姓没那眼力劲儿呀，我虚晃一招便把他们镇住了，这不，铁皮子往身上一穿到处亮亮相，晚上过夜再往炸弹上一躺，还不都拿下。明白不，这叫巧取制敌的迂回战术？你给我记着点，可别说出去哈。"

这时油灯熄了。帕申采夫就屋里条件交了个底：

"行了，伙计们，躺地上爱咋睡咋睡吧，反正也黑瞎了，床那东西我这儿是没有的……在人们眼里我不过一添麻烦的家伙……"

"你呀，不是添麻烦，而是瞎捣蛋。"科片金补充得更到位，边说边躺下将将就就睡了。

帕申采夫也不见气，再又答了句：

"兄弟呀，这地方可是新生活的公社，不是那娘们儿建的'女儿城'，羽毛褥子什么的就别想了。"

晨光欲起，浩瀚星空黯然消散，世界一时苍凉贫穷，灰扑扑的黎明替下了眨巴眼的星辰。夜色退去，活像一波浩浩荡荡的轻骑兵席卷而过；白日初上，恰似某位艰难跋涉的步兵自大地尽头蹒跚而来。

一大清早帕申采夫这家伙竟弄来两三口烤羊肉，叫科片金着实惊讶了一把。不久俩骑者双双策马而去，离开了这处革命自然保护区，

---

① 格鲁尼娅的爱称。

踏上南行的路程前往黑卡利特瓦河峡谷。帕申采夫穿上那身坚硬的骑士行头伫立白色圆柱下,目送自己惺惺相惜的同道伙伴渐渐隐没了身影。

征途漫漫,马上两行者身影起伏;日头临空,俯瞰周遭萧条荒凉原野。

路途平缓行来单调乏味,德瓦诺夫耷拉着脑袋意识渐至微弱。这会子他沉陷己身,隐隐察觉体内似乎有某样东西,似乎是那心脏,活像一道堤坝挡在汹涌澎湃的情感湖泊前,不断接受冲击,不住颤动战栗。偶尔那情感湖水打在心脏堤坝上,高高跃起漫卷而过扑向另一方,落下后化作一条涓涓思想溪流,轻快又平缓。不过,堤坝上终日亮有警戒值勤的灯火,是那旁观的看守在忠诚当班,这家伙对人的遭遇不抱同情,只白白享受那份绵薄给养成天昏昏欲睡。而正因这点灯火德瓦诺夫才有机会看清堤坝两岸情形:坝前,温热的情感之湖潮起潮落;坝后,长长的思想溪流越流越快渐渐远去冷却。情形既明,德瓦诺夫此时抢先一步,跑在自己那颗既养活又管束意识的心脏前头,趁它未发力先落得片刻幸福。

"科片金同志,咱们还是小跑起来吧!"德瓦诺夫对慢吞吞的速度有些厌倦了,仿佛道路尽头未来在不断向自己召唤,呼声越积越洪亮,堵在胸膛鼓胀得分外难受。这时他脑子里闪过一阵童年欢乐:把钉子钉入墙壁,弄椅子搭出舰船,动手拆卸闹钟瞧瞧里边到底有何机关。突然,他心田闪过一道刹那而逝的骇人光亮,这光亮多见于漆黑沉闷的夏夜原野。或许那抹亮是他身上暗藏的青葱又朦胧的爱情火花,而这火花如今要么融化成了其身体的一部分,要么仍沿着他出生时的那股力量继续燃烧。不过正是于这爱情火花闪亮之际德瓦诺夫才陡然看清一片模糊光景,那是情感之湖中随风飘荡的种种幻影。他瞄了一眼科片金;这家伙行得四平八稳一副老神在在的样子,心中信念坚定如初,笃定前方不远社会主义的国度必将在盛夏来临,那时那片土地上，罗莎·卢森堡定将在人类友爱力量的帮助下得以复生，成为一位鲜活靓丽的公民。

前路转入下坡绵绵好几里。似乎此时若快马加鞭怕莫要腾空而起径直飞了出去。远处黑影绰绰幽深阴郁的峡谷上方，暮色提前抵达悬于半空呆滞不动。

"瞧，卡利特瓦河！"科片金指了指前方喜出望外，活像已扑近那河流跟前。河水在望，俩骑者口干舌燥嘴角泛起一抹浓浓白色唾沫。

德瓦诺夫打量前方景色，好不苍凉贫瘠。天色阴郁大地凄迷，惶惶然昏昏欲睡：此间百姓分散而居，又疏于经营日子，宛若一堆堆散架的篝火，内中木柴几近熄灭殆尽。

"看嘛，这就是社会主义的原材料！"德瓦诺夫打量这方天地，"没一处像样的建筑，只有这苍茫的天地自然形同孤儿，真是凄惨！"

视野中黑卡利特瓦河沿河的大村子遥遥在望；俩骑者遇上一位背麻袋的家伙。来人脱下帽子朝马上行者鞠了一躬：古老相传天下人人皆兄弟，值得亲近致礼。德瓦诺夫和科片金同样回了礼，仨人一时均感觉不错。

"这俩同志过来抢东西的，真是该死啊！"那人背着口袋，待离开足够远方才小声咕哝出心思。

村子寨门口站着俩放哨的泥腿子，一人端短筒枪，另一人抄了根栅栏上拔下的木橛子。

"你们是什么人？"见德瓦诺夫和科片金靠近，俩哨兵公事公办询问。

科片金勒住马，绞尽脑汁琢磨这地方设军事岗哨是何居心。

"我们国际的！"科片金想起罗莎·卢森堡的称号，"国际革命家"，也就顺便拿来用上了。

俩站岗的想了想又问：

"犹太人的，是不？"

科片金动手拔马刀，神情沉稳动作缓慢，生怕那俩家伙理解不到他这出威胁。

"你敢提这个词儿，看我不把你就地正法。"科片金一通数落，"晓得我是谁不？来，瞧瞧证件……"

科片金伸手掏了掏衣兜；可这家伙从来没什么证件，连张纸片儿都难得见着，只摸了一手的面包渣子和别的些垃圾。

"副团长！"科片金示意德瓦诺夫，"给这巡逻的亮亮咱们的本本儿……"

德瓦诺夫掏出一信封，里面装了什么东西自个儿也不清楚，却带身上东奔西走了三个年头；他将信封扔给哨兵。放哨的接住，一脸猴急，心里简直乐开了花，机会难得，正好显显当职轮差的手段。

科片金微微弯身迅疾出手，动作敏捷如行家，马刀一挥当即打落哨兵手上短筒枪，却又丝毫没碰着伤着那人皮骨；科片金这家伙天生就是干革命的料。

手被震了一下，哨兵赶忙甩了甩：

"干吗呀，你这混蛋！我们也不是红色的……"

科片金略略缓和态度：

"说说看，你们队伍人多不？都是些啥人？"

俩泥腿子左算算右想想，还真老老实实招了：

"百把号人吧，枪杆子嘛，拢共不到二十条……季莫费·普洛特尼科夫打伊斯波德尼村过来上我们这儿做客了。昨儿个征粮队打我们这儿撤了，送了几条性命……"

科片金指了把身后方向，命令俩人：

"正步走，顺着这条路去接应我的团，给老子带过来。普洛特尼科夫的司令部在哪儿？"

"教堂那边，村长家院儿里。"俩老乡齐齐回话，望了望自己家乡忧心忡忡，祈祷村子别出什么事情才好。

"喂,打起精神,去吧!"科片金下令催促,随即刀鞘一拍策马前行。

篱笆墙外一婆娘佝偻身子坐地上要死要活的样子。她不想活了,跑了出来,可半道儿上又变了想法。

"哭丧么,老太婆?"科片金见她那般情形不由打趣。

这婆娘可非老太婆,乃一中年妇人,模样不赖。

"你才哭丧呢,没皮没脸的混账东西!"那婆娘气冒烟了,裙子一摆起了身,拉下脸恶狠狠剜了一眼。

科片金那马抖动了一下,顿觉浑身轻松,前蹄高高扬起箭一般冲了出去。

"德瓦诺夫同志,眼睛放亮点跟紧我,别落下了!"科片金大喊大叫,马刀已在手,左挥右舞闪闪发亮。

"无产阶级力量"四蹄翻飞落地如铁锤;德瓦诺夫只听见一路农舍窗户震得嘎吱作响。闪过条条巷子却一个人影也没发现,连条像样的狗都没扑出来招呼。

科片金直奔教堂,一气儿跑过好几条巷道和路口。卡利特瓦村占地不小、历史不短,早在四百年前就围起了丛林般的住家户:有的巷子走着走着突然冒出几家房子,直挺挺横了过来;有的左右皆新建院子,簇拥得严严实实仿佛与世隔绝,尽头处已现田野,拐成了条条夏日里方便车马通行的小径。

科片金和德瓦诺夫闯进几条偏僻巷子挤死的夹墙胡同,马儿过不去急得原地打转。科片金当即蹁开一扇门冲了进去,绕着打谷场围成的巷道狂奔。终是惊动了守村家狗,起先只左近几条试探着齐声叫唤几嗓子,接着转了腔调你来我往呼朋唤友,一时间群犬响应势力庞大,彼此鼓劲儿竞相嚎了起来,只听得远远近近的篱笆墙内外吠声响成一片。

情况不对,科片金大吼一声:

"喂,德瓦诺夫同志,别停下,一路压过去……"

德瓦诺夫会错意了，以为得赶紧驰过村子冲进草原那方，根本没料到，科片金这家伙好不容易闯上大路，正宽得如获自由，径直策马扬鞭扑向了村子深处。

大路两侧，几间铁匠铺子闭门上锁，家家农舍寂然无声，活像已给人狠心抛弃。唯见一老头偎栅栏边兀自絮絮叨叨，瞅着俩骑人马驰过却全无理会，看来年纪大了，出什么乱子也见怪不怪了。

德瓦诺夫隐隐听闻几丝嗡鸣，心想这怕莫是教堂钟锤得人摇晃，清清脆脆点在了钟壁上。

巷道拐了弯，现出一群百姓，聚在一幢灰扑扑砖瓦房下，那屋子早前曾是公家经营的小酒铺子。

百姓坐地上一片嘈杂，声音低沉拥挤，传到德瓦诺夫耳朵已声若蚊蝇几不可闻。

科片金回头喊了声，一张脸紧绷得尽显清瘦：

"德瓦诺夫，打吧！枪一响就都是咱们的了！"

德瓦诺夫朝教堂方向放了两枪，随即稀里糊涂跟着科片金吆喝，而科片金不断挥舞马刀壮大已方声势。对面那群农民一时人头攒动，如滚浪荡开纷纷转过脸来，目光陌生若点点闪亮星辰；人群一哄而散拉出几条奔跑的溪流。部分人原地踟蹰不前，相互间紧紧拽着好寻得一份依靠。这些原地挤挤攘攘的比那些跑开的更危险，他们将恐惧死死压在一处狭小空间，再勇敢的人也闯不进、拆散不了他们。

乡村气息宁静，德瓦诺夫吸得几口，闻了一鼻子混合干草气息的焦糊味儿和温热的牛奶味儿；这气味不大友善，令德瓦诺夫胃绞痛不已，他这会儿怕莫连迎客见礼的那一小撮盐巴都咽不下去了。眼前这村子恰似一双双温暖大手在晃来晃去，德瓦诺夫生怕就此活活给缠死，或者给这堆貌似温顺的人群中的那股子羊臊味儿生生憋死；人群自有力量，制敌无须怒火万丈，只密密麻麻堆上来即可。

然而科片金对人群却莫名兴奋，仿佛隐隐望见一场大胜马上就要到手了。

一农舍附近，人群正四下乱窜，突地自窗口响起枪声，听那动静枪支口径大小不同，虽是齐放但鸣声却杂七杂八步调零乱。

科片金奋勇前进浑身是胆，胆气弥漫如漆黑囚室，羁押着那患生患死的隐忧顾虑，如此反倒成全了他，一次又一次摆脱必死之局。科片金左手放了一枪正中那间农舍，碎了一地窗玻璃。

德瓦诺夫顺势来到门槛处，马进不了屋只好跳下马，抬手一枪扫落门上，受此撞击门缓缓洞开，他又向深处摸索前行。过道上飘有一股悲伤的草药味儿，有人受伤无力自持，正听天由命；储藏室躺着一名受伤农民，给头里几场战斗打坏了。德瓦诺夫没顾上他，穿过厨房冲进堂屋。屋内一发色棕红庄稼汉直挺挺立着，右手举过脑袋，左手耷拉握着一把枪；左边胳膊不时鲜血滴落，活像雨后树叶上的水珠落地滴答成声，白白数着这人生命流逝的进程。

堂屋窗子给打飞了，科片金却不见人影。

"投降吧，缴枪不杀！"德瓦诺夫命令。

土匪一时惊恐嘴里嘟嘟哝哝。

"嘿！"德瓦诺夫冒火了，"再不放下我一枪崩了你的手！"

那农民松了手，枪掉进身下血坑，不由瞧了一眼心中直呼可惜，枪湿了，交不上一把干爽爽的武器了，不然怕是会更早得到宽大处理。

抓了名受伤的俘虏，德瓦诺夫没经验不知接下来该咋办，又不晓得科片金跑哪儿去了。他喘口气，一屁股坐沙发椅上——富农家毛茸茸的玩意儿。那庄稼汉规规矩矩站他面前，双手下垂不敢动弹。德瓦诺夫有些奇怪，这人根本不像土匪，就是一个普普通通泥腿子，瞧那身行头家境未必殷实。

"坐下！"德瓦诺夫招呼。农民只顾站着。"你是富农？"

"不是，我们是村里最后剩下的百姓，"庄稼汉心领神会老老实实回答，"富农是不打仗的，他们有的是粮食，怎么也征不完……"

这话没错，德瓦诺夫听得心里一紧，想了想自己一路走过的那些村庄，不也尽皆只剩愁云惨雾的穷苦百姓。

"你左手伤了，可以用右手朝我开枪嘛。"那土匪眼望德瓦诺夫仔细掂量，倒不为想着逃脱性命，只为把事情的来龙去脉慢慢理清楚。

"我是左撇子呢。听人说来了一团的部队，我一时半会儿不及跑掉，想着独自死了也没拉个陪葬的觉得不划算，也就……"

德瓦诺夫心里五味杂陈，无论碰上什么情况他都喜欢动脑子往深处想。农民一番话似乎点醒了他：革命过快，经验不成熟，一些徒劳行动和意外灾难超出了它幼稚的心灵。德瓦诺夫已感受到广大贫穷农村笼罩了一层恐慌，只是真要写下来他又找不到合适的字眼描述。

"还是太愚蠢了！"德瓦诺夫默默踌躇伤感，"科片金一到定要毙了这家伙。草籽儿发芽也得破土嘛，岂能两全：革命，它是个暴力的家伙，也是一股大自然的力量……你可真是个小混蛋嘞！"德瓦诺夫想东想西思绪断断续续。

"回家去吧！"他叫土匪走。那人向门口退去，眼睛死死盯住德瓦诺夫手中的枪，一眨不眨着了魔似的。德瓦诺夫明白那家伙心思，大大方方把枪露外面，免得有任何多余动作惊吓了人家。

"站住！"德瓦诺夫喊了声。农民乖乖停下。"你们这儿白军当官儿的来过没？普洛特尼科夫什么来头？"

土匪一听脚吓软了，咬着牙撑住才没倒下。

"没，没谁来过，"那农民不敢撒谎，有气无力回话，"你是好人，我也不瞒你，真没谁来过……那个普洛特尼科夫就咱们这方村子的人，种地的。"

德瓦诺夫看出土匪吓坏了没撒谎。

"你呀，也别太害怕！放宽心回自个儿家去吧。"

土匪信了德瓦诺夫，走了。窗户上残余的玻璃又响起来了，是科片金的"无产阶级力量"跑了过来，宛如一路狂奔草原上。

"你去哪儿？你什么人？"德瓦诺夫听见科片金叫喊。无有人答话，科片金把那俘虏挡了回来塞进储藏室。

"晓得不，德瓦诺夫同志，我差点儿逮着个真家伙，他们那个普洛特尼科夫。"一见面科片金即通报情况，胸膛激动扑通扑通直响，"他们有俩，坏蛋东西，跑得飞快溜了，那马还真不赖！我这匹真该牵去耕地，骑来打仗就这结果……不过骑来骑去倒也快活，毕竟这畜牲觉悟还是蛮不错的！……就这样吧，该去喊人集合开大会了……"

科片金亲自上钟楼敲得震天响。德瓦诺夫候教堂台阶等农民老乡围过来。远远蹦出几个孩子，蹿到巷道中央望了望德瓦诺夫方向便跑开了。科片金的钟敲得惊心唤得迫切，可无人响应，一个也没来。

偌大的村子上空钟声阴郁凄凉，隐隐夹杂三五声叹息叫喊。德瓦诺夫听得回不过神，忘了敲钟意图。钟声绵绵，他听出恐慌、信任和怀疑。革命洪流下，这些情感相互纠缠推波助澜，人们来来往往投身其间，不单单出于坚定不移的信念，同样有怀疑在心里打鼓。

一个黑发老乡走近台阶，身下围了条裙子，头上没戴帽子，看样子是个铁匠。

"你们来这儿干吗，搅得老百姓不安生？"来人张口便问毫不客气，"你们这些好朋友好同志哟，走吧，继续前进。咱们这儿呀拢共就十个傻瓜，站你们那边的……"

德瓦诺夫也不客气，径直请他说说为何如此不满苏维埃政权。

"为何么，你们把事情做得也太绝了，先拿枪扫射，过后又来关心，早晚给折腾死。"铁匠咬牙切齿回话，"那手段可真是高明呀，前脚分下土地，后脚就把最后一粒粮食都收上去了，要这样的地干吗，你们还不如干脆用它把自己直接噎死算了！庄稼人有啥盼头，忙活半天就剩一根光溜溜的地平线。你们骗谁呢这是？"

德瓦诺夫解释，摊派征集粮食是革命需要充血，需要吃饭，好给未来攒些力气。

"这话留给你自己吧！"铁匠是明白人，毫不含糊地顶了回去，"老百姓中，十分之一的人要么是傻瓜，要么是流浪汉，都是些狗娘养的杂种，打生下来啥农活儿也没干过，没一天当过农民，跟在谁屁股后面都一样。沙皇要还在的话，就为他这个家伙，还不是能从我们这儿找到一大帮爪牙。你们那党里面这号没用的货色还少了吗……你说什么粮食是为了革命！没长脑子呀你，百姓都活不下去了，你那革命干来干去留给谁呢？而战争呢，听说全都过去了……"

话到这儿铁匠打住了，他想起眼前这人跟此间所有共产党员一样，奇奇怪怪：晃眼一看人模狗样，似乎不错，可尽干下跟平头老百姓作对的事情。

铁匠的看法倒是新鲜，德瓦诺夫不由哑然失笑：说什么老百姓中大约百分之十的人是傻瓜，干哪样都合适，参加革命可以，到教堂求神拜佛也可以。

科片金过来了，铁匠的那通抱怨指责他当场拿话扇了回去，脸打得明明白白：

"你个烂好人，不过一坏心眼儿！我们如今日子过得都一般高矮，可你却老想着：工人阶级呀求求你别吃别喝了。你不就图省几口粮食自个儿酿酒喝嘛！"

"一般高矮，可不一般平顺哩！"铁匠不服气，有怨抱怨，"你呀是拿布把人嘴巴堵上就觉这日子一般高矮了！我这人，打成家后一直想不通一件事情，怎么过来过去总是些古怪稀奇的家伙在我们上面发号施令，而百姓本身呢，从来捞不到一点儿权力；百姓手上，朋友，剩下的一切事情活像比权力正经得多似的，还不就为着白白养活那群傻瓜蛋……"

铁匠哈哈大笑，笑声荡漾着智慧，还裹了支烟拿手上。

"若把摊派征集粮食的活儿废了如何？"德瓦诺夫抛出一问题。

铁匠一听先是一喜，随即又愁眉苦脸：

"行不通的！你们呀，将更坏，会想出别的招法来；还不如把现有的灾难接着过下去，反正庄稼人已习惯交出粮食了……"

"他这个家伙没追求啥都无所谓了，简直——混球蛋！"科片金给那位侃侃而谈的家伙定了性。

三三两两人影陆续聚拢到教堂前，约莫八个百姓，来了单坐一边，与大伙儿隔开。德瓦诺夫走过去，心想这些就是卡利特瓦村支部最后幸存的成员。

"开启你的演讲吧！"铁匠呵呵冷笑，"古怪稀奇的家伙都来齐了，大差不差了……"

铁匠沉默稍许，却忍不住又抢先开口：

"你呢，先听我来说道说道。我们这儿有五千来号人口，大人小孩儿都算上。这数儿你记好了。现在我来给你算一算，你从大人中抽走十分之一，落手上的支部爪牙正好不多不少，那么到时候这整个革命也就完成了……"

"何以见得？"德瓦诺夫想不通他这笔账的算法。

铁匠放下偏见给出说法：

"到时候哇，所有稀奇古怪的家伙都去政权那边，老百姓这边呢，自己安排自家日子；你看，两边各取所需皆大欢喜……"

科片金建议马上开会，分分钟都舍不得耽误，急着要去追普洛特尼科夫，赶紧把那家伙消灭掉，免得他纠合一股新的人手又活生生拉出支土匪部队来。德瓦诺夫向村里几位党员问明了情况，普洛特尼科夫到卡利特瓦村本打算靠宣布动员令招兵买马，可根本无人响应，没有得逞；后来接连开了两天的会，会上普洛特尼科夫起劲儿鼓动大家自告奋勇自觉自愿来当兵。而恰巧今天，德瓦诺夫和科片金打来时会还正开着。普洛特尼科夫这家伙对农民知根知底，而且又是一条勇猛剽悍的庄稼汉子，对土生土长的乡亲们一片赤胆忠心，只认这方的人，搞得跟外面的整个世界誓不两立。庄稼人也就敬重他，把那死去的神父从心里彻底给赶走了。

会正开着，一婆娘跑过来大呼小叫：

"大老爷们儿，红军都到寨门口了；整整一团人，骑着马就要冲过来啦！"

起先，科片金和德瓦诺夫闯进村子时，那动静大家也以为是来了一团的人马。

"得走了，德瓦诺夫！"科片金听见消息心里憋屈，"那条路通啥地方？谁跟我们走？"

一众共产党员面露难色：

"那条道去切尔诺夫卡村……我们呢，同志，都是些无马户，这……"

科片金手一挥表示算了，由他们去。

铁匠贼兮兮瞄了一眼科片金，走近他跟前：

"喂，永别了你，怎么样啊！"还伸出一只宽大手掌。

"你才永别了呢，"科片金手一伸也不含糊，"把我记好啰，你就开始发抖吧，我会回来的，定把你收拾了！"

铁匠无所畏惧：

"你也记着点，记着点儿哈，本人姓索特赫。这村里头就我叫这个。要是哪天事情合情合理了，我自个儿便会跨上马带上老伙计火钩子跟你们走。马嘛，我是找得到的，不像他们，你也瞧见了，都是些无马户，全是他妈派不上用场的狗东西……"

卡利特瓦村坐落草原攀向河谷的斜坡上。黑卡利特瓦河大峡谷原是一片沼泽灌木地带，密林丛生连绵不绝。

想当初人们还争论不休彼此你倾我轧之际，大自然千百年来我行我素的力量该发力则发力了：河流开始衰老；河谷里天然纯洁的草皮给四面沼泽流出的致命脓液缠挤得快断了气去；河面上，冲破重重障碍钻了出来的唯有最顽强坚硬的芦苇枝。

峡谷内死鱼成群，如今它们听到的风声已是毫无生机的漠然呻吟。每逢夏末这里总要发生一场力量悬殊的争斗，缓缓而行的溪流溃不成军，冲谷而出的泥沙高歌猛进；后者得胜归来聚细沙而成宏坝，将河流与远方大海生生世世隔了开。

"那儿，德瓦诺夫同志，看看左边，"科片金指向一片青黑相间的河滩,"小时候我跟父亲来过这里,也就一辈子记得它。那时候哇,打老远便飘来一股鲜鲜活活的水草腥味儿,你看现在,这里连水都发霉变臭了哟……"

大草原上,德瓦诺夫难得碰见一回此般幽深又神秘的峡谷天地。他闹不明白,为何那些河流于将死未死之际要停下自己的脚步,任两岸腐烂的草皮爬上身体结痂成片片难以通行的烂泥塘?想必,河流死去,这方峡谷周围的整个天地跟着也凋零没落了。科片金又同德瓦诺夫讲起,想当年河水奔腾不息且歌且舞之时,附近四里八乡地盘上家家农民手中的牲口和家禽多得数不清。

傍晚行路,沿着枯死的峡谷边缘光影愈走愈暗。从卡利特瓦到切尔诺夫卡拢共只六俄里路程,但当两人骑马上见清村庄身影时竟不知不觉闯进了谁家打谷场。那年月,俄国上下宁肯花大把的钱将全体老百姓脚下的路照亮,也舍不得替自己在千家万户的茅舍里留一丝光明。

科片金下马,前去打探村子眼下到底谁家政权,而德瓦诺夫则留寨门前守着两人坐骑。

夜幕罩了下来,昏暗又无趣;这样的夜晚孩子们的小生命一旦头一回受惊于梦魇,从此便害怕再入夜,那时他们多半会缠着母亲迟迟不肯入睡,渴望她也别睡觉,陪着自己挡住那份担惊受怕。

当然,成年人尽皆都是孤儿,眼下德瓦诺夫就一个人孤零零守寨门口,独自面对这充满敌意的陌生村庄,百无聊赖地望着草原夜色慢慢融化慢慢张开,望着自己头上那片天空渐渐化作一汪冰冷湖泊。

他左右走动几步,而后又逛了回来,只为倾听这夜色漆黑的寂静,细数那悠悠时光的脚程。

"这要把你找着还真不容易,"黑黑地也不见人影,远处传来科片金的喊话声,"无聊啦?来,喝点牛奶。"

科片金这一去什么也没打听着,村子政权归谁手上、普洛特尼科夫在不在此处均一无所知。不过倒有点收获,不晓得打何处摸来一小罐牛奶,还弄了块与牛奶相伴所必不可少的面包。

吃喝停当,科片金和德瓦诺夫又上马去找村苏维埃。科片金寻得一家挂着"苏维埃"招牌的农舍,可却空荡无人破败荒芜;还发现一口墨水瓶,里面已不见墨汁儿,科片金弄手指探进去试了试,想看看此间政权是否还管用。

清早,来了四位中年老乡,进门就抱怨一家家政权尽丢下他们不管了,日子越过心里越没底。

"俺们这儿哪怕随便来个什么人也好啊,"几农民齐声央求,"不然俺们的日子孤独得怕是要越来越没人味儿了,邻里相见恨不得都掐死对方。这没个政权咋行啊,风没源头还刮不起来呢,可俺们却要无凭无据地来过日子。"

切尔诺夫卡这座村子曾经的政权来来去去有很多家,却尽皆跑了散了。苏维埃政权也曾有过,可它自个儿莫名其妙散伙了:原本选了位农民当村委会主席,这人后来却不干了,说什么"我当这主席,人伙儿都跟我熟头熟脸没啥敬畏心,缺了敬畏政权是出不来的"。也就干脆不到苏维埃履职办公了。切尔诺夫卡人没办法,只好赶了车马上卡利特瓦村,想着拉个陌生人回来当主席,如此大伙儿就该敬畏了。可这事儿也没弄成:卡利特瓦的村民们硬说从别的地方借调主席这主意不合章法,"你们啦,还是从自个儿家的团伙里选一位合适的吧"。

"可偏偏俺们这儿没合适的呀!"切尔诺夫卡人都愁死了,"俺们这里全一般儿水平的,都一路货色,你看吧,这个是偷儿,那位呢,二流子,第三个家伙屋里有头母老虎——把他裤子全藏起来了……你说眼下俺们到底咋办?"

"你们这日子过得挺没盼头吧?"德瓦诺夫心生同情问得怜悯。

"有啥盼头哟,全给堵死了,根本不通外面!听过路人说,整个俄罗斯别的地方什么文化漏洞都填过了,就俺们这儿一点动静都没有,这不明摆着欺负人嘛!"

此间苏维埃窗外飘来阵阵湿漉漉农家肥味道,合着一股暖洋洋的新翻地的气息;这股千百年来亘古未变的乡村烟火气给人以宁静平和,惹人思考繁衍生息,几个农民渐渐不吭声了。德瓦诺夫出门看马。屋外,一只瘦不拉几的可怜麻雀落一坨新鲜马粪上啄食,他瞅着瞅着隐隐有了几分快活。大半年了,德瓦诺夫没见上什么麻雀,甚至一次也没想过这些家伙到底躲世间哪个角落安身。许多美好的事物就这般偷偷擦过德瓦诺夫心田,那处地方实在狭窄贫瘠,就连他自个儿的日子也常常绕开,如同小溪流绕过石头不理不睬。麻雀飞上篱笆墙。几个农民黑着脸出了苏维埃,仍为政权伤透脑筋。麻雀蹬开篱笆冲天而去,一路哼吟自家苍白凄楚的歌谣,也是那苦哈哈贫农的调子。

一个农民走近德瓦诺夫跟前,麻子脸,饿得饥黄,属于那种有事相求却永远不会张口直说类型,反而打老远扯起,顾左言右、不痛不痒,一味留心试探对方性子,"这人许还是不许,开口相求好不好说话"。与这样的家伙扯淡可以聊整整一夜,明里说什么东正教在世间有些不保险了,歪了斜了,可暗地里却是想索要木材修房子;并且,即便这家伙早前已自个儿动手在公家的旧林子砍得了树枝木条,可仍还来开口相求,目的不过绕着弯探探风,看看他早前为所欲为无法无天的手脚会有怎样后果。

德瓦诺夫感觉,这位凑上来的老乡总有什么地方像那只飞走了的麻雀,不是面相就是脾性:老以为自己的日子是偷偷摸摸的不法勾当,也就时时刻刻提心吊胆,生怕来了厉害的政权要治罪办他。

德瓦诺夫叫那农民千万别磨叽,一口气把事情说干净,到底要什么。而科片金隔着单层玻璃窗听见德瓦诺夫着急了,忍不住出言提醒,说泥腿子们都这样,生来便爱藏着掖着;"你呀,"他劝道,"德瓦诺夫同志,那话呢,还得一步一步套出来才行。"

众老乡一听纷纷笑起来,就此也算闹明白了,自己面前这俩人不可怕,但也派不上什么用场。

麻子脸张口拉开话题。说他是条光棍儿,又没几分田地,按大伙儿意思他该是要顾及别人的利益。

东拉西扯便聊到卡利特瓦村的那些耕地,紧挨着切尔诺夫卡村的那一大片。随后又谈起双方有争议的一处树林子,最后竟扯上了政权。

"俺们呢,要这政权也罢,不要也行,"麻子左右开弓话都叫他说全了,"站中间看事情,两头是见不着的,从其中任何一头开始呢,时间又等不起。看嘛,此间就这情况,你琢磨琢磨……"

德瓦诺夫听得心焦坐不住了:

"要是来了敌人呀,你们便想得起苏维埃政权的好处了。"

麻子却不吃这套,心底透亮:

"是啊,眼下敌人呢一时半会儿还没来,可这方圆多少里都宽宽阔阔的,不定啥时候就跑过来了:那强盗偷儿的眼里,别人家的一戈比小钱儿活像硬是比自家的一卢布大票子金贵得多似的……俺们这方圆之地呀,过来过去一切还不是老样子,草儿会长高,天气要变脸,俺们的人心呢,多多少少也沾了点儿妒忌,比方说吧,这政权一没了,什么好处都轮不到俺们头上了!听人家说呀,摊派征粮的事情如今不搞了,可俺们还不照样怕东怕西不敢下种……还有别的松活事情,别家百姓都轮上了,人人都有份儿,可俺们这儿啥都没捞着!"

德瓦诺夫猛地蹦得老高气势汹汹:"谁说摊派征粮不搞了?!"可麻子这家伙自个儿其实也糊涂,记不清那话到底是亲耳听来的,还是心里突发奇想冒出来的。只好笼而统之地辩解说来过一逃兵,身上没带证件,到他家混了几口稀饭便告诉他,眼下什么样的摊派征粮政策都没影了,说是泥腿子们上克里姆林宫的塔楼里去找列宁,在那儿坐了三天三夜,想入非非地以为让步了。

德瓦诺夫的脸顿时垮了,转身钻进村委愁得不露面了。几位老乡也散去,各回各家,早已习惯不管什么请求终究不过一笔糊涂账。

"科片金同志,你听着!"德瓦诺夫找上科片金,嗓子抖得厉害。科片金平常最是见不得别人不幸,碰上全然不认识的老乡过世了,葬礼上他哭得像个孩子,比那老乡遗下的婆娘还伤心委屈。这会儿一听德瓦诺夫那副声音就先难过上了,嘴巴半张着以便听得更真切。"科片金同志!"德瓦诺夫讲来,"是这么回事儿,我打算进趟城……你呢,就在这儿等我,我很快便回来……你要嫌闷就暂时当当苏维埃主席,这里农民会同意的。你也瞧见了,他们是什么人……"

"哦,这有啥大不了的!"科片金心里舒服了,"你只管去便是,我就在这儿等你,等上整整一年都行……那主席嘛,我自会当得妥妥的,这旮旯地区是该好生拾掇拾掇整治一下子了。"

当天晚上大路中央,德瓦诺夫和科片金挨了挨脸道别,俩人都毫无来由莫明一阵心慌,觉得亏欠了对方。德瓦诺夫上马直入夜色,奔铁路而去。

望着朋友远去的身影渐淡,科片金伫立巷口久久不舍转身;随后他返回村委,屋内空无生气,不禁伤心哭泣。整晚他躺来躺去沉默不语,清醒无梦,只一颗心茫然跳动。村子纹丝不动无惊四周天地,无闻一响生命喘息也就不致被谁知晓了去,活像要跟自身那磨人的命运和那步履蹒跚的蹉跎岁月一刀两断永不再有牵连。唯只村苏维埃空荡荡的院子里寥寥几株光身的白柳不时弹动一下,以便让时间漏过去走向春天。

科片金留心窗外,夜影漆黑不住浮荡膨胀。偶尔夜色裂开,飞过一抹苍白暗淡光亮;这光亮身上透着明朝湿漉漉的凉凉气息,更有来日冷冷清清的寂寞苦闷。或许是黎明将起未起,又或许仅是那荒凉月光在徘徊游离。

夜色悠长宁静绵绵,科片金紧张的情绪不觉松了下来,仿佛为无尽的孤独冰凉了滚烫心灵。渐渐,他意识中升起一抹微弱光亮,那是对自己的怀疑和怜悯。他开始回忆,想找上罗莎·卢森堡,可却只见到一副棺材,里面躺着一位早已逝去的枯瘦妇人,浑似一名受尽折磨的苦难产妇。内心那份温情脉脉的爱慕往日总能给科片金心灵注入一股清新纯洁的欢喜力量,力量中饱含希望,可此时那份爱慕之情却呆他身上纹丝不动。

几分忐忑诧异,几多愁闷忧伤,此时此刻科片金为天上如被的夜幕和平生似茧的劳累紧紧包绕笼罩。梦中他没见着自己,如若一旦见上定当吓得半死:长条凳上睡着一位疲惫沧桑的老人,依稀陌生的脸上皱纹密布苦难深重;这人似乎一辈子都没为自己攒下过什么幸福。清醒意识和朦胧梦境之间从无通达彼此的桥梁:梦中,仿佛生活本身在延续,然而却不过纯属思想在赤裸裸地作怪。母亲早已故去,科片金又梦见她的模样,这已是他此生第二回了;头一回梦见母亲的样子还是结婚的前一夜:梦里,母亲走在田间泥泞小路上,背影纤薄枯瘦,上衣布满油渍,残留一股菜汤和奶孩子的气息,肋骨和脊柱架着那身衣服狰狞如骷髅;母亲佝偻着身体缓缓离开,对儿子全无一句怨言。母亲这是要上哪儿科片金心里清楚,那地方她一无所有,于是扑进山谷绕道跑了过去,想抢在母亲前头为她搭一间窝棚。那处地方紧挨着树林,季节暖和时一些瓜农菜农会跑来过活,科片金打算将棚子就安在旁边,好让母亲自这处林子中重新找位丈夫,生下另一个儿子。

今夜母亲再来入梦,科片金见她脸上仍挂着一贯的愁苦哀伤;母亲舍不得弄脏整块头巾,只抄起一端尖尖抹了抹眼角皱巴巴的泪痕,如今儿子已成人,母亲在他面前是那样瘦小干枯。只听她跟儿子说:

"斯捷普什卡①,你咋又给自己找了个破落货哟。你呀,自个儿的娘又丢下她一个人不管了,尽给人欺负。上帝保佑你吧。"

母亲这就告别要走,觉着在儿子面前已失去当娘的能耐,尽管儿子是她身上掉下来的血肉,可却大逆不道遗弃了自己的亲娘。

母亲和罗莎科片金都爱,分量不分轻重,他心里母亲和罗莎都是最最重要的人,活在他生命的两端,一个留过去,一个向未来。他并不清楚这到底怎么回事儿,可却隐隐明白罗莎是他童年和母亲的延

---

① 斯捷潘的爱称。

续，而非他家老太婆嘴上的抱怨委屈。

听母亲骂上罗莎，科片金心里一紧好不难过。

"妈妈，她跟你一样也过世了。"科片金连连讨饶，只求母亲的怨恨别再纠缠不休。

老太婆取下头巾，已不再流泪。

"你哟，傻儿子，光知道听别人的话！"母亲又开始埋怨他的不是，"她呀，也就跟你说说话，转过身去呢，像模像样都也般配，可你要娶过来呀，跟谁睡觉去，尽一身皮包骨，脖子脸都丑烂了。你瞧她，来了，过来了，这狐狸精哟，就知道给你灌迷魂汤，扭扭捏捏像啥话；哼，臭婊子，又来勾引小伙子了！……"

巷道上，罗莎款款而来，娇小玲珑、仪态万方、栩栩如生，一双黑如点漆的眼睛黯然忧伤，跟那处村苏维埃画上的一模一样。科片金忘了母亲，砸碎玻璃，好把罗莎看得更真切分明。窗外，夏日村巷空空荡荡寂寥无趣，跟寻常干旱和酷热的乡村一般光景，只是不见罗莎身影。不知打哪条胡同飞出只母鸡，顺着车辙跑了下去，一路翅膀扑扇扬起蓬蓬尘土。母鸡身后钻出几道人影，鬼鬼祟祟东张西望，再后面又来一行人，抬着一口没上油漆的寒酸棺木；如此棺材多半用于葬下身世不明、寂寂无闻的孤寡之人，费用还得同村老乡凑份子均摊。

棺里躺着罗莎，一脸憔悴黄斑，与那难产而去的产妇面色一般无二。满头秀发间亮着几根白发，显出一位未出阁女子的寂寞沧桑；额头下双眼无尽疲惫，凹陷如深渊，似乎已厌倦世上全体活人，毅然绝然弃之不顾；这一世她谁也不需要，那几位抬着棺木的老乡亦不稀罕她，不觉可爱。这几位老乡之所以落得来抬棺材，只因这档子倒霉事村里向来风水轮流转，乡下人又斤斤计较容不得丝毫推脱。

科片金定眼瞧仔细，生生不敢相信：棺材里躺的这位不再是他往常熟悉的人儿，不再是那一眸子明亮睫毛灵动的俏佳人。一行人抬着罗莎越走越近，她那苍老面容便越发黑了下去，渐渐更拉黑了她双眼，已是什么也看不见，只余左近村庄的重重荒凉和遍野的贫穷苍茫。

"你们这埋的是我的母亲啊！"科片金大叫一声。

"不是的，她还是姑娘家，没嫁人呢！"一老乡搭腔，语气冷淡全无半点悲伤，还调整了一下肩头的棺木鞍板，"这女人，你瞧，不可能再上别家村子死一回了，偏偏要在俺们这儿咽气，看来她也并非啥都不在乎嘛……"

那老乡话里话外明显不甘心白干。科片金一听岂又不明白，连忙拿话宽这几位冤大头的心：

"你几个把她葬下后便回来，我有酒肉款待。"

"这还差不多，"头里那位农民应道，"这干帮忙白埋人的活儿确实不吉利。虽说她现在是上帝的仆人了，可却还死沉死沉的，连肩膀都勒痛了哟。"

科片金躺在长条凳上，等众老乡自墓地回还。突来一股寒气。科片金起身想去堵上破窗户，却发现扇扇玻璃尽皆完好无损。正是晨风寒凉扰人清梦；院子里，"无产阶级力量"口干舌燥已嘶鸣好一阵。科片金扯了扯身上衣物，又打了声嚏儿方才来到屋外。邻家那口井的吊杆微微垂下，似要取上水来；篱笆墙边一年轻婆娘正轻抚她家那头奶牛，想着舒舒服服挤下奶水，只听她像奶小婴儿般柔声柔气哄劝：

"玛什卡呀，玛申卡小乖乖，好啦，把毛放下吧，别犟啦，圣父圣母护满怀，死罪活罪掉下来……"

巷子左边，一赤脚男人踏进门便撒尿，也不顾儿子在哪儿，只管大声使唤：

"瓦西卡，把那母马牵出去饮水！"

"你自己喝吧，它早喝饱了。"

"瓦西卡，去把黍米捣了，不然我弄这研钵钵啪啪啪敲你脑袋瓜子。"

"昨儿个我就捣好啦！过来是我过去还是我，老这德性，你干脆把自己捣碎算了！"

195

家家户户院子里麻雀蹦蹦跳跳好不欢快，活像家养的亲人鸟儿，还别说，甭管燕子有多漂亮，可一到秋天它们总不忘飞去鱼米飘香的地方，而这里只有麻雀会留下来，与人们一起经风雪一起守贫寒。这是真正无产阶级的鸟儿，啄食着自己苦哈哈的口粮。大地上，一旦苦难绵绵忧郁不散，挨不多久一切娇弱贵气的上帝宠儿统统都会死去，但像庄稼人和麻雀这类生而顽强百折不挠的生灵则会活下来，耐心等候春暖花开。

瞧着麻雀科片金笑容微露，这小家伙性命如蝼蚁，忙碌多皆枉然，可却一生中最是善于寻找巨大的宏愿。显然，清晨寒气逼人时麻雀能暖和过来非是那小小谷粒的功劳，而是人们所不了解的梦想在燃烧。科片金能活着过下去同样靠的并非粮食，也非富足，而是内心绵绵不绝的希望。

"这样就很好嘛，"科片金盯着麻雀不舍转眼，一时感叹，"你呀你，小小的身板儿，却是一颗多么结实耐用的钢钉子哟……如果世人都像你这样，人间早就欣欣向荣、繁华昌盛了……"

昨天那位麻子老乡一大早上门来。科片金拿话逗他，套得近乎趁便上他家吃早饭，刚坐桌旁竟陡然发问：

"你们这儿有没位老乡叫普洛特尼科夫的？"

麻子若有所思目光冷峻，直直往科片金脸上扫射，想探出这一问题有否埋着陷阱：

"有哇，俺就叫普洛特尼科夫。你有啥事儿？俺们这儿全村就三家姓，都用着呢，普洛特尼科夫、甘努什金还有采利诺夫。你要找哪个普洛特尼科夫？"

科片金说要找：

"就那个家伙，有匹枣红马，可俊了，动作敏捷跑起来飞快，路都不够它跑似的……这人，认识不？"

"啊，你说的是万卡吧，我是费奥多尔！他跟我是两码事儿，挨不着。他那匹红马大前天就跛了……你找他呀，要紧不？急不急？我这便唤他过来……"

麻子费奥多尔出门了。科片金掏出左轮手枪摆桌上。费奥多尔的婆娘害有病，卧坑上，眼神木然望着科片金，心里阵阵恐惧，不停打嗝，越打越急喘不过气。

"是哪个家伙把你捂得这么严实？"科片金见她难受生出同情。

那婆娘嘴一撇咧出一道笑容，好叫客人多可怜几分，可嘴笨无力说不出话。

片刻间费奥多尔便领了普洛特尼科夫回来。这位普洛特尼科夫正是早上光着脚一进门就冲儿子大呼小叫的那老乡。此时间他脚上倒有东西了，毡靴一双；手上捏了顶破帽子，还是成家前置办的行头。眼前这位普洛特尼科夫相貌平平，全无能让人记住的特征，这类家伙若放进人群，想要再找出来非得打小就跟他一起混过不可。唯有一处，那对儿眼睛光泽却甚是罕见，暗褐色：这颜色是贼的颜色，是阴谋家躲躲闪闪的光影。科片金黑着脸把这土匪好一通琢磨。普洛特尼科大似乎没给吓着，抑或打算故意惹是生非挑事端：

"老盯着我干什么，想找自己人的影子吗？"

科片金把此人的话头一收，当场镇压：

"说吧，今后还骚扰老百姓不？还煽动百姓反苏维埃政权不？直截了当给句实话，会还是不会？"

普洛特尼科夫了解科片金这号人的性子，原本刚松下来的脸皮立马又拉了回去皱成一团，以清楚表明自己服气了，对过去那些不法行为也心甘情愿地后悔难过了。

"不会了，往后我再也不会犯了。这我可说的是大实话，不哄你。"

为严肃气氛，科片金沉默片刻。

"嗯，把我记好了。我审都不审直接镇压，一旦叫我晓得了，哼哼，当场斩草除根，把你祖宗八辈儿的娘都挖出来，就地处决了你……现在，回你那狗窝呆着，仔细算算清楚，老子命长得很……"

普洛特尼科夫走了，麻子敬佩不已惊声赞叹，激动得结结巴巴：
"瞧瞧这，瞧瞧这，就是公道哇！没错了，你就是政权！"

麻脸费奥多尔表现不错，对政权有认同有渴望，科片金就看重他这点，顿觉亲近不少；再说德瓦诺夫也讲过，苏维埃政权本是一大群天生灰头土脸的家伙的王国。

"你呀，要啥政权？"科片金豪情满怀，"我们就是天生地养的力量。"

德瓦诺夫放眼一望，城市的房子委实太高大了，他的目光已惯于接纳乡野村舍和平阔草原。

城市上方暑日明晃，鸟儿已育出新的后代，在楼宇间和电线杆上鸣唱徘徊。德瓦诺夫一向视城市为森严堡垒，里面革命的事业令行禁止纪律严明，如若一处井然有序之阵地，圈住一群工人、干部和红军士兵，给他们过活使他们坚守；入夜后这里尽皆哨兵的天下，挡住深夜出没行色匆匆的公民层层盘查证件。今儿这朝德瓦诺夫又见城市，已非从前人烟荒芜、静若处子的圣地，而是红尘滚滚的烟火之乡，为夏日骄阳照得喧嚣灿烂。

起先他以为城里尽是白方阵营的人。火车站有家小卖部，出售灰扑扑的小圆面包，没见人排队也无需票证。车站旁边紧挨着省粮委供应站，门口挂了一块粗制滥造招牌，上面颜料货色欠佳所涂字样已然肿胀起泡。招牌上几行字简单得明了，却也粗糙得难看：

> 向全体公民出售，一切应有尽有。
> 战前的粮，战前的鱼，
> 新鲜肉类，秘制咸菜。

招牌下边另有一排小字，添了商号名称：

阿尔杜良茨·罗姆·科列斯尼科夫和科某贸易公司。

德瓦诺夫断定这恐怕有些故弄玄虚，反正顺路便信步而入，欲瞧上一瞧。店铺内一应做生意的摆设依稀如曾经儿时见过的那般寻常模样，已多年未再碰到隐隐几分陌生：一列柜台，上面镶有玻璃；墙上挂满货架；几座新式台秤替下了旧式杆秤；热情知礼的店员伙计取代了曾经的粮食供应站经理和总务主任；人群熙熙攘攘购物兴致高昂；食品食物琳琅满目，散发着一股饱暖富足的香腻气息。

"没错，你见到的再不是省供销站啦！"一老不出手买卖单单闲逛的家伙见德瓦诺夫满眼新奇不免同情。

德瓦诺夫一脸嫌弃，狠狠刮了那家伙一眼。那人却安之若素，非但对德瓦诺夫的眼色不以为意，反而嬉皮笑脸甚是得意嚣张，活像在说：咋的，你瞅啥瞅，这就是事实，合理合法，我偏要高兴！

一众购物者左右围了些人影，三三两两，各自成群，皆是前来参观的看客，对此间叫人欣喜的变化产生了浓浓兴趣。这群人比购物者还多，也算间接参与了买卖交易。有人凑近面包掰下一小块放嘴里。店员二话没说静候下文。那家伙对生意似乎有一套，将那块儿面包品了许久，舌尖在细末碎屑上百般咂摸，还露出一副深思熟虑的神色，而后就面包品相跟店员评头论足：

"苦的！你瞧，有那么一点点！这是加了干酵母吧？"

"加的湿酵母。"店员回道。

"哦，难怪，尝起来是这个味儿。倒也不打紧，面磨得精细，比配给的口粮强，烤工挺地道，没得说！"

客人又去看肉食，轻抚细摸了番，又凑近鼻子闻来嗅去。

"怎样，要不给你割一块？"伙计探问。

"我先看看，是马肉不？"那人辨得仔细，"哦，不是，腱子肉少了，也没起油沫子。这个呢你懂的，马身上下来的肉少见肥油，多半起有油沫星子；这肉嘛，我一病号胃消化不了……"

伙计听得心头鬼火冲,生生摁了下去,猛地夸赞起自家的肉来:

"你呀你,这怎么是马肉呢?!白嫩嫩的,分明是切尔卡瑟州的牛肉嘛,这一大边全是里脊肉。你好生瞧瞧,放锅里一焖得多软和嫩爽,一沾牙齿就化了。这肉哇跟乳渣似的,生着吃都行。"

那人满意而去,混进参观的人群,把自己得来的新发现事无巨细通报了一番。

一众看客倒也尽心尽职,把整趟生意来龙去脉理得一清二楚,不时露出几分赞许。甚至有两人心头蠢蠢欲动,竟出手帮忙临时客串起伙计,吹吹柜台上尘埃,弄羽毛掸子除净天平秤盘以便更有准头,又将一溜砝码摆放妥当。内中一志愿服务的剪下些小纸片,纷纷写上货物品名,再拿铁丝钩子逐一串上,随即插入对应商品中;经此一弄每类商品便各自有了一小块招牌,顾客凑近一目了然。装小米的屉斗处志愿者插上了"黍米"字样,而牛肉位置则竖起一块牌号,"牛身上下来的新鲜肉";凡此种种不一而足,均予以货物相应说明,显出更为规范标准。

那志愿者的一帮看客朋友对他这番忙活赞不绝口。这一招法应是走在了时代前面,于国家公共服务事业可谓是原创性的改良之举。顾客进得门来瞅上一眼,当即对所列商品便信赖有加了。

一老太婆踏进铺子把店堂里里外外扫视来去,许久不吱声。只见她老大一把年纪,加之饿得佝偻,脑袋竟有些立不稳当,不住晃荡;她浑身的命力支柱已然失了牢固,鼻子眼睛均撑得难受管不住进出之物,不时掉落滴滴水湿货。老太婆找上伙计掏出一张粮票;那票子原本藏裤缝位置,得针线织了严实。

"用不上了,老奶奶,我们已放开卖了,"伙计声明清楚眼下行情,"您老人家子女过世后靠的啥过日子?"

"啊呀,这是熬到头了吗?"老太婆难得激动一回。

"熬到头了,列宁收了上去,列宁又发了下来。"

老太婆的声调悄悄降了下去:

"啊他呀，青天大老爷。"说着竟稀里哗啦哭了起来，那伤心中的欢喜绵绵长长，就仿佛赶上今朝这样的好日子她老人家可再添四十来年岁数似的。

伙计塞了块烤得上好的面包给老太太，打发她回去，算是对战时共产主义造下的孽略抵几分补偿。

德瓦诺夫眼见为实，明白这是革命换了副面孔，确凿无疑。到自家屋子前一路再没碰上头里那样的店铺，不过却于处处拐角位置不断碰见有人露天售卖小馅饼和小圆面包。人们随遇随买随口吃下，随意谈论这便当的吃食。整座城市如逢宴饮，给人一种酒足饭饱的感觉。如今所有人都明事理了，晓得粮食生长不易，庄稼的一生既复杂又脆弱，跟人一辈子差不多；烈日炎炎加之劳作辛苦，汗滴如雨湿了禾下土；而今人们抬头看天已习惯大为同情庄稼人，心中唯愿天气风调雨顺，唯愿积雪转眼消融殆尽，地里的水不再冰冻三尺，免得害了越冬作物。人们受到教育，知晓了许多从前闻所未闻的事情，他们的知识储备丰厚起来了，生活情致也趋于天下大同了。如此这般人们现今再来津津有味咀嚼小圆面包，所得所获便有别于从前，不单添得厚厚饱足感，还增生了浓浓敬意，对默默付出的劳动无限尊崇，从而攒得了双份的愉悦享受。因而，人们而今进食手常托于下巴曲之成掌窝，以便接住掉下的碎屑，随即再将那食物残身统统倒回嘴里咽下。

林荫道上人群往来如织，与崭新的生活素未谋面，不由左顾右盼找找感觉。昨日许多人都吃够肉食，这会儿自觉浑身挤满了力量，反倒因陌生的膨胀而隐隐不自在。正逢周天休息，日间略显闷热，这蒸腾的暑热要想降下来似乎非得打远处原野刮来徐徐凉风不可。

偶尔楼宇底下坐有稀稀拉拉的乞丐，即便路人施舍下了不少钱物以示日子已然宽裕松和，然而这些家伙嘴上仍不老实，心里想想不是滋味就骂骂苏维埃政权，只因前头四年城里竟断了讨口的活路，连鸽子都饿得绝了踪影。

德瓦诺夫穿过街心花园时给熙熙攘攘的人群挤得好不窘迫难堪，

他如今早已习惯草原上云淡风轻的自由天地。一个姑娘与他同向而行，一路随了许久；姑娘长得有几分像索尼娅，面容如是那般娇柔可爱，眼神同样躲躲闪闪，极力避开扑面而来的人生百态；只是这姑娘双眼较索尼娅更黑上几分，顾盼左右也多了几丝迟疑，仿佛眸子深处藏着未决的心事，不过当其将启未启有所凝视时又浑然隐匿了内中的忧郁愁楚。"到得社会主义小索尼娅便成人了，必将已是索菲娅·亚历山大罗夫娜女士了，"德瓦诺夫寻思，"时间终将会过去的。"

扎哈尔·巴甫洛维奇坐穿堂里，正给亚历山大孩提时的一双矮帮皮鞋上油，鞋子已快散架了，如今涂抹一新只为续上那份完整形象好方便长久想念。见萨沙归来他一把抱住哭得伤心，对这收养的儿子他的疼爱不舍与日俱增。而德瓦诺夫把着养父双肩心中不禁苦笑：将来到了共产主义，咱们拿这世上的父母双亲如何是好？

傍晚，德瓦诺夫去找舒米林，沿途不少人与他擦肩而过，匆匆忙忙奔向自己心上人。如今人们吃得好了，自觉身上心思情感也活络了。天上星辰辽远如故，却迷不住所有人了；那些庞然巨响的高邈思想，那些伟岸无边的广阔天地，已令居民们不堪负累生出了重重厌倦：他们深信灿烂繁星终将变成一小撮黍米口粮，而远大理想不过寄生于传播伤寒的虱子身上。

再见舒米林，他正用餐，招呼德瓦诺夫坐下随口吃点。

餐桌上摆有一只闹钟，兀自嘀嗒转响，舒米林暗自好不羡慕，想它可以日夜不停操劳，而自己却要停下生活的脚步，落入梦中空闲一阵。德瓦诺夫却不羡慕时间，自觉身上日子还存有富裕，也便清楚要赶超这钟表的脚程不过早迟间罢了。

"做一顿好饭的工夫都不给人，真是的，"舒米林叹气，"得，又该去开党那边的会议了……你去不？莫非如今翅膀硬了比大伙儿都聪明了？"

德瓦诺夫没接话，默默跟上。赶往区委路上德瓦诺夫挖空心思细说他在省内各地的活动做法，却发现舒米林似乎不怎么感兴趣。

"听说啦,听说过了,"舒米林有些不耐烦,"派你下去,不就见你呆头呆脑,只是到下面去瞧瞧发生了什么,咋发生的。要不然我老文件上看来看去啥名堂也瞧不出来,而你呢,带一双眼珠子下去总要鲜活真实些。可你怎么搞的,把下面全搅和乱了。你说,你咋想起怂恿一帮泥腿子去砍光比捷尔曼诺夫斯克林场,这不操蛋吗,你个狗崽子!还有,怎么又纠合一群来路不明的小流氓到处闲逛瞎闯……"

德瓦诺夫觉得委屈又心生愧疚,脸都涨红了。

"他们不是小流氓,舒米林同志……他们还时刻准备着干三场革命呢,如果需要二话不说……"

舒米林懒得开腔;意思很清楚,他手上那些白纸黑字的文件可比人的口舌靠谱得多。如此,两人双双住了言语,一路尽落沉默,彼此生隔几分尴尬。

党的会议照例在市苏维埃大厅召开,这会子大门吹起一股风,活像里面有台鼓风机。钳工戈普涅尔伸出一巴掌迎了迎风力,转而告诉身边富法耶夫同志此间有两个大气压。

"要是全党都挤这间大厅里,"戈普涅尔异想天开,"我敢打赌,那绝对能开动一座电站,每个党员只管呼吸就成!"

会议耽搁了,富法耶夫瞅着里面明晃晃的灯光神情沮丧甚是懊恼。小个子的戈普涅尔脑袋瓜倒空得宽大,犹自瞎琢磨技术上的弯弯问题,得出了想法便说给富法耶夫听。看来戈普涅尔家里没谁拉话,也就专喜欢到人多的地方凑热闹。

"你呀,还是走好你的路想好你的事情吧,"富法耶夫不便打击他,劝得委婉又温和,胸膛一鼓一瘪松出一口气;他那鼓鼓囊囊的胸骨活像堆了座小山包,也正因如此身上挂的衬衫才早就一件件开了口子,针来线往尽是补丁,"咱们大家呀,是时候管管嘴巴少说话,多动动手脚大干特干劳动了。"

这话说得戈普涅尔心里好不诧异,闹不明白富法耶夫这家伙怎么混到两枚红旗勋章的。此事内情富法耶夫自己从来不提,老觉得那都是过去了，赶未来差远了。过去的经历在他心里已打入尘埃，不过永远销声匿迹又毫无意义的事实罢了，因此从来不把勋章挂胸前，反而死死压在自家箱底。这勋章一事戈普涅尔还是打富法耶夫的老婆那儿探出来的，那婆娘爱面子喜显摆，对自家男人的生平活法又把握得毫厘不差，如同这男人是她亲自生、亲手养出来似的。

那女人不晓得的只一件小事，铁饭碗和红旗勋章有何来历。也问过，男人却说："为公家服务呗，波利娅，还不就这样，顺理成章嘛。"他老婆听后放心了，以为那服务不过坐公家办公楼收拾处理公文罢了。

要说富法耶夫这人放远了粗粗一观面相还真有些凶狠，可抵近了细瞧却又生了一双温柔和气的眼睛，里面似乎随时都藏着想法念头。他脖子上那颗大脑袋给人印象深刻，活像塞满了不声不响的烦恼忧思，汇成一股原初的力量随时准备一鸣惊天下。这家伙身上积了些战功，他自个儿已不再记得清楚，只封存于几家司令部的文件档案中，然则司令部却早散伙了；什么战功不战功富法耶夫倒压根不在乎，转而一心扑在农业发展上，喜欢上向来波澜不惊的劳动生产。如今他主持领导省废品回收部的工作，且出于职责所在认为必须长期坚持思考，好不时拿出些办法；他这状态倒给自己添了不少便利，比方说他最近就琢磨出一项措施，要建一批覆盖全省的厩肥基地网点，以便广大无马的贫农户随时随地凭证明条子分得喂养田土的农家肥。工作有所成就，他这人不吃老本没有止步不前，一大早便赶着自己那驾四轮小马车跑遍全城，走街串巷搜来寻去，后院前院进进出出，碰上乞丐也问东问西，如此不辞辛劳还不就想着为国家的废品回收事业时时添砖加瓦，哪怕再多找出一件破烂也好。他跟戈普涅尔交上朋友正是相识结缘于这广阔的废品回收天地。无论碰上谁富法耶夫专问一个问题，神情一本正经：

"同志，咱们国家还不怎么富裕，你那儿有没什么不要的东西拿出来作废品回收用？"

"你指的啥东西,举个例子?"那谁给碰上了的同志一脸糊涂。

富法耶夫的老脸也真挂得住,耐心罗列:

"随便啥能吃的,生的也行,要不就搓澡的烂布条子,或者哪样别的……只要看上去不是什么正儿八经的产品……"

"你呀,富法耶夫,脑袋瓜子没发烧吧!"那同志理解不了觉得莫名其妙,"如今眼目下扯什么搓澡布条子,你上哪儿找去?我自个儿洗浴弄的都还是细树丫子抽身上呢……"

不过,偶尔运气好富法耶夫确也能淘到几样管用的主意,比如,将革命前的文书档案作废物利用给孤儿院烤火送送温暖;经常性地到荒街僻巷刈割杂草,然后用这现成饲料大量养殖山羊,办起前景广阔的羊奶产业,以便为国内战争的残疾军人和穷困潦倒人家提供价廉物美的奶食品。

每回深夜富法耶夫总梦见各色各样的废物回收品,朦朦胧胧一大堆,依稀是些叫不上名字的旧物。他这人就是老实忠厚,见着那梦中场景,出于对公家事业的责任良心一阵心慌意乱便给吓醒了。有一回戈普涅尔劝他别操心超过自己能力的事情,最好是,他建议,出一纸通令,让旧世界的居民们看管好自家破烂寸步不得离开,坐等时机,一旦革命需要再拿出来;可这破烂到底是没那良机再给需要了,建设新世界将用到的是永垂不朽的物质材料,任何时候都不会堕落变质。

此后富法耶夫略略宽心了,那一大堆沉重的梦中场景便甚少来找他麻烦折磨人了。

富法耶夫和戈普涅尔,舒米林都认识,德瓦诺夫却只与戈普涅尔相熟。

"您好,费奥多尔·费奥多罗维奇,"德瓦诺夫招呼戈普涅尔,"近来日子可还要得?"

"老样子呗,"戈普涅尔回了句,"只是这粮食自由买卖了,真它娘的见鬼哟!"

舒米林找富法耶夫谈话。省委打算重新任命,让他当红军伤残救助委员会主席。富法耶夫接受了，自打下前线他早习惯一应不声不响的职位。指挥员退役后，安排进社保局、工会、社保银行等诸如此类机关的大有人在；这类机关于革命的命运前景无足轻重，但也不可小觑，一旦谁若指责这类机关，说其是吊在革命尾巴上拖了革命后腿，那它立即便会从尾巴处翻身而起骑到革命的脖子上来。部队上的人，哪怕从前也曾当过师团司令，可对任何职位都莫名高度重视从不挑肥捡瘦，且出于铁的纪律，即便是机关搞娱乐的犄角旮旯他们也随时准备走马上任主持局面。

一听戈普涅尔语气不满，舒米林回身跟他理论：

"你想干啥，嫌铁饭碗太大了是不，这自由买卖合不了你心意？"

"有啥合不合心意的，"戈普涅尔当即顶了回去，出语义正辞严，"你想想，革命跟吃饭能混到一块儿吗？从来没有过，这我敢打赌！"

"那你说，饿肚子的人手上有什么自由？"舒米林轻蔑一笑，一副老谋深算的样子。

戈普涅尔激动了，声调一蹿八丈高：

"那我来告诉你，咱们大家能成为同志不就因为一般儿穷。可一旦有了粮食和财产，你等着瞧吧，一个人也不会冒出来！要是每个人肚子里都填满了粮食，一天到晚鼓鼓胀胀，那时你手上又有什么自由，你只能捧着一颗心追在他们屁股后面使劲撵了哟！思想这东西喜欢轻松也喜欢痛苦……人啥时候成了生下来就为着脑满肠肥地活个自由的？"

"你这是看过历史么？"舒米林听得有些纳闷。

"我是猜出来的！"戈普涅尔扔了他一道眼色。

"你猜出啥玩意儿来了？"

"我猜呀，粮食和任何物质就该你来我往彼此消耗毁灭，而非将其存起来。也只有你不能给人带来最好的东西时，才哪怕塞他一口粮食简单敷衍了事。可咱们呢，不就想着梦着给人最好的东西么……"

大厅铃声响起，要开会了。

"走吧，咱们进去再议论议论，"戈普涅尔招呼德瓦诺夫，"这会上的身份，咱们呀，包括你，如今已不是什么客体了，而是主体，这些该死的叫法，我自己嘴上也讲，可硬是不明白有什么好光荣的！"

议事日程上只摆有一个问题："新经济政策"。一看这事项戈普涅尔当场陷入沉思，他这人不怎么喜欢政治和经济，认为拿机器统计还不简单方便，可生活中那种种差异性和样别无二致的真实数据自顾自地就在那里，还活灵活现的样子。

省委书记曾经在铁路上当过技师，一向不看好会议，会上他只见着了形式主义；觉得真正干活的人嘴上说得飞快，可脑子无论如何也跟不上趟；思想在无产阶级那里仅只活动于内心情感中，而非光秃秃的脑壳下面。因此缘故书记动不动便剪削发言人的话头：

"收拢一些，再收拢些，同志，有你这废话工夫运粮队早弄到粮食了。这点你可得记好了！"

有时书记直接冲着会议本身来：

"同志们，闹明白了没，听的啥说的啥？我可是一头雾水。重点在于咱们一定要搞清楚，"书记有些恼怒了，咬牙切齿地挨个儿把意思摆了出来，"出了这道门，咱们要干哪样才能找一条出路。可这家伙在这里向咱们哭诉什么客观条件。要我说，什么时候起了革命，什么时候便没了客观条件……"

"正确！"会场一片叫好声。反正，要是有人觉得不正确，现场这么多人，各自心头打什么主意也只有各自晓得。

今儿省委书记坐上头，一脸沮丧；他早已人到中年，一心巴望退下来去管管什么阅览小舍，到了那里，保准亲自用手工方法把社会主义搞起来，也保准将社会主义办得人人都看得见摸得着。那些情报、报表、总结和通知日渐毁了书记的健康；他拿上一沓文件回家就没带回来过，反倒事后跟办公厅主任说起：

"莫列利尼科夫同志，你不晓得，我睡觉那会儿，家里小儿子把文件扔火坑烧了。醒来发现炉子里只剩灰灰了。咱们呀，那副本呢就不发了，且试一回，倒要看看会不会闹出反革命来。"

"好的，"莫列利尼科夫顺势同意，"不过一张纸嘛，白生生、轻飘飘的东西，你拿它成得了什么事情！上面就一堆概念，靠它们来管住全省岂不是笑话，横看竖看都活像是在拽着大洋马的尾巴硬往前走。"

莫列利尼科夫出身农民，进省委机关来干活给层层差事搞得心不甘情不愿，苦闷坏了，便在自家住处院子辟出几畦菜地，平常办着公事动不动就悄悄溜到地里头去拾掇拾掇。

今儿个省委书记心里多少好受些了，他将眼下这新经济政策看作一股自发而生向前涌进的革命洪流，其前进动力靠的正是无产阶级的愿望。而在从前，革命行动起来每一步都得靠各部门各机关卖力拉动才行，活像那国家机关是专门为建设社会主义而造的一架机器似的。这开场白一出，书记讲话便顺流而下了。

德瓦诺夫位置上左右分别是戈普涅尔和富法耶夫，而他前面一个面生的家伙老在那儿絮絮叨叨，这人闷着脑袋想事情，想一步嘴巴还忍不住叨咕一句。谁在革命中学会了思考，谁就喜欢大声讲出来，旁人对此也见怪不怪。

凡党的人彼此并不相像，每个人脸上均带着自生自长的某种气质，仿佛是用自己独一无二的力量把自个儿从什么地方生生给刨出来似的。这样一张脸纵使人群千千万要找出来也不难；这张脸毫无顾忌，因长期紧张而阴沉忧郁，还有些疑神疑鬼。想当年白军横行天下时，此类自生自长、气质独特的人还不是一逮一个准，然后再被彻底消灭之，那杀人架势疯狂得几近病态，状如本来规规矩矩的孩子痛打残废和小动物时的那股疯魔癫狂劲儿；心里怕得要死，却偏又快活似神仙。

天花板下大厅半空云雾缭绕，众人呼出的浊气久聚不散，仿佛围出了一张浑浊的临时天幕。厅内光色昏暗，头顶灯泡疲软，吞吐着几欲熄灭的电芒，想来电站发电机上负责传动的皮带已非完好如初，其陈旧残破的身躯路过传动滑轮时磕磕碰碰难成行，电压便时断时续起伏不平。这状况与会者大半都心中了然。革命进程日深，那些疲顿的机器和制件就日益成为它前行的障碍：它们服役太久，已耗尽自己的生命周期，如今单靠钳工和机师敲敲打打的娴熟技艺勉强维系苟延残喘的日子。

德瓦诺夫前面，那位陌生党员只顾兀自咕哝，嗡声嗡气不绝于耳，老埋着头也不听发言人讲话。

戈普涅尔两眼放空若有若无地瞧向远方，一股叠加成双的力量汇成洪流裹挟着他的思绪远去；这力量，一是发言人的滔滔不绝，一是自身意识的奔腾不休。每当有人明明在身边，却又根本靠近不了其心思，甚至连短暂分享一段他的日子都不成时，德瓦诺夫便感觉浑身病恹恹不自在。他仔细端详戈普涅尔，心中患得患失难平静；眼前这家伙中等年纪，骨瘦如柴青筋暴起，几乎为四十来年的工作熬干了生命；他脸上，那鼻子、颧骨和耳垂东拉西扯瓜分了整张面皮，撑得快崩开了，叫人一看浑身顿时怪不是滋味，仿佛起了层疹子痒痒得难受。要是进到澡堂子，戈普涅尔脱光衣服，他那身子骨儿看上去恐怕纤细如一孩子，而原本上这家伙骨架坚固、肌肉强大、性子皮实，属于稀罕品种。长年累月操劳，他身体不断被吞噬，也已被吞噬一空，如今里面就剩一具骷髅和几络毛发，只堪用于搁进坟墓一躺而至永久；他的生命给劳动熨烫成了一页薄纸，已全然丧失任何欲望，仅残留一丝蜷缩起来鞠躬尽瘁的顽强意识，这才引燃其光秃秃神智荒原上的那芽迟发的激情幼苗，才点亮他眼中迟暮的光明。

往事浮上心头，德瓦诺夫忆及两人昔日交往情景。那时，见自家城市横亘于帕利内伊河两岸，他俩便梦想拦河筑坝设闸门，商量来去，抽着戈普涅尔烟袋子里的黄花烟草，热烈了许久；俩人说得起劲，倒非出于给公家事业社会福祉添什么砖瓦，纯属自身一腔热血过剩，又无人当那伯乐识得这两匹千里马的好处。

会场上发言人的语句已趋于平淡浅显，每个字眼都串联跳动的思绪，那话里话外的意思隐隐暗含对人的尊重，也透出在担心思想迎面碰上起了交锋，故而给人听来这说话者的脑瓜子倒还有几分灵活。

德瓦诺夫邻座，一党员冷腔冷调通报起情况：

"棉纱头没了，咱们得去采牛蒡叶子备着了哟！……"

灯更暗了，仅余微微红光，电机显然已处于惯性旋转状态，电流就要枯竭。众人齐齐抬头盯着那灯泡。终于，灯缓缓黑下了。

"糟糕，这话头可断了呢！"黑灯瞎火突然冒出这么一声。

静静幽幽中但闻外面马拉大车过桥的轰隆响动，又传来远处门卫室里小娃子的嘤嘤哭泣。

富法耶夫问德瓦诺夫，什么叫与农民在本地流通领域进行商品交换，书记报告中提的这事儿是何意思。可德瓦诺夫也不明白。戈普涅尔照样不懂，便招呼富法耶夫稍安勿躁："等等看吧，电站皮带修好后作报告的会告诉你的。"

灯又亮了。看来电站一旦有了故障，即便机器尚未完全停下可该抢修就得抢修，这已成为一种习惯。

"自由贸易对苏维埃政权来说，"报告人接着往下讲，"总之一句话，就像脚边的牧草，哪怕在穷得最丢脸的地方也能堵上咱们经济崩溃的破洞。"

"懂了没？"富法耶夫偷偷问戈普涅尔，"这呢，就该把资产阶级拉进本地流通领域，他们也是可回收利用的废品嘛……"

"嚼——嚼！"戈普涅尔听得真切，内心深处一阵战栗发虚，脸色都暗了。

那作报告的听见后暂时打住，话头拐了弯：

"你嚎啥呢嚎，戈普涅尔，像个畜牲似的？你也别急着同意，我自个儿还没完全搞明白呢。我呀，不是在说服你们，而是在跟大家商量嘛；我又不是最聪明的那个……"

"你呀，就是最聪明的那个！"戈普涅尔果断表态，叫得诚恳又响亮，"你要比我们都笨了的话，那我们肯定会另选一位，我们在座的都敢打这赌！"

这话深得人心，会场哄然一声笑开了。那年月出色的人不多，干部队伍也就稳定不了，是以每个人都觉得自己的名字有机会，自身的价值也会体现。

"你把你的话尽管往远了扯，扯没影儿了才好。"戈普涅尔也不起身，又给发言人好心地上了条建议。

屋顶漏水滴下混浊污渍。顶上一层楼板破了窟窿，脏水流过渗落而下。富法耶夫正想着心事：照він下趋势来看，自家儿子当初招伤寒而死算是白搭了条性命，他的那个阻拦队当初硬要将城市与粮食隔开，弄得外面繁殖养肥了大片虱子，还真是白忙活了。

突然，戈普涅尔面色发青人不对头了，胡子拉碴的嘴唇憋得紧绷，一下子打凳子上站起。

"我头晕，萨什！"他丢给德瓦诺夫半句话，捂着嘴巴出去了。德瓦诺夫随他身后跟了出来。戈普涅尔一出门便停下，脑壳顶在凉幽幽的砖墙上。

"萨什，你走远点，"戈普涅尔脸上有些挂不住，不愿人看见，"我马上就缓过来了。"

德瓦诺夫没动。戈普涅尔呕出一口黑糊糊的食物，数量很少，没消化干净。

戈普涅尔掏出块红手巾抹了抹稀稀拉拉的胡须。

"好多年了肚子一直瘪瘪的，活得空落落的，"戈普涅尔有些不好意思，"今儿个一口气吞下三张饼子，不习惯了……"

他俩坐门槛上。大厅窗子猛地开了透透空气，里面说话声也随之流了出来，清晰可闻。只夜色静悄悄，小心翼翼托举着漫天灿烂星辰，给大地漆黑空旷的远方许下丝丝光明。市苏维埃对面残留一排消防队的马厩，而瞭望塔早在两年前就烧毁了。这会儿轮值的消防队员在市苏维埃房顶巡视，紧盯着身下城市。工作枯燥乏味，消防队员嘴上哼起小曲儿，脚下靴子踏踩屋顶铁皮咚咚作响。德瓦诺夫和戈普涅尔听得片刻，那消防队员竟停步住嘴了，想必厅内话声也传到了他耳朵。

这当口书记谈到，为粮食征收工作明知必死无疑仍派出了大批同志，而我们的红旗多数时候都用在了棺材板子上。

那消防队员许是没听清，又哼上了小曲儿：

田野上远去的草鞋一双双，
送行的人儿唯余两眼空茫茫……

"这该死的家伙，在那儿唱些什么名堂？"戈普涅尔甚是不解，又仔细听了听，"啥都唱着呢，还是不动脑子的好……水管子横竖都废了，还弄这消防队员干吗？！"

此时消防队员望着城市，也只星光还明亮，之下一片影影绰绰，不由瞎自琢磨：要是全城眨眼便烧起来了会有什么结果？想来，城市随后就剩一片焦土留给农民开荒种粮食了，而消防队恐怕得变成民兵卫队了，不过民兵卫队里活路想必要松活轻闲不少。

身后，德瓦诺夫听见一溜脚步声，有人自楼梯上下来，步履缓慢。那人喃喃自语，跟自己的思想对话，他闭上嘴便想不明白事情。这家伙没学会暗自琢磨思考，总要先将脑子里的波动排成一个个的言词，然后说出来听清了才感受得到内中响亮的意思。想必这人看书也会大声诵读，好把书上那些神迷死寂的符号变成绘声绘色的东西，这样他就把得实在了。

"说来看看！"那人诚心诚意自言自语，又留心自听自话，"他不讲就没人知道：买卖，商品交换是有税收的！这事情嘛，应该这样来：买卖下放到各生产队，农民们自己就把粮食征收的事儿给抹掉了，如此税收便出来了！我说得对不，还是我在犯傻？……"

那人偶尔在楼梯上停住，把自己又反驳一通：

"说得不对，你就是傻！难不成你觉得列宁比你还没脑子：说来看看！"

那人显然把自己给难住了。屋顶，消防队员又唱上了，已顾不上身下发生了什么。

"新经济政策到底是个什么玩意儿？！"那人心里不平静，悄悄感慨，"他们给共产主义实在是冠了个下里巴人的称号哟！我不也下里巴人地称自己是切文古尔人么；既然这样那就受着吧！"

那人走到德瓦诺夫和戈普涅尔跟前，上来便问：

"两位请了，你们来说说看：我那儿呀，共产主义自发冒出来了，我用不用靠政策将它停下，还是犯不着？"

"犯不着。"德瓦诺夫回得干脆。

"那么，既然犯不着还有啥可怀疑的？"那人自说自话让自己宽心，转而从兜里掏出一把烟草。其人个子不高，一身共产党员出入场合的行头；那身行头乃一件军大衣，一看就是打沙皇战争中的某位逃兵身上扒下来的；来人脸上鼻子微塌。

德瓦诺夫听声音，认出这共产党员正是头里会场上坐他面前叽里咕噜的那位。

"你个家伙打哪儿冒出来的？"戈普涅尔问他。

"从共产主义来的。听说过这类区位点没？"来人回应。

"是个村子对不？叫这名儿是纪念未来的吧？"

那人见这可逮着话头了，立马来了兴致：

"你啥意思，咋会是村子？你是党外来的是不？那区位点是这样子的，全县的正中心。过去呀，它叫切文古尔。我呢，目前暂时忝为那里的革委会主席。"

"这个切文古尔离新肖洛沃县不远吧？"德瓦诺夫问他。

"是的，离得不远。只不过那边尽是些没眼色的杂蛮子，跟我们不来往，而我们那儿整个儿到头了。"

"啥，啥东西到头了？"戈普涅尔一头雾水大为不信。

"就是整个儿的世界历史呗！我们要它还有哪样用场？"

戈普涅尔和德瓦诺夫双双无语问不下去了。屋顶斜坡上消防队员跺着步子脚下咔嗒声悠扬，双眼环顾城市已是睡意蒙眬。小曲儿也不哼了，不久便浑然静了下来，该是已钻进顶楼屋子歇下。可不巧，偏偏当天夜里上级主管突然来巡，把这偷懒的消防员逮了正着。一个派头十足的家伙走到三人面前停下，当街即气势汹汹冲屋顶喊话：

"拉斯波波夫！瞭望员！我是火警消防队巡察员。瞭望台上有人吗？"

屋顶一片静悄悄。

"拉斯波波夫！"

没见回应，巡察员大感扫兴，只得亲自爬上屋顶。

夜色幽幽暗影浮荡，气流逐风新叶摇曳，土里草儿抽芽摩挲，轻轻一阵沙沙声响。德瓦诺夫合上双眼，若有若无间耳边依稀响起水流呻吟，平缓而悠长，这是流水在归向大地深处的漩涡。切文古尔那位县执委主席鼻子凑了凑烟叶，直想打喷嚏。会议说停即停已然安静，许是一众人等陷入了沉思。

"天上得多少有趣的星星哟，"那主席感慨，"可跟它们一点联系都没有。"

巡察员自屋顶将那值班的瞭望员揪了下来。后者睡得麻木的双脚老老实实跟着，赶去接受惩罚。

"你，去吧，服一个月劳役。"巡察员这就给判了罪，一脸铁面无私。

"有人相送，去就去呗，"那罪人认命了，"反正一样，我无所谓：在那儿公家饭又不少一口，干活儿还讲个章法规矩。"

戈普涅尔起身打算回家，老觉着浑身不舒服。切文古尔那主席最后闻了一口烟草，又赤裸裸显摆起来：

"嘿，伙计们，如今切文古尔可好了！"

德瓦诺夫想科片金了，思念自己远方的同志，牵挂他在那黑漆漆的草原深处是否正彻夜难眠。

此时此刻科片金站在切尔诺夫卡村苏维埃台阶上，哼吟着献给罗莎的诗句，他近日亲自创作的诗句。科片金上方星河璀璨，仿佛随时欲滴落颗颗星辰打湿人头顶；寨门口的最后一排栅栏外，社会主义的大地正自平阔辽远，那里有未来陌生人民的家园。"无产阶级力量"和德瓦诺夫那匹骏马嚼着干草，步调一致悠闲从容，心中想着除了不是人，渴望在其他一切方面都能比肩人的勇气和智慧。

德瓦诺夫也起了身，向切文古尔的主席伸出手：

"您贵姓？"

切文古尔那位一时没回过神，仍沉湎自家思想在心海掀起的波澜。

"一起吧，同志，到我那儿去干事情。"他发出邀请，"嘿，俺们切文古尔那边如今可好了！……天上明月高悬，地下劳动的海洋一大片；一切都在共产主义里面，如同鱼儿进了湖泊，好不自由自在！只一样东西俺们缺得紧，没什么名声……"

这家伙越吹越离谱，戈普涅尔忍不住生生打断：

"扯什么明月，你敢打赌？一周前她就剩最后小半片细牙了……"

"我这不太陶醉了嘛，"切文古尔人承认话说大了，"我们那边没了月亮还要更好些。家家户户的灯都明亮亮地盖着灯罩呢。"

三人一起动身，穿街走巷经过道道低矮篱笆，上面惊起声声鸟鸣，叫得迫切又忧伤，隐隐召唤东方呼之欲出的阳光。一生中偶尔放纵几夜不眠不歇也是不错的体验，德瓦诺夫面前，夜影铺开世界的另一半，几分微微凉，几丝息息风。

切文古尔的消息令德瓦诺夫怦然心动。尽管德瓦诺夫早前曾听说过那座小县城，但今天这消息仍仿若遥远又神秘的他乡传来的阵阵诱人红尘喧嚣。得知切文古尔人要路过卡利特瓦,德瓦诺夫当即拜托他顺道去切尔诺夫卡村看望科片金,转告他别再等,别再等那个德瓦诺夫了,最好沿自己的前路继续走下去。德瓦诺夫打算重新回到学习上,完成他中技校的学业。

"去一趟也不难,"切文古尔人答应下,"进共产主义后再到各地瞧瞧零零散散没有组织好的百姓,我倒觉得蛮有意思。"

"这家伙满口胡言乱语,鬼才晓得在扯些什么!"戈普涅尔听得鬼火冲,"到处经济都垮了,独独他那方灯火明亮亮地捂着罩子哩。"

德瓦诺夫找来一张纸,就着篱笆墙给科片金写信。

"亲爱的科片金同志!没什么特别事情。如今政策换了一套,倒还合情合理。把我那匹骏马送人吧,送随便哪位贫农,你自己先去……"

写到这儿德瓦诺夫停了停,想起一问题,科片金能去哪儿,哪地方能让他安心待长久?

"您贵姓?"德瓦诺夫又问那切文古尔人。

"我的姓嘛,切普尔内伊。不过你写'日本人'好了;我们那儿我这叫'日本人'的可是全区的标志性人物。"

"……去找'日本人'。他说他手上有社会主义。若是真的那便来封信告诉我;虽实在舍不得与你分开,但我却不打算再回去了。我自己现在还没闹明白什么才是最好的选择。对你,对罗莎·卢森堡,我永远都不会忘记。

你的战友亚历山大·德瓦诺夫"

切普尔内伊接过那页信纸,当场即看。

"写得乱七八糟,"这人评头论足,"你脑子里的感情真没劲。"

也就到了分别的时候,各走一方:戈普涅尔和德瓦诺夫一道赶往城郊,切文古尔人则去了过夜的大车店。

"事情咋样?"到家后扎哈尔·巴甫洛维奇问德瓦诺夫。

亚历山大给他讲了讲新经济政策。

"事情要糟!"父亲躺床上盘算起结局,"节气不到,下种也白搭……当初取了那政权,当着地球全天下的面承诺明天就奔向幸福,可如今呢,你又说客观条件没给条路走……那神父上天堂还有撒旦在前面拦路呢……"

戈普涅尔一到家身上毛病便全消了。

"我到底想要什么?"他思来想去,"我那老子想要亲眼见一回上帝;而我就想要一块空空旷旷的地方,拿它赌一把,好凭自己的脑子将一切从头来过……"

戈普涅尔与其说欲得快活自在,不如说求个确凿实在。

切普尔内伊这家伙倒一点不愁:他的那座切文古尔城市日子幸福快活,真理千真万确,就连艰难困苦来与不来也全凭需要而定,收发自如。到大车店后他先给马喂了草料,随即躺自家四轮车上稍事歇息。

"我还是从那位科片金手上把骏马要过来算了,一起套自家车上,"他提前谋划,"干吗要将马随随便便给什么贫农呢,贫农们如今得了多大的恩惠呀,说来看看!"

一大早大车店就搞得水泄不通,挤满了前来赶集的农家车马。农民们载的东西不多,有人带了一俄担黍米,有人则只有五小罐牛奶,这是打定主意即便给没收了去也不怎么心疼。过城门口时居然没碰上阻拦队,也就进了城来等着大搜查。大搜查不知怎么了老也不露面,一众庄稼人守着自家货物干等甚是无聊苦闷。

"如今不硬收了么?"切普尔内伊问一老乡。

"是啊,不知咋回事儿没动我们,这真叫人喜也不是愁也不是。"

"有啥说法?"

"伸头一刀缩头也一刀,与其这样还不如早点没收算了!反正这政权不会白让人过日子的。"

"去你娘的,他个家伙还不知在哪儿吸人血呢!"切普尔内伊一眼便看出来了,"就该宣布他们是小地主,再交到打赤脚的穷光蛋手上,只消一昼夜,定把这些小门小户的资产阶级老鼠屎通通消灭光!"

"给口烟抽吧!"那农民开口讨要,年纪不小了。

切普尔内伊细细打量那人浑身上下,眼神生分得渺远。

"自个儿有家有业的却伸手向叫花子讨东西,好意思不……"那老乡听明白了,却忍着不满装糊涂。

"同志哟,你看这不是余粮征收那会儿把啥都收没了嘛……要不碰上这档子事情,我保准儿给你那小背袋塞得鼓鼓囊囊的。"

"你塞得鼓鼓囊囊的?!"切普尔内伊深表怀疑,"你怕是要倒得干干净净的吧,我说得对不?!"

那农民见地上滚来一铁销,爬下去捡起插进靴筒。

"想当初咋说的,"那人不慌不忙摆出道理,"说列宁同志,报纸上这样写的,喜欢搞财产登记;所以呢,那些手上漏缝儿的家伙要是东西掉地上了,谁捡起来放背袋子里也是允许的嘛。"

"你呀你,也算背着麻袋讨日子的么?"切普尔内伊没跟他客气,问得直打脸。

"咋不算呢。我自己吞点儿东西下去还不立马嘴巴都扎紧了。你这号的,就算身上有东西掉下来恐怕也没人会捡去。我们自身,老乡,可是有身份有来头的;你干吗平白无故欺负人?"

切普尔内伊到底在切文古尔经过风浪长过见识,脑子里还有点大智慧,干脆住口了。别看他头上罩了顶革委会主席的帽子,却从来也没动用过。有时,虽不经常,他也曾到办公室去,一坐下脑子里就冒出些悲天悯人的念头,想那处处村子家家百姓,活来活去大家都一般模样,自身根本没闹明白日子该如何过下去,要不去拨弄点醒他们必定会死得一干二净;是以,那偌大一县人马仿佛离不开他似的,缺不得他脑子里那些足智多谋的操心操劳。为此他跑遍全县犄角旮旯,将每位公民身上还长了点脑子这事儿给弄实在了,也就早早撤了那帮扶居民的政策救济。眼前这位中年老乡的一番话再次向切普尔内伊证明了那一简单朴素的道理:人活世上,打娘胎里便学会了如何走自己的命运,无须别人来监督。

大车店门口,东家伙计一把按住切普尔内伊,弄得他差点一趔趄,原是找他讨过夜的房钱。可这家伙身无分文,也不可能有那玩意儿:在切文古尔压根儿就没钱粮收支这档子事情,为此省上还挺高兴,觉得那地方的日子走在了自负盈亏的康庄大道上;而当地居民也乐得只讲幸福,不谈什么劳动不劳动,不在意哪样房子不房子,不操心谁又欠了谁家一屁股债;这些身外之物迟早有一天得全部拿出来,献给人身上那具鲜鲜活活的同志之躯。

这过夜费用到底是给不出来。

"想拿啥便拿啥吧," 切文古尔人对那伙计讲,"我可是穷得叮当响的共产党员。"

头里那位老乡,跟切文古尔人思想观念不对付的家伙,听见这边动静循声而来。

"照规矩他该付多少钱?"他问伙计。

"要是没进堂屋睡的话,也就一百万。"伙计给了价钱。那农人转过背去从脖子下面衬衣里头掏出一钱袋子。

"喏,小兄弟,给你,把人放了吧。"起先与切文古尔人争论不休的这位倒付了钱过去。

"我就干这个的,职责所在嘛,"伙计有些不好意思,"哪怕把人给打死,这白住店也是不行的嘛。"

"有道理,"那农人也不来气满口赞同,"这地方嘛,到底不是草原,是店铺子呢,人和牲口放这里不都图有个安生么。"

219

出得城来切普尔内伊顿觉身子自在了，脑壳也灵光了。他面前，那叫人舒坦的大好天地又开阔了。树林子、山冈子、楼房子，这些东西切文古尔人浑不喜欢，专迷那仰面朝天一望无际鼓鼓囊囊的大地肚皮；这肚皮吸气出气风来风往，上面行人走过不堪重负起落落。

每回革委会秘书给切普尔内伊念省里下来的文件，样样通令、报表、定计划定生产的函询等等诸如此类的家国大事他翻来覆去只一句话："照政策办！"脸上还笑得神秘深沉，实则心里压根儿一窍不通。没几回文书搞懂了不念了，也不找他切普尔内伊来领导了，独自把里里外外的事情都处理了。

这会子切文古尔人驾了匹马上路；那马浑身乌黑，仅肚皮下面一抹白亮，至于是谁家牲畜那就不得而知了。起初切普尔内伊碰上这马时，它家伙跑到城市广场守着一块长向未来的花园，把种下的茬茬植物走一路扫光一大片；于是便领了回车店，套上车辕驾了上路。此马正因其无主，切文古尔人才越发喜欢爱惜：想它若非正好碰上一位有缘的公民，得有谁来照料。也正是这般缘故切文古尔县里大大小小的牲口无一不饱食终日，油光水滑讨人喜欢，身子圆得鼓鼓囊囊好大一捆。

路途漫漫长得切普尔内伊眼前一片茫然。心中记有的歌谣全唱尽了，又欲起点思考，可脑子里却想无可想，一切都那么清楚明了，剩下的也就见行动了：得想办法让自己幸福的生命转动起来，生生折磨辛苦它一番，好叫这一身性别过得太滋润，可闲坐大车上又怎生难受得起来。切文古尔人于是翻身下车，与那匹气喘吁吁的马儿并驾齐驱热腾腾地跑起来。待跑累了软了又翻身上马，任大车留后面空空落落地轰隆作响。切普尔内伊回头瞅了一眼车子，觉得这家伙怪模怪样结实得有些不对头，用来上路简直也太笨重了。

"吁——，"他唤马停下，一把拉过车辕套上，"我这是把马儿鲜活的生命拖住浪费在这要命的笨重上，犯得着嘛，说来看看！"也就卸了挽具，骑着那初得解放半获自由的马儿扬长而去；那四轮马车耷拉下车辕，摆路中央听天由命，看何时碰上头一位路过的乡间农人。

"这马和我身上可正是热血滚滚如浪涌哟！"风驰电掣中切普尔内伊有一搭没一搭地漫想，倒失了暗自发狠拼命的那股劲头，"看来，科片金手上的那匹骏马得另找个恰当借口才行，再提弄过来拉边套就有些糊弄人了。"

初初黄昏他抵近一座草原小村；村子竟无半点烟火气息，似乎这里的人早不早就把自家那身骨头收捡妥当了。傍晚天幕与茫茫草原浑然一色，弄得切文古尔人身下那匹马望着无边无际的地平线，仿佛看出自己疲惫已极的四肢将面临多么绝望可怕的命运。

一间农舍静得寂然，切文古尔人上前敲了敲门。一老者打后院出来，隔着篱笆墙张望。

"把大门打开，"切普尔内伊毫不客气，"你家有面包和草料没？"

老人面无惧色，只静静瞅着门外骑者，眼里几分警觉几分司空见惯。切普尔内伊亲自翻过篱笆墙开了大门。那马早饿慌了，一进门便钻进板棚大嚼特嚼已安静下来准备过夜的青青草儿。这闯进门来的不速之客还真不客气，活像回了自己家里为所欲为，弄得老者手足无措，错以为自个儿才是外人，跑到一株风刮倒的小橡树上干巴巴地坐下。切文古尔人踏进农舍，也没谁出来招呼一声；屋里飘荡一股干涩的暮年气息，纯净得没一丝潮意，显出此间老人已是无汗可流，身上那股躁动不安的劲头也熄火了，没留下丝毫污了哪样东西的痕迹；切普尔内伊自架子上找到一块面包，乃黍米皮和草叶末烤制而成，留出一半给老者，剩下的则塞自己嘴巴里，嚼来嚼去好不费劲。

夜色渐暗，老者随之进屋。切普尔内伊拢了拢兜里唬弄鼻子的烟草末，想着再嗅上几口好解解睡前的疲乏愁闷。

"你那马在外头到处乱转，"老人开口，"我便喂了些二发的干草……还是头年存下来的，就剩一小捆了，都给它吃了吧……"

老人悠悠道来，没话找话漫不经意，活像揣着沉甸甸的心事。这情形倒令切普尔内伊顿生警觉。

"老大爷，你们这儿离卡利特瓦村远不？"

"远不远分时候，"老人回道，"比起把你留这儿，去那里的路就不远……"

切文古尔人一听话锋不对迅疾扫了眼屋子，发现火膛子边靠着一把炉叉，这可危险了：他这趟出门没带手枪，想着革命已天下太平了。

"你们这儿还有什么人？莫……莫非有土匪？"

"两只兔子怕起死来，急了眼还要吃狼呢，我的好人嘞，你这也太天真了吧！老百姓可怜狠了还不到处乱窜，俺们这村子离大路又近，谁过来抢一遭还不顺手牵羊的事儿……所以嘛，村里老乡们早拖家带口躲山沟沟里去了，再有远点的跑山梁子上头了，而这地方谁要再闯进来日子是没法过下去的……"

稠云密布断尽天路，夜幕低悬倒扣四野。切普尔内伊出了村子踏进草原，黑漆漆反觉安全，便任由马儿信步远方，反正这畜牲鼻子灵光识得路途。大地吞云吐雾气息浓郁煴出一方温暖怀抱，切文古尔人贪婪吞吸几口昏昏欲睡，也就搂了马脖子酣然入梦，一人一马徐步徐远。

是夜，切普尔内伊此行要找的那人坐守切尔诺夫卡村苏维埃桌旁。桌上燃了一盏灯，照亮窗外无尽黑暗。科片金正跟三位老乡讲起，社会主义就是高地草原的水源，没了它上面的良田便荒废了。

"这情况俺们打小便晓得了，斯捷潘·叶菲梅奇①，"几个农民对科片金的说法倒也认同，反正他们一时半会儿皆无睡意也就乐得跟人胡扯瞎聊，"你还并非本地人嘞，可一来便瞧出俺们这地方穷得慌，怕不是有人给你递了点子吧？只是，既然俺们给苏维埃政权把这

---

① 即斯捷潘·叶菲莫维奇。

社会主义有滋有味地搞起来了，那俺们能落到啥好处不？你也晓得那活儿可不轻松，得费不少劳力呢；这情况你怎么看？"

身边缺了德瓦诺夫，科片金好不苦恼，若他在的话保准连思想带道理都将社会主义论证得明明白白。

"怎么看，能落得啥好处？"科片金只好自由发挥给了个说法，"你嘛，会是头一个往后心里就落得踏实安生了的。你体会体会，现在心头啥滋味儿？"

"心头么？"那对聊的家伙只咕哝出半句便低头瞅自家胸膛，左看右看使劲儿瞧里面究竟有什么东西，"我那里头哇，斯捷潘·叶菲梅奇，全是忧伤，还一片漆黑……"

"瞧，你这不自个儿也看见了嘛。"科片金一派果不其然的口吻。

"去年那会儿发了霍乱，我埋了自家婆娘，"这位忧伤的公民摊牌了，"而今年开春呢，运粮队把俺家那头母牛给吃了……两星期前家里来了伙当兵的，把井里水喝光了。这些，种田的老百姓都记得呢……"

"可不是嘛！"另俩老乡异口同声齐齐见证。

科片金那坐骑，"无产阶级力量"，几星期下来光站着也不跑路，天天吃吃喝喝整个儿都肥了，身体鼓起来了。每到夜深人静这马扯着嗓子嘶鸣，浑身的劲儿死呆着不动怪是难受，那宽宽阔阔的草原老也上不了，想得它实在苦闷。白天乡亲们打村苏维埃院子进进出出，总要凑过来逗弄讨好"无产阶级力量"几回。这马瞅着来来往往的看客满脸不开心，扬起脑袋赏了一嘴巴，皱眉蹙眼的大哈欠。一帮地里刨食的深知那畜牲给囚了野性的痛苦，恭恭敬敬退了开去，然后跑到科片金跟前大肆赞叹：

"斯捷潘·叶菲梅奇，你那马可真了不得哟！简直无价之宝呢，都赶得上大将军德拉班·伊万雷奇了！"

科片金早晓得自家那马是个宝贝。

"这可是无产阶级的牲口，论思想觉悟比你们革命多了！"

偶尔,"无产阶级力量"实在闲得无聊便拿马棚子出气,想拆了它。这时科片金赶了出来,站台阶上,命令它老实点,语气干脆利落:

"打住,小流氓!"

那马消停了。

"无产阶级力量"旁边,德瓦诺夫那匹骏马毛发长了,浑身疥疮,胆子也小了,哪怕飞来只燕子也吓得直哆嗦。

"这马怕是想自家主人的手来摸一摸了哟,"凡是上村苏维埃的人都看出来了,"不然啦,它浑身不得劲儿心里可委屈死了。"

自打坐上村苏维埃主席这位置,科片金一件像样的正经事也没碰上。每天乡亲们上苏维埃来只管清淡闲聊;科片金一旁听着几乎不搭话,由得他们瞎扯,他的任务只是捍卫这处革命的村子,防备土匪来袭,可土匪们活像石沉了大海,老不见动静。

有回开大会他一劳永逸宣布:

"苏维埃政权给了你们幸福,大家就要把它用好用干净,一丁点儿也别留给敌人。你们本身是百姓,也是同志,我那脑子不见得比大家伙儿聪明,所以今后什么家长里短的牢骚就别上苏维埃来发了。我的事情简单得很,甭管哪样歪心思鬼把戏,我一力铲除便是……"

一天天过去,农民们对科片金的敬意与日俱增;他这人从不提余粮征收的事情,也不催出人出力出马的劳役,且在德瓦诺夫回来前根本不理会乡上下来的那些文件,任其闲着都摞成一丘小山包了。有识得几个字儿的老乡取来看了,便给科片金出主意,反正无须执行干脆毁掉算了。"如今呀,政权在哪儿都能组织起来了,也没谁说它的不是,"老乡们纷纷开口,"最新的法令你看过没,斯捷潘·叶菲梅奇?"

"没看过,咋说的?"科片金问老乡。

"那可是列宁亲自宣布的,还能有假不成!政权如今是地方上的力量了,不是上面的了!"

"也就是说乡里管不着咱们了,"科片金得出结论,"依照法令这些纸片片文件是得扔了。"

"完全合理合法嘛！"在场的家伙齐声附和，"那敢情好，咱们就把这些文件撕成条条弄来卷烟抽。"

新出的这项法令科片金打心里喜欢得紧，顿时来了兴趣，看看到底得不得行，在那开阔空旷的地方，那么建设都尚未冒头的地方，把苏维埃政权也给立起来。

"没问题的，"一帮来拉话的家伙脑子转了转纷纷点头，"只要那地方附近穷得丁当响就成，并且再远点嘛，还得有白军的影子……"

大伙儿这么说科片金放心了。当天晚上，一场谈话深入又透彻到后半夜才被迫收场，灯里煤油燃尽了，黑了众人兴致。

"乡上派发的煤油也太少了，"一众憋了满肚子话却扫兴而归的乡亲甚觉遗憾，"公家给俺们的服务也太不够意思了。你瞧这送来的墨水，一点儿泡沫都没有，质量杠杠的，可俺们又用不上啊。该多来点煤油或者菜油什么的才好嘛。"

科片金来到院子打量眼前夜色；他就迷清清静静的天地，临睡前总要好生欣赏一番。"无产阶级力量"嗅出自家伙伴气息，鼻子轻轻呼哧。科片金听见那马动静，眼前浮现一道娇小倩影，仿佛心中有一丝怜惜远远地抛了出去，久久不落回音。

此时此刻那人儿身在何方孤独地躺下；她头上天空亦是春夜弥漫，也这般乌压压一片黑浪汹涌；她那双矮帮皮鞋这会儿横躺贮藏室里闲得好不寂寞，想她活着时身子骨儿多软和，穿上这鞋走路多么明媚轻盈。

"罗莎呀！"科片金一往情深，胸腹鼓胀间憋出一记呐喊。

棚里马儿听见后仿佛得令般长声嘶鸣，如若见着了前进征途，蹄下发力踹得横木门闩"啪"的一声脆响；这马急不可耐直欲挣脱而去，冲上春天泥泞的道路，斜斜插向那片德国的坟场，直奔那处科片金最是向往的地方；科片金自打干下村苏维埃主席一职，种种提心吊胆的辛苦操劳和等候德瓦诺夫同志的一腔忠诚不断折磨着他，那份痛苦此时化作了满腹阴郁的恐慌不安，想要偷偷溜出来去找那人儿倾诉。马儿明白科片金离自己不远，便在棚里狂躁不安怒吼连连，一身沸腾情感如惊涛骇浪，冲垮了土墙折断了门闩，那火热猴急的样子活像深爱着罗莎·卢森堡的是它这家伙，而非什么科片金。

这下子科片金醋意大发。

"打住吧，你这老流氓。"科片金拿话制住马儿，心头却一股吃味儿的暖流涌过，这马真叫他丢脸。

马儿支支吾吾叫唤几声便消停了，把满腔热情生生摁下，任其在胸中委屈成一阵啾啾鸟鸣。

夜幕不平静，飞过片片乌黑碎云，景象骇人：该是远方落过倾盆大雨，乌云遭狂风雷电撕扯幸存下块块残躯。高天之上兴许有一股阴森漆黑的旋风在夜的怀抱放纵；而红尘之中却是此般寂然无声，此般温柔安宁，甚至听得清邻家母鸡翻身的动静，听得清篱笆墙根一些小模小样人畜无害的虫子爬来爬去吱吱低鸣。

科片金手撑着泥巴墙，心直往下落，胸中刚强的意志已荡然无存。

"罗莎！我的罗莎呀，罗莎！"他悄声呼唤免得给马儿听了去。

只是挡板后面裂缝之间那马一只眼睛睁得硕大，呼气急促火热干燥，打在木板上口子裂得越发开了。科片金浑身乏力佝偻得厉害，那马见他这副模样急得头脸胸膛齐上阵，反复撞击屋梁，结果马棚整个儿垮了下来压上它后背。这突来的垮塌着实吓了"无产阶级力量"一跳，神经一紧嗓子一提哼哧哼哧叫出骆驼的腔调，接着屁股一抬把那快散架的悲催棚子彻底抖飞了去；又一步冲到科片金跟前，急欲这就飞驰而去，挥汗如雨大口大口吞咽唾液空气，深呼吸那遥遥征途若隐若现的气息。

旋即，一口干巴巴热气扑喷科片金脸上，胸前则掠过一股凉风。只见也不及给马备鞍，他翻身而上，心思情绪顿时通通亮堂了。"无产阶级力量"一路飞奔摇摇晃晃穿过村子；却因身体太重蹦不起来，接连踢翻打谷场的栅栏和泥巴墙，三两步便跨了过去，冲出一片自由的方向。科片金心花怒放，仿佛只消再跑一天一夜就能与罗莎·卢森堡相会似的。

"跑起来太爽了！"科片金大声感叹；后半夜的湿气迎面扑来直呛呼吸，地上小草新发的嫩芽破土而出，阵阵清香沁人心脾。

那马浑身是劲四蹄翻飞，一路驰过，身后留下两排温热蹄印；前路开阔，它去势急迫意欲更得自在。风驰电掣间科片金感觉自己那颗心竟轻飘了，堪堪悬于喉咙处。科片金渴望再跑快点，贪图那份浑身飘飘欲飞的幸福滋味，若真能得偿所愿他必纵情放歌，可惜"无产阶级力量"太讲究长途奔跑的套路，疾速飞驰片刻后降了速度，换成寻常小跑路数以便更耐力持久。身下有无道路迹象并不明显；唯见远方初升霞光下一抹地平线隐隐浮现渐至清晰，"无产阶级力量"眼露急色想尽快抵达那方，暗自估摸那里也是科片金向往的去处。大草原绵绵迢迢，一眼望去无有断绝，只一面平缓斜坡遥遥倾向远方低垂的天幕，那斜坡尽头从无有哪匹马儿将其征服过。前路两侧远端，隐隐条条沟谷间正自腾起清冷潮湿的雾气，依稀就在那方，几家饥渴难耐的村庄也已醒来，生起了炉火，袅袅炊烟静静飘散。那雾气、炊烟和早起的素不相识百姓令科片金心旷神怡着实喜欢得紧。

"日子多快活！"科片金暗自感慨，却给一股冷气溜进了脖子，活像掉落一把大煞风景的面包屑。

前方，晨曦下远远挑出一人影，正正中中清晰可见，抓挠着脑壳。

"这痒痒搔得可真是对了地方呢！"科片金判断那人形迹可疑。"那家伙定是在搞什么勾当，不然这一大清早觉也不睡跑来荒天野地站着干吗。走，这就过去逮住他，查查证件吓唬吓唬那鬼东西！"

不过科片金的愿望恐怕要落空了；霞光中抓脑袋的那人既没口袋，衣服裤子也不见什么布兜儿窟窿，根本无一处地方藏匿那万万缺失不得的证件。约莫半钟头后科片金才走到那人跟前，而霞光已然大盛，吵醒了整片天空。那人骑坐一干燥小土丘上弄指甲抠肉缝间泥巴，一身皱皱巴巴尘土，活像世上缺水短雨没落得过清洗似的。

"得把这号魔鬼尽快组织起来才是！"科片金暗下决心，却没急着上前检查证件，实因想起自家这里除了缝在帽子里的罗莎·卢森堡肖像，也照样身无片纸证明。

往前又远处，原野雾气蒸腾显出一匹马的身影，站那儿一动不动。那马四肢短得出奇，倒叫科片金实难相信它真是一头活物，可分明那脖子上又贴着一道矮小人影。科片金恰似见着了猎物，心头好不欣喜痒痒，一股勇气冲上喉咙大叫一声"罗莎！"，"无产阶级力量"得令，踏着泥泞道路，四蹄腾空一马当先不管不顾扑了过去。那半截马站立不得动弹的地方早前应是一汪水洼，如今渐渐萎缩成了一片泥塘，是以这马才陷了进去四肢没入层层淤泥。马上那人睡相醉生梦死，本能地搂着马脖子，活像那是他忠诚的女友，是他梦寐以求的温软娇躯。那马居然醒着，望向科片金一脸亲近神色，隐隐满含期盼，认定自己的处境必将有所改观。那梦中人呼吸时快时慢，喉咙深处传出咕咕咕的低沉欢笑，想必正美梦酣畅幸福快活如鱼得水。科片金上上下下仔细打量，发现这家伙来头倒不像敌人：一身军大衣长得都掉了下来；而那脸庞，即便在梦中也露出一副时刻准备着的神情，似乎随时随地要为革命建功立业，为全世界幸福温馨的大家庭赴汤蹈火。这家伙长相本身并不如何吸引人，没那么俊俏，只那精瘦脖子上脉搏突突跳动的劲头倒给人印象深刻，觉着这人性子温和善良，命运贫苦凄惨，身世苍凉可怜。科片金摘下那梦中人的帽子往里面瞅了瞅，见帽檐里衬上污渍斑斑陈旧枯黄，还印有排小字："格·格·布罗伊尔，罗兹市。"

科片金将帽子扣了回去，这睡死的家伙那颗脑袋恐怕从来没意识到，自己头上顶的这东西会是出自某个资本家的手笔。

"喂，"科片金大喊一声意欲叫醒；那人脸上笑意顿消神色渐渐严肃,"你这家伙戴顶资产阶级的帽子四处招摇,干吗不换下来?"

那人打自己身体深处迟迟苏醒,片片令人心醉神迷的美梦就此草草收场,梦中他回到故乡,见着了左近方圆之地的条条沟谷,里面栖息无数百姓挤得密密麻麻,日子幸福又滋润。只恨往事难追:那一张张熟悉面孔,那一条条贫苦劳累中逝去的生命。

"要在切文古尔,给你制顶帽子挥舞两下还不分分钟的事情,"那人醒来便聒噪,"你自个儿拿绳子量量自个儿那脑袋的尺码就成。"

"你谁呀?报上名来!"科片金不露声色问得冷漠无情,这辈子风风雨雨他哪样人没见过。

"我呢现如今过日子的地方离这里不远;本人乃切文古尔大名鼎鼎的'日本人',党内人士是也。途经此地只为找一位叫科片金的同志,要从他手上取回一匹骏马;你瞧我这马累得都快瘫了,我自个儿走着走着也睡着了。"

"你个鬼东西,谁呀你,还什么党内人士!"科片金听出这家伙的鬼心思,"只一心惦记着别人的骏马,而不想着要共产主义。"

"不对,不对,同志,"切普尔内伊直呼冤枉,"我哪敢抢在共产主义的前头先想着什么马儿呀,对不?我们那儿共产主义已经有了,可共产主义里面骏马却少得可怜嘛。"

日头已爬上来,科片金望了望天,觉得如此一颗硕大无朋火热无比的圆球正正中中飘浮当空,却又那般轻松自在,顿时有所觉悟,看来生活中的一切大体上既非多么艰难,也非多么困苦。

"这么说你已把共产主义搞定啰?"

"哦哟,难道还是'说来看看'不成!"切文古尔人活像受了侮辱委屈得直叫唤。

"这么说你们那儿也就帽子和骏马备得不齐全,而剩下的尽都绰绰有余了哟?"

切普尔内伊那一腔对切文古尔的火热痴情再不能藏着掖着了,当即摘下帽子扔进污泥，还不算完，又掏出德瓦诺夫那张便条，上面写有归还骏马一事，此时也狠心不顾了，双手一绞碎成四片。

"同志呀，你说得不对，切文古尔不积攒财产，而是要消灭它。那儿的百姓普普通通，却都是顶呱呱的好人，你会发现家家户户屋子里连个抽屉都没有，人与人之间绝对相亲相爱。至于说那骏马嘛，在我身上是这么回事：我呢，去到城里，先是在市苏维埃给迷了心智落了偏见，过后又在大车店遭别人家一喽啰欺瞒哄骗了，你来说说看，这种情形下你又能如何处置？！"

"那便引我去见见切文古尔吧，"科片金发话了，"那地方有罗莎·卢森堡同志的纪念像不？一群奴才样儿的家伙恐怕想不到这件事情吧？"

"怎么会，我懂得的，有着呢，就一村子里头，住人的区位点上立了块天生地长的石头，人像就落上面。我们那儿呀，连李卜克内西同志的全身像都有，正对群众讲话呢……这些像啊，我们想到谁便立谁，不分先后，所以今后要是有谁不幸捐了躯我们照样不会错过的！"

"那个，你看，"科片金心里不踏实，"李卜克内西同志跟罗莎之间会不像男人跟女人那样，还是说我这只是想多了？"

"这真只是你想多了，"切文古尔人叫科片金放心，"他们可都是有觉悟的人！他们也没那功夫，就算有想法也没时间谈恋爱嘛。谈啥呀谈，比方说我，谈啥，换了你又谈啥，你说来看看，是不是这道理！"

科片金心里好过多了，越发觉得罗莎·卢森堡更迷人可爱，那份对社会主义孜孜不倦的追求在心中跳得越发猛烈火热。

"那你讲讲你那切文古尔什么个情况，是分水岭上立起了社会主义，还是脚不歇气地在奔向它？"科片金换了语气问得忧心忡忡，如同一个当儿子的离家出走后整整五年杳无音讯，回来了，见着自家弟兄便掏问：自己亲娘还活着不；却不料遭当头一棒，生生不敢相信老太婆居然早过世了。

切普尔内伊这家伙活在社会主义下有一阵子了，早不习惯为那些无依无靠的和自己牵挂喜欢的人眼巴巴、苦哈哈地穷担心了；原来，他在切文古尔干下件大事业，把当地社会连同沙皇的军队全部动员组织了起来，大家都和睦相处了，毕竟没谁愿意把身家性命花在那见又见不着的共同幸福上，每个人都一心只想亲眼看见自个儿的生命在阶级群众同志般的关怀下重新焕发朝气活力。

切文古尔人掏出烟草悠悠闲闲嗅上，可仅得片刻又想不过味儿来便开始幽怨：

"你单单拿分水岭来说我的不是有什么意思？那谷地呢，给谁用合适？照你那意思难不成还要留给地主么？在切文古尔，我们那儿遍地都是社会主义，随便哪个小土包都是共产国际的财产！我们那儿的生活优越无比！"

"那么牲口归谁？"科片金仍不死心，浑身憋着一股劲儿尽陷遗憾甲，想他和德瓦诺夫这一双能耐人，在通往罗莎的金光大道方向上马不停蹄不懈努力，可于道路两侧一个光明的世界都还未建立起来，却偏偏叫眼前这五短三粗的家伙给抢先办成功了。

"牲口嘛，我们很快也会解放它们的，依其本性原先是啥便放回去还当啥，"切文古尔人应对自如，"牲口那东西跟人也差不多，区别只在于受了千百年的压迫，身上的兽性相对人来说大大退步了。你说那些畜牲一心想当人，何苦来着！"

科片金摸了摸"无产阶级力量"，感觉这马确实跟自己有些平起平坐了。这情形从前他也知道，只因自家脑子缺乏切文古尔人那种往深了想的思考能力，因此，纵使心中感受颇多却理不清楚说不出口，反倒变成一种苦恼万分的折磨。

草原大斜坡尽头，天地相交的断口处，一队四轮大车缓缓自下方爬上来，在科片金眼中遥遥地扯出一条横线，上面载着许多村民，一道道小小身影擦着云层徐徐而行。大车身下尘土飞扬，表明那方晴好无雨。

"那就走吧,到你的地盘上去!"科片金打定主意,"去瞧瞧,眼见为实嘛!"

"走啰,"切普尔内伊欣然答应,"我的克拉布兹久莎①呀,可想死个人了哟!"

"谁呀那位是,你爱人,是不?"

"我们那边没有爱人的,留下来的全都是一起扛过枪的女战友。"

朝雾凌乱若梦之幻影,为初阳犀利目光撕裂侵蚀片片消散而逝。远处,昨夜幽深可怕之地此时渐至明媚,露出一方贫瘠的寻常原野。大地辛苦睡相疲惫赤裸,恰似母亲梦中滑落了衣被。一条草原小河尚未转醒,仍薄雾轻纱缭绕缓缓浅声呓语;水中鱼儿早早盼着天亮,浮出水面睁大眼睛四处找寻新的日子;草原上的人们浪迹而来常常于此取水止渴。

距切文古尔仍有约莫五里路程,曦光下一野澄澈开阔的景象遥遥在望:层层切文古尔失了翻新的旧耕地;一条水气弥漫的县城小河;偌大一片苍凉低洼地带繁衍栖息着此间的百姓。此时,沿潮湿河谷走来行乞的菲尔斯;近些天他在几处过夜的地方老听说草原上冒出了一方自由之地,过路的人去到那里主动收留款待,过着有吃有喝的日子。菲尔斯这辈子走过的路离不开水或湿地。他最痴迷流水,靠近它就兴奋,水也似乎对他有所求。不过他至今没闹明白水所求为何,他于这水又有何用;只是每回总爱捡水汽氤氲之地踏上自己那双草鞋,去亲近嬉戏一番,待过夜时脱下湿漉漉的裹脚布,久时拧来拧去,喜欢滴水从指尖滑落汇成涓涓细流,再又目送水儿远去,直至隐没消逝方才罢休。每每坐溪边或河坡上静听水流哗哗响,他便浑身安逸舒坦,恨不得这就扑过去躺水里,恨不得置身这无名旷野小溪中成为它

---

① 克拉布兹久莎和下文中的克拉芙久莎,均是克拉芙季娅的昵称。

的一朵浪花。今晚他又驻留河岸过夜，听了一宿流水浅唱，待到清晨起身下到河滩，迎面一股沁人心脾潮气浑身更得洗礼，一时心旷神怡先于切文古尔抵达世间的平和安宁。

原野清寂犹自睡意蒙眬，菲尔斯行不多远见着一座小城身影，正悄然立于清晨微微寒凉的明净天色中。这位年过半百的路人望向城市不舍转眼，为黎明呛鼻的新鲜空气和刺眼的初阳光芒滋扰，一双向来仁厚的眼眸流下了快活泪水；这人非但眼神驯良，一张生来就柔顺、温暖又白净的脸庞也那么慈祥。看年纪他颇显几分苍老，挂了一撮几近银白的胡须，干净又整洁，内中绝无寻常老年人爱生的虮子虱虫；此时这老者不紧不慢兴冲冲而去，走向盈盈在望的舒服日子。若是有人恰好与他并肩而行，不难察觉老人身上气息多么清新宜人，多么柔和亲切，与之交谈又多么令人舒爽快慰，聊不尽的话儿诚意满满、悠悠闲闲。这人的婆娘称他是老神仙，每每与他家长里短总是轻言细语，夫妻间话来话往一开口即相敬如宾，尽显温文儒雅不越雷池半步。因而又或许，两口子至今未生儿育女，徒留一间卧室始终规规矩矩，风不起浪不生，不沾丝毫人间烟火气。只偶尔传来他家那口子柔柔腻腻的叫唤：

"阿列克谢·阿列克谢耶维奇，老神仙喂，快来吃上帝赏的那口饭吧，别叫我担心！"

阿列克谢·阿列克谢耶维奇进食颇讲究章法，吃了大半辈子，五十岁前一口壮牙无损无伤，吐气和顺温馨绝无一丝陈腐异味。年轻那会儿，同龄小伙伴为青春的躁动折腾彻夜难眠，纷纷搂上心爱的姑娘去到郊外消磨浑身使不完的力气，每晚总有那么一小片树林子会遭殃；而阿列克谢·阿列克谢耶维奇却死撑着，内心火热滚烫的心思活生生憋出一个道理，吃东西就得细嚼慢咽，能咬多久便咬多久；打那以后他但凡用餐皆翻来覆去碾磨透彻，直到饭菜在嘴里化作汁液方才咽下，弄得他这辈子的白日时光约莫小半工夫都花在了这件事情上。革命前，阿列克谢·阿列克谢耶维奇在自家那座够不上县城资格的小镇上既忝为信用社董事会董事，又挂名镇议会荣誉议员；那隅小城如今坐落于切文古尔县偏远的边界位置。

眼下，阿列克谢·阿列克谢耶维奇走在进入切文古尔的路上，来到城外不远一座小山坡，静静张望那处全县的中心城市。他那纤尘不染的躯体上肌肤散发阵阵绵绵长长的清新气息，一股精磨细筛的麦面芬芳，令他沉浸其间，醉心于长留人间无上安宁的幸福滋味，不时哑巴吞咽口水。

虽则天色尚早老城却已无意酣睡，喧嚣渐起。城内百姓人影络绎不绝，早早去到城郊林间空地或灌木丛中漫步游荡，有的结伴而行，有的孤身一人，尽皆轻松自在：肩上不见背袋，手中无拎生计。这座城市本有十数座钟楼，此时无一叫响，只传来外间片片耕地上人们徜徉于祥和曦光下的嘈杂喧闹；而则城内几栋房屋悄然漂移，想是有人正抬了它们去，隔得委实太远看不真切人数。突然，阿列克谢·阿列克谢耶维奇瞧见，一座不大不小的花园猛地身子一歪，而后又平平顺顺滑行向远处，显见这花园也在搬家，给连根拔起，要另择位置种在最恰当的地方。

离切文古尔也就百来丈路程了，阿列克谢·阿列克谢耶维奇坐下身来，想赶在正式入城前把自己里里外外收拾干净。那些苏维埃生活的学问门道他一概不清不楚，只一样行当引起了他兴趣，便是合作社，那还是他在《贫农报》上见到的消息。在此之前他什么事情都不凑上去过问，活得寂然而沉闷，由此积下了一肚子躁动不安的焦虑，动不动冒无名火，哪儿骤然不顺心了便冲到自家摆放圣像的红角处，一把灭了供奉神灵的长明灯，吓得他婆娘滚到羽毛褥子上要死要活号啕大哭。自打读到合作社一文，阿列克谢·阿列克谢耶维奇便熄了无名火，去到尼古拉·米尔利基伊斯的圣像跟前，亲自又点上那盏长明灯，手法尽显温柔，肤色如麦子般黄灿灿发亮。打那以后他就找到了自己神圣的事业，找到了通向未来日子的纯正道路。他心上似乎也因此烙下了列宁的身影，觉着他像自己早已逝去的父亲；曾经儿时的某日夜里，阿列克谢·阿列克谢耶维奇受到惊吓，畏惧远处的一束火光，闹不明白那可怕景象到底要怎样，他父亲便安慰儿子："嘿小家伙，阿廖沙，过来，挨我近点！"小阿廖沙偎了过去，闻到父亲身上气息，也是那么一股精麦面味道，幼小的心灵安然了，甜甜美美倒向梦乡，耳边只残留父亲兀自念叨的最后一声，"瞧瞧，这不好了，你有啥可怕的！"阿廖沙沉沉睡去，抓稳父亲不舍放手；清晨醒来见炉膛里火苗忽闪忽闪，原来是昨夜母亲为烤制白菜馅饼提早焐下的火引子在作怪。

待把那篇合作社文章琢磨再三，阿列克谢·阿列克谢耶维奇便一心贴近了苏维埃政权，认为它就是百姓朝思暮想的暖心家业。他面前，铺开一条神圣的康庄大道，直通那生活富足众生平等仁爱友善的上帝之国。此前阿列克谢·阿列克谢耶维奇对社会主义一味惧怕，而则如今，当得这社会主义叫做合作社时他打心底就喜欢上了。小时候他很长一阵子不怎么喜欢上帝，畏惧那万军之主耶和华，只是后来母亲告诉他："乖儿子，你也不想想，将来我死后能上哪儿落个安生？"母亲这番话点醒了小小的阿廖沙，从此也就喜欢上了那上帝，把他视作父亲的影子替身，好在母亲死后继续守护她。

阿列克谢·阿列克谢耶维奇来到切文古尔只为探寻这合作社，看它如何拯救百姓脱离贫困潦倒的苦海，如何消弭人们之间心灵上积下的仇怨。

抵近切文古尔，他细细瞧来，发现人们脑子里溢出一股莫名的聪慧力量在城市撒欢挥霍，不过阿列克谢·阿列克谢耶维奇早早便放空了自家脑子，虚位以待，此次专程跋山涉水过来不就图搞清楚人们相互联结共融的合作化法子，搞清楚大家彼此实实在在互敬互爱的门道。当务之急，阿列克谢·阿列克谢耶维奇打算先搞到合作社的规章制度，然后再上县执委，找那位叫切普尔内伊的主席同志推心置腹谈一谈，聊聊建立合作社网点一事。

然而阿列克谢·阿列克谢耶维奇还没怎么着却事先蹉跎上了，推算这切文古尔在革命浪潮中到底蒙受了多大的亏空损失。眼前，夏日尘土自勤于操劳也乐于生养的大地怀抱扶摇而上，直达半空那片酷热之域。而点点花园上方，座座渺小的县城教堂高处，偌大一城纹丝不动的财产头顶，那一穹天幕无动于衷地兀自长眠安息，这在阿列克谢·阿列克谢耶维奇脑海激荡起层层回忆波澜，一时感慨万千，当然，究竟有什么浪花在翻涌就不为人知了，不是每个人都能悟得如此高度。这会子阿列克谢·阿列克谢耶维奇深陷己身，全然立在自家意识的汪洋大海中，沐浴着头顶阳光的温暖，一时快意绵绵仿佛回到童年，仿佛亲近了母亲温软的肌肤，此情此景勾起曾经深埋心底永不会消失却又随岁月日渐远去的一丝记忆，这阳光明媚的煌煌天穹洒下的万丈光芒是在赐众生以食粮，如同母亲脐带里流出的血液一样。

千百年来这日头高悬，普照出切文古尔一派丰衣足食的红尘景象：落于苹果园间；落在铁皮屋顶上，在其之下人们生儿育女繁衍生息；也落向教堂穹顶干净明亮的炽热钟楼，引来声声钟鸣欲拒还迎，召唤世人从凉爽树荫下出来，去奔向那周而复始永恒永在的飘渺仙境。

城内条条街巷绿树几近成荫，但凡有浪迹天涯的行者荡进城来又无意过夜，便慷慨赠予身上枝条以作其继续前行的拐杖用。切文古尔家家户户庭院内青草茂盛密密麻麻，活像一眼生机盎然的漩涡，吸引着大气层底部众多的昆虫族群前来投奔，于此栖身，于此宴饮，于此获得生命的意义；如此看来，切文古尔这方天地里人类仅是其常住居民的一小部分，此间那些渺小又活跃的生灵身影更为稠密，日子也更为热闹，只不过上了点岁数的切文古尔人从不把它们放心上罢了。

他们心上在意的是世间轰轰烈烈的大事件，比方夏天的炎热，冬天的风雪，还有遥遥无期的耶稣基督重返人间。要是夏天来得太火热，切文古尔人邻里间奔走相告，早早预言今次这年头冬天不会来了，房子屋子马上就要自己着火了；于是，一帮半大小子领了自家父亲的指示，从井里打上水来将房子屋子浇湿通透，好阻击那火势的劲头。夜里酷热退去，多半会来一场雨。切文古尔人又大惊小怪："又是闷热，又是落雨，这般天气可从来都没见过哟！"若是进到冬天起了暴风雪，切文古尔人又早不早便晓得了，雪定然会堵死他们的房屋，不得门路只能从烟囱爬出；其实家家户户角落上也还备有一把铁铲子，不过，只听得一老者坐自家堂屋连连摇头唉声叹气："铲子派得上啥用场哦，难不成你还能把自个儿给刨出来？！又不是没长眼睛，瞧吧，这风雪嚎得多带劲儿，俺们这地头上咋会引来这么大的声势，不应该呀。你说尼卡诺尔大叔都八十上头了，比我虚长几岁，自打学会抽烟的岁数起也不记得见过这么疯疯癫癫的冬天啊！你呀你，就等着出啥事情吧！"要是碰上秋天，夜里兴了狂风骤雨，切文古尔人则纷纷躺倒地板上四仰八叉睡下，以求歇息得更安稳踏实，离大地更近一些，离坟墓也更贴紧一些。暗地里切文古尔众家居民有一个算一个尽皆深信，每逢风雨交加，但凡酷热难当，即表明这天下将变成基督耶稣二次降世的新人间；只是信归信，切文古尔却没谁愿意早早做下安排，弃了自家房子远走他乡，没谁愿意不活够年纪就别了眼前人世间赶赴往生；正是这么个缘故，每当酷热散去、暴雨止歇、严寒退却，一众切文古尔人又安之若素悠悠闲闲地喝起茶来。

"结束啦，上帝保佑，谢天谢地！"待得诸般轰轰烈烈的大事件眼瞅着就要消停下来时，切文古尔人伸出幸福的手儿在胸口连连比划幸运的十字，"俺们早也盼晚也盼基督耶稣，可他却擦肩而过，你看，那神的光辉普照众生还不来去自如，就是任性！"

切文古尔的一亩三分地上，每当耶稣基督复活这件大事情随时随地都可能发生，人们也随时随地将要面临生死两重天给打散了分隔冥河两岸，给活生生变成一群赤身裸体一贫如洗的灵魂时，若是连那些上了岁数的老人们脑子里都无有经历记忆，那一众切文古尔人则就傻眼了，搞不清楚往后日子究竟该怎样活下去了。

曾经，阿列克谢·阿列克谢耶维奇在切文古尔城待过一段时日，颇为了解这里心灵上的命运造化有多么不稳当不牢靠。昔日，切普尔内伊打七十俄里开外徒步从火车站赶来，想着接管这里并掌控全县，没料到此间人人显而易见地无所事事，却家家不缺粮食吃、不误茶水喝，照样也傻眼了，以为这切文古尔城过的就是打家劫舍的日子。是以他马上发下一张调查表，规定每人务必认真填写，上面只一个问题："请回答，您活在劳动者的国家所为何故，又靠什么样的物质生产手段过日子的？"

结果答案收上来却几乎人人一般无二。原来，教堂唱诗班的洛博奇欣头一个琢磨出了答法，左邻右舍原封不动照抄了过去，又经口口相告弄得全城远远近近老老少少尽皆传遍。

"我们为上帝而活，不是为了自家性命。"调查表上写着一众切文古尔人白纸黑字的态度。

上帝家怎样过日子，为上帝而活是几个意思，切普尔内伊那颗直观的脑袋没办法一下子闹明白，于是当机立断招来四十号人马，成立了一个临时特别委员会专门调查全城情况，企图挨家挨户一天一夜便摸清楚。如此又弄出一沓调查表来，上面的意思更加明确清晰，开出了一长串职业事务名目，诸如监狱要害部门行走，等待生活真理，失去耐性不再搭理上帝，混吃等死的长老式活法，给天涯浪人朗诵经卷；还有就是赞成支持苏维埃政权。切普尔内伊拿过调查表翻来覆去研究半天，一时给公民们职业事务的复杂性搞得焦头烂额，不过好在脑子里及时想起列宁的一句口号："管理国家是一项困难得要命的事业。"如此来便想通了，浑身里里外外亮堂了。一大清早那四十号人就上门找他，先在过道里好一通狂吞猛饮，跑了一趟远路渴慌了，然后才异口同声汇报：

"切普尔内伊同志，他们尽撒谎，一个个儿啥也不干，光知道躺来躺去睡大觉。"

切普尔内伊还算不糊涂，明白问题出在哪里：

"你们呀，都是啥怪物，这不还是大半夜里嘛！你们倒给我讲讲，老百姓有什么些理想追求没，说来看看！"

"他们呀，脑子里可没那玩意儿，"临时委员会主席实话实说，"他们尽都在等着世界末日呢⋯⋯"

"那你跟他们讲没，如今那世界末日是在与革命前进的步伐背道而驰，处于反革命的方向？"切普尔内伊质问主席；他这人，但凡上什么手段添哪样举措习惯动不动先将革命扯过来，比照一下有无地方不对头。

那主席一听顿时吓坏了：

"没呢，切普尔内伊同志！我估摸着耶稣复活对他们有好处，对咱们呢，同样也不坏⋯⋯"

"莫非还有啥讲究不成？"切普尔内伊感到事情有些棘手，问得沉重。

"这不明摆着嘛，有好处的。对咱们来说耶稣复不复活倒不打紧，不起啥作用，可这事儿要真来了，随后那小资产阶级咱们不就可以堂而皇之地推翻了嘛⋯⋯"

"说得不错嘛，狗东西！"切普尔内伊恍然大悟，激动得嗓子都拔高了，"我怎么就没想到这茬儿上来，不应该呀，我这脑子可比你的要管用得多才是啊！"

这时四十人中走出一家伙彬彬有礼上前，开口央请：

"切普尔内伊同志，可否允我说两句？"

"你是谁呀你？"那人面生，切普尔内伊在切文古尔从未见过，这地方其余什么人人马马长相如何他心里一清二楚。

"我嘛，切普尔内伊同志，原是切文古尔县换地盘前地方自治事务局清理委员会的主席，姓波柳别济耶夫。受自家清理委员会举荐前来加入临时特别委员会；我这里有临时委员会筹备会议的记录抄本为证。"

介绍完，阿列克谢·阿列克谢耶维奇·波柳别济耶夫恭恭敬敬鞠了一躬，随即朝切普尔内伊伸手以示友好。

"嗯，有这个委员会吗？"切普尔内伊大为诧异，向众人询问，忽略了阿列克谢·阿列克谢耶维奇那只手上的善意。

"有着呢！"人群中一家伙响亮证实。

"那就今天马上，不必走请示程序，撤掉撤掉！大伙儿再找找看还有什么帝国主义残余的尾巴没，要发现了今儿个也通通消灭干净！"切普尔内伊下完命令又回头理睬波柳别济耶夫，"这位公民，你有啥话，说来看看！"

阿列克谢·阿列克谢耶维奇就城里物质生产状况细而再细又精益求精地汇报阐述了番，听得切普尔内伊一时头大，脑子里本还余了点清醒，还留有一片虽则杂乱无章但气势不失宏大浩荡的记忆湖泊，如今全给搅浑了；日子如川奔流不息，切普尔内伊一路过下来脑海吸入了大量经历见识，汇成一汪泾渭分明的记忆之湖，里面静静漂浮着曾经见过的世界和沿途遭遇的事件，诸多残影纷纷杂杂各自为阵拧不成一股绳，也就与切普尔内伊本人脱离了联系，产生不了某种鲜活又积极的思想认识。他那些记忆残片载着坦波夫省的篱笆墙，乞丐们的姓氏长相，前线炮火的色泽光亮，列宁学说中每个字眼的模样；然而又但是，这些不过皆是回忆的影子，清清楚楚漂浮在他脑海中，自由自在游来游去，却从不碰撞出什么管用的概念火花。阿列克谢·阿列克谢耶维奇提到曾经有片平整开阔的草原，上面走来一群人要到遥远他乡寻条活路；路途委实太迢迢，这群人从家乡出发，除了带上一身力气别的东西都抛下了。到了地头为着活命只好出卖力气，用血肉之躯换口吃食，久而久之无数年过去，倒定居了下来，围出了如今这座切文古尔。后来那群卖苦力干活的人离开了，留下一座无所事事的闲城成天巴望着上帝过日子。

"那你也在用身上大把的力气换取口粮那小玩意儿啰？"切普尔内伊顺着思路问他。

"才不呢，"阿列克谢·阿列克谢耶维奇赶忙声明，"我是吃公家饭的，我的事情是趴在纸上思考。"

"哦，我脑子这会儿也动起来了，正感觉灵光四射呢，"切普尔内伊继续穷追不舍，"可你瞧，这身边也没个秘书一下子把我想法给记下来！……当务之急，必须消灭那些不劳而获的吸血鬼分子！……"

自那场谈话后，阿列克谢·阿列克谢耶维奇再没见过切普尔内伊，切文古尔后来发生了什么便也无从知晓。他那家地方自治委员会，自然而然，立即马上给永久撤销了，而一众委员会成员也各奔东西投靠自家亲戚去了。今儿这朝波柳别济耶夫不远千里来找切普尔内伊，是为着与他谈谈另一话题；如今列宁宣布了合作社，他在社会主义身上觉察到了一种充满活力的神圣性，并祈愿苏维埃政权好事连连。这回，阿列克谢·阿列克谢耶维奇进得城来一个熟人也没碰上，只见着一群面黄肌瘦的家伙走来行去，一路纠缠未来梦想。切文古尔寨门口，朝向外面的大街上，约莫二十来号人抬着一栋木房子，缓缓移动悄无声息；旁边，两骑者坐马上喜滋滋看着他们忙活。

内中一骑马的，波柳别济耶夫认出是张熟脸。

"切普尔内伊同志！有没有时间谈一谈，就耽误您半小会儿工夫。"

"是你呀，波柳别济耶夫！"切普尔内伊一看是阿列克谢·阿列克谢耶维奇，脑子里倏尔滚过这家伙身上的点点滴滴，"那就谈吧，说来看看，你在那纸上琢磨来琢磨去又得出啥结果来了。"

"我想简单谈谈合作社的事情……切普尔内伊同志，有篇关于社会主义精神方向道路的文章，好像刊登在一家给穷苦老百姓办的报纸上，名字么，似乎就那个意思，叫《贫农报》，您读过没？"

切普尔内伊这家伙向来什么也不读。

"啥合作社哟？我们都到了，你还要什么道路？扯啥呢你，亲爱的公民！从前呀，就是你们这些人霸占着劳动者的道路，选择为上帝活着。如今你我都是一家人了，兄弟，啥道路都没了，人们已经到啦。"

"到哪儿了？"阿列克谢·阿列克谢耶维奇老老实实问上，心里对合作社的热情却渐渐冷下。

"那还能到哪儿？日子到了共产主义生活呗。读过卡尔·马克思没？"

"没，切普尔内伊同志。"

"那你呀真该去读读，亲爱的同志，不然历史都已经结束了，可你却还没发现呢。"

阿列克谢·阿列克谢耶维奇一时愣住，也不问了，径直往远方走去，那里，草木依旧枯荣有时，人们如故生老病死，还有一位老太婆在等着盼着自家老爷子。那里，日子或许要艰难些、愁苦些，但是，那是他阿列克谢·阿列克谢耶维奇的家乡，他在那里出生，那里长大，小时候在那里抹过眼泪起过欢笑。他突然忆起自家那些家具，那座破败院子，那位不再年轻的老婆子，顿时便开心了，这些自己生命中的伙伴同样不晓得卡尔·马克思，因此，大家才没跟自个儿主人分道扬镳，才没与自家丈夫一拍两散。

科片金同样没来得及读卡尔·马克思，面对切普尔内伊一身学问顿觉矮人几分，不免惴惴不安。

"怎么？"科片金问得心虚，"你们这儿人人都得读卡尔·马克思么？"

切普尔内伊见科片金有些不自在，赶忙宽他心：

"我呢，也就吓唬吓唬人罢了。我这辈子也没读过什么马克思的东西。不过是开会时听别人叨咕了几句，顺便拿过来装装样子鼓舞大伙儿劲头。其实根本用不着去读，那些玩意儿，你也懂的，就从前有些人成天读来读去、写东写西弄出来的，可过日子呢，哪里晓得过啥日子哟，根本过不来，却倒也怪，个个儿都忙着替别人想出路找活法。"

"那个，这会儿把城里房子搬来搬去，花园抬手上拖来拖去，啥意思？"科片金瞧了好久一直没看明白。

"今天不正好星期六义务劳动嘛，"切普尔内伊给他解释，"人们呢,到这切文古尔是一路靠双脚走过来的,闲不住哇,劲头又旺,还不是想着把同志般温暖的大家庭挤得更密实过得更亲热些。"

切普尔内伊跟切文古尔的大家伙儿一样,没有固定住处。就因这么个条件,他和科片金不得不随便找栋砖瓦房落脚,结果反倒幸而又幸地住稳当了,那些义务劳动的家伙一时半会儿还真拿它没办法。厨房地上睡有两条人影,头下枕着麻布口袋,活像游荡天涯的浪子;除开二人,另有一家伙在煎土豆,没找着菜油直接弄茶壶凉水代替,看那动作架势倒操持得像模像样。

"嘿,皮尤夏同志!"切普尔内伊招呼,那家伙正忙得不亦乐乎。

"有事儿吗你?"

"你晓得不,普罗科菲同志这会儿在哪儿?"

皮尤夏急于对付快燃起来的土豆,没忙着搭理这一芝麻绿豆的小问题。

"哪里,哪里,跟你那婆娘混一起呗。"皮尤夏逮着空回了句。

"你留在这里,"切普尔内伊连忙跟科片金交代了声,"我呢,去找找克拉布兹久莎,那女人真是迷死个人啰!"

科片金脱下外衣铺地板上,半身赤条条,袒胸露乳躺了下去,只那手枪连套带把骑于腰杆位置寸步不离。到了切文古尔,这地方说暖和也暖和,同志间的热情劲儿硬是没散开过,兴许是疲倦坏了的缘故,科片金却老觉着忧愁得苦闷,一颗心直想往外飞,跑得远远的。目前,科片金一时半会儿尚未瞧出,切文古尔的地盘上哪里清清楚楚明明白白地显出了社会主义的身影;那身影是这天地间最婀娜多姿动人,但却最结实坚强可靠,最启人心智净化灵魂的美丽风景;若得踏入这风景,那在德国资产阶级土地上牺牲的罗莎·卢森堡之今生必将在科学技术中复活过来,或者其来世,另一个小小的罗莎必将如期诞生降临。科片金之前问过切普尔内伊,到切文古尔究竟要不要干点什么?那家伙居然回答:"没啥可干的,我们这里没有贫穷也没有劳动,你就捧着自己的心灵好生过日子吧!咱们这切文古尔如今可好了，我们把天上太阳动员起来了，叫它永永远远劳动下去，而社会什么的也永永远远解散了！"

科片金算是看出来了，自己脑子跟不上切普尔内伊的节奏，笨太多了，于是住口不接话。其实早在半道上，科片金一时兴起曾弱弱地问过切普尔内伊，罗莎·卢森堡要是在的话，到他们那儿能干什么？当时，切普尔内伊对此问题没给准话，只敷衍搪塞："这事儿嘛，到了切文古尔你亲口问咱们的普罗科菲吧，他什么都能说个清楚明白，我嘛，也就在革命领导性的先知先觉上给他把把方向！你以为我跟你说东道西讲的都是自己的话吗？不是，那都普罗科菲教的！"

皮尤夏水煎土豆的活路终于忙完了，招呼那俩沉睡的浪人醒来吃东西。科片金也起了身，胡乱吃上几口安慰安慰自己空空的肚皮，肚子踏实了落觉才能更快些，心上的忧愁也要散得早一些。

"真的还假的，切文古尔这地方人们个个都活得很好么？"科片金问皮尤夏。

"反正呀，没人抱怨！"皮尤夏慢条斯理应了句。

"那你们这儿社会主义到底在哪里？"

"你呀，得换成新眼光才能见得更清楚，"皮尤夏勉为其难开导科片金，"切普尔内伊老说我们太习惯了，不论是自由还是幸福从来都看不清楚；你想啊，我们呀，来这地方都住下两年了，早习惯当本地人了，眼光也旧了嘛。"

"那从前呢，这里谁住？"

"从前嘛，资本家住这里。为搞定他们，我们跟切普尔内伊一起组织了一次耶稣基督复活行动。"

"可现在大家都……都讲科学了，这种想想而已的事情搞得成吗？"

"怎么搞不成？"

"那究竟咋办到的？你别藏着掖着说全乎点！"

"怎么着,我像撒谎的人吗,还编故事骗你不成?总有些突然而然的意外事件嘛,有的情况啊,只管下命令,见机行事不就完了。"

"肃反委员会的行事是不?"

"嗯,对头。"

"哦,"科片金多少明白过来了,"就该这么办,相当正确。"

院子里,"无产阶级力量"拴篱笆墙上,一群人老围着它,心里气愤不停呼哧哼哼;见新来良马一匹,好多人都想骑上去沿着切文古尔的地界狠狠跑上一圈。可"无产阶级力量"却没这打算,只想赶走那些家伙,一个劲儿地龇牙咧嘴尥蹶子。

"你呀你,如今是人民的牲口了,得听话!"一精瘦的切文古尔人和颜悦色地做那马的思想工作,"干吗呢,发啥脾气呀?"

科片金听见自家马儿闷闷不乐的哼哧声,赶忙出来救场。

"走开走开,"他冲那群无法无天的家伙直吼吼,"你们这些打家劫舍的家伙,没看见人家马儿也有自己的心灵吗?!"

"看见了呀,"一切文古尔人顶了回去,还理直气壮,"我们呀,都过着同志式的日子,友爱得很,可你的马呢,自私自利资产阶级。"

科片金一听怒了,对这些原本受压迫的家伙也无意尊敬不尊敬了,为捍卫自家马儿的无产阶级荣誉豁出去了。

"你个流氓痞子,睁着眼睛说瞎话!这革命风里来雨里去,我骑在这匹马的背上都闯过五个年头了,可你呢,你又在哪儿,光知道骑在革命脖子上捡现成的!"

话说到这份上科片金进行不下去了,一腔烦恼生生给堵在了嗓子眼儿,只因他稀里糊涂地觉得眼前这些家伙脑子比自己灵光多了,却不知咋回事,这别人家脑子里光芒万丈的智慧怎么就离自己那么远,自己的脑子撂一边好不孤独无助。他想起德瓦诺夫,那家伙怎生办到的,老早便抢在智慧比下高低和得失分出大小前把生活梳理得平平顺顺了;想不通也就越发惦念牵挂。

切文古尔上空天色幽蓝如阴郁深渊，去朋友那方的道路天长地远，马力也有穷尽时。

科片金胸中忧心忡忡疑虑重重，忐忑不安间怒火燎原，决定当即出手，不管此地条件成熟与否定要把切文古尔城的革命好生检查一遍。"这里说不定是潜伏的土匪窝子呢？"科片金妒火中烧，"一帮懒懒散散的败类安乐窝呆惯了，我这就让他们看看什么叫紧紧凑凑的共产主义！"

科片金到厨房猛灌一肚子水，全副武装准备妥当。"好哇，混蛋玩意儿，连马都怒火万丈起来反对他们了！"科片金愤恨难平越想越难受。"这帮家伙以为共产主义就只有脑子和油水，里面没有身体骨架子，要拿下搞定它还不小事一桩轻松容易得很么？！"

科片金的那匹马永远时刻准备着，只消一声吆喝立即投入战斗；这会儿马浑身充满力量热血沸腾，胸膛如擂战鼓震天响，把科片金扛背上，马背宽阔宛若同志肩膀。

"喂，你，前面跑起来，让我见见这里的苏维埃！"科片金随街拉上一家伙，连吓带唬命令上。那人正打算讲讲自己的情况，却见科片金拔出了马刀，赶忙住嘴跑了起来，与"无产阶级力量"并肩而行。那带路的倒霉蛋跑着跑着回过头，一肚子委屈尖声尖气叫得活像怨妇，说什么在切文古尔人是不劳动的，也不会撒腿跑路忙活，至于上税和服劳役的事情全由太阳包办了。

"哼，这地方的人，难不成是哪支部队的病号来休假的么？"科片金闷着嘴巴心里直打鼓，"要不就是在沙皇战争年代这里拿来当过部队卫生所！……"

"你这家伙，那太阳莫非就该跑在马前头，而你倒该舒舒服服躺着？"科片金对那撒开脚丫子奔跑的家伙也不客气。

那切文古尔人一把拽住马镫，想省点力气缓缓呼吸再开口回答。

"我们这儿呀，同志，但凡好人都悠闲安逸自在得很，只有资产阶级才急冲冲的，你想啊，他们得大吃大喝，还得来压迫老百姓。而我们只讲感情好，有得吃就行……喏，这里，你要找的苏维埃。"

来到一片坟场，门头挂了块红艳艳的大招牌，科片金不紧不慢扫了一眼上面的文字：

"切文古尔解放区各阶层人类苏维埃"

这家苏维埃公干的地方居然安在教堂里。科片金沿着墓地小路直奔教堂大门而去。

"天下穷困潦倒的劳苦大众，世上水深火热的黎民百姓，你们都到我这里来吧，由我来安慰救赎。"教堂大门拱顶上写着这么一句。这些字眼是谁家的口号科片金倒也清楚，但仍忍不住心生感动。

"我这颗心灵何处可得安宁？"科片金幽幽苦恼，暗瞧自己心上，只剩疲倦忧伤，"你呀，根本办不到，你从来安慰救赎不了百姓，你身上没阶级感情，只有自己个人。你要是社会革命党人，我非把你这就榨干榨尽不可。"

"无产阶级力量"走了过去，既不哈腰也不屈膝，径直来到教堂的一处凉爽地方，马上骑士也随之而入，一进教堂童年时光扑面而来，令他大为惊诧，仿佛不知不觉回到了故乡，回到祖母的贮藏小屋。曾经，在自己生活、漂泊、战斗过的大大小小县份里，不时也路过往昔儿时的故地，依稀陌生隐隐熟悉。曾几何时在自家村子他上过的教堂中亦似这般，还曾在那里祈祷过，只是那时候他离开教堂就能回转家里，回到母亲身边绵绵实实的怀抱；难道，那教堂，那儿时的伴侣，如今早已逝去的鸟儿们的鸣唱，那些夏天朝神秘基辅徘徊而去的奇奇怪怪的老人，这些莫非都不是童年；难道，童年反倒是那个小小的孩子一时的心花怒放，一时的得意洋洋，只因觉得自己母亲鲜鲜活活就在这世上，就在自己身旁；因为那时，夏风拂面总能闻到她身上裙摆的芬芳。确实，在那个天真烂漫生机勃勃的年纪，一应老人落自己眼里都那么奇怪神秘，心想他们的母亲早过世了，怎么还活得好好的，怎么就不伤心哭啼。

就在那一天，科片金骑马进教堂的那年月，革命还很贫穷，比不过宗教信仰，找不来一块红绸子盖住势不两立的圣像；教堂穹顶画着上帝耶和华，眼睁睁注视着下方的讲道台，那里，革委会的会议开了一次又一次。这会儿讲道台上坐有三道人影，围着一张红得鲜艳欲滴的桌子：切文古尔县执委主席切普尔内伊，一小年轻，一美妇人。那女子面带笑容神情专注，宛若未来光辉灿烂的共产主义接班人。桌上摆了一册叶夫图舍夫斯基习题集精要，那年轻人正借其向切普尔内伊证明太阳的力量足够所有人使用，而太阳也要比地球大上十二倍，这些都确凿无疑。

"你呢，普罗科菲，不该由你费脑子思考的，动脑子这件事情该我来做，你只管表达标准就行了！"切普尔内伊提醒。

"可你自个儿体会体会呀，切普尔内伊同志，如果这不科学，那干吗要把人动来动去？"小年轻仍不死心喋喋不休欲辩出道理，"要是把老百姓都集合起来只为让大家共同承受打击，那他们肯定会反对太阳的力量，就像单干户要起来反对公社食堂反对劳动组合一样！完全是徒劳无益的事情嘛，不信我把话撂这儿！"

切普尔内伊双目微闭聚精会神想了想。

"你有些话说得倒对，可有些话呢，简直是胡说八道！你这家伙，跑到教堂里跟克拉芙久莎亲热了又亲热，而我呢，上这教堂就成了光来找感觉的，你说，是不这么回事儿！"

身下马儿步伐沉重，科片金勒定站稳姿势，出言打断了那场交锋，径直拿出自己的打算，声言这就时不我待、刻不容缓地彻查切文古尔全城，看看有没暗藏的反革命苗头。

"你们呢，都是本地脑子出奇聪明的家伙，"科片金最后来了这么一句，"可这聪明里头经常躲着狡猾，还不想着去压迫那些不吭声的老实人。"

那小年轻,科片金只瞄了一眼即认定其为窃贼无疑:长着一对黑咕隆咚的眼珠子,眼光躲躲闪闪看不真切;脸上一副惯于精明算计的神色;鼻子倒是长在脸中央,却鼻孔大开嗅来闻去无耻之极;通常,但凡诚实正直的共产党员鼻子尽皆木讷朴素,眼眸含着信任,灰扑扑的却更和蔼可亲。

"你呀,小家伙,就是个偷儿骗子!"科片金直揭那小年轻的老底,"把你证件掏出来!"

"好嘞同志,请看!"那年轻人一脸讨好的善意,爽利答应。

科片金接过一把小本本和小纸片,上面写着:"普罗科菲·德瓦诺夫,1917年8月入党。"

"认识萨沙不?"见这人正好与自己朋友同姓,科片金便没再继续为难,暂时放过那张看着碍眼的脸问起他旧事。

"认识,小时候的事儿了。"年轻人回得老实,脸上笑容却不老实,心思过重。

"那么就请切普尔内伊同志给我一张空白的格子纸吧,我得把萨沙叫过来。这地方是该好生查一查探一探,这费脑子的事情就得由有脑子的来办,以便让共产主义的小芽苗遍地开花……"

"可是,同志啊,咱们这儿的邮局早撤了呀,"切普尔内伊赶紧说明情况,"这里的人过日子全挤成一张饼了,抬脚就见着别人的脸,用得着什么邮局哟,是不这个理,说来看看!这地方,兄弟,无产阶级已密不可分地联合起来了!"

没有邮局科片金倒不觉遗憾,他这辈子书信往来也就收过两回写过一封,那时还在帝国主义战争前线,家里来信说他老婆没了,得写点伤心话回去跟远方亲人一起遥遥祭奠痛哭一番。

"那用脚杆走路呢,就没人去省里了不成?"科片金质问切普尔内伊。

"走路去的家伙嘛倒有一个。"切普尔内伊想起一人。

"你说的谁呀,切普尔内伊?"一听有人要上省城,旁边那女子顿时脸上灿烂如花开,这女人把那俩切文古尔男人迷得正是晕头转向;不过说实话,她还真漂亮,连科片金都动心了,觉得自己要还是年轻小伙也照样会搂了过来死死抱住不松手,呆若木鸡地使劲儿享受。这女子身上气定神闲悠哉游哉清凉怡人。

"米什卡·卢伊呗!"切普尔内伊报出人名又急忙提醒,"他呀,走路老厉害了!只是呢,你派他去省里,这家伙没准儿突然溜到莫斯科去了,要不就上了哈尔科夫,回来同样如此,总要挨到年头年尾关口,不是花打苞了,就是雪压地了……"

"在我这儿,给他下的任务是跑不了那么远的。"科片金决定了。

"好吧,那便让他去吧,"切普尔内伊没意见,"走路这事儿在他身上不算劳动,不过发育发育生命而已!"

"切普尔内伊,"那女人来了要求,"给卢伊带上些面粉吧,换东西用,回来时让他替我捎块儿小披肩。"

"好的,这就给他,我的克拉芙季娅·帕尔芬诺夫娜女士,马上就给,机会难得是该好生利用利用。"普罗科菲赶忙表态让女人放心。

科片金给德瓦诺夫写信,动作一板一眼,字迹规整得像印刷出来的:

亲爱的萨沙,我的同志我的朋友!这里是共产主义,也可能相反,所以,需要你尽快赶过来。这地方只有夏天的太阳在干活,而人们之间仅仅只有客气友好,缺乏爱的交往;但是怪得很,这里婆娘居然喜欢敲诈勒索小披肩,当然,她们开开心心总比公然祸害别人强。你的一个兄弟或本家亲戚我亲近不了,他看着就让我讨厌。其实,我过得像个野生的主体,想任何问题都闷自家肚子里,反正他们都不喜欢我,差十万八千里呢。没什么大不了的事情,照他们这里的说法,那是科学和历史的事儿,不过是还不是弄不清楚。

此致，革命尚未成功！

敬礼，同志仍需努力！

科片金

为了共同忠实的思想原则性，快来吧！

"我老想来想去图个啥哟，一会儿幻觉，一会儿又错觉，唉，我的心好难！"教堂阴森森四面黑漆漆，切普尔内伊直呼痛苦，"我们这儿的共产主义是完好无缺的样子，还是并非如此！恐怕该去找趟列宁了，请他把全部真理亲口对我标标准准地表达一回！"

"对呀，就该去嘛，切普尔内伊同志！"普罗科菲举双手双脚赞成，"列宁同志肯定会给你个标语的，你收下带回来不就完事了。你会觉得真太不可思议了：怎么过来过去老我一个人的脑瓜子在想事情，这么下去就算敢死队也遭不住哇！此外，你还会觉得，本人我也不该独享这份聪明绝顶的特权优势啊！"

"可我的心灵我的感觉你没考虑到吧，你说实话，是不是？"切普尔内伊觉得有辱其人格大为不满。

普罗科菲这家伙一看便是舍不得多花一分力气的主儿，懒得动心思伤感情，心平气和坐如山稳。

"感觉嘛，切普尔内伊同志，这个只是群众天生自发的本能，而思想才是人为培育的组织。列宁同志亲自讲过嘛，组织对我们大家来说是高于一切的……"

"照你这么说，我这儿是伤脑筋，而你那儿是转脑筋，哪个更不像话？"

"切普尔内伊同志，我也要跟你一起去莫斯科，"那女人又提要求了，"我还从没见过中央呢，那地方啊，好多人都说，不管什么东西绝对叫人大开眼界！"

"简直胡闹！"科片金听不下去了猛然发作，"你，切普尔内伊，把她直接带到列宁面前好了，并跟他讲啊：'列宁同志，这个，你拿着吧，好孬是个现成的婆娘，到共产主义前都用得着！'你们这些家伙呀，下贱不，混蛋不？！"

"这又咋的啦？"切普尔内伊的神经顿时绷紧了，"你那意思，我们这儿都不对头了？"

"嗯，是的，不对头！"

"那怎么弄才对头，科片金同志？我的感觉力已累得麻木迟钝了哟。"

"我哪儿晓得去？我的事业就是消灭一切敌对势力。等哪天消灭光了，到时候该咋地就咋地，一切自然而然便到来了。"

普罗科菲一旁抽烟也不插话，任科片金说道，心里直琢磨法子：如何才能把这股脱离组织的武装力量拉进革命。

"克拉芙季娅·帕尔芬诺夫娜女士，请吧，咱们出去溜达溜达，耍一耍乐一乐，"普罗科菲找上那女人，态度组织得很到位，绝对彬彬有礼，"不然啦，您都要松松垮垮没劲儿了哟！"

于是这对男女起身离开，走到教堂门口台阶时科片金指着那双背影提醒切普尔内伊：

"这是资产阶级，你得注意了！"

"是吗？"

"错不了，我敢发誓！"

"那眼下咋办？要不，干脆让他俩从切文古尔消失算了？"

"慌什么慌，你那脑袋在脖子上栽不稳是不！你呀，该把共产主义从脑子上压到身体里去，最好用战斗的手使劲儿拍一拍！等着瞧吧，萨沙·德瓦诺夫很快要来了，他会示范给你们看的！"

"想必，他是个很聪明的人吧？"切普尔内伊心里有些发虚。

"他呀，同志，考虑事情脑子里流的是活人的鲜血，而你的那位普罗科菲流的是死人骨头，"科片金分得清楚，计较起来也颇为得意，"你哟，哪怕搞明白一次也算对得起自己是不？……给，格子纸，赶紧打发卢伊同志上路吧。"

切普尔内伊的脑子一紧张就卡壳，思路也给堵在了原地，弄得心头转来转去尽想起陈年旧事，都是些差不多忘记也派不上什么用场的旧事，丝毫给不出什么真理的感觉。此时，他脑海蓦地闪现好些林间教堂，应是给沙皇战争时的军队席卷过，里面主教跑空了；倏尔又冒出一小丫头片子的身影，孤儿一枚坐水沟边，嘴里嚼着土田七；不过，这小丫头切普尔内伊几时在人生道路上遇见的，虽同样派不上什么用场，但又是何时烙进自己心底的，永远也闹不清了；现如今那丫头是否还活着，也是一想起便大伤脑筋的事情；或许又或许，她可能就是克拉芙久莎，不然怎么那时候，千真万确，她咋就长得那般好看，与她分开又那么难受。

"你怎么像个病号似的眼睛老晃来晃去，啥意思？"科片金觉得他状态有些不对头。

"唉，科片金同志，是这样的，"切普尔内伊一脸伤心透了的疲态，幽幽叹息，"我心头哇，那些生活的影子老像云朵似的飘来飘去！"

"就该飘，飘得乌云密布才像话嘛，这么一来，我不就一眼见出你人很不舒服了嘛。"科片金又同情又气恼直恨这家伙不争气，"走吧，离开吧，换个地方透透气，这地头，那口水滴答浑身湿漉漉的神都一股臭屁味儿了。"

"走吧走吧。别忘了你的马，"这自称"日本人"的家伙终于松了口气，"到了开阔地头哇，我身上的劲儿肯定会多不少。"

来到外面，科片金回头给那"日本人"指了指挂在教堂门口又革委会头上的招牌："天下穷困潦倒的劳苦大众都上我这里来"。

"这牌子得漆了重来，换上苏维埃的样子！"

"可是没人想得出合适句子呀，科片金同志。"

"交给普罗科菲去想吧！"

"他那脑子恐怕没这么深刻哟，干不了的；他这人，前头刚有了

253

主语，可后头却忘了谓语。我呢，打算请你那位德瓦诺夫来当文书，普罗科菲嘛，干脆让他自由自在玩乐去……呃，说来看看，上面那句话咋就招你惹你不待见了，里头的意思不是在彻头彻尾地反对资本主义么……"

科片金一听眉毛都拧紧了。

"照你那意思，你眼中的上帝，一个人单打独斗便把全天下的群众都安慰得下来了不成？你呀，我的切普尔内伊同志，这纯粹是资产阶级的观点。革命群众只要站起来了，自己会安慰自己的！"

切普尔内伊望了望切文古尔，这座倾注他全部心神和思想的城市。下夜了，幽幽静静，像极切普尔内伊心上疑虑重重的阴云；也像极了那朦胧预感，永远也耗不尽他心神，始终起起伏伏不得片刻安宁。切普尔内伊不懂世上有普通又平凡的真理和生活的意义，因而见到形形色色的人来来往往，数量又委实太多，便起心安排他们沿着同一条规律行事。普罗科菲曾建议他在切文古尔兴科学办教育，但当时他觉得那纯属没希望的事情就一口回绝了。"你呀你，怎么回事儿，莫非不知道科学是啥东西？就是这东西给了整个资产阶级回挡倒车的机会，也就是说，无论哪个资本家一旦沾上了这东西，立马摇身一变成有学问的人了，再往身上涂点药粉什么的，把气息腌制成老百姓的味道，你还不照样要高看一眼尊重他！所以说科学这东西往后只会向前发展，至于走到头会变成什么样子就不得而知了。"

在前线那会儿，切普尔内伊害过重病从而记下不少药方子，会了几把看病手段，病一好立马考取了连队助理医士，只是他却看不起医生，觉得他们都是些不下地的脑力剥削者。

"你觉得呢？"切普尔内伊突然问科片金，"你那位德瓦诺夫不会把科学引到咱们这里来吧？"

"这他倒没跟我提过，他呀，他的事业只有一项，共产主义。"

"这不正是我所担心的情况嘛。"切普尔内伊努力思考科学的事情,尚未想成熟,便先承认自己心里不踏实;不过,恰好又记起普罗科菲曾对他怀疑科学的态度仔仔细细分析得清楚,于是又说,"在我领导下普罗科菲曾标标准准表达过,说智慧那玩意儿跟房子一样,也是一种财产,因此上这玩意儿肯定会压迫不懂科学的,剥削脑子不顶事儿的……"

"那你还等什么,把笨蛋傻瓜们都武装起来呀,"科片金念头一转给他找了条出路,"到时候你就让那些聪明的家伙带着一身药粉去纠缠那帮傻瓜笨蛋试试!你看我,你觉得像哪种?我呀,兄弟,也是傻瓜笨蛋嘞,只不过活得绝对逍遥自在罢了。"

切文古尔街上走来一群人,皆是今天露过面的,有的肩膀扛过房子,有的手上拖过花园。人们行色轻松,去休息之地、上聊天之所,到同志间的场合把这一天消磨干净。明天,劳动没影儿了,工作事务也不来了,毕竟切文古尔这方天地只有那唯一的太阳在为人人替大家干活,故而得干部群众表彰为全世界的无产者。干活这件事情并非人们的义务,普罗科菲得切普尔内伊鼓动对劳动做过一番专门解释,在他的说法里,劳动被一劳永逸地宣布为贪婪的流毒,是以剥削人为本质的兽欲,只因劳动促成了财富的诞生,而财富就是压迫;可太阳则不同,它挤出身上光芒给人们生活发放了足够充分的口粮,人人有份、定额定量;而任何刻意人为的劳动所带来任何一丝口粮的增长都必将滋生完全用不上的有害物质,从而引发阶级战争的熊熊大火。虽然科片金已隐约猜到切文古尔存在一种由太阳维系的生活模式,但是每逢星期六人们仍要出来劳动,这就令他大惑不解奇而怪哉了。

"这么弄不是在劳动,而是义务星期六嘛!"切普尔内伊给他解释,"在这件事情上普罗科菲正确领会了我的意思,说的那番话豪气,壮哉。"

"他是啥玩意儿,你肚子里的蛔虫吗,啊?"科片金就不信任普罗科菲,调侃上切普尔内伊。

"当然不是。他那样说，受其狭隘思想境界所限制，削弱了我那些宏大伟岸的感觉。不过呢，这小伙子嘴巴强能说会道，没了他我就哑巴了，光闷肚子里难受……这义务星期六里面嘛，任何财富的诞生都是没有的，你也不想想，难道我会允许吗？只不过让群众找找感觉自觉自愿尝尝小资产阶级的余毒罢了。怎么到你这儿就成压迫了，有哪儿压迫了，说来看看！"

"那倒没有。"科片金坦然承认。

一间板棚给拖在了街心，切普尔内伊和科片金打算借此过夜。

"你该去找你的克拉芙久莎嘛，"科片金劝他，"那女人肯定对你伤心了！"

"普罗科菲不把她领走了嘛，也不知上哪儿了，且让那家伙乐一乐吧，反正我们都是不分彼此的无产阶级。照普罗科菲的说法，我并不比他强在哪里。"

"那个，不是你自个儿亲口说你有宏大伟岸的感觉么，这号子的男人身上鼓鼓囊囊的，最是招女人喜欢了！"

切普尔内伊一时面露窘色，的确如此，鼓得难受！可惜今儿个他心里不是滋味，活像害病了，也就只能想想而已。

"我呢，科片金同志，那宏大伟岸的感觉这会儿正挤在胸口生疼，没力气跑到年轻气盛的地方去了哟。"

"哦，这样啊，"科片金表示理解，"那便随我去休息吧，反正我心里也同样不好过！"

棚内，"无产阶级力量"刚嚼完一大捆青草，那是科片金跑到城市广场专门替它割来的；临近夜半它也躺下了，径直席地而卧。这马儿睡觉跟有些小孩子一样，眼睛半开半闭，一夜微露梦中温柔，不时瞅瞅科片金；而科片金却已浑然不觉，整个人如坠漆黑深渊，往事断断续续忧伤起起落落，不时引来一两声痛苦呻吟。

夜色下草原幽寂时光黯淡，此时此际切文古尔的共产主义毫无戒备；这里的人们，日间的心灵生活积下了道道疲倦裂痕，正借助酣梦的力量疗伤愈合，也就暂时摁住了那誓死坚守的无畏信仰。

切文古尔酣梦绵长，很晚才醒来；它的居民一生受压迫，岁月沉重只想休息，可怎么也歇不够，革命为切文古尔县赢得了安眠，把心海筑梦变成了一份主要职业。

切文古尔的徒步行者卢伊大步流星向省城走去，身上揣着给德瓦诺夫的那封信，再有就是些面包干和一口桦树皮制的小桶，桶里装满饮水，已为身体焐暖和。他动身之际只有蚂蚁和晨鸡起了身，而天上日头仅一抹白亮，天幕似开未开阴暗得仍很遥远。一路奔走脚下快活，新风拂面神清气爽，卢伊心头的烦闷、疑虑和躁动不安的欲念渐渐消散；前行中脚下道路消磨着他的身体，也把他从繁琐冗余的恼人生活中解放了出来。早在年轻那会儿他就独自琢磨过石头因何而飞，并悟出了个中道理，石头之所以会飞是因为动起来的快感如若挥舞羽翅，使它变得比空气还轻。卢伊没念过书也不识字，但却坚信共产主义也该动起来，迈着人们时刻不停的脚步走在大地上奔向远方。他跟切普尔内伊建议过多少回，请他宣布共产主义就是漫游大地，求他解除切文古尔万古不变的定居状态。

"请大家摸着良心告诉我，我们人像什么，像马还是像树？"有时街上道路短得他委实难受，卢伊便跑到革委会去质问。

"像最高等的！"普罗科菲脑子一转冒出个表达，"像辽阔的海洋，我亲爱的同志，也像循环往返的和美乐章！"

卢伊这辈子除了河流和湖泊没见过别的水域，至于和美乐章也只听过双排键手风琴的吟唱。

"我觉得，人可能更像马一些。"切普尔内伊定了调子，边说边忆起几头熟识的马匹。

"明白了，"普罗科菲顺着切普尔内伊的感觉继续表达，"马身上有胸腔，里面连着心，还有优雅的脸庞，上面长着眼睛，而树可没这些东西！"

"就这意思，好样的，普罗什！"切普尔内伊喜上眉梢大为赞赏。

"我就这么说了，绝不改口！"普罗科菲再次表明心迹。

"完全正确！"切普尔内伊赞声高扬一锤定音。

卢伊这下满意了，当场建议革委会推动切文古尔立即上路开向远方。"得让人灌灌风，"卢伊卖力鼓吹，"否则人又会给你弄出事情，成天沉迷于人压迫人专门欺负弱小，要不就浑身不自在一个劲儿地瘦下去，愁来愁去没完没了；你想啊，这样下去咋得了？而上路后则不同了，人人之间你帮帮我我帮帮你，这友谊必不可免地就结下了，到时共产主义就不会白闲着了，有的是事情叫它忙活！"

切普尔内伊吩咐普罗科菲把卢伊的建议好生记下，然后交由革委会开会讨论。那场会议开得沉重，耗费了整整一天大好春光，原因在于切普尔内伊虽体味出了卢伊话中的要害道理，可到会上他并没将自己那领导性的先知先觉提前告诉普罗科菲。结果普罗科菲只好自作主张地打官腔，对卢伊的事情表示异议："有鉴于未来是战争和革命的时代，那么，人之运动理当视作共产主义之时不我待的一种征兆，也即，将全县所有居民都抛投向资本主义，其时机就在资本主义之危机彻底成熟那一刻，然后于克敌制胜的方向上马不停蹄地继续前进，让群众在踏遍整个地球的条条道路上逐渐通过同志间的友爱情谊不断锤炼意志品质；而目前，共产主义暂时还必须限定在从资产阶级手中夺过来的小块儿土地上，以便我们手中牢牢把持住管控权。"

"不对呀，同志们，"卢伊脑子不糊涂辨得清是非，当即出言反驳，"在定居条件下共产主义是实现不了的，它遇不上敌人也就生不了快乐！"

普罗科菲瞅了瞅切普尔内伊，见他听得一本正经，拿捏不准其摇摇晃晃的感觉。

"切普尔内伊同志，"普罗科菲鼓起勇气试着拿拿主意，"你看,既然工人阶级的解放是工人阶级自己的事情!那便让卢伊走吧,让他一步步获得自我解放吧!我们在这儿瞎操个什么心?"

"对头!"切普尔内伊陡然来了气势,总结性地发话了,"开走吧,卢伊!运动是群众的事情,我们不会碍手碍脚地挡群众的步子!"

"好吧,那就多谢了。"卢伊给革委会鞠了一躬,转身离开,去寻找势在必行的方向,以便从切文古尔出走。

某日,卢伊碰见科片金骑在膘肥体壮的大马上,一时神情扭捏局促不安,觉得这科片金驾着马儿哪儿都能去,而他卢伊却只能待在一动不动的地盘上;卢伊心中渴望离开这座小县城,渴望有多远就走多远的念头这回愈发强烈;不过临走前,他打算给科片金表示表示自己的好感,却什么也拿不出手,在切文古尔可当礼物之物遍地难寻,只能给科片金那匹马饮饮水了。可科片金对他那匹马守得紧,严禁外人接近,喂水这事儿都亲自动手。这会子卢伊仍耿耿于怀,遗憾世上有那么多房子那么多东西,可那最最至关重要的,那象征人与人之间团结友爱的东西怎么就那么少。

这次上省城后,卢伊决定不回切文古尔,径直去那座彼得格勒城市①,到了那里加入舰队,去大洋大海上远航,一路见见各地风土人情,看看海上风云变幻,如此聊以自慰,让自己那颗视天下人为兄弟的心灵吸够绵绵不绝的精神养分。此刻来到分水岭上,切文古尔道道山谷尽收眼底,卢伊回头望向县城,望向那方曦光下的世界。

"再见了,共产主义!再见了,同志们!只要活着,你们谁我都不会忘记的!"

那会儿科片金恰好在城边遛马热身,望见站在高处岭子上的卢伊。

"这四处流浪的家伙,准得半道儿上就折向哈尔科夫。"科片金暗自揣摸,给卢伊定了性,"我跟那些家伙瞎搅和在一起错过了多少

---

① 指彼得堡,当时应称为列宁格勒。

革命的大好时光哟！"于是回身，策马飞奔如驰骋草原，直冲切文古尔，打算就在今天彻彻底底把共产主义检查完整，然后再上手段用自己的方式整治。

切文古尔城内房子搬来搬去，街道面目全非：一应建筑尽皆失了落脚处，奔忙于路途；"无产阶级力量"这马习惯道路平坦横冲直闯，眼下动不动就拐弯，搞得大汗淋漓烦躁不已。

一处歪歪斜斜、迷失了去向的谷仓旁，一小伙儿一姑娘双双躺地上，身上拱了件皮袄子；看那凹凸身段该是克拉芙久莎。科片金提了提缰绳小心翼翼驱马前行，打那对睡熟的人儿身旁绕过；他心里不平静，面对蓬勃青春他一直觉得难为情，却又颇为敬仰，视其为伟大壮阔的未来之一统天下的王国。亚历山大·德瓦诺夫同样年轻，可他的青春如隔冰山，曾经面对姑娘丝毫也不动心，这叫科片金佩服不已，也就越发敬重喜欢，拿他当自己革命征途上肝胆相照的同路人。

房舍林立深处幽寂，突然传来一声口哨，响音悠长。也不见人影，科片金神经一紧全身戒备。那哨声停了。

"科——片金！科片金同志，走，下河游泳去！"不远处，切普尔内伊尖起嗓子唤他。

"你再吹吹，我找找声音方向，这就过来！"科片金压低嗓音回过去一记闷雷。

哨音又起，切普尔内伊这回吹得响声大作浑似狂风暴雨，而科片金一人一马仍轻手轻脚悄悄潜行过去，穿梭于杂乱无章的城市幽谷。板棚门口，切普尔内伊裹了件军大衣长身而立，衣服下什么也没穿，脚也光着；嘴含两根手指作吹口哨状，以便气流挤得更有劲儿，而两只眼睛则望向明媚天空，上面日头欲炽热浪滚滚蓄势待发。

科片金将"无产阶级力量"拉进板棚锁上门，跟上切普尔内伊；切普尔内伊今天格外快活幸福，仿佛与天下百姓终于拜了把子结了兄弟。一路去河边碰上不少醒来的切文古尔人，全是些寻常百姓，比比皆是那种,只不过一身行头尽显穷样,一脸长相均来自外乡。

"入了夏日子长得很,那些家伙要忙乎些什么事情才熬得过去?"科片金心生疑惑。

"你这是关心他们身上的热乎劲儿没地方放么?"切普尔内伊不太把握得准科片金的想法。

"算是吧。"

"这个嘛,人身上的心灵就是一项本职工作。此项工作的产出则是友谊和同志关系!怎么到你那儿就不算事情了?说来看看!"

科片金略略沉思,忆了忆过去受压迫的生活。

"哪怕你这切文古尔好得不得了,"科片金忧心忡忡张口苦涩,"难道就不能安排安排碰巧整出些什么痛苦来,你想啊,共产主义的胃口大着呢,少量来点苦口的毒食对刺激味觉也是有好处的嘛。"

切普尔内伊嘴里回味了番新鲜食盐的味道,便一下子把准了科片金的意思。

"你这么说有点道理。咱们啦,如今理所当然地确实应该故意安排些痛苦出来。这事儿咱们明天一起动手,从此安排下去,行不,我的科片金同志!"

"我就不掺和了,我的事情嘛,在别处。你还是等德瓦诺夫来了再说吧,他啥都懂,对你有用。"

"不等了,咱们把这事儿交给普罗科菲来办好了!"

"你还是放弃你的那个普罗科菲吧!那小子就想着跟你的克拉芙久莎造人,你这是引狼入室哟!"

"这个嘛,不好说,那咱们便等你的战友来吧!"

切文古尔河岸边波翻浪涌片刻不停;风过,送来一份自由自在、激动澎湃的诱惑。俩革命同志当即脱下衣服,朝河水扑了过去。切普尔内伊剥下大衣,立见浑身赤裸瘦得叫人伤心,不过身上依旧飘出一股温暖气息;这气息科片金似曾相识,隐隐记得那是多年前母亲腹中凝结的血肉之气,如今已然熟透。

日头孤独一心一意射出光芒，照上切普尔内伊后背，钻进汗津津的毛孔，钻进皮肤间的折皱裂痕，誓要用自己火辣的目光杀死那些微不可见的小坏蛋，以免它们老咬来啃去害得别人身上骚痒不已。科片金望了望天上太阳肃然起敬，想它也就几年之前同样照在罗莎·卢森堡身上，给她以温暖；如今它又眷顾罗莎的坟墓，使其草肥花香。

科片金久时未下过河，水凉冷得发抖，好长一阵才缓和过来。可切普尔内伊那家伙挺会游泳，潜进水里双目大开东找西寻，不一会儿自河底捞出些东西：各样骨头，沉重石块，还有马匹脑袋。河水中央，生手生脚的科片金望尘莫及，切普尔内伊却游得自在，放歌聒噪快意无比，越来越像个长舌妇。科片金游到浅水区壮着胆子潜了下去，与水交融心生感悟：水流来流去自有其归处，哪里好哪里便是它的方向！

切普尔内伊游了回来，一脸快活浑身幸福。

"你不晓得，科片金，我钻进水里脑子就开始管用了，什么真理道理都明白透了……可我只要一钻进革委会脑子就迷迷糊糊，啥玩意儿都飘来飘去看不清楚……"

"那你搬到岸上来办公呗。"

"那可不行，到时一飘雨省里那些提案就全湿透了，你这主意蠢到家了哟！"

提案是什么玩意儿科片金根本不懂，似乎打哪个地方听过这字眼，可完全没印象没感觉。

"云来雨去，随后不就雨过天晴了，你那个提案有啥可心疼的，"科片金叫他放宽心，"你看，不管怎样庄稼总会长出来的嘛。"

切普尔内伊脑子里仔细计数，又板起指头帮忙盘算清楚。

"这么说来，你是要宣布三条提案啰？

"我才没这想法，半条都不条，"科片金一口回绝，"我要有想法呀，也就纸上写写歌词什么的，免得过后忘了。"

"你咋能这样呢？太阳，是你提的第一条提案！水呢，第二条；

而土地，第三条。"

"还有风哟，你忘啦？"

"那就加上风，第四条。这下全乎了。差不多了，多么正确无比。你要晓得，若是我们不给省里回几条提案，提提我们这儿一切都好得很，上面保准儿会把咱们的共产主义给撤销了。"

"绝对不可能，"科片金觉得切普尔内伊这番推测太没道理，"那边的人跟咱们还不是一样的！"

"一样倒一样，就是写的东西叫人一头雾水，还老要来，你晓得的，提要求，把情况再摸清楚些，把领导群众做得再扎实些……可切文古尔这情况有啥好摸清楚的，那帮群众又站在什么位置上去领导他们？"

"是啊，将来我们又站在什么位置呢？！"科片金心中一下子震住了，"难不成我们就该放任那些坏蛋爬上去吗？！我们身后哇，列宁同志还在着呢！"

切普尔内伊打蔫了，百无聊赖，钻进芦苇丛采了一把白花，夜里隐隐发亮那种。这花采来是要送给克拉芙久莎，那女人他亲近得少，却越发想去讨好，越发想用自己一腔柔情去爱护去填满那女人的心。

花采好后，切普尔内伊和科片金穿上衣服踏岸而行，脚下一溜湿漉漉的水草。远远望去切文古尔阳光灿烂，直似一片温暖家园：三三两两人影，赤着脚，身上沐浴着日头光芒，脑袋上什么也没戴，任凭风吹自由自在，乐悠悠逍遥陶醉。

"今儿个真不错呢，"切普尔内伊感慨万千，意思飘飘摇摇如上云端，"人身上的那股暖和劲儿全都活到身体外面来了！"边说还不忘指了指城市，指了指里面一众百姓。随后，这家伙伸出两指插进嘴里，吹起口哨，声音嘹亮；顿时，他心里热情沸腾似火烧，嘴巴又痒痒了，一阵胡言乱语，赶忙再跳进水里，连大衣都忘脱了；这当口，他只觉身体膨胀得难受，隐隐有种黑得看不清的快感在升腾澎湃，挤得他备受折磨,于是扑向河心,穿过芦苇丛来到一片洁净水域,想着洗净身上情欲,那欲望朦朦胧胧却又格外煎熬。

"这家伙,以为全世界都敞开了,专等着共产主义的意志大驾光临,就得意忘形咯,不着调儿哇浪货!"科片金很看不起切普尔内伊的傻样,"这地方有啥东西,我可没看出来!"

芦苇丛中泊了一艘小船,上面坐有一位光条条的家伙不言不语发呆;那人望向河对岸若有所思,本可划船过去却硬是不动。科片金看清那人模样,瘦骨嶙峋,坏了一只眼睛。

"喂,是帕申采夫不?"科片金远远问去。

"对,不然谁呢?!"那人应声倒快。

"怎么着,你那革命自然保护区的地盘不要啦?"

帕申采夫黯然神伤,耷拉下脑袋一副认命的样子。

"我给挤走了呀,卑鄙得很呐,同志!"

"你没上你那些炸弹么……"

"早退了弹药了,这就是下场啊,看吧,如今还不是四处漂泊,真没脸见人喽,活像唱戏卖艺的疯子似的。"

科片金怒火中烧,觉得那伙倒向白方的混蛋好不卑鄙,连革命自然保护区都不放过,虽隔得老远仍看不起他们,只觉勇气陡生,一股复仇的力量鼓荡在胸膛。

"别伤心了,帕申采夫同志!那帮白鬼子呀,我们定会马不停蹄地把他们消灭光,革命自然保护区呢,咱们找处有水的地方再建起来就是。你眼下身上还剩几样家伙?"

帕申采夫打船底捡起一副胸甲。

"这也太少了嘛,"科片金掂量,"只能挡挡胸膛而已。"

"管脑袋干啥,去它娘的,"帕申采夫一脸不在乎,"我这里那颗心可比什么都金贵……喏,这上脑门和入巴掌的不还有些东西嘛。"帕申采夫又添了两件小模小样兵器,一面罩,上面拧了颗红五星;一手榴弹,最后一颗空着肚子的玩意儿。

"照啊，这够你用的了呀，"科片金又掂量，"可是你说说，你那个自然保护区咋丢的，丢哪儿了，莫非你太软弱太好欺负，给那帮泥腿子随随便便充私产了？"

提起这事就伤心，帕申采夫垂头丧气吞吞吐吐道出一肚子委屈。

"当时呢，那边情况是这样的，人家上来就告诉你，上面定了政策你这里充公了，得建国营农场，好大的一片机构哟；呃，你什么意思，老瞅我光条条的身体找啥找？"

科片金又瞅了一眼帕申采夫的光条条的身体。

"算了，穿上衣服吧；咱俩一块儿去切文古尔，好生检查检查，这个地方也是明显事实不足，而群众成天却梦还不少。"

而帕申采夫却没法子跟科片金一起上路一起做伴，这家伙身上除了胸甲和面罩便没什么可穿的了。

"就这样走吧，"科片金怂恿他壮起胆子，"你莫非觉得群众没见过光条条的活人么？瞧你那样儿这不好看得很嘛，挺棺材的时候还不就这样子！"

"不一样的，你理解理解，那坏事做绝的底线在哪儿？"帕申采夫跟科片金细说当初，边说边翻来覆去打量手上的铁衣物，"他们把我从革命自然保护区赶出来那会儿我身上还算完整，尽管样子挺吓人性命却没事儿，衣服都还像样。可一进村子里头，就那帮自家的泥腿子们，见来了一位过气儿的旧人，当然主要的还在于这旧人给部队打败了，还不纷纷上手把我一身衣服里里外外全扒光了，后来倒扔回两样东西，打的主意呢，好叫我穿上铠甲戴上面罩，太阳一出来不一会儿便给烤化了去；而这炸弹呢是我偷偷藏下来的。"

"哦哟，莫非真有好大一支部队朝你打过去了吗？"科片金给惊倒了。

"那是，不然你以为咋回事儿？足足一百个骑兵，冲上来对付我一个人。还留有预备队呢，三个全副武装的家伙，骑马上随时准备冲锋。可我硬是坚守了一天一夜不投降，硬是拿那些空心手榴弹把整支部队都给吓住了；这事儿格鲁尼卡可作证，当时就她一个小姑娘在，那迷人的小布谷鸟儿不会说谎的。"

"哦，好吧，"科片金暂且信了，"那么，一起走吧；把你那些铁片片儿给我，我来拎着。"

帕申采夫手脚并用下了船，一眼的信任，寻着科片金足印走在河岸沙滩上。

"你呀就别担心了，"自家这同志一直光着，科片金拿话宽他心，"你又不是自个儿要脱光衣服的，这不遭假白鬼子给欺负了嘛。"

帕申采夫心里也给自己找了理由，认为如此这般缺衣服没鞋子地路上走着还不为了贫苦百姓，为了共产主义；这么一想倒释然了，前面若真遇上哪个妇女也就不害臊了。

头一个便遇上了克拉芙久莎；她眼睛往帕申采夫身上匆匆一瞥，赶忙扯过头巾遮住，活像鞑靼女子似的。

"这男的蔫不拉唧瘦得好吓人，"克拉芙久莎心想，"浑身都是胎记，不过倒还算干净，皮肤也还行不粗不糙！"可嘴上却叫得分外响亮：

"嘿，公民们，这里可不是前线呀！大白天地赤条条晃来晃去简直太不像话了。"

科片金提醒帕申采夫别理这蛤蟆嘴的浪婆娘，她就是一个资产阶级坏女人，嘴巴可臭了，只知道呱呱呱地叫来叫去：一会儿闹着要小披肩，一会儿又吵着想上莫斯科。可这会儿呢，光着身体的无产阶级走来了，她却不好生让条路过去。闹了这么一出帕申采夫脸上多少挂不住了，将胸甲穿好，面罩扣脑门上，而剩下的一大片地方则顾不上了。

"这样就好多了嘛，"他给自己打气，"再有人来，肯定以为这是新政策的新样式！"

"你这是唱的哪出？"科片金瞟了瞟有些不满，"你差不多都穿整齐了，只是那些铁家伙身上搁久了会凉浸浸的哟！"

"身子骨儿会把它烤暖和的，里面不是流着热血嘛！"

"确实，我身上也流得有！"科片金似乎深有体会。

不过切文古尔暖和，那胸甲上的铁到底没冰着帕申采夫。胡同里，搬来搬去的房子随处凌乱，人们并排而坐交头接耳，身上也冒着热气，一呼一吸同样温暖，看来并非只有阳光才散发热量。帕申采夫和科片金一路穿行如同钻进一条闷热的通道：房子肩挨着肩，阳光热连着热，人们沸腾的气息此起彼伏；这一切的一切弄得日子活像蒙罩在了棉被下，大梦绵长。

"咋回事儿，怎么昏昏欲睡的感觉，你呢？"科片金问帕申采夫。

"我么，老样子，没啥感觉！"帕申采夫浑不在意随口答道。

前路有间砖瓦房，盘踞得稳稳当当，正是当初科片金头一天来切文古尔时落脚过夜的地方；这会儿房子边坐有一人，皮尤夏在孤独发呆，双目懒散有一眼没一眼瞅东瞅西。

"喂，皮尤夏同志，听好了！"科片金向他招呼，"我呢，须得将切文古尔全城仔细搜查一番，你前面给咱们带路吧！"

"好啊。"皮尤夏答应倒快，屁股却抬都没抬。

帕申采夫钻进屋子，打地上捡了件军大衣，一看样式便知是1914年那会儿的陈货。衣服个头儿大，帕申采夫笼身上遮全了，顿觉放心不少。

"你现在呀，穿得有模有样倒真像个公民了！"科片金评头论足，"就是人看上去短了些。"

随即，三人一伙开拔走在切文古尔暖洋洋的房舍密林间。有时大路正中央，或者空地上，突然冒出一座花园躺于地上，无精打采忧伤绝望；这些花园给人们扛肩上拖挪搬迁了好几回家，折腾得筋疲力尽，即便阳光和雨露也救活不了。

"看见没，这便是你要的事实！"科片金指着奄奄一息的树木嘴上愤恨不已，"那帮魔鬼，自个儿搞共产主义也就算了，干这树木啥事儿啊！"

偶尔，几处小树林空地上显出三三两两前来玩耍的孩童，身影稀稀拉拉，给这方的风吹肥了，给此地的自由养胖了，再加不上学、缺管教，样子更是松松垮垮。至于那些成了年的大家伙在切文古尔咋过日子便不得而知了：科片金一时半会儿没看出他们身上有什么不得了的新感情；远远地粗粗一观，这些家伙活像打帝国主义那边过来休假的，可内心到底长什么样子，相互间究竟有何关系，则就辨不清楚了，缺乏事实征兆。人身上的情绪若真是意气风发的样子，依科片金判断，那必得时刻荡漾鲜活温暖的热血气息，并且这气息还不得由共产主义来指手画脚发号施令。

革委会驻地的那片坟场附近地面明显塌陷几分，露出长长条条一洼土坑。

"里面躺的都是资产阶级，"皮尤夏介绍，"我跟'日本人'一起额外添了把力气将他们的心灵敲掉了。"

科片金踏上一脚踩了踩坟坑上的土，颇为踏实满意。

"不错不错，就该这样办！"他赞了句。

"这种事情怎么可以错过，"皮尤夏强调事实的真理必然性，"咱们要过日子他们就得腾位置……"

帕申采夫仍不解气，觉得坟坑的土太松了，理当夯得再平整牢实些，然后再拖一座现成的花园过来，让那参天大树把土里资本主义的残骸吸吮干净，并经由主人翁意识觉醒将吸食的养分变成社会主义的嫩枝绿叶；然而皮尤夏当初却认为夯实土坑是一项重大步骤，不得马虎行事，结果这么一慎重便耽搁下了，省里也不知怎么回事，他这儿还没想好手段竟匆忙来了命令，把他肃反委员会主席一职拿掉了；拿掉便拿掉吧，皮尤夏也没多大意见，他这人有自知之明，晓得在苏维埃的机关里供职得懂文化有教养，像他这号儿的就派不上用场了，反倒是资产阶级进了那里还管用些。正因有这样一份觉悟，皮尤夏的心气儿平顺了，从革命者的重要职位上给撤下后，他干脆一劳永逸地承认革命比自家脑子聪明,并一去不回头地加入了群众,融入了切文古尔的大集体从此默默无闻。再则,皮尤夏这家伙最是见不得四四方方的办公室和密密麻麻的公文纸,一进门就恐惧,一挨着即发抖,整个人当场沉默,浑身上下脚耙手软晕头转向眼前一片漆黑,仿佛陷入思想和文字的魔法深渊。皮尤夏主政期间,切文古尔肃反委员会的驻地安在市内一处林子中;当时,为免受镇压资本家后要予以详细记录之苦,皮尤夏巧妙行事,把这份记录融化进人民群众的汪洋大海,人人参与个个见证,也就是把一帮捉来的地主资本家交给了贫下中农,号召他们亲自动手处决,这么着照样漂漂亮亮完成了。今非昔比,切文古尔一亩三分地上共产主义的发展形式已彻底巩固了,按照切普尔内伊的个人经验判断,肃反委员会已完成其历史使命,从此永而久之地关门歇业了,其落脚的那片林子又另外迁来些别家的楼宅。

立身那坑资产阶级分子合葬墓前,科片金陷入沉思,这里没有树木,没有坟头,也没有记忆。他隐隐觉得此间的荒凉是为了铸就彼处的繁盛,是为使那遥远他乡罗莎·卢森堡的墓地上长出树木,长出坟头,更长出万古长青的记忆。只一情况令科片金略略遗憾,这资产阶级坟坑上的土怎么就不更夯牢实一些。

"你说额外添了把力气才将资产阶级的心灵敲掉,是不?"科片金没太闹明白,"而你也就为这个才给撤了职,看来你们打杀资产阶级的手段有问题,不彻底不干脆,没做到一击致命!连夯土都还没排头便散伙了!"

这件事情上科片金可谓错得相当离谱。当初切文古尔这里消灭资产阶级态度坚决手段可靠,不仅打杀了那些家伙,甚至连埋进地下死后的日子也没法开心,就因为额外添的那把力气,使得继外面肉身之后里面的心灵也给毙掉了。

切普尔内伊抵达切文古尔后没住多久心里就憋屈难受痛苦不堪,只因这城市处处有小资产阶级的身影,还挤得过于稠密。这情况叫他浑身不舒服,觉得切文古尔给共产主义备下的立足点委实也太狭小,并且长满财产住满财主搞得乌烟瘴气；想那共产主义本该一上马即圈定一块生机勃勃的根据地，可这地方的众多居室住处老早以前便叫一伙奇奇怪怪的人霸占了，那些家伙身上气息跟教堂的蜂蜡一个味儿。切普尔内伊不服气，专门跑到空空旷旷田野上仔细打量那开阔清爽的地方，看看共产主义是否正慢慢冒出苗头。可共产主义显然拒绝了，时机不成熟，它来之前，须得为了无产阶级和田间地头的贫下中农把切文古尔的一应建筑连家具统统刮干净，那些东西正是他们这些受压迫遭剥削的人双手造出来的。切普尔内伊知道也亲眼见过，切文古尔的资产阶级盼基督复活耶稣重生盼得有多么痛苦难熬，不过他私下里倒也不反对那基督到人间重新再活一世。后来坐上革委会主席这位置，没出两月切普尔内伊更是煎熬难受，资产阶级还活得好好的，共产主义却连影子也没见着；接着省里又出了公告，说不久后将施行一连串攻势不止的过渡阶段，切普尔内伊一听凭直觉就有所怀疑，觉得那是欺骗群众的玩意儿。

切普尔内伊起先任命了一家委员会，可那委员会尽给他讲什么基督复活的必然性，不过他当时倒也沉得住气，表面上没发话可暗地里却打定主意，暂时先留着这资产阶级的小尾巴，以等世界革命席卷天下之际好有事情可干。再后来切普尔内伊想彻底结束这场没完没了的痛苦折磨，于是将肃反委员会主席皮尤夏叫了过来。

"你去，给我把这座城市清理干净，那些叫人难受的龌龊分子一个不留！"切普尔内伊下了死命令。

"得令。"皮尤夏领下任务。这家伙打算把切文古尔的全体居民一锅端，切普尔内伊觉得可行爽爽快快同意了。

"你领会领会，这可是件大善事！"他开导皮尤夏的思想觉悟。"不然啦，兄弟，等过渡阶段搞完这天下的老百姓怕莫都要死光了哟。再说，如今资产阶级反正也不算人了；我曾经书上读到过，说人是猴子变来的，那杀他们岂非如同杀猴子。你脑子里得时刻记着一个道理：既然有了无产阶级，还要资产阶级干吗？这简直也太滑稽了嘛!"

平常私底下皮尤夏对资产阶级极为熟悉:他记得切文古尔的大街小巷,脑子一转家家房舍主人的容貌长相便纷至沓来,诸如谢科托夫、科米亚金、皮赫列尔、兹诺比林、夏波夫、扎文-杜瓦伊洛、佩列克鲁特琴科、休休卡洛夫,一干人等连同他们的左邻右舍。此外,皮尤夏还掌握这帮人的生活方式和谋生手段,因而主张用拳头打死那些家伙,压根儿不必浪费武器。自打出任肃反委员会主席那天起皮尤夏心里就没平静过,时时刻刻怒火中烧,硬是看不惯那些小资产阶级成天吃着苏维埃的粮食,住着他的房子(此前,皮尤夏干了二十年泥瓦匠),还直挺挺地挡在革命道路上,像一群静静吞食人血的魔鬼。正是那伙老态龙钟脸皮坑坑洼洼的资产阶级分子把一向忍辱负重的皮尤夏变成了街头巷尾争狠斗勇的战士;但凡遇上夏波夫、兹诺比林和扎文-杜瓦伊洛,皮尤夏见一次打一次,那几家伙也不吭声默默受着,擦干身上屈辱,一心盼今后翻身机会;其余资产阶级分子皮尤夏在街上死活没照上面,可挨家挨户特地上门走一趟这家伙又老起不了那心思,只因怒火太旺太频繁堵得他心灵憋闷坏了。

不过,未经请示便擅自挨家挨户消灭资产阶级这事儿县执委文书普罗科菲·德瓦诺夫觉得有欠妥当。他认为,应该从方法论的高度办得更讲究些。

"到底该咋办,你表达一下!"切普尔内伊请他说出道理。普罗科菲当场摆出冥思苦想的姿态,头发往后脑壳一甩,他那挂社会革命党人的长发立马若有所思地在空中飘扬起来。

"这方法论的依据就在他们那帮家伙的认识偏见上!"普罗科菲悠悠道来表达得高深莫测。

"有点儿感觉了!"切普尔内伊似懂非懂,打算深入思考一番。

"依据就是那个耶稣复活嘛!"普罗科菲又再表达得更明确些。"那些家伙不正盼着这事儿么,那便满足他们,让他们如愿以偿一回;这样子我们就不会有过错了嘛。"

这话说得切普尔内伊听着即来气，一反常态站在了苦主一方。

"怎么这样子就不会有过错了呢，你，说来看看！既然我们是革命，那我们浑身都是过错！要是你这么表达只图自己将来获得宽恕，那你趁早赶紧滚蛋！"

普罗科菲也不动怒，神情冷静，活脱脱一聪明人该有的样子。

"我认为，切普尔内伊同志，完全有必要在形式上宣布基督复活这件事情。并以此为契机彻底肃清全城，给无产阶级腾出落脚地方。"

"你那意思，我们在这个环节动手是不？"切普尔内伊欲问清楚。

"总体上看，就这意思！只是还有个细节，完事儿后须得重新分配各家各户的财产，免得那东西今后又来压迫我们。"

"财产嘛，你只管拿去！"切普尔内伊当场表态，"无产阶级自己有手有脚浑身力气。这关头你还惦记资产阶级家的百宝箱子，啥意思，说来看看！赶紧写份命令去。"

普罗科菲也不啰嗦，三言两语将切文古尔资产阶级的命运前途表达得清楚又明白，随即把写满字眼的纸条子递给皮尤夏；后者的任务则是从脑子里将记忆翻出来给命令附上名单，列出那些财主一大家子人的名字姓氏。

切普尔内伊扯过命令念道："兹为组织无上幸福之乐园，苏维埃政权决定将整块无边无际的天空连同上面数不尽的星辰和看不完的太阳月亮提供给资产阶级使用；而至于整片大地，诸多根基稳结构牢的建筑体连同里面的家具设施，这一应东西就留在下面，全部交到无产阶级和田里干活的农民手中，以此交换上面天空的相应权益。"

命令收尾处给出了安排基督复活的确切时间，旨在有组织无痛苦地将资产阶级带入死后生活。

资产阶级赶赴教堂广场秘密接头的时间点定在礼拜四凌晨，并着重强调此命令的依据源于省气象委员会的天气预报。

普罗科菲老早就迷上了省里下来的一页页文件,白纸黑字云山雾罩、威风八面;如今他的机会终于来了,心里欲望膨胀脸上笑容风流,笔法一转改头换面将省上的威风浪成了县里的气势。

命令上写了什么皮尤夏半个字儿也不识得,而切普尔内伊则嗅了嗅烟草,只关心一个细节,普罗科菲是出于怎样的考虑要把基督二次降世的日子定在礼拜四,而不是今天这个现成的礼拜一。

"礼拜三是斋戒日嘛,他们那些家伙会清清静静收拾妥当的!"普罗科菲分说缘故,"再说今明两日预计是阴云天气,我手上可是有天气预报的!"

"白白便宜了他们。"切普尔内伊老大不满,不过倒也没再死咬不松口非要提前搞那二次降世不可。

普罗科菲那厮伙同克拉芙久莎挨户造访,踏遍一众财主公民家门槛,并顺而便之地征收了一应细软之物,尽是些手拿得动戴得上、拎得起的东西:手镯子、绸缎丝巾、沙皇时期的黄金印章、姑娘家的粉饼,凡此种种,不一而足。克拉芙久莎把这些充公东西放进自家体己的小箱子;而普罗科菲则从头到尾口上承诺,只要共和国的收入增加了,那么给资产阶级的性命延延期限也不是不可以;一众资产阶级挤在自家地板中央规规矩矩恭恭敬敬再三表示感激。一直忙到临近礼拜四初时普罗科菲都还未脱开身,不由甚觉遗憾,后悔当初没将基督复活安排在礼拜六凌晨。

普罗科菲意外发了笔横财,数目还不少,可切普尔内伊却浑不担心,这些东西贴不紧无产阶级的身心,只要思想觉悟进步了,就算那丝巾和粉饼攀上了脑袋,也会耗尽力气烟消云散留不下丝毫影响。

是夜,礼拜四凌晨在即,教堂广场人影绰绰,多数是天刚擦黑便提早赶来的资产阶级。皮尤夏动用红军战士封锁了整片广场外围,而资产阶级队伍里头又安插不少个头瘦小的肃反人员。人到得差不多了,一对名单发现只有三名资产阶级分子没见人影,说是其中两人给自家房子压死了,另一人恰好临近岁数给老死了。皮尤夏当即派出俩肃反人员去核实情况，主要查明房子偏偏这个时候倒塌的原因；而他本人则忙着给一众资产阶级分子排位置，要求队伍严整笔直。资产阶级过来时随身带了小包袱和小箱子，里面装有肥皂、毛巾、内衣、小白圆面包和家里办丧祭祀的往生书。皮尤夏挨个儿排查，一应东西悉数没逃过他目光，并且还对那往生书特意多瞅了几眼。

"念念。"他提请身边一肃反人员。

那人念道：

"主的仆人，愿你们安息：叶夫多基娅、玛尔法、菲尔斯、波利卡尔普、瓦西里、康斯坦丁、马卡里和全体血脉亲戚。

"愿大家安康：阿格丽普皮娜、玛丽亚、科西马、伊格纳季、彼得、约安、阿纳斯塔西娅和她的儿女，还有全体血脉亲戚和病号安德烈。"

"和儿女吗？"皮尤夏以为听错了再又追问。

"是的，和他们！"那肃反人员再三确认。

红军战士围成一圈，圈外聚了一群资产阶级分子的婆娘，夜色清幽只闻一片号啕大哭。

"把这些资产阶级的帮凶走狗拉走！"皮尤夏命令，"这里不需要拖儿带女的家伙！"

"她们的命也该一并结果了吧，皮尤夏同志！"肃反人员提醒。

"为啥，是头头儿吗？她们的主心骨在里面，把那颗脑袋砍掉就是了！"

前去核查房子倒塌事故的肃反人员双双回来了，分说原因：房子顶楼阁间存放了大量食盐和面粉，超过了承重，导致阁楼从天花板开始往下垮塌，那些资产阶级分子为应不时之需特地备下面粉和盐，以图有口吃食平安顺当地熬过基督复活时日，事后继续过生活。

"好家伙，你们居然这样搞！"皮尤夏痛恨一声，让肃反人员整好队，也不待午夜时分径直下令，"伙计们，打死他们！"他自己则扳机一动左轮枪响，子弹飞出枪膛，射向近处一资产阶级分子脑壳，正是扎文-杜瓦伊洛。这资产阶级家伙的脑袋顿时冒烟了，随即头发下汩汩涌出娘胎里原生的汁液，活像蜡烛的眼泪；不过杜瓦伊洛却没当场倒地，反而坐上了自家包袱。

"老太婆，快找根布条子勒紧我脖子！"扎文-杜瓦伊洛挣扎着叫嚷，"魂儿都要从那里飘出来了，快点！"说完人从包袱上滑落，手脚大开扑向地面，浑似自家老爷们儿扑在了自家老娘们儿身上。

一众肃反人员手上左轮手枪啪啪响，诸资产阶级分子纷纷饮弹，昨夜领了圣餐，今晨丧命无言；只见，一道道身影笨手笨脚歪歪斜斜倒了下去，肥嘟嘟的脖子偏了，直挺挺的脊梁折了。个个家伙伤痛未起便脚下失力，似乎在请子弹随意，爱上哪儿上哪儿，选好位置今后再长出来，变成一团鲜鲜活活的新生血肉。

商人夏波夫受伤倒地，身体渐渐枯了，见一肃反人员俯身查探当即央求：

"这位好人，行行好吧，让我再喘口气，先别折磨我。请你，把我女人叫过来告个别！要不快把你的手给我，别离我太远，我一个人怕孤单来着。"

那肃反人员心里想着把手给他，嘴上却抢先一步：

"抓紧咯，快点，快敲完你身上那丧钟吧！"

夏波夫终究没等来那只手，只得抓了把牛蒡草借力，好将自己的余生尽都托付给草儿；他死死抓住手中植物，直到心里那份忧伤凄凉地散去；他舍不得自家女人，只想与她最后告别，末了双手一摊，再也不需要什么友谊的温暖了。那肃反人员似乎当场有所明悟，内心好不激动：这资产阶级只要子弹一上身便跟无产阶级一个样，也渴望拥抱同志间的真情厚谊，而倘若没了这子弹他们就光晓得贪恋财产。

皮尤夏踢了踢扎文-杜瓦伊洛：

"你那魂儿在哪儿飘，喉咙上吗？我这便给你把它打出来！"

皮尤夏左手一搂箍住杜瓦伊洛的脖子，稍稍调整了下手感，再用左轮手枪顶在后脑勺下面。可扎文老觉得脖子痒痒，不停往粗毛呢夹克领边磨蹭。

"你这蠢货,别磨痒痒了,你等着,老子这便给你一把抓舒服!"

杜瓦伊洛的鼻子还留有口气儿,也就嘴巴不服软:

"来呀,你这家伙,把老子裤裆的小脑袋抓好了,再使劲捏一把,老子便叫出声来了,响得很,不然老子婆娘站那么远哪儿听得见啰!"

皮尤夏照着腮帮子就是一拳,捶实在了,好最后享受一回资产阶级身上油水丰足的软和手感,只听杜瓦伊洛真还尖声尖气叫唤上了,活像受了莫大的委屈:

"玛申卡,他们打我!"

皮尤夏停了片刻,等杜瓦伊洛把那声哀嚎的长调彻底拉完才又开了两枪射穿脖子;这下子,皮尤夏嘴里几乎咬出火来的牙齿才出了气泄了劲儿,软软地松开了。

那当口普罗科菲恰好打远处盯梢而来,把这私自单干式的杀戮行为逮个正着,当场批评皮尤夏:

"共产党员是不会从背后杀人的,我的皮尤夏同志!"

皮尤夏一听好不冤枉,气得脑子陡然开窍了:

"共产党员嘛,德瓦诺夫同志,要的就是共产主义的实在,而不是什么军官逞英雄的气概!……管好你的嘴巴,不然我枪一响同样打发你升天上!婊子养的!婊子就是婊子,无论啥样儿的都尽想着扯片红旗把自身塞紧,不常说嘛,红旗一到她那片空地就光荣了,圣洁的名声便长出来啦……什么玩意儿,老子子弹一飞射穿红旗也要把你龟儿子打回原形!"

切普尔内伊赶了过来,听话锋不对连忙制止:

"干啥呢,说来看看,有意思么?地上资产阶级还喘着气,而你俩竟在嘴皮子上找共产主义!"

切普尔内伊带着皮尤夏亲自检查地上死去的资产阶级;一地死人,三三五五或者更多,相互挤成堆;显然,哪怕身体给打成了几块，临别之际也各自不愿孤单，竭力想要彼此靠近。

切普尔内伊伸出手背试了试那些资产阶级的喉咙，如同熟手机师探查轴承温度般；这一试，似乎觉得一众资产阶级居然还没死透。

"我刚才添了把力气把杜瓦伊洛的心灵从脖子上给敲掉了！"皮尤夏介绍经验。

"干得不错：心灵那玩意儿就在喉咙上！"切普尔内伊说着说着话题便转向了从前，"你想想看，当初立宪民主党人过来过去都想吊我们的喉咙，啥原因？还不就图弄那绳子把心灵点燃并焚烧干净，如此上，那时候你死来才是真的死去，才叫死透了！不然你老吊着命在那儿磨蹭，东抓抓西刨刨，岂不表明这杀人也挺困难的嘛！"

地上资产阶级死没死透皮尤夏和切普尔内伊心里不踏实，双双出手齐齐摸遍，结果这还了得，有些家伙似乎还有口出气儿，另一些家伙眼皮闭得不安静装死来着，打算半夜偷偷爬走继续过人剥削人的日子，压迫他皮尤夏和天下无产阶级；于是乎切普尔内伊和皮尤夏当即决定给一众资产阶级分子来份额外双保险，免得他们性命拖得太长久；就这般，二人手中枪子弹上满膛，对准一地财主分子，一枪接一枪一个连一个，通通射在喉咙旁，小小的铁疙瘩进出皆匆忙。

"现在嘛，咱们的事业绝对风平浪静了！"完事后，切普尔内伊感慨，"世上就没有比死人更穷的无产阶级。"

"是啊，眼下总算踏实稳当啰，"皮尤夏一脸得意满足，"走吧，该叫红军战士散了。"

红军战士散去，肃反人员留下替切文古尔曾经的资产阶级居民安排一坑合葬墓穴。朝霞初起黎明微张，肃反人员挖好巨坑将一众死者纷纷推下去，连同随身包袱。家家死者婆娘站得老远不敢靠近，干等入土下葬的活路收场。众肃反人员无意垒坟头，于是扬起多余尘土撒向霞光下空荡荡冷清清的广场，然后插好铁锹抽烟；这时，死者的婆娘家属才纷纷走出切文古尔的大街小巷，涌向自家亲人。

"哭吧！"肃反人员交代下话，已是大为疲倦径直回家睡大觉了。

众婆娘趴地上,身下一层新翻泥土,一片平平整整面目空空的坟地;这帮死难者的亲亲女人起心细细哀悼一番,可夜色寒凉冻得直哆嗦,加之心中痛苦早忍过头了,也就欲哭更无泪。

当得对切文古尔的往事悉数了然于胸后,科片金暂不打算惩罚收拾谁,先且按下,待亚历山大·德瓦诺夫到来再作处理,况且徒步行者卢伊连人带信早上路了。

近些时日卢伊那家伙确实在路上,双脚踏过片片大地,感觉身子骨儿健全舒坦,五脏六腑饱足滋润,浑身幸福快活。每回肚子饿了就拐进谁家农舍,跟那当家的女人也不客气:"他婆娘,快去逮只小鸡来拔毛下锅,俺累坏了人没劲儿了。"若那婆娘舍不得她家生蛋母鸡,卢伊也不啰嗦径直告辞,寻上草原继续赶路;至于吃夜饭一事权且找些峨参果腹,这口吃食天生地养得阳光即成长,不必劳驾人类田间地头辛勤操劳的那点可怜巴巴的力气。卢伊这人从不讨饭,也不做贼;倘若久无机缘寻得充饥之物,他心里仍落落坦然,晓得无论如何总有吃饱的时候,是以从不生忍饥挨饿之苦。

今儿这朝卢伊寻了间杂物室,砖瓦房结构,打算下到地窖过夜;此地距省城拢共就四十来里路程,还尽是不费脚力的石板大道。因此上卢伊心中大安,觉得抵达不过小事一桩,醒后不急启程歇了老半天凉。他一直躺着不由嘴皮痒痒,想抽烟,却又一时左右为难;烟叶子倒不缺,可卷烟的纸却没现成的,这一路上所有堪用的文件早被他撕来抽光了,唯一剩下的也就科片金给德瓦诺夫的那封信。卢伊掏出信抹平整,反反复复读了两遍牢记心头,然后撕开信纸裹成十数支腹内空空的烟卷。

"我亲口告诉他这信的内容恐怕还流畅些!"卢伊觉得自己多么机智多么通情达理,心里又一再肯定加鼓励,"理所当然嘛,就该这么办!要不如此还有别的法子吗?"

烟抽舒服了，卢伊走向大马路，路边两侧留出一线软绵绵的土泥便道；卢伊择其一而上直奔城市。两条清澈见底的河流间立有一座分水岭，岭上高处遥遥一片雾蒙蒙，一方古城若隐若现，塔楼林立，阳台层叠，教堂棋布，一排排学校、法院和公家衙门的房舍长身而卧；卢伊明白，此城居民老早就到这方扎根住下了，容不得外人再来安家过日子。城市一侧，郊区丛林间，建有一家农机农具工厂以帮衬太阳生产粮食，四根高大烟囱正自吞云吐雾。卢伊走在旷野上，四周大地静得冷漠，只悄悄滋养丛丛沉闷寡言的小草，而遥见远处工厂青烟袅袅，不时传来阵阵蒸汽机床忙碌的鸣笛，不由对那处景象心生向往。

若非省城恰好位于赶去彼得格勒和波罗的海的半道上，卢伊断然不会接下捎信的差事，定将择路绕行而过；遥想那大海岸边，一艘艘舰船自这方辽阔空旷的革命平原、从此间的冰天雪地启程，拔锚远航驶向前路漫漫的漆黑汪洋深处，而后逢岸靠岸要征服那片片温暖如春的资产阶级国度。

此时间戈普涅尔正自城郊山林下行，欲前往波利诺伊－艾达尔河，抬眼一望便见着那条石板大道，一路跨过草原伸向远方五谷丰登的家家大村庄。沿这条大路卢伊健步如飞，一心挂念冰凉大洋上那支波罗的海舰队；他距离尚远未现身影。这当口戈普涅尔已过了桥，下到河边钓鱼。他拎出一条活蚯蚓，不顾其痛苦挣扎径直穿鱼钩上，然后奋力一抛，鱼线远去，将他目光带入一条微波荡漾的远行河流，河水静悄悄，眼神迷离离，戈普涅尔心醉了。河风清凉，水草肥嫩芬芳，戈普涅尔只觉呼吸酣畅淋漓思绪飘飘欲飞，河水窃窃私语入耳遐思迢迢，那天地尽头日子依稀太平安宁，幸福绵绵长长；只是，那处他乡条条河流去得，却无意捎上他戈普涅尔一程，令他不禁黯然神伤，一颗干巴巴脑袋渐渐沉入湿漉漉草丛，思绪也缓缓散去复归沉寂坠入梦乡。突然，一条不大不小的鳊花鱼正当年轻气盛，咬上了鱼钩子；接下来足足四个钟头，那条小鳊鱼不住挣扎直欲脱开身去，潜入下方自由自在的深水家园；可惜鱼钩无情，扎得鱼唇血流不止，与小蚯蚓的血液混杂一起难分彼此；小鳊鱼终是折腾累了，为添力气撕咬一块蚯蚓肉吞下，过得片刻又再生猛拉扯，虽铁钩尖利割得它疼痛不已，但为获自由哪怕就此失去半张嘴巴也在所不惜。

卢伊来到护坡石坝高处，瞧见岸边有人睡得正香，一道清瘦疲惫身影，脚边一根鱼竿兀自颤动。卢伊凑近，拉起鱼竿带出了小鳊鱼；小鳊鱼落入这行者手中不再挣扎，只鼓起鳃苟延残喘，于担惊受怕的困顿中渐渐耗竭了生命。

"喂，同志，"卢伊招呼那睡乡人，"起来啦，你的鱼！这家伙，光天化日朗朗乾坤居然睡大觉！"

戈普涅尔费力撬开双眼露出一眶殷红，原是血液在奔腾滋养梦境；见眼前立着一道人影不由心生疑虑。那路人半蹲下点上烟，打量对岸城市重重建筑。

"刚才梦里有样东西，我盯了老半天还没瞧出个名堂，"戈普涅尔张口抱怨，"一醒来你就挺眼前，活像刚巧来了结我梦中缘分似的……"

戈普涅尔只觉喉咙发涩似乎饥渴难耐，伸手刮了刮好不失落沮丧：想那梦中憧憬遐想正是美轮美奂，却突然无疾而终，连潺潺河水也唤不响丝毫回音，岂不叫人懊恼。

"嘿，你个家伙，赌你下地狱，喊喊喊，这下醒了吧，"戈普涅尔憋了一肚子气，"我怕是又得愁死了哟！"

"河在流，风在走，鱼在游，"卢伊不紧不慢悠悠道来，"可你呢老坐地上，心里苦得都生锈了！你得动起来走走逛逛，迎面风来吹进你脑袋，你便有所知有所悟了嘛。"

戈普涅尔没接腔搭理，心想：这随便来的哪个路人，干吗要有问就必答？这家伙不过一外出打短工的农民，哪里晓得共产主义的日子什么滋味儿？

"请问，你有没听说过亚历山大·德瓦诺夫同志，晓得他住哪儿不？"卢伊记起此行顺道的差事便试着问问。

戈普涅尔从来人手中抓起那条鱼扔进河里，还摆出道理："没准儿缓口气还能活过来呢！"

"已那样了可没法子长命百岁了哟！"卢伊不信，复又想起，"我须得亲眼见见那位同志才是……"

"见他干吗，哪天我见到了再说吧！"戈普涅尔说一半又收一半，"咋地，你对他有好感？"

"光凭一名号谁跟谁也谈不上有好感；他干下了什么事情我又不晓得！我们那边的同志说，切文古尔十万火急地需要他这人……"

"可那边有什么事情？"

"那边么，科片金同志写过一句话，说是共产主义，也可能相反……"

戈普涅尔上下打量卢伊，神色诡异，好似审视一台亟需大修的机器；他心里明白，正是资本主义将眼前这类家伙的脑子给搅糊涂了。

"你们那里呀，没水平、没觉悟，这我敢跟你们打赌！"戈普涅尔振振有词，"搞得出哪样共产主义来哟？"

"我们那边是什么都没有，"卢伊嘴犟，"过来过去就只剩下百姓了呀，因此上那同志感情阶级友谊便挤出来了嘛。"

戈普涅尔给堵了嘴，反觉身上涌出好大一股回过神来的力气，当即稍稍动了动心思才又表态：

"这很聪明，我敢打赌，但就是有点儿不牢靠；基础不牢地动山摇嘛！你听懂了没，还是说你这家伙是跑出来躲共产主义的？"

卢伊清楚，切文古尔之外周围没有共产主义，只有过渡阶段；故而他起先眺望山顶子上的省城就如同在打量过渡阶段。

"你是活在过渡阶段吧，"他提点戈普涅尔，"所以你才觉得我是跑出来躲它。我实则是自个儿想出来走走，然后上舰队出海远航，到资本主义的国家去培养教育它们奔向未来。共产主义现而如今就在我身体里头，到哪儿你也是丢不了的嘛。"

戈普涅尔抓起卢伊手掌摸了摸，又对着阳光仔细照了照，发现手不小，青筋突起一手老茧，显出长年累月劳动的艰辛痕迹，这痕迹是天下劳苦大众命运的胎记。

"看来，他说的没准儿是真的！"戈普涅尔掂量切文古尔的情况，"比空气重得多的飞机都能上天，拿它们打赌肯定错不了！"

卢伊又再提起要将科片金的口信转达给德瓦诺夫，好让德瓦诺夫片刻也不耽搁地赶去切文古尔，如若不然那里的共产主义恐怕要立不稳了。戈普涅尔叫他别担心，并指了指自家那条街道。

"去吧，那个位置，找我婆娘，让她给你点吃喝先管管肚子再说；我这会儿光着脚过去，到浅水区再甩几竿看看能否逮几尾白鲦，这些鬼东西，一到傍晚准呆家门口，看门狗似的顾家得很……"

与人刚见面即分开卢伊早习以为常，想他这辈子上路总会遇见别的人，尽是些好得不得了的家伙；无论到哪儿，他发现头上太阳都当空而立光明正大，下方大地得其普照滋养长出片片草木养活万物生灵，生出丛丛百姓培植同志情谊。

戈普涅尔的目光一直跟随那行者身影，越看越认定此人活像一株花园里的树木；确实，卢伊身上体系紊乱结构涣散缺乏统一性；一应器官不相为谋，四肢各行其是，长在他体内外如若我行我素的树杈枝条，勉强靠木质经络黏合一起才没散了架去。

上桥后卢伊渐渐隐没身影；戈普涅尔又再躺得片刻，今天是他休假的日子，一年到头也就这天可享受一番生活。不过，今儿再想钓来白鲦显见是不成的了，远处城市累累塔楼上空乌云压顶似山崩，转眼间风雨怕莫要过来了，最好回家躲进屋子。只是，回去守着自家婆娘又实在太无趣，每每这时候戈普涅尔宁愿上同志家串串门，最喜的去处也就是萨沙和扎哈尔·巴甫洛维奇家。反正顺路，回家途中他熟门熟路拐进了那幢小木屋。

扎哈尔·巴甫洛维奇正躺着，萨沙在温书，一双已然疏离人群只余陌生的枯手按压纸页上。

"听说了没？"戈普涅尔一进门便大声嚷嚷，以示自己来此一趟并非闲得无聊白忙活,"切文古尔那地方已建起全盘共产主义了!"

这说法一出口,扎哈尔·巴甫洛维奇竟停了不紧不慢的呼噜声,打梦中悠悠醒转欲听究竟。亚历山大没吱声,只望着戈普涅尔,一眼期待一脸激动。

"瞅啥啊瞅?"戈普涅尔生怕别人不信,"你说那飞机好歹也上得了天,我敢打赌,那玩意儿绝对比空气重多了!这不结了,咋就建不起共产主义呢?"

"那头山羊啊,就说是革命吧,像颗白菜,拿来吃的话通常都打边缘啃起,你说,那些家伙拿它从什么位置下口的呢?"德瓦诺夫的老父亲浑然不信。

"这是客观情况的说法,"亚历山大生怕戈普涅尔没听明白,"父亲指的是那头替罪羊。"

"那些家伙把整头替罪羊都吞下去了!"戈普涅尔信誓旦旦,活像亲眼看见了似的,"往后过日子再有啥罪孽都他们自己的事儿啰。"

隔壁,约莫三厘米厚的木板墙后面,突起一人号啕,眼泪汪汪流越哭越响亮。他家桌上啤酒瓶直摇晃,一颗脑袋正跟桌子不对付,磕来磕去活像受了莫大委屈;这屋子住有一位独身的共青团员,铁路机务段上干锅炉工,一干多年丝毫未见升迁。共青团员痛哭一阵,随即住了声,还擤了把鼻涕。

"全他妈都是些混蛋,小轿车坐着到处兜风,丰满的女演员搂上娶了回家,就我他妈的得过且过混日子!"共青团员一肚子凄风苦雨的怨气,发泄起来没完没了,"明儿个老子就上区委去,怎么着也得让他们给我腾间办公室!老子什么政治常识不晓得,哪样大规模的事情领导不来?!偏偏给我安排下锅炉工的位置,还他妈定了个四级工……他娘的畜牲,眼里不拿人当人看啦……"

扎哈尔·巴甫洛维奇出门上院子,歇歇凉观观雨,看它是阴雨连绵,还是乌云一时使小性子。雨显然是有备而来,淅淅沥沥恐莫要下一宿或一天一夜了;风雨凄凄,打得院中树木稀里哗啦,左邻右舍的看门忠犬憋在自家院儿里不住叫唤。

"风一起,雨就落得欢!"扎哈尔·巴甫洛维奇一声长叹,"这儿子呢,不久便要弃我而去了哟。"

屋内,戈普涅尔力劝德瓦诺夫一道去切文古尔。

"我们到了那里呀,"戈普涅尔摆出道理,"把整个共产主义都测量一番,取其精华弄出一张详尽图纸来,然后带回省里;到那时再实现共产主义就容易多了,这不切文古尔备了现成的样板嘛,既然交到我们手上,那在这颗地球六分之一的土地上全面开花还不手到擒来的事儿。"

德瓦诺夫默然不语,思念上科片金,想起他那封口信:"是共产主义,也可能相反。"

扎哈尔·巴甫洛维奇听来听去忍不住插嘴:

"得当心啦孩子们,卖力气干活的人都是些担不了多大事情的木脑壳,而共产主义则绝非鸡毛蒜皮的小事。你们那个切文古尔人心恐怕并不整齐,缺乏统一性,既如此,共产主义这么大个家伙难道他们眨巴眼工夫就办成了?"

"咋就不行呢?"戈普涅尔毫不嘴软信心满满,"可别小瞧了地方上的政权,不定啥时候便冒出一妙招来;不就这么回事儿嘛,我敢拿它打赌!有什么好奇怪的?"

扎哈尔·巴甫洛维奇仍不放心:

"那妙招嘛,你说有便算是有吧,只是这人啦,你掂量掂量,可不是什么光滑平整的材料。叫木脑壳来开机车是怎么也动弹不了的,而咱们又是打沙皇治下年代活过来的。我这意思你现在明白了吧?"

"明白倒明白了,"戈普涅尔的脑子似乎转过弯来了,"只是这种事情我身边可从来也没见过。"

"你没见过,我可见得多了,"扎哈尔·巴甫洛维奇把他那份担心又再加重了一分,"要是弄铁,你想制成啥我便给你制出啥;可弄这人呢,要想制成共产党员无论如何也是办不到的!"

"那个地方谁把他们制成了，没谁，就他们自个儿，我敢打赌，把自己制出来了！"戈普涅尔仍不愿放弃。

扎哈尔·巴甫洛维奇对这说法倒认可。

"可那是另外一样东西了！我想说的是，这不干地方政权什么事情，你想啊，在生产制造过程中人是可以变聪明起来，可那政权呢，里头已经是一群最聪明的人了，聪明在那里早麻木了生分了！制共产党员的时候，要是人忍不下来那就倒霉了，说不定一下子就破了，像块儿生铁一样，而那时候呀，政权还不好上加好屁事没有！"

"那时候呀，父亲，政权就没了呀。"亚历山大补了句。

"这倒也有可能！"扎哈尔·巴甫洛维奇点了点头。

听隔壁动静那共青团员应是歇下了，不过仍怒火难平睡得心浮气躁不安生。"龟儿子混蛋！"心境稍得平复，这家伙叹了口气，活像在把梦劈开一条通道，悄悄放出里面最最揪心的东西。"自家成双成对搂床上，可我呢，一个人孤零零守这硬邦邦砖炕！……那软和的细皮嫩肉我也想啊，书记同志，给我也上面躺一躺吧，不然啦，尽干些粗活儿迟早磨死累死……都多少年了，该缴的入伙费我分文没少哇……你就让我参与参与如愿一回吧！……这到底咋回事儿啊？……"

天上的云一凉下来便挂不稳，倾雨如泪流，吵得夜滴滴答答响不停；雨滴沉重坠落而下，砸入街上坑坑洼洼小水潭和小溪流，哔哗剥剥错落有声，德瓦诺夫一时听得入神；在这心灵无所适从的潮湿天气，只一样回忆令德瓦诺夫稍觉宽慰，他想起一则童话，讲述一颗水泡、一根麦秆和一只草鞋的故事，那仨儿小东西曾经遭遇亦如今夜这般摇摇晃晃、这般走投无路的天地自然，而后齐心协力成功脱离险境。

"那男的显然就是那颗水泡；而那女的呢，却不能真当成女人，仅仅是根麦秆而已；还有它们的同志，也就那只遭遗弃的草鞋。它们仨儿结下友谊一起穿过田野跨过水塘。"德瓦诺夫暗自思量一生的命运遭际，胸中荡漾儿时的幸福，又怀着一腔同命相怜的哀伤，仿佛自己便是那另一只下落不明的草鞋，"我也有自己的水泡同志和麦秆同志，只是不明白我怎么就把他们给抛弃了，我真不是个东西，连故事里的那只草鞋都不如……"

远处草原送来青草气息，那是夜在呼吸；对面街上耸立着政府机关，里面革命的事业也已困顿消停，今儿白天可是一直忙于清查预备役的准军事兵员。戈普涅尔脱鞋上床打算在此过夜，其实心里清楚，待明晨醒来免不了又得遭他家婆娘一顿数落："你这死鬼，上哪儿过夜去了，莫不是找了个年轻漂亮的吧？！"说着顺手操起块柴火照他脖子肩头狠狠打来。妇道人家岂能体会男人间的同志情谊，她们光晓得拿着木锯子把共产主义全身上下锯成一块块的小资产阶级情调！

"嘿，你这死婆娘，这男人找女人多了顶得住么？！"戈普涅尔长长叹了口气，"那还不鸡飞狗跳成天没个安生！"

"你在那儿唧唧咕咕些啥？"扎哈尔·巴甫洛维奇听见动静。

"家里那烦心事儿呗。我那婆娘啊，身上就挂着一普特的血肉，可非要搭上五普特的小资产阶级情情调调，你说，哪有这样搭配的！"

街上，雨势已散水泡沉寂，大地换了气息，草儿清新，雨水晶莹幽凉，道路空旷新鲜素面朝天。德瓦诺夫躺身上床只觉无比遗憾，今儿这天他又白过了，一股日子苍白苦闷的滋味突然袭上心头，令他好不忐忑愧疚。昨儿一天他感觉要好些，虽然索尼娅从乡下回来把她家那间老房子里的体己东西卷了包袱一样不留，然后一去不知所终；可她走的时候来敲过萨沙家窗户，挥了挥手告别，而等萨沙跑出屋子追到街上时那人儿已全然不见踪影。因此昨儿一整天直到入夜萨沙脑子里始终萦绕索尼娅的身影，便觉得自己那日子还有所依仗，可眼下却全然想不起究竟要靠什么才能将自己撑着活下去了，故而一直难以睡入梦乡。

戈普涅尔也已睡着，只是他的呼吸那么微弱，那么可怜无助，以致德瓦诺夫起身来到他跟前生怕这人就此断气了。见戈普涅尔的手臂耷拉下床沿，德瓦诺夫轻轻拾起搁回他胸口，又再俯身倾听那梦中的家伙艰难而轻柔的生命律动。看来这家伙多么外强中干，多么无依无靠，多么天真纯良，可即便如此，兴许同样免不了会遭人殴打、欺负、哄骗和仇恨；而他却照样活了下来，过得勉勉强强，连梦中呼吸都若有若无。没谁会细看世上那些沉睡的脸，可唯有入梦后人们的面容才真实可爱；人在红尘世事喧嚣，无尽的记忆纷扰、情感纠葛和物欲横流往往会扭曲他那张清醒的脸。

戈普涅尔双手凌乱，德瓦诺夫将其安放妥当，又再瞧向扎哈尔·巴甫洛维奇，凑近了，带着一丝温柔好奇细观他酣然入梦的睡相。随即他听了听窗外风声，也已然安歇了，才又上床睡下，打算一觉到天明。睡梦中父亲的样子安详而睿智，跟他白天过日子一般无二，是以即便到了夜里他的脸也几乎没变。若是父亲闯入片片梦境，那这梦也必定和蔼可亲，必定吉祥如意，一旦醒来丝毫也不觉沉重；而非那种事后想起只觉羞愧难当和无聊透顶的梦魇。

德瓦诺夫蜷缩一团，整个身体似乎都搂进了自己怀里，随后才安静了。夜色悠悠，疲倦缓缓散开眼前一片朦胧，幼年时光悄然而至，却并非打那过往岁月深处走来，而是从这具伤痕累累、痛得难以自拔、早已古井不波的血肉深渊中浮现。那时，黄昏暗淡秋色无尽苍凉，雨幕遮天，活像流下从不轻弹的泪水洒在故乡那片村野墓地上；教堂钟楼里风来风往，吹得钟下长绳不住晃荡敲声不绝，倒也省了守夜敲钟人的麻烦不再爬上爬下；树林上面残云疲惫皱皱巴巴，自低空无力滑过，恰似村里刚分娩不久的产妇。小男孩萨沙站在父亲坟头前，头上枯叶凋零稀稀落落残存几片，兀自随风沙沙作响。坟丘早为雨水冲塌，又经路人往来踩压，已几不可见；坟上落叶新新旧旧尽皆毫无生机，跟坟里埋下的父亲一样。萨沙身上背袋空空手拄一根棍子，那是普罗霍尔·阿布拉莫维奇送给他出远门做伴的慰藉。

父亲已与自己长别，小男孩到底不懂阴阳两隔的意思，不时触碰坟头泥土，就像从前抚摸父亲身上那件入土为安的衬衫一样；小男孩依稀觉得雨水中似乎有股汗味，那是曾经寻常日子的味道，那年那月穆捷沃湖岸边，父亲的怀抱那么温暖；那日子，说好的一生一世相伴永远，如今却始终不见回还，小男孩不明白是生活在跟自己开玩笑，还是该伤伤心心大哭一场。小萨沙将棍子留下，让它替自己守着父亲；他把棍子埋进坟头，再盖上一层新枯的树叶，好叫父亲晓得小萨沙一个人上路多么孤单寂寞；也好叫父亲知道，无论天长地久，无论海角天涯，为了做伴的棍子，为了相依的父亲，萨沙都会回来。

梦中，德瓦诺夫想起自己至今未取回父亲身边那根棍子，一时锥心之痛不禁失声悲泣。可父亲却安坐小船上，眼含微笑望着等得忐忑煎熬的儿子。湖上一叶扁舟微微摇晃，不知是因风而动还是划船人的喘息太粗所致；父亲那张与众不同但始终愁眉不展的脸这会儿却尽显温柔，无限伤感而又贪婪地朝向眼前这半片人间世界，人间下面是另一半他所不知的世界，那地方他只能在心头想想，没准儿还讨厌得很。父亲下得船来蹚水而过，边划边拨弄拉扯随遇的水草，手掌轻柔无伤草身；到岸边，父亲一把搂紧小男孩，打量左近一方世界，如同在看自己久违的朋友，看自己征战一生的战场伙伴，那战场上有他们共同而唯一的敌人，躲在暗处不可见却一辈子都会纠缠。

"你哭啥呢哭，我的小油灯？"父亲轻声安慰，"你的小木棍已长成大树了，如今又高又粗，你莫非还把它拔得出来不成？！……"

"那可咋办，我要去切文古尔的呀？"小男孩犯愁了，"没了它我一路多没意思。"

父亲坐下，身下是青草，眼前是湖对岸，他默默望着那边。这回他松开了手，没抱着儿子。

"别愁嘛，"父亲又开口，"小家伙，我在这里躺着不也没意思得很嘛。去吧，到切文古尔去，随便干点儿啥，别老像个死人一样跟我一起躺着……"

小萨沙凑近身靠上父亲膝盖头，他舍不得离开，不想去切文古尔。终究要离别，父亲也哭了，心中阵阵难过，紧紧把儿子搂怀里，儿子更是伤心，觉得自己这一去从此好不孤单可怜，不禁哇哇大哭。他死死抓住父亲身上那件衬衫久久不舍放手；这时间日头已爬上林子悬于半空，林子后面的遥远他乡就是那陌生的切文古尔，住着陌生的人；又见林中鸟儿纷纷飞临湖面啄水而饮，父亲却一直坐着纹丝不动，静静望着那片湖水，望着那渐次打开却又百无一用的新的一天日子，小男孩依着父亲膝盖沉沉入了梦乡。而后父亲转过儿子的脸迎向日头，好让阳光晒干上面的泪珠，可阳光不老实，挠得小男孩紧闭的双眼直痒痒，就此醒了过来。

戈普涅尔在捆绑腿，两条破破烂烂的裹脚布；扎哈尔·巴甫洛维奇在给烟袋灌烟草，准备去上工。屋顶上方一如梦里那片树林，已爬上日头，光线落下照在德瓦诺夫泪痕未干的脸上。扎哈尔·巴甫洛维奇扎紧烟袋，抓了块面包和两颗土豆便跟屋里两人交代："喂，我出门了，你俩呆着，愿主与你们同在！"德瓦诺夫瞅了瞅扎哈尔·巴甫洛维奇的膝盖头，又再瞄了瞄屋里的苍蝇，飞来飞去活像梦中那片林子的鸟儿。

"你咋想的，去切文古尔不？"戈普涅尔问起。

"去。你呢？"

"我哪儿不如你了？我也去……"

"那你工作咋办？辞职吗？"

"当然，不然咋弄？工钱一算，万事大吉，如今共产主义可比劳动纪律稀罕管用，纪律嘛，见它的鬼去吧。你什么意思，莫非我就不是共产党员了？"

德瓦诺夫问戈普涅尔他家婆娘咋办，他走了她吃谁去。话到这里戈普涅尔略略沉思，不过却也没多想，神情也就不如何沉重。

"她呀，嗑瓜子儿活呗，那嗑得了多少？……我跟她之间没有爱情，只有日子，这也是一桩事实。世上能诞生无产阶级靠的也不是什么爱情，而是靠事实。"

戈普涅尔这番话倒非为了前往切文古尔刻意给自己打气。他执意要去也非真情愿丢下自家婆娘不管任其嗑瓜子过活，而是一心梦想比照切文古尔的标准模式尽快在全省范围把共产主义办起来；到那时，想必共产主义一定能让他妻子跟那些白吃饭不顶事的人一样，吃上饱饭活到寿终正寝；而目前她无论如何都得暂时忍着熬住了。可若不去，留下来继续工作一干一辈子，那这份活路便永远没完没了，永远不死不活。戈普涅尔任劳任怨做事已整整二十五个年头了，可丝毫没改善自家日子，再坚持下去不过还老样子，只白白耗损光阴罢了。眼下这日子，吃的、穿的还有幸福滋味始终一成不变，什么都没见有涨分，这表明百姓如今需要的与劳不劳动无关，只关乎共产主义。此外，他婆娘过不下去还可找扎哈尔·巴甫洛维奇，老人不会舍不得给无产阶级的女人一块面包糊口。老实巴交的劳动者当然必不可少，毕竟共产主义暂时还不顶用，然而在其名下，充饥的口粮、家家的七灾八难、养女人的额外付出和好处哪一样又缺得了、等得起。

初到切文古尔科片金本兴致颇高，可一天一宿后便厌烦了，丝毫没品出这里有什么共产主义，一心想离去；原来，切普尔内伊一开始就没闹明白葬送了资产阶级后如何过上幸福日子。这家伙为集中精力畅快思考跑得远远的，去到草原牧场上，寄望片片生机勃勃的青草和独处天地间的寂寥让他提前体会番共产主义。整整两天两夜，牧场人烟不起荒凉如故，周遭天地虽则宽厚仁慈，但凭直觉它该是站在革命的对立面；这一切叫切普尔内伊如何不苦闷忧愁，转而向卡尔·马克思的智慧谋略求助，心想，他那部高大宏伟的巨著里面必定一切都写得妥妥的；甚至，切普尔内伊震惊不已，这大千世界还远没造出个模样，荒凉的草原随处可见，比房屋和人群多了去了，然而，不料那关于世界和人们的道理居然已琢磨出如许多的说法来。

不过就那部书他仍专门安排了一场朗诵：普罗科菲在面前念得起劲，而切普尔内伊则枕着脑袋竖起耳朵听得专心，还不时给辛苦的朗诵者添几口克瓦斯，免得那家伙疲了喉咙、哑了嗓门。朗诵完毕，切普尔内伊固然什么也没明白，可却无妨浑身轻松心中坦然了。

"普罗什，你再表达一下，"切普尔内伊兴致不减一脸舒坦，"我好像有点感觉了。"

普罗科菲又再抖擞精神绞尽脑汁尽量删繁就简表达上：

"我觉得，切普尔内伊同志，就一个道理……"

"你呀，别再老觉得了，直截了当给我拿出个章法决议来，如何才能彻底消灭那个混蛋余孽的阶级。"

"我觉得，"普罗科菲脑子清楚心神理智，要说事情就得表达圆润，"就一个道理，既然卡尔·马克思没提到余孽阶级这现象，那则表明他们根本就不可能存在。"

"可问题是他们存在呀！你到街上瞅瞅，要么寡妇婆娘，要么管家伙计，要么缩水变味儿的无产阶级干部，到处都是……究竟该咋办，说来看看！"

"我觉得呀，既然他们，照卡尔·马克思的说法不可能存在，那么当然而然他们就不应该存在。"

"可他们活得好好的呀，明里暗里压迫我们，这又如何解释？"

经此一问普罗科菲一向经验丰富的脑子又活跃起来，不过这回得细细翻找，须得跳出早已组织有序的表达形式才行。

切普尔内伊警告他别老围着科学道理转圈圈，科学还没长好，仅处于生长发育阶段：没长熟的麦子不能割。

"我这不正思考和感觉着嘛，切普尔内伊同志，总得有个合理有序的程式不是。"普罗科菲找到了思路，办法呼之欲出。

"那你可得想快点，不然我都急出毛病来了！"

"我的办法就是，当务之急必然而然，须将剩下的居民从切文古尔赶出去，能撑多远便撑多远，让他们彻底迷失方向。"

"你这办法不透彻呀，那些放羊的家伙会给他们指路的……"

普罗科菲不受干扰继续自己的思路。

"事先我们给全体即将从共产主义基地开除的家伙发放一周的口粮，这个事情可以交由后送站清理委员会来办……"

"你这话倒提醒了我，明儿我就把清理委员会先精简一下。"

"那好，切普尔内伊同志，这条我先记下。然后我们宣布所有中等的资产阶级后备余孽分子死刑，这样一来整个余孽阶级当场就会说再见……"

"这么操作成吗？！"

"在永久驱逐出切文古尔及其他一切共产主义基地的旗号下他们会说再见的。要是余孽分子再敢出现在切文古尔，那么二十四小时内死刑又再回来套上他们脖子便是。"

"嗯，普罗什，这下透彻了，完全可以接受！劳你驾写份决议，把纸摆正了从右边抬头位置写起吧。"

切普尔内伊吸一口烟，嗅一鼻子烟草，悠悠长长沉醉于香烟味道。此时间他心情大好，想着这混蛋余孽阶级马上就要开除出境了，全县范围内一个不留，如此切文古尔的共产主义岂有不到来的道理，不成共产主义还成得了什么别的不成。切普尔内伊抓起卡尔·马克思那本巨著，心中满怀敬意手上摸来摸去，上面可真真切切密密麻麻印满了字眼，"这人写啊写的，"切普尔内伊好不同情，"可我们把一切都办妥了，之后才来读完这本书，既然这样还不如不写的好！"

为表明自己没白读，切普尔内伊决定在书上留下到此一游的痕迹，于是对准标题的去向拦路写下一番话："切文古尔所施行的政策旨在把混蛋余孽阶级疏散干净为止。此种余孽情形，在马克思这里没找到相关章节予以叙述，可那帮混蛋暗藏的危险今后终将不可避免。不过我们采取了自己的手段。"随后切普尔内伊轻手轻脚将那部书搁窗台上，心中好不快慰，活像放下了一桩往事。

普罗科菲写完决议，俩人各奔东西。普罗科菲去找克拉芙久莎，而切普尔内伊则巡视全城，想抢在共产主义到来前仔细找找看看。家家房舍前后：墙根边的土台上，横躺的橡树枝丫上，处处来了便可放下屁股的地方,哪儿都有碍眼的家伙在晒太阳:老的有老太婆子,家里老头儿给毙了;中间的有四十来岁的伙计,头上罩了顶蓝色鸭舌帽,老板主子送升天了;少的有半大小子,一看就被歪理邪说教坏了;还有一伙从前公干办差的,因革了职百无聊赖疲惫不堪;以及别的一些那一阶层的忠实走狗。切普尔内伊步伐悠闲,那些屁股稳坐如山的人瞧见纷纷站了起来,悄无声息,连篱笆墙的门都不敢弄出动静,缓缓推开溜进自家宅院,一心想从此默默无闻地销声匿迹了去。家家门扉上几乎终年都爬有粉笔画下的十字架,样子跟坟头的差不多,每年临近耶稣受洗节日子,主人家头天夜里便在门上横七竖八添几笔。今儿这年头还没遇上东倒西歪的偏头暴雨,也就没能冲掉那些白花花的十字架。"看来明天得带上湿抹布再跑一趟,"切普尔内伊的脑子这回倒清醒,一眼看出了问题,"这不是赤裸裸地打脸么!"

城市外边草原连绵一望无际,青草铺天盖地。供养生命的空气格外浓郁,喂养得沉寂夜草喜滋滋迷醉醉,唯有光影暗淡荒芜的远处,不知哪个家伙忧心忡忡地驾着四轮大车忐忑而行,扬起一抹烟尘补在了天地一线的空白处。日头虽偏西到底尚未落下,不过也已无妨瞧上几眼:见见这永不倦息的火热圆球;它那一身火红力量当是足够撑起万古长青的共产主义,也足够压下人们同室操戈的纷乱争斗,忙来忙去你死我活不过为争一口吃食罢了,其实,那浑圆天体不管人们在不在意,每时每刻都在为繁育食物而辛勤操劳。人与人之间应该学会放弃,留出足够距离以便给内讧之地填满阳光普照,填满沉甸甸的友爱果子。

切普尔内伊静静悄悄望着日头、草原和切文古尔,细细品味共产主义近在咫尺的心潮澎湃。他对自己高昂的情绪并不放心,害怕内中那股势如山洪暴发的泥泞力量堵塞了脑子里的思想通道,从而导致内心的感觉体会变得出奇艰难。此时再去找普罗科菲怕莫时间太久又等不起,那家伙倒善于表达,他若在,自己内心该是要通透清晰不少。

"到底是什么让我如此艰难，定是共产主义马上就要到来的缘故！"切普尔内伊胸中激动得一塌糊涂，黑压压无一丝光亮，只好强行冷静悄悄寻思。

日头终是撤下了，不再束缚空气中水分的自由，任其滋养青草。偌大天地为间的光芒冲刷了干净，一片瓦蓝万般宁静；那太阳，为使疲于奔命的日子生出普遍友好的同志感情，白天忙碌操劳始终热热闹闹。切普尔内伊脚一动踩断一株草茎，那草的脑袋奄奄一息耷拉向相邻的青草肩头，后者无伤无损活得正新鲜；切普尔内伊当即退开一步，向天地间伸了伸鼻子，只嗅得一股气息打辽阔草原深处遥遥而至，那是距离迢迢的哀愁忧伤，也是人烟荒芜的惆怅悲凉。

切文古尔寨墙篱笆尽处杂草丛生遮天蔽日，密密麻麻探向远处草原上的荒地，那里已不再属于耕地整治规划的地头；切普尔内伊信步起落间脚下一片温软舒坦，正是那满身灰尘的牛蒡草之怀抱，这草与一众向来我行我素、自生自灭的杂草为伍，相互称兄道弟相处倒也和睦。整个切文古尔周围杂草环绕宛若一道紧密防线，与远方隐秘幽深的区域相隔开，那些所在，切普尔内伊隐隐感觉，处处尸横遍野，地地惨无人道。若非杂草成片，若非青草坚守，它们亲如兄弟不屈不挠，就像那些苦难的人民一样，那么这草原便不成样子，走不进人的心灵。不过，风儿吹过抚摸片片草儿怀抱，带走它们的种子去远方繁衍生命；而人儿路过则踏上丛丛草叶身躯，带着自己沉重的心灵到未来寻找共产主义。切普尔内伊本打算就此离去，让内心澎湃的情感歇息片刻，可又想起须得等一等远方来客，那家伙正穿行齐腰的青草间，直奔切文古尔。想必，来客一显出身影当一眼即可看出，其人并非什么混蛋余孽，而是受压迫的苦劳大众，压根儿不相信切文古尔会接受他，会留他过夜，因此虽有意投奔却始终心怀忐忑步履迟疑，活像走向的是敌人窝子，一路牢骚不断。远来的游子行得疲疲沓沓脚步凌乱跄跄，阵阵倦意如浪涌不时席卷全身。而切普尔内伊却心想来者定是同志，眼看就近了再等等也无妨，到了后便一把热情拥抱，好分享自己心中的苦闷忧伤："在共产主义即将来临的平安夜，光我一个人守候也太孤独可怕了！"

切普尔内伊抚摸脚边牛蒡草，这草也渴望共产主义：眼前累累青草丛，植物的日子中友谊之情亦是长盛不衰。然则那城里的鲜花，房前屋后的篱笆，还有临街的花园，它们统统都是混蛋一类的植物秧子，是以须牢记，势必要彻底永久地铲除和踏平之，还切文古尔一片清净；那条条大街小巷就该遍地生长翻身得解放的青草，让它们与无产阶级平起平坐，一起忍受烈日炎炎的磨砺煎熬，共同面对大雪纷飞的毁灭死亡。不远处，草儿突然东倒西歪立不住身子，响起一阵温柔娇弱的沙沙动静，似乎有哪个陌生家伙冒冒失失闯了进来。

"我爱您，克拉芙久莎，想把您一口吞下去，可您老是那么摸不实在！"传来普罗科菲的声音，活像正备受痛苦折磨；这家伙，也不等切普尔内伊走远点。

切普尔内伊听得真切，却一点也不忧伤，心想那远方来客这就要到了，他不也没克拉芙久莎嘛！

来人确实近了，下巴一溜乌黑大胡子，脸上两只诚实眼珠子，仿佛随时随地在表露忠心。他穿行草丛间，脚上靴子粘满泥土灰尘，里面双脚滚烫，应是少不了湿漉漉的汗水味儿。

切普尔内伊偎篱笆墙边神情忿忿不平；他其实已见着来人身影，心头一时慌乱惊奇，这大胡子家伙模样超乎自己想象，委实太可爱、太稀罕亲切；要是那人再迟来片刻，切普尔内伊说不定忍不住痛苦失落，会当着空空荡荡愁云惨雾的切文古尔大哭起来；他内心深处实不愿相信克拉芙久莎会跑到荒郊野地，会有那股热情劲儿去跟别人生儿育女，想他切普尔内伊多么尊敬她，就因为她归属切文古尔的全体单身共产党员，是大家同志间友谊长存的开心果；可她却出来跟普罗科菲把事儿办了，同他一起滚草丛；而此时此刻整个城市正屏住呼吸焦急万分地等着共产主义，并且他切普尔内伊本人也正得忧伤空虚，渴望友谊抚慰；若这会子自己能够搂上抱紧克拉芙久莎，那他同样可以逍遥自在地再等下去，哪怕共产主义迟来两三昼夜也没关系，但像现在这般孤零零一个人他是一分钟也等不了活不下去，只因他那满腔的同志感情无处安放，无人共享；尽管没谁能三言两语表达清楚什么是生活坚定而永恒的意义，但是只要你活在友谊的温暖中，与同志们寸步不离时刻守望，只要生活的不幸有人分担，跟一群苦命人紧紧抱成一团将其融化成微不可察的星星点点，那么什么是生活的意义你就再难想起。

来人站定，立在切普尔内伊面前。

"你干吗站着，等自己人吗？"

"等自己人！"切普尔内伊好不快活，幸福得连忙点头。

"如今到处都是异己人，你等不来的！当然也有可能，你在盼亲戚吧？"

"不，是盼同志。"

"那你接着等吧，"过路的家伙丢下一句，还耸了耸肩膀好使上面装口粮的背袋重新搁回舒服位置，"如今可没有同志了哟。都是一帮笨蛋傻瓜，从前过得不死不活，现在倒学着像模像样过日子了；我一路走来亲眼所见。"

原来来人是铁匠索特赫，这家伙对一切都提不起兴致，久而久之也就习以为常，无论在故乡卡利特瓦村也罢，到异乡哪座城市也好，该咋过就咋过。某年夏天，他心血来潮招呼也不打，关了村里铁匠铺子，跑到城里建筑工地当了名钢筋工，原因也很随意，觉着那钢筋顺眼，活像村里的篱笆墙。

"你看吧，"索特赫继续叨唠，其实他自个儿都没意识到，碰上了人心里也起了开心，"同志们，当然都是好人，可他们笨死了，活不长久。如今眼下你上哪儿找得见你的同志去？顶顶好的那个人给刺死埋坟里了，他为天下劳苦大众东奔西跑操碎了心，可结果……而另一个挺住了熬过命来的如今还不是瞎忙活……简直一多余分子了哟，他呀，高高在上把持一切，手上政权风平浪静，这样的同志你无论如何也是等不来的！"

　　索特赫又稳了稳肩头背袋抬脚迈步，打算继续远行；可切普尔内伊却不舍，小心翼翼碰了他一下，随即哭出声来，觉得自己一腔主动投怀送抱的友谊扑了个寂寞空虚，一时羞愧难当伤心在所难免。

　　起初，铁匠觉得切普尔内伊在装模作样，默默等了片刻想看他如何演下去，可不久竟挺不住了，卸下一身逢人即戒备三分的冷漠伪装，浑身一松劲儿和颜悦色起来。

　　"想必，你能幸存下来定是因为那些牺牲了的好同志，所以你才哭得这么伤心！好吧，一块儿过夜去吧，相互挤着搂着好好想一想自家心事。你这样白哭可不好，人们可不是什么歌谣，可以想但不能哭；我这人从来一听见歌声就会哭鼻子掉眼泪，连自个儿婚礼上也没忍得住，那哭得哟……"

　　切文古尔这地方家家入夜闭门较早，早安歌便少危险。此时无人知晓，甚至连一向听觉灵敏的切普尔内伊都没察觉，有那么几家院子、屋子住户围拢一处悄悄拉夜话。皆是旧时管家伙计，或削了职的公家小吏，斜靠篱笆脚踩软和牛蒡窃窃私语，聊着陈年往事，谈着基督耶稣的千年王国，说着未来的苦难将大地冲刷一净的安宁；这样的拉话是断断不可或缺的，以便轻巧平顺地渡过这一段共产主义滚过的深渊踏下的地狱；那历时数百年积攒下来的心灵力量虽几近荒废，但仍撑着切文古尔原先的老居民继续顽强忍耐，继续满含希望，带着一份骄傲的体面把余下日子接着过下去。然而此时此间，切普尔内伊和他那少得可怜的几位同志正深陷痛苦愁闷，无论书籍论著中还是神话故事里，没一家地方将共产主义描绘成明明白白清清楚楚的歌谣，好使危难时刻一回忆即想起，从而获得心灵上的慰藉安宁；卡尔·马克思挂在墙上，目光睿智仁慈，如同别人家的那尊耶和华上帝，可他那些强大威猛的森严书籍却并不能让人心神通泰，难以达致共产主义风平浪静的憧憬想象。莫斯科和省里那些招贴画上绘着反革命的九头蛇，惟妙惟肖；一列列载着印花布和呢绒料子的列车开往村村寨寨的合作社，忙忙碌碌；却无一处显出那种叫人激动欢心的未来景象。为着未来，应当砍掉九头蛇的脑袋，拉住装满身子的列车。切普尔内伊原本觉得该当紧紧依靠自己那颗热情澎湃的心灵，让它操劳让它付出，从而走向并获得未来，为此他敲掉了那些资产阶级尸体中的心灵，还拥抱了一位流浪天涯的铁匠行者。

拂晓前，第一缕圣洁的初光未起，一间空闲板棚中，切普尔内伊和索特赫躺身麦秆堆上也未起，双双陷入无尽遐思，寻找着共产主义和它的心灵滋味。但凡无产阶级的人切普尔内伊见着就开心，不论对方说什么，对不对都觉温暖。他一直没合眼，久久倾听自家情感奔涌不休的叨唠倾诉，仿佛那情感曾给身上饱满膨胀的力量羁押得太狠太久；待倾吐够了内心才落平静，也方才安然入梦。索特赫同样没睡踏实，反反复复想让自己安静下来，终于打起小盹儿，可仅迷糊片刻，身上力气刚有点起色便醒了过来，又再拉扯几句，待力气倦了复得眼前一片朦胧，如此一夜多次往返半醒半梦间。每当索特赫进入片刻梦乡，切普尔内伊便放平他双腿搁好其双手，让他四平八稳地睡得更舒服。

"别摸我，别让人难堪，"棚子里静悄悄暖洋洋，索特赫起了反应忍不住叫嚷，"我跟你这样子有点舒服过头了。"

大梦正酣，棚子门缝漏进一抹光亮；屋外院子寒凉，送来丝丝厩肥烟火气。新的一天徐徐打开，索特赫翻身而起，瞅了瞅外面天色，双目仍昏昏沉沉，许是睡梦未得平静不断溢出波澜。

"你咋回事儿？躺下吧，右肋着地心里要踏实些，再迷糊会儿。"切普尔内伊轻声招呼，心中只觉遗憾，时间过得太快了。

"你呀，就怪你，老不让人睡安稳，"索特赫想起就来气，"俺们那寨子里也有你这号的积极分子，总爱折腾，搞得乡亲们没法安生；你激动积极个啥，真该叫个蠢货扇你一巴掌才会老实！"

"你叫我咋办，反正又睡不着，说来看看！"

索特赫顺了顺头发打了捋胡须，好整以暇的样子，似乎打算收拾一新再入梦，再醉生梦死长眠不醒。

"你肯定是遗漏了什么才老落不了觉；你那革命恐怕有些松劲儿了。你且靠我近点再歇会儿，早上起来后去把剩下的那些红色家伙召集上，然后爆发，冲，不然你的那些人民怕莫要迈开步子跑了哟……"

"说得对呀，我得来个紧急集合不是。"切普尔内伊自顾自表达，随即倒在那过路家伙背上，只觉又平又稳方便歇息，也便于尽快恢复体力。可索特赫的梦到底断了，没法再睡稳当。"天已大亮了，"索特赫瞅着晨光悠悠自语，"我差不多该上路了；这会儿睡，还不如待会儿天热了找条山沟躺躺凉快。你这家伙，瞧瞧，睡成啥样子了；就这号的还追求什么共产主义，不过群魔乱舞的狂欢罢了，天下的老百姓各家自有各家的算盘哟！"

索特赫扶正切普尔内伊耷拉的脑袋，再扯过军大衣盖在那架枯瘦的身子骨上；然后起身径直出门，就此长别而去。

"告辞了，你这棚子！"想着毕竟借此过了一宿，索特赫刚跨出门又回身客气辞行，"好好活着吧，当心别给火烧了！"

棚子后边角落深幽，躺有一条母狗，身边挤了一窝狗崽子；这会儿大狗起身出门找吃食，小狗不见母亲身影想得慌，爬来爬去四下寻找。一只胖嘟嘟小狗崽儿爬上切普尔内伊脖子讨暖和，伸出粉嫩小舌头舔来舔去，贪婪享受上面有盐有味儿的细汗珠。起初，切普尔内伊只觉脖子上温温热热小痒痒，舒服得露出了笑意，可不久满脖子口水一片凉浸浸，不由心生气恼睡意渐消。

过路的同志不见了；切普尔内伊也已歇够倒不觉多遗憾。"如今要紧的是尽快将共产主义办完，"切普尔内伊暗自鼓劲，"到那时候这位同志自己会回来的。"

个把钟头后，县执委驻地，切普尔内伊集合全体切文古尔的布尔什维克，拢共十一人，虽老生常谈但仍再次强调："伙计们，共产主义这件事情必须得马上办了，再不抓紧历史的时机就要错过了，下面请普罗科菲给大家表达表达!"

普罗科菲这家伙将卡尔·马克思的著作收藏得倒齐全,方便自己使用,至于整个革命究竟要如何表达全看克拉芙久莎当时的心情,或者某种客观条件。

而客观条件,或者说思想上的刹车方向盘,在普罗科菲眼里只有一样,也即切普尔内伊的个人感觉,他那感觉尽管昏暗模糊但却不乏联系的紧密性和方向的正确性。这回普罗科菲刚一张口,引经据典背诵马克思的著述以证明革命渐进式发展的必要性,解释苏维埃政权久时不动声色的可能性,切普尔内伊当即神经一紧高度警惕,身子骨都拉扯瘦了,对分期完成共产主义这安排心里着实有些反感。

"你呀,普罗什,就别劳神了,搞得比卡尔·马克思还伤脑筋似的;他老人家只是出于小心谨慎才往坏处打算嘛,可我们这里共产主义不马上就能立起来么了,这对马克思来说岂不更好……"

"要我放弃马克思,这可办不到,切普尔内伊同志。"普罗科菲神情肃穆,一副绝对忠诚于自己思想信仰的架势,"既然他在书上明明白白印出来了,那我们就得一字儿不偏地依照理论前进。"

皮尤夏听得一个头两个大,眼前一片漆黑沉重,长舒一口气默默无语。别的布尔什维克从不跟普罗科菲争论,在他们看来每回听来听去不过是某人在那儿胡说八道,没一句话提到群众的事业。

"这个嘛,普罗什,你说的都很正经体面,"切普尔内伊拿捏好分寸,尽量柔和委婉地表明异议,"只是不过,请你给我说来看看,革命精神追求的道路一拖就拖得老长远,我们会不会给拖得鼻塌嘴歪累得要命呢?我呢,要一直保持政权始终平平稳稳不出差错,恐怕是头一个断手断脚倒下,头一个给拖垮磨坏的;你想啊,总不能长年累月每时每刻都比大家强吧!"

"您想怎么着就怎么着吧,切普尔内伊同志!"普罗科菲同意了,态度恭敬神情僵硬。

切普尔内伊隐隐觉着不是滋味儿,生生摁下胸中汹涌澎湃的情感冲动。

"这可不是我想怎么着的事情,我的德瓦诺夫同志,而是你们大家伙儿想怎么着,列宁想怎么着,还有马克思起早摸黑操不完的心想怎么着!……直接办实事吧,把资产阶级余孽彻底从切文古尔清理干净……"

"好好好,"普罗科菲表态了,"那个无条件执行的决议草案我预先已准备妥了……"

"先不搞决议,直接来命令。"切普尔内伊当场纠正,以示态度坚决手段雷厉风行,"决议嘛,后面再弄,当务之急是把命令糊上墙。"

"我们可以把决议当命令颁布嘛,"普罗科菲顺着意思又同意了,"那请您先在上面糊一笔批示吧,切普尔内伊同志。"

"用不着,"切普尔内伊一口回绝,"我跟你说过的便是口头批示。现在,散会。"

然而切文古尔的资产阶级可不听什么嘴巴上的决议,也即那纸命令,粘了面粉,围墙上、窗板上、篱笆上糊得到处都是。本地老住户尽都以为,看看,瞧瞧,一切马上要结束了,心想那从来没影儿的事情不可能拖得长久。切普尔内伊足足候了二十四个钟头,等资产阶级余孽自个儿走出来;可是,然后,便带了皮尤夏挨家挨户上门赶人。皮尤夏顺着房子钻进屋子,逮着最最壮实的资产阶级分子,也不招呼,上去就一记闷拳扣在脸盘子上。

"看过命令没?"

"看过了,同志,"那资产阶级家伙赶忙毕恭毕敬讨好,"这是我的证件,请检查一下。我不是资产阶级,从前也是给苏维埃办事的,我是头一批应召进机关工作的……"

切普尔内伊一把扯过那张纸片:

> 兹证明罗·特·普罗科片科同志,即日起,为精简职数解除其后运站谷类饲料储备基地副主任职务,就其在苏维埃的现实表

现和思想方式上的发展变化看，该同志属于革命立场可靠的一分子。

证明人：后运站站长
普·德瓦诺夫

"上面写的啥？"皮尤夏眼巴巴候着。

切普尔内伊一把撕了纸片。

"把他赶出去。谁是资产阶级我们全部一清二楚。"

"唉呀，同志，怎么能这样呢？"普罗科片科见情况不对连忙改口讨饶，"我手上可是有证明的呀，我是苏维埃的干部，白匪军来那会儿我甚至都没跟着跑，而其他人都跟着跑了……"

"跑，你往哪儿跑，你的宅子家人都在这里！"皮尤夏当面揭穿普罗科片科的老底，顺便赏了他一记亲亲热热的耳光。

"动手吧，整体上全部，把城市给我清理一空。"切普尔内伊丢给皮尤夏一句命令，态度决绝转身走了，眼不见心不烦，以便整顿心情赶紧准备共产主义。不过，驱逐资产阶级这活儿皮尤夏一上手便磕磕碰碰，办得并不顺溜。起先，他一个人单打独斗，亲自动手搡那些财主余孽，亲自安排他们上路的食物和用品数量多少，还亲自负责打点包裹；好一通忙活，不到黄昏下来竟累得快趴下了，人也没力气挨家挨院去搡了，只闷头闷脑给别人打包捆带。"这么搞下去我怕浑身都要散架了哟！"皮尤夏打起退堂鼓，吓得连忙到处拉帮手找别的共产党员出手相助。

然而，不过即便拉出一支完整的布尔什维克小队伍也难在二十四小时内搞定那帮资产阶级残余分子。一些资产阶级的家伙站出来说话了，请求苏维埃政权收留他们，白当雇农不要什么口粮工钱；而另一些则苦苦哀告让他们到旧时教堂里过活，哪怕远远呆着，也好对苏维埃政权敬意不减、支持不断。

"不许，通通不许，"皮尤夏毫不留情面，"你们如今都不算人了,再说这天下整个儿也变样了……"

一时间众家半资产阶级分子纷纷颓丧倒地,哭得好不惋惜,心疼自己那些家当和残留的东西怕莫这一别就再难有相会。只见,张张床铺上块块枕头堆积如山尽显温暖;口口大箱子高柜子站稳步子舍不得与痛哭流涕的亲人好友分开;出得门来,每位半资产阶级分子身上都卷了一股味道,那是自家多年积攒沉淀的天伦气息,如今早经由长年累月的呼吸融进血肉,成了体内不可分割的一部分。这气息,一众赶人的没几个家伙闹明白其实也是一种微末的私人物品,只觉吸得几口浑身血液一轻新添了不少生机活力。皮尤夏不舍耽搁,没给半资产阶级分子长时间死去活来悲痛的机会,见这些家伙老不动弹,便抓起包裹连带内中头等要紧的标配之物一股脑扔大街上;然后一手一个把这些悲痛欲绝的家伙打横了提溜上,一言不发地径直插进外面的包袱,活像把那群人生生种在了避难的荒岛上;他这通操作态度决绝手法高明,显见对报废人类这活儿已是驾轻就熟。风吹过,人回神,一应半资产阶级分子止了伤悲,转而摸摸摁摁身下包袱,试试皮尤夏将他们应得之物塞齐全了没。一直忙到深夜,这把整个余孽阶级扫地出门的行动方才消停,皮尤夏与同志们方才坐下歇息得口烟抽。下雨了,细雨绵长惹人惆怅;风儿力气尽了默默止势,悄悄伏地躺身雨水之下。一众半资产阶级分子坐自家包袱上,排成长串双眼无神,似乎在等某种莫名的情况到来。

切普尔内伊到来了,张口即下命令,嗓子里憋着一腔急不可耐的怨气;要求所有人立刻马上从切文古尔滚蛋,永生永世不准再回来。毕竟共产主义已没时间再耽搁了;新的阶级没落脚处,没公用财物,干等也不是办法。切普尔内伊的话资产阶级余孽分子听则听之却无动于衷,继续安静坐着任雨水浇淋。

"皮尤夏同志,"切普尔内伊稳住火气不露声色问他,"说来看看,这是在胡搞啥名堂?趁我们动手杀人前让他们赶紧滚,别让我再看见。正因这些家伙我们的革命才弄得没地方生根……"

"我这就办,切普尔内伊同志。"皮尤夏琢磨再三掏出手枪。

"你,滚吧,滚远点!"他一声怒吼,直冲跟前一名半资产阶级分子而去。

那人身体一歪,双手乱甩,顿觉命苦,软绵绵地撑着便开始号啕,这一哭腔来得全无半分凄凉预兆,却悲悲戚戚好不悠长。皮尤夏开枪,一抹红光直射包袱,那半资产阶级分子腿上力气顿时滚滚而出,腾身而起穿过硝烟落荒而逃;皮尤夏伸出左手抓上包袱,臂一扬扔了老远。

"走你的人吧,包袱就别想了。"皮尤夏拿定主意。"无产阶级送了你东西,你便该识趣拿上赶紧跑路,这下嘛,我们不给了,收回了。"

见皮尤夏如此操作,一众帮忙的纷纷掏枪慌里慌张,射包袱的射包袱,打篮子的打篮子,驱赶切文古尔的老住户;而那群半资产阶级分子竟无恐惧,不疾不徐地向切文古尔郊外宁静之地走去。

偌大一座城就剩十一位居民了,十人睡觉,一人徘徊,街上荒凉内心凄楚。第十二道身影属于克拉芙久莎,不过,作为大家公用的开心果她被珍藏于一间不可告人的房舍里,以防备群众生活的危险。

临近半夜雨住了,天空风平浪静尽显疲态。今朝这夏夜漆黑忧伤,笼罩切文古尔,一城寂静,一城荒凉,一城阴森景象。人虽去,屋仍在,扎文-杜瓦伊洛家大门洞开,切普尔内伊走了前去轻轻掩上房门,心中好不狐疑这一城的家狗怎么就没了身影,上哪儿去了;家家院儿里只剩一地草木,牛蒡丛丛岁岁枯荣自来如此;蓬蓬滨藜兀自述说着吉祥如意;间间房舍今清静无梦,这是数百年来头一遭无人歇息叹气。切普尔内伊偶尔兴起,钻进堂屋坐上幸免于难的安乐椅,掏出烟草吧嗒几鼻子,如此总算弄出一丝动静,免得自己耳朵太过寂寞。户户人家柜子上,东一处西一处摆了一摞摞主人家烤的圆白面包;内中一间屋子放有一瓶教堂用的素酒,维桑特牌子的。切普尔内伊把稳瓶子压紧塞子堵住里面的酒味儿,以静候无产阶级光临;又再找来毛巾手帕给面包搭上，省得落了灰尘。万幸的是家家户户床铺倒收拾得干净整洁，床单崭新清幽凉爽；枕头安然，许得了随便哪颗脑袋平静入梦乡；切普尔内伊本心试试感觉，随身一躺倒入床上，可不料刚得舒服心中便一阵惊慌羞愧和无聊乏味，仿佛这床铺是他出卖自己那颗向来吃苦耐劳的革命心灵所换得的安逸。尽管家家屋子陈设齐全又空空无碍，但那十位切文古尔的布尔什维克却没谁动心，不为贪图一宿之欢而遍寻舒适下榻处，反倒挤在那间平时公用的砖瓦房里头，人挨着人席地而卧；这间砖瓦房还是1917年那会儿留下的，旨在收留当时无家可归的革命人士。切普尔内伊本也觉得唯有那幢砖瓦建筑才是自己的家园，而眼前这些舒适又温暖的上好屋子怎么看怎么生分。

　　切文古尔的方圆天地半空飘着一汪忧伤，那么无助绝望，仿佛置身自家宅院，父亲身影正落孤单，而母亲灵柩前不久才从此间抬出，留下没了娘的小男孩跟随家里篱笆、牛蒡和冷清清的穿堂一起思念，一起戚戚然。只见那孩子头靠篱笆墙，抚摸着粗糙门板，任泪水滑落打湿了黑暗，打湿了眼前这片苍白暗淡的世界；而父亲走近，擦干眼泪出言宽慰，说不打紧，一切都会好起来，也会慢慢习惯。切普尔内伊这人内心情感甭管多澎湃，也只在坠入回忆时方才能开口表达倾诉，而此时他行进在朝向未来的道路上，心中的等待漆黑一片，似乎隐隐望见了革命的地平线，唯有那里的曙光在指引自己前进的方向。可惜今夜却无一丝回忆相助切普尔内伊说清楚切文古尔现在的样子。一幢幢房舍直挺挺立着，永生永世遗弃在这里，离开的不仅有半资产阶级分子，还有各式各样的小动物，甚至连头母牛也无处再见身影；生活似乎丢下这乡地方不管了，流浪到草原深处的荒草丛中等着静静死去，而把自己生机黯然的命运交还给了最后的十一个家伙；十个人入了梦乡，一个人独自游荡，心中莫名哀伤，隐隐觉得危险恐惧。

　　挨着栅栏，切普尔内伊径直坐在地上，身边一窝刺球，他伸出两指浅浅地摸了摸，长势不错；这刺球活得尚还新鲜，今后也将生长在共产主义下。也不知是何缘故老不见天亮，往常这时分新的一天该是早已降临。切普尔内伊默默等候，暗自无不担忧今朝太阳还会不会升起，甚至清晨还会不会到来，若来又得什么时辰；毕竟旧的世界已荡然无存了！

夜色中，乌云孱弱疲惫悬于天际一动不动，浑身潮湿的力气早已落下，荒草将之吞没借着这股劲儿生长繁衍；风随雨降，飘零大地伏卧草丛间，久久栖身那片狭窄拥挤的密林深处。切普尔内伊想起，自己童年记忆中也遭遇过这般空寂凝滞的夜色，那时的他浑身不得劲儿，憋得窝火却又不甘愿睡去，只得任小小身板儿躺炕上，双眼骨碌碌打转瞧着一屋子的寂静烦闷；他觉得有股干巴巴窄星星的细流在肚子和脖子间来回游动，不时触碰摇晃一下自己的小心脏，引来了生活的烦恼，脑子里惊慌失措的浪花翻腾不休，搅扰得小切普尔内伊魂儿直痒痒，在炕上翻来覆去折腾，又是生闷气又是哭哭啼啼，活像有条虫子在体内深处爬上爬下胳肢得他好不难受。今儿这朝切文古尔的夜色宛若一张漆黑大幕，似乎永久熄灭了整个世界，亦如儿时那般，黑压压的憋闷、空落落的恐慌齐齐袭上切普尔内伊心头，令他的不安更是火旺。

"要是太阳再得升起，明天肯定会好得多，"切普尔内伊给自己打气，"我干吗要为共产主义发愁痛苦，跟个半资产阶级分子似的！……"

这时辰，那伙半资产阶级分子想必已躲入草原深处，或者拖着疲沓的步子向背离切文古尔的远方行去；他们那群家伙跟所有的成年人一样心境沉稳，不会像幼年的孩子和此间的党员这般心中老摇曳着患得患失的恐慌；这些半资产阶级分子心头未来的日子即便只有坎坷不幸，却并不如何陌生可怕，也非多么神秘难料；而眼下唯有切普尔内伊坐地上担心着明天的际遇，觉得新生活的头一天日子多么摇摇晃晃把不实在，多么神神秘秘阴森可怖，就仿佛一位姑娘家曾经一直待字闺中，突然间长大了该嫁人了，而明天，此间所有的人似乎也将一下子长大了，该与新生活结合了。

这新婚前的紧张害臊令切普尔内伊不由紧紧捂住脸,胸中阵阵难以启齿的羞答答、莫可奈何的心慌慌忍了许久方才稍得平息。

切文古尔深处传来一声公鸡打鸣;一条丧家之犬悄悄打切普尔内伊身边走过。

"茹乔克,茹乔克!"切普尔内伊一时兴奋连忙招呼,"过来,过来呀!"

茹乔克很听话,走近跟前闻了闻这个人类伸得老长的手掌,只觉掌心气息友好有股麦秆的味道。

"你还好吧,茹乔克?我呀,糟透了!"

茹乔克身上爬满刺球籽粒扎得皮毛乱糟糟,屁股上尽是马粪脏兮兮臭烘烘。这狗是全县忠实的朋友,是俄罗斯的整个冬天和无尽长夜的卫士,是小有资产的财主家的女奴。

切普尔内伊牵狗进屋,找了些白圆面包喂它,那狗吃下,边吃边哆嗦,仿佛这口吃食乃平生头一次尝到的美味。切普尔内伊见狗怕得实在可怜,又寻来几块鸡蛋馅饼,可狗却不敢下口,只嗅来嗅去,然后走开,在屋里怯生生绕圈子,实在难以相信自己此生居然会碰上这样的好事,切普尔内伊也耐住性子,等着它回过神来忐忑不安吃下几口;随后切普尔内伊抓起饼子,亲自咬上一口以示证明。这回茹乔克高兴了,不担心饼子给下毒了,尾巴摇得快活卷起地上尘土。

"你呀,怕莫也是个穷苦的家伙,肯定不是资产阶级那边的狗!"切普尔内伊喜欢上了茹乔克,"你哟,打生下来就没尝过上等白面的味道吧,真够苦命的,往后便在切文古尔过活吧。"

外头,谁家院子又响起两只公鸡的鸣唱。"看来,我们这儿有三只家禽了,"切普尔内伊暗自计算起数目,"当然,还有这头牲口。"

自堂屋出来,切普尔内伊只觉浑身发冷不禁一激灵,抬头张望,眼前的切文古尔全然另一番模样:城市空旷,几分清静丝丝寒凉;日头遥遥,晨曦苍白光影灰暗;家家房舍门户洞开,即便住进去也不觉可怕;大街小巷哪怕走上去也不觉陌生,只因处处草木如故生机盎

307

然，条条小径依旧完好无损。晨光渐次灿烂照亮天地间，撕碎奄奄一息的枯败残云。

"看来，这太阳终将是我们的了！"切普尔内伊心生感慨，遥指东方天际望眼欲穿急不可待。

两只叫不上名堂的飞鸟低空滑翔，路过"日本人"头顶，停于篱笆墙上不时抖一抖小尾巴。

"嘿，小不点儿，你们也要跟我们一起吗？！"切普尔内伊向那对儿小鸟打招呼，又从兜里摸出一把盐粒和烟末子远远抛了过去，"请吧，别客气！"

这下子切普尔内伊不再心慌意乱羞人答答了，一时睡意沉沉，抬脚向那间公用砖瓦房走去，里面睡着他的十位同志。可尚未推门而入突遇麻雀惊起，前后四只身影，许是一向过于小心谨慎，带着对人的偏见飞上了篱笆墙。

"你们这些小家伙可是我们一伙的哟！"切普尔内伊亲切招呼那几只麻雀，"你们这些鸟儿是我们的亲人嘞，往后就别再担惊受怕了，资产阶级没了，日子顺了，好好活着吧！"

砖瓦房内炉火正暖。两人合眼沉睡，八人睁眼躺着，呆呆望向屋顶空寂处；这八个家伙神色阴郁思绪恍惚，活像罩了层漆黑面纱。

"你几个干吗还不睡觉？"切普尔内伊问那八个家伙，"明天就是我们新生活的头一天了，太阳已经升起，鸟儿们正朝我们飞来，可你们却吓得活生生躺地上，简直浪费生命……"

切普尔内伊寻了堆干草躺下，死死裹紧身上军大衣，顿觉暖和不少默默入了梦乡。窗外朝露已起，迎着天上光秃秃的太阳好不晶莹璀璨；日头忠诚，没有背弃切文古尔的布尔什维克，依旧如约升起，高高爬上众人头顶。皮尤夏整夜未落觉，只一颗心灵稍得歇息，这会儿起了身仔细搓洗一番，想着洗得干干净净好迎接共产主义的头一天日子。屋内灯亮着，昏黄的光芒如若逃离阴间的冥火；消灭有瘾给皮尤夏带来了快活，便出手灭了灯；灯一黑他又反应过来，眼下切文古尔无人值守，资产阶级分子怕莫会偷偷潜回来，不得已又点燃彻夜明灯，好叫半资产阶级分子明白共产党员没睡，手中的武器也没睡。皮尤夏爬上屋顶坐铁皮盖子上，脚边露水盈盈迎着太阳火热的光芒正自欢腾欲飞；皮尤夏瞅了瞅天上太阳，眼中满是骄傲自豪，满是对自家财产的赞赏鼓励。

"戳吧，把石头戳破洞好长出东西，"皮尤夏喃喃自语声音低沉兴奋；他这家伙脑子里的学识不稳当，没信心组织语言也就欢呼不来，"使劲儿戳呀！"皮尤夏的兴奋劲儿一波波喷涌，不由死死握紧拳头。"这日头的光芒就是有重量有力气，它一扑身往下压便戳进泥土，戳进石头，也戳进了切文古尔。"

不过即便皮尤夏不说太阳也照样顶在大地身上，火辣辣硬邦邦，于是大地翻滚着疲惫不堪的羸弱身子，先挤出青草汁液，再溢出黏土水分，最后奉献上整片宽厚肥大的毛茸茸草原，而天上日头只顾燃烧膨胀，热烘烘地焦渴难受，生生把自己忍成了一颗傻呆呆的石头。

皮尤夏闻着太阳那股浓烈刺鼻的气息，绷紧嘴巴咬得牙床直痒痒。"从前那会儿这家伙可从来没这样升起过，"皮尤夏联想到自己身上，觉得自家捞到的好处也有得一比，"看我这会儿胆子壮大啦，胆气都撑破皮肤从背上钻出来啦，就跟听见了冲锋号似的。"

天空还剩下一程尚未踏足的远方，皮尤夏抬头，见日头正滚滚向前，心想别是有什么东西挡了它的脚程，于是四下一瞅，顿觉屈辱，不由倒退一步。原来，切文古尔寨门外趴着一地帐篷，昨夜半资产阶级分子竟驻扎在那里，还燃上了篝火放起了羊儿，几家婆娘就着雨水坑洗衣搓布手上忙活。那些半资产阶级男人和精简裁退人员挖地的挖地刨土的刨土，一眼看不出捣鼓些什么名堂，多半在挖地窖洞子；另有三人是旧时的管家伙计，抱了一堆内衣床单结扎帐篷顶子；这些家伙死性不改，一大清早便醒来光着脊梁、露着肚子操劳，只为造出新的狗窝，办出新的家产。

皮尤夏心中一愣顿时惊觉，那些半资产阶级家伙从哪儿搞到这么多布料的，想当初他可是亲自动手往包袱里塞的东西，各家各人多少配额，严格标准半点都没通融啊！

皮尤夏抬头瞧了瞧太阳，目光满是痛心惋惜，活像眼睁睁看着自家财产给别人霸占了；随即心中难为情，手指甲不由搔了搔脖子上的青筋，小心翼翼恭恭敬敬向天上央告：

"宝贝呀，你慢点，省点劲儿，别把力气浪费在了外人身上！"

一众切文古尔的布尔什维克从前在家时有老婆和姐妹照料，洗漱方便，有现成吃食，如今远离了这一切只好亲自动手躬身料理日子；如此一来，洗脸没了肥皂便用黄沙代替；搓澡没了毛巾就弄衣袖和牛蒡草叶凑合；母鸡要下蛋就亲手帮忙揉其肚腹，又上犄角旮旯寻找蛋下在了什么地方。清晨一睁眼便忙乎上熬羹汤，围着这一天的主要吃食打转，吊上一口小铁桶，也不管从前派哪样用场的，生上火堆即煮起来，但凡谁路过均要往里面投一把食料，皆是附近摘来的野菜，有荨麻、茴香、滨藜等等可下肚的草植，也偶尔逮几只鸡扔进去，若是运气好刚巧碰上牛犊崽子过来找死便大卸八块，投上一坨肥嫩嫩的屁股肉。夜黑尽了汤方才熬透，可仍须等革命工作歇下来脱得开身，且还要跟众多争食者抢夺地盘，赶在遍野的甲虫、蛾子和苍蝇蚊子扑进餐盘前慌慌忙忙将那一肚子的浓汤囫囵吞下。就这般一众布尔什维克才勉强果腹，每昼夜也只享用这么一餐，然后休息，绷紧神经戒备危险。

皮尤夏经过时桶里汤已熬出模样，便没再乱添东西。

他打开小仓库提了只皱巴巴的桶出来，满满一桶机关枪子弹带，分量沉重；又招呼基列伊同志，那家伙刚吸完几枚生鸡蛋，请他帮忙拖上机枪跟在身后。平常天高云淡日子安宁时，基列伊惯爱跑到湖边打猎，用机枪扫射，几乎每每都有收获，不是带回一只湖鸥就是拎来一只白鹭；这家伙没少向水里鱼开火，可战果却不理想。这回皮尤夏要上哪儿他也不问，实在是心里老惦记着狩猎，早想跑出去放几梭子，见什么打什么，只要不朝活着的无产阶级开火就行。

"皮尤什①，我这便给你从天上杀几只麻雀下来，你想不想！"基列伊兴致颇高欲望强烈。

"我自己会杀！"皮尤夏心疼天上财产一口回绝，"前几天是不你跑到菜园剥了母鸡崽儿的皮？"

"反正总得给人吃嘛，还不一回事儿……"

"是一回事儿，但效果不一样；杀鸡嘛，亲手掐死就行了，用得着动枪吗？！你白浪费一颗子弹就多留一个资产阶级余孽的命……"

"行啦，皮尤什，下回我注意点儿成不。"

半资产阶级分子营地上篝火已熄灭，看来早饭该是煮好了，今儿这一天热腾腾的食物无忧了，日子将就熬得过去。

"瞧见没，喏，昨儿那群人？"皮尤夏给基列伊指了指半资产阶级方向，只见围着余温尚存的篝火东一堆西一堆坐着些人影。

"好家伙！这回他们往哪儿躲？甭想从我手上溜掉！"

"你哟，把子弹都糟蹋在母鸡身上了！别磨蹭，赶紧把机器架好抵近了射！不然等切普尔内伊醒来，见着这些余孽分子他那颗心又得犯病了……"

基列伊双手翻飞间架好机枪，挂上弹带当场开火。这家伙身手不凡，一边把着弹夹放几梭子，趁弹壳退膛工夫一边还腾出手来拍拍面颊、嘴巴和膝盖，击打出子弹呼啸而去的伴奏曲。一时间子弹跑得匆忙，失了目标方向尽皆落于近处，打得地上尘土开花，射得草儿连根拔起。

"你这家伙，眼睛瞄准点，别错过了敌人！"皮尤夏躺地上，闲得无事只管张口叫唤，"别打太急，当心点，枪管子都冒烟了！"

然而基列伊却顾不上那么多了，全身都搭了进去，手脚与机枪并用一起跳舞歌唱，一起颤抖癫狂。

砖房内地板上，切普尔内伊来回翻腾；虽则没醒透，但给不远处

---

① 皮尤夏的小名。

机枪错落有致的动静搅扰，心跳已失了节奏，呼吸长短不齐。身侧热耶夫同志瞌睡安稳，任枪声入耳无动于衷，不打算醒来，觉得那不过是基列伊在附近搞事情，放枪猎鸟为大伙儿的粥羹添把营养。热耶夫扯了扯军大衣蒙上自身，也盖住切普尔内伊的脑袋，将枪声和耳朵轻轻隔开。大衣蒙头切普尔内伊顿觉气闷，越发翻腾厉害，蹬脱身上束缚浑身得自由，一时呼吸畅快，一时周遭寂然，静得危机四伏就此醒转。

太阳高悬，已爬上好一段路程，切文古尔这方，想必打今朝清晨起便跨入了共产主义。

基列伊进屋将桶杵地上，里面弹带已空空如也。

"拖到仓库去！"外面传来皮尤夏的喝斥，正推着机枪过穿堂，"你这家伙一路拖得丁零咣啷的，想干啥，把人都吵醒了！"

"这桶空了嘛，轻得直叫唤，我有啥办法，皮尤夏同志！"基列伊一边犟嘴一边将桶搁回老地方，让它进仓库呆着去。

切文古尔城建筑永生牢固，当地人过日子亦是如此，信念也颇为牢固，喜欢跟着感觉走，无利不起早，以致一辈子都围着招财进宝操劳，弄得疲惫不堪未老先衰。

然而这在后来却给无产阶级添了不少麻烦，本想凭着一身劳力搬动那些结实耐用的住宅，竟变得困难重重；原来栋栋房屋底梁四边皆用的原木，又没打地基，径直垛于地面，久而久之原木发芽生根深深扎进了土里。在切普尔内伊和社会主义领导下房子倒是搬开了，可空出来的广场园子却恰似一片荒弃田野，无产阶级搬抬木头屋子连根拔起，留下一地残根断须却无力再回头顾及。如此，每每星期六义务劳动日进行得艰辛切普尔内伊就心生遗憾，觉得把混蛋余孽阶级驱逐消灭一净未免有点可惜，那帮混蛋家伙若还在，便可代替疲惫不堪累得要死的无产阶级迁移一城生根发芽的房舍。但早前切文古尔的社会主义萌芽时切普尔内伊并没料到，无产阶级也需要打别处借一把干粗活的力气帮衬自己。如今在社会主义驾临的头一天日子，切普尔内伊醒来太阳已然升起，城市已然面目一新整装待发，这给了他新的希望，当即叫来普罗科菲，请他外出跑一趟，到各地去招揽些穷苦人来切文古尔当主人。

"去吧，普罗什，"切普尔内伊耳提面命，"不然我们人太少了，没有新的同志感情过不多久会闷闷不乐的。"

切普尔内伊这主意普罗科菲迅疾响应：

"明白，切普尔内伊同志，就该招揽，社会主义本是群众的事业……只一点，哪些人不用叫呢？"

"凡是外面的人都叫来吧，"切普尔内伊最后指示，"把皮尤夏带上一块儿上路，能去多远便去多远，见着穷人就带回来，给咱们当同志。"

"那外人呢？"普罗科菲追问。

"外人也叫上吧。毕竟咱们这里社会主义已是事实了。"

"切普尔内伊同志，没有广泛的群众基础支持一切事实都是不稳当的。"

这道理切普尔内伊当然明白。

"那我则告诉你，咱们再这么下去会苦闷得要死，难道这也是社会主义？我心头感觉清清楚楚，用得着你来摆道理么！"

普罗科菲挨了批评也没顶嘴，转身出去找代步工具，驾之以寻取无产阶级。临近中午时他在草原上寻得一匹马，正独自流浪，于是牵回，跟皮尤夏一起动手套上一辆四轮篷车。又近黄昏，普罗科菲收拾妥当，车上备下足足两周补给用品，扬鞭策马辞别切文古尔寨门，直奔皇皇外乡之野而去；普罗科菲坐轿厢内研究县界之内地形地貌总图以择取方向，皮尤夏则负责驾马，那马久不拉车已不熟悉脚下走法。篷车后面跟着剩下的九名布尔什维克，观那车子如何滚动行驶，只因这趟车马出行是社会主义下的头一遭，担心那四脚轮子不听使唤。

"普罗什，"切普尔内伊大喊一声以示作别，"到了外面眼睛放亮些，招人得盯准靠谱的分子，我们在家里把这城市牢牢守好。"

"呵呵！"普罗科菲有些不爽，"咋地，我没生眼睛没见过无产阶级是不？"

布尔什维克人热耶夫年岁不小了，一场国内战争打下来人居然给打肥壮了；这会子他凑近马车，凑近普罗科菲，在其干巴巴的嘴唇上落下两口亲吻。

"普罗什，"热耶夫有事请托，"别忘了也找几个堂客回来哈，哪怕讨饭婆娘也行。她们呀，兄弟，那身上的软和娇嫩是咱们断断缺不得的滋润呢，不然你看，我刚才亲你那两下多硬碰硬。"

"这事儿先放放，"切普尔内伊定下调子，"你呀，眼睛落到女人身上看的喜欢的可不是什么同志，而是那一身原始的野性……普罗什，你招人时别由着性子想法来，主要看人的社会特征。要是那婆娘能当同志就把她请回来，要是恰恰相反那就别客气，直接轰进草原便是！"

热耶夫没再坚持自己的想法；他觉得反正社会主义都到了，女人总会自个儿冒出来的，哪怕到时偷偷联络联络同志感情也行。可切普尔内伊却没想通，要是真有女人来了，穷哈哈的，可以拿来当同志，但问题是她到底对初生的社会主义有何危害。他脑子里只笼而统之地晓得一点，在旧时代的日子对女人的爱是普遍存在的，繁衍生养也来自女人，但这不过是人性之外的事情，自然野生的活法，而非人性之内的事情，非共产主义的活法；如今切文古尔进入了人性生活的时代，要来女人也可接受，但前提是那女人得干巴巴，得有明显的人性特征；不得丰满出美丽动人，毕竟美色成不了共产主义的有机成分；女性的自然之美在资本主义世界同样存在，跟那些高耸的峰峦、晶莹的星辰一样，跟诸多别的非人性事件也一样。有了这番预感切普尔内伊打定主意，今后再招女人，凡脸上穷得忧伤累得苍老一副半死不活样子的通通都欢迎，只有这样的女人才会对同志关系有好处，不会在受压迫的群众内部引起不平衡，也不会诱发单身的布尔什维克萌生好奇而腐朽堕落。关于爱抚，切普尔内伊暂时只承认阶级性质的，坚决反对女人性质的；在阶级性质的爱抚身上，切普尔内伊能体会出那是一种令人陶醉的亲近，属于无产阶级同伙之间的友好温馨；而不像旧时代那种爱抚，那是大自然绕过无产阶级和布尔什维克的力量私自创造的资本家和女人的女性特征在作怪。单单这一点上切普尔内伊确实过于斤斤计较了，对保证苏维埃切文古尔的完整性和纯粹性过于忧心，放不开胸怀，甚至还暗生小庆幸，认为有一桩事实虽表面看来毫不相干，却对切文古尔有利：城市坐落草原上，四面平阔荒凉，上方天空亦如草原那般贫瘠苍茫，上下左右瞧遍无一处露出大自然的美色力量，也就诱惑不了这里的人心，免得疏远了共产主义，坏了彼此间远离人烟孤苦厮守的兴致。

当天普罗科菲和皮尤夏启程找无产阶级去了；傍晚，切普尔内伊和热耶夫绕着寨墙巡视全城，顺手将倒伏的篱笆桩子扶正插好，如今篱笆墙可关系重大，须得仔细保护才行；又畅谈列宁的智慧光芒一直聊进深夜，如此忙碌一番便把一天光景熬到头了。夜里躺下睡觉时热耶夫向切普尔内伊建议，明早醒来得将城市的形象标志立起来，同时还得把各家各户地板擦洗干净，好风风光光迎接即将到来的无产阶级。

擦洗地板这建议切普尔内伊表示赞成，并决定将形象标志高高挂大树上，甚至因夜色滚滚胸中的激动也滚滚而来，觉得有这两件事情可办大为兴奋。想必，如今满世界，全天下的资产阶级自发势力尽都传遍了，切文古尔出现了共产主义，那么眼下四周的危险便迫在眉睫了；草原深处、峡谷幽境、漆黑不可方物之地，白军部队正踏步而来，声势浩大，或者光脚的土匪团伙正悄悄潜行，一片密密麻麻沙沙响；若敌人真席卷而过，到时他切普尔内伊就再也见不着丛丛青草，见不着切文古尔间间空闲的房舍，见不着新生的城市上空那亲如同志的太阳；如今这座开天辟地的城市正扫榻以待，将以鲜亮的地板和清新的空气迎接陌生来客，迎接那风雨飘摇的无产阶级，他们拖着沉重步子徐徐赶路正朝切文古尔而来，身上无一丝得人待见的尊严，怀中无一份日子安宁的生趣。不过，唯有一样情形令切普尔内伊稍觉宽慰隐隐振奋，在那遥远神秘他乡，莫斯科附近或瓦尔代丘陵深处，据普罗科菲从地图上指认，有一处叫克里姆林宫的地方，列宁就在里面，坐于灯下深思远虑，不眠不休、笔耕不辍。这会儿他那边干吗还要写来写去？如今这边有了现成的切文古尔，列宁就该停下笔墨重新回到无产阶级大家庭，好好活着。热耶夫已躺下，切普尔内伊紧随其后在切文古尔凌乱不堪的街道上找了一处安静草丛，美美睡于其间。他心里清楚，此时此刻列宁正想着切文古尔，挂念着这里的布尔什维克，尽管他并不晓得这边的一帮同志姓甚名谁。或许又或许，列宁正在给他切普尔内伊写信，希望他睁大眼睛别睡着了，好生守着切文古尔的共产主义，想尽办法把一切没名没姓的底层百姓吸引过来，把他们的感情和生命团结起来；希望他从此无须再提心吊胆，毕竟漫长的历史已经结束，一切烟消云散了，留下来的唯有贫穷和痛苦，只因千百年来这贫穷和痛苦不断增长不断沉淀，已是无穷无尽；希望他带着自己一帮同志继续坚守，等他，等列宁本人亲自到共产主义来做客，亲身驾临切文古尔拥抱大地上全体受苦受难的黎民百姓，亲手结束生活中一切不幸的命运遭际。最后的最后列宁频频颔首，向大家问候，向历史和未来宣布必将巩固切文古尔的共产主义直到永远。

想到这里切普尔内伊起了身，已休息妥当，精神饱满内心平和，只略略遗憾一件事情，怎么这时候偏偏身边缺个资产阶级，要么有位闲下来的战士也好，以便让他这就带上来自切文古尔的千钧急报，大步流星直奔克里姆林宫，呈给那里的主人列宁。

"那边，克里姆林宫里头，共产主义怕莫早熟透了哟，"切普尔内伊心生羡慕景仰，"列宁就在那边……说不定突然有人会叫我，克里姆林宫里会响起我这'日本人'的名声，唉，资产阶级真该死，硬是在我头上栽了这么个绰号，这会儿又上哪儿找人手把正确的姓名送过去……"

砖瓦房内灯火摇曳，剩下的布尔什维克，整整八条汉子齐齐没落觉，莫名对抗着某种危险。切普尔内伊走了进去一通训话：

"同志们，发什么呆，脑子得动起来；眼下你们面前已没普罗科菲可依靠了……而城市呢，大门四开宽宽阔阔，可什么主张概念哪个地方都没落下一笔；谁晓得这里住什么人过哪样日子，来了过路的同志一头雾水。就说家家户户的地板吧，是不该动手擦洗干净，那是咱们这儿最明显的经济漏洞，幸好有热耶夫及时又正确地发现了。还有那些房间是不该通通风透透气，要不你走过去，无论上哪儿，哪儿不一鼻子的资产阶级气息……同志们呀，脑子该想想事情了，不然咱们待这里干吗，说来看看！"

一众切文古尔布尔什维克脸上羞愧难当，绞尽脑汁开动思想。基列伊脑子里马上嗡嗡响，当即屏住呼吸静候里面思想念头缓缓流出来，直到用力过猛，一股热血潮涌而出冲刷得耳朵里的耳垢哗啦作响。基列伊跑到切普尔内伊跟前，凑上身体小声耳语，一脸愧色：

"切普尔内伊同志，我脑子冒出一股脓水打耳朵里冲了出来，可思想念头咋就始终没……"

切普尔内伊另找了项不费脑子的任务交给基列伊，代替其费心劳神的思考：

"你，出去，围着城市转转，听听有没啥动静：说不定外面有什么家伙在偷偷闲逛，或者站那里正怕得发抖。你发现了先别一下子给打死，留半口气拖回来，咱们要当场审一审他。"

"这事儿我能行，"基列伊爽快答应，"夜又长又深，我们在这儿闭门思考时，不定有什么家伙跑来把城市拖到草原上去了……"

"是啊，说不定呢，"切普尔内伊真还忐忑后怕，"要是没了这城市，你我大家还有啥像样的日子，到时候又要回到口喊主义手拿武器的光景了。"

基列伊出城守卫共产主义去了；留下一屋子布尔什维克静坐入定冥思苦想，耳边只闻煤油灯芯舔吸火油的噬哒声。屋外寂静得荒芜，夜色幽幽漆黑空旷，一城的战利品、一城的财产尽皆木然萧索，只久久回响基列伊早已远去的踏步声。

唯有热耶夫没干坐着白白耗费时光，一直琢磨城市的标志性口号；曾经草原上打仗那会儿，一次军事会议上他听过某种说法，似乎可借来一用。热耶夫当即开口，叫给他一张干净东西，他要写东西，好让过路的无产阶级来了即开心，途经切文古尔时绝不会再擦肩而过。切普尔内伊亲自出马，跑到过去资本家的旧屋子寻来一匹干干净净的麻布料子。就着灯火，热耶夫将麻布摊开边看边赞叹。

"可惜了哟，"热耶夫对着麻布甚觉伤感，"这东西身上耗费了多少女人家的心血，多少双白嫩嫩的手儿都毁在了上面。最好哇，让布尔什维克的婆娘们也学会这手艺，把这讨人喜欢的东西自己这边也做出来。"

热耶夫趴下身体，弄炉灶木炭在麻布上写画起字眼。身边围了一圈同志，又是支持又是鼓励，尽皆想着，热耶夫这番行云流水的捣鼓，必将一下子便把革命清清楚楚地亮出来了，那大伙儿也就明明白白轻松自在了。

众人盼得急切，热耶夫写得卖力，穷尽心神穿过记忆深渊，把献给切文古尔的标志性口号一字一句抠了出来：

"穷人同志们。是你们创造了世上最舒适的条件和最称手的东西，今天大家亲自把它摧毁了，不就渴望拥有更好的东西么——拥抱彼此。既然如此，条条大路通切文古尔，这里拥有来自五湖四海的同志。"

一见这段标志性的口号，切普尔内伊率先大声赞叹。

"太棒了，"他话音飘扬，"跟我心头感觉一模一样，那财产啦，仅仅只是一时半刻的眼前利益，而同志呢，则是永永远远的生活必需品，少了他们你什么也战胜不了，一事无成，终将变成混蛋畜牲。"

于是八人齐上阵，捧着那匹麻布穿过空荡荡城市，要将其高高挑上竹竿，并正对平常人来人往的大路。这趟活路切普尔内伊反倒不催了，只因担心三两下忙乎完了其他人都躺下睡觉，独留他一人面对漆黑，面对共产主义的第二天夜晚，牵肠挂肚担惊受怕；混在同志间他的心灵操劳忙乱消耗得厉害，而恰恰因为身上精力流失他才隐隐迟钝，不再那么害怕危险。找来找去寻得两处地头，终于挑起麻布，也就看清了，后半晌虽夜深却风行不停，这风着实让切普尔内伊开心了一把，觉得资产阶级故然没了，可风吹依旧，竹竿见证东摇西晃，那就说明资产阶级从头至尾都并非什么天生地养的力量。

照说基列伊该是在绕着城市巡游，可这会儿却丝毫听不见他的动静，众人不知就里，齐刷刷挺立夜风中倾听草原的声响，八条汉子一动不动，人挨着人彼此守卫，防备夜色深深严相逼的危险，那滚滚如浪的黑暗之渊不定什么时候会扑来敌人。热耶夫熬不住了，老不见敌人来送死性子猴急手上痒痒，独自进了草原，远远深入，想侦察清楚究竟，剩下七人守在原地以作策应，免得把城市孤零零留给基列伊一个人。七人一伙布尔什维克挤巴巴躺地上不叫风吹凉，竖起耳朵倾听无边夜色，兴许，夜色笼罩下黑暗如温暖怀抱掩护着敌人。

突然，一声细微摩擦响起，切普尔内伊头一个听见，那动静似近若远辨不真切；有东西在靠近，威胁切文古尔的安全；只是那神秘家伙动作实在太慢，给人感觉不是太沉重太过耗费力气，就是太残破太过虚弱不堪。

切普尔内伊当即起身，其余六人也随之跃起。一抹耀眼光焰划破夜空，乍然点亮远方朦胧云海，仿佛夜梦中的霞光一闪而逝；这时，一声枪响随风呼啸而去，掠过一线低头哈腰的草浪。

切普尔内伊七人列队排出惯常的散兵线，齐头并进朝前冲去。枪声没再响起；一路奔袭一路似乎在迎接战争和革命的洗礼，切普尔内伊累得气喘吁吁，心儿咚咚膨胀都快挤到嗓子眼儿了；他回头一望，那远远给抛在身后的切文古尔似乎燃起了一亮火光。

"同志们,赶紧停下!"切普尔内伊大喊一声,"咱们给包围了……热耶夫,格沙,你们大家都过来!皮尤夏,不管是谁见了就揍,往死命里打!你上哪儿去?没瞧见吗,我为共产主义人都累垮了……"

切普尔内伊的心脏血液汩汩沸腾久时奔涌向全身,负担过重累得他瘫倒地上爬不起来;只见他手抓着枪,身影干枯脸色苍白痛苦不堪;剩下的六名布尔什维克端着武器围在他身旁,紧盯向草原,守望着切文古尔和脚边倒下的同志。

"别丢下不管!"格沙发话,"抱上这'日本人'吧,咱们回切文古尔,那边有我们的政权,没理由抛弃一个没家没口的大活人……"

一众布尔什维克朝切文古尔走去。没抬多久切普尔内伊便下地了,他那颗悬在嗓子眼儿的心落了回去,守护上其常驻的狭小地盘。切文古尔城内,一亮小小火苗幽幽静静照着谁家屋子;草原上,万籁俱寂毫无动静。众人踏着草原行军,步伐默默警戒前行,直到看清一棵草的身影,窗光下落落挺拔,影子倒向空旷的街道中央。也没谁下命令,布尔什维克们自动站成一排昂首挺胸,直面那扇兀自亮着灯火的窗子,里面就是敌人;众人举枪齐齐开火,子弹打穿玻璃射进屋内。那明亮有主的火光灭了,屋子四周漆黑,窗子破了大洞,基列伊探出头来脸上神色隐隐兴奋;他一人对视七道黑影,暗自寻思这些家伙哪儿冒出来的,在切文古尔除了他这位连夜守护共产主义的卫士,还有谁会开枪。切普尔内伊回过神来一腔怒火直冲基列伊:

"你这家伙,招呼也不打烧煤油点灯干啥,城市这么空,你难道不晓得草原上到处都土匪,正虎视眈眈盯着这里?还有,明天无产阶级便要来了,踏着整齐的步伐走进城市,你不在外面好生守卫,反把它像孤儿一样抛下了,安的什么心思?说来看看!"

一通数落,基列伊脑子清醒了赶忙辩解:

"是这样的,切普尔内伊同志,我呢,睡着后在梦中把整个切文古尔看得清清楚楚，就像站在大树顶子上似的，四周光秃秃的，城里一个人都没有……可要是我在地上走动，那看清楚的地方则就少多了嘛，随便来股风扑耳朵边刮来刮去不消停，你还以为是个土匪，本想给它一梭子吧，可它又没身体……"

"你呀你，脑子就是不思上进，那煤油是能白烧的吗？"切普尔内伊又责问他，"要是无产阶级突然来了他们拿啥照亮？你也不动动脑子，哪个无产阶级不喜欢看书？你呀你，心是向党的心，可烧光浪费的却是无产阶级的煤油！"

"可切普尔内伊同志，黑漆漆的要是没个声响我睡不着哇，"基列伊干脆实话实说，"我这人睡觉喜欢挤在热热闹闹的地方，喜欢点着灯……哪怕来只苍蝇在我耳朵边嗡嗡叫也成……"

"哼，睡啥觉哦，赶紧起开，到外面去，给我绕着寨墙仔细巡逻。"切普尔内伊直接下令，"看吧，现在还得去把热耶夫救出来……就因你招来的信号，我们把一个同志活生生丢在了外头……"

出城后，七位同志守城门口，径直趴卧草丛，竖起耳朵听动静，看看远处有无什么身影晃动，齐齐猜想，要么是热耶夫拖着步子回来了，要么那家伙正半死不活地倒地上静盼天亮。随后基列伊走到了近前，见众人躺卧地上不动弹，不由拿话挤兑：

"你们在这儿躺得倒安逸，可那边有人怕莫快要咽气儿了哟，要是我呀，便跑过去寻他，唉，可惜得守着这座城市……"

基列伊的话倒提醒了格沙，说不能因热耶夫一个人而舍弃整个无产阶级，不值得；关键在于要是大家都跑去救热耶夫那条命，则身后城市恐怕会遭土匪一把火给点了。

"放心，要起了火，我来扑灭城市的火，"基列伊信心满满地保证，"这里不到处都有水井嘛。可热耶夫就不妙了，这会子没准儿倒在什么地方魂儿都快飘走了。你们干吗要白等无产阶级呢，连个人影儿都不见，可热耶夫不一样啊，他人在着呢。"

切普尔内伊和格沙当即一跃而起，也不心疼切文古尔了，径直冲上草原扑向绵绵无尽夜色；剩下五位同志起身跟上，脚步撵脚步。

基列伊绕到篱笆墙后面寻了处地方，垫上牛蒡草叶仰面躺下，静听敌人动静安然待天亮。

大地绵延一线，云层缓缓倾下略略露出中天，正是晴空明净；基列伊望着头顶一颗星辰，星辰也望着他，彼此对视相互排解寂寞。别的布尔什维克尽皆远离了切文古尔，留下他基列伊一人躺倒地上，四周草原无垠，活像围了偌大一方帝国；基列伊暗自琢磨："我这条命活倒是活着，可凭啥活着？看来呀，这好运气要落我头上恐怕没那么轻易，标准得更严格些哟；你想啊，整场革命都在关心我器重我，那它要把好运带来还不得光明正大讲讲排场……所以如今只能白白倒霉了；普罗什卡不说过嘛，这是一种进步过程，只是还没走到头而已，一旦到头了那幸福还不立马就花开，怒放在空空旷旷原野上……那颗星子亮倒是亮着，可它凭啥亮着？！难不成它也有所求？它呀，最好掉下来，让我好生瞧瞧。不，它掉不下来的，如今有科学代替上帝在上面撑着它……清晨喂，你快些来吧，来了就独自躺这儿，独霸这整片共产主义；你说，让我这就切文古尔走开，那共产主义还不跟着就跑了，不定在哪个地方落脚呢……到时候哇共产主义就不成体统不清白了哟，成了一处温暖的土窝窝，布尔什维克再回到这里也同样不成体统不纯粹了哟！"

一滴东西落在基列伊脖子上，转瞬即干了。

"降雨了，"基列伊隐隐察觉，"这云连影子都没有，雨打哪儿来的？看来那边准有啥东西积得太厚了，挤出来一滴东西到处乱飞乱窜。好吧，来，滴我嘴里。"基列伊嘴巴大开喉咙空旷，可惜再也没东西掉下来了。"也成，那就落到旁边这家伙身上吧，"基列伊指着身边牛蒡草对天上直叨叨，"你可别再来烦我了，让我安静会儿，今天真是活累了，有些困……"

基列伊心下清楚敌人铁定躲在某个地方，可草原荒瘠无色无味无声息，岂能分得清他藏哪儿，更别说，身后的无产阶级城市空空荡荡一尘不染,也闻不出哪有敌人气息,既如此干脆施施然睡去,活像个常胜将军。

切普尔内伊却恰恰相反,在这无产阶级新生活的头几夜生怕睡着了,所以此时有敌人可追剿提多快活,如此免得空自守着降临于世的共产主义,心里对它既愧疚汗颜又担惊受怕实在折磨人,而带上一帮同志行动那感觉则不一样了。草原夜色漆黑弥漫如密林,隔出了一大片阴森冷漠空间,切普尔内伊闯了进去,一颗向来敏锐的心顿时茫然,无力再探知敌人踪影,哪怕四处流窜的敌人已累得快倒下了,可却硬是没法追得上逮得着,杀不了他,夺不了其身上那被风吹得几近冰凉的性命。

"混蛋玩意儿,坏透了,大家都安安静静的放啥枪嘛,"切普尔内伊心里有气嘴上嘟哝埋怨,"日子才开头呢,就不让咱们好过了!"

这一小队布尔什维克自国内战争中活下来,早已习惯夜色掩映的黑暗,此时发现前方远处有一眼生的黑影绰绰的物体,宛若躺着一块削平了的长条巨石,抑或一方铺路石板。这一带地头草原平整如光滑湖面,不难看出那眼生物体并非本地老住户。行进中,切普尔内伊和他的布尔什维克同志渐渐放慢脚步,目测前方距离,陌生物体一动不动。可那黑乎乎的物体时隐时现,距离老测不清楚;原来,夜色下荒草起伏摇曳,黑影浮荡如浪涌,也摇晃得视线长短不齐难以看确切。众人朝前跑去,手中紧握枪,子弹已上膛。

那四四方方的黑家伙动了,喀嚓喀嚓响得起劲;听声音这家伙离得不远,震动得地上细小的石灰石滚来滚去,在硬邦邦的地面摩擦出一片沙沙响。众布尔什维克停步,一脸好奇诧异,枪也放下了。

"是天上掉下来的星子,这下总算搞清楚了!"一路跑了这么久心头都快着火了,可切普尔内伊却来不及体会,率先辨明情况,"我们把它弄回切文古尔吧,切一块五角星出来。瞧,这可不是敌人,是科学朝我们飞来了,要进入共产主义嘞……"

切普尔内伊高兴坏了,当即坐下,心想共产主义真是魅力无穷,连天上星星都吸引下来了。那掉下来的星子身体不再响动,安静了。

"你们就等着吧,好运来了挡都挡不住,"切普尔内伊给大家细说道理,"你们在这儿福从天降,星星都朝咱们飞过来了,同志们也会打那边下来的,鸟儿也会讲人话的,就像刚长好会开口的孩子;这共产主义还真是非同小可,它就是人世间最后的狂欢!"

切普尔内伊躺倒地上一时忘情,忘了夜色,忘了危险和空寂的切文古尔,脑子里只有回忆,想起从来不曾浮现的影子,他的妻子。可此时此刻身下压着的只有僵硬的草原,而非他那软和的婆娘,于是抽身而起。

"没准儿这是来自共产国际的某种援助或机器,"格沙说得煞有介事,"还真有可能,这家伙是铁制的滚石,自己就能开起来跑过去碾死资本家……明摆着嘛,我们在这儿战斗,共产国际多少还是惦记咱们的……"

此时一岁数几近长者的布尔什维克凑身上前,原是彼得·瓦尔福洛梅耶维奇·韦科沃伊,只见他脱下草帽,好把那神秘东西看得更清楚,可观来观去怎么也想不起到底是何物。他长年游牧养出了一项本领,大半夜里能认出天上飞鸟,辨清几里外的大树叫什么名堂;他向来感知敏锐,似乎总能抢先于身体,任何情形还没靠近便已了然。

"这东西,不出意外定是哪家糖厂的大铁桶,"韦科沃伊也拿捏不准,判断下得颇为牵强,"这类铁桶也要吃东西,通常吞食小石子,嚼来嚼去喀嚓直响;这家伙停这儿定是附近克鲁吉耶夫斯克县的老乡拖来的,可拖到半途就不行了……贪心不足蛇吞象啊,低估了这东西的重量;其实这玩意儿可以滚着走,他们却非要硬拖……"

突然,地面又起喀嚓响动,铁桶悄悄翻了身,直冲一帮布尔什维克滚来。切普尔内伊正觉上了当给欺骗了热情,恼羞成怒,率先大步一迈跑到了近前,隔着十步开外拔枪便射,直打得铁锈翻飞溅了一星在脸上。可铁桶却不受影响翻滚如故,继续切切普尔内伊,朝他身后左左右右的同志们冲了过来,逼得众人只好徐徐后撤。一时半会儿还真搞不清楚这铁东西怎么自个儿就动了起来,它那身重量压在硬邦邦地面上一路摩擦一路喀嚓声刺耳,使得切普尔内伊根本集中不了精神,连猜一猜的机会都不给;而此时夜已有些不稳当,偏向了清晨;草原上,星光点点淡淡退去,天顶稀稀拉拉的星辰从过去发来的丝丝光芒本就微弱,这会儿更显乏力。

铁桶慢了劲头,阻在原地兀自晃动,遭遇一丘小土包给挡了去路,随即全然安静下来。切普尔内伊见此,虽没想好却打算说几句,可还没来得及开口便听见起了歌声,一女人嗓音,疲倦憔悴忧伤凄凉:

> 梦里,湖中一条小鱼,
> 我入梦身也为鱼……
> 小小的身影自由的生命,
> 不停向远方游去,游去……

歌声未尽,仿佛永远也唱不完;一众布尔什维克倒心甘情愿听下去,怀着焦急渴望伫立许久,盼那嗓音再起,想那歌声再悠扬。可是歌声止了,铁桶也不动了,想必桶内那条唱歌的生命已然累坏,躺下睡了,忘了歌词和小曲儿。

"你们在听吗?"突然响起热耶夫的声音,人还在桶里根本不敢冒头,害怕猛然现身给当成敌人乱枪打死。

"听着呢,"切普尔内伊应了一声,"那个她不打算再唱了吗?"

"不行了哟,"热耶夫通报情况,"她已经唱三回了。我推呀推,像放羊似的赶了他们好久。他们在里头也使劲儿,桶就滚起来了。有一回不知哪个家伙朝桶开了一枪,这不白忙活嘛。"

"里面都些啥人啊?"格沙问。

"不清楚,"热耶夫答,"一个资产阶级疯婆娘带着她兄弟;你们来之前俩人还亲来亲去,可过后不知啥原因兄弟死了,她一个人便开唱了……"

"哦,这么看来她是想变成条鱼了嘛,"切普尔内伊胡乱一猜,"她呀,八九不离十,肯定是想从头活起哟!是不这样,说来看看!"

"那当然。"热耶夫点头称是。

"接下来咱们咋处理?"切普尔内伊向大伙儿征求意见,"她那副嗓子倒不错,挺动人的,而眼下切文古尔又正好缺点艺术……要不咱们把她拖回去,让她继续活着,活到啥时候算啥时候?"

"不妥,"热耶夫明确反对,"你想啊,她现在虚弱得要命,还有,疯疯癫癫的……再说一个资产阶级女人,哪儿有口饭给她吃。就算她是妇道人家,可呼出来的气还不是余孽分子的……咱们需要的可是彼此间的共同感情,而非什么艺术。"

"那到底咋弄?"切普尔内伊又问大家。

众人尽皆不吱声;要么收留这资产阶级女人,要么弃之不顾,哪样更好,似乎没多大差别。

"这么办吧,铁桶呢,推下山沟,咱们回城洗地板去,"也不再东想西想了,切普尔内伊干脆拿定主意,"不然咋办,普罗科菲这会儿可去了老远。明儿个说不定无产阶级就到面前了。"

八名布尔什维克一起动手推上铁桶滚起来,方向背着切文古尔;远处里把开外地面开始下行,尽头是段悬崖,之下有道深谷。铁桶一路滚动,腹中裹了团软乎乎的肉馅,也跟着翻滚,可布尔什维克们却着急赶路越推越快,无暇再顾及里面那位资产阶级疯婆娘;她虽一直不作声,众人也没心思听。不久下到草原斜坡,铁桶自个儿滚动直冲深谷而去,众人方才歇手驻步观望。

"不对,这东西是糖厂的锅炉,"韦科沃伊记忆复现,连忙证明自己的本事,"我一路都在回想这到底是啥玩意儿机器。"

"啊哈,"切普尔内伊随口附和,"算是吧,曾经的锅炉哟,咋办,由它滚去吧,没这东西也不碍事儿……"

"我刚才还以为这东西毫不起眼,纯粹是坨派不上什么用场的圆疙瘩,"格沙醒悟过来,"原来扯了半天是锅炉呀!"

"是锅炉,"韦科沃伊再次强调,"用铆钉一节节铆出来的玩意儿。"

锅炉压着草原顺坡而下,非但不因距离远去而小了动静,反而由于速度越来越快远远胜过斜坡不断后退的步伐,也就摩擦愈频响声更盛。切普尔内伊屈膝在地附耳倾听锅炉结局。突然,锅炉翻滚的声响戛然而止,这是飞上了半空,从峡谷断崖直落而下坠向谷底,约莫半分钟后,虽笨拙地撞上了却安然无恙,飞落谷底死气沉沉的沙土怀中,仿佛有谁伸出一双灵巧的手接住了它,保护着它。

一众切文古尔人这下心安了,转身踏着草原往回走;此时,拂晓初光渐明,第二天堪堪开眼,照得草原起了朦胧灰影。切文古尔寨墙的最后一段篱笆下,基列伊沉睡如故,头枕牛蒡手抱脖子,只因身旁更无别人可搂。众人走过基列伊,这家伙却根本没听见,一心沉醉梦里,梦向自己这一生的源头深处,那里有他的童年时光,有曾经安宁的日子,汇成一股火热耀眼的光泉朝他喷涌温暖全身。

切普尔内伊和热耶夫选了最外边几间房舍,开始擦洗地板,用的是井水,入手一片冰凉。其余六个家伙各自再向城内深入,挑选卖相更佳的屋子打扫。里屋上房一片漆黑不便于干活;家具沉闷,散发某种催人欲眠的昏昏然气息,好多床铺上躺着资产阶级家养的猫,这是回来休息了;布尔什维克们将猫纷纷赶下去,抓起床单抖动,重新收拾干净,这时众人才大为惊奇,床上用品铺得委实太复杂,而真要累坏了的家伙根本就顾不上用这些东西。

天光大亮前切文古尔人堪堪收拾好十八家房舍,可整座城市屋宅林立多如乱麻。众人累了坐下抽烟歇息,却径直睡了过去,不是头靠着床就是顶着五斗柜子,甚至干脆塌下腰,将一颗毛茸茸的脑袋径直搁在了刚洗净的地板上。这是此间布尔什维克人平生头一遭在阶级敌人家里过夜,即便那敌人也已死去;当然,大伙儿也顾不上那么多了。

偌大一座城只基列伊孤零零醒过来，浑然不察昨儿夜里他的同志们早已回还。那间砖瓦房依旧空荡荡，无一道人影，他心想，切普尔内伊那家伙要么一路追土匪早去得远了，要么受伤死了躺在哪处草丛间，身边守着幸存的战友。

基列伊套上机枪拖至寨墙边，就昨夜睡觉的老地方。日头已然高挂，照亮整片空落落草原，里面暂时没有敌人。不过基列伊明白，他的任务是守卫切文古尔、保护城内共产主义，双双不得丝毫有所损伤；为此他毫不迟疑，当即架好机枪死守身后无产阶级政权，再又趴下卧于枪侧，虎视眈眈盯着周围动静。趴着趴着百无聊赖，基列伊突然嘴馋想吃鸡，昨儿他街上见到一只；可是条件又不允许，怎能弃枪不顾，让武器无人照管，这不明摆着是把共产主义的武器主动交到敌方白匪军手里；于是基列伊又躺了片刻打算琢磨出个办法，如何才能既守住切文古尔，又可脱开身去逮鸡吃。

"要是那鸡能自家跑过来该多好，"基列伊尽想美事，"反正它过来过去总会下我肚子的……还是普罗什卡讲得有道理，这日子方方面面都还没组织好哟。既然咱们如今已是共产主义了，那鸡嘛，就该自觉自愿主动跑过来……"

基列伊瞄了瞄街道，看有无什么鸡的身影朝这边运动。鸡没见着，倒发现一条狗在闲逛。那狗心事重重，不知在荒无人烟的切文古尔到底该向谁讨好卖乖；通常，人们以为狗会守护家产，可如今既然主人家都抛下屋子一走了之，那它这狗也就从此与财产分道扬镳独自寻找远方而去，不再劳神操心，当然也失了幸福滋味。基列伊将那狗唤近跟前，揪下毛发上的凌乱刺球。狗倒也安静，默默等着自己接下来的命运，一双愁苦忧伤的眼睛直愣愣望着基列伊。基列伊抽出皮带将狗拴在机枪上，便施施然寻鸡去了；切文古尔静得幽旷空寂，但凡草原上冒出哪个敌人或陌生外来者，狗一叫出声基列伊在哪儿都听得见。狗确实听话，提高警惕抖擞精神老老实实趴机枪旁，摇上尾巴忠于职守。

整整一上午基列伊都寻鸡未归，狗始终未曾叫唤默默望着空空大草原。大中午时，近处一屋子走出切普尔内伊，替下狗蹲守机枪旁，直到基列伊拎着鸡回来。

又是两天过去，切文古尔人洗的洗地、开的开窗、敞的敞门，就此地板干了，草原上风来风去，屋子里长年累月的资产阶级气息也净了。第三天上走来一人，拄一拐棍，浑身干干净净；若非见其年纪老迈，基列伊没准儿一枪崩了他；来人抵近切文古尔，见着切普尔内伊便开口问他是谁。

"本人是布尔什维克党正宗的党员，"切普尔内伊告知其身份，"这里则是共产主义。"

来人先打量切文古尔，然后开口：

"见识了。我呢，波切普县地政科养殖场指导员。俺们波切普县计划繁殖一批芦花鸡，是以我才来贵地找当家管事儿的，看能否出让一只公鸡崽儿和一对母鸡崽儿作育种用……我手上有正式公文拜请各地协助我差事。缺了鸡蛋俺们县的经济腾飞不了……"

切普尔内伊倒想答应给这人一只公鸡和一对儿母的，毕竟是苏维埃的兄弟政权有所求；只是，切文古尔家家户户院子里此类家禽他硬是连影子都没见着，便问基列伊城里还有无活鸡。

"咱们这儿从此再也没鸡了，"基列伊告诉他，"前些天倒还剩有一只，我便逮来吃了，要还有的话我也不会愁得肚子疼……"

波切普的来者转了转脑子。

"好吧，算我多有打搅……就请在委任状背面签上意见吧，写清楚切文古尔没鸡这一情况，证明我这趟差事没白跑。"

切普尔内伊扯来一块砖头铺上那纸公文，落笔以兹证明："人来过，又走了，鸡没有了，添作补给被革命队伍消耗光了。切文古尔革委会主席切普尔内伊。"

"请添上日期，"那打波切普走来公干的家伙又相请，"写明某月某日；文件上没落款日期过检查站要遭刁难。"

可今时今日到底成了何月何日切普尔内伊压根儿不清楚,自打来到切文古尔,日子过来过去他早忘了记数,只晓得一点,如今正当夏天,今朝乃是共产主义的第五个日子,于是签上,"夏天共产五日。"

"好啦,好啦,"那养鸡专家连声道谢,"如此便妥当了,哪怕是个代号,反正有就行。感谢,感谢。"

"去吧,去吧,"切普尔内伊打发人了,"基列伊,把他送到城外头,越远越好,省得老赖这里不走。"

黄昏下,切普尔内伊坐墙根土台上,百无聊赖盼太阳西沉。今儿一天,切文古尔人赶在无产阶级到来前又收拾了四十家屋子,方才回到那间砖瓦房。为填饱肚子,切文古尔人取来资产阶级备下的口粮充饥,有馅饼和酸白菜,数量多得足够那一阶级过小半年日子;存货如此之巨远超其所需,看来那一阶级没安好心,这是打算把日子长长久久过下去了。不远处有只蛐蛐儿,是本地老住户,一向活得自在安宁,这会儿牙痒痒吱吱吱唱起歌来。切文古尔河面上夜雾蒸腾,湿浸浸暖洋洋,活像操劳一天的大地正疲倦不堪,赶在宁静的漆黑大幕盖下前长长舒了口气。

"眼下群众不久便要流过来了,"切普尔内伊坐得平静想得热切,"快了,快了,切文古尔处处共产主义很快要热闹起来了;到时候大家有来有往彼此关怀,随便哪颗心灵,甭管来时是否突然都可寻得慰藉获得安逸……"

热耶夫喜欢傍晚出门到切文古尔的菜园子和小树林空地上闲逛,看看脚下土地,留心地上各式各样小生命,顺便倾吐一番自己的同情。临睡前热耶夫最爱起相思,忧一忧未来新奇成趣的生活,悲一悲早已辞世的父母,伤心两位老人家好不命薄福浅,既没过上好日子也没等来革命翻身。草原渐渐黑下几不可见,天地间只那座砖房亮着一盏灯火,如同独一的守护神,吓退敌人、打消疑虑。天黑尽了,草儿也倦了静了,热耶夫踏着草丛向砖瓦房走去,来到墙根边,见切普尔内伊坐在土台上。

"坐着呢，"热耶夫打招呼，"过去点，我也来坐会儿，歇歇嘴巴静一静。"

屋内，一众切文古尔人一帮布尔什维克同志，躺地上干草铺中睡得酣梦绵长，忽而喃喃自语，忽而喜笑颜开，可惜好梦易逝终究记不下来。外面只格沙一人孤身巡逻，独自守护着切文古尔，咳嗽声扑落向草原。

"你说打仗和闹革命的时候为啥人们老要起梦，"热耶夫悠悠自语，"而和平时却不来梦，个个睡得像肥滚滚的猪脸婆娘似的。"

切普尔内伊自个儿也时常起梦，却无从知晓梦打哪儿来，又因何会激荡他脑海。普罗科菲倒是能拿个说法，可这会儿他又不在，一位断断不可或缺的家伙。

"鸟儿换羽毛时我常听见它们在梦中歌唱，"切普尔内伊回忆，"那时候它们脑袋埋翅膀下，周围全羽毛啥也看不见，可柔美悦耳的歌声倒是响四方……"

"切普尔内伊同志，共产主义到底什么样子？"热耶夫突然问起，"基列伊告诉我，共产主义曾在汪洋大海的一座孤岛上；可格沙却说，共产主义似乎是那些聪明人想出来的……"

切普尔内伊起心仔细想想共产主义，却终不见动静，还是等普罗科菲回来好了，到时亲口问问他。不过他忽又醒悟如今切文古尔已是共产主义了，便自己起了个说法：

"当无产阶级自己跟自己过日子时，共产主义便打它那儿自发冒出来了。你想知道这事儿干吗，说来看看！到时只管待在这地头不动，用心感觉并用眼发现好了！共产主义嘛，它就是群众彼此间的相互感情；你看着吧，普罗科菲马上把穷人领回来了，咱们这儿的共产主义要更强盛了，到时你一眼就能发现它……"

"发现它，可能还是不清不楚吧？"热耶夫穷追不舍欲问究竟。

"你这家伙脑子里我是啥人，整个群众吗？"切普尔内伊有些恼怒了，"列宁一个人既不可能也不该当知道整个共产主义，这本身就是全体无产阶级同时同在的事业，而不是谁个人身上的事情……你呀，可别养成了老觉得比无产阶级聪明的习惯……"

草原上，格沙的咳嗽声突然静了；他听见远处响起话声，嗓音低沉，随即躲身荒草丛悄悄观察，看看到底谁来了。可不久话声止了，只隐隐听出有人在原地躁动不安，却又无脚步行进的动静，似乎那边的人打着光脚起步轻柔。格沙本想到远处瞧瞧，穿过切文古尔附近这片荒草丛，穿过那累累野麦、滨藜和荨麻草的和睦家园；可没走几步转身回来了，打算等明早天光大亮再说。此时，荒草丛丛暗香浮动，是草儿和穗子的生命气息，里面长着野生黑麦和成群滨藜，相依为命互结友情，彼此靠近拥抱身心，一个守护着另一个；这些天地生灵无人下种，也没谁来打搅；可进到秋天贫苦的无产阶级则会去采摘，荨麻叶做菜汤，黑麦混杂小麦和滨藜籽一起采下储藏起来，留作过冬口粮；草原再往深处还长有野生向日葵、荞麦和黍米，而切文古尔家家户户院子里尽是蔬菜和土豆。已整整三年了，切文古尔的财主地主们什么也没下种，哪样也没栽培，干等着世界末日降临；可草原上的植物却不管，照样生儿育女繁衍，依旧和和美美相处，譬如麦子和荨麻，每株麦穗下都撑有三条荨麻根。每回，切普尔内伊打量郁郁葱葱的草原总忍不住感慨，如今草原也是牧草和鲜花的共产国际大家庭，穷苦的黎民百姓来到此间生活便有了保障，会得到丰盛食物，且免于劳作之艰辛，免于剥削之沉重。多亏如此切文古尔人才算看明白，大自然它不愿用劳动压迫人，谁穷苦它就赐予谁食物满足他生存之需；想当初切文古尔革委会正是发现了这点，才决定要牢牢记住大自然驯服的禀性，记住它被征服后养成的自觉意识，并打算替它立一座纪念碑以便代代相传；碑的样子早想好了，做成一棵天生地养的大树，在太阳普世之光照射下伸出枝繁叶茂的两条手臂紧紧拥抱着一个人类。

格沙摘下颗麦穗儿放嘴里，吮其硬皮，吸出里面尚未长好的纤弱籽粒，随即又一口吐出渣滓，尚来不及回想这食物滋味便听见切文古尔杂草丛生的大路方向，隐隐传来车马响动和皮尤夏吆喝马儿的叫

唤,后面还拖着普罗科菲的歌声:

> 湖上波浪哗哗响,
> 湖底渔夫静静躺,
> 有位孤儿梦里独行,
> 脚步颤颤,流浪,流浪……

格沙冲到四轮马车跟前,发现车上空荡荡,除了普罗科菲和皮尤夏,什么无产阶级连影子都没见着。

切普尔内伊激动了,当即叫醒全体堪堪入梦的布尔什维克,准备隆重迎接堪堪到来的无产阶级,还打算召开一次盛大的欢迎会;然而普罗科菲却告诉他,无产阶级旅途劳累已睡下了,躺在草原丘岗的背风处,明早才会醒来。

"怎么着,这无产阶级是带着乐队和自家领袖过来的不成?"切普尔内伊好不疑惑。

"明儿个呀,切普尔内伊同志,你亲眼见见也就全清楚了,"普罗科菲叫他别急,"这会儿你便饶过我吧,我跟帕什卡·皮尤夏走了千把来里路程,见过草原上的大海、吃过大白鲑……我随后会把一切都跟你详细汇报的,保证表达得一清二楚。"

"好吧,普罗什,睡觉去吧你,我到无产阶级那边走走。"切普尔内伊心中忐忑话音不稳。

普罗科菲却不同意。

"别去惊动他们,他们已够苦的了……太阳马上要出来了,他们会下了丘岗来切文古尔的……"

夜未尽,剩下半晌工夫切普尔内伊怎么也睡不着,坐着干等;他熄了灯,免得白白浪费无产阶级的煤油招来它的主人在土丘那边睡不安生;他又去了趟贮藏室,把切文古尔革委会的旗帜找出来。并且,切普尔内伊还将自己那顶出入场合的帽子收拾了一番,擦亮上面的红五星；最后，又将几只放着闲碍事儿早不动弹的挂钟找出来上满发条，使其纷纷转起来。好一通忙活，尽皆准备妥当，这才头枕手臂歇息，进入了无念无想之境，以求这一宿时间过得更快些。倒也确实，时间过得更快了，毕竟时间它本是一种意识，而非什么感觉，再者，切普尔内伊此时此刻的意识已全然静止不动了。切文古尔人齐齐入了梦乡，不知不觉身下干草渐渐潮润，清凉的露水下来了：天幕微开破晓在际。切普尔内伊起身，拿上旗帜找准方向朝切文古尔城门口走去，对面是那丘土岗，睡着一群徒步而来的无产阶级。

寨墙外，切普尔内伊手持旗帜直挺挺站了约莫两钟头，等黎明盛开、盼无产阶级醒来；他看见阳光贪婪，如何吞噬大地早起的雾霭，如何照亮那座光秃秃的土山包，上面风吹过雨淋过，只剩一层赤裸荒凉的土壤，切普尔内伊忆起曾经遇到过类似景象，平原上一座山峰，恰如眼前这丘贫瘠土岗，因其异峰突起而给大自然啃噬得面目全非苟延残喘。此间土坡上躺着一地百姓，阳光初临翻晒着身上骨肉，一个个活像根根乌黑干枯的骨块；那骨块似乎来自某种大型生物，死后骨架散开碎裂成块。另有一些无产阶级或坐或躺，均皆相互紧紧依偎，抑或亲人抑或乡邻，只为尽快暖和。一枯瘦老人站着，单只穿了一条裤子，不停抓挠肋巴；他脚边坐了位半大小子，直勾勾打量着切文古尔，心中实不相信对面城市会留间屋子给他一辈子住里头过夜。俩男的，肤色棕红，躺地上相互头上梳爬，像娘们儿似的，却又非欣赏彼此头发，而是在弄指尖抓捏虱子。不知是何原因，这伙无产阶级没谁急着投奔切文古尔，兴许，他们尚不晓得里面已为大家准备好了共产主义，还有安宁日子和共同财富。这群百姓衣衫褴褛，半数人仅仅上身衣服还算将就，另半数人则干脆披了一块布褡子，那身行头的样貌不是来自军大衣就是出身麻布袋；而大衣或麻布片儿下面则是一具干巴巴躯体，为生活煎熬磨砺得沧桑老练，已惯于经受各种天气，惯于长年漂泊流浪，也惯于随时随地面对贫穷。

来到切文古尔这坡丘岗，无产阶级栖身歇息，神情淡然苍凉，没谁顾望一眼城市边上那道人影,正手持阶级兄弟的旗帜孤零零翘盼。草原荒芜不适人居住,此时上空升起一轮红日,仍如昨日那般疲倦憔悴,光芒乏力无思无欲,仿佛照着一方异乡,一方早被遗弃的世界,那里,除了一群土丘上同样被遗弃的百姓再无别人;人群紧紧依偎一起,不为爱情,也不为骨肉相亲,只为衣不蔽体挤紧温暖。山坡上的无产阶级对着那座陌生的城市,既不盼谁来救助,也不求谁送友谊,只觉苦难常在到哪儿都一样,也就干脆不起身,只略略意动摇晃,却又那般苍白无力。隐隐几个孩子偎靠着身边沉睡的大人,安坐于这群无产阶级中间,星星点点,活像散落的几个成年人;当大人们睡下或者病了,就这几个孩子仍旧清醒,仍旧思绪不宁。那枯瘦老人双手一收不再忙活抓挠,又侧身躺下,将小男孩贴紧自己肋巴,免得给清晨凉风吹冷了皮肤和骨头。切普尔内伊发现人群中只有一家伙在不停吃东西;那人不时抬手倒一把东西进嘴咀嚼一番,还抡起拳头敲敲脑袋减轻里面疼痛。"这情景似曾相识,我到底在哪儿见过?"切普尔内伊陷入回忆。那时,似乎平生头一次,切普尔内伊眼中也是这般的日头,自薄雾缭绕如梦似幻中升起;也是这般的晨风,凉凉掠过草原;也是这般的黑茫茫土岗,为大自然侵蚀摧残;也是这般的人群,栖身土岗眼神黯然日子绝望;那群人应该得到帮助,毕竟他们是一无所有的无产阶级;然而他们又无须再施援手,实因彼此紧紧挤在一起,虽无欲无求情缘索然,但不妨浓浓相依恋,毕竟这是他们唯一的小小慰藉,如此已然满足;正是这份不离不弃的依恋无产阶级才团结不散,成群结队流浪大地四方,睡遍草原牧场。曾几何时切普尔内伊的命运亦是如此,跟着一群人闯荡天涯讨活路,住过风雨飘摇的窝棚,周围都是同志,情暖暖意厚厚,一起担厄运一起扛灾难;可那时他从未意识到,这种彼此相依为命不离不弃的生活给自己带来了什么好处。今时今日切普尔内伊又亲见这草原,见那日头,之上之下有一群人流落土丘;可这群人既不拥抱太阳,也不拥抱大地,给他感觉,似乎那些资产阶级所拥有并在乎的草原、房屋、食物和衣服入不了这群无产阶级的双眼,进不了他们心灵,他们仅仅拥有也只在乎彼此的贫贱生命,毕竟每个人总得拥有点儿什么才好。若当人们之间一旦有了财产,那他们顺理成章心安理得地便会去占有去操心这财产;而人们之间要是一无所有,那他们就将永不分离,彼此相依偎入梦御风寒。

切普尔内伊这辈子早前的头一年或者更早的童年,记不清何时见过此般的小土包;见过同样徒步而来的贫苦百姓阶级,也见过如此冷眼旁观不温不火的太阳,根本不在乎身下这方人迹荒芜的草原,不为它发光发热操劳。此情此景已恍若隔世,虽出现过,但到底是哪一日,有何难忘记忆,于切普尔内伊那狭窄的脑海而言实难回想明白思考清楚;只有普罗科菲那家伙办得到,切普尔内伊但凡有了回忆他准能猜得八九不离十;当然,今儿这朝的感受恐怕用不着普罗科菲了,毕竟眼前所见所思切普尔内伊早知道了,不过,革命本身才刚刚兴起不久,按理说这种情形不应该早就存在。这时,切普尔内伊把自己想成普罗科菲,试着亲自来表达那番回忆;一代入角色,望着那群躺在土岗上的无产阶级,他顿感恐慌不安忧心如焚,并就此渐渐汇聚出了思考,觉得今儿这天会过去的,从前此般日子也出现过,不照样过去了;这说明现在来为它愁苦伤悲实属枉然,这日子,这样的一天,它总会结束,就像曾经的那些日子,不也度过了再又忘记了。"当然,这样的土山坡,尤其坡上还有一群徒步而来的无产阶级,若是革命没有到来你是发现不了的,"切普尔内伊悟出些道理,"尽管我埋葬自己的大小母亲埋了两回,每回都跟在棺材后头哭泣、想念;但既然这棺材我已跟在它身后走过,既然那死者的嘴唇我已吻过上面的冰凉,并且我还活了下来,今后也将继续活下去,那么从今往后再一次面对同样的痛苦悲伤时我必定会轻松不少。这到底怎么回事,说来看看行不?"

"这个嘛,只是你在回忆那些从来也没出现过的事情,"此时此际普罗科菲不在身边,切普尔内伊反倒表达得恰到好处,"每回难受,我身上总有一股忠心耿耿的本能力量会从里面伸出援助之手,跟我说,没啥大不了的,都过去了,你的命不还在嘛,那就沿着自己足迹前进吧。可哪儿有足迹呀,也不可能有,因为你活着始终在前进,在走入黑暗……呃,咱们组织的人怎么一个也不出来?没准儿那边的无产阶级老舍不得走下土山包就因为这个,莫非在等诚心诚意的欢迎么?"

砖瓦房内钻出一人,正是基列伊。切普尔内伊当即大声招呼,叫他把整个组织的人马都喊出来,前面这群众都到了还要等到什么时候。基列伊领命而去再依命行事,整个组织这才醒来,聚到切普尔内伊跟前。

"你给咱们带回些什么人?"切普尔内伊冲着普罗科菲劈头盖脸发问,"你说那土包包上是无产阶级,那他们咋就不过来把眼前这城市据为己有?说来看看!"

"那边是无产阶级,也还有外人。"普罗科菲回了句。

一听这话切普尔内伊的心顿时悬了起来。

"啥样的外人?又那个混蛋余孽阶层的么?"

"我是谁呀?坏蛋吗,还是党员?"普罗科菲有些恼怒了,"那些外人就是外人嘛,不是啥别的。他们可是连无产阶级都不如的。"

"他们到底是谁?难道他们就没有同属一个阶级下来的父亲么?说来看看!他们恐怕不是你打荒原草丛寻来的,而是从社会上搜罗来的吧。"

"他们那种人没有父亲的,"普罗科菲跟着解释,"他们居无定所,四海为家,到处流浪。"

"流浪,往哪儿流浪?"切普尔内伊心生敬意问得客气了;对那些陌生又毫无保障的人他向来抱以深深同情,"要往哪儿流浪啊?莫非他们要精简生命缩短痛苦不成?"

这话问得莫名其妙,普罗科菲一时呆住了。

"啥叫往哪儿流浪?这不明摆着吗,往共产主义而来,我们这儿不什么都是现成的,一切早给他们精简好了。"

"好吧,那就请你快点过去把他们叫过来吧!你跟他们讲,这座城市现在是你们的了,里面都收拾妥当了,专等主人来入住;至于寨门墙边站着的是给他们打前站的先锋队,在保卫并祝愿无产阶级幸福。还有……你再告诉他们,也祝愿他们早日拥有这整个世界,反正迟早是他们的。"

"可若是他们不要这世界呢,咋办?"普罗科菲有些担心,事先问清楚,"他们呀,就这一座切文古尔恐怕暂时也完全够了……"

"那到时世界给谁去?"切普尔内伊从理论出发瞬间混乱了。

"世界嘛,就留给咱们,作根据地用。"

"你呀,还是个糊涂蛋;你想啊,我们不是先锋队吗,那我们也就是他们的,可他们呢,却并非我们的……你脑子要明白,先锋队本就不是人,它是活人身上的一道护身符,是没有血肉热气儿的;只有无产阶级在你眼里才该是活生生的人!你这半吊子水平的家伙,还不快混蛋地滚过去!"

普罗科菲倒也能干,爬上土丘,很快便组织好了那里的无产阶级和外人。这下再看,那边的百姓远比先前切普尔内伊见到的要多,有一两百来号人数,个个相貌确实不同,尽管在需求上又全然一样,皆是最最纯粹的无产者。

贫瘠土坡上百姓缓缓而下,朝切文古尔走去。切普尔内伊但凡见着无产阶级总会莫名感动,想要凑上去亲近感知,从而认识到无产阶级是世上一股永不疲倦的友好善良力量,一直在帮助太阳养活资产阶级上等人;想那资产阶级放牧者,靠太阳旨在填饱肚子,而非追求满足贪欲;切普尔内伊暗自揣测,那处空荡荡的地方、那片草原上的宿营地传到他耳朵的嘈杂声响,应是全世界最广泛、最普通的工人阶级身上受尽压迫的劳动在轰鸣在呐喊;这一阶级夜以继日向前向天地间游走,只为收获食物、创造财富并攒下安宁日子供给自己不共戴天的敌人享用,供他们坐享无产阶级的劳动成果代代繁衍世世昌盛;多亏有普罗科菲相助,切普尔内伊才从理论上不负众望地认识到,劳动人民,他们相对于自由散漫的天地自然来说就是野兽,同时也是未来的主人;不过,在普罗科菲之外切普尔内伊自己也发现了一个令人欣慰的秘密:无产阶级并不怎么欣赏大自然的样子,反倒借由劳动来破坏毁灭它,只有资产阶级才为大自然而活,所以他们才使劲儿繁殖;而劳动的主人是在为同志而活,因此他们才卖力闹革命。只剩一件事情仍想不明白:社会主义下劳动到底还需不需要,或者,单单靠大自然天生地养的食物够不够养家糊口?在这点上切普尔内伊更倾向普罗科菲的观点,那家伙认为,自给自足的太阳生存系统自会主动赐予共产主义生存下去的力量,不过前提是不得有资产阶级,种种工作和样样勤奋全是剥削阶级想出来的,只为在太阳的食物之上额外给自己攒下名不正言不顺的财富。

切普尔内伊等着盼着那群团结一致的未来之主进入切文古尔,却发现他们一路走来下脚并不整齐,各有各的步子;还看出,队伍中这些同志是他从来没见过的另一种样子。这群人外表没有明显阶级特征,也缺乏革命群众的优越感;他们是一群杂七杂八无名无姓的外人,他们活着没有存在感,没有生而为人的自豪,与日益临近的世界性盛事欢歌格格不入;甚至,这些外人的年龄也很难辨认清楚;只一样特征格外明显,个个都是穷苦人,除开一身自发生长的血肉之躯和见谁都陌生疏远外更别无所有;正因如此,这群人走来队伍挤得密密实实,眼睛不离彼此身影,甚少张望切文古尔,张望城边那支党的先锋队伍。

一老者身后,一外人伸手从其赤裸的背脊上捉下只苍蝇,又弄手掌抚平皮肤免得留下抓痕指印,而后带着一丝怨毒恶狠狠将苍蝇摔死在地。见此情景切普尔内伊心中一酸,那面对这群外人的诧异隐隐起了变化。或许又或许,他们,这群无产阶级和外人相依为命,互为对方唯一的生命寄托和财富,才这般彼此珍惜眷顾,才如此无视切文古尔,才小心翼翼保护自家同志免遭苍蝇伤害,跟资产阶级的小心翼翼一样，只不过那些家伙守护的是自家的房子和牲口。

一群人下得丘岗抵近切文古尔。切普尔内伊向来笨拙不善表达，脑子里的思想一开口即枯燥乏味，转而示意普罗科菲代劳说两句；这正中普罗科菲下怀，当即拉开嗓子对着面前的无产阶级发话了：

"没家没业的公民同志们，大家注意了！眼前这座切文古尔城就算给你们了，但是，这可并非为了穷苦人在搞什么强行掠夺霸占，而是为了全面征服这里的财产，以便在更大范围内组织亲如兄弟的大家庭，从而彻底维护这座城市的完整性。目前我们大伙儿的家当如同挤在一个社会里，全部联合起来了，进了自家一座大大的院子，那么我们大家必然而然就是兄弟了，成一家人了。所以请大家从今往后在革委会领导下坦坦荡荡地过日子吧！"

切普尔内伊突然问热耶夫，那写在粗麻布上的东西他咋琢磨出来的；那麻布条子添作城市的标志正高高飘扬在城门口外头。

"那玩意儿我可琢磨不出来，"热耶夫道出实情，"那是我打记忆深处挖出来的，并非自个儿想的……我呢，从前也就听过那么一耳朵，这脑子嘛，总得有啥东西都装点儿是不……"

"等一下！"切普尔内伊喊住普罗科菲，亲自出马对着徒步而来的穷苦人，此时他们已围了上来，站在切文古尔人四周。

"同志们！呃……刚才普罗科菲把你们大家称作亲兄弟，一家人，这是不对的，是赤裸裸的撒谎；既然是亲兄弟，甭管是谁那上面总得有位父亲吧，可我们中的大多数，打生下来明显就是没爹没爷的孩子。所以我们不是亲兄弟，是好同志，大家想想吧，我们彼此既是对方的商品，也是商品的价值；毕竟除了对方，我们手上再没别的动产和不动产的存货了……此外，刚才你们大家绕过了城门口外头，这实在太不应该了，那个地方挂着我们这座城市的标志，虽然上面那些话不知谁说的，但总而言之清清楚楚地写出来了，并且我们也是这样希望的：将来呀，最好把整个现成的世界彻底毁掉，打乱了重新来过，如此一来，我们大伙儿之间就没有等级次序差别了，一切全都抹平了光秃了，到那时我们才算真正拥有了彼此；是以，把全世界无产阶级赶紧联合起来吧，越快越好！我的话完了；现在，我谨代表切文古尔革委会欢迎大家的到来……"

土坡上下来的无产阶级和外人又动了，朝城市深处走去；切普尔内伊的良苦用心众人听则听之，却如当耳边风，那纹丝不动的思想觉悟掠过那番话仍旧纹丝不动。他们身上的那点力气仅仅只够维持此时此刻的生命，绝无一丝多余的喘息；这大千世界，这岁月长河，从来也没为他们的出生，为他们的幸福，留下过一个借口，敞开过一丝机会。恰恰相反，他们的娘怀上他们纯属意外，第一反应竟是嚎啕大哭，那播下种子的父亲纯属一名过客，一去杳无音信；他们一出生整个人间都不欢迎，成了多余的外人和有罪的孽种。这世界，这人间，对他们的到来毫无准备，甚至不如一棵小草，连它都还有自己的根，自己落脚的地方，自己无忧无虑过活的土壤。

这些外人，他们抢先一步来到世上，没得到过丝毫天赋馈赠，脑子便不可能有多么聪明，心中也不可能有多少充沛情感；原因在于他们父母种他们时身体并没有准备好，不是精力旺盛爆发的结果，而是长夜漫漫的孤独凄凉，是同病相怜的忧愁哀伤，让那对儿可怜人暂时结合在了一起；但这种结合是无意识的麻木的，是偷偷摸摸的，是背着整个人间见不得光的行为。若是这种结合敢于公然大大方方，敢于堂堂正正幸福美满，那么这一对可怜人必定要遭那些名正言顺的人打击消灭，因为只有后者才是上了国家户口身份合法的居民，才有权在自家宅子里夜夜欢好。脑子这玩意儿在外人身上天生就不允许出现；那智慧，那活力四射的情感，只能出现在别人身上，唯有他们的身体才可以自由自在地攒下精力，也唯有他们的脑袋上才能够汇聚一片宁静温暖的智慧之光。但是，这些外人的父母双亲在落胎孕育骨肉时自身早残破不堪，已为劳动磨坏了筋骨，为辛酸的痛苦腐蚀了灵魂，脑子里智慧的光芒已然熄灭，心中的多愁善感已然迟钝，似乎总也不得片刻休养，不得丰沛甜蜜之物滋润，从而丧失了智慧和情感这两样最高贵的品征。外人们自打从娘胎深处呱呱坠地,一睁眼周遭世界就充满不幸,就是苦难深渊,他们的亲娘一生下他们,尚且疲惫虚弱之极,只匆匆扶好他们颤抖的小脚便匆匆弃他们不顾,离去,永生永世地离去,不忍再眷顾自己的孩子一眼,不忍那一眼的爱恋突然喷涌而出从此一生一世长流不断。那弃婴,那打小就孤苦的外人,只能也只得独自成长,在人间无依无靠,入红尘烟火冰凉,唯有自己体内那奄奄一息的微末温暖在跟自己做伴,在撑着自己不断向未来长大。失去母亲温暖的怀抱天地都是陌生,处处皆临风霜,那幼小孩子孤独地躺在偌大的人世上,孤独地面对平生的头一遭痛苦,面对一辈子都难以忘怀的第一缕伤心,唯有哭泣才能控诉母亲的离弃,才能反抗命运的不公。

而那些身份稳当有国有家的人,居有其所日子舒坦岁月静好,周围荡漾着阶级的关怀、血脉亲情的眷顾和日益浓郁的安适,这一切使他们拥有了一个巨大的温柔之乡,一个母亲的温暖无处不在的浩瀚怀抱,并于其中茁壮成长欣欣向荣,仿佛始终活在逝而复返的灿烂童年。可外人却不同,他们一生下来便尝尽人间凄风苦雨的寒凉,踏遍母亲泪痕打湿的青草,一路孤独一路咽下失去亲娘呵护的酸楚,他们眼里心里始终只有一方森严凛冽的世界。每当他们偶尔回忆,想起自己早年的日子,想起那一路闯荡并战胜生活的艰难岁月,还有那岁月之下一路幸免于难颠簸而过的苍茫大地,就觉得这回忆里面唯有母亲离去后的无尽陌生,唯有她受苦受难时的深渊伤痕。然而,到底是什么撑着他们顽强活下去?到底有哪样东西点燃了他们心中的意识,让他们看见世界在不断宽广延伸,不断在他们脚下显化出一条又一条流落天涯的飘摇道路?

这些外人从没见过自己父亲;对母亲的记忆也仅在心神失宁浑身陷入泥泞的苦闷时才会浮现;而那苦闷,长大后则成了一片空落落的荒凉忧伤。孩子自打出生的那刻起对自己的亲娘便别无所求,他始终爱她,即或是生来孤苦的外人也从没埋怨过自己母亲,哪怕母亲生来便离他们而去,从此再没回还。相反,孩子稍稍长大就开始期盼自己的父亲。这时,来自母亲身上的那股自然之力,那份本能之情,已然滋养得他那小小身心足以独自面对风雨;毕竟十月怀胎攒下的力气和感情,足以撑着那孩子刚呱呱坠地便活着承受被命运抛弃的苦难。这时,那独自面对人生风雨的孩子将自己好奇的脸张望向整个世界,他想用天地自然去交换世上的别人,交换陌生的人群;而在耗尽体内母亲残留的涓涓温暖之后,耗尽出生时那双爱怜的手深深一抱的丝丝柔情之后,孩子的第一个朋友和同志就该是他的父亲。

可惜,没哪个外人在成长为独自生活的小小少年后找到过自己的父亲,找到过那唯一能帮助自己的人;若说是母亲给了这少年生命,那他的父亲,自来便未曾打算在人生道路上等着迎接自己那已然出生并活下来的骨肉;因此,父亲就变成了母亲的敌人和仇恨,在孩子最需要的时候,在他最柔弱无助独涉命运险滩的时候,这世间无论何时何地都没有父亲的身影;而缺席了父亲的帮衬,孩子一生注定坎坷不平。

外人的生活就是没有父亲的日子;这样的日子缺失了父亲这位最初的同志,便只能在荒芜冰凉的大地上独自流淌。父亲,本该牵着他们的手走进人群,好在死后将人群作为遗产留给自己的孩子,代替自己撑着那孩子活下去。这白茫茫人世间于那些外人而言生生世世都留有一个缺憾:没有父亲。这时,土丘上抓挠肋骨的那位老人,进到切文古尔城后唱起外人的歌谣,歌声戚戚令他自身也酸楚难当。

> 世间的门紧闭,谁来为我开启?
> 是否陌生的鸟翼,是否孤独的兽蹄……
> 我的阿爹呀,你在哪里?
> 呜喂——,一生杳无消息!

整个切文古尔的布尔什维克组织都在欢迎那群外人的到来;而这

些外来的无产者几乎每一个人之所以能成长为人，靠的是自身的力量，其周围没有助力，遍地都是有产者的残暴，都是贫穷苦难的致命威胁；他们是一群最纯粹的自来人；草生于牧场不足为奇，里边全是熟悉的自己，周围密密麻麻的身影浓浓保护着它，并且它身下的家园肥沃湿润，足够它活下来，足够它无欲无求成长向天；然而，虽则罕见但实属怪异：那些叫不出何样名堂的杂草，它们掉下种子给暴风雨远远吹走，落于贫瘠荒土，身陷动荡流沙，但种子照样能发芽接续新的一程生命，即便这生命是孤独的，周围只有赤裸得荒凉的阳光，但它仍能从矿石中找到自己生存的养分。

那些别人家身上武器装备齐全，足以保护其金枝玉叶的生命免遭侵害并日新月异；但外人们只有一样东西，那就是出生时父母双亲留在他身上的余温，以呵护其在大地上站稳最初的脚跟。尽管这余温微薄，但于这些没名没姓的外人倒也足够，足够得以保全、成长并活下去迎向自己的未来。过去的日子中，这群切文古尔的外来者一路熬过耗尽了身上的精力热气，落在切普尔内伊眼里是那么羸弱不堪，那么缺乏无产阶级分子的样子，仿佛他们一生没得到过阳光温暖，没被日头照亮，而是一直活在月亮下。但即便如此，他们一路闯荡始终在拼尽全力对抗迎面而来的狂风暴雨，那风雨起自别人家充满敌意的生活，誓要将他们撕裂并连根拔起；可他们为保住身上那丝父母留下的初温一直承受一直坚持，同时还靠打短工干零活所得不断给那丝温暖增添养分；他们干活去的正是有名有姓真正属于国家的人那里。这之后他们终于把自己养活成了自来人，哪怕苟延残喘，哪怕百无一用。不过，此般千辛万苦的成长反倒磨砺了他们的坚韧，反倒在他们体内贫瘠的土壤中滋生出了一种智慧，一种充满好奇和困惑的智慧；这好奇这困惑赋予他们一种本能的敏锐直觉，一眼即能看出谁是自己一般无二的同类伙伴，从而心甘情愿用毕生幸福去换得那伙伴的亲近；毕竟这伙伴同样没有父亲没有财产，但跟他在一起那两样东西似乎可有可无，根本不用在意；此外，这些外人心中还滋生出了希望，一份信心满满、成功在望但又似曾失落只残留无限忧伤的希望。这份希望目标明确直指生存根本,要活下去,要安然无恙;如若这份根本性的希望实现了,那么其余的一切也就成功了,哪怕为此必须付出整个世界,将它彻底葬送进坟墓也在所不惜;当然,如若这份希望实现了,那成功也经历了,可却仍然没找到自己最最需要的东西,这无关幸福,只关乎是否有必要继续活下去,那么,你用尽余生想要再找到那件曾经遗落的东西已断然来不及了;那东西你弄丢了,说不定已彻底自世上消失了。因果使然,大多数外人闯荡天涯,走遍条条开阔辽远的大路,踏遍道道人迹罕至的小径,始终一无所获。

眼前这群外人形如槁木心若死灰,风餐露宿含辛茹苦,受尽生活的折磨煎熬,一张脸已完全见不出俄罗斯人的样子。这一特征切普尔内伊头一个发现,而其余切文古尔人根本没注意到,他们眼里只看出这群无产阶级和外人衣衫不整几近赤身裸体,不免奇怪,这些家伙怎么就不怕来个女人吓着了人家,不怕夜色寒凉给冻坏了。这伙新来的阶级群众进了切文古尔,散入各家各户的宅院,切普尔内伊心中疑虑重重阴云渐起。

"说来看看,你到底给咱们弄来些什么无产阶级?"切普尔内伊又跟普罗科菲纠结,"这简直太令人怀疑了,再说他们也不像俄罗斯人嘛。"

普罗科菲不慌不忙从切普尔内伊手上扯过旗帜,上面有卡尔·马克思诗一般的经典语录,他默默念了一遍。

"哦嗬,还真不是无产阶级呢!"普罗科菲反唇相讥,"他们呀,对你来说就是最初最原始的阶级,你尽管在前面领导好了,他们绝不会说半个不字儿。他们就是最纯正的国际无产者,你看嘛,既非俄罗斯人,也非亚美尼亚人,更不是鞑靼人,甚至什么人都不是!我可是给你赶来了一个活生生的共产国际大家庭,你还愁啥呀愁……"

切普尔内伊脑子转了转觉得还是有点不妥,悄声提醒普罗科菲:

"我们需要的无产阶级是那种排好队伍,走起路来步伐如钢铁洪流的群众；这一点省委专门下过通令。而你却弄来一群不着调的外人！你说，那脚上光溜溜的家伙怎生迈得出像样的步子？"

"这有啥关系，"普罗科菲叫切普尔内伊放宽心，"他们这群人光脚便光脚吧，那脚板上踩来踩去都起老茧了，哪怕找来螺钉，你拿螺丝刀一颗颗拧上去都屁事儿没有。所以呀，等哪天世界革命起来了，就这群光脚的家伙保准给你把全世界都踏脚下……"

终于，全体无产阶级和外人尽皆隐没在切文古尔的家家户户中悄无声息了，继续过自己从前的日子。切普尔内伊去到外人们的落脚处，寻找那位枯瘦老者，想请他列席革委会临时会议，这些天下来实在积了太多组织上的事情需要处理。普罗科菲对开会和邀请外人列席没有异议，随即坐进砖瓦房起草决议草案。

瘦老头落脚夏波夫家，正躺倒洁净地板上歇息；旁边另有一人，年纪模糊，从二十几可数到六十多，坐那儿拆线缝，一条孩童裤子，打算弄宽了自个儿穿进去。

"喂，同志，"切普尔内伊招呼那老者，"你还是到那边砖房子去一趟吧，革委会等着呢，派得上用场的。"

"我会到的，"老人应下，"现在起不来哟，等能起来一定过去，不误你们的事情。这会儿身体里头痛得慌，等痛劲儿缓一缓，你们等一等我也就过来了。"

普罗科菲早忙活开了，身边摆了一大堆省城下来的革命文件，还点上了灯，明晃晃的，无视外面正天光大亮。每回切文古尔革委会开会前总要燃上灯火，不到讨论完大大小小事情这灯还真灭不了。照普罗科菲·德瓦诺夫的意思，如此操作乃是当前形势迅猛发展的新标志，表明太阳的生命之光降落大地这事儿该由人的脑子来办，由人造之光来办。

此次盛大而隆重的革委会会议，整个切文古尔布尔什维克组织的骨干力量一个不落地都到场了，那群外人来了几位代表，没正式位置只好站着，开会只表态不表决。切普尔内伊坐自己位置上，身边是普罗科菲；他神色满足，觉得情况总体上还不错：不管怎么说，革委会拼死拼活好歹将城市拿下了，并一直坚持到无产阶级群众迁移过来，如今切文古尔的共产主义终于牢靠了，能一劳永逸而至永久了。就缺那位老人家了，从面相上看他该是最有经验的无产阶级，可惜这会儿身体里头恐怕还疼痛得紧。不能再干等下去了，切普尔内伊交代热耶夫让他去看看那老人，先到贮藏室找点镇痛止痒的药酒给老人家喝下，再领他人过来，一路小心伺候。

这一去就半个钟头，再回来热耶夫已带上那老头；许是那口牛蒡药酒的劲头起了作用，老人红光满面精神抖擞，当然还少不了热耶夫的功劳，这家伙又是按摩背又是揉肚子，一路伺候得舒服。

"坐吧，同志，"普罗科菲招呼老人坐下，"看见没，为了你整个社会的关心都围过来了，共产主义下你想死都不容易哟！"

"开会吧，"切普尔内伊发话了，"看嘛，这到了共产主义再开什么会议就没吸引力了，想把无产阶级从它那边请过来还真费劲呢。普罗什，省里下来些什么通知，你都念一念，然后再说说咱们用怎样的表达措辞回复他们。"

"关于提交总结性报告的通知，"普罗科菲念开了，"报告要求用固定格式，具体见238101号通知的附件，即第1、第19和第25条之规定；并要求详细说明县里开展新经济政策的情况，包括进展程度，推行速度，以及按照新经济政策的要求解除对立阶级武装力量的情况，同时还要说明反制对立阶级的措施，以及坚决推进新经济政策上轨道的办法……"

"行了，咱们如何回复他们呢？"切普尔内伊问普罗科菲的意思。

"我呢，画了张小小的表格，把一切情况都按要求填好了。"

"可咱们并没剔除那闲杂人阶级呀，是他们见到共产主义后自己跑没影儿了的，"切普尔内伊对这条有异议，转过头问那老头，"你啥意见，说来看看？"

"这个嘛，可以接受。"老人一言蔽之。

"那就这样表达，可以接受没有阶级，"切普尔内伊指示明确，再又吩咐普罗科菲，"下面，说说更重要的事情吧。"

普罗科菲继续，这回念了份指示，要求立即组织消费合作社以遏制日益猖獗的私下交易，因为合作社就是群众自觉自愿走向社会主义的康庄大道，等等。

"这跟咱们没啥关系，是对那些后进县说的。"切普尔内伊当即驳回；他内心深处始终毫不动摇地盘踞着一个基本概念：切文古尔的共产主义已经完成了。"这码子事情在你看来如何表达？"切普尔内伊又问老人意见。

"可以接受。"老人这回表达得更干脆。

普罗科菲却琢磨起另外一样事情。

"切普尔内伊同志，"他径直建议，"兴许，咱们上马这个合作社前可先请省里划拨一批商品物资过来。你看嘛，无产阶级都走来了，总得给他们筹备些粮食才行啊！"

切普尔内伊一听这建议又震惊又气愤。

"睁大眼睛看看这草原吧，里面不是逮着什么便长什么，自个儿早长好了，你只管上去采便是，那峨参，那麦子，够你填肚子的！你再瞧瞧，太阳明晃晃，土地痒酥酥，雨水哗啦啦的，这还不够，还想要啥？！你那脑子里又想把无产阶级赶出去卖命白白浪费力气是不？咱们现在的程度已远远超过了社会主义，比它好多了。"

"这点嘛，我附议，"普罗科菲当场改了态度，"我又不是当真的，只一不小心暂时忘记咱们这儿已弄成了共产主义嘛。我也就是到外面去走了一趟，见别的地方离社会主义还远得很，看来他们才该搞合作社，总要多受点煎熬才闯得过来嘛……下面我们说说这条工会的通知，要求协助开展按时缴纳会费的工作……"

"给谁呢？"热耶夫坐不住了。

"他们呗。"基列伊连脑子都没过，也没问该不该说，冲口而出。

"给他们，他们是谁呀？"切普尔内伊一头雾水。

"上面没写。"普罗科菲将通知从头翻到尾。

"那你写个函件，请他们明确指示交给谁，还有为啥要交会费？"这回切普尔内伊的表达愈发老练。"说不定这是党外的文件呢；也说不定是那边想用这会费安排些有油水的职位，而职位呢，兄弟，可值钱了，不见得比财富差。等咱们这儿的共产主义深入人心了，每个人都自觉自愿起来保护它了，到时候你还得跟他们斗哦，还得跟那帮重新富起来的混蛋余孽开仗……"

"既然这件事情的阶级性质不清不楚，那我把它当个问题暂时记脑子里。"普罗科菲表明立场。

"你确实该把它堆脑子里头，"热耶夫使劲儿起哄，"那脑子里呀躺了一地落后的玩意儿，而先进的东西呢，早用光了，脑子里永远都缺得很嘞。"

"说太对了，"普罗科菲觉得有理，转入下一项，"这儿有个提案，建议成立计划委员会，用来收集汇总数据，包括生活并财产的全部日常开支数目和日期，直到彻底结束……"

"到什么结束，整个世界吗，还是单单指资产阶级？"切普尔内伊觉得又含含糊糊便刨根问底。

"上面没这么说。只写有：'整个恢复时期直到其结束，期间的需求、开支、资源安排和补贴事项。'接着还提出，'此次成立计划委员会目的在于集中一切先决手段，一切与之相适应的措施，一切具备自觉调节能力的办法，务求将资本主义经济成分之自发性因素有失和谐的调子转变为和谐的交响乐，使之体现出与伟大开端和最高合理性相统一的特征。'一切都写得很明确，毕竟是硬性任务嘛……"

会议进行到这儿一屋子切文古尔革委会的脑袋尽皆耷拉下来，全体成员不约而同，整齐如一个人。上头那些最高智慧的自发势力从文件中飘了出来，搞得切文古尔人晕头转向苦不堪言，这帮家伙向来只

习惯跟着感觉走,哪儿遭过凡事都要提前谋划考虑清楚的罪。切普尔内伊闻了闻烟草提了提劲头,才又无可奈何地吩咐:

"普罗什,给咱们弄本儿参考册子瞧瞧吧。"

一众切文古尔人垂头丧气,老人瞧在眼里神色悠悠,仿佛万事都忍得过去;他似乎想起什么心事兀自有些伤悲,也就一声不吭不再出言相助。

"这事情上参考册子是解决不了问题的!我早备下了一份决议草案。"普罗科菲给切普尔内伊交底,随即一头扎进他那堆文件山头,厚厚一摞约莫十来公斤重,但凡切文古尔的布尔什维克什么事情搞忘了,里面通通都记载得有。

"这件事情呢,到底对谁管用?是他们,还是这里的人?"老人忍不住开腔了,"我指的是刚才文件上念的那玩意儿;你们说说,公文上白纸黑字的东西究竟在替谁操心,是操心我们,还是操心那边的家伙?"

"那还用说,当然是操心我们啰,"普罗科菲补了句,"文件发给我们的,目的是贯彻落实下去,可不是拿来嘴巴上大声念念就行了。"

切普尔内伊稍稍缓过劲儿,抬起脑袋,里头一份果敢坚毅的感觉已酝酿成熟。

"同志呀,看出来没,他们啦,一心打算让那脑瓜子最最聪明的家伙把生活的流向走势早不早便谋划清楚,一朝一劳永逸管用千秋万世,直到那一天,他们每个人都下了黄泉才算完事儿哟;可是呢,与他们无关的外人就麻烦了,永生永世也缓不过劲儿来,祖祖辈辈都多余的货色,里头的苦哇忍着吧……"

"上头这么费劲到底为了谁呀?"老人仍觉不可思议,冷冷地问,冷冷地半眯乎起眼睛;那双眼睛看遍天涯海角都老花出毛病了。

"为了我们呗。还能为了谁?说来看看!"切普尔内伊简直出离愤怒了。

"可咱们如今这样子自个儿也会越过越好嘛,"老人觉得事情要说便说清楚,"这份公文不是给咱们的,是给那些有钱人的吧。你说有钱人活着时咱们还不得操心他们,可穷光蛋就不一样啰,根本不需要谁来可怜;这穷人啊,只要有块儿空地方,无须啥由头照样长势不赖。穷人们自己在自家眼里头可是聪明绝顶的人嘞;你看吧,穷人为别人,根本不用什么请求不请求就把这整个世界就建起来了,跟造玩具似的;并且呀,穷人晓得保护自己,哪怕睡着了也一样,啥原因呢,他对自个儿可不像对别人家,个个儿都金贵得很呢……"

"老人家,你讲的完全可以接受,"切普尔内伊想清楚了,"既如此,普罗什,你这样表达:无产阶级及其队伍中的外人自己会操心自己,并在此基础上建起了整个人间世界,所以,你还可添一句,操心这操心者的祖宗是可耻的,是在侮辱人;并且,切文古尔这边没有脑瓜子最最聪明的家伙,连候补的都没有。这么回复,咋样,老人家?"

"这样嘛,或许可以接受。"老人觉得大差不差。

"书呆子给木匠造房子是立不起来的。"热耶夫表了态。

"放牛的啥时候该喝奶,他自个儿肚子里清楚着呢。"基列伊替自己说了句话。

"在你把人干掉之前,他硬是就活不明白,糊涂得很。"皮尤夏也亮明立场。

"看来差不多一致通过嘛,"普罗科菲算了算人头数了数声音,"咱们现在讨论眼下的事情。再有八天省里要召开党代会,叫咱们这儿派位代表,原则上要求地方政权的主席……"

"你去吧,切普尔内伊,这事儿有啥可讨论的。"热耶夫嚷嚷。

"既然有指定,那就不用讨论了。"普罗科菲把事儿定下。

那外人老者半蹲地上,径直打乱议事日程犹犹豫豫问出一句:

"你们颠来倒去的,究竟要成啥人啰?"

"我们可是革委会,本县最高的革命机构,"普罗科菲一字一句不差毫厘地答复他,"革命人民赋予了我们特权,让我们在自身革命的良心范畴内行事。"

"那么,可见你们也是聪明绝顶的人啰,就那文件上写的到死都在向前冲的家伙,是不?"老人猜得激动声震四方。

"可见嘛,是这样的。"普罗科菲拿捏起特权人士的体面,毫不含糊地承认。

"啊哈,"老人恍然大悟,"难怪我站这儿瞅来瞅去,老觉着你们坐得悠哉游哉,看来那边的事情也不那么要紧嘛。"

"不不不,"普罗科菲赶忙声明,"我们在这儿时时刻刻领导着全城和全县,保卫革命的整副重担子就压在我们肩上。老人家,你要明白,你到切文古尔来凭啥成了有身份的公民?凭的正是我们。"

"凭的是你们么?"老人追问,"那俺们可得多谢你们了。"

"不值一提哟,"普罗科菲将老人的感谢又顶了回去,"革命嘛,是我们应尽的义务和职责所在。你只管听我们安排好了,如此你便有命活着了,并且越活越好。"

"打住吧,我的德瓦诺夫同志,别越权,搞得自己位置比我还高似的,"切普尔内伊严正警告,"这位老同志是在批评我们,对待政权这一问题得保持必要的谦虚心愧疚感,可你呢,把这问题搅成了一潭浑水。接着说吧,外人同志!"

老人悠悠沉默一阵;但凡这类外人,脑子里事先冒出来的不是什么思想念头,而是某种漆黑暖流,不断向外冲击,等冲过去了暖流也凉下来了,那思想念头才慢慢悠悠地从嘴巴里流了出来。

"我站着,也看着,"老人眼见为实有话说话,"你们的事情呀,芝麻绿豆那么大点儿,可到了你们嘴里跟人们讲起来比天还大,活像你们是坐在山顶子上,而俺们这些外人是窝在山沟沟里似的。这地方啊,最好是叫一群病痨鬼来住吧,他们活来活去到死都活在回忆里;然后呢,你们横竖只管站岗放哨好了,多轻松的事儿。可你们好手好脚身子骨儿也硬朗,干吗不去多吃点苦头活得艰难些呢……"

"你那意思，莫非想坐上这县长主席的位置？"普罗科菲单刀直入问得不留情面。

"我的老天嘞，那可千万别，"老人连呼惭愧，"我这人，打生下来连守夜敲梆子的活儿都没干过。我的意思是说，政权这玩意儿它就一件笨活路，就该让那最最没本事的人坐上去，而你们可全都是些有本事的人嘛。"

"那这有本事的人该干些啥才好？"普罗科菲开始诱导那老头，想引出一番口舌之争好趁机修理他。

"有本事的人嘛，就该活着，千万别去干那些下三滥的事情。"

"活着？活着又为啥？"普罗科菲不动声色，话头悄悄转向了。

"为啥？"老人停了一下，他脑子转得可没那么快，"这活着嘛，简单，哪怕为了在活人身上长出些皮肤和指甲也行啊。"

"那指甲又为了啥？"普罗科菲死缠烂打使劲儿挤兑老人。

"指甲嘛，它是个死东西，"老人峰回路转摆脱了纠缠，"指甲这玩意儿会从人的身体里头生出来，还不就为那些死了的东西别老留在人的心窝窝上。那皮肤和指甲把整个人都裹包起来了，好生护着呢。"

"防备谁呀？"普罗科菲不依不饶继续刁难。

"当然是防备资产阶级了，"争论到这儿切普尔内伊总算明白过来，"皮肤和指甲即是苏维埃政权。你这家伙，怎么自个儿就表达不出来呢？"

"那头发呢，算啥玩意儿？"基列伊一下子来兴趣了。

"那个嘛，横竖跟动物的皮毛一样，"老人回道，"就好比你用铁家伙去剪毛，羊儿是不会觉得痛的。"

"可我觉得，若真剪光了羊儿冬天会冷的，要遭冻死。"基列伊自有看法，"有一回呀，我那时还小，逮了只小猫崽儿把毛剪光了，再埋雪地里；那时候也不懂，这猫崽儿会不会跟人一样。结果呢，那猫浑身滚烫难受得要死。"

"照这么弄我可没法子在决议里表达，"普罗科菲来情绪了，"我们可是讲权力的主管部门，而这老头呢，也不知打哪个荒无人烟的旮旯来的，啥也不懂，张口就说咱们不是干主管的，而是什么打更守夜的，还说什么水平不咋样，只该把那些不中用的家伙安排到城里来，而中用的呢，反倒提出放到山头上，或者啥也不是的空地方去闲逛。这样的决议绝不能写在白花花的纸上，这白纸可是工人们辛辛苦苦制出来的，也还多亏有政权的正确领导。"

"你先别忙生气嘛，"老人拿话堵住普罗科菲的怒火，"大家同样是过日子，一些人呢，在受苦受难拼命卖力气干活，而你呢，坐办公室里头光动动脑子，活像你很了解他们似的，活像他们那些人自个儿脑子里没有感觉似的。"

"嘿，老家伙，"普罗科菲终于抓住了把柄，"原来这才是你的真实想法啰！你怎么就闹不明白呢，需要有那么一个组织来把各方面零零碎碎的力量团结上，共同走一条稳稳当当的轨道！你只见我们老坐那儿，可那并非贪图光动动脑子，而是在想办法汇聚无产阶级的力量，想方设法把他们揉成一个紧紧匝匝的组织。"

那位上了年岁的无产阶级表示非常不服气：

"这话可是你说的哈，是你在团结他们，可我怎么只看出是他们自个儿需要自个儿的呢。我要告诉你，你的事情没毛病，可问题是这档子事情，哪怕来个没本事的窝囊废不照样里里外外都办得妥当；哪怕放到晚上，你的这些事情又不会叫谁给偷了去……"

"你那意思莫非是想咱们到晚上才开始办事情吗？"切普尔内伊接下话头诚心诚意请教。

"那要你们情愿才行啊，不过呢，最好是在晚上，"外人老头掂量了一下，"这大白天的呢，有人过来了，迈着步子又走开了，他其实啥也不需要，有自己的路要赶；而你们这时候若以他的名义行事可真就有点不要脸了；还是那句话，你们会说：咱们坐这儿是在替别人琢磨又考虑他咋过日子，可这别人本身活得好好的，打这儿都走开了,说不定再也不会回咱们这儿来了……"

切普尔内伊耷拉下脑袋,心中阵阵羞愧烧得他怪难受。"我怎么从来就没闹明白,我站在这职位上觉得比全体无产阶级都聪明体现在哪儿?"切普尔内伊心头苦恼脸上烦躁,"我算哪门子聪明人哟,看吧,这回丢脸了吧,面对无产阶级又敬又怕,头都抬不起来了!"

"我看啦,你这样表达,"一众革委会的家伙哑口无言了许久,切普尔内伊才盼咐普罗科菲,"打今儿起革委会会议定在晚上开;这间砖瓦房子也腾出来交给无产阶级用。"

普罗科菲觉得不对劲儿赶忙找办法。

"这样定总得有理由吧,切普尔内伊同志?有了理由我才好论证清楚。"

"要理由吗?那你就加一条……,白天无产阶级和外人要过日子,面对他们脸上羞愧心中可耻。你就说,那些无关紧要的芝麻绿豆事情跟不体面不光彩是一码事儿,更适合在黑灯瞎火时办完……"

"明白了,"普罗科菲屈服了,"夜里头也好,更容易集中精神。那革委会往哪儿搬?"

"随便找间板棚吧,"切普尔内伊更无啰嗦,"越破烂越好。"

"要我说,切普尔内伊同志,还是搬到教堂去吧,"普罗科菲稍稍变化了下切普尔内伊的说法,"那地方矛盾要集中些,而房子的样子呢,在无产阶级眼里横看竖看都不那么体面。"

"嗯,这样表达很合适嘛,"切普尔内伊打算收尾了,"把这条先定下来。另外,文件上还有什么事情?搞快点,议完好散会。"

于是,剩下的事项但凡不用上会决议的普罗科菲暂时搁一边,最后只传达了一件事情,一件最最无关紧要,讨论起来又最最节约时间的事情。

"还有一事,要求组织群众性的生产劳动,以义务星期六的形式开展,目的是消除经济崩溃乱象和缓解工人阶级的贫困,并在此基础上极大地鼓舞群众大踏步前进,从而自发地表现出伟大的开端。"

"你说啥？伟大的开端？"热耶夫一不留神没听清楚。

"明摆着嘛，是共产主义的开端，"切普尔内伊将那困惑挑明了，"那些落后地区共产主义刚从犄角旮旯冒出头来，而咱们呢，都已经搞完了。"

"只不过暂时搞完罢了，早知如此还不如不冒头呢。"基列伊嘴快，意见表达也直接。

"基留沙你个混账！"普罗科菲指着基列伊教训，"让你候补进来参会，还不识趣地老实呆着。"

外人老头盯着桌上那堆文件，小山包似的，看了许久，心想这些玩意儿怕莫得好多人下笔才行，毕竟要一字一句地描上去，每个字眼里头还都得配点儿思想脑子；若就一个人，页数那么多，怎么也糟蹋不完吧；若真只叫一个人来弄没准儿轻而易举就把小命给丢了。如此看来绝非一个人在为所有人伤神费脑，定有那么一帮家伙在弄；所以要打发他们倒也简单，不必花太大代价，暂且态度好点敷衍一番即可。

"俺们这些人给你们白花力气干下这件活路本也没多大事儿，"老人发话了，语气略略忿忿不平，"只不过呢，俺们出力推动一下义务星期六那玩意儿根本花不了你们几个经费，可你们呢，却不接着讨论下去，也不给个结论，这不活生生欺负人嘛！"

"切普尔内伊同志，你看，咱们这儿的无产阶级意识觉醒了，有要求了哟。"老人这番话，普罗科菲一针见血直指要害。

不过切普尔内伊却没理睬，只一脸惊诧：

"你还要啥结论？你看，天上的日头缺了布尔什维克不照样转得好生生的嘛！咱们呀，对待太阳的态度是正确的，脑子里也有这股意识，可是对待劳动呢，就没这自觉性了。所以呀，首先得在脑子里把劳动的自觉意识组织起来。"

"那是当然，要干啥怎么做俺们会想出办法的，"老人先应承下，"你们这儿人手不多宅院倒不少；没准儿俺们倒可试试，先把房子搬起来挪紧些,让大家伙儿彼此也住得近一些。"

"花园也可以挪一挪嘛,那东西要轻得多,"基列伊又插嘴,言之凿凿煞有介事,"有了花园空气就浓得多了嘛,还更养人嘞。"

终于,普罗科菲打文件堆中找到了老人那番想法的出处;心想,原来这一切早就由那些聪明的人提前构思好了,只不过落款时姓名签得也太潦草,根本叫人认不出来,反而默默无闻了。既如此,往后只剩下依照别人画在纸上的活法意思平平顺顺地过好自家日子了。

"这儿有份公函,"普罗科菲悠悠翻阅手上文件,"照上面说法,切文古尔属于应当重新设计和妥善整修的范畴。据此,房子就该重新安排位置,同时还得配套相应的花园,以兹确保大街小巷都通上新鲜空气;大家瞧瞧,这不顺理成章理所当然的事儿嘛。"

"这就对啦,还可按更好的方式行事嘛。"老人满意了答应了。

切文古尔革委会突然齐齐安静下来,仿佛一时僵住了;这些切文古尔人时常犯糊涂,不晓得接下来脑子该想什么,便呆坐着干等,可时光却不等人,他们身上那日子只顾悄悄溜走。

"同志们,打哪儿起头便打哪儿收尾,"陡然间切普尔内伊冒出这么一句,不接天不着地也不知该如何接下去,"过去,敌人就在咱们面前,咱们背靠革委会冲上去将其叮了咬了撕了,可眼下呢,敌人没了,面前来了无产阶级,要么咱们照样冲上去又撕咬一番,要么干脆取消革委会算了。"

通常,切文古尔的革委会,会上七嘴八舌一大堆说辞,可没哪句的方向是朝着老百姓,活像那口若悬河的滔滔道理不过是发言者自身势在必行的迫切需要而已,不说出来心里痒痒;并且,一堆说辞既无关乎解决问题,也不涉及畅达建议,好不容易弄出个结论,里面却疑虑重重如迷雾直叫人目瞪口呆;那团迷雾根本不成样子,无论如何也写不进哪个决议里头,只白茫茫一片,似乎专供一众革委会人员消遣,平添千般感受万般滋味。

"咱们到底是些啥人?"平生头一次切普尔内伊脑子冒出这么个

念头,冲口而出问得响亮,"咱们呀,如今作为同志,面对世上那么多国家那么多受压迫的人民似乎一无是处!所以,咱们岂能脱离整个阶级汇成的那股暖流跑到了阶级前头,或者是站在一边,活像一群旁观者似的;尽管这阶级可能恰恰希望咱们如此。而整个世界难道不是咱们的阶级创造的吗,咱们犯得着为它痛苦为它伤脑筋吗?是不这个理,说来看看?!想想吧,咱们的阶级要是公然把咱们也列入混蛋余孽一类,那对这阶级本身来说是多大的污辱和委屈呀!好啦,就到这儿吧,一切都搞清楚了,大家也都心安了,散会吧。"

那外人老者,但凡经风雨身上便不时闹毛病,实乃长期饮食失调之故;老人一生经常饿肚子,一饿好几天,是以旦逢机会即狼吞虎咽尽量多吃点,提早备足存货好饿得更久一些;可这一来肚子却受不了,撑得要死累得要命,搞得上下不通异常难受,好些时日不落消停,弄得被迫远离人群去到荒无人烟之地过一阵子。来到切文古尔老人又狂吃一通,本已撑得心慌却给拉来开这场会议,好不容易忍到散会拔腿便跑,随便找了丛杂草立马趴下,顶着肚子痛得死去活来,什么人间不人间,什么平时看重的喜欢的,通通抛之脑后了。

当天晚上切普尔内伊启程去省里;套的那匹马乃前阵子外出寻无产阶级的老伙计。夜色渐浓,周遭天地黯然无光,切普尔内伊穿行其间,如今在这切文古尔,那天地万物早已陌生得恍若隔世。不过,堪堪离开寨门切普尔内伊就听见有一老者在呻吟,正自痛不欲生;他不得不走了近前找到呻吟的主人,以便弄清楚这空空荡荡的草原到底因何起了声响。切普尔内伊探明情况继续赶路,心中已毫不怀疑,这害了病的人就是态度冷漠的反革命分子;当然,这样的人毕竟是少数,而当前面临的问题是,如何在共产主义下将那些饱经沧桑的劳苦大众尽皆安置妥当。他本想琢磨一番共产主义下一众生命垂危的病人,却突然又回过神来,眼下最最需要全体无产阶级关心的正该是他本人,如此一想豁然开朗,对未来的真理信心满满希望蓬勃,不禁打起瞌睡来;一时间车轮骨碌响,车上人影单,迷迷醉醉昏昏然心中轻松快慰,脑海却渐起阴云,牵挂上切文古尔城内那一城已安然入梦的无产阶级。"还有那些马儿,那些奶牛,那些麻雀,咱们如今究竟该如何相处又怎生安排?"半醒半梦间,切普尔内伊思绪飘摇想着这档心事,转而又断然狠下心肠,不再猜来猜去,觉着反正有整个阶级的脑袋可依靠,自己实在不必过于忧虑;想那阶级庞然浩瀚的智慧强大无比,非但酝酿出了世上如山似海的财富和东西,同时也谋划出了资产阶级,以便借此护着家业财富过日子;非但酝酿出了革命,同时也谋划出了党,以便借此为革命保驾护航直到抵达共产主义。

车轮滚滚向前,青草片片后退,仿佛要撤回切文古尔城去;车上赶路人睡意蒙眬,浑然不觉天上星辰正高悬头顶,兀自眨眼闪烁。那点点繁星来自浩渺深空;来自时光尽头,那里有永恒的未来;来自静悄悄的星河,那里群星成列,恰似一队队同志奔走茫茫宇宙间;颗颗星辰彼此相隔既不太远,免得忘了一路随行的同伴,也不过近,生怕一不小心即融为一体失了自己卓而不群的个性,失了相互间默默倾心的那份情愫,尽管这倾心不过一场枉然。

从省城返回的半道上,科片金赶上帕申采夫的脚程,双双并驾而行回到切文古尔。

一进城科片金顿时陷入宁静,如若置身梦乡,只觉城内共产主义处处祥和,给人浑身暖洋洋心平气和之感,但却并非他个人追求的理想境界,他的理想暗藏于胸,独守一处角落日夜忐忑焦虑。是以科片金打算把此间共产主义彻底摸清楚,彻底燃起一见倾心的激情,毕竟罗莎·卢森堡曾经那么深爱共产主义,而他科片金又那么迷恋敬重罗莎。

"卢森堡同志可也是位女子啊!"科片金跟帕申采夫聊起,"你看这里群众四仰八叉躺了一地,鼻孔嘴巴开到天上去了,肚皮上的针头线脑都勒出白花花的肉来了,个别人耳朵上还吊了一对儿耳坠子,简直污人眼睛,这叫卢森堡同志看见实在太不成体统了,恐怕也会跟我一样觉得难为情，脸上挂不住心中就难免生疑虑。你呢，啥感觉？"

帕申采夫只忽忽瞄了一眼切文古尔，根本不用细探，这里什么情况有何原因道理已了然于胸。

"她有啥觉得丢人的，"帕申采夫断言，"她不过也是手上拿枪的婆娘嘛。这地方也就一个革命自然保护区而已，跟我原先那地方一样，你当初在那儿过夜时不也见过。"

一时间往日重现，科片金回想起帕申采夫的那片庄园，想起这家伙当时打着光脚寡言少语，窝在大老爷的卧室里睡得好不孤单；想起自己的朋友和同志亚历山大·德瓦诺夫曾跟自己一起到老百姓堆堆里寻找共产主义，百姓朴实善良美好。

"你那地方倒是家好去处，但凡有人给剥削光了，走投无路去歇歇脚过过夜确实不错，毕竟共产主义还没波及你那儿嘛。而这地方可就荒芜了哟，共产主义也就冒出来了，你看嘛，附近百姓活不下去了周围游来荡去，闯了进来过上日子便安安稳稳不到处飘了。"

两家地方有何区别帕申采夫浑然不在乎，他到切文古尔只一件事情感兴趣，在此过上一阵养好精气神，再纠合一帮队伍轰轰烈烈打回去，打回自家革命保护区把那里的革命夺回来，把那伙假借公事公办名义堂而皇之将保护区据为己有的家伙一律赶出去，他们不过是些普普通通聚众闹事者。帕申采夫越来越迷恋城外头，躺身天地间做做深呼吸，听听周围无人想念的草原有一声没一声地传来些许响动。

科片金独自遍巡全城，一路走走看看观察此间的无产阶级和外人，只想搞清楚他们这些家伙有多少人在乎罗莎·卢森堡，哪怕小部分也好；可大家居然没听闻过罗莎的名头，活像罗莎算白死了，不是为了他们才丧命似的。

自打来到切文古尔，一众无产阶级和外人没过多久竟消耗光了资产阶级余下的食粮，到科片金回来时已开始踏足草原四处寻食野菜野植，以勉强充饥安慰肚子。切普尔内伊走后普罗科菲在城内搞起了义务星期六劳动,一声令下责成全体无产阶级重新排列大街小巷和花园;然而,那些外人又是抬房子又是搬花园却非真心想干活,仅是出于来到切文古尔日子有了着落过夜有了去处,得了安生心存感激而已;再说还有政权和普罗科菲管着,总得做做样子交差应付。待切普尔内伊从省上返回,换了当家人,便立即废除了普罗科菲的安排,放任无产阶级自行其事,并期望活路迟到最后无产阶级能将所有宅院都拆了,那毕竟是曾经压在他们身上的重重大山,心中难免残留受压迫被欺负的伤心遗恨;等城市拆成一地瓦砾,无产阶级再来过日子世上从此便更无什么遮遮挡挡的了,人人活得亲密无间,彼此身挨着身心靠着心倒也温暖。剩下的只一事不明,尚不清楚共产主义下冬天还来不来,抑或夏日洋洋洒洒的暖和劲儿会不会天长地久永生永世存续下去;想那共产主义到来的头一天太阳即如期而至,因此这整个天地该是站在切文古尔一边的。

切文古尔的这个夏天脚步悠然,时光苍白的脸绝望地倒在日子背后,可切普尔内伊和一城无产阶级及外人却尽皆留了下来,与夏日同眠与时光共梦,与周遭风风火火的天地自然打成一片,心中快活,日子宁静安然,真心实意地期盼那最终的幸福日子今朝便轰然降临,往后不必再有动荡不安的无产阶级来承受这份煎熬磨砺。如今,美好幸福的生活已种在人间,只不过暗藏一众外人百姓的内心深处而已,但确实已真真切切存在,毕竟幸福终归是一种物质、一件事实、一样不可或缺的必需品。

偌大的切文古尔城,科片金独自一人巡游心中既不觉幸福,也不怀神清气爽的希望。若非要等亚历山大·德瓦诺夫到来彻底对切文古尔作一番审查评判,他早就拔出武器将这里的秩序砸个稀巴烂。为此,他一直强压冲动,可忍得越久这切文古尔的整个阶级越是日益触动他胸中的孤独。科片金有时觉得切文古尔的无产阶级心情泥泞不堪,比他还糟糕,可大伙儿表面上对他又颇为客气恭敬,或许就因为他们意志更坚强,更善于压抑自己;科片金心中还有罗莎·卢森堡可牵挂舒怀，而切文古尔的外来者之前却从未尝到过快乐，也不曾奢望它的滋味，只想着全体一贫如洗的穷苦人能过上独属他们的那种日子活法便心满意足了；那活法就是一路流浪人世间时有同志有伙伴一起同甘共苦，有别的天涯沦落人一路相依为命。

曾经某日科片金忆起自家长兄。那家伙每晚均外出去纠缠女友，丢下一屋子年幼的奶胞兄弟无人照看；科片金只得过去安抚，并且那些小家伙也慢慢学会了相互安慰，觉得无依无靠最好彼此温存。眼下科片金同样打算对切文古尔不闻不问弃之不顾，去找自己的女友罗莎·卢森堡；而此间的切文古尔人却没女友可找，只得孤零零守着这座城市相互慰藉彼此温存。

那群外人似乎早料到，在切文古尔他们终将被丢下落得孤苦伶仃，也就不向别人低声下气乞怜，既不找科片金也不求革委会，心想这些家伙不过一脑子的主义一嘴巴的指令罢了；而他们这群外人除了苟延残喘便一无所有。白天，一城切文古尔人纷纷走上草原摘野菜、挖草根，生冷不忌，咽下大自然胡乱施舍的青涩馈赠；夜里，随意寻处沿街草丛不言不语睡下。为少生忧愁并尽快打发漫漫长夜，科片金也挤入人群躺下。间或，他会找上那枯瘦老者拉话；老人名叫雅科夫·季特奇，仿佛无所不知无所不晓，别人心里想没想过的东西甚至想没想到的事情他通通都清楚。而科片金这家伙凡事稀里糊涂没个准信儿，半辈子下来日子熬是熬过去了，可却心神松松垮垮意识恍恍惚惚，根本记不住那过往岁月的点点滴滴。

每每夜幕降临，雅科夫·季特奇最喜躺身草丛仰望星空，脑海思绪绵绵心中反觉悠悠平静；他兀自琢磨，高天之上的星辰遥不可及，上面的日子必定不同于此乡人间，从未有谁亲身体验过那种日子，他也摸不着看不见，此生注定与之无缘。雅科夫·季特奇侧头张望，见左右邻居睡梦安然不禁心生怜悯，"你们呀，同样没那缘分到上面去过活哟。"可转而又一番念头，欠起身以便亮开嗓子向众人大声道贺，"没缘就没缘吧，有啥大不了的，地上的我和天上的星还不都一样的东西；这人啦，没谁生来就下贱，他有所求有所取并非想贪图更多，不过是为着能活下去而已。"科片金躺旁边听老人自个儿不停叨叨心里话。"你呀总是可怜别人，"雅科夫·季特奇心头埋怨自己，"一见别人身上落满忧伤便忍不住可怜人家，心疼他过得太苦太累，怕莫这就没命了从此再也见不着了；可你自个儿呢，从来也没心疼一下自己，只想得到你咽气儿那天别人会为你哭丧，那么该可怜的则是那些苟活于世为你抹眼泪的家伙。"

"喂，老头儿，你这些乱七八糟的疯话打哪儿来的？"科片金问他，"你呀，显然不懂有阶级的人啥样子，光知道躺着叽叽咕咕个没完……"

老人不吱声，偌大的切文古尔亦沉默寂然。

地上的人仰面朝天，半空夜幕徐徐遮掩，几多痛苦煎熬，几分昏暗朦胧；这夜色静得太荒芜，似乎隐隐溅起几声呓语引来睡梦中的人唉声叹气，算是添作回应。

"怎么老不吱声，跟这黑天黑地一样哑巴了吗？"科片金又再搭讪，"还在为星星难过么？那上面的星子也富着呢，长着金子银子，可惜却不是咱们的钱袋子。"

话既已出口，雅科夫·季特奇倒也不觉忸怩羞惭。

"我呢，不是在说话，而是在思考，"老人突然感叹，"这人啦，你不讲话脑子便聪明不起来；本来嘛，过来过去都沉默寡言脑子里哪有什么聪明劲儿，不过一片伤心痛苦罢了……"

"看来你是个聪明人咯？不然咋东拉西扯像开大会似的？"科片金问得揶揄。

"我得聪明呀，可不是因为这个……"

"那因为啥？咱俩不是同志嘛，来教教我。"科片金装模作样讨教。

"我得这聪明呀，是因为生来无父无母，在没人帮衬的情况下，自个儿把自己盘成了人。有多少活的死的好的坏的东西我弄来填进自个儿身体，呆不多久又放了出去；你个家伙自己动脑子算算吧，响亮地数一数。"

"没准儿呀，还绰绰有余呢！"科片金那脑子还真算得响亮。

雅科夫·季特奇似乎觉得良心有愧，长长舒了口气，随即跟科片金讲起大实话：

"确实，绰绰有余。人上了年纪才会躺着瞎琢磨，我去了之后这天空大地这人山人海是否还幸存，是否仍完整？我这辈子干过多少事儿，吃过多少食儿，熬过多少苦难，转过多少脑筋，似乎整个人世间都白白给自己糟蹋了，留给别人的不过一个嚼碎了的烂摊子。可后来我又发现，别人跟自己也没什么两样，别人亦是打小身子骨儿就过得艰难，是苦是甜都得自个儿咽下独自忍着。"

"打小是啥意思？"科片金这里没闹明白，"莫非你一落地就成孤儿了，还是你父亲把你给抛弃了？"

"是没了父亲，"老人叹气，"没法子，只好跟陌生人混了，混来混去便长成人了，一辈子没人照管也混到了现在……"

"既然你没父亲，那你咋贵贱不分把人等同于天上星星？"科片金更觉奇怪，"照理说，人对你该贵重得多才是嘛！要是没了这世上的人你哪儿安生去？！你一路流浪，你的房子你的家不就在他们中间吗……你要真成了布尔什维克，那就全都搞得明白了，可惜你里里外外不过一个孤儿，从小到老都是孤儿呀。"

城市中央静得仿若回到了时光之初，突然传来一声幼儿的痛苦呻吟，夜不能寐的人悉数听得心惊肉跳；此前，夜色漆黑悄悄伏在大地上寂然无声，仿佛其身下一无所有，连大地也隐没了身影。一丝呻吟牵出两声响动，是那孩子母亲的焦虑和"无产阶级力量"的不安嘶鸣。科片金睡意顿消腾身而起，而身旁老人却不动如山，司空见惯种种不幸，只淡淡起了一声：

"有个小东西哭了嘛，听不出是男娃子还是丫头片子。"

"是啊，小东西哭得痛苦，老东西却躺得安逸哟。"科片金心里有气数落了句便离去,给自己的马喂喂水,给那哭泣的孩子添添安慰。

漆黑过道上坐着一位乞丐婆娘,沿途讨饭为生,只身来到切文古尔,没跟那群外人一起。女人怀中躺有一孩子,她紧紧搂着不时朝那孩子哈气,想竭尽所能添层暖和免得他太难受。

孩子不吵不闹神色安然,丝毫无惧病痛折磨;那病痛缠人捆得他浑身憋闷,时冷时热仿佛与世隔绝;偶尔,孩子凄凄艾艾呻吟两声,倒却无意抱怨病痛,只为摆脱孤独。

"小宝贝儿,你怎么啦,这是怎么啦?"母亲焦急不安,"你倒是说句话呀,身上哪里不舒服哪儿痛啊,我好给你暖和暖和,给你亲一亲。"

孩子终不吭声呆呆望着母亲,眼神迷离半开半闭,已泛不起一丝对母亲的记忆;他那颗小心脏孤零零困守体内漆黑深渊,跳得那么顽强那么激越,那么充满希望,仿佛与那孩子各自独立,像个小伙伴似的在一旁风风火火忙碌,只为用自己滚烫的生命飞奔的速度烧干他朋友身上那死亡脓液奔涌的洪流。母亲这会儿抚摸孩子小胸膛,想搭把力气帮衬里面独自奋战的小心脏,让它那紧绷的心弦稍得喘息,以免给绷断了彻底不动了;那心弦上这会儿正吊着她儿子纤薄的生命,隐隐在颤抖,微微拨弄响动。

这时间的母亲,心细如发、温柔体贴,又聪明贤惠、沉着冷静;只后怕千万别疏忽了什么,有什么她懂的会的手段尚未使出来帮上忙,便错过了儿子的生命。

这时间的母亲,尽起心神努力回忆一生的经历,看看自家身上,想想见过的别人那里,有没有藏着哪样办法,但凡此时能减轻儿子痛苦的招数通通都得找出来使唤上;偶然闯进此间陌生的城市,这位讨饭的娘孤苦无助,没人来关心,衣食药品均无着落,除了用一腔柔情帮帮儿子,还想了点办法略略做了番治疗;夜刚下来那会儿母亲烧了温水给儿子洗净肠胃,又找来稀泥烤热后敷满他全身,再喂下些糖水勉强添点营养。母亲横下一条心，只要儿子还有口气在就绝不合眼。

可是疼痛不止，儿子仍在遭罪浑身滚热，烫得母亲双手汗津津；儿子皱起小脸心里老不痛快，又出呻吟直怨母亲只管坐着，见他苦闷难受也不塞点东西过来。母亲万般无奈，只得掏出乳房塞进儿子口中；儿子四岁多了，已过了哺乳年龄，但此时吸奶的劲头却猴急慌张，活像总吸不够；可怜那对乳房早已凋落，乳汁稀薄几近枯竭。

"来，乖儿子，这下该开口了吧，"母亲又央求，"说吧，想要啥都行！"

儿子撑开双眸，眼神苍白疲惫枯败，奶没吸够不愿说话，稍后才挣扎着勉强开口：

"我想睡会儿，想到水里去游会儿；你看嘛，我生病了，这会儿累得要命。明儿个你可得把我叫醒，免得我死过去了，不然我一直昏睡就再也醒不过来了。"

"不会的，乖孩子，"母亲发誓，"我会一直守着你的，明天我还要给你讨牛肉吃呢。"

"把我抱紧些，别叫讨口子的偷走了，"儿子跟了句，已是气若游丝，"那些家伙啥也不会塞过来，光晓得偷人家东西……我跟着你弄成这个样子真烦死了，还不如你当初迷了路不上这儿来呢。"

儿子昏迷过去了，母亲呆呆望着他的小脸满心酸楚垂怜。

"我亲亲的小宝贝儿啊，要是你没福分活在世上，"母亲喃喃自语，"那便睡过去吧，在梦里离开也好，只求千万别再活受罪了；我心里呀，就巴望你别再痛苦，望你永远都清爽凉快并松活自在……"

梦乡宁静一片清凉，小男孩渐渐沉了进去，可过不多久突然尖叫一声，惊恐中睁开眼睛，似乎看见母亲正拽着他的头从口袋往外拖；那口袋里全是软绵绵的面包，他呆里面好不暖和；又见自己那可怜的小身板儿汗水淋淋，病得奄奄一息生出长长毛发，这会儿散了架，得母亲一块块分了出去交给一群光溜溜的讨饭婆。

"娘啊，"儿子叫住母亲，"你真是个笨得要死的叫花子，等你老了看谁来养活你？我都瘦成这副模样了你居然还把我分给别人！"

可母亲却听不见他的话，只望着他眼睛，里面那对儿珠子似乎已变成河里僵硬的小石子；母亲浑然没发现儿已没那么痛苦了，只觉得他是装出副冷冰冰样子在吓她，不禁尖叫起来，好不凄凉愁楚。

"我一直小小心心护着他，也给他治疗过，我没什么对不起他的。"母亲自言自语控诉苍天拯救自己，免得往后岁月绵长只剩无尽懊悔悲伤。

一城切文古尔人，切普尔内伊和科片金率先赶了过来。

"你咋啦，要帮忙吗？"切普尔内伊问那讨饭婆娘。

"要的，我想让他再活一分钟。"母亲央求。

科片金弯下身摸了一把那孩子；这家伙喜欢跟死人打交道，反正罗莎·卢森堡跟他们是一伙的。

"你要那一分钟干吗？"科片金责怪女人，"一分钟来了，不多会儿又走了，而你儿子又得再死一次，你又得再哀嚎一回。"

"不会的，"母亲保证了又保证，"我决不再哭一声。我只是没来得及记住他活着时是什么样子。"

"这个嘛，办得到，"切普尔内伊答应下来，"我自己过去也病过好长一阵，后来久病成医才摆脱资本主义战争的屠宰场。"

"可这孩子已没气儿了呀，干吗要打搅人家？"科片金很不理解切普尔内伊的说法。

"都这样了你说该咋办？说来看看！"切普尔内伊一脸严肃声音刚硬，带出一腔冰凉希望，"既然这当娘的想要，他就得再活一分钟；他活着活着好好儿的，这会儿只是昏过去了嘛！要是他都死硬了或者生蛆了那则算了，不然的话他就该尽儿子本分热热乎乎躺着；你没看出来吗，这孩子身体里面全都还活着，只外面死过去了而已。"

切普尔内伊兀自忙乎，想助那孩子再多活一分钟；这时科片金已看出在切文古尔根本就没什么共产主义；他觉得，一个女人刚带着自己孩子赶过来孩子便死在了这里，这哪像共产主义的样子。

"别再捣鼓了,你搞不定他的,"科片金明确告诉切普尔内伊,"只要感觉不到心跳就说明人没了。"

但切普尔内伊却不舍停手,只顾忙活自己医士的手艺,按摩孩子小胸膛,顺着耳朵捏捏他喉咙,还从孩子嘴里吸出浊气,一心盼着这逝去的人身上重新焕发生机。

"这跟心脏没关系的,"切普尔内伊忙得晕头转向,心里已对医学绝望神神叨叨起来,"这跟心脏有啥干系,你跟我说来看看,对不对?灵魂是堵在喉咙上的,这我亲自印证过,绝对错不了!"

"灵魂在喉咙上么,就算是吧,"科片金也不跟他纠缠,"可灵魂从来也不守护思想和生命,只晓得消耗它们;而你呢,在切文古尔过日子从来也不劳动,也只晓得消耗,所以你才说跟心脏没关系;你根本不明白,心脏它是人全身上下的雇农,是地地道道的劳动者;可你呢,全都是剥削者,你们这儿根本就没有共产主义!……"

母亲弄来些许热水帮着切普尔内伊治疗。

"你别太伤心,"切普尔内伊宽慰那当娘的,"眼下呀,就为这孩子整个切文古尔都会伤心,你的悲痛只其中小小一部分而已……"

"他到底啥时候才缓过气来呀?"母亲听了听儿子有没呼吸。

切普尔内伊抱起孩子贴紧自己,双脚死死夹住那具小身体使他站立,就像往常活着那样。

"您没长脑子吗,咋能这么干?"母亲痛得锥心忍不住埋怨。

过道上,普罗科菲、热耶夫和雅科夫·季特奇都来了,停一边看着,什么也不问什么也不说,生怕打搅治疗。

"我有脑子,可这会儿不管用了,"切普尔内伊赶忙辩解,"管用的是我的记忆。这孩子即便没我出手也该活出你要的一分钟的;这里共产主义最管用了,整个天地都站它那边呢。要是在别的地方说不定他昨天就咽气儿了。你呀,我告诉你,他是到了切文古尔才多活了一天一夜的命!"

"嗯,这完全有可能,绝对如此。"科片金想了想切普尔内伊的话，转眼瞧向院子外头，想看看那里上上下下，看看整个切文古尔，看看头上的天空脚下的大地，到底有无飘着一目了然的伤心同情在哀悼那孩子逝去的生命。可惜外面天气变脸了，起风了，正是风吹草动沙沙响；大地渐生寒凉，一众无产阶级爬起身躲进城里宅院过夜。

"外面，跟帝国主义那会儿也没什么两样，"科片金反复思量，"天气变来变去同样无常，同样不见共产主义的模样；说不定那孩子突然便活过来了，喘气儿了；而那会儿同样也可能如此。"

"您别再折磨他了。"母亲求切普尔内伊住手。当时切普尔内伊正找来菜油灌入孩子嘴中；孩子全无反抗，先后滴入四滴。"让他安安静静歇着吧，求求您了，别再打搅他了，他跟我说过累得要命。"

孩子头发板结成块，切普尔内伊给他梳整，发现头发已渐起乌黑，表明这早夭的孩子其稚嫩的童年业已成往事。突来一阵雨打在屋顶干草上，细细密密的声响使得人听来满怀希望；可雨不长久，一股狂风席卷草原，在雨落地前扯断其去势，裹挟着一路飞向远处黑暗；外面又安静下来，潮气渐生一片泥泞。

"注意了，他马上就要缓过气来了，就要睁开眼睛看我们了。"切普尔内伊招呼众人。

到场的五名切文古尔人齐齐俯身朝向孩子，那具小身体正渐渐陌生于这尘世而去；众人目不转睛焦急看着那逝去的生命在切文古尔复活，生怕错过那一瞬间奇迹，毕竟即便复活也终将一闪而逝。切普尔内伊双腿间孩子静静窝在他膝头上，母亲这时脱下那双余温犹存的小袜子，闻了闻小脚板上的汗味儿。那一分钟终究过去了，孩子并没活过来，活够这一分钟好让母亲记住他的样子，让她安心，然后再死过去；显然孩子不愿再遭罪，不愿再次承受死亡的痛苦，趴伏在切普尔内伊怀里长眠如故无声无息。母亲这回明白过来了。

"算了吧，我不想他再活过来了，一分钟都不想。"母亲放弃原先打算，不愿再折腾儿子，"让他就这样吧，要再活过来又得再死一回，又得再遭罪。"

"这算哪门子的共产主义?"科片金看清事实心中的怀疑越发坚决。他来到院子,外面一片漆黑,夜色正潮气逼人。"就因为它那孩子一次也没缓过气来,就因为它来了这人才来了,可转眼便死了。这里不是共产主义,是瘟疫。科片金同志,你该走了,从这儿离开,到远方去。"

科片金为之一振,活像看清了前路,看见了远方的女友,看到了今后的希望;他最后打量一眼切文古尔,神情隐隐忧伤,该告别了,过不片刻一去便成永恒了;科片金这人,但凡告别习惯先宽恕,他遇到过的人,走过路过的村寨和城镇,每逢离别便不再计较,如此离开似乎可以换来新的希望;那希望永在前方,始终未曾抵达。每回深夜科片金都烦躁不安,那无尽黑暗、那世人孤苦伶仃的梦境不停向他召唤,催促他即刻启程前往主要的资本主义国家,到那里仔细侦察;那里天空同样漆黑无边,那里的资本家同样也已躺下,赤身露体睡得人事不省。如此他就能大大方方结果他们的性命,赶在天亮前宣布共产主义到来。

科片金找上"无产阶级力量",仔细打量轻轻抚摸,好确定这马能否随时随地翻身而上,只要他需要即刻扬鞭策马飞奔而去;摸索一番情况了然,该是没问题;那马正当健壮,随时可以去远方,随时能够闯未来,与从前一般无二,从前走过多少路如今还能踏遍多少路。

切文古尔寨门口响起手风琴。一外人在那儿弹奏;他睡不着,手边正好有这乐器便借此驱赶难以入眠的孤独。

琴声诡异,科片金从未听过;那琴音似乎有话要说,可匆匆几句欲言又止说不透彻完整,徒留余音呜咽,空剩一曲将尽未尽的惆怅。

"唉,要是琴音能把话说完该多好,说出它到底要什么,"科片金听得意犹未尽心潮澎湃,"听曲子意思那人该是在招呼我过去;看来你呀,得停上一停了,他那边终归会接着拉下去的。"

不过科片金却没耐住性子,径直朝那曲夜色下的琴音走去,想法简单,想最后看看切文古尔的群众,找找他们身上有没什么共产主义的影子，那影子科片金一直没找着感觉。甚至，哪怕置身空旷原野，那里毫无组织过的痕迹，科片金也感觉好得多，远胜待在切文古尔城；自打跟萨沙·德瓦诺夫相遇他便患上了忧愁，德瓦诺夫同样愁苦不堪，两样忧愁相向而行遭遇一起彼此均不得动弹，生生搁在了半途。

可在切文古尔，就算忧愁也没有同志来相遇，这忧愁便停不下脚步，便荡进茫茫草原一路飘向漆黑虚无的高天，然后消散，孤零零告别尘世。那人犹在弹奏，科片金听了听，心想这里没有共产主义，他心中的悲伤就停不下来，也就睡不着。若真在共产主义下，他的琴音应是能说完整的，早该结束了，他也早该朝我走过来了。否则说来说去总意犹未尽岂不叫人尴尬难堪。

切文古尔这地方进来难出去亦难；房舍凌乱，街道没街道样子，一地狼藉拥挤不堪，活像这里的人得靠房子挨紧了人与人之间才能相依偎；庭院之间夹有细若缝隙的巷道，内中生满累累荒草从不怕人踩踏，那一双双光脚板还真欺负不了它们。这时，荒草下面冒出四颗脑袋，齐齐喊住科片金：

"请稍等一等。"

是切普尔内伊几人，刚才守在逝去的孩子身旁时均照过面。

"再等会儿吧，"切普尔内伊央求，"说不定没了我们这些家伙他很快便活过来了。"

科片金当即坐下，也落入荒草；琴音不动了，只听闻一阵咕咕响动，原是雅科夫·季特奇在闹肚子，里面风雨交加好不欢腾，又一时半会儿拿它没办法，只得长舒一口气暂且忍着。

"他咋就死了呢？很明显，他是革命后才出生的呀。"科片金问大家。

"确实很明显。普罗什，他咋就偏偏这时候死了呢？"切普尔内伊实难理解又问起同一问题。

普罗科菲还真晓得是怎么回事儿。

"同志们,但凡是人,他出生、成长和死去都取决于一定的社会条件,除此之外没别的原因。"

话音刚落科片金站了起来,他完全搞清楚了。切普尔内伊起了身,可仍不明白这场不幸到底错在哪里,不过,他灵魂的不安和良心的愧疚已隐隐不期而至。

"再清楚不过了,那孩子难道不是因为你的共产主义才死去的吗?"科片金这一问语气严厉,"看来,共产主义在你这里就是社会条件!那孩子就因为它没了。眼下,你得为这一切给我个交代,你要负全责!你的灵魂叫资本主义侵蚀了!你呀你,革命还在半道上你就把整个城市夺走了……帕申采夫!"突然,科片金冲着茫茫切文古尔大叫一声。

"唉!"帕申采夫应了声,也不知打哪处荒僻的犄角旮旯而起。

"你在哪儿?"

"我在这儿呢。"

"准备好,赶紧过来!"

"有啥好准备的?就这样子我还不都搞得定。"

切普尔内伊站立安静,倒不觉害怕,只良心有愧苦不堪言;正因为共产主义切文古尔最小的一个孩子就这么死了,他没办法向自己表达,找不到半句替自己开脱的理由。

"普罗什,真是这样么?"他轻声问普罗科菲。

"没错,切普尔内伊同志。"普罗科菲答道。

"如今咱们究竟该怎么办?难道说咱们这儿真是资本主义?会不会小男孩已醒来活过一分钟了?共产主义它到底跑哪儿去了?我明明亲眼见着了它的,咱们为了它可是将整个地方都腾空了呀……"

"你们呀应该连夜赶往资产阶级那边,"科片金突然建议,"趁黑灯瞎火打败那些做春秋大梦的家伙。"

"科片金同志,那边可灯火明亮着呢,"普罗科菲淡淡回了句,仿佛一切了如指掌,"资产阶级过日子可是轮班倒的,白天黑夜都不得空，没时间做春秋大梦。"

切普尔内伊转身去找那位偶然闯入此间的妇人，想看看在现时社会条件下那死去的孩子活过来没有。正房内，母亲将儿子平放床上，自己也贴身睡下，手一直搂着。切普尔内伊望着那双人影，一时拿不定主意到底要不要把人叫醒；他想起普罗科菲曾经说过，人一旦心里痛得难受，要么该睡觉，要么去找好吃的。切文古尔这方眼下没什么好吃的，所以那妇人宁愿睡觉，在梦中心里会好受些。

"你睡着了吗？"切普尔内伊压低嗓子问那女人，"想不想我们给你找点儿好吃的来？那边地窖里还留有些资产阶级的吃食。"

女人一声不吭；儿子靠她怀里张着嘴巴，仿佛鼻子给堵塞了正用嘴巴呼吸似的；切普尔内伊仔细瞧了瞧，发现孩子已开始缺牙了；看来这孩子该是到了换乳牙的年龄，也已自个儿吞下几颗，只可惜，后面的恒牙再没机会冒出来了。

"睡着了吗？"切普尔内伊俯下身体又问，"你怎么老是睡不醒呢？"

"没睡死呢，"那过路妇人睁开眼睛，"我只躺着，不小心眯了会儿。"

"难过不，要不要紧？"

"不要紧。"妇人半醒半梦间答得漫不经心。她右手枕着儿子，应是早已习惯，任他这般暖暖和和偎自己怀里睡觉，不用随时去瞧他睡得是否安稳。随后，讨饭女人略略欠身遮住自己裸露的双腿，那双腿丰腴圆润，仿佛随时准备生儿育女。"还真是个不错的女人，"切普尔内伊瞧在眼里心中感慨，"也不知哪个家伙肯定为她受折磨哟。"

儿子滚落母亲胳膊仰面横躺，活像内战时阵亡的士兵；孩子脸上愁容不展，显出几分枯萎苍老，几分痛苦神色；身上衣衫单薄简陋，其阶级出身暴露无遗，他那阶级长年颠沛流离，满大地寻找风餐露宿的日子。母亲心里明白，儿子一再经历死亡，他离世的痛苦折磨远胜自己心中的悲伤和从此永别的煎熬。不过儿子却毫无怨言，只静静躺着孤单忍着不哭不闹，仿佛在等下葬，等漫长的冬天来了又来，等着与坟墓一起冻僵。母子二人床头立着一陌生家伙，眼含期盼正自心焦。

"他还没缓口气来么？不可能呀！你没瞧见吗，这里早不是过去那个时代了！"

"没有，"母亲漠然回答，"我在梦里见着他了，活得好好的，牵着我的手一起走来走去，到处都是望不到边的田野。天气很暖和，我俩也吃饱饱的，我想抱他起来，可他却说：'不用了，妈妈，我自己有脚，要到哪儿去走起来还快些，还是一起来想想办法吧，不然咱们可真得讨口了。'可俺娘俩能去哪儿呀？！后来碰见一土坑，俺俩坐下来抱一起哭得伤心……"

"这没啥大不了的，"切普尔内伊安慰她，"我们呢，本也可以把切文古尔送给你家孩子，让他继承下去，可他拒绝了，死了不是。"

"俺娘俩坐田野上使劲儿哭；既然不给活，那干吗我们还活着……可孩子对我讲：妈妈，我这就死了算了，路好长，我跟你一直走实在太闷了，看嘛，全都一模一样，他说，都一模一样啊。我便跟他说，那好吧，要死就死吧，说不定啦，我待会儿跟你一起一不小心也昏过去醒不来了。他躺我怀里来闭上眼睛，可老吸气儿出气儿怎么也死不了，硬生生活着。妈妈，他开口说话，我死不过去。好吧，既然死不成就别死了，起来走吧，咱们走轻点慢点，前面总有地方给咱俩歇脚的。"

"他刚才在你怀里活过吗？是不就在这张床铺上？"

"就在这儿。他倒我怀里吸着气儿呢，死不过去了呢。"

切普尔内伊浑身一松。

"在切文古尔他怎么能说死就死呢，说来看看，对不对？你看嘛，我们这里为他可争取了不少条件……我早知道他多少还有口气儿的，只是你老睡来睡去白白错过了。"

母亲抬眼望了望切普尔内伊，好不孤单陌生。

"大老爷们儿嘞，你想从别人那儿要啥呀，我的小宝贝呢，说死就死了，说没就没了呀。"

"我啥也不需要，"切普尔内伊赶忙回口，"我只关心，你哪怕在梦里见着他是活的，说明他至少在你那儿，在切文古尔，是活过来一会儿的……"

女人痛得已开不了口，只默默寻思。

"不对，"她想清楚了，"你不是关心我的孩子，你只在乎自个儿的想法！出去，离我远点，我不习惯跟别人一起；离天亮还早，我得跟他再躺会儿，别来浪费我们的时间！"

切普尔内伊走了，离开了讨饭女人的屋子；他心满意足，哪怕孩子是在梦里，是在他亲娘的脑海里，至少其最后一丝灵魂是活过来一阵子的，而不是一到切文古尔就死了，就永远也没气息了。

看来切文古尔是有共产主义的，它管用着，只不过避开了人群而已。那它当时究竟守在哪儿呢？切普尔内伊此时已离开那过路女人的住处，却仍没察觉出来，没发现切文古尔的夜色中有什么共产主义，但是它应该就正大光明地存在。"可凭啥只有人们在不明不白地活着？"切普尔内伊硬是想不通，"黑漆漆的，人们可以跟死人待在一起，甚至还感觉挺不错！啥道理嘛。"

"喂，如何？喂喂，咋样？"外面几位同志见切普尔内伊出来纷纷关心。

"在梦中时喘过口气儿的；但是不过呢，他自己想死来着，在田野上那会儿便试过，只没死成而已。"切普尔内伊回答。

"所以他这才一到切文古尔就死成了嘛，"热耶夫似乎明白了，"他来我们这儿得自由了呗，想活就活，想死便死了。"

"嗯，这不明摆着嘛，"普罗科菲找起理由，"要是到了咱们这儿他一心想死，可总没死成，那这制度的自由性不就成摆设了？"

"真是这样吗,说来看看行不?!"切普尔内伊心里仍没底,始终疑神疑鬼,这一声附和问得忐忑;起初他闹不明白大伙儿这么说什么意思,可后来见众人对那孩子一事似乎都挺满意,转而又开心了。唯有科片金眼前仍一片漆黑,不见一丝光明。

"你们说说,那婆娘咋就不出来找你们呢,宁愿跟自己孩子待里面?"科片金怒斥一帮切文古尔人,"这还不明显吗,她在里面比呆在你们的共产主义里头要好过得多。"

雅科夫·季特奇一向寡言少语,喜欢心平气和地思考和感受,不过一旦他心里有气,讲起话来也有条有理;这不真开口了:

"那女人之所以宁愿跟自家小东西呆一块儿,还不因为他俩血脉相连,连着你们那个共产主义。要是她照你们的意思离开了自己死去的孩子,那么你们这共产主义的基础便就垮咯。"

听他如是说科片金有点喜欢这外人老头儿了,更添了一番道理以证明老人说得没错。

"你们这切文古尔里头,全部的共产主义眼下就只在那间漆黑的屋子里面,就在那婆娘和小娃子身边。你们看我,共产主义不就在我身上永远向前吗,啥原因呢?还不是因为我跟罗莎·卢森堡之间有要紧事情要办,哪怕她死得不能再死了,照样跟我挨得紧紧的!"

普罗科菲眼里死人这件事情不过一道例行步骤罢了;于是转头跟热耶夫吹嘘,他认识多少女人,高等的、低等的和中等文化的数不胜数,每一类都可拉出支队伍来。热耶夫则听得带劲一脸羡慕;他这辈子结识的女人全都不堪入目,讲文化没文化要水平没水平,老实得傻不拉几。

"那女子呀,真太迷人了!"普罗科菲越吹越真,"她动起身段来简直是艺术享受;她呀,你懂的,是真正水一样的女人,跟乡下婆娘完全两回事儿。那滋味儿,啧啧,你晓得的,美呀……活像那玩意儿似的……"

"你是指像共产主义吧。"热耶夫觉得话没说透小心翼翼补了半句。

"嗯，大差不差吧。我可亏大了哟，不过倒也心甘情愿。那女人找我讨要面包和布料子；这年生哪儿不是张着嘴的人呢？！而我当时是运了些物资，可就那么点儿，还得带回家呀，家里有老爹老妈和几个兄弟，全窝在穷哈哈的乡下；也就心想，滚蛋吧你，老妈生了我，而你却要来掏空我。后来一路倒顺顺当当回家了，可心头总念念难忘啊，但是物资得带回去，救一家人的命要紧。"

"那个她到底啥文化程度？"热耶夫兴趣浓厚。

"最最高等的。她给我看过证件，写得清清楚楚，受过七年专门师范教育，当过几家子弟学校的教员。"

这时，科片金耳朵一动听见草原上传来四轮马车的声响，心想没准儿是萨沙·德瓦诺夫来了。

"切普尔内伊，"他回头抛出一句，"要是萨沙到了，你那个普罗什卡赶紧让他滚蛋吧。这家伙只晓得捡现成便宜，简直坏透了。"

切普尔内伊跟头里一样倒不反对：

"只要有更优秀的，随便哪个次一点的家伙我都可以交给你，请吧，拿走吧。"

大车轰隆隆响不停，隔着切文古尔不远擦身而过，根本没打算进城；显见，除开共产主义别的地方也住得有人，甚至也照样会上路出远门。

个把钟头后，这群最是闹闹哄哄、最是机警谨慎的切文古尔人也安然入梦了，直待明晨新的一天。基列伊昨儿后半夜才躺下，可这会儿倒头一个醒来，也就发现了那女人离开了切文古尔，抱着自家孩子，分量似乎不轻。如今没了战争只有占领，基列伊甚觉苦闷，也想一走了之不再理这座城市；既然无仗可打，人就应该跟自家亲人待一起，可基列伊的家人实在太遥远，在远东那方，在太平洋海岸，仿佛居于大地尽头，那里是天空初醒的地方；那里天幕漠然冷淡，其下既罩着资本主义，也盖着共产主义。当初，基列伊从海参崴出发一路跋山涉水闯到彼得格勒,为苏维埃政权和它的主张扫荡过片片大地;如今终是流落在了切文古尔这乡,成天无所事事大梦浑浑噩噩,歇来歇去渐生愁楚。夜复一夜基列伊仰望星空,见它如见浩瀚太平洋,见群星如见轮船上点点灯火;想那轮船前仆后继一路向西,每每与他岸边的故乡错身而过。雅科夫·季特奇此时也静得沉默;老头在切文古尔寻得一双草鞋,以其为底子给自己缝了双似模像样的毡靴子,又哼唱起凄凉苍茫的歌谣,只那副嗓子委实难以入耳,粗糙得高低不平;那歌声是他留给自己的翅膀,好带上他的心灵遥遥去向远方;并且,为去远方他早已将那双草鞋收拾妥当,毕竟日子山重水复,光有歌声还不够。

基列伊听老人唱得忧伤便问他:雅科夫·季特奇,你心里头苦个啥劲儿?都这把岁数了也活够了嘛!

雅科夫·季特奇却不服老,觉得自己哪儿就上五十了,不过才刚刚二十五岁出头;他的算法奇特,认定自己半辈子都在睡觉和害病,那不算数,只是亏本买卖而已。

"老头儿喂,你就算想走又能去哪儿呢?"基列伊又问,"你在这乡苦闷,可到了那边还不尽剩艰难:两边日子都挤挤巴巴的哟。"

"那我便从夹缝中穿过去,总会闯出条路来;我这心灵不也是从自个儿身上闯出来的,我跟它讲啊,你就走吧,反正别人也不理会你,你自个儿都嫌弃自己了,你看嘛,我这条命打哪儿来终归还得回哪儿去,回去后便无影无踪的哟。"

"可在切文古尔日子还是蛮不错的嘛!"

"一座空城罢了。过路的人来了就当处歇脚过夜的地方;只是这里房子立着,却派不上什么用场;太阳照下,却找不到落脚去处;人们活着,却心头冷冰冰不生怜悯:谁谁谁来了,谁谁谁又走了,对人倒也大方,还不因为这里的财产和吃食便宜得随便取就是。"

基列伊倒没在意老人的说法,他看出老人没讲几句真话。

"切普尔内伊可喜欢群众了,对同志更是爱到了骨子里。"

"他懂哪样爱不爱哟，不过一腔闲情罢了，心里根本就没渴望；他那番事业老在空中飘着嘞……明儿个干脆取消算了。"

基列伊对什么地方才是他最好的去处心头一片茫然：是此间的切文古尔，还是远方的别家城市？这里吧，闲得心慌自由得空荡荡；别家吧，又担心更为艰难。

随后几天，切文古尔上空日头白晃晃如故，跟共产主义排头那天一般模样；而每晚夜空月亮排挂出来倒是换了几分容颜。那弯新月，无人发现也没人在意，只切普尔内伊瞅着心中欢喜，觉得这月亮似乎正是共产主义必不可少的好兆头。每每清晨切普尔内伊都会下河洗浴一新，然后逛上大街，随便找根无主的树桩子坐了上去，一瞅一整天，看看黎民百姓、观观城市街巷，活像望见未来辉煌灿烂的繁荣景象，望见一片生机勃勃激情荡漾的欢悦，望见了摆脱高深莫测的政权而无事一身轻的自己。只遗憾切普尔内伊嘴巴实在笨拙，看得明白说不出来。

切文古尔城市里里外外，无产阶级和外人四处游来荡去，到野外天地、到地主财主留下的宅院寻找现成吃食，每每收获还不错，也才安然无恙活了下来。有时，某某外人会来到切普尔内伊跟前随口问上一句：

"俺们到底该干点啥好？"

切普尔内伊一听好不惊讶：

"你问我我问谁去？你自个儿的想法得从自个儿身上水到渠成地流出来。咱们这里可不是什么帝国王朝了，而是共产主义。"

外人一愣寻思片刻，使劲儿琢磨自己到底该干什么。

"我身上老流不出来呢，"他实言相告，"只鼓鼓囊囊撑得慌。"

"那你便再多活一阵嘛，多积累点，"切普尔内伊随口相劝，"说不定到时候就流出点什么来了。"

"倒也是，反正在我身上哪儿也去不了嘛，"外人接受了，态度挺恭敬，"我想问问你，除了自家身体里头，怎么这外面就没啥别的想法了，那你该下命令嘛，总得给咱们分派点什么操心的活路不是！"

这时另一外人靠近前来，饶有兴致盯着那颗苏维埃的五角星，暗自寻思怎么如今是这东西成了人身上的主要标志，而不是基督的十字架和圣母的小圆环？切普尔内伊径直打发那人去问普罗科菲，后者给了解释，说红五星代表地球上的五块大陆，合在一处归属统一领导，上的颜色也是寓意生命的血红色。那外人听则听了，可随后又来找切普尔内伊求证。切普尔内伊把五角星托手上，当即发现这星子就是人本身，四肢大开直欲拥抱自己之外的别人，根本并非什么干巴巴硬邦邦的大陆块头。外人不明白人干吗非得彼此拥抱。于是切普尔内伊晓之以理，说这事儿怪不上人，那身体构造一定下来本就拿来搂搂抱抱的，不然这双手双脚往哪儿放为好。"十字架不也是人吗，"外人忽然想到，"可凭啥它就单单一只脚，而人却有一对儿呢？"这问题切普尔内伊自有看法，他估摸："从前人们单想靠手搀扶别人来着，可后来扶不住了脚不就得撑开了嘛，这一撑便定下来了。"这说法外人倒还满意，"好像是这么回事儿"，他丢下句话转身过日子去了。

傍晚下起雨来，月儿沉沉浮浮洗净身子；乌云漫天，早早入了漆黑夜色。切普尔内伊回屋，黑咕隆咚躺下休息，恢复精气神。没过片刻又来一外人向切普尔内伊转达大伙儿心愿，还是让教堂里的钟声响起来才好；原本那有手风琴的家伙一弹奏全城也都听得见，可后来连人带琴走了不知去向，徒留一城人断了音乐再也不习惯，等得早不耐烦了。切普尔内伊答复说这是音乐家的事情与他不相干。于是不久城里悠悠扬扬荡起钟鸣；钟声悦耳雨声细柔，相互唱和缠绵低吟，像极了人的歌喉，甜甜美美间无呼吸咏唱不停。钟声之下雨声之上，又一人踏足而来找上切普尔内伊，只因夜色越发漆黑宁静辨不清身形模样。

"你们老瞎琢磨个什么劲儿啊？"迷迷瞪瞪间切普尔内伊问那来者。

"这地方是谁琢磨出共产主义的？"来人也问，嗓音几分苍老，"叫他出来指给俺们瞧瞧，眼见为实嘛。"

"你去唤普罗科菲·德瓦诺夫吧，或者随便哪个外人，他们会指给你看共产主义的，保你见得一清二楚！"

来人出去了，切普尔内伊头一沉呼呼入梦；如今在切文古尔他睡得安然又香甜。

"那家伙说去找你的那位普罗什卡吧，他啥都知道。"来人告诉自己随行的同志；原来外面另有一人，只身站雨中。

"走吧，找那家伙去，我都二十年没见他面了，如今个头怕不是老高了吧。"

那年纪几分苍老的家伙走不到十步停下改主意了：

"明儿个再去吧，萨什，总找得着他的，还是先寻点伙食饱饱肚子，找个地方睡一宿再说。"

"成，戈普涅尔同志。"萨沙答应了。

可是，伙食和过夜的地方找来寻去一无所获，活像这两样东西根本用不着找寻似的。亚历山大·德瓦诺夫和戈普涅尔来到切文古尔城，进到共产主义里，此间家家大门洞开户户一无所有，倒住着不少百姓，见来了新的人口尽皆喜形于色，只因一城切文古尔人无从占有财产，只得拥抱友情。

切文古尔教堂顶子上敲钟人敲出了复活节的晨祷曲，至于《国际歌》他压根儿不会，虽说本也出身无产阶级，可敲钟这行当乃是前朝沿袭下来的一项老职业。雨已下得透了，空中渐渐复归沉寂，大地水洼处处雾气蒸腾，吐出内中备受煎熬的生命气息。钟声旷远亦如夜空之辽阔，时刻鼓荡切文古尔人的心灵，使其不甘于自己眼下处境，立志要出走离去不断向前进；实则这里的人，除了两袖清风的身体，既无财产也缺理想，而前路没准儿会有一场革命在等着他们，所以那钟声才激起人们心中的骚动不安和欲望渴盼，而没引来宽厚仁爱与祥和安宁。切文古尔这地方久时缺少艺术，为此切普尔内伊曾愁眉苦脸过一回；不过，但凡响起某种悦耳动听的声音，即便其飘飘摇摇直上九霄去了天外星海不再回来，却照样能显出革命在即的征兆，照样能表达一份劝慰忠告，就在远方那方，有自己，也有整个阶级梦寐以求的四海欢腾景象。

敲钟人终是累了，径直躺在钟楼地板上睡过去了。可科片金的感情汹涌澎湃起来一时半会儿竟停不下来，往往持续整整数年之久；他这家伙从未学会如何将自家感情转交到别人手上，只会一招，先将体内奔腾的生命转化为一种忧愁，然后投身轰轰烈烈的正义事业，并借此排忧消愁。钟声过去了。科片金无所更等待，飞身上马，驾了"无产阶级力量"直奔切文古尔革委会而去，一路高歌猛进顺顺利利拿下了它。革委会本就安在教堂里，方才此间还起过钟声。如此一举两得，这回的攻占行动便更显完美。教堂处，科片金一心盼天亮，天光初开便动手将革委会的一应公文和卷宗通通没收；为此，他把全部没收之物胡乱拢成一堆捆扎一包，并在顶端纸页上写下一道命令："往后行事一切从简推进。此件交由外来无产阶级群众传阅。 科片金。"

一大上午，革委会门可罗雀无人前来；那马早饥渴难耐不住嘶鸣，科片金却无动于衷，为全面夺取切文古尔只得任马受苦遭罪。午时，普罗科菲现身教堂，蹬上台阶来到门廊前，自怀中取出公文包，一路穿过厅堂而至祭坛处，打算办理公务。科片金则立于诵经台上，专门候着他。

"哼，终于来了么？"科片金冲普罗科菲劈头就问，"一边儿好生候着，等我来修理你。"

普罗科菲俯首听命，心里清楚在切文古尔国家权力并不正常，脑子好使又讲道理的聪明分子不得不委曲求全，跟在落后阶级后头讨日子过；此事只能徐徐图之，慢慢将那一阶级化整为零打回原形方可乘机反过来压身下。

科片金夺过普罗科菲的公文包和两把女式手枪，没收了事，随即将其拖至祭坛门口,算是正式逮捕了。

"科片金同志,莫非你能闹革命吗?"普罗科菲不明其意图。

"当然能。你这不亲眼瞧见了么,我正闹着呢。"

"那么,你交过党费吗?得,把你党员证给我看看!"

"就不给。曾经给了你政权,可你这家伙却不搞共产主义,不保障穷苦人民的生活。你老老实实进祭台里头呆着吧,坐下等候处理。"

科片金那马简直咆哮起来,实在渴坏了;普罗科菲退后几步缩进祭台下面。科片金在平时烤圣饼的女人专用壁橱里寻得一只碗,内中还装有葬礼上用的蜜粥;转身将那碗塞给普罗科菲让他有口吃食。然后再找来一个十字架,穿过门把手将那被捕者锁了起来。

祭坛小门上雕有花格子,透过镂空缝隙,普罗科菲瞅着科片金沉默了好一阵。

"外边萨沙来了,满城跑,到处寻你。"突然普罗科菲提起这一情况。

科片金心头一喜,口干舌燥想吃东西,不过倒还沉着冷静,在敌人面前岂能失态,也就生生忍下。

"要是萨沙真到了,那你立马可以滚出去了;如何处置你们这帮家伙他自个儿心里有数——你现在可吓唬不了谁。"

科片金抽掉门上那十字架,转身扑上"无产阶级力量"飞奔而去,全速冲过门廊飞下台阶,目标直指切文古尔城。

亚历山大·德瓦诺夫正漫步街巷,于此间情况仍一头雾水,亲眼看见后只觉这切文古尔一切都还不错。日头当空照着城市,也照着草原,仿佛向来不事生产的天幕上盛开一枝孤零零的花朵,鲜艳欲滴激情四射浑身芬芳弥漫,将一腔火热力量生生压入大地,直欲用光的种子繁衍出盛世华章。切普尔内伊陪同德瓦诺夫而行,有心想说明此间的共产主义却终究无从启口。终于,见头上太阳明晃晃,便指着它告诉德瓦诺夫:

"瞧瞧，我们的供应站正红红火火放着光芒，并且永不熄灭。"

"什么供应站，在哪儿？"德瓦诺夫没听明白，直瞅切普尔内伊。

"那不是嘛。我们这儿不麻烦和折磨群众，我们过日子靠的是太阳过剩的力量。"

"为啥是过剩的呢？"

"你想啊，要是身上力量没有过剩的太阳便不会把光射下来了，也就一团漆黑了嘛。所以既然是过剩的，那则交给我们来派上用场，也好安排彼此生活！我的意思你听明白了没？"

"我想亲眼瞧瞧。"德瓦诺夫道出心中想法；他一路行来虽则劳累疲惫，却信心满怀；他想真真切切看清切文古尔，倒非要检查它些什么，而是一心只求仔细感受这座城市，看看地方上的团结友爱是否真的已经到来。

革命过去了，像日子翻转一页；草原上，县城里，偌大的俄罗斯处处荒野之地，枪炮声久已消停，曾经军队踏过、战马踩过和全体俄罗斯布尔什维克走过的道路渐渐生满野草。国土辽阔平原广袤，一望无际空空荡荡寂静荒凉，只飘荡一股气息，恰似秋收后没落的田野；此时，午后日头孤单单悬挂切文古尔上空，浑身懒洋洋，四周昏昏欲睡。草原茫茫久时不见骑着战马飞奔的人：有的给打死了，身首异处不知去向，连姓名也无人再记得；有的驯服了战马，回到家乡带领同村贫苦百姓继续前进，却不再走向草原，而是奔向更加美好的未来。如若真有来人现身草原，不用细看即知其毫无威胁，不过一个温柔随和的家伙，为自家操心事策马而行匆匆路过。随同戈普涅尔来到切文古尔，德瓦诺夫便发现，昔日的恐慌不安已然绝迹于周遭天地，可沿途所见，那处处乡村依旧风雨飘摇，依旧贫苦不堪，想来应是革命错过了这些地方，只解放了附近田野，任其安然无恙地徒增忧愁，而革命却一去杳无影踪，活像一路行来征途太漫长早是疲倦困顿，就此潜入人身上漆黑幽深之所躲藏了起来。天地苍茫如若黄昏，引来德瓦诺夫一腔惆怅，自觉身上似乎也转入了黄昏；黄昏时光象征成熟，也代表幸福，或者寓意遗憾。忆往昔那日亦是德瓦诺夫父亲生命的黄昏时分，为抢在时光前头早早见着未来清晨，父亲纵身一跃跳进穆捷沃湖，永生永世躲藏湖底深处。如今却是遭遇另一夕黄昏，或许又或许，此时此刻德瓦诺夫的渔夫老子梦寐以求的那一朝清晨，那一天的日子，早已成过去，而他儿子又临黄昏再来体会那番苍茫滋味。亚历山大·德瓦诺夫对自己和自身的幸福并不多么在意，是以并不如何热衷于抵达共产主义，然则他跟随大伙儿一道前进，实因见大家都奔忙路途，生怕独自一人留下太过孤单；他打小没了父亲，缺少家庭温暖关怀，一心想跟人群挤一起。切普尔内伊却恰恰相反，始终牵挂共产主义，为它备受折磨，一如德瓦诺夫的父亲那般，曾因死后日子的不解之秘而痛苦煎熬，是以切普尔内伊忍受不了时光之秘的幽远漫长，在切文古尔心急火燎地安排下共产主义，一劳永逸地终止了历史的绵绵进程。他这招跟渔夫如出一辙；渔夫当初忍受不了自家生命才将其安排成了死亡，以便提早领略那间世界的万般美妙。不过，德瓦诺夫顾惜自家父亲倒非看重其身上那份向死而生的好奇心，而是因为父亲对他来说是人世上的第一个朋友，虽则早已遗落却仍断断不可或缺；同样，德瓦诺夫欣赏切普尔内伊也非在意他那腔刻不容缓地实现共产主义的热情，而是将其视作举目无亲孤苦伶仃的同志，倘若没了共产主义人民群众多半不会理睬接纳他。德瓦诺夫深爱自己父亲，也爱着科片金、切普尔内伊和许许多多的别人，只因他们大伙儿跟自家父亲一样，不定哪天受不了自个儿的生命便要离世而去，到时他德瓦诺夫就得孤苦无依，徒留茫茫人海举目皆陌生。

德瓦诺夫想起扎哈尔·巴甫洛维奇，如今已老态龙钟苟延活着。"萨沙，"他曾时常提起，"人活一世总得干点儿啥，你瞧，人们活着却命不久矣。咱们多少得办点儿什么才好。"

也就这句话德瓦诺夫才下定决心奔赴切文古尔，想搞清楚那里的共产主义，以便回来帮助扎哈尔·巴甫洛维奇，帮助那些苟延残喘的人。可是切文古尔的共产主义似乎不在外面,而是藏在人们心里头,以至无论去到哪里德瓦诺夫都见无可见,草原上唯有荒无人烟和茫茫孤单;房舍间只偶尔坐有几个外人,迷迷瞪瞪大梦不醒。"我的青春即将逝去,"德瓦诺夫暗自伤怀,"我身上日渐归于沉寂,而整个历史也已近至黄昏。"德瓦诺夫生活和行走的俄罗斯大地正是一片空虚苍茫,显出垂垂老矣的疲态,皆因革命已然过去,其累累硕果收捡一空,如今人们静静吞食那份瓜熟蒂落的胜利收成,只为将共产主义长成自己身上永不腐朽的骨肉躯壳。

"历史是忧伤的,只因它最懂时光,最是晓得自己迟早有一天终将被遗忘。"德瓦诺夫跟切普尔内伊感慨。

"确实如此,"切普尔内伊恍然大悟,"我真笨,咋就偏偏没注意到呢!正因如此,黄昏下来时鸟儿们才住口不吟唱了,换了蛐蛐儿上来,但那些小东西鸣的那曲调哪像歌谣哇!可我们这里还不一样,尽蛐蛐儿在鸣叫,而鸟儿却太少了,看来历史在我们这里确实结束了!我们不懂未来的征兆,请你,说来看看!"

这时,德瓦诺夫身后,科片金匆匆忙忙而至;他一上来便目不转睛打量萨沙,胸中友谊之花盛开得贪婪以致忘了下马。

"无产阶级力量"一声嘶鸣率先跟德瓦诺夫打招呼,而后科片金才反应过来落马着地。德瓦诺夫愣在当场愁眉苦脸,只因对科片金的满腔情谊膨胀得过于激越撑得他脸臊心慌,生怕就此澎湃而出,生怕终究不过错觉一场。

面对同志间这份说不清道不明的亲密感情科片金同样忸怩不安惴惴于言,他那格外快活的忠实伙伴倒嘶鸣一声,为其添了几分勇气。

"萨沙,"科片金嚅嚅开口,"真的是你来了呀?……让我亲亲你的脸免得老难受。"

科片金挨了挨德瓦诺夫的脸,转过身去俯在马耳边喃喃低语拉扯话儿。"无产阶级力量"望着科片金,一脸老奸巨猾满眼不以为然,心里清楚科片金这会儿找它拉话并不是时候,便根本不信他。

"别老瞅着我,你看,我不是动感情了嘛!"科片金低声叨咕。可马却一声不吭定定瞧着他,眼神严肃冷峻。"你呀,当马就当马,还真是傻,"科片金继续跟它唠叨,"想饮水便直说嘛,干吗老不吭声?"

马一声响鼻好似叹息。"唉,我简直完了,"科片金心头也叹息,"连这坏家伙都可怜起我来了!"

"萨沙,"科片金扭头一问,"自打卢森堡同志牺牲后都过去多少年了?我这会儿站着心头老惦记她,唉,她活着那会儿太久远了。"

"是啊,太久远了。"德瓦诺夫悄声感叹。

科片金隐隐听见那声感叹,心头一紧当即别过脸去。德瓦诺夫默默流泪也不拭去,任眼泪不时滑落;三人当面,这哭泣又如何能背过切普尔内伊和科片金。

"你呀你,这马呢倒是可以原谅,"科片金怪上切普尔内伊,"可你是人嘞,别想脱开干系!"

科片金赖上切普尔内伊实在毫没来由:切普尔内伊老老实实站那儿一直活像个罪人,一直也在琢磨要如何才能帮上他俩。"莫非他二人觉得共产主义少了,所以才这般伤心难过么?"切普尔内伊暗自狐疑忧心忡忡。

"你是打算就这么一直站下去吗?"科片金见他无动于衷不由气恼,"今儿个我把你的革委会没收了,你还不是干瞪眼拿我没辙!"

"尽管拿去,"切普尔内伊非但不生气反而甚是佩服,"我自个儿本打算把它关了的,眼下百姓都这样了要那政权还有何用!"

费奥多尔·费奥多罗维奇·戈普涅尔睡醒后本想跑遍全城,可这小小县城街不像街巷不似巷,竟迷路了。切普尔内伊那家前革委会地址究竟在何处,问这一城居民没人说得清楚,倒有不少人晓得切普尔内伊这会儿在哪儿,于是便领了路将戈普涅尔带到切普尔内伊和德瓦诺夫面前。

"萨沙,"戈普涅尔上来即说情况,"我瞧来瞧去这地方什么手艺行当都没见着，凭手艺吃饭的人在这里过日子没有一丁点儿意思。"

切普尔内伊一听先是一脸沮丧，心头也着实纳闷，可转念一想突然记起，在切文古尔人们究竟该靠什么活出有意思的日子，于是耐住性子苦口婆心劝戈普涅尔尽管放心：

"这里呀，戈普涅尔同志，大伙儿都是一个职业——管心灵的，我们把那手艺行当指派给了生活本身。你咋说这怎么就没有意思呢？"

"这根本不是没有意思，简直糟糕得叫人恶心。"科片金抢嘴先回了一句。

"没有意思嘛，倒也无所谓，"戈普涅尔说出自己的忧虑，"只是到时候哇，人们相互间想挨着撑着活下去到底又靠啥法子，还真看不出来呢。莫非靠你的三寸不烂之舌满口唾沫粘在一起，还是单凭专制镇压的手段糊成一团？"

切普尔内伊其人向来诚实，这会儿不免渐生怀疑，切文古尔的共产主义是否准备得足够充分；虽则他自觉大概率应该没错，毕竟自己干任何事情都动过脑子，也顺应了切文古尔全体同志的集体心愿。

"可别理会这蠢货，"科片金劝戈普涅尔，"他就晓得在这里搞荣誉，哪办过什么实实在在的好事。这地方前不久有个孩子，就因为他那些条件活生生没了。"

"那你这儿到底谁是工人阶级？"戈普涅尔又问。

"我们头顶有太阳在放光芒嘛，戈普涅尔同志，"切普尔内伊实言相告，嗓子嘤嘤呜呜缺乏底气，"从前有剥削的阴影把它给遮住了，可我们却是正大光明，没有剥削，太阳便专心工作了。"

"你好生想想，你这儿有共产主义的苗头吗？"戈普涅尔揪着他不放。

"除开共产主义别的也没啥了呀，戈普涅尔同志。"切普尔内伊神情忧郁硬撑着给出说法，却暗自伤神寻思可别真犯下了什么错误。

"一时半会儿还真没瞧出来哩。"戈普涅尔也不客气。

德瓦诺夫满心同情地一直看着切普尔内伊,见他答来答去神情沮丧开口紧张,感觉自己心里时不时也痛得慌。"他也很为难,也不懂哦,"德瓦诺夫算是看出来了,"不过该咋走他只好咋走嘛,不也就会这个么。"

"咱们不也不懂共产主义嘛,"德瓦诺夫解围,"所以在这地方要一眼就看出来,咱们不也没那本事不是。咱们老盘问切普尔内伊同志犯得着么,咱们同样什么也不懂,不比他好多少。"

这时雅科夫·季特奇靠了近前一旁听着;众人瞟了他两眼纷纷住口,活像浑然没事儿似的,免得伤了老人的心;大伙儿觉得聊了老半天话却没叫上他,担心雅科夫·季特奇会难过。老人站了一会儿又一会儿才开口说起:

"老百姓们煮不上荞麦粥了,一颗粮食都没了……我呢,从前干过铁匠,就琢磨起把那间铁匠铺子搬到大路上去,到时给过路的干干活儿,说不定多少还能挣点儿回来。"

"去草原上吧,越深越好,荞麦有的是,够你采的,饿不着你的肚子。"切普尔内伊给老人建议。

"这要走到哪儿才能采到哪儿哟,到时候你恐怕肚子更饿得慌,"雅科夫·季特奇浑然不信,"还是捣鼓铁匠手艺打点东西出来,这样凭本事吃饭更在行些。"

"照我说,那铁匠铺子便让人家搬吧,人家要干手艺你就别拦着了。"戈普涅尔劝下一句。尔后,雅科夫·季特奇穿过重重宅院来到铁匠铺子。

铺子里早已生满牛蒡;牛蒡下居然躺着一枚鸡蛋,看来全城最后那只母鸡当初便是躲这里,避开基列伊的魔爪到此生蛋来了;而最后那只公鸡可就倒霉了,找不到伴侣浑身憋得难受,不知跑进哪家棚子黑咕隆咚地活生生给愁死了。

午后,日头偏西遥遥落下,大地腾起一股焦糊味儿;临近黄昏渐生愁楚，每每孤单寂寞的人一心想寻得朋友做伴，或者径直去到田间地头，踏上沉寂下来的青草散散步子想想心事，抚平身上给白天搅乱的生命律动。可切文古尔那群外人却无处可去，也无人可盼；原来，整个白天他们几乎都挤在一起，也几乎踏遍附近草原寻找野食野菜，是以无时无刻不同行同在，也就无所孤独。进到铺子深处，雅科夫·季特奇四下一打量又徒增烦恼伤感，屋顶子给晒来晒去烤皱了，到处生有蛛网，蜘蛛点点密密，不过多数早已死去，枯萎得轻飘飘不住摇晃，迟早终将掉下来归于尘土，变成颗颗辨不清模样的遗骸灰粒。雅科夫·季特奇平生养下一大癖好，专喜沿路或钻进谁家后院从地上捡拾莫名其妙的灰粒，凑眼皮子底下使劲儿琢磨：这些东西生前到底是些什么玩意？它们又动过谁的感情，得过谁的保护？或许又或许，没准儿是人的骨屑，或者正是些蜘蛛遗骸，甚至是些叫不出名堂的蚊子尸体，可惜通通都碎成了微粒，再也见不出完整模样了；想这些东西曾几何时亦是鲜活生命，得自己后代深爱着，可一旦死了散了架每块遗骸均面目全非，根本不给身后者机会；后人想哭祭一番却失了对象，只能继续活着伤心继续痛苦煎熬。"一死万事空，倒也没啥大不了，"雅科夫·季特夫心想，"可好歹落个尸首完整吧，留下些盼头好给人思念惦记嘛，不然啦，风吹过雨淋过，通通掉下来，全化成一地灰泥彻底消失不见了。这哪儿叫生命，简直是遭罪嘛。你瞧，谁死了，死得一文不值，而你这会儿去寻曾经活着的家伙不也见无可见，所以全都差不多，死去的是损失，活着的还不照样是损失。"

夜里，一城无产阶级和外人聚拢一堆，好赶在入梦前相互寻寻乐子闹闹开心。那群外人没谁有家有口，只因从前日子活得实在艰难，倾尽了全身力气精神，没谁攒下富余体力和心思来播撒种子生儿育女。要想成家开枝散叶，既得有种子还得有那财力，可这群人光维系自家身上性命便已累得精疲力竭了；再有，那谈情说爱断断少不得的时间也通通花在睡觉上了。然而，来到切文古尔后大家心神缓过来了，平静了，食物也有饱足了，可过去同伴间的那份满足感却消失了，取而代之的是徒增苦闷忧愁。从前，同伴间相互珍惜珍爱实因穷困潦倒苦难重重，入梦乡时需要相互滋养温暖，上草原时需要共同抵御风寒；并且，为讨口吃食活命也离不了同伴间的帮衬，谁要落空了另一个人则会给他带来。有同伴常在就是好：若你既无老婆又无财产，甚至你日渐沉重的心灵也无人分享无人排解，那么对这同伴你就倍加渴望，恨不得永生永世相伴自己身旁。在切文古尔要财产也算有财产；要食物，草原上有野生现成的；要蔬菜，菜园子里也长得有，乃是头年残留的种子在土里发了芽长出了势头。故而，来到此间，曾经的食物之伤、过夜之痛通通都没了，一众外人反倒慢慢愁苦起来，相互间的亲密关系松弛了，四目再相遇兴趣已索然，仿佛于己于人突然落得百无一用，彼此间似乎也一无是处。外人中有位绰号叫卡尔比伊的，当天夜里，当着大伙儿的面讲出一番掏心窝子的话："我想成个家；大伙儿想想吧，这世上但凡有手有脚的，哪怕是条爬虫，它身上的种子也有着落，日子也就过得安稳，可我呢，啥着落啥根脚都没有，这绝对是种例外。看看嘛，我这身下裂着多么可怕的一口深渊啦！"

讨饭婆子阿加普卡年纪老大一把了，也正为这档子事儿犯愁。

"卡尔比伊，把我收下吧，"她开口求道，"我呢，还能给你生下一儿半女，给你洗洗衣服烧烧菜汤。虽说长得不太像样，寒碜了点，可怎么着也是个婆娘不是，你收下后过日子便有人关心了嘛，不就像活在幸福的花儿草儿丛中了，到时候啥痛苦呀、伤心啦也就少多了嘛，自个儿也不用成天杵着老嫌弃自己了。不然啦，你在这乡过日子，过来过去始终自个儿对着自个儿，立得像根棍儿似的！"

"你呀，就个好吃懒做的贱货，"卡尔比伊拒绝了阿加普卡，"我喜欢的女人得能干才行。"

"呵，还记得不，有一回你跑我身上取过暖和，"阿加普卡提醒他别把话说满了，"难不成那会儿我在你眼里就成能干的女人了，你趁人家生病偷偷摸摸使劲儿往人家怀里钻呢！"

虽属旧事却是事实，容不得卡尔比伊抵赖，这家伙只一味拿事发时间来搪塞：

"那不是发生在革命前的事儿嘛。"

雅科夫·季特奇道明原由，说切文古尔如今是共产主义的天下了，大伙儿的心思也活络了，有了稀奇古怪的想法：从前，黎民百姓身体里头一无所有，可如今肚子里面有货了，地里头长什么就吃什么；如此心头又再想要点啥呢？这日子还得过下去，脑袋嘛，便得想点儿啥：草原上，曾经战争打来打去好多红军战士都牺牲了，他们如此英勇献身还不就图将来人们有更好的活法，而我们就是那将来的人们，却活得并不如意，身体想要老婆，心里尽是苦闷，咱们呀，在这切文古尔就该干干劳动和操操手艺嘛！赶明儿个，那铁匠铺子还得搬到城外头去才行，老呆在城里面有谁会逛进来。

一众外人将老人的话当耳边风，各自慢慢悠悠散去，每个人心头都沉甸甸，觉得自己是该要点儿什么，却又稀里糊涂不知要哪样才好。这群外来的切文古尔人，内中倒有那么少数几位曾经娶过老婆，虽则时间不长，这会儿回忆起来便告诉大家，成个家生儿育女此事妙不可言，有了家别的什么也不想要了，心头也没那么烦躁了，一心只求自家日子稳稳当当平平顺顺，只求孩子们有个幸福美好的未来；此外，孩子们小模小样的你就会去心疼他们，自个儿也会变得更善良和更坚强，对外界那些事不关己的是是非非也就越发看得淡了。

日头殷红越发硕大，旋即坠入天边隐没大地尽头，留下空落落的天穹，余热渐渐寒凉；此情此景回到儿时，一众外人会以为那是自家父亲要丢下自己去向远方，启程前就着一堆硕大篝火烤上土豆准备当天晚饭。这切文古尔唯一的劳动者整夜无动静，安歇了；日头下去新月渐起，接替它照亮共产主义，接替它赐予温暖和同志情怀；这皎洁的星体属于孤独的人，属于沦落天涯的流浪者，他们四海为家一生徒劳。月光幽幽，瑟瑟洒向草原，下方片片旷野若隐若现，仿佛横亘于另一世界，那里日子沉寂、苍白、冷酷无情；那里寂静如微弱萤火忽明忽暗，不时投下夜行人的身影，落在青草上擦出沙沙响。夜色渐浓，漆黑深处不少人影正远去，离开共产主义，踏向从此杳无消息的他乡；来时他们结伴而行，走时分道扬镳各自孤独上路：一些家伙要去找个婆娘，再带回切文古尔接着过日子；另一些家伙则是在此间顿顿不见荤腥饿瘦了，要去别的地方找肉吃；而当天晚上离去的还有一人，年龄上看仍一孩子，想去世上寻自己父母双亲，也就这般走了。

雅科夫·季特奇亲眼看到好多人离切文古尔而去，默默不见了人影，于是找上普罗科菲。

"你再跑一趟吧，去给百姓找些婆娘回来，"雅科夫·季特奇激动了，"他们现在可想得慌了。是你把咱们大伙儿领过来的，如今也该你去找女人回来；百姓休养好了便会说缺了老婆如何忍得下去哟。"

普罗科菲本想告诉老人，这老婆也是劳动者，切文古尔并不拒绝她们来过日子，因此上无产阶级就该自个儿动手，去别家有人住的地方把老婆亲自牵回来；可忽又想起切普尔内伊说过，他希望找来的女人得瘦不拉几半死不活的，免得她们在群众中引起差距，彼此生出间隙而疏远了共产主义；于是普罗科菲拿话将老人给堵了回去：

"你们呀，一旦在这里生儿育女就会养出一帮小资产阶级来。"

"既然是小号儿的，那你怕它个什么劲儿！"雅科夫·季特奇隐隐惊讶奇怪，"小号儿的嘛，弄不了多大事儿的。"

科片金过来了，德瓦诺夫随他一起，戈普涅尔和切普尔内伊仍留外头，戈普涅尔想琢磨一番整个城市，看看它究竟由哪样东西做的，里面到底什么情况。

"萨沙！"普罗科菲招呼；他本想兴奋一下，可一时半会儿又起不了兴致，"你上咱们这儿来过日子了吗？我过去老想起你，可后来慢慢忘了。起先还是记得你样子的，可后来寻思，没用的，你已经死了，也就一再忘了又忘。"

"我倒是一直记得你呀，"德瓦诺夫回应，"日子越长便越把你记得清楚,还有普罗霍尔·阿布拉莫维奇、彼得·费奥多罗维奇·康达耶夫,甚至整个村子我通通都记心头呢。他们都还健在吧?"

普罗科菲深爱自家亲人,可如今他们全没了,他想爱也无人可爱了,因此成天耷拉着脑袋,尽管也为无数人费心费力操劳,却实在不怎么讨人喜欢。

"都死了,萨沙,如今是曙光在前头了呀……"

德瓦诺夫伸手一握,只觉普罗科菲掌上汗津津冷冰冰,还发现这家伙在为儿时旧事隐隐良心不安,于是凑上前吻了吻他嘴唇,正是干巴巴苦涩忧伤。

"普罗什,咱们往后一起过日子。你就别伤感了。你瞧,科片金在这儿,很快戈普涅尔和切普尔内伊也会过来……你们这里挺不错,清静安宁,离哪儿都远不受打扰,到处都长有青草,这地方我还从来没待过呢。"

科片金悄悄叹了口气,闹不清楚他这会儿究竟该想哪样,又该说点儿什么。雅科夫·季特奇觉得事不关己,便又再次提起那件大家都着急的事情:

"你倒给句实在话行不?是大家伙儿自己去寻老婆,还是你亲自出马去弄一批回来?好些人都动身走啦。"

"你去把百姓都召集起来吧,"普罗科菲给了句话,"我随后便过去,到时再想想办法。"

雅科夫·季特奇转身走了,这当口科片金突然回过神,想起该说什么了。

"你替无产阶级想办法还不尽是瞎琢磨,他们自个儿有脑子……"

"我待会儿可是跟萨沙一起过去。"普罗科菲顶了一句。

"跟萨沙一起嘛,那要去便去要想便想吧,"科片金便没了意见,"我还以为你一个人去呢。"

屋外一地月光,旷野荒凉,之上中天亦是荒凉,一轮明月孤芳自赏媚眼似近似远，仿佛徜徉梦乡和静谧之地独自轻歌浅吟。月华若水自门缝淌进切文古尔的铁匠铺子；门扉上残留片片灰烟，依稀曾经挥汗如雨的劳作时光在上面沉淀成追忆难忘。不断有人踏进铺子，正是雅科夫·季特奇吆喝上众人到里面集会，自己尾随队伍后头，高高的个头忧伤的眼神，恰似赶着羊群晚归的牧人。雅科夫·季特奇抬头一望月光盈盈，顿觉胸中呼吸飘飘，仿佛那空灵灵明亮亮的高天正在吮吸他身上的空气，要将他变轻灵些好让他飞上来。"能当当天使该多好哇，"雅科夫·季特奇心想，"若真有天使的话。这人啦，老同人们一起有时也会乏味无聊的。"

铺子门洞大开人影鱼贯而入，不少人插不进脚留在了屋外头。

"萨沙，"普罗科菲轻唤德瓦诺夫，"我在老家村子没自个儿的宅院，我想留在切文古尔就必须跟大家一起过，不然会被党开除，所以如今你可得支持我一把。再说你也无处安身，咱们联手干吧，在这里组建一个和和美美的大家庭，把整座城市变成一家大大的院子。"

德瓦诺夫看出普罗科菲甚是苦恼，答应帮他一把。

"俺们要老婆，拿来！"一屋子外人七嘴八舌冲普罗科菲嚷嚷，"把俺们领了过来便扔一边不管了吗！快去呀，给俺们找些娘们儿回来，莫非俺们都不算人，是孬种贱货吗？！俺们在这里老跟自个儿过也太可怕了；你不过日子只动脑子，哪里晓得！你嘴巴上老挂着什么同志情谊，而娘们儿就是跟人血肉相连的好同志，你凭啥不让她们来城里安家？"

普罗科菲眼巴巴望了望德瓦诺夫后开口讲道理，说共产主义又不是他一个人操心的事儿，而是里面全体无产阶级大伙儿共同的事情；就是说，无产阶级现在过日子该自己动脑子，这个决定是前不久切文古尔革委会最后一次会议上一致通过的。倘若切文古尔全是无产阶级的天下，没什么别的人了，共产主义它自个儿就会到来，跑都跑不脱。

一番道理说得连远远站着的切普尔内伊也大为满意，觉得普罗科菲准确地表达出了他心头感觉。

"俺们要脑子管啥用?"一外人又大声嚷嚷,"过日子嘛,俺们只求顺着自己心意来!

"那便尽管过起来吧,"切普尔内伊当场答应,"普罗科菲,明儿个出去跑一趟招些女人回来!"

普罗科菲的道理还没说完,再谈共产主义,更又展开几句:共产主义总而言之言而总之最终会全面到来的,所以最好赶在它大驾光临前稍微提早一步,先把它组织出一个样貌来,免得到时候徒增烦恼痛苦;至于女人嘛,一旦来到切文古尔便会生下人口,到时处处人丁兴旺,切文古尔眼下孤苦伶仃的样子也就一去不复返了;眼下,这里家家户户不像家满城都是孤儿,都是些飘来飘去的孤魂野鬼,一天换一地方过夜,成天还时时刻刻黏糊一起生怕分开就不习惯。

"这可是你说的,共产主义最终才会到来!"雅科夫·季特奇开始较真儿,慢悠悠地扯出一串说法,"那么,它来的时候是在最短的那个点上,那里离最终的终点最近,那里就是最短的所在!那么,这整个日子中最长的那一段距离过来过去都没共产主义的影子啰,既然如此,到时咱们干吗还要全心全意地再盼它来呢?我看呀,要把这日子活够最好活在错误里,反正错误的时间要长得多嘛,而真理只占那么一小截儿不是!你呀你,不拿人当人看哟!"

月色朦胧幽幽普照,一路从孤零零的切文古尔延伸至高空无尽深处,那里一无所有荒凉寂寞,连月光也那般忧愁。德瓦诺夫举头望了望月色深处,恨不得立马闭上眼睛待明晨再睁开,待太阳再起来,那时人间又将温暖如春,又将繁密茂盛。

"这是无产阶级的思想嘛!"切普尔内伊突然赞不绝口,给雅科夫·季特奇的说法定了性;他心里着实高兴,无产阶级如今总算会动用自家脑子思考了,今后再也用不着替它思考为它操心了。

"萨沙!"普罗科菲心慌赶忙唤了声;大伙儿见他开口便齐齐听他发话,"老人说得没错!还记得不,咱俩讨饭那会儿。你老老实实张口乞讨却没人理会,啥也不给;而我不直接讨要,只管谎话连篇一阵胡搅蛮缠,反倒吃得有滋有味儿,还能捞到几口烟抽。"

普罗科菲向来小心谨慎,话到这里即先打住,四下瞅了瞅发现一众外人听得认真专心嘴巴都忘关上了,才放下对切普尔内伊的忌惮继续说下去:

"仔细想想,为啥我们明明很好,可怎么老也不舒畅呢?其原因就像刚才这里某位同志说的那样,他讲得很有道理;原因在于一切真理本该少得可怜,本该只有最终的终点上那么一小截儿;可咱们把这真理,也就是共产主义,一股脑眨眼间全搞出来了,所以我们就不太愉快了!再说,为何咱们这里资产阶级没了,人人团结友爱处处公道正派一切都正确无比,可无产阶级却还是心头苦闷偏想讨老婆呢?"

话到这里普罗科菲不敢再继续想下去了,于是住口不言。德瓦诺夫接下话头替他说完:

"你那意思,是想建议同志们干脆牺牲真理算了,反正它一辈子下来本就很少,并且还在终点上,不如谋求别的幸福,它们多少会更长久些,从而实现最最真实的真理!"

"看来你晓得这道理嘛,"普罗科菲隐隐沮丧,却忽又整个人都激动起来,"你不晓得我有多么爱自己那个家,爱咱们村儿那幢房子!我实在舍不得自家那座院子,所以才把你撵出去不管你的死活,就像撵走资产阶级一样;而如今我想在这里长久住下去,想为穷苦大众安排好生活,把他们当作亲人一样对待,我自己活在他们中间也就安心了,却怎么都不能如愿……"

戈普涅尔听则听了却什么都没闹明白;便问科片金听懂没,而那家伙也一头雾水,不清楚这满满一屋子人除了要老婆谁还有别的心思。"瞧见了吧,"戈普涅尔想了想说,"这人啦,一旦没事儿可干脑子里就多出了胡思乱想,而那东西可比愚蠢糊涂糟糕多了。"

"普罗什,我去给你把马套好,"切普尔内伊觉得该办正事儿了,"明儿个天一亮你就动身吧,拜托了;无产阶级想要爱情了,这充分说明，他们打算在切文古尔安营扎寨要征服周围万事万物了嘛，这多么好的事情！"

见老婆这事儿有了盼头一众外人纷纷散去，如今他们专心等候便是，用不了多久；而德瓦诺夫随普罗科菲一起朝城外寨门口走去。他俩头顶天幕阴森，活像处于那个世界，一轮明月徐徐飘落，恰似幽灵斜着身子走在归途；月亮到人间走一趟本就徒劳无益，那些花草树木谁靠她过活，月光下，哪个人不在睡觉无所事事沉默不语。想那太阳放出光明遥遥射在她身上，射在地球夜间的姊妹身上；那阳光本朦胧、火热而又鲜活，充满生机生命，可穿过一程漫长的死亡空间抵达月亮身上时已过滤得一干二净，所有朦胧的生机、鲜活的生命通通给拦在了路上，遗落在了旅途，剩下唯有毫无生气的死光。德瓦诺夫和普罗科菲脚步渐远，隔着长长路程他俩话声已几不可闻，更何况本就说得很轻。科片金望着俩人离去的背影有心想跟了同行，却又忸怩踌躇，觉得那俩家伙一路言语落尽忧伤，自己贸然靠近多尴尬难堪。

德瓦诺夫和普罗科菲脚下杂草安静密密麻麻，道路几不可见；丛丛青草遍布切文古尔这方旷野，不贪图更多，只求简简单单活下去。一双行者落步各异，各自走上一道车辙；那条大路曾经车来车往。二人均觉得自己一生动荡不安，日子漂泊虚浮暗淡，有心想靠近对方心灵找找日子踏实安稳的感觉，却一时笨嘴拙舌难将心里话一股脑倒出来。普罗科菲心头留有遗憾，觉得把切文古尔送给那些老婆、那些无产阶级和外人，白给他们当财产实在不划算，只有赠给克拉芙久莎他才安心，一点都不心疼，至于原因从没想过。普罗科菲一时拿不定主意，是否该将这整座城市连同其财产立刻马上消耗一空，搞得面目全非破破烂烂危机四伏，单单只为着到终点的那一天，那一短暂的瞬间，早已亏损一空的真理安然到来片刻；或者，让这座城市全部的共产主义和全部的幸福牢牢盘踞于此，节省点爱惜点始终有所储备，岂非更好更稳妥？！如此，仅须根据阶级的切身需求将城市化整为零，偶尔分发几块儿给群众，那么这财产和幸福势必无穷无尽源源不绝。

"这么弄他们定会满意的，"普罗科菲大为感慨，说得信誓旦旦几欲欣喜若狂，"他们习惯了痛苦，善于苦中作乐，咱们暂且不时稍稍给他们一点，他们便会喜欢上我们。若是像切普尔内伊那样一出手一股脑全给了他们，那他们肯定用不了多久便把全部财产都用于花尽了去，到时又会伸手找咱们要，可咱们已给无所给，那他们就将推翻并打死我们。那些家伙哪里晓得一场革命下来会有些什么又有多少，整座城市一草一木的清单都掌握在我一个人手里。可切普尔内伊却打主意要点滴不剩眨眼工夫即瓜分精光，一心想赶到那个终点，只在乎那终点到了共产主义就在那儿等着。可咱们任何时候都不会答应和允许一下子赶到那个终点，就算分派幸福也应该每次只给一小份儿，然后再慢慢将幸福又一点一滴积攒起来，如此咱们手上永远都会存有足够多的幸福。萨沙，你说说，这么弄对不对头？该不该当？"

德瓦诺夫尚不清楚这么弄到底多大程度算对头，不过他却想全面感受一下普罗科菲的心愿，将自己暂时代入他的身体和生命，以便亲眼瞧瞧他因何会觉得是对头的。德瓦诺夫扯了扯普罗科菲，请他继续说下去：

"再跟我说说吧，我也是打算在这里过日子的。"

普罗科菲四下里瞅了瞅草原，清影澄澈却死气沉沉；望了望身后的切文古尔，家家户户窗玻璃上月华正流淌，窗下睡着孤苦无依的外人，他们的生命也一并躺着，这生命如今亟需呵护关怀，免得从体内的犄角旮旯给挤了出去，免得变成体外非亲非故的孤魂野鬼。只是德瓦诺夫并不晓得每个人身上到底藏着些什么，而普罗科菲却几乎了如指掌，每每有谁沉默不语，他习惯花大力气揣摸人家心思。

德瓦诺夫边走边回忆，自己半生闯荡路过那么多城镇和村庄，见过那么多百姓，而普罗科菲则沿着德瓦诺夫记忆的痕迹给他指出内中深藏的道理，说广袤的俄罗斯乡村藏着广袤的痛苦，但这不是苦难，而是习惯使然；你看那家家户户，儿子一旦分家离开父亲宅院，就老死不相往来，再也不会上父亲的门，也不会牵挂惦记，父子间毫无牵连，没了感情纽带，只有财产瓜葛；并且，只有为数不多的稀奇古怪女人，哪怕受苦受穷一辈子仍不愿故意掐死自己亲生的孩子，一个都不行；而大多数女人则并非如此，她们造下孽不能全怪到贫穷头上，还要怪她们太贪图松活自在的日子，太迷恋与自家男人寻欢作乐。

"萨什，你也亲眼看见了，"普罗科菲深信不疑继续摆他的道理，"他们这些老百姓一旦愿望达成，满足了，接着便又开始提要求了，甚至还想要新鲜玩意儿。每个公民都想快点再快点让自己心头的欲望和冲动有个着落，免得痛苦在身上待得太久感受太深。可如此一来你永远也赶不上他们的趟，哪儿来得及准备哟，今天你才给了他们财富，明天就得给老婆，再往后还得日日夜夜给他们幸福，这样搞法，纵使把整个历史花光恐怕也忙不过来。我看这人啦，就该敲打敲打，慢慢将他锤紧一些他就习惯了，也扛得下去了，反正过来过去总会受苦。"

"那你，普罗什，到底打算咋办？"

"我呢，打算把外人们都组织起来。我已发现，哪个地方有了组织那个地方便永远只有一颗脑袋在思考，绝不会超过两个人，而剩下的人只管跟着那领头的过好行尸走肉的日子。组织，这可是最最聪明的行当，它里面谁都很懂自己，但又谁都不真正拥有自己。它里面大家伙儿都安逸，只领头的那位不爽，他得思考嘛。组织运转下人身上那些多余的东西绝大多数都会从内部给消耗掉。"

"普罗什，这又何必呢？如此一来不就苦了你吗，你会成为最最不幸的那位，你呀你，到时跑到大家上头去了，离得远远的，一个人孤零零过日子会担惊受怕的。无产阶级过日子靠的是相互帮衬扶持，而你到时候又靠啥来撑住自己过下去呢？"

普罗科菲重重瞪了德瓦诺夫一眼，心想这家伙真白活了，根本不配当布尔什维克，只配背着空口袋去叫花子去，本质上也是个外人；还不如跟雅科夫·季特奇谈一谈，至少那老头儿心里清楚，但凡是人什么都能忍，要是给下的痛苦是新鲜玩意儿，从未见过也没体验过，那么人便无所察觉，不疼；这人啦，是否感到痛苦只在于社会习惯的新旧，而非一时脑袋发热心血来潮想痛苦就痛苦了；雅科夫·季特奇该是能领会普罗科菲的办法绝对是万全之策，而德瓦诺夫的态度实在过于感情用事了，却又没做到事先判断清楚衡量准确。

切文古尔城外俩人渐行渐远默默无语，面前一片银色草原广袤无边；寨门处，科片金久等德瓦诺夫不见回转，困得不行就近寻了处草丛倒头睡去。

天蒙蒙亮，一阵轰隆车马声吵醒科片金；那动静落于切文古尔这方的安然宁静显得格外恐怖，宛若惊雷乍响。原来，切普尔内伊备好马车驾了上草原找普罗科菲，好让他再驾了这车马到外乡去运些女人回来。其实普罗科菲离他本不远，他和德瓦诺夫早往回走了好一阵。

"要赶些啥样的？"普罗科菲请切普尔内伊示下，边问边坐上车。

"普普通通的！"切普尔内伊明确指示，"女人就行，拜托啦！不过你心里记着，要找，马马虎虎的便可以了，只要跟男人区别得开就成，千万别找那风骚迷人的玩意儿；只一样，身上有水有料、原汁原味，像女人的尽管带回来就是！"

"明白了。"普罗科菲应下，随即策马动身。

"你到底会不会呀？"切普尔内伊仍不放心。

普罗科菲回过头来，一脸精明值得信赖。

"这话可奇了怪了！你叫我弄谁我便给你弄谁回来，甭管啥样的人，到我手里保准儿给你调教成一个群体，不会让谁单着剩着白白使人家难过。"

切普尔内伊的心稳住了，想着不久后无产阶级的苦闷要解脱了；可突然他跑了起来，追上渐行渐远的普罗科菲，拽住车尾替自个儿提要求：

"普罗什，你给我也弄一个回来呀，那妙不可言的事儿我也想尝尝！刚才忘了，我也是无产阶级的一员嘛！你看，克拉芙久莎呢又久不见人影了!"

"她呀,下乡找她姑妈去了,"普罗科菲实言告知,"我返程时顺道把她捎回来。"

"哦,我可一点都不晓得嘞。"切普尔内伊莫可奈何叹气,赶忙摸了把烟草塞到鼻子下,与克拉芙久莎分开闻烟可消愁解苦。

费奥多尔·费奥多罗维奇·戈普涅尔一觉醒来神清气爽,于是爬上教堂钟楼将整个城市及其周遭方圆之地尽收眼底仔细打量,心想这地方人们传说未来时光已降临,共产主义已全面办成了,剩下的只管过日子,只管待这里就行了。曾经年轻那会儿戈普涅尔在英印电报局干过线路修理的活路,那地方地形地貌与切文古尔这方的草原景象如出一辙。时光荏苒,早已是多年前的事儿了,那地方那时候,谁又有那脑子会料到将来某一天,他戈普涅尔有那运气跑到共产主义下,来到一座英勇的城市过日子;眼前这座城市,昔日戈普涅尔打英印电报局返乡时没准儿顺道途经过,只没了印象而已;如果真如此则实在太遗憾了,要是当初他路过时便留下来,一住一辈子岂非快哉美哉;诚然,戈普涅尔至今尚不清楚,仅是听闻说这地方随便来个人日子都过得相当不错,可到底哪儿不错了,一时半会儿还真没感觉出来。

钟楼下方走来德瓦诺夫和科片金,他俩家伙没捞着落脚地跑到墓地来将就,靠着围墙坐下歇息。

"萨沙!"戈普涅尔大声招呼,声音垂落而下,"这地方有点像英印电报局那边嘞,一样那么平整,一眼即看老远,干净又清楚!"

"英国——印度的啥?"德瓦诺夫没听实在,脑子里冒出两方地头,两处神秘远乡,有朝一日他定将亲自去走上一走。

"电报局呀,萨沙,就那电线挂在铸铁杆子上,贴张邮票电报自个儿顺着线路发出去那种,这一去穿过草原、翻过高山,不知要路过多少热乎乎的国家!"

德瓦诺夫腹中一阵绞痛,每每思及远方,想起那些遥不可及的天涯海角,他就肚子疼,从未爽约过;那些遥远国度名字似歌儿般诱人，诸如什么印度、大洋洲、塔希提岛和乌耶季涅尼耶群岛等等，这些地头踩着珊瑚礁的底子屹立在蓝色汪洋大海。

是日清晨老人雅科夫·季特奇也出来溜达；每天他都要上墓地逛一趟，那地方简直如一片橡树林子，而老人专喜听树叶歌唱，风来风往唱来唱去都一个调子，虽枯燥乏味他却乐此不疲。戈普涅尔对雅科夫·季特奇大有好感，觉得这位精精瘦瘦的老头时常拉扯耳朵，耳根皮子都发青了，这习惯倒跟自己相似。

"这地方你过得咋样，感觉不错还是马马虎虎？"戈普涅尔问老头；这当口他已下了钟楼，来到围墙边挤入人堆中坐下。

"还能接受。"雅科夫·季特奇回道。

"没啥别的想法了么？"

"就这么着吧，勉强对付呗。"

切文古尔新的一天开张了，明晃晃绵长长，与往日并无二致；日子越漫长生活便越发清晰明亮，切普尔内伊不由感慨真好，革命为外来人赢得了足够的时间。

"眼下咱们到底干点啥好？"戈普涅尔给大伙儿出了个难题，众人听他一问心中隐隐不安，只雅科夫·季特奇无动于衷，老神在在地立得稳稳当当。

"这地方你可没法平静安生啰，"老人丢出句话来，"等着吧，会有事情不请自来的。"

雅科夫·季特奇抬脚走了，来到林子中央就地躺下，晒晒太阳讨暖和；近段时日他每晚都在从前久济家的屋子过夜，因那屋里藏有一只蟑螂，独孤得叫他喜欢，总爱找来点儿什么喂那小东西；那蟑螂成天行踪飘浮不定，心灰意冷得过且过，却生命顽强活得稳当，有了苦痛自个儿咽肚子里从不外露，这就引得雅科夫·季特奇心生怜惜，甚至还偷偷学起了那虫子的生存方式；只可惜屋顶子和天花板早破破烂烂、千疮百孔，每每起了夜露滴答而下淋得雅科夫·季特奇直哆嗦，可一时又没法子，换不成窝子只得忍着，一会儿可怜自己，一会儿又心疼蟑螂。从前，雅科夫·季特奇落脚过夜的地方荒凉得光秃秃，身边除了皆为天涯沦落人的同伴更无别样东西可相处习惯，可倾注感情牵挂相思。而雅科夫·季特奇向来觉得，自己的一身情感须得牵挂在活物身上，去关注他、去迁就他，从而找到自家身上把日子过下去的那股韧劲；同时，观察别的活物有助于自己搞清楚如何过得更轻松快活；此外，静观别人的生活日出而作日落而息并与之同病相怜时，不知不觉中雅科夫·季特奇自个儿的日子也就挥霍掉了，毕竟生活于他而言，不过是大地上千千万万居民中多余或剩出的这条生命白捡的一种无处安放的日子。一众外人自来到切文古尔那天起相互间便失了同志情谊。只因满地财产无数家私一股脑儿都属于他们了；一众外人不时凑上前摸两把，心中实难相信，这些东西到底哪儿来的，一件件委实也太贵重了，从前那会儿可都是拿来当礼物送人的好东西；当然，即便相摸众人也心儿忐忑手儿颤抖，活像那些东西是一条条生命似的，那生命已然死去，已然捐出了内中血肉，恰似他们早已故去的父亲，恰似迷失在别处草原上的同胞兄弟。曾几何时，这群外来的切文古尔人修筑过房舍、深挖过井坑，当然并非在此间，而是在遥远他乡西伯利亚那片蛮荒的新垦地上，那里留下了他们人生那段日复一日徘徊不前的艰难岁月。

自打来到切文古尔雅科夫·季特奇几乎总一个人独过，活像自打他来到人世一样，从前他习惯于人群，眼下则习惯于一只蟑螂；日子依旧，如今窝在这处枯败的屋子里过活只为不舍那小不点儿虫子；每夜露水依旧自屋顶滴下，一股新鲜的潮湿冻醒了梦中人，雅科夫·季特奇睡意难续。

费奥多尔·费奥多罗维奇·戈普涅尔打那群外人中一眼便留心上雅科夫·季特奇，只因这老头身上那股心灰意冷劲儿格外引人注目，远远地离群索居，似乎天生如此，天生一副懒懒散散淡然性子；不过，这股心灰意冷的懒散劲儿在雅科夫·季特奇身上已然麻木，从不觉其碍手碍脚，只管安然如故地活着，活着就是忘记，就是无牵无挂；原来，在赶往切文古尔的路上老头挤人群中，一时心潮澎湃起了无限憧憬，觉得自家父亲母亲仍活世上，他这会儿悄悄赶路是在朝他们而去，等真到了地头自己就幸福又美好了；或者又起了另一样心思，觉得身旁赶路的家伙自成一体，有其完整的独特性，身上不乏诸多无与伦比的品质，恰恰又正是他雅科夫·季特奇暂时紧缺的玩意儿，所以他才耐住性子硬撑着倔强的力量一路心安理得地跟了下来。可那份坚持到如今竟落得跟一只蟑螂混一起了，那小东西成了他相依为命的唯一寄托。而戈普涅尔刚来切文古尔不久，尚没闹明白到底该干什么；头两日他东逛逛西瞧瞧，见整座城市在星期六义务劳动折腾下给清扫收拢成了一堆，可内中的生活却又全然散落得支离破碎，每片破碎的日子尽皆稀里糊涂，不晓得要跟哪块儿家伙粘连上才好稳住自己几近散架的身躯。然则，戈普涅尔的脑子一时半会儿又拿不出主意，究竟要采取怎样行之有效的办法才能帮上切文古尔的忙，助它理顺日子，助它进步成长；故而，戈普涅尔趁此闲暇向德瓦诺夫请教：

"萨什，咱们是否该着手修理修理这地方了？"

"干吗要修理？"德瓦诺夫好不奇怪。

"什么叫干吗呀？咱们跑这地方来为了啥？不就图弄个完整而周详的共产主义嘛。"

德瓦诺夫倒没急着扫了他兴头。

"我说费奥多尔·费奥多罗维奇，这地方可不是摆了一摊什么机器，而是住着一大堆人呢，人们自个儿要是组织不好你便修理不了他们。从前我老以为革命就是火车头，可现在看来不是那么回事儿。"

戈普涅尔起心仔细想想这情况，把一切来龙去脉梳理清楚，于是不时抠抠脑袋扯扯耳朵；他那对耳朵近段时日休养得不错，耳根处的青淤早散了。戈普涅尔想到，既然整座城市没了统一的大火车头，那么此间的每口人丁身上当该有自家运转生命的小火车头。

"咋会这样呢，到底啥原因？"戈普涅尔想到这点几乎把自己吓着了。

"没准儿是为了更强大些吧,不然你哪儿开得动呢。"德瓦诺夫悠悠感慨收了这场谈话。

一片青叶掉落地面,离德瓦诺夫不远;叶子边缘已然发黄,看来是活到头了,死了,回归大地宁静之怀;末夏之后天气渐入秋,进入更深露重时节,来到草原大道寂寞荒凉的季候。德瓦诺夫和戈普涅尔不约而同抬头望天,发现天空越发高远,日头已威势不再,那股火辣骚动的力量不再如往日那般燃得天空如喧嚣红尘,那般热热闹闹低悬大地之上。时光不再,德瓦诺夫隐隐伤感,它总是瞬息万变一闪而逝,而时光中的人却孤独地留了下来,孤独地寄望下一个瞬间,寄望下一次未来;此时此刻德瓦诺夫算是闹明白了,缘何切普尔内伊和一众切文古尔布尔什维克那么渴望共产主义,皆因它就是历史的终点,是时光的尽头;时光这东西只居于自然,喜行于天地间,而人身上是没这玩意儿的,仅有无穷无尽的苦闷忧愁。

一个赤脚外人打德瓦诺夫身旁风风火火跑过,后面还跟着基列伊,手上抱了条不大不小的狗子;那狗子撑不上他脚步,给一把拽在了怀里;再后面稍许另又随了五个家伙,亦是外人,只管闷着脑袋瞎跑全然不辨去向;这五位年纪一大把了,可跑起路来那股风骚劲儿既幸福又快活,仿佛回到年轻那阵儿,得迎面的劲风吹得长发飘然,不断飞扬出各样垃圾和草籽碎叶,原是夜里睡觉时粘上头发的意外收获。众人之后再上来的则是科片金的身影,骑了"无产阶级力量"匆匆而至,马站定人却仍起伏摇晃,不住朝德瓦诺夫挥手,示意他看看草原上。只见,草原尽头一道修长人影远远走了过来,活像打山顶依势而下似的,整个人大半身体飘浮云雾中,只脚掌子底下似乎垫在了地平线上;那道人影方向一时人头攒动,不少切文古尔人纷纷扬扬跑了过去。可人影走着走着于那处明亮亮的远方活生生消失不见了,弄得一众切文古尔人刚跑过半片草原不得不又打道回府,无增无减仍是原班人马。

待到切普尔内伊再赶来时黄花菜都凉了,可他仍莫名兴奋激动得好不慌张。

"那边咋回事儿，谁，说来看看！"他急不可耐，问向那帮步履懒散垂头丧气的外人。

"那边走来一人，"众人七嘴八舌嚷嚷，"本以为是冲俺们来的，可哪儿料到居然躲得没影儿了。"

一听这情况切普尔内伊不着急了，站得稳稳当当；他这人只要身边群众成堆同志成伍，就压根儿不在乎遥不可及的某某个人，觉得那纯属多此一举；又见科片金正好凑近面前便跟他聊起这莫名其妙的稀奇事儿。

"你那脑子还真怪，我又哪里晓得咋回事儿？！"科片金一通咆哮，嗓音在马上高高飘扬，"我还不是落在大伙儿后面，一直不停喊：公民们，等一等；同志们，停一停；傻瓜们，站住别动，跑个什么劲儿？！可大伙儿不听劝，硬是跑，没准儿心头跟我一样太想要共产国际了；你看嘛，那么大颗地球，只给了这么一座城市！"

切普尔内伊陷入沉思，科片金趁机又补了一句：

"我很快也要离开这里走了。有人呆不住了，独自踏上草原到别地儿去了；而你自个儿呆这里好了，自个儿过你的吧，反正你有你的共产主义，可在我瞧来它啥也不是，连个鬼影子都没有！不信，你问问萨沙，他这会儿也闹心着呢。"

话到这里切普尔内伊总算反应过来，心头的感觉豁然开朗，觉得切文古尔的无产阶级确实在渴望共产国际，渴望那远方的百姓，那荒野之地的原住民，那非我族类的异乡人，渴望他们跟自己联合起来团结起来，把人间纷纷扰扰的烟火揉成一体融进一个大大的族群，生出万紫千红的灿烂日子。昔日旧时，四海为家的吉卜赛人、缺胳膊断腿儿的残废和一辈子劳碌命的黑奴也曾成群结队来来往往打切文古尔走过路过，要是眼下这类人突然打哪儿又冒了出来，倒是不妨想想办法将他们拉进切文古尔；可惜已好久全然不见他们踪影。看来等普罗科菲把女人弄回来后还得麻烦他再跑一趟，到南面那些奴隶国家去迁移一批受苦受难受压迫的底层百姓回来融进切文古尔过日子。当然，那边的百姓但凡弱不禁风者或年纪老迈者要徒步赶来切文古尔又没命长途跋涉，倒也不妨事，且打点些财物寄过去帮衬便是，甚至，把这整座切文古尔一股脑儿打包送过去都没多大事儿，只要共产国际需要，自家人这边混混土坑地洞子、住住温暖河谷山沟子也不是不可以。

一众外人业已回城，不时爬上屋顶眺望辽阔草原，看看有无啥样人影朝自己这边走来；或者普罗什卡是否带了娘们儿驾车回还；或者远处有无什么别的事情发生。可青草丛丛一眼望不到边，四面空空如也，空气中更无一丝杂响；那条若隐若现的大道上风起风扬唯见飘飘摇摇的风滚草，这草儿中孤苦无依的流浪者一浪又一浪，不时涌向切文古尔。雅科夫·季特奇落脚的那幢屋子恰好端端正正横卧阳关大道上，挡住了东南风的脚程招来一通狂劈猛抽，弄得浑身落满重重叠叠风滚草。这下子雅科夫·季特奇好不忙活，不时得出门清扫屋子，扒拉草癞子露出窗户子，引来阳光身影以便据此计较日子往来回数。除开忙活这事儿，雅科夫·季特奇整个白天再难出门一趟，也就到了夜里才悄悄冥冥去到草原上胡乱采些野生吃食。近些时日他那老毛病又犯了，肚子里时不时风雨交加，这也恐怕是他宁愿跟蟑螂挤一处的原因所在。那只小不点儿虫子每天清晨总爱爬上窗玻璃，张望远处亮堂堂暖和和的原野；它头上那对儿胡须激动得慌张孤独得心酸，摇来晃去怎么也止不住；那热乎乎的土壤及其下面食物它瞧得一清二楚，那边的美味佳肴堆积如山，山脚山顶爬满各式各样微末生命，正胡吃海喝好不快活；虫群数量密密麻麻，每只家伙睁眼闭眼见着的全是自己的影子，也就麻木迷糊辨不出到底谁才是自己。

一天，切普尔内伊顺道来找雅科夫·季特奇；普罗科菲仍未回还，切普尔内伊已记不清他有过没过的模样了，顿生不妙预感，觉得自己那位片刻也难舍难分的朋友恐怕要弄丢了，一时心头痛苦沉重，不晓得这般无休无止地等下去究竟该如何自处。蟑螂的日子没变，仍呆守窗台边，那会儿正得大白天，日头庞庞然暖洋洋，其下偌大一方明亮亮天地，不过空气已清爽不少，比夏日好多了；那虫子一动不动活像死气沉沉的幽灵。蟑螂也苦闷，直勾勾望着远方。

"季特奇，"切普尔内伊打上招呼，"你就把这虫子放出去吧，晒晒太阳也好！它没准儿也惦记上了共产主义，只不过自个儿觉得离其还隔得老远罢了。"

"放出去，可没了它我咋办？"雅科夫·季特奇并不情愿。

"你嘛，该跟人亲近不是。你瞧，我这不到你跟前来了。"

"跟人亲近我可不得行啰，"雅科夫·季特奇不禁摇头，"我这人身上有个老毛病，那毛病一犯啦，这周围前后左右的恐怕都不好过哟。"

切普尔内伊自觉跟阶级里的人相差无几，故而从来起不了心思对谁指手画脚，当然也就有所忽略，觉不出别人身上的更多情形。

"嗬，你有啥老毛病，说来看看成不？共产主义本身不也因为资本主义有了毛病嘛，所以你身上有啥痛有啥苦的，由此生出什么东西来也不奇怪嘛。你就想想普罗科菲咋回事儿吧，他个大小伙子一去竟不见人影了。"

"总会蹦出来的，"雅科夫·季特奇边宽慰人边趴下肚子，好摁住里面的疼痛免得太闹腾，"凡婆娘家一向爱惜时间，都过去六天了老不见人来，怕是有所提防了。"

切普尔内伊自雅科夫·季特奇家匆匆离去，赶着为这老病号寻些软和吃食。铁匠铺里，戈普涅尔坐在打铁的石砧子上，那砧子曾箍出过一围又一围的车轮钢圈子；他身旁，德瓦诺夫趴在地上睡起午后小觉。戈普涅尔手上握了一枚地瓜蛋手雷，不住摸来揉去哪儿都不放过，一心想搞清楚这东西自个儿到底怎样生出来的；他这人向来有一怪癖，每每心中落了苦闷逮着什么便不停把玩仔细琢磨，借此转移注意，省得心头老闷得慌，想要什么而不可得干脆忘记算了；这会子戈普涅尔心头正当苦闷。切普尔内伊跑过来告诉他雅科夫·季特奇的情况，说那老头儿病了正遭罪，身边就一只蟑螂陪着。

"那你干吗丢下他不管？"戈普涅尔没好气责问他，"他呀，得熬点木醋缓缓劲儿才行！我待会儿便过去，保他没事，我敢打赌！"

切普尔内伊倒也想给老人熬点什么，却发现前不久切文古尔的火柴花光了，一时束手无策。幸好戈普涅尔懂得多，脑子一转良策计上心来：某家搬走的花园位置留有口小水井，井上有架木头水泵，水泵上方连着风车，原是过去绞水上来浇灌园中苹果树用的东西，某日，戈普涅尔偶然间见过那套动力装置，这会儿忆起觉得完全可以使之再转动起来，不为取水只管空转，靠干巴巴摩擦没准儿能生出火来。戈普涅尔又教了切普尔内伊一招，叫他寻些干草提前蒙水泵上，然后松开风车阀门耐心等着便是，水泵慢慢发热灼烧，干草给烤得受不住了自个儿就会燃出火苗。

切普尔内伊一听这法子可行，高高兴兴去了；戈普涅尔则回转头叫醒德瓦诺夫：

"萨什，快起来，这下咱们可有事儿操心了。那枯瘦老头快完蛋了，整个城市到处缺火……听见没，萨沙！都无聊死了你竟还睡得着。"

德瓦诺夫梦中挣扎几下悠悠开口，声音隔得老远活像起自酣梦深处：

"麻烦你老人家了，别吵，我这就醒来好了，这觉哇，忒不是滋味儿也无聊得很……梦里头又挤又闷，真想到外面去过过日子……"

戈普涅尔将德瓦诺夫翻转身，好让他吸吸天上空气别老闷土里灰尘中难受，又摸摸他胸口试试梦中的心脏跳得咋样。掌窝下，那颗心跳得幽深、跃得激越、蹦得精准，只是若这般一直不停歇，必然受不了那速度和恒准节奏，到时就太可怕了，准得彻底崩溃掉，活生生切断德瓦诺夫身上生命运转的中枢装置；而他的生命又沉落梦境，转得无声无息全无防备。望着地上酣眠的人戈普涅尔不由陷入沉思，到底是什么力量此般不慌不忙地呵护着他的生命，从那心子里头传出了咚咚响声？似乎是德瓦诺夫那早已过世的父亲在用自己厚厚绵绵的殷切期望，长久地甚至永恒地给儿子的心不停灌注力量；而那份期望永不可达成，所以便一直在人体内活蹦乱跳。若期望一旦达成人也就没命了，唯有始终行进于途中人才活得下来，只是要不断遭罪受累罢了。正是这般缘故那心子才深居人体，窝在一处毫无出路的角落顽强跳动着。"得让他过好点，"戈普涅尔望着静静呼吸的德瓦诺夫心生怜惜，"咱们呀，无论如何也不许他再遭罪难受了。"德瓦诺夫躺在切文古尔的青草间，然而甭管他的生命渴望奔向何方，其前进目标该当也只能藏于这周遭的宅院和人群中，再往外即一无所有；当然，还有青草在荒无人烟的旷野上一辈子过得抬不起头来；也还有天空高悬于尘世之上，神情冷漠满眼冰凉，对地上黎民百姓不闻不问任其人间流浪，任其孤儿般举世陌生忧伤。或许又或许，心子不停蹦跶实因害怕孤零零留世上，四周空旷开阔却那般单调寂寞，所以它才用跳动声响跟自己祖祖辈辈的血脉相连，朝生命的源头呼唤，引来回声排解孤单，而那源头正是不断赐予心脏生命的力量，昭示它活着之目的在老地方。并且，心子活着之目的不可能距它太遥远，也不会神秘莫测，这目的该当就在它左右，离胸膛不远，如此它方才能跳动，否则距离过远心子完全察觉不到便会死去。

戈普涅尔抬头打量切文古尔满眼吝啬不舍，他觉着这座城市破破烂烂也罢，里面的房子密密麻麻挤成一堆不便通行也好，只要日子过得宁静安生，人们无论如何都会想方设法继续过下去，总比流落偏僻荒凉之地要强。

德瓦诺夫睡好了休息透了，浑身暖洋洋，不由伸了伸懒腰，随即睁开眼睛。戈普涅尔瞅了瞅德瓦诺夫，一脸关切表情严肃；他这人本就少现笑容，更何况心中起了同情脸上更显忧郁；他生怕一旦笑逐颜开把那该当同情的人给笑没了，而这份担忧挂上脸竟成了阴云密布。

那当口切普尔内伊已开动风车摇转水泵；干洞洞的木制泵筒内活塞往复奔忙，擦磨出刺耳尖叫，响彻切文古尔，不过，它叫得凄厉只为给雅科夫·季特奇生出火焰。戈普涅尔稳住胸中沸腾的快慰，那是劳动的冲动，细听那声刺耳哀号绵绵长长，显出机器声嘶力竭的辛劳；听着听着戈普涅尔舌下生津，唾液也绵绵长长，早早替雅科夫·季特奇咀嚼出美食滋味，老人这下有口福了，热腾腾滋补肠胃的吃食快要熬上了。

切文古尔的安然宁静已绵绵长长拖了足足好几月，今儿这声劳动的机器生出的喀嚓响动新鲜得宛如开天辟地。

一城切文古尔人全体出动，围住那架机器，看它卖力转动一心替某个遭罪的人类辛勤操劳；众人见它为一虚弱老人干得乐此不疲，不由心生敬意一时目瞪口呆。

"嘿，你们这些家伙，一群吃闲饭的伤兵蛋子，"科片金教训起人，直冲最先跑来的几个家伙，那几位凑得太近，一心想瞧瞧那声音怎生如此惊慌不安，"知道不，机器这东西是谁弄出来的，不是别人，恰恰是一个无产阶级琢磨出来给另一个无产阶级用的！想想吧，同志来了，手边又没东西可当礼物，便顺手捣鼓出这风车，还有那不停吹喇叭的玩意儿。"

"哦！"众外人齐声感慨，"这下俺们总算看出些名堂来了。"

切普尔内伊一直守着水泵，不时摸摸温度，泵筒确实在生热，只过程太缓慢。于是切普尔内伊下令，叫在场的切文古尔人抱上膀子一个连一个半躺下，好生把机器给围牢了，不得放丝毫冷风进来。众人得令齐齐围上，这一躺便进了黄昏才作罢，那会儿风已全然止了，而泵筒也凉了，却一丝烟火气儿都没得来。

"这东西老不温不火的，连手都没烫一下，"切普尔内伊指着水泵出语好不沮丧，"看来呀，得等明儿早上了哟，没准儿会起风暴，到时咱们再来压这泵，说不定一下子就把火给点着了。

夜下来时科片金找上德瓦诺夫，他心头压着一问题，老早就想问德瓦诺夫，切文古尔是共产主义还是恰好相反；再有，他是留在这里好还是立马启程上路。这会儿他终于逮着机会问了出口。

"是共产主义。"德瓦诺夫回得干脆。

"那为何我始终没看出啥名堂？难不成它还没发育好，没长出个头？我这人是不该多愁善感一会儿喜一会儿忧才好，不然我那心灵怕莫很快就要虚弱衰老了。我现在呢，连音乐都不敢靠近，生怕动感情；想从前那会儿，年轻小伙儿一拉手风琴，我坐那儿听着眼泪汪汪直伤心。"

"你呀你，本身就共产党员，"德瓦诺夫给他脑壳开窍，"资产阶级之后共产主义便来自共产党员，并且常居他们中间。你说还要上哪儿找去，我的科片金同志，它不就珍藏你身上么？切文古尔这地方无遮无拦，共产主义自由得很，所以它才自个儿长了出来。"

听完道理科片金径直去找马儿，松了缰绳任其上草原过夜，找夜草吃去；这番举动可来得突然，从前他绝无片刻放马儿离开自己半步。

日头西下白日散尽，宛若有位喋喋不休的家伙出门远去了；此时，德瓦诺夫觉着脚下凉意渐生。他孤零零一人置身荒野中，盼着等着谁走过路过。可惜一个人影也没见着，一城外人早早睡下了，这些家伙盼老婆盼得心急火燎熬不住了，纷纷钻入梦乡好快点打发时间。德瓦诺夫来到城外，只见漫天星辰闪得安静亮得幽远，明显不是对着这座小城来的，而是对着那辽阔草原，那给秋天扫荡得荒凉的旷野。左近谁家房舍忽闻说话声；屋外，一面墙壁敷满草叶，许是风儿不甘落后，立志比肩日头想为切文古尔操劳忙活，是以这会儿将草叶赶了过来给家家户户房舍外头添上一层厚厚的外衣，以作过冬之用，以生出密密实实的温暖。

德瓦诺夫抬脚进屋。地上，雅科夫·季特奇正趴着肚子忍受病痛折磨。凳子上，戈普涅尔坐那儿不住赔不是，说今儿这风太不给力根本取不来火；赶明儿个兴许有盼头，会起暴风雨，到时日头会缩进远方乌云后面，夏日残留的最后一场雷阵雨将带着闪电乘疾风而至。切普尔内伊也在场，死死站住一声不吭，内心实难平静。

雅科夫·季特奇这会儿不像在遭罪，倒像在惦念生命；此时此刻，生命落他眼里该是已不那般迷人，可他脑子里却牢牢记得生命是可爱的，值得为它受苦为它难过。不断有人前来探望，雅科夫·季特奇臊得慌过意不去，只因别人来了他自己心中却无动于衷，老半天生不出什么热情来呼应人家；如今他似乎一切都看得过于超然平淡了，哪怕这别人家都不在世了，于他而言也并不在乎；再说，连那只做伴的蟑螂也离开窗户钻进不知哪个物品堆儿里安安然呆着去了，它这小东西，宁愿选处暖和狭窄的犄角旮旯昏昏然迷糊，也不愿去窗外广阔天地，那天地给日头虽烤得热热乎乎，却实在太空旷也太可怕了。

"雅科夫·季特奇，我看你呀，那蟑螂算是白心疼一场了，"切普尔内伊拿话打趣，"你看，你不就因它才犯病了嘛。要是你跟大家在一起，哪怕挤在边上过日子，那么你挨近他们也就挨近了共产主义，它下面的诸多社会条件也就会在你身上起作用了，可你老一个人一边，这不明摆着在欢迎疾病到来么；你想啊，那些微生物坏蛋，甭管啥品种通通扑过来，不找你找谁呀；要是你跟大伙儿一起，那便是大家都有份儿的事情了，落到你身上的就少得多了嘛……"

"切普尔内伊同志，你凭啥说不能心疼蟑螂？"德瓦诺夫问了出口却又犹犹豫豫，"或许可以心疼一下嘛。又或许，谁若是连蟑螂都不想要了，那他恐怕从此连自家同志也没心思要了呀。"

切普尔内伊一愣陷入沉思；此时间他浑身的感觉细胞似乎都停止了，再如何调动仍什么也明白不过来。

"那就这么着吧，由他去，尽管把蟑螂招过来吧，"他一时莫可奈何顺着德瓦诺夫的意思随口答应，"不管怎么说，他的蟑螂也是任由自己活在切文古尔的嘛。"切普尔内伊松了口气不再纠结。

此时此刻雅科夫·季特奇的肚子翻江倒海，感觉里头那层隔膜都绷得快胀破了，一时心中骇然早早呻吟起来，可隔膜到底挺住了，慢慢松了回去。雅科夫·季特奇长叹一口气，不禁可怜起自家身体和周围的热心人来；他算看明白了，就在这当口自己苦得要命痛得要死，可外头的那具躯体却独自孤零零躺地板上；而一圈的人影只管站着，他们每位都有自个儿的躯体,可当他雅科夫·季特奇遭罪之际,竟全然不晓得该拿自家躯体往哪儿搁才合适。切普尔内伊于此状况相较众人尤觉愧疚,他心头早习惯认定切文古尔范围内一切财产之价值皆已荡然无存,无产阶级之间的联结牢不可破,然而,大家的躯体却又各不相干各自过活,所以一旦苦痛上身即束手无策,各自默默承受;这种情形下人们似乎全无任何联结,因此科片金和戈普涅尔才无从看出共产主义,毕竟它到目前为止还没能成为无产阶级躯体间的媒介,成为联结彼此的纽带。念及此,切普尔内伊也长叹一口气,看来只能巴望德瓦诺夫能帮上什么忙了,不然他跑来这切古尔恐怕就得一直沉默下去;或者再巴望无产阶级自身尽快成长起来,浑身是劲儿自力更生,反正眼下他们谁也指望不上。

外面已然漆黑,夜越发深了。雅科夫·季特奇干巴巴等着盼着,众人转而各自散去,各自过夜不用管他,他独自留下一个人静静消磨苦痛。

可德瓦诺夫却难离去,把这病恹恹的瘦老头儿这就丢下他根本做不到;他情愿跟老人躺一起,一起熬过这深深夜色,一起挺过那汹汹病痛,就像小时候跟父亲躺一起一样。然而他到底没能躺下,心中始终局促不安;以己度人他甚是明白,若有别人来跟自己躺一起只为分担自家病痛,分担这孤寂夜色,那委实也太麻烦别人太难为情了。德瓦诺夫越是琢磨自己到底该如何是好,越是淡了那份留下来陪雅科夫·季特奇过夜的心思,仿佛理智战胜了感情,战胜了德瓦诺夫身上那向来悲天悯人的生命。

"你呀,雅科夫·季特奇,你的日子过得缺乏组织性呀。"切普尔内伊一直琢磨老人犯病原因,终于找来这么个理由。

"你在那儿胡说啥呢?"雅科夫·季特奇生气了,"既然你有能耐,那倒是把我的躯体给组织起来呀。你在这城里呀,也就光动得了那些屋子和家具,可人的躯体呢,还不是该遭啥罪就遭啥罪……你呀你,一边儿歇着去吧,很快露水就要滴下来了。"

"露水算啥玩意儿,我敢拿它打赌,我这便去给它滴个够!"戈普涅尔气得不行皱着眉头出去了。他爬上屋顶,见上面实在破败不堪,好些窟窿都曾滴下过露水,打湿过生病的雅科夫·季特奇,令其更增寒凉。

德瓦诺夫也爬上去手扶烟囱站住。月色正寒只觉清冷;夜露无情,点点莹莹打湿屋面;此时此刻,草原上若有人独自置身其间,恐怕只会觉得无尽凄凉和阴森恐怖。戈普涅尔迅疾跑进储藏室找了一柄铁锤,又上铁匠铺子寻得几把修补屋面的剪刀和两张旧铁皮子,接着便缝缝补补起来。屋顶下方,德瓦诺夫切下铁皮、弄直铁钉,不时将手上弄好的东西递上去;戈普涅尔坐房顶上一阵敲敲打打,响声惊动整座城市;这是切文古尔进入共产主义以来头一次有人越过太阳兴起了劳动,居然弄铁锤敲得震天响。这时间,切普尔内伊本已上了草原去探听动静,看看普罗科菲有否回转,一听锤响赶忙又寻着声音跑了回来。剩下的切文古尔人也憋不住好奇纷纷跑过来,一脸诧异地想看看怎么这时间突然有人干活了,到底出于何种目的。

"大家别担心,"切普尔内伊安抚众人,"那人敲来敲去并非在给自个儿捞好处和生财富,他是实在没啥东西可送雅科夫·季特奇的,便跑到屋顶上当面给他修补修补;这事儿没多大关系,让他干吧!"

"那就干吧。"切文古尔人纷纷表态却没离开,一直等到后半夜,等戈普涅尔完事后从房顶下来撂下一句话,"往后便滴不着了",方才作罢,方才心满意足长舒口气;众人觉得这下子屋顶保险了,往后什么也滴不下来了,雅科夫·季特奇安全了,可以无忧无虑犯病了;此时此刻,切文古尔人对雅科夫·季特奇好不羡慕,觉得为保全他一个人,这整片屋顶子不修葺妥当还真脱不了手。

是夜剩下的时光切文古尔人睡得安详,睡得稳当,睡得心情舒畅;只因在切文古尔的某处边角有那么一间房子盖满堆堆风滚草,里头躺着的那位老人如今又令他们觉得好不亲近万分难舍,甚至梦里都无比挂念。此情此景好比襁褓中的小婴儿舍不得自己的玩具，即便睡入梦中也心儿焦急，盼着赶紧天亮好睁眼即瞧见玩具，一把给抱住，似乎就一把紧紧抱住了开心幸福的小日子。

当晚，整座切文古尔只俩人没落觉，基列伊和切普尔内伊；一想到明天，二人双双好不兴奋，觉得到时大家伙儿都将醒来过日子，戈普涅尔也要操作水泵钻木取火，抽烟的也会点上一口牛蒡草叶烟末子，此间的日子又将重归清闲自在了。自打舍了家庭弃了劳动，一众切文古尔人不论是醒着的基列伊和切普尔内伊，还是已安然入梦的那些家伙，硬是非得彼此鼓舞相互勉励不可，紧紧抱住守好身边的人和身边的东西，以滋养自家生命，减轻其沉重负担焕发出生机活力；而这生命，它在自个儿身上日积月累沉淀实在挤得难受闷得忧愁。今儿一天大家来关心鼓舞雅科夫·季特奇，一直心心念念怜惜他，伸手相助别人回手即得快活，人轻松了一如疲倦了，入梦便香甜了。长夜漫漫终有尽，堪堪天明基列伊悄悄迷糊了过去，单剩切普尔内伊一人，他咕哝一句："雅科夫·季特奇已睡着了，可我还在坚持。"说完脑袋一耷拉身体一骨碌同样倒地上睡了。

第二天醒来细雨纷飞，切文古尔上空日头难现，人们各自呆屋里不便出门。天地已入秋，阴沉昏暗；秋雨缠绵不知疲倦地浸润大地，土壤湿漉漉，浑身沉重长时瞌睡难醒。

戈普涅尔替水泵制了口木箱子，想着给罩起来，即便细雨绵绵照样取火不误。四个外人家伙一旁守着戈普涅尔，虽不出手却也无妨自觉这算是参与了他的劳动。

科片金这时将帽子上罗莎·卢森堡的肖像拆了下来，打算亲自动手临摹一幅画卷送给德瓦诺夫，想着德瓦诺夫有了画像没准儿也会喜欢上罗莎。科片金找来纸板和炉炭，坐上餐桌开始描画；他探出舌头，舔舔、颤颤，好不快意满足，这感觉，此生过了那么长的日子竟从未体会过。每每瞧一眼肖像上的罗莎，科片金的心情就激动一回，就自顾自嘟嚷一句："我亲爱的同志可爱的女人哟。"接着则一声长叹,划破了切文古尔共产主义的一城宁静。雨绵绵,玻璃窗上水珠盈盈,不时来一阵风又给吹干了去;窗外,篱笆墙隔得不远,科片金瞟了一眼竟落满凄凉惆怅,不禁又深深叹息,赶忙回过神来舔湿手掌,让指尖稍得滑润以便灵巧绘描罗莎的嘴唇,待画到眼眸位置科片金已感动得满腔深情,不过,即便此时心头落满苦楚他也不觉如何难受,只那颗隐隐起了希望的心灵略略有些疲惫,实因太过专注绘画艺术而花光了一身力气。此时此刻他又没法飞身上马,骑上"无产阶级力量"冲上泥泞草原,飞驰而去直扑德国,直达罗莎·卢森堡的坟头,好抢在绵绵秋雨前头,抢在那丘土坟冲毁前深情凝望一眼;这会子,科片金能做的只能间或借大衣袖子擦擦自己眼中的苦涩;那双眼睛历经战火硝烟洗礼,历经旷野风霜煎熬,已落满沧桑疲倦;这会子,他唯有忘我忘情于劳动才能将满腔悲苦化作汗水消散。不知不觉他生出执念,偏要叫德瓦诺夫迷上罗莎·卢森堡,迷上她的美好,偏要给他这份幸福,只因心中实在羞怯,羞怯于一抱紧德瓦诺夫便袒露对他的喜欢,面子上挂不住。

两个外人伙同帕申采夫来到切文古尔郊外,去沙地上合力砍一株红柳。雨势不歇三人却无意罢手,脚边已积了一小堆红柳枝条,正给雨打得不住哆嗦。切普尔内伊隔老远即发现了这桩稀奇事儿,更何况冒雨取树枝会湿身着凉,于是上前欲问清楚。

"你们几个,干啥呢?"他语气不善,"这树长得好好的非要来砍,也不怕给冻着了,什么道理嘛?"

那仨儿干活的家伙却没理睬,只顾全神贯注忙活,神情贪婪下手果断斧头上下翻飞,片片削去树枝瘦弱细长的生命。

切普尔内伊径直坐在水洼洼的沙地上。

"瞧瞧你,瞧瞧你,像啥话!"他不断示意帕申采夫停手,"这又是砍又是削的图个啥?说来看看!"

"炉子要生火嘛,俺们就图这个,"帕申采夫回答,"得提前为迎接冬天备点儿啥不是。"

"嘀嘀，你呀，迎接冬天，该，一直迎接下去好了！"切普尔内伊转动脑子冷嘲热讽，"你也不想想，难道冬天就不会有雪了？！"

"雪嘛，啥时候落下啥时候当然也就有了。"帕申采夫倒不顶嘴顺口应了句。

"那雪啥时候有不落下的呢？说来看看！"切普尔内伊暗自气恼，冷嘲热讽越发厉害，不过转而语气又恢复正常，出语不拐弯抹角了，"入了冬雪大着呢，整个切文古尔都盖住了，大雪下面有的是暖和。哪用得着你砍什么枝条生哪样炉火？！来，告诉我，你们啥道理，让我也体会体会，我可没感觉出来呢！"

"俺们又不是给自个儿砍的，"帕申采夫径直摆出道理让他体会，"那个谁用得着俺们便是给谁砍的。我这人啦，打生下来从不怕冷，自个儿就找来雪把房子给捂住，呆里头也没啥要紧。"

"是为那个谁么？！"切普尔内伊有些动摇，半信半疑间念头一转渐生满意，"既如此那就多砍些吧。我还以为你们是给自个儿砍的呢，既然是为那个谁就对头了嘛，不算私自劳动，算白帮忙。嗯，砍得好，砍得对！只是你干吗光着脚呢？我这儿有双短筒靴怎么也该给你穿上不是，不然啦，你着了凉落了病那多不好！"

"就我这身体会着凉？！"这下轮到帕申采夫生气了，"我要都着凉生病了呀，你怕早给冻死了哟。"

切普尔内伊习惯四下走走到处瞧瞧，挑挑毛病找找错误；这家伙动不动就忘了如今切文古尔革委会已荡然无存，他自个儿也早非什么主席了。此时他突然想起自己身上没挂着苏维埃政权了，顿觉羞愧万分，当即离开了那几位砍树劈柴火的劳动者，生怕帕申采夫和那俩外人多心看出些什么，出言出语讥讽：瞧啊，咱们这儿最最聪明最最优秀的家伙滚蛋了，什么玩意儿，居然还想当财大气粗的长官来管共产主义贫民家的事情！切普尔内伊寻了处篱笆墙，正好横过来挡住外间视线，偷偷坐下一心巴望那几个家伙赶紧把他给忘了，最好忙得没工夫来计较什么了。左近一家板棚响起阵阵打石声，急促而又细密；切普尔内伊从篱笆墙上拔出一根木桩，拽在手上赶去那间棚子，意欲帮帮里面干活儿的人。棚子里一地石屑，基列伊和热耶夫席地而坐，身前摆了一方磐石，正忙着招呼石面。原来，基列伊伙同热耶夫想把磨坊风磨开动起来，以便不管哪样植物籽实，只要熟透了的碾细了也当得面粉，就可烙出薄饼，就能给病中的雅科夫·季特奇添些营养。每凿出道沟槽两人便陷入回沉思，拿不定主意到底要否再继续忙活，却尚没想出个结果又接着开干了。他俩心头老犹豫来犹豫去，一会儿想起要凿这磨子非得弄把绞盘锉子不可，然而这偌大的切文古尔只有雅科夫·季特奇会打制那东西，老头儿过去曾干过铁匠；可转而又想，若是老头儿都能起来打绞盘锉子了，说明他那身病没事了，有没什么薄饼子也就无关紧要，如此看来，这会子还真没必要再忙活这石头了，一旦雅科夫·季特奇痊愈了他自个儿便会起来照顾自个儿，到时甭管是薄饼子还是风磨子、铁锉子，通通都派不上用场了。就这般颠来倒去举棋不定，他俩家伙忽而歇手，忽而又甩开膀子闷头闷脑干活，觉着不管咋说也是在关心雅科夫·季特奇，也就落得老怀舒畅沾沾自喜。

切普尔内伊望着两人折腾，瞅来瞅去亦生重重疑虑。

"你俩啊，还真是瞎折腾白忙活，"他看不下去了表达不满，却又担心管了别人闲事，"你们啦，这是在把感情浪费给石头，而不是在关心同志。普罗科菲马上要回来了，保准儿会当众大声宣布，劳动跟资本主义一样会生出口是心非的混账王八蛋……唉，外头下着雨草原都湿透了，可那位年轻小伙儿呢老没影儿，老没影儿啰，我不停走来走去心头真还惦记。"

"没准儿你是对的，还真白忙活一场不是？"基列伊觉得切普尔内伊言之有理，"他呀，就这么着也会好起来的，共产主义可比薄饼子管用多了。我还是去把子弹里的火药给抖出来交给戈普涅尔同志，助他快点磨出火来才算正经哟。"

"呵，就算没你那火药他也搞得定，"切普尔内伊又出言语打消了基列伊的歪念头,"这天地自然有的是力量,够用得很嘞,你也不想想,头上那么多圆滚滚的星球又送光又送热的,我就不信还点不着一把干洞洞的草秆子?……这日头刚缩进乌云稍歇会儿,你们便跳出来抢它的活路干!你们呀,过日子要知本分,眼下可不是什么资本主义的光景了!"

基列伊和热耶夫当即起身,将自己对雅科夫·季特奇的那份体贴关怀生生留给了那块石头;只是,刚走出棚外又糊涂了,完全想不通自己如今忙这忙那到底图什么,眼前一片茫然,只觉日子那么长时间那么多还真不好打发,无聊透顶。

同样,德瓦诺夫和皮尤夏一起去切文古尔河边,事先也没想清楚到那里干吗。草原上空雨茫茫,河谷上方茫茫雨,四下淅淅沥沥;整个天地静得出奇静得忧郁,仿若一片绵绵不尽的孤独原野,黑压压湿漉漉地直奔切文古尔而来,欲要跟人亲近。德瓦诺夫默默念及科片金、切普尔内伊、雅科夫·季特奇和那一城过口了的外人,默默幸福陶醉。他脑海里,这些普普通通的人民,正是他们构成了世上唯一的社会主义,哪怕这份社会主义而今周身都是雨水,四面皆为草原,昏黄又暗淡,默默承受着外面那偌大的陌生世界投来的灰扑扑光线。

"喂,皮尤西①,想事情么?"德瓦诺夫问他。

"想着呢。"皮尤夏回得倒快,心头却隐隐发慌。这家伙常常忘记想事情,此时脑海更是半点未起波澜。

"我也想事情呢。"德瓦诺夫顿觉安心继续沉思。

他觉着,脑子下面垫着的并非沉重的思想,而是轻盈的欣慰;这欣慰来自对自己喜欢的事物一以贯之的关切憧憬。如今,切文古尔的人民在他眼里即是魂牵梦萦的那般事物;他寻思,这些人民单薄赤裸的躯体即是社会主义生灵的剪影,而他同科片金跑到这大草原上来要寻找的社会主义不就活生生在眼前么。来到此间德瓦诺夫始终感觉心

---

① 皮尤西是皮尤夏的小名。

灵一片温暖，饱满又充实，甚至从昨儿清晨起便不觉饥饿、不思饭食，全然忘了这码事儿；如今他心情滋润舒坦又宁静美好，只担心别给破坏了，别不小心弄丢了去；故而他渴望生出另一份心情，一份稍微次一点的心情，让这心情来打发日子来承受消耗，而将主要的心情，那直通幸福美好的心情，原封不动地储备起来，留待今后何时想起要品味幸福，何时再捧出来回到其中。

"皮尤西，"德瓦诺夫突然开口，"你觉得切文古尔是不是咱们心灵的财产？咱们是不该想尽办法把它看得再紧一些，它的每一寸光阴都不得乱碰？！"

"是该如此！"皮尤夏认为有理态度鲜明，"要是谁敢乱碰乱动，看我不立马将他心尖尖儿都揪下来！"

"不过切文古尔总还得住人嘛，人们也须得吃吃喝喝过日子嘛。"德瓦诺夫越思越远、越思越平静。

"那当然，可不是么，"皮尤夏又认可了，还有阐发，"更何况，这里遍地共产主义，可百姓们还瘦得很嘛！就说雅科夫·季特奇吧，都瘦成那副样子了，莫非他身上的共产主义还保得住不成？这会子他身上只勉勉强强装得下他自个儿了哟！"

俩人继续前行，下到一条河谷，入眼荒芜杂草丛生；这道河谷谷口开向切文古尔河，入河处一地滩涂。谷底宽阔，有条小溪蜿蜒而行，得上游深处泉水滋养长年生生不息；溪流平稳，即或遭逢最干旱年生也从无断绝；溪流两岸水草丰茂四季常青。见此情景德瓦诺夫首先想到该为全体切文古尔人备下一份源源不绝的粮食保障，好让他们在人世活得更长久过得更平顺，只要他们活着就是最原汁原味的幸福，就是神圣不可侵犯的安宁；只要他们活着，他们便会用这份安宁回报他德瓦诺夫，将那幸福滋味灌进他心灵和脑海深处。切文古尔的每一具身体都应当坚不可摧地活着，毕竟共产主义的物质形态就活在身体里面。念及此，德瓦诺夫不免忧心忡忡停下脚步。

"皮尤西，"他唤了声，"咱们来给小溪添道堤坝吧。你瞧这溪水，人们又用不上白白流掉了，没这道理嘛是不？"

"那就添上吧，"皮尤夏又满口赞成，"只是围出的水给谁喝呢？"

"夏天时给地喝呗，"德瓦诺夫解释；他打定主意要在河谷上建一套人工灌溉系统，今后再入夏，根据旱情轻重和需求程度适时放水，确保整条河谷足够湿润，足够各种谷物和青草生长，足够人们果腹饱肚子。

"这里辟成菜园子倒是个好地方，"皮尤夏指指点点，"里面的土肥得冒油；每回春天，那一潮又一潮的黑土打草原上滚下来便汇在这里；可入了夏呢，炎热之后土就干裂口子了，跟蛛网似的不成样子。"

德瓦诺夫和皮尤夏说干就干，个把钟头后，俩人寻来铁锹准备先铲出条沟渠，将溪流暂时引开以便河道空了筑上水坝。雨如故，仿佛难有止歇，这挖土铲泥的活路给青草纠缠给泥泞打搅干得并不轻松。

"累则累点吧，往后人们就饿不着肚子了。"德瓦诺夫嘴上鼓劲儿手上卖力，铁铲翻飞间干得热火朝天。

"那还消说！"皮尤夏跟着吆喝，"到时水汪汪一片，可是惊天动地的大事业呢。"

眼下，德瓦诺夫已不再担心那主要的心情会否遭到破坏或有所损失了，不再担心切文古尔的人民会否永生永世安然无恙；他已找到第二份心情，一份额外滋养心田的思绪，正是眼前这灌溉系统；忙活这档子事儿德瓦诺夫的心情开了花，生机勃勃活力四射，随时保障主要的心情处于饱满充实状态。暂时来看，德瓦诺夫想从共产主义人民那里获得回报的条件尚不成熟，还有所顾忌；他只希望日子过得再平静些，共产主义的头一批原住民再平安幸福些，以确保共产主义本身更加完整健康。

大正午时，戈普涅尔不负众望终于打水泵里生出火苗；一时间，整座切文古尔欢呼声响彻云霄，德瓦诺夫和皮尤夏听见撒腿就跑，回城看究竟。切普尔内伊这会儿已点燃篝火，并给雅科夫·季特奇熬上了一小锅稀粥，心里洋洋得意，既觉这番辛苦还真没白忙活，又扬眉吐气自豪，觉着在共产主义的切文古尔，哪怕到处一片汪洋，无产阶级人民还不照样生得出火来。

德瓦诺夫将自己的计划告诉戈普涅尔，说打算在河谷小溪上筑一道拦水灌田的水坝，用于帮助此间的菜园子和各种作物生长。戈普涅尔一听当即指出，要办这事儿缺了板墙可弄不成，得赶紧在切文古尔寻些干木材制一批板桩出来。整个下午俩人都在找寻合适木材，黄昏下来时走到旧时资产阶级的那片坟场；如今这处坟场为星期六义务劳动驱逐，得城内房舍搬往一处挤紧一堆排挤，已沦落为切文古尔城郊外。坟场上，过去那些有钱人皆给自家故去的亲人立了块橡木十字架，高高挺在坟前，一挺数十年；这木头东西似乎永垂不朽，寓意里面死者万古流芳。如今这些十字架倒方便了戈普涅尔行事，觉得正好取来用作板桩，只须将上面的横梁卸下，将基督耶稣的小脑袋拿掉就成。

入夜前，戈普涅尔、德瓦诺夫、皮尤夏外加五名外人一起来到坟场，着手挖刨十字架；随后，切普尔内伊喂好雅科夫·季特奇也跑来帮忙；头里几位为着切文古尔将来的日子有份饱足已忙活好一阵了。

劳动的声音总是忙碌的，顾不上别的响动；一对儿吉卜赛女人打草原而来，走进坟场仍几不可闻脚步声响；起初没谁发现她俩，待靠近切普尔内伊身旁站定后才为他有所察觉。当时，切普尔内伊正埋头苦干使劲儿对付一块十字架的基座，突然嗅到一股别样气息，水嫩滑腻温软如玉；这样的气息在切文古尔老早前便给风儿吹散尽了。切普尔内伊停下手上活路，也不吱声只静静候着，等那神秘陌生家伙什么时候再流露些别的东西，可那边只单单出气息，始终静悄悄。

"你们跑这里来干吗？"切普尔内伊也没看清那俩吉卜赛女人的样子，跳起来就质问。

"有个小伙子，路上撞见了打发我们上这儿来，"内中一女子说起原由,"我们到这里呀,是来给人雇去当老婆的。"

"哦,普罗什呀!"切普尔内伊回过神来,想想就开心笑容绽放,"他人呢?"

"那老远咯,"俩女人纷纷回答,"他上来就摸俺俩身子,说是看看有没害啥病,然后便打发过来了。俺们一直走哇走了好久,可刚到这地头就见你们在挖坟,看来你们这地儿还真没啥会伺候男人的新娘子呢……"

切普尔内伊心中羞愧眼色腼腆,略略瞟了一眼那俩女人。一女子形容年轻,一看便知不太爱讲话;眼睛较小漆黑忧郁,闪烁着日子的艰难磨砺;脸蛋上风尘仆仆疲惫倦怠,皮肤稍显松垮;身上罩一件红军步兵大衣,头上却扣了顶骑兵帽子;只一头黑发飘得清新亮丽,显出原本年轻的活力,显出其本可成为良家妇女的姿色,可到目前,她这一生除了艰难只剩枉然。另一吉卜赛女人年纪苍老,麻子脸,不过倒比那年轻女子显得快活不少,似乎历经多年风霜已惯于忍受苦难,日子落她眼里非但不那么沉重,反觉越过越松活幸福:那人世沧桑,那生活苦涩,日复一日从未断绝,于这老妇人而言早习以为常,再难有所察觉;那苦难日子在她身上往复循环,越久越显轻松自然。

这俩几为尘世遗忘的女人,几分柔弱几分可怜,切普尔内伊见之不由心疼,动了真感情。他望了德瓦诺夫一眼,想着由他来跟婆娘们说两句,毕竟人家刚到这里;可德瓦诺夫此时却更是不堪,激动得泪眼汪汪,许是给惊呆了杵那儿一声不吭。

"你们呢,受得了共产主义不?"切普尔内伊对着那双叫人伤感惹人垂怜的吉卜赛女人,心软了神经也不安了,不禁冲口一问,"这地方可是切文古尔,娘们儿俩,睁大眼睛看看清楚!"

"咋啦,帅小伙,你可别吓唬人呀!"那年长的看来惯于跟人打交道,张口即回,"俺们呀,还从没见过这样的地方;那女人家正儿八经的日子呢,也一天都还没过上便给打发到这儿来了。而你这家伙不老实,到底想要啥?你那位小伙子可说了,只要是婆娘家,但凡有口气在到了这儿就当新娘子,可你却问啥俺们受不受得了?!你是不晓得,你们这里所谓受不了的东西俺们过去可受得够了哟,所以呀,我的新郎倌儿,没啥大不了的,好歹比从前要松活些不是!"

切普尔内伊听得分明,心生愧疚诚恳道歉。

"这当然,你受得了的!我那么一说也只试探一下嘛。谁若肚子里头要是挨过资本主义,再来装共产主义确实小事儿一桩。"

戈普涅尔埋头挖十字架忙得不亦乐乎,切文古尔来了女人他活像愣是没看见似的;连带德瓦诺夫也弯下腰继续忙活,免得招来戈普涅尔误会,觉得自己喜欢上了人家。

"喂,娘们儿俩,去吧,城里人多些,"切普尔内伊好言相劝,"到了那边多关心关心爱惜爱惜大家;瞧瞧,我们在这儿受苦受累还不为了他们大家嘛。"

吉卜赛女人走了,进切文古尔城找男人去了。

此时间,一城外人各归各屋,要么坐过道上要么待板棚里,各凭自己本事手上不停忙活:一些人削刨木板;另一些人悠然自得意蹰躇,织补麻袋子,憧憬到草原上一袋又一袋地装满植物籽实;还有第三拨人,打一家院子串到另一家院子逢人便问:"哪儿有小洞洞、小缝缝儿?"原来,墙角壁缝间、炉灶地板上,凡小洞小缝处多半生有臭虫,得他们寻见当场掐死。每个外人这般劳心劳力不为自个儿捞好处,只因见了戈普涅尔如何帮雅科夫·季特奇修补屋顶,受其启发也想自己的日子过得更安心些,渐渐将自己的幸福快活寄托在了别的切文古尔人身上。于是才有了为着别人落好处:缝补袋子以采摘吃食;削刨木板子,想着没准儿什么时候便派上了用场,拼拼凑凑打制出哪样礼物或东西。只那些灭臭虫的一时半会儿尚未明确具体服务对象,也就还没体会到实实在在的幸福滋味,而这种滋味又是唯一能使他们通达心安理得的渠道,是使他们安于付出、安于为具体服务对象操劳以拯救其脱离苦海的唯一理由;他们目前暂时收获的唯有耗干耗尽一身力气后旧力散去新力渐生的新鲜感。不过仍多少得了些安慰,毕竟是他们出手人们今后才免了臭虫啃咬；甚至连那水泵，连那催促水泵给雅科夫·季特奇生火的风儿，连带那整架机器，今后也将省了臭虫烦恼，哪怕它们不是人也没关系。

外人中有个叫卡尔丘克的家伙，打制了一口长条木箱子，这会儿忙活完躺下歇息，心中正得快慰满足；虽则他一直没闹明白基列伊要箱子有何用，不过倒也不妨事儿，用场归用场打制归打制，反正有了这番忙活，自家心上那份断断不可或缺的精神慰藉便也感受到了。

而基列伊忙完凿磨盘的活路同样加入了灭臭虫的队伍，待匆匆掐死些许后也安然躺下休息了，心中料定，从今往后贫苦百姓的日子该要好过多了，臭虫没了，他们那瘦弱的身子骨儿便不会再有损失了。此外基列伊发现，切文古尔的外人们不时会瞧瞧头上太阳，眼含欣赏赞许的目光，觉得正是那太阳养活了他们；今儿个大家都到了水泵干活的现场，亲眼看见了风吹水泵动的场景，便对那风儿和机器亦心生好感，又送出不少欣赏赞许；而这现象令基列伊百思不得其解，心里又是吃味儿又是疑惑，怎么进了共产主义人们那么喜欢太阳和周遭自然，反倒忽略了他基列伊的存在。是以当天傍晚基列伊又忙活上了，再次出征挨家挨户搜寻并消灭臭虫，只为让这人力劳动胜过那天地自然之威能和木头机器的本事。

正当卡尔丘克对着那口箱子想东想西尚未理出头绪便昏昏然迷糊之际，俩吉卜赛女人过来了，进到他家屋子。卡尔丘克一睁眼见着两个大活人吓了一跳，嘴巴憋得沉闷。

"你好，新郎倌儿！"年纪大点的那位打上招呼，"有啥吃的端上来吧，吃完后有啥躺的东西你收拾收拾，咱们倒下睡觉吧；老话说，面包一处吃，爱情对半分嘛。"

"说啥话哟？"卡尔丘克耳朵不好使听得懵懵懂懂，"俺这儿不需要，就这样子也挺好的，俺心里头正念着同志呢……"

"同志？你要那玩意儿干啥？"吉卜赛老妇人不干了，非要论论道理；年轻那位始终没开腔，只一旁老老实实站着，"你呀，便把自个儿的身体拿出来跟俺分享一回嘛,这尝到了甜头你就不会舍不得东西了,那同志呢也会忘得一干二净的;我这可是跟你掏心掏肺讲的大实话呢!"

老妇人摘下头巾欲要坐上箱子,那口专门给基列伊准备的东西。

"别碰那箱子!"卡尔丘克一声大叫,生怕箱子给弄坏了,"这又不是给你准备的!"

妇人打箱子上抓起头巾眼色幽怨,活生生一位受了委屈的娘们儿。

"哼,你呀,啥也不是,就是穷光蛋!瞧你那样儿,连挤个眉毛弄把眼儿都不会,还想尝啥甜头,尝你个鬼哟……"

俩女摔门而去,跑到贮藏室挤着睡了,可惜一夜良辰却入不了洞房,只剩清冷凄凉。

莫斯科城内,西蒙·谢尔比诺夫乘电车随兴而游。这人一脸疲惫浑身不幸,心气轻浮急躁看世事怏怏不乐吊儿郎当。他乘车却无意购买车票,本身似乎也无意再活下去,那样子着实萧索颓废,里里外外都摇摇欲坠了,压根不觉得自己正是时代幸福的宠儿,不知身处这年月多么叫人羡慕,叫人念念不忘;他只满心忧伤,痛苦澎湃如汪洋。他喜欢女人、钟情未来,但讨厌固守一本正经的公职岗位,讨厌将自己的脸挤进权力的食槽讨好卖乖乞食。前不久谢尔比诺夫刚出差回来,他去了苏维埃国家片片遥远而开阔的大平原上考察社会主义建设情况。一路慢慢悠悠浪迹外省宁静幽深天地间,一逛就整整四个月来回。这趟差事,谢尔比诺夫进过县执委衙门,坐里头给当地布尔什维克出过主意,如何改变农民根深蒂固的陈旧日子推行新生活;也进过乡下村舍阅览室,给老乡们朗诵格列布·乌斯宾斯基的作品。老乡们日子如常,无有言语无所声张,静静悄悄过着;而谢尔比诺夫则继续前行,深入苏维埃大地为党操劳,去弄清普天下劳动生活的真相,务求纤毫毕现。实则,谢比尔诺夫跟某些心灵憔悴的革命者一样,不怎么喜欢工人和田间地头的农民，宁肯把他们当作乌泱泱一片的群众，也不愿视为一条条鲜活的生命。因此，谢比尔诺夫才怀着文化人高人一等的幸福骄傲又于莫斯科城内闲庭信步，欣欣然游览这方熟悉的故土家园，观观商场琳琅满目美轮美奂的精致商品，听听各种高级轿车丝滑地穿梭的娇贵声息，哪怕闻闻擦肩而过的尾气亦心醉神迷。

漫步城市时谢尔比诺夫如同徘徊舞厅，宛若此间总有那么一位女士在等着他；只可惜女士隔得老远，孤零零独自一边，隔着一片年轻人激情四射的氤氲暖洋，找不见自己心仪的男伴；而那男伴同样隔着重重羁绊脱不开身，走不近她身边，周围尽皆花枝招展的女人不断冲击他那颗大公无私的心，令他应接不暇；那些女人温柔似水、千娇百媚，却又冷若冰霜、拒人千里之外，弄得人一头雾水、百思不解，如此若即若离这世上的孩子又怎么生得下来。不过，谢尔比诺夫一生越是会女人、越是观商品，心中越是愁苦烦闷；那些商品，工人师傅们制造它们得心怀赤诚身无积垢，事先将一切低级趣味和龌龊肮脏暂时从身上搁置一旁。尽管谢尔比诺夫本也年纪轻轻，但女人的青春于他却索然寡味，只因其早早就断定，自己命中注定的幸福遥遥无期难以企及。昨天，谢尔比诺夫听了场交响乐，从头到尾都在颂唱一个美好的人，讲述那种飘飘然遗落在岁月深处的人生机缘，这令他深感格格不入，趁幕间休息抽身躲进厕所，宣泄自己满腔的心慌意乱和浑身的焦躁不安，背着整个人间偷偷拭去眼中的落寞哀伤。

此时谢尔比诺夫陷入沉思，眼中空无一物坐车上木然呆滞。待思绪断绝回过神来竟发现身旁站了位女子，年轻得格外灿烂，正直勾勾盯着他的脸。谢尔比诺夫大大方方对视一眼，目光毫不窘迫退缩；那女子眸光平静柔和，朴实得叫人心怀激荡如沐春风；这扑面而来的美好眼神谁能忍心拒绝，谁又能不坦然面对。

女子外披一件秀美夏日短大衣，内着一身轻盈毛料连衣裙；衣衫下体态娇柔平易近人，仿佛那具神秘的躯体来自工人阶级，无暇享受生活滋养也就无暇丰满圆润。女子五官精致优雅美得清新超然，绝无

429

庸脂俗粉的媚俏。最令谢尔比诺夫震惊不已的是女子浑身洋溢淡淡的幸福甜蜜，看他，观周遭世界，眼里总那么美好善良，那么饱含同情。而这就引得谢尔比诺夫心中十分不快了，当即皱眉苦脸，他觉着幸福的人与自己素来犯冲，他不喜欢他们甚至望而生畏。"看来要么是我在腐烂堕落，"谢尔比诺夫真心反省，与自己与人世开诚布公坦诚相见，"要么是幸福的人与不幸的人形同陌路徒劳无益。"

到剧院站，异样幸福的女子下车而去。她傲然于世，恰似一株独自芬芳的奇葩孤零零绽放异乡原野上，顽强而出离地活着，天性淡然无欲无求也就不觉孤单。

车上，女子倩影不再，谢尔比诺夫怅然若失；再放眼一观，只见浑身油渍斑斑的乘务员手持检票本登记票号，一路挤身而过在别人家衣衫上擦来蹭去；又见一帮外乡背袋贩子，皆是赶往喀山火车站的家伙，嘴里咀嚼食物缓解旅途漫长的饥渴；又侧耳一听，只闻嗡嗡嘤嘤呻吟，原是牵引电机闷在车厢底部狭窄囚室，周围除了冷冰冰的金属片和离合器更别无相好做伴，直郁郁寡欢哀怨。谢尔比诺夫跟着跳下车，双脚落地当场傻眼，女子不见了，隔着一城茫茫人海，隔着经年难相逢的孤独寂寞，何时才能不期而遇。不过，幸福的人日子中常有幸福悠闲的停留，转角小剧院门口女子亭亭而立，正伸出玉掌打卖报人手上接下一枚枚十戈比找头。

为免陷入朝思暮想的恐怖深渊，谢尔比诺夫毅然决然鼓起勇气走到女子跟前。

"我还以为这便把您给弄丢了呢，"他打上招呼，"我一路走一路找您来着。"

"我这辈子很少有人找我来着。"女人悠悠搭话，手上点了点硬币钱数。

见她认真的样子谢尔比诺夫心中又是一荡；他这人从来不点数找补的零钱，既不在乎自己的劳动报酬，也不尊重别人的血汗收成，此时此地，他从这女子身上见到了从未体验过的美好纯洁。

"您想跟我散会儿步吗？"女子问他。

"正正求之不得。"谢尔比诺夫迅疾答应，不矫情于任何借口。

性子随和的幸福女人也不见怪，会心一笑。

"人生无常，有时你会遇见一人，他来得突然貌似不错，"女人悠悠感慨，"可过后不久，半道上你不经意间竟与他失手错过，再挂念他，又忘记他。您觉得我这会儿也貌似不错，对吧？"

"对，"谢尔比诺夫深以为然，"若是眨眼间就弄丢了您，我恐怕要挂念老久。"

"那这会子既然我没眨眼间消失不见，您的挂念恐怕便蜻蜓点水一闪而逝了吧！"

无论步态举止还是性子脾气，女子落落大方恬静沉稳，罕见的高傲清冷；面对旁人既无奴颜婢膝的疯癫卖弄，也无拒人千里的故作矜持。漫步间一言一笑一动一静泰然自若，依着心情随性流露，浑然不觉自己生命多么迷人，即便同伴就在身旁，她也不善略施美好以博得别人的好感倾心。谢尔比诺夫稍作试探，欲亲近其芳心，却败兴而归，女子对他的态度依然如故不近不远；这弄得谢尔比诺夫好不失落，断了念想，一心一意独自忧伤，恨不得时光飞逝如梭赶紧来到分手时刻，让他与这幸福女子永久告别，远离她那天生莫名沁人心脾的生命气息；这就爱上她似乎过于荒唐，这就离开她又实在难舍难分。谢尔比诺夫想起，自己一生不知历经了多少回永别，还真没仔细数过；有那么多同志，那么多自己喜欢的人，每每分别随口一声"再见"，浑不在意；可那一声竟成永远，再见终成不见，于人世不得重逢，于岁月难再相遇。谢尔比诺夫一筹莫展，不知要如何拯救自己，摆脱对那女子的一腔好感，以便心安理得地跟她道别。

"朋友之间一旦结下友情，实难再有手段抹平心中痕迹做到波澜不惊，哪怕暂时的也做不到，"谢尔比诺夫万般无奈，"友情这东西不如婚姻干脆。"

"想做朋友留住同志，不妨多为其劳动干活嘛，"谢尔比诺夫这位随行女伴回得轻松超然,"你忙累了便心安理得了;其实还可以一个人独自过活,而为了朋友同志,借助操劳忙活留下些好处也行。当然,别将自个儿真搭进去献出去就是,我心之所属只能留给完完整整的自己……"

谢尔比诺夫觉得,面前这位昙花一现的女友身上有种牢不可破的结构,为其铸就了完美无缺的自我独立,仿佛无人可亵渎伤害,或者,又仿佛她来自某个默默无闻的社会阶层,是其终极结晶;而那一阶层早已消亡,于世上不再有任何影响。谢尔比诺夫暗自推想女子来自贵族家庭,是其残存于世的遗孤;如若所有贵族都跟她一样,那么,他们消亡之后历史恐怕就枯萎了,再也开不出新生的花朵;相反,他们原本倒可亲手培植历史,从中绽放出自己梦寐以求的命运之花。如今,整个俄罗斯大地处处都是行将没落的人,都是无望逃离的人,这一点谢尔比诺夫早有察觉。如今,那么多俄罗斯人带着围猎天下的满腔兴奋致力于毁灭自己天生的才能,毁灭生命的馈赠:一些人饮酒作乐醉生梦死;一些人守着自家膝下成群结队的子女半死不活苟延残喘;还有一些人出走旷野,茫茫然居于其间编织徒劳无益的虚无幻想。但是,眼前这女子身上却没有毁灭只有创造,她在源源不断地新生下去。或许,她这般拨乱谢尔比诺夫的心弦令他一往情深,全在于她如此美好,活生生恰似昨日交响乐所期许的那位幸运儿,而反观他自己已无所创造新生,不断在走向毁灭。又或许,这难道仅仅是谢尔比诺夫一时的惆怅?难道是他自觉命运的眷顾已永不可企及,需要这样一位随行的女子来当恋人?只是,难道他不会自惭形秽得心生厌倦,过不一礼拜便从她身边逃离?然而,若到那时莫非他真能坦然面对,不会去想天底下怎会有如此动人的一张脸,如此傲然于世,其心灵怎会这般圣洁无瑕,时时刻刻善解人意、丝丝入扣帮助别人却从不求回报?莫非他不会怀疑她到底来自哪里?

再走下去已毫无意义,只能证明他谢尔比诺夫在这女子面前多么脆弱;为免形象彻底崩溃,多少给身边女伴留下些记忆,谢尔比诺夫率先开口说"再见"。女子也无挽留顺口道声"再见",只是又追了一句:"啥时候您无聊得过不去了,便来找我吧,我想我们会再见面的。"

"莫非您也会无聊吗?"谢尔比诺夫又搭腔借此抽身辞行。

"那当然,无聊过。不过我倒自个儿明白因何无聊,也就不怎么痛苦。"

末了,她给了自家住址。谢尔比诺夫记下后扬长而去,一路往回走。大街上人来人往,谢尔比诺夫穿梭其间心神渐渐平静,似乎这拥挤的陌生人潮给他围起了一道屏障。随后他去电影院看了部影片,又再临演奏会听了场音乐。他终于闹明白自己缘何闷闷不乐,也就越发痛苦忧伤。他觉得脑子已不好使了,派不上一点用场,看来真腐烂崩溃得厉害。深夜,酒店房间冷冷清清,宁静伴孤独,谢尔比诺夫躺下默默留心脑海状况。他惊讶不已,在自己腐烂崩溃之际脑子居然分解出了真理,他不由提高警惕,小心翼翼呵护那一丝真理思绪,如此方才不再挂念那位萍水相逢的女子,免得忧伤的记忆前来打搅。一时间谢尔比诺夫眼前整个苏维埃俄罗斯恰如浮光掠影,仿若行色匆匆的过客,给他感觉,自己一穷二白的祖国,自己冷漠无情的故土,跟今天邂逅的那贵族女子隐隐几分相似。念及此,谢尔比诺夫脑海阴云密布,还裹着一股嘲弄世事的讥讽暗流,他渐渐忆起,那些同样一穷二白和自身难保的人多么愚蠢荒唐,本身命若浮萍,却居然在片片平原和道道山谷空荡荡的地方种植社会主义,想让它空荡荡地扎下根来,空荡荡地得以保全。

俄罗斯大地如今几似过眼云烟,田野正当荒凉,上面悄悄发生着变化:人们似乎不再热衷经济生活,不再翻垦土地生养黑麦口粮,而是忍饥挨饿,扛着苦难培植历史的大花园,只为追求永恒,追求未来时光中自己那永不分离消散的永生幻影。然而这些园艺工人跟画家和歌手一样,脑子结构并不多么牢固,不会始终都管用,一颗脆弱的心突然就冲动膨胀,就疑虑重重,从而把那历史花园中堪堪繁荣起来的花草一把揪掉连根拔起,然后再给土里种下官僚主义的牧草幼苗;想那花园要长到开花结果须得精心照料,须得长久守候;而牧草则简单多了,今朝下种明朝即成熟,无须费力培育操劳,也无须费心等待煎熬。而一旦革命的大花园清除一空,其片片肥沃土壤必然让位于牧草,仅须落下一粒草籽它自会长出一片茂盛草原,从而无须付出劳作之艰辛来养活所有的人。现实如此,谢尔比诺夫发现,而今真正挥洒辛勤汗水干活的人已几不可见,反正大家都有牧草可吃,白得一份轻松养活何乐而不为。长此以往牧草终将啃光肥沃土壤,留给人们的只有死气沉沉的黏土和硬邦邦冰冰凉的石头;或者,待哪天园艺工人休息够了回过神来,突然而然又想起培植凉爽怡人的花园,那时,这故土这大地早已给丝毫不带人间烟火气息的风刮得面目全非,形容枯槁一片荒凉。

谢尔比诺夫的心同样荒凉得忧伤,荒凉得沉重,荒凉得没有出路,只好跟往常一样陷入麻木睡梦。清晨醒来他去了趟党委,领了份差事,这回要去远方一个省份,调查那里耕地发生变化的原因,白白少了20%的播种面积,这一事实总得有个合理说法。按计划明天即启程。剩下一日时光谢尔比诺夫打发在了街心花园,坐那里看时光静静流逝,等黄昏悄悄到来。可这样的等待即便心无杂念波澜不惊,即便绝无一丝渴望与某个女人来场香艳的幸福邂逅,却仍那么辛苦,那么叫人疲惫。

傍晚,他决定去找昨天结识的年轻女子,双脚走着去,反正时间在哪里都显多余,花在路上也不可惜,顺便缓解一日等待的辛苦疲倦。

她给的住址恐怕并不确切。谢尔比诺夫来到一处宅院,左右各一排房子,新旧对半分;他信步而入找寻自己那位熟人。爬上重重楼梯,一层复一层,来到四楼放眼一观,郊外莫斯科河尽收眼底,水里飘着肥皂泡沫,岸边坐着赤身露体的穷人,那里是他们的天下,遍地污秽臭气熏天,活像两条通往露天茅厕的便道。

家家陌生住宅，谢尔比诺夫依次按响门铃，开门的多半上了些年岁，自觉是此间老住户，最最在乎日子宁静与否；那些家伙一听谢尔比诺夫居然是来找人的，而那人却不住这里，连户口都没来登记过，不由大为惊讶。谢尔比诺夫只好沿街找寻，一心要翻遍周边所有住宅，今晚他已无力再承受独自熬过空空夜色的孤单；想来明天会好过些，他将要远行，前往那处不事生产的田野，理论上讲该已是杂草丛生遍野荒凉。猝不及防，谢尔比诺夫与自己结识的那位女子居然又一次意外遇见，当时她正下楼梯，迎头给撞上了；若非如此谢尔比诺夫恐怕还得走不少冤枉路，至少要敲响二十来家住户的门，从而招来一连串一本正经的审视盘问。女人将他领进自家房间，又出了门，说稍后便回来。屋内空空荡荡，看不出居家过日子的样子，仿佛仅适宜沉思。床不像床，得三口箱子勉强拼凑而成，那箱子当是合作社用来装货物的东西；桌子非桌子，弄一处窗台将就凑合；衣服难有衣柜，得一排钉子挂墙上，再给一挂破破烂烂窗帘遮住。窗外，依旧是那条给人一种错觉简直不敢相认的莫斯科河，岸边，依旧是那一溜溜赤裸得不忍目睹的躯体，仿佛若有所思地安然坐着；那些穷哈哈的身影谢尔比诺夫记得清楚，早在他走进这栋楼房盘楼而上一路枯燥乏味之际，已见过他们一回又一回。

一门之隔，抬脚即是邻居；房间里住有一位工农速成中学的学生，正一板一眼地大声朗读政治课本，好把里面的知识吸进脑海。更早前，那屋子兴许住过一位教会学校的学生，兴许研读过世界宗教大会的教义，想着今后恐怕用得上，到时就用教义中引领人心灵辩证发展的教条教律跟神灵争辩，与其对抗到底。

女子回来，手上拎了些招待自己这位熟人的吃食；糖果点心少许，蛋糕一块，甜酒半瓶——维桑特牌子的教会用酒。如此相请一位男士真叫人啼笑皆非，莫非她从来都这样纯朴天真？

桌上一堆食物飘溢着脂粉气息，谢尔比诺夫也不扫兴慢慢品尝，尤其女子手递过来的位置残留有体香，更得他凑近双唇轻轻触碰。不一会儿竟一扫而光,谢尔比诺夫几分满足略略陶醉;女子说说笑笑也甚开心,觉得献出食物总好过献出自己。其实她弄错了,谢尔比诺夫仅是欣赏她而已,觉得在这世上一个苦闷的人需得着打发自己心中的阴郁忧伤;如今他已难以安然于平静的日子,难以面对孤独,难以沉浸对生活的自我满足。眼前这女子令他自惭形秽进而郁郁寡欢,若就此离她而去扑进外面莫斯科喧嚣的红尘俗世,恐怕会轻松不少。谢尔比诺夫平生头一回陷入茫然,难以对一位跟自己迥然不同的人作出评价判断,甚至笑不起来,装不出轻松自若,装不出一个孤独的人曾经孤独的样子,从而孤独地离开。

窗外月色明亮,之下千家万户影影绰绰,莫斯科河潺潺流淌,偌大一片城市郊区枯败荒凉。月光宛如熄灭的太阳,清冷惆怅,惹得无数妇人和姑娘絮絮叨叨幽怨夜长——这是爱情无处安放的呻吟。似乎一切早有安排:爱情,它的样子生来便是无可回避的事实,便是某种目标明确范围不大的物质活动形式,如此它方才能完成和结束。谢尔比诺夫不愿理会爱情,非但思想上甚至情感上都在拒绝;他觉得,爱情不过是一具丰满的身体,连想都不该想它,恋人的身体生来就为诱惑,就为使人心神和情感迷失,就为默不作声的爱而操劳奉献,就为魂飞魄散的一刻瘫软疲倦,而疲倦则是陷落爱情的唯一慰藉收获。谢尔比诺夫静坐安然,享受片刻幸福时光;这种时光一直都越来越少,丝毫挥霍不得。过去,西蒙从未尝试享受生活,他认定整部世界历史处处充斥百无一用的官僚机构,里面勤勤恳恳精益求精的劳动不过让人麻木,让人失去生命存在的意义和轻重。谢尔比诺夫明白,自己相对生活已彻底崩溃全面失败,只好垂下双眼任目光落在那女子腿上。那双玉腿没穿袜子,粉嫩肌肤裸露,内中热血饱满透出阵阵温暖;一围轻柔短裙给双腿后部的丰满撑得鼓鼓囊囊,几乎盖不住里面膨胀的生命;那生命已然熟透,火热芬芳难有抑制,呼之欲出。"有谁才能采下你的芬芳,扑灭你的火热?"谢尔比诺夫暗自感叹,"当然不会是我,我也配不上,我的心灵就像偏僻小县城,无尽凄凉、无尽恐慌。"他再次由下而上打量那双腿,更觉温软芳香逼人,一时间又陷茫然;应当有条道路起至这双玉腿通达某个必然的去处,那里有自己最平凡最最日常的革命事业,那里遍地忠诚漫天信任;只是,这条道路委实太遥远漫长,谢尔比诺夫尚未踏上征途,早不早便心力憔悴,连哈欠也疲惫。

"您过得咋样?"西蒙没话找话,"还不知您叫啥呢?"

"我呀,平常都叫索尼娅,大名索菲娅·亚历山大罗夫娜。我呢,日子过得很好,要么上上班,要么等等人……"

"是啊,但凡遇见会会面,一时的开心便少不了,"谢尔比诺夫悠悠感慨,活像在给自己开脱,"你在大街上久等不见人来,扣好大衣最后一颗扣子,这时难免深深叹息,深深遗憾一切的一切终是徒劳,又白白错过了,只得独自一个人过活独自一个人陶醉。"

"不过,有人可等也是开心的嘛,"索菲娅·亚历山大罗夫娜自有看法,"当然,若能见见面开心就更长久一些……只是我倒更喜欢等人的感觉,几乎总一直在等……"

她双手压上桌随即又撤下去,搁在丰满膝盖头,完全没意识到这根本无助平复内心激荡。此时她整个生命似乎都在激荡,向天地宣泄呜咽。谢尔比诺夫不忍直视赶忙闭上双眼,免得迷失在这处陌生居室,迷失在这与自己毫不相干的幽幽呜咽和绵绵叹息中。索菲娅·亚历山大罗夫娜的双手与其丰满身姿相形见绌,几分苍老枯瘦,手指皱皱巴巴活像洗衣女工那般饱经风霜。这双手毁了,并不完美,多少令谢尔比诺夫稍觉宽慰,心头对面前女子也不那么五味杂陈妒火中烧了,哪怕她终将归于别人又如何。

看看桌子,这场招待已近尾声,谢尔比诺夫深感遗憾,刚才吃太快转眼该告别了。可这就离去又心有不甘,起不了身;世上但凡有比他更好的人他实则都对其心存敬畏,正因如此他才上门来找索菲娅·亚历山大罗夫娜。早在电车上那会儿谢尔比诺夫便看出她身上洋溢的生命活力多么滂沱澎湃,直叫他热血沸腾莫名兴奋。

"索菲娅·亚历山大罗夫娜，"谢尔比诺夫又看向她，"我想跟您说一声，明天我就出远门了……"

"哦，这有什么大不了的！"索菲娅·亚历山大罗夫娜好不奇怪。显然，她从不惋惜生命中路过的人，她只专注自己，以自己为伴相佐绵绵日子；而这一点恰恰是西蒙所欠缺的，他从来就做不到。

这女子，她需要别人不过为消耗自己过剩的生命活力，真缺什么也从不借此得到。谢尔比诺夫尚没闹明白她到底干哪行的，来自哪里；没准儿来自富贵人家，只是不幸沦落为了孤女。这当然没猜对：索菲娅·亚历山大罗夫娜本是三山城纺织厂的擦洗工，母亲生下她当场就离去了。不过，恐怕也说不定她总该恋爱过，甚至生过孩子；以上，谢尔比诺夫半打听半猜测。

"恋爱过，但没生过孩子，"索菲娅·亚历山大罗夫娜也不回避过去，"世上人够多了，有没有我的孩子无关紧要……若我身上能养出花朵，那我倒要把它生下来。"

"哦，莫非您喜欢鲜花？！这可不是爱情，这是无情，说明你不再能生养，自己也将枯萎……"

"无所谓。我要有了鲜花哪儿都不会去，也谁都不再等。我跟鲜花在一起时老觉得它们就是我想生下来的小东西。没这感觉的话，什么爱情不爱情根本没结果……"

"是啊，没这感觉爱情确实结不出果来。"西蒙深以为然。此时他隐隐奢望，自己心中对这女子五味杂陈的嫉妒会慢慢缓解宣泄，盼着等着索菲娅·亚历山大罗夫娜最终会露出真面目，跟他同样不幸，身上生命同样在体内腐烂瓦解。他向来看不惯也不喜欢成功或幸福的人，觉得他们老在向前奔，喜新厌旧，总是追逐生活的远方，却将自己身边亲近的人孤单单丢下。曾经那么多朋友，但尽都离去了，徒留他谢尔比诺夫成了孤儿，因此老早前他就当上布尔什维克，紧紧跟组织绑一起，正是不甘心落后，害怕掉队离大家太远；却照样于事无补：他那些朋友仍隔他遥远，继续挥霍生命享受日子，谢尔比诺夫自他们那里一无所获，一点情分都没积攒下，仿佛他们已彻底抛弃了他，各奔前程走上自己的未来。谢尔比诺夫嘲笑过，讥讽他们目光短浅胸无大志，告诫他们历史早结束了，人与人之间的牢固关系才是当下大行其道的正经事；然而当他回到自个儿家里独自面对分离，那份痛那份伤打击得他几欲崩溃毁灭，不知这皇皇人世间还有谁在爱着他等着他；他关上门把自己反锁屋里，背靠墙瘫坐床上。他默默空自孤独，静听街上电车来来往往跑得欢畅叫得悦耳，路过一座又一座夏日温馨的街心花园，送去一拨又一拨走亲访友的乘客；而他谢尔比诺夫只有寂寞，这叫他好不可怜自己，眼泪止不住悄悄滑落；漆黑中他依稀看见泪水如何洗净自己脸上的风尘，看得出神也就不舍开灯。

时间过去许久街上终于清静，那些朋友们、恋人们已纷纷睡下，谢尔比诺夫的心渐渐平静，如此深夜时分，许多人跟他一样也复归孤独了：有人孤单入梦乡；有人暗自疲倦，长谈累人，热恋亦累人，躺倒床上终究只一人。这下大家扯平了，都孤独了，谢尔比诺夫释然了。他有本日记，间或摸出来对准日期记上两笔，写下些感想，也写下满腹牢骚："人这东西并非虚幻的目的，而是活生生的躯体，有血有肉有热情，有山谷也有丘陵，有古道也有秘洞，有欢乐也有迷失"；"公有是可怕的，却又无与伦比温顺；也就是说，公牛是可怕的，却又如母羊般温顺"；"历史之初创者是个失败的混蛋，他卑鄙无耻杜撰出未来，只为用尽现在，他把大家从原地推开，而自己却留下过上舒舒服服的日子，暖暖和和守着自家安乐窝"；"我是母亲身上掉下来的副产品，跟她的月经是一回事，所以我这辈子没有喜欢别样东西的权利。我对那些过得好的人心生畏惧，就因他们抛弃了我，视我如糟糕透顶的家伙，我害怕掉在大家后面独自凄冷瑟瑟发抖。我诅咒那些到处上蹿下跳的人，想把他们组织起来揉成一个团体"；"而我进那组织并非要当其成员，而只是当当一双冰凉冷漠的手脚罢了"。

甭管遇上谁，落谢尔比诺夫眼里先增怀疑妒嫉，此人是否比他优越？如果是，那么便须得让这家伙停下脚步，否则他会超过你，做不了平等相待的朋友。在他看来索菲娅·亚历山大罗夫娜同样优越自己，超过了他，那么就该把她归为遗失的那一类人；谢尔比诺夫这家伙有样心思，打算把见过的人都积攒起来，就像积攒钱财和生活物资，甚至这件事情他已采取行动，不辞辛劳地把所有认识的人归类整理起来，分为盈余和亏损两大部分，并专门拉出长长清单记入自己家庭的主要开支账目。

索菲娅·亚历山大罗夫娜毫无例外只能归入亏损项。但谢尔比诺夫又不甘心，意图尽量减少自己损失，那么只好采取一个办法了；这办法他过去核算人情财富时从未试过，因此账目余额总是赤字。办法就是，倘若自己一把将索菲娅·亚历山大罗夫娜搂进怀里，假装温情脉脉如痴如醉癫若疯狂，做出非她不娶的样子，结果会如何？到时，他西蒙便有机会激情迸发热血沸腾地征服这具桀骜不驯的高等人的身体，在里面留下自己的痕迹，从而与自己之外的人建立某种牢固联系，哪怕短暂却也算成功，如此他就能心安理得潇潇洒洒离去，带着膨胀的信心和饱满的热情继续踏上征服之途，继续赚取自己的人情财富。窗外电车呼啸而过，不堪重压浑身痉挛喀嚓哆嗦声不断；车上满满的全是人，他们在奔向远方，离他谢尔比诺夫越来越远。西蒙一步上前，托着索菲娅·亚历山大罗夫娜胳肢窝举了起来立自己面前，也才发现这女人分量还真不轻。

"干啥呢您？"索菲娅·亚历山大罗夫娜全无害怕，嗔怪一声，几分好奇几分紧张。

娇躯在怀陌生异样，谢尔比诺夫的心陷落了；这具躯体，面对一条从未如此靠近、似乎永远都难以抵达的生命渐渐热血沸腾。此时此刻谢尔比诺夫浑身僵滞，就算砍几斧头恐怕也不觉疼痛；他呼吸急促口干舌燥喉咙咕咕作响，隐隐闻到索菲娅·亚历山大罗夫娜胳肢窝下微微飘出汗香，恨不得凑上嘴去亲吻吸吮一番，那里给汗液打湿的柔软毛发深深吸引着他。

"我想抱抱您,轻轻一下便好,"西蒙求她,"我这就要走了,给个面子吧。"

眼前这人神色痛苦活像备受煎熬,索菲娅·亚历山大罗夫娜于心不忍,抬起胳膊好让谢尔比诺夫抱得更轻松实在,他的两只胳膊搂得委实太柔懦寡断。

"莫非这样您就好过些了?"她关心道,一对儿胳膊都麻木了。

"您啥感觉?"谢尔比诺夫反问她,却仿佛听见火车头的轰鸣近若耳旁,似乎在赞美劳动和讴歌此间夏日红尘的宁静美好,这深深诱惑着他。

"我嘛,就那样。"

西蒙松手把她放了。

"该走了,"他叹息,语气失落冰凉,"您这儿哪有盥洗间?我今儿一天还没洗脸呢。"

"进门口,右边。里面有香皂,可没有毛巾,我拿去洗了,自个儿都用床单呢。"

"床单就床单吧。"谢尔比诺夫莫可奈何只得将就。

床单上留有她的气息,索菲娅·亚历山大罗夫娜的体香。看来,每天清晨她都爱用这张床单仔细擦洗,擦洗给酣梦烤得温软芳香的娇躯。谢尔比诺夫往眼里扑了些水以湿润疲倦焦渴,熄灭内中热血欲火,这双眼睛总是先于他别的部位头一个受苦受累。洗脸就算了,他猴急慌张地将床单以迅雷之势裹成一团,顺势塞入大衣侧兜;大衣挂在盥洗间对面过道上。他有一习惯,但凡将要错过谁时便巴望截留下曾经有过来过的确凿证据。

"床单太湿了,我搭暖气片上烤一烤,"谢尔比诺夫出来即辞行,"再见吧,我走了……"

"再会啦,"索菲娅·亚历山大罗夫娜应声,略表关心暗含期待,别人这要离开了,她做不到无动于衷,"您要上哪儿去呀?"她又多问了句,"您刚才说要出趟远门。"

谢尔比诺夫告诉她要去哪个省,说那里播种面积少了20%,他得去找找下落。

"那地方啊,我的人生就在那里度过的,"对那一省份索菲娅·亚历山大罗夫娜念念难忘,"那里我曾经有位非常要好的同志。您若见着了代我问声好。"

"是您什么人?"

谢尔比诺夫寻思,这下回去立马坐下来,赶紧把索菲娅·亚历山大罗夫娜记入亏损栏,这项人情财富该是再也赚不回来了。莫斯科上空夜色正深,他曾经喜欢过的人那么多,恐怕皆要入睡了,皆要到梦中去见识社会主义的宁静了;这些人谢尔比诺夫统统都将列入亏损项,并统统原谅全部宽恕,在他们姓名下面把过去的友情一笔勾销,如此他就不欠账了,幸福快活一身轻。

索菲娅·亚历山大罗夫娜取出本小册子,打里面抽出张小小相片。

"他没当过我的男人,"索菲娅望着照片上的人儿幽幽开口,"我呢,也没爱过他。可没他在身边老觉心慌,一直挂念得紧。那会儿我跟他住同城,日子很平静……我这人总是住一座城却喜欢另一座……"

"我呀,哪座城市都不喜欢,"谢尔比诺夫气嘟嘟,"哪个地方大街上人多我便喜欢哪儿。"

索菲娅·亚历山大罗夫娜望着照片不舍转眼。上面人儿约莫二十五岁,眼窝深陷眸光暗淡死气沉沉,活像疲倦已极的守夜人;脸上其余部分似乎在扭来扭去,看不清楚也记不真切。谢尔比诺夫瞄了一眼,觉得这人脑子里同时奔跑着两个念头,谁也不服谁脑海便平静不下来,导致一张脸变来变去没法从容淡定,也就给不了清晰印象。

"他这人无趣得紧,"索菲娅·亚历山大罗夫娜见谢尔比诺夫有些冷淡,再又介绍,"不过呢,打起交道来倒特别容易!他呀,有自个儿信仰,用心得很嘞,因此跟他相处往往特轻松自在。这世上啊,若这种人一抓一大把,那女人家可就麻烦了,恐怕难得嫁回人……"

"我上哪儿会得着他?"谢尔比诺夫又问,"说不定他早死了……呃,您刚才啥意思,为啥女人就嫁不了人?"

"为啥?你想啊,这嫁了人总得搂搂抱抱吧,得吃点醋、生个气什么的吧,得热血沸腾使劲儿折腾吧;我呢,嫁过,给别人当过一个月老婆,这事儿跟您提过。可那家伙,你跟他一起这些统统都用不着,啥也干不了,只管靠近他偎他怀里就行了,这样他便满足了。"

"我要见到这人就寄张明信片告诉您。"谢尔比诺夫终于答应,随即慌慌张张穿上大衣带着那块床单逃离现场。

下到楼梯拐角谢尔比诺夫放眼一望,莫斯科正夜色深深。一条河静静流淌,活像死过去了;岸边人影也已散尽。西蒙一路下楼一路嘟嘟囔囔,说什么今天若是把索菲娅·亚历山大罗夫娜真给拿下了,破了她那矜持纯洁的身体,到时恐怕就真陷进去迷上了她,连带这楼梯也一并喜欢上了;到时恐怕每天他都会怀着喜悦揣着幸福一心一意盼夜幕降临,觉得自己终于找对了地方,可以安放和补偿自己迟来的日子;到时再有什么别的人即便面对面坐他眼前恐怕也顾不上了,心里眼里全是非非之想。

屋里只索菲娅·亚历山大罗夫娜一个人了,想着明早起来还得上班便躺下睡去;孤单挨着寂寞做梦都惆怅。清晨六点,报童顺道来敲门,打门缝塞进一份《工人报》,为求保险还不忘提醒一声:"索尼娅,该起床啦!算上今天的总共十次了,你欠我三十戈比。赶紧起来,发生大事儿了,看看吧!"

傍晚索菲娅·亚历山大罗夫娜下班回来,又冲了凉,可这回只得用枕头套子擦干身子,而后推开窗,外面莫斯科城已暗下,灯火渐起霓虹温暖。平常此时她习惯等等人,一等好几钟头,可谁也没等来:一些人忙着开会没空;有空的来了干坐干聊,又不能跟女人亲热就不情愿来了。天黑尽,索菲娅·亚历山大罗夫娜趴窗台上,还在等,边等边瞌睡。楼下大街上四轮马车和大小汽车跑得匆忙;一座孤零零小教堂，夜色下实不可见，只传来幽幽钟鸣。行人不断来来往往，好多打索菲娅·亚历山大罗夫娜眼皮底下走过，惹得她见一道人影生一回期待，可又眼巴巴目送人家从自己楼门前经过。只一家伙大门外略作停留，哑巴口香烟扔掉烟头进了楼栋，任那星红点燃在马路上。"不是来找我的。"失望惯了，索尼娅嘟哝一声又安静下来。突然，楼道深处传来几响脚步声，下脚人犹犹豫豫走走停停，时而叹息时而沉思。终于，脚步停在索菲娅·亚历山大罗夫娜家门口。"接着走啊，往上、往上。"索尼娅又嘟哝一声。可那人敲门了。这下子索菲娅·亚历山大罗夫娜慌不择路，完全忽略了窗口到门口还有段距离，飞扑而去，冲出小过道一把拉开房门。正是谢尔比诺夫。

"我走不了，无能为力，"他坦言，"心里一直想您，一直。"

西蒙挤出一丝笑容，忧伤如昨而今更甚。他明白，也看出来，这里难有幸福，至少他面前没有，而他身后唯有旅馆嘈杂的屋子，里面就剩一册小账本，上面记着他所遗落的同志。

"我大衣里有您的床单，拿去吧，"谢尔比诺夫又说，"早干了，您的气味也没了。实在不好意思，我裹着它睡了一天。"

索菲娅·亚历山大罗夫娜心知肚明谢尔比诺夫这是为情所困，心累了；她一时无言，不指望也没料到客人会对自己感兴趣，只好默默端出自己的晚餐默默招待。谢尔比诺夫默默吃下，似乎理所当然；可吃完后更感孤独，更觉痛苦难当，活像有无穷力量在他身上膨胀，又找不到出路宣泄，尽挤压在胸口徒劳地憋得难受。

"您到底为啥不走了？"索菲娅·亚历山大罗夫娜明知故问，"是不打昨天起更加苦闷了？"

"我要去那个省份找荒草。从前虱子在威胁社会主义，如今则是荒草。跟我一块儿去吧！"

"不了，"索菲娅·亚历山大罗夫娜没答应，"我哪儿也不能去。"

谢尔比诺夫真想就此躺下静静睡一觉，他更无别处可安然入梦。

他摸了摸脊背和左胸肋骨，只觉好几个月了，也不知咋回事儿，过去软软和和百折不挠的地方如今变得硬邦邦病恹恹了；他寻思，兴许这是曾经青春年少的软骨组织在衰老在死亡，要变成一身岁月苍老的死硬骨头。今天清晨他母亲没了，他早已忘了她的模样。西蒙甚至不清楚母亲后来到底在哪里过活，只隐隐觉得她该是住在莫斯科城边的倒数第二幢房子里，一城之隔，再往外头即是县乡之野。当时，谢尔比诺夫要么在仔细刷牙护理口腔，清除内中脓疮好跟人接吻，要么正享用早餐咽下火腿；也就是那一刻他母亲落气了。如今西蒙生无可恋，不知活着有什么意思。这世间最后的那个人，那个在他谢尔比诺夫死后会终生难过哀伤的人已不在人世。这世间剩那么多人，他们活着，可对谢尔比诺夫来说又有谁比得上他母亲；母亲不可替代，或许他可以不再爱她，甚至忘了她在哪里，可他能活下来不就因母亲在牵挂在惦记着他，这牵挂这惦记生来就有从未断绝，一直保护他，保护他远离别的人，那些人那么多，可于他西蒙而言一无是处。如今，这道保护墙垮塌了，倒在莫斯科城边缘，那里更往前一步就是外省荒野；那里有位老太婆，曾爱惜儿子胜过自己，如今无声无息躺棺材里；那棺材新下的木板上面残留的生机盖过母亲枯瘦如柴的身体。母亲不在了，谢尔比诺夫觉得余生自由了，轻松了，反正没人了，没人再会因他死去而埋怨苍天、哭诉大地，而痛不欲生、死去活来；母亲不在了，她曾答应过他，保证了又保证，只要比西蒙活得长久便一定会为他哀悼，为他哭泣。可母亲却先走了。现在想来，他西蒙能活着就因为心中始终有母亲的爱怜温暖，就因为他觉得要好好活着，平安无事地在世上活着，才对得住母亲的牵挂，才能让她放心。是她，正是自己母亲一直在保护自己，也一直在瞒着自己，让他西蒙远离外面一切陌生的人，让他生生以为外面的世界是友善的，是同情他的。然而如今母亲不在了，一切暴露无遗。自己再活下去似乎已没必要，世上那么多人没谁跟他再扯得上干系，没谁再在乎他西蒙是否必须得活着。所以谢尔比诺夫才又来找索菲娅·亚历山大罗夫娜，只为跟同为女人

445

的她多待一会儿，只为自己母亲也曾是女人。

在她家坐了一阵，谢尔比诺夫看出索菲娅·亚历山大罗夫娜有些倦了想睡觉，于是起身告辞而去。母亲过世这事谢尔比诺夫只字未提。他想着下次再来造访索菲娅·亚历山大罗夫娜，再提这事未必不是一个恰当借口。谢尔比诺夫的住处步行要约莫六俄里路程，他一路返回碰上两场小雨，刚稀稀拉拉落下便匆匆忙忙收场了。来到一处街心花园，谢尔比诺夫觉得该痛哭一场了；寻了条长凳坐下静待悲伤涌出泪水，又弯下腰耷拉下脑袋，好让眼泪来得更顺畅，可无论如何也哭不出来。后来再哭已是进了家夜啤酒小店，里面音乐起起伏伏舞步摇摇晃晃；他确实哭了，但并非伤心母亲离世，而是悲哀于里头那么多人，那么多表演的女人，却尽都离他那么遥不可及。

第三回再上索菲娅·亚历山大罗夫娜家恰逢星期天。他来时她正睡觉；他等楼道口，她屋里穿衣。

隔着房门他告诉她，昨天母亲下葬了，这趟专门来找她是想邀她一起去看坟，看看母亲在哪里入土为安，在哪里与世界共存亡。索菲娅·亚历山大罗夫娜衣衫不整开了门，脸也没洗便随谢尔比诺夫一起去了墓地。墓地上落叶纷飞秋意渐凉，新坟旧墓新人旧人长眠于此。高草成丛密叶如冠，之间林林十字架若隐若现纪念久远；十字架摊开双臂状若活人，欲拥抱墓中死者，却终究徒劳一场。小径幽幽，近旁一十字架刻有两行墓志铭，不知是谁留下的无声的哭诉怨念：

　　我活着，以泪洗面，
　　而她逝去，沉默不言。

西蒙母亲的坟头新土刚起，周围累累别家旧坟破败不堪，两相比照，既显拥挤又那么格格不入。谢尔比诺夫和索菲娅·亚历山大罗夫娜双双站在一棵老树下，树叶沙沙响不停不息，空中呼啸的风儿也不停不息，活像在给时光的脚步伴奏，在轻轻诉说时光如梭一去不可追。远处偶有人走走停停，三三两两前来拜祭故去的亲人；而他俩左近却没谁过来。谢尔比诺夫身旁，索菲娅·亚历山大罗夫娜默默伫立静静呼吸，默默看着那窝坟头，她不明白生离死别究竟是怎样滋味，她身边亲友都还命不该绝。她想找找悲伤感觉，好同情谢尔比诺夫，跟他一起痛苦一回；可感觉没来，只引来一阵百无聊赖：风儿慢悠悠吹来吹去怎么老不停歇，十字架丢弃一地怎么无人理睬。谢尔比诺夫亦如同一根十字架立她面前，那么孤苦无助，而索菲娅·亚历山大罗夫娜却束手无策，不晓得要如何才能拯救他脱离茫茫苦海，让他好过些。

遍地坟墓遍地死亡，谢尔比诺夫站着心中无比恐慌。坟里躺着成千上万死去的人，他们过去顽强活着，就为相信自己死后有人会永久怀念永生哀悼，可如今事与愿违，他们被遗忘了，这片坟场几近荒无人烟，留下来的唯有十字架，它们在替那些本该来此的人敬一分铭记祭一分伤悲。如今母亲不在了，他西蒙也落到此般田地：世上最后一个会因他的死而来十字架前看望祭奠的人，这会子她自己都躺棺材里了，埋在他脚下。

谢尔比诺夫抬手轻轻碰了碰索菲娅·亚历山大罗夫娜肩头，巴望着要是分别了今后她会因这记触碰而想起他。索菲娅·亚历山大罗夫娜没理睬没回应。西蒙从后面一把抱住，将脑袋凑她脖子上。

"这边有人呢，会看见的，"索菲娅·亚历山大罗夫娜低声细语，"咱们换个地方吧。"

他俩择了条小径往坟场深处走去。一路人影虽不多却并未断绝：碰上过几位老太婆，目光锐利疑神疑鬼；遇上过几个挖坟的，突地打静悄悄草丛抬起身来，手上提着铁锹；还有钟楼上那名敲钟人，也曾低下头见着了他俩。其间不时踏进某处僻静荒凉之地，似乎方便了些，谢尔比诺夫径直将索菲娅·亚历山大罗夫娜抵大树上，或者把她整个儿抱起来几近半悬空中，而她却勉勉强强不愿多看他一眼；只是，偶又传来一声咳嗽，或者响起脚踩石子的咯吱响动，谢尔比诺夫不得不停下，牵上索菲娅·亚历山大罗夫娜的手又往前走。

一路走走停停，他俩围着墓地绕了一大圈没找到合适躺身之地，不得已又回到母亲坟前。俩人双双有些累了；西蒙觉得自己那颗心等得焦急，等了好久不堪重负，多么渴望多么需要把满腔的痛苦和孤独交给另一具身体，一具对他友好跟他亲近的身体；没准儿还想还需要从索菲娅·亚历山大罗夫娜那里拿走她所珍爱之物，让她因失去而不舍，而终生念念不忘，忘不了那件遗落在谢尔比诺夫身上的东西便就忘不了他这个人。

"为何您这会儿想要这个？"索菲娅·亚历山大罗夫娜不能理解，"说吧，最好谈谈。"

母亲坟前，几条粗大树根裸露地面，俩人择一而坐，双脚伸向墓台新土。西蒙一声不吭，不知道在与索菲娅·亚历山大罗夫娜合二为一之前，共享不了身体又如何能分担心头痛苦；他觉得一个家庭若想形成共同财产，必然也是在有了夫妻之实之后；向来，至少自己平生所见，只有互换了血液和身体才会随之而来引起其余生活物资的互换，如若不然根本不可能，毕竟唯有先分享了贵重之宝，再来分享便宜之物才不会叫人心疼。谢尔比诺夫觉得，也就自己这颗腐朽堕落的脑袋才会做如是想，不过倒也不如何反感。

"谈谈？我能说啥！"他抱怨，"我现在很难过，痛苦像物质一样在我体内翻江倒海，无论我们谈啥还不是跟它毫无干系，沾不上边。"

索菲娅·亚历山大罗夫娜转过身对着西蒙，一张脸蛋风云突变凄凄楚楚，活像害怕要受苦受难似的，她或许猜到了什么，又或许茫然不解。西蒙愁眉苦脸地抱了过去，再把她搬到母亲坟头上；树根硬邦邦，坟丘新土正得软和；下方草丛伸来四只脚，一时凌乱。他全然顾不上这片墓地是否还有别人，是否尽都走开；索菲娅·亚历山大罗夫娜则扭过脸去不再看他，只默默望着地上块块泥土，上面残留别家棺材掉落的微末遗骸，许是从地底深处挖出来时铁锹不慎碰落的东西。

过得一阵，谢尔比诺夫翻遍衣兜，不知打何处荒僻角落找出一张相片，细细长长，一位老太婆枯瘦如柴；坟头新土也已凌乱，松松垮垮；他把照片埋进去，省得今后再想起再痛苦，母亲不在了。

戈普涅尔在切文古尔给雅科夫·季特奇建了一间暖房，因这老头最爱鲜花灿烂，哪怕反着季节开也行，见花如见日子宁静美好。可眼下切文古尔头顶，尘世上空已入仲秋，黄昏下的日头歪歪斜斜眯缝起眼睛无精打采，而草原上雅科夫·季特奇向往的花朵也无精打采，软软芬芳气若游丝。外人中年龄最小的仅十三岁，名叫叶戈里；雅科夫·季特奇把那少年叫到自己暖房一块儿坐下，屋顶玻璃洒下微微光辉，身边鲜花弥漫浓浓芳香。老头很伤感，看来恐怕得死在切文古尔这地方了，不过也确实差不多到头了，近些时日他的肠胃彻底厌食，喝口水转过背就变成了气体，胀得苦不堪言；然而，雅科夫·季特奇对死如此绝望倒非因害下这场病，而是无法再忍受自己：他感到自己身体不再属于自己，归了置身事外的另一人，第二个影子般的自己，整整六十年了，他带着这影子从来没开心过，如今已心生厌倦，甚至结下绵绵仇恨。这会儿他望向原野，"无产阶级力量"在耕地，科片金紧随其后，他越发想忘掉自己，摆脱那寸步不离的苦闷忧伤彻底躲起来。他多想变成那匹马，多想当一回科片金，多想做一个天生有本事的家伙，不在乎这家伙是什么货色，只求将自己遍体鳞伤、疤痕累累、麻木不堪的生命从脑子里剔除出去。他摸了摸叶戈里，心头好过些了，少年终归是少年，这生命最好的时光，就算如今自己再也不能借它活着，可靠近它想想它亦可聊以自慰。

科片金光着脚不辞辛劳翻耕草原，开垦那片时来运转的生荒地，唯一帮手只有他那匹战马。他这番辛苦忙活跟给自己刨食无关，而是想为另一个人，为亚历山大·德瓦诺夫刨出未来的幸福。科片金看出德瓦诺夫自来切文古尔后日渐消瘦，便钻进旧世界残留的贮藏室，好不容易得了一小撮黑麦种子，赶忙给"无产阶级力量"套上犁头开荒垦地，想着种出一垄越冬作物给自己朋友备下些粮食。不过，德瓦诺夫这回瘦下来倒非饿了肚子，恰恰相反，他自来到切文古尔鲜有想吃东西的时候，这瘦的起因实乃幸福和操心所致。他老感觉不知是何原因此间切文古尔人总在受苦，彼此相依为命的日子过得并不牢固稳当。为此，德瓦诺夫不停操劳，以求借此跟大家分享自己的身体；比如科片金，为使他跟着自己一起在切文古尔过得习惯住得长久，亚历山大每天总要为他写写画画，绞尽脑汁想象，打算编一本罗莎·卢森堡生命奋斗史；再比如基列伊，这家伙成天跟在德瓦诺夫屁股后头，一脸忧伤关怀备至，到了夜里也不懈息，善始善终守着他，生怕一疏忽德瓦诺夫突然自切文古尔不翼而飞了；为着他，德瓦诺夫专门去了趟河边，打河底捞出一根黑乎乎的木棒，不大不小刚好适合送给基列伊，由他去拾掇切削，满足其一心想要制件木头武器的愿望。而切普尔内伊则带上帕申采夫到处砍灌木林子，一干竟歇不下来，只因他想起，切文古尔这乡冬天时常也没那么多雪，若真到那时再想凭雪焐暖房子恐怕就来不及了，这一城的共产主义居民定将通通着了凉害下病，等不到开春纷纷一命呜呼了去。入夜后切普尔内伊也不得安生，半躺在切文古尔城中央空地上，不时给身边苟延残喘的篝火添一把柴火以保住城市唯一火种，免得失了夜间光明。戈普涅尔和德瓦诺夫倒答应过尽快给切文古尔搞出电灯，可一直忙于这样那样操心事累得脱不开身。如此一来切普尔内伊只好一边盼电灯一边守篝火，头上挂着潮湿的天，四周尽陷秋夜之阴郁黑暗；虽则不停打瞌睡，他总算替一城睡梦中的外人保住了温暖留住了光明。天色尚未明，一城外人纷纷醒来有了动静，这落切普尔内伊眼里耳里实乃难能可贵的幸福时刻：宁静一夜的切文古尔苏醒了，家家户户房门嘎吱声络绎不绝，院子大门开合间响声如雷；三三两两休息妥当缓过劲儿来的光脚穿梭房舍间，不是找吃食就是会同志；水桶拖来拖去丁零哐啷，黎明渐开铺天盖地。这时切普尔内伊方才心满意足，方才安然入睡，留下那堆万众一心的篝火任由外人们自己照料。

一众外人得空便上草原，采摘穗子挖刨根茎；或者下到河边，着一根棍子挑上帽子捞捕里面成群结队的小鱼苗。大家如此劳心劳力还真非为给自己添那口吃食，而是在替别人替朋友忙活，彼此相请互为款待，只是原野上食物已少得可怜难觅踪影，大家荒草丛间游来荡去，脚累一天，天快黑时自家饿肚子已忍得心慌；也替别人饿肚子愁得忧伤。

堪堪黄昏，满城外人尽皆跑到开阔茂密的草坪上，相聚相请吃饭进餐。突然，卡尔丘克站起来，这家伙忙了一天累得疲惫不堪，可到晚上还是爱来跟黎民百姓挤一起。

"公民们朋友们，"卡尔丘克有话要说，一开腔即踌躇满志得意洋洋，"尤什卡胸上老咳嗽难受，我呢，寻思他得吃软和些，吃点儿好下咽的东西，这不采来花花草草，弄鲜嫩根叶打底再滴上香甜花蜜，给他做了一大堆草饼子，软乎乎香喷喷，尤什卡，快过来，放心大胆地吃吧……"

尤什卡坐牛蒡草上，手里握着四颗土豆。

"喂，卡尔丘克，我呢，懂规矩，对你也是立场坚定斗志强嘛，"尤什卡遥相呼应，"今儿一大早也不知啥原因，只想给你烤土豆，想让你大吃一惊！我一门心思巴望招待你吃得饱饱的，睡一宿都不会肚子饿！"

夜漆黑如渊，四周阴森弥漫。天幕阴沉荒凉清冷，星辰如隔囚室，不得脱逃片缕光芒，天地伤悲万物惆怅。这外人嘴里嚼着东西，心间荡漾快活；这外人置身此间的异乡天地直面漫长秋夜，幸好有所准备，至少备下了难能可贵的同志，视其为自己独一无二的依仗，并且不单是依仗，还是悄然暗藏的一股幸福滋味；这份幸福平常外人只能在心里憧憬想象，而身体却先于心灵已获得了它的滋养；在外人眼里，只要自己所备下的那断断不可或缺的另一个人在世上过得安然无恙，也就足够了，足够成为一道源泉给自己心灵注入安宁，给自家生命浇灌坚韧；足够成为他一贫如洗的人生中最最可贵的物质财富，成为最最难得的精神寄托。正因世上有这第二个人存在,有这相依为命生死攸关的自己人,一众孤苦伶仃的外人才心安理得,才把此间光秃秃的切文古尔和眼前湿漉漉的漫长秋夜住成了安乐窝、睡成了温柔乡。"吃吧,吃吧,"望着吃得正欢的尤什卡,卡尔丘克思绪飘飘然,"吃饱到肚子里的东西消化进肠子,身上血液才会越流越多,睡一觉才会有滋有味儿嘛。赶明儿个醒来肠子肚子还饱饱的,身子骨儿仍暖暖的,多舒服的事情!"

而尤什卡吞下最后一口粥食,打人群中悠悠然站起来。

"同志们,咱们如今在这乡过日子跟正儿八经的居民一样,这活法要原则讲原则,要规矩懂规矩……尽管咱们都是些低人一等的群众,都是最最根正苗红的广大老百姓,但是呢,咱们要是缺了谁也就永远等着谁!……"

一众外人听得心有戚戚焉,默默将脑袋低下去,靠向自己操心了一天吃食担心了一天朋友的身体,那身体同样也低了下去。

"咱们这回算是把普罗什卡给弄丢了,"切普尔内伊幽幽感叹神情沮丧,"多可爱的家伙,没了他切文古尔的损失可真不小哟!……"

"我看啦,最好把篝火安排得再旺盛些,"基列伊出主意,"说不定普罗什卡夜里便回来了,可咱们这儿黑咕隆咚的啥都看不见!"

"安排,拿啥子来安排?"卡尔丘克觉得不可思议,"篝火要烧得旺非架得蓬蓬松松不可!可你看这柴火长成啥样,要形状没形状讲货色没货色,细胳膊细腿儿的咋弄,你来安排试试!这些东西一烧上,什么烟呀、灰的倒安排出来了,你就称心如意了不是……"

不过,此时此间一地外人纷纷入了梦乡,无念无想呼吸绵长,听不见卡尔丘克的牢骚话了。只科片金无心瞌睡。"尽张开嘴巴乱说。"他想了想众人的话没谁有道理,于是起身离开安排自己那匹马去了。德瓦诺夫和帕申采夫背靠背躺卧亲密无间,双双挤出了温暖,也就不知不觉活像丢了脑子昏昏然一觉而至大天亮。

又过得两日，第三天上吉卜赛女人现身了，在卡尔丘克的贮藏室白白荒了两夜。白天时她俩倒也想跟切文古尔人成成亲过过日子，可大伙儿都上城里头或荒草丛四处忙乎劳动，没谁磨得开面子当着自家同志丢下手上活路不管，跑来跟这女人家讨好卖乖、谈情说爱。基列伊早把切文古尔的臭虫通通捉来消灭光了，那把黑木棒子打制的军刀也完工了，吉卜赛女人抛头露面那会儿他正挖树桩子，好给戈普涅尔备下木料，打算替他做一根烟斗。俩女人打他身边走过，转而进了天地间阴暗处隐去不见了；顿时，基列伊心头失落得沉重忧伤，只觉浑身都虚脱了，仿佛眼睁睁看见自己日子活到头了；不过他接着挖土接着折腾自家身体，心头那份沉重便慢慢熬过去了。个把钟头后吉卜赛女人的身影又浮了出来，已是上到草原高处，随即眨眼间又消失了，活像徐徐退向远方的大车队伍尾巴上吊着的两道影子，倏尔不见了。

"天生娇滴滴的美人儿哟。"皮尤夏边感叹，边将外人们脱下来洗好的破裤子搭篱笆上晾晒。

"皮实耐用的好东西嘞。"热耶夫掂量，直指那对儿吉卜赛女人的品貌本色。

"可惜身上一点儿革命的影子都没有呀！"科片金算是看出来了。他一直在找马掌子，青草丛间和马蹄踏过的地方通通没放过，这都第三天上了，仅寻得一些小玩意，诸如什么吊胸十字架、草鞋帮子、叫不出名堂的跟腱筋骨，还有从前资产阶级的生活垃圾等等。"脸蛋儿上缺乏觉悟，光好看顶啥用，"科片金连连摇头，手上正好寻得一口募款箱，这玩意儿在共产主义前用来筹集善款修建教堂庙宇，"女人身上若不沾点革命气息只能算作半生不熟的假娘们儿，这路货色我可懒得劳神花心思……你呀，若拿来睡觉保准睡过头，可往后呢，越睡越不是滋味，她呀，真到打仗啥也不是，比我的心灵还要软绵绵轻飘飘。"

德瓦诺夫离得不远，坐穿堂里，就着一口铁皮大箱子拔上面铁钉，寻思总有木匠活儿用得上；隔着门洞他望见那俩倒霉的吉卜赛女人远远离去，心头未免有些惋惜，想这双娘们儿本可在切文古尔当上老婆，再生下一男半女当上母亲；可这里的人彼此间友情塞得饱满，成天忙忙碌碌替对方操劳，挤得连丝缝隙都插不进，一门心思想着千万别在这举目无亲的可怕地头不小心失散了；此外，这帮人又是推心置腹、肝胆相照，又是流血流汗、彼此奉献，把相互间的生命联系夯得牢不可破，谁也插不进来。德瓦诺夫四下望了望，一眼的房子和篱笆墙，不禁大为震惊，心想这些东西身上不知倾注了多少双手的温暖，可又有多少条生命在里面老等不着另一条生命前来相会，白瞎了其生命之火，变得冰冷僵硬；这些墙壁、天花板和屋顶真是害人不浅！思及此，德瓦诺夫暂时歇下手上活路，钉子不拔了，觉得不该为劳动再浪费力气，得让自己和外人们留足劲头，好把最最得劲儿的精力花在科片金和戈普涅尔身上，花在跟那俩吉卜赛女子差不多遭遇的人身上，总不能眼睁睁看着他们又再孤独离开，孤独地抛下这边忙得热火朝天的切文古尔，朝那边茫茫无际的草原而去，朝一贫如洗的苦难深渊而去。"就算叫我愁眉苦脸发呆，总好过在这儿尽心竭力瞎折腾而把人却放走了，"德瓦诺夫越想越坚定，"大家都赶着忙来忙去，把一切浑浑噩噩的日子忘了似乎就不难了，可幸福岂不遥遥无期永远给耽搁在了半道上……"

秋高气爽日头懒洋洋，半死不活洒下阳光洒下热量，穿透明净如洗的天空落于大地上，落在切文古尔静悄悄的旷野上；地面之上仿佛绝了空气，风儿纹丝不动，偶尔几根闲得乏味的蛛网扑粘人脸；可草儿们已耷拉下身子伏向荒寂尘土，不再接受阳光和温暖，看来，它们过日子不单单靠太阳接济，还得顺应自己的生命周期。草原尽头天地一线，飞起几只鸟儿又落向远方，许是寻见食物更加丰美的他乡；德瓦诺夫望着渐渐远去的鸟影心绪飘摇触景伤怀，活像时光倒流回到了童年，回到扎哈尔·巴甫洛维奇的家，见着了天花板下飞来飞去的苍蝇。可惜，那远去的鸟儿飞着飞着给一股慢腾腾扶摇而上的烟尘掩盖了身影；只见驶来一驾三套车，马蹄奔腾拉着要紧的乘客，从大地方而来闯进乡下县份小地头,尽情撒野疯跑直扑切文古尔。车马急急,来人堪堪临近,德瓦诺夫连忙爬上篱笆墙举目张望心中惊奇;突然,左近响起一阵马蹄声,如惊雷轰鸣,科片金骑上"无产阶级力量"撞开寨门飞奔而去,扑向遥遥在望的外来者:若遇朋友便迎接以拥抱,要是敌人则还击以死亡。德瓦诺夫也向城门口跑去,想着见机行事随时出手助科片金一臂之力。不过科片金早单枪匹马把事情拿下了;只见前头一车夫牵着缰绳拉着马徐步前行,落蹄儿无声,身后跟了一辆敞篷四轮马车,已空空如也;再往后稍远便是那陌生乘客,神色泰然起步悠闲。科片金则坐马上押送而行,一手提马刀一手拽皮包;皮包外头一把女式左轮手枪,给一只脏兮兮粗大巴掌死死按住不得动弹。

这会子,适才坐车上奔驰草原的来者手无寸铁徒步而行,脸上全无惧色,活像死到临头也不慌张,反而嘴挂笑容眼含好奇。

"您是谁?跑切文古尔来干吗?"德瓦诺夫问他。

"我自中央来,到这儿找荒草。本以为找不着,没想却实实在在长势还不错。"西蒙·谢尔比诺夫回他,"你们呢,又是什么人?"

只见一双人影面对面直杠杠站着,都快碰上了。科片金仔细打量谢尔比诺夫,神色警惕,心头却暗自快活,终于有危险可对付了;车夫立马跟前连连叹气,嘴里叽里咕噜直怨倒霉,心头料定这回马是保不住了,准得给此间没家没口的流民抢了去。

"此间是共产主义,"科片金马上高声宣扬,"我们这里全是同志,早前这儿哪样生活物资都没有,就剩感情好。你呢,哪路人马啥来头?"

"我也是共产党员。"谢尔比诺夫掏出证件递了过去,眼睛一再瞟向德瓦诺夫,总觉这家伙眼熟,使劲回忆到底哪儿见过。

"这家伙虚晃一枪,怕莫是跑来搞假把式共产的吧,"科片金好不扫兴,危险没影儿了出手的机会不翼而飞;随即大手一抛,连皮包带裤兜儿式手枪一并扔了出去,进了左近荒草丛,"婆娘家耍的东西咱们操手上可不得劲儿;还是大炮看着顺眼亲近些,你呀,要是能给咱们整门炮来，到时不用啥证明铁定的布尔什维克。瞧你，皮包宽宽大大，可手枪呢却细模细样，明显嘛，不过是一个小秘书，不是啥党的要害人物……萨沙，上马，回屋啰！"

德瓦诺夫爬上"无产阶级力量"屁股后面坐稳当，挤着科片金，俩人一马飞驰而去。

谢尔比诺夫的车夫调转马头对准草原，更爬上驾驶座位随时准备逃跑。谢尔比诺夫则边沉思迈步，在切文古尔走上一阵即停下，只见：脚边一丛牛蒡几近干枯，在熬完其打夏日过来的温暖余生；远处城市中央传来敲敲打打声响，有人摆弄木头干得专心，动作有条不紊；旁边一间屋子飘出食物的味道，似乎是土豆。看来此间百姓日子过得有喜有忧，生活酸甜苦辣滋味齐全。那他谢尔比诺夫到底跑来干什么？暂时闹不清楚。也就继续前行，继续深入切文古尔，深入这片陌生土地。那车夫见谢尔比诺夫不理他，偷偷打马而去，步伐轻柔静悄悄，活像事先策划商量好了似的，待稍离城市方才快马加鞭，冲上一眼望不到边的空空大草原。

过不久，谢尔比诺夫给一众外人呼啦一下围住，大伙儿见了陌生人亲热得跟见着自家血亲兄弟似的；这新来的浑身上下穿戴可真整齐。大伙儿直勾勾望着谢尔比诺夫左瞧瞧右看看，活像这是给他们送来了一辆小汽车，那快活舒服劲儿眼瞧见地便要落到自己头上了。基列伊跑上前从谢尔比诺夫衣兜里摸出支钢笔，当场揪下笔帽头打算拿去给戈普涅尔制成烟斗嘴。卡尔丘克则将谢尔比诺夫的眼镜送给了基列伊，还不忘邀功：

"这下子你怕是要看得更远也见得更多了吧。"

"我真白瞎了，把他那口布袋和办差旅的皮包扔掉干啥，"科片金又恨又气，"你说我拿过来给萨沙弄款布尔什维克的帽子，多好的事……丢就丢了吧，不弄也不打紧，回头我把自己那顶送他。"

谢尔比诺夫的大头皮鞋则跑到雅科夫·季特奇脚上去了，老头儿需得着一双起脚便当的鞋，好在大屋子里走上几步；而他身上那件大衣得切文古尔人拿去给帕申采夫缝出条裤子，这家伙打他那革命自然保护区出来就再没穿过正儿八经的裤子。过得一阵谢尔比诺夫脚上光了，身上剩件背心，当街坐凳子上。孤苦无助间，皮尤夏心领神会送来两颗烤土豆，而诸外人纷纷上前添温暖，也不多话，有什么送什么，这人给件短皮袄，那人送双毡靴；基列伊则拎来一麻袋案头文具。

"收下吧，"基列伊态度大方，"你呀，看得出来该是有才学的聪明人，这些东西你用得着，落俺们手上倒浪费了。"

谢尔比诺夫接过那袋文具。随即又去日渐枯黄的草丛寻回自己的皮包和手枪；他从皮包里掏出一册皱巴巴本子，皮包已无关紧要，干脆扔了。这册本子记着西蒙的人情账，里头的人人马马是他想攒下的私人财产，可舍不得丢弃，这会儿下夜正好打开。今晚，忙碌一天的城市已疲倦，四周寂然，西蒙坐桌前，身上挂件短皮袄，脚下蹬双毡靴；桌上一本册子一盏烛火，那只蜡烛头还是基列伊打资产阶级的存货中寻来的；屋里隐隐散发一股油腻腻味道，许是曾经住过一位素未蒙面的胖子。但凡离群索居或来到新地头，谢尔比诺夫总会莫名苦闷忧愁，爱闹肚子疼，这叫他没法提笔在小册子上写事儿，也就翻翻瞧瞧，竟发现过去记下的全部人情财富恐怕都得归入亏损项了：里头无一人留下来相伴终生；没谁结下的友谊最后变成相亲相爱牢不可破的亲情。今时今日谢尔比诺夫依旧是孤家寡人，世上还记得他的唯有单位上那位书记，记得他在出差途中迟早要归来；而书记盼他不过例行公事罢了。"至少他需要我嘛，"谢尔比诺夫暗自寻思心潮澎湃，对书记充满浓浓感激眷恋，"他会等到我的，我定不会辜负他的这份惦记。"

亚历山大·德瓦诺夫找上门审查谢尔比诺夫；那当口这家伙正想着有书记的关心惦记，觉得他西蒙也算有同志，心头幸福的滋味飘来飘去都快飘出完整模样了。切文古尔这乡夜色孤寂，只有此事也唯有此念才让谢尔比诺夫稍觉宽怀，除此之外他哪样别的想法都没冒出来，没一点感觉，而缺乏感觉的东西是宽慰不了人的。

"说说，您来切文古尔要办什么事儿？"德瓦诺夫开门见山，"我这便告诉您，甭管您有啥差事在这儿都是完成不了的。"

差事完不完得成谢尔比诺夫无心挂虑，盯着德瓦诺夫那张似曾相识的脸再次使劲回忆，可怎么也想不起来不免忧心如焚。

"问一句，听说你们这儿播种面积减少了，是真的不？"谢尔比诺夫想打听清楚，好跟书记有所交待让他满意，至于自己，什么播种面积不播种面积还真没多大兴趣。

"不是真的，"德瓦诺夫答复，"是增长了，连城里都生满了青草。"

"挺不错嘛。"谢尔比诺夫赞了句，暗想差事算是完成了，回头报告里就写播种面积非但没减少，反倒增加了1%；他到处看了，没见着一块荒芜土地，处处植株茂密甚至拥挤不堪。

夜雾潮湿，不知何处响起科片金的咳嗽声，岁月不饶人，他在老去，也就少瞌睡，也就独自出来溜达。

德瓦诺夫来找谢尔比诺夫，起初并不信任，谋划如何才能将这出差人从切文古尔赶出去，不过真面对面见上了，一时半会儿又不知该如何往下开口。德瓦诺夫见到陌生人心里向来先起几分畏惧，只因觉着并没多少把得实在的信心能支撑自己获得足够的优势；相反，面前这人的长相盖过了德瓦诺夫的信心，令他生出了感情，自作多情地喜欢上了几分。

谢尔比诺夫尚未回过神自己身处何地；乡下县城的宁静和旷野荒草丛丛的浓郁气息逼得他格外思念莫斯科，一心想回去，打定主意明天便返程，离开切文古尔，走也要走回去。

"你们这是在搞革命么，还是别的？"谢尔比诺夫不解，问德瓦诺夫。

"我们是在搞共产主义。你听听，那边咳嗽的科片金同志就是共产党员。"

谢尔比诺夫不觉惊讶，他向来认为革命比自己优秀得多。来到此间城市他只看出自己多么可怜，隐隐觉得自己好比河里石头，革命从上面流淌而过，而他却只能固守河底自顾自怜浑身沉重。

"但你们这切文古尔得有痛苦或忧愁吧？"谢尔比诺夫又问。

德瓦诺夫告诉他有的，还说痛苦或忧愁也是人身体的一部分。

随即德瓦诺夫耷拉下脑袋，额头顶桌子边；每回入夜他都累得挺辛苦，倒非真忙了什么活动，而是操心过度，整天兢兢业业提心吊胆地守望着一城切文古尔人。

谢尔比诺夫推开窗，外面漆黑幽静，似乎只草原上隐隐传来午夜呢喃，轻柔绵长丝毫不惊夜色安宁。德瓦诺夫爬上床，躺倒即入梦了。趁烛火未熄，谢尔比诺夫赶着给索菲娅·亚历山大罗夫娜写封信。他告诉她切文古尔聚集了一群流民，挤挤巴巴搞起了共产主义；流民中有位叫德瓦诺夫的粗通文墨的知识分子，观他样子似乎已忘了来此城市的目的。谢尔比诺夫停下，侧头望了一眼德瓦诺夫，见他睡得正香，双目紧锁拧得脸都变了模样，双腿伸展笔直纹丝不动。这人，谢尔比诺夫继续往下写，有几分像您照片上那家伙，您那位心上人，不过实难想象他居然爱过您。接着谢尔比诺夫又补了一句，说自己但凡出差每回肚子都闹毛病，弄得他跟那半知识分子一样，恐怕也会记不起跑这切文古尔来干吗了，会照样留下来混日子。

蜡烛灭了，谢尔比诺夫躺上一口大箱子，本担心自己一时半会儿睡不着，却不料倒头即酣然入梦，再醒时仿佛眨眼间已天光大亮，新的一天似乎专为幸福的人而来。

他起身前切文古尔早忙活开了，已弄出了一大堆东西，谢尔比诺夫走走瞧瞧，见着那些东西心里却不甚明了，这些玩意儿派得上哪样用场。

一大清早，谢尔比诺夫发现桌上摆了口杉木小煎锅；再瞧屋顶，给穿了孔插了一面铁片旗帜，与起不起风各不相干。整座城市挤得紧凑，以致谢尔比诺夫生出念头，居住面积变小了确实增长不少播种面积。到处眼目所及皆有切文古尔人辛勤忙碌的身影；人们或端坐草丛，或置身板棚，或待在穿堂，人人各取所需手上都有活路。只见：有俩家伙削削砍砍打制木桌子；一人在剪铁皮，剪下后即卷起，这皮子是因缺材料打屋顶抽下来的；另四道人影靠篱笆墙边忙乎编织草鞋以应不时之需，看情形，不定将来会碰上谁一心想长途跋涉四海为家，到时准派得上用场。

德瓦诺夫起得更早，谢尔比诺夫那会儿仍睡着，一起来就赶忙找戈普涅尔。这俩同志在铁匠铺子碰上头，随后谢尔比诺夫也找过来。德瓦诺夫琢磨出了一项发明，打算把阳光变成电能。就为这个戈普涅尔寻遍全城，凡得镜子皆去掉框子，又将稍厚点的玻璃通通搜集上来。就着那堆材料德瓦诺夫和戈普涅尔制了几面三棱镜和反光镜，结构颇为复杂，好使阳光穿了进来反复折腾产生变化，进而汇到仪器尾部生出电流。那台仪器两天前便弄好了，可一丝电流都尚未变得。外人们纷纷跑来瞪大眼围观德瓦诺夫的阳光机器，尽管这东西目前还干不了活儿，却也不妨他们一致认定这机器理所当然就该弄，无比正确非它莫属，毕竟它出自自家同志的脑袋，花了整整两位同志的心血，合该是天经地义的劳动成果。

铁匠铺外头隔着不远有座土塔，泥草混合结构。每夜总有一个外人爬上塔楼点燃篝火，好给草原上流落的人指点方向，表明这里备有栖身之所；可惜，要么草原太空旷，要么夜色太荒芜，迄今为止尚无一人寻着土塔光亮前来此间落脚。

德瓦诺夫和戈普涅尔忙着改进太阳机械，谢尔比诺夫趁机钻进城市中心。前一阵儿，房子与房子间虽则拥挤倒还能走人，如今全然给堵死了，一地半成品挡了通道，均是外人尚未干完的活路，想着改天再来续上：两俄丈大小的木头轱辘胡乱横躺；铁纽扣遍地俯拾皆是；泥巴塑像少许，长得像自家喜欢的同志，德瓦诺夫霍然在列；自个儿会转的机器一部，当是拆了旧闹钟零件拼凑而成的玩意儿，美其名曰自动取暖炉，全城的被子枕头随时准备牺牲填充进去以作燃料，可目前燃力有限，暂时仅能供一人取暖，谁受冻最厉害便轮到谁。还有些物件，谢尔比诺夫那颗有限的脑袋实难想象其用途何在。

"请问，你们这儿执委会在哪儿？"谢尔比诺夫逮着满腹心事的卡尔丘克请教。

"从前有过，如今没了，一切都执行完了嘛，"卡尔丘克搭理一句，"最好去问切普尔内伊，你看我，正赶着弄这牛骨头给帕申采夫同志造把宝剑呢。"

"可为啥你们这儿城市所在的地方明明挺开阔，却建得如此紧紧巴巴？"谢尔比诺夫接着又问。

这回卡尔丘克拒绝回答。

"你爱找谁问找谁去，没见我正忙着么，这不明摆着嘛，我这会儿心里没你，全是帕申采夫，宝剑便是为他弄的，马上就成了。"

不得已谢尔比诺夫又去问另一人，那人容貌几分像蒙古汉子，正自山沟里弄了一袋泥土出来，打算做几尊塑像。

"我们这儿大家喜欢挤紧过日子，好彼此亲密无间嘛。"切普尔内伊递过来一句解释；原来那弄泥土的正是他这家伙。

谢尔比诺夫哈哈大笑，笑声轻蔑扑向切普尔内伊，扑向那两俄丈大小的木轮子，扑向那一地铁扣子。谢尔比诺夫自觉笑得张狂隐隐不好意思，可切普尔内伊跟他面对面，冷眼瞧着也不生气。

"你们的活路干得不容易吧，"为止笑意谢尔比诺夫赶紧没话找话，"可我见了你们的劳动，似乎也没啥实际用途嘛。"

这话听得切普尔内伊一激灵，提高警惕满脸严肃，仔细打量谢尔比诺夫，他算看出来了，面前这人觉悟明显不如普通群众。

"我们这样干活不为什么实际用途，而是为讲感情，讲彼此为了对方。"

谢尔比诺夫已止住笑意却没听明白。

"什么意思？"他追问。

"就这意思呗，"切普尔内伊也不含糊，"难不成还有别的意思么，说来看看？你呀，该不是党外来的吧，你这想法资产阶级曾经有过，他们才追求劳动用途，却没搞成功；单单为东西而忙活，身体老受折磨精神便垮了，耐性也没了。"切普尔内伊发现谢尔比诺夫的脸垮了，这回轮到他来笑意了，"不过呢，这事儿反正也不碍着、伤着你，你在咱们这儿住一阵子就习惯了。"

谢尔比诺夫走开，继续前行，脑子里一团糨糊理不清楚；这会子他若琢磨什么别的事情主意一连串，可此间眼目所及的样样情形硬是叫他闹不明白。

到午饭时间有人来唤谢尔比诺夫过去吃饭，地点在一片空旷草坪上。头道菜是清汤寡水的草叶子汤，第二道食物则是蔬菜羹，就这两道水货西蒙囫囵吞下竟撑得肚子滚圆。那会儿他真想转身即离开切文古尔，回莫斯科。可切普尔内伊和德瓦诺夫却把他叫住，请他暂留一宿明天再启程，他俩想赶在明晨天亮前给他制件礼物，一来作纪念，二来伴行程。

谢尔比诺夫留下来前即决定不上省城汇报工作了，干脆寄份书面报告过去；午饭后他提笔给省委写上，说切文古尔这里没执委会了，却有许多看着美好用着没劲的东西；播种面积倒未必真减少了，恰恰相反，由于重新规划城市建筑布局挤紧了，面积似乎还有增长；不过却面临跟执委会一样的问题，此间居民无人有见识、懂事理，也就是缺文书人员，是以没谁能坐下来就耕地一事写份材料报表。这一状况的性质谢尔比诺夫初步有所判断，认为切文古尔的地盘兴许大概给某个少数民族或者一帮流窜到此的无业游民占领了，内中无人知晓通报信息的技艺奥妙，唯一能向外界发布信号的则是一座泥巴灯塔，每回入夜，上面准时点燃干草或者别的干燥物料，流民中有一知识分子和一手艺熟练工匠，不过俩人似乎糊涂了，舞文弄墨的本事全忘光了。如何决策谢尔比诺夫建议省中央亲自拿主意。

写罢，西蒙又来回读上一遍，觉得符合自己一贯风格，充满机智，左右逢源，模棱两可，两边嘲笑：既揶揄了省里，又讥讽了切文古尔，这行文风格谢尔比诺夫向来用于描写那些成不了自己同志的家伙。一进切文古尔他当场即闹明白了,他来之前此间居民早把一城人马瓜分干净,彼此相互拥有了,一道人影子一点人情分都没给他剩下,所以谢尔比诺夫便心存怨念,也就忘不了自己此行的差事任务。

午饭后切普尔内伊又去运泥土,谢尔比诺夫找上他说写了两封信,问如何才能发出去,邮局又在哪里。切普尔内伊接过信件回他话:

"怎么着,想家里人了?我们这儿上邮局通常派人走路过去。我也想普罗科菲了,只是不晓得他在哪儿,也没处地址。"

卡尔丘克忙完帕申采夫那把骨剑本该高高兴兴,往后心头就不会更有忧愁牵挂了,却不然,一时无人可想念操心,也没活儿再付出操劳,反倒品不出日子有什么意思了,无聊得弄指甲在地上划来划去。

"卡尔丘克,"切普尔内伊招呼他,"帕申采夫你已喜欢过了,如今心头没了同志怪难受吧;正好有件活路,跑一趟吧,把谢尔比诺夫同志的信送邮政车去,如此你一路走一路也好惦记他不是……"

卡尔丘克瞟了一眼谢尔比诺夫闷闷不乐。

"他嘛,还算将就,明儿个再去啰,"卡尔丘克勉强答应,"对他这位同志呢,我暂时还没找到感觉……而要是我对这位外来的生出愧疚,良心过不去了,说不定傍晚前就动身了。"

傍晚下来了,地里返潮雾气蒸腾。切普尔内伊进到土塔点燃干草亮起火光,指望下落不明的普罗什卡远远一眼即能望见。谢尔比诺夫躺下,身上盖了床褥子,屋子空荡荡;外省乡野静得安然,他也打算处之泰然心安理得地睡过去;一时间他仿佛觉得,非但是空间之远,甚至还有时间之距,二者都在把他跟莫斯科冷冷隔开,不由死死蜷缩起褥子下的身体,竟发现自己双腿和自己那颗心似乎已不再属于自己,成了另一家伙的,同样那般可怜巴巴,却努力讨好并温暖着自己。

卡尔丘克也没打招呼径直闯了进来,活像荒原上的孤魂野鬼,或者相熟烂了的拜把子兄弟。

463

"我要动身了,"他上来便说,"你把信给我吧。"

谢尔比诺夫递过信又再恳求:

"陪我坐会儿吧。反正已劳驾你了,你为我之故还不得跑上一整夜。"

"免了,"卡尔丘克不答应,拒绝坐下,"我独自惦记着你就行了。"

卡尔丘克这家伙生怕把信搞丢了,一手一封捏成一团紧紧拽握掌心,施施然走了。

地面雾色朦胧,之上澄澈天空,明月高挂清辉如洗;月光柔和,穿透湿雾已几分虚弱,飘落大地宛若荡漾水底。切文古尔城里仅余几道人影轻轻悄悄走来行去;土塔上突然响起歌声,远远飘向草原好得人听见,塔里单单一抹火光恐怕仍不够指望。谢尔比诺夫双掌捂脸,只求什么也看不见好方便入梦,可手掌之下眼睛又睁开,再也睡不着:遥遥远处传来手风琴音,似军歌嘹亮欢快激动,听那旋律依稀水兵之歌《小苹果》,却又更高明几分激越几分,似乎又像某首布尔什维克的狐步舞曲,那曲子谢尔比诺夫就陌生得紧了。乐音不孤,内中间杂马车嘎吱响动,应是有人前来;先后响起两匹马儿嘶鸣,隔得老远遥相呼应:切文古尔城这边"无产阶级力量"叫声欢快,草原那方远行归来的伴侣应和悠长。

西蒙来到屋外。土塔上篝火猛然炽烈,火焰冲天隆重庄严,有人把大捆干草和废旧篱笆一股脑儿给烧上了;手风琴丝毫不示弱,琴音悠扬如故,看来弹琴的家伙双手稳如磐石;琴音渐行渐近愈发逼人,似乎在号召这里的居民赶紧围过来欢聚一处过日子。

驶来一驾敞篷马车,上面正是普罗科菲,还有一弹琴的家伙赤身露体,原是打切文古尔离开外出找老婆那人;俩人前头一匹瘦马,边拉车边叫唤。马车后方一队光足婆娘,约莫十来道身影,两人一排步履蹒跚,当先一对儿中克拉芙久莎霍然在列。

今后的老婆来了,切文古尔人却以沉默相迎,立于灯塔下任火光照耀一动不动,既不上前迎接也不说声欢迎,尽皆觉得来者虽说也算百姓和同志,可到底是女人。面对这群外来女科片金忸怩不安,又肃然起敬,此外还生怕对不起罗莎·卢森堡,良心有愧不敢打量别的女人,当即转身离开去安抚吼声烦躁的"无产阶级力量"。

马车停稳。一众外人蜂拥而上,卸下马,一人一手牵上来客径直往城门深处走去。

普罗科菲打断音乐,举手示意叫住那支堪堪散去的女人队伍,让大家先别忙着跑开。

"共产主义的同志们!"普罗科菲有话要讲,声音扑向面前三三两两沉默的人群,"你们的这趟差事我算是不折不扣地完成了;眼前这些今后就是你们的夫人婆娘了,我把她们弄到切文古尔来可是按要求走的行军队列。并且,我还替热耶夫专门哄骗来了一位地地道道的讨饭娘们儿……"

"你到底咋把她哄骗上手的?"热耶夫关心上这一问题。

"马马虎虎啦,"普罗科菲也不细说,"音乐师,转过脸对着这群夫人们,弹起你那伙计给她们来首迎宾曲,让大家在切文古尔别发愁,欢乐点儿,喜欢上这里的布尔什维克。"

乐师弹奏上。

"太棒啦,"普罗科菲赞口不绝,"克拉芙久莎,你安排一下,打发女人们休息去。明儿个咱们再来搞检阅,排上分列式队伍大大方方经过城市机关大楼,这会儿篝火有限看不清脸蛋。"

一群妇人昏昏欲睡,克拉芙久莎带了下去,黑黑地躲进空荡荡的城市。

切普尔内伊上来,张开双臂一把将普罗科菲拥抱满怀,并轻言细语跟他掏心窝子:

"普罗沙,咱们如今呀,有没女人不打紧不着急,你能平安回来才是关键。想要啥,明儿个我给你亲自做亲手送给你。"

"那把克拉芙久莎送我吧!"

"我本就想着呢,普罗沙,把她给你,可你不先自个儿动手送自个儿了嘛。这不算,还是说说别的再想要啥吧!"

"容我想想,"普罗科菲暂且搁下,"我现在也没啥别的要求,连肚子都不觉饿……你好,萨沙!"他转而招呼德瓦诺夫。

"你好,普罗什!"德瓦诺夫同样回应了声,"别的地方你见过别的人吧?他们那里靠啥过日子?"

"他们那里单单靠忍耐过日子呗,"普罗科菲当众宣扬以示宽慰大家,"他们没过上革命的生活,搞起了反革命的日子,整个草原到处刮起仇恨的飓风,也只咱们有幸才留下了点圣洁光荣……"

"你信口开河吧,同志,"谢尔比诺夫听不下去了,"我就是打那边过来的,可我不也是革命者嘛。"

"哦,看来呀,你在那边过得明显不如这边好嘛。"普罗科菲不跟他纠缠。

谢尔比诺夫一时语塞。塔楼上篝火熄了,今夜不会再引燃。

"普罗什,"黑灯瞎火中切普尔内伊又起问声,"说来看看,乐器谁给你的?"

"一个过路资产阶级。他给了我这乐器,我留了他条贱命;心想啊,切文古尔好久都没娱乐了,光剩口钟,可那东西不是宗教那头的么。"

"对了,普罗什,咱们如今有娱乐了,用不上钟了,什么外力手段都用不着了。"

普罗科菲钻进土塔底下一层倒身便睡,实在累坏了。切普尔内伊跟了过去,坐旁边佝偻起身子。

"你多喘点儿粗气,暖和下空气,"普罗科菲请他帮帮忙,"我呀,不知咋地,去了外间那些空落落的地方浑身凉透了。"

切普尔内伊坐直了,大口呼吸长时不停,又脱下军大衣牢牢盖住普罗科菲,再紧紧偎了过去,一时恍惚,日子似近若远昏昏然入了梦乡。

清晨到来天气晴朗，乐师头一个醒转拉响了手风琴，一首起床曲催醒梦中人，歇了一宿的外人纷纷起身。

那群老婆坐定，早收拾一新，脚上身上添齐了装扮，原是克拉芙久莎亲自出马从切文古尔各处小仓库里寻来的一大堆行头。

外人们来得较晚，心中羞涩目光腼腆，不敢瞧那群奉命相爱的女人。德瓦诺夫早已到场，还有戈普涅尔、谢尔比诺夫和切文古尔的头一批占领者。谢尔比诺夫前来给自己求趟车马，好赶着离开，可科片金死活不同意出让"无产阶级力量"去拉车。"军大衣给你，可以，"他一再声明，"把我自己供你使唤一昼夜，也行；你爱拿啥便拿啥，只这马想都别想，别把我给惹怒了；若给了你我又骑啥上德国？"退而求其次，谢尔比诺夫只好去找切普尔内伊，看能否把另一匹马给他，就是昨天拉普罗科菲回来那匹。切普尔内伊非但没答应，反劝他别走，说不划算，在这儿再过一阵子不定就习惯了，这里毕竟是共产主义的天下，迟早要来许许多多的人民，所以，人民在赶过来，干吗要反其道而行之往人民那边去呢？

谢尔比诺夫一听这话转身走开。"是呀，我这着急忙慌地要上哪儿呢？"他心事沉重，"我身体里头最火热的那部分离我而去，进了索菲娅·亚历山大罗夫娜那里，如今恐怕早已融化，给消灭得一干二净了，就像无论哪样食物，一进去了迟早无影无踪……"

切普尔内伊要发表讲话，一亮嗓子声音高亢；谢尔比诺夫停下脚步，想仔细听听旷古未有的新言论。

"普罗科菲就是消除无产阶级疲劳伤痛的良药，有大无畏大关怀，"切普尔内伊置身人群声震四方，"是他给咱们弄来了女人，尽管数量上一配一刚好够用，但这轻重分量也太小了……下面，我要对这支女人队伍说几句，好叫她们欢喜起来，充满信心希望积极响应起来！谁能告诉我为什么，请大声讲出来，为什么咱们那样崇敬自然环境？还不是因为咱们靠它吃饭。那又为什么咱们要花心思上手段召引女人过来呢？道理在于，咱们偏爱大自然求的是饱肚子，而偏爱女人则求的是暖心窝子，得要爱情嘛。在这里我宣布，要感谢前来切文古尔的女人们，感谢这些有特殊结构和专门用途的同志，要诚挚地欢迎她们跟咱们大家不分彼此地一起过日子，一起享受这个世界，要让她们在切文古尔感受到同志般的温暖关怀，人人拥抱同志个个获得幸福……"

一众女人听得心惊肉跳，心想过去那些男人总是上来便办事，不讲过程直接从结尾开始干，而这里男人却一直忍着，居然动不动还要来场讲话；这场面弄得一帮女人不由拉紧身上衣服，或男式大衣，或军大衣，皆是克拉芙久莎给穿上的；只见她们将衣服扯过鼻子，盖住脸蛋上的嘴巴窟窿。这群女人怕的不是爱情，她们从来没爱过，而是怕虐待，害怕给眼前的男人们折磨得半死不活；周围这伙男人干巴得精瘦忍耐得辛苦，一身兵痞子着装，满脸斑斑点点，该是尝尽了生活的苦头，一看就不好对付。这群女人不知青春滋味，或者从未有过年华灿烂的美好，她们不断用自己的身体，用自己芬芳的青春灿烂的年华换取食物，而那口活命的吃食对她们来说永远都是亏本买卖，所以她们的身体才先于死亡而早早便被掏空了，才长年累月地苦熬着走向生命的终点；所以她们看上去才像丫头片子，才像老太婆子，同时又似乎像老母亲，像从来也没吃饱饭永远也长不大的小姑娘；所以她们才惧怕男子抚摸，一磕即痛，一碰就恐慌。来的路上普罗科菲曾试过，把她们拖上马车搂抱过挤压过，可他的爱情一沾上身活像诱发了她们的病痛，个个儿尖叫不已。

眼下，这群女人迎着切文古尔那帮男人的目光坐卧不安，纷纷把手伸进怀里轻轻抚摸自家身上的肌肤，只剩松松垮垮皱皱巴巴的样子，耷拉在枯萎苍老的骨架子上。唯有克拉芙久莎在这群切文古尔的女同志、女信徒中鹤立鸡群，那么柔嫩多汁松软丰腴，可惜，这大好货色早被普罗科菲视为禁脔，成了他心心念念的囊中之物。

雅科夫·季特奇看着那群女人，最是镇静若有所思；隐隐觉得内中的一个女子似乎比余者更忧愁哀伤几分，躲在旧大衣下冷得缩手缩脚不住发抖。心想，他这辈子曾经多少次打算把自己的半条命给送出去，趁这命尚且还算充足，好在陌生人和外人中找到自己真正血脉互通骨肉相连的亲人。虽则那些四海为家的外人在哪儿都成了他的伙伴，成了同志，可那仅仅因为要挤紧一起熬过日子，彼此相依分担痛苦，分担生活艰辛，而非因为真正找到了打一个娘胎下来的同胞亲人。如今雅科夫·季特奇身上剩下的生命已不足一半之数，只剩苟延残喘的余温，然而即便如此，他仍甘愿把自己在切文古尔的这份自由和口粮转送给亲人，甚至甘愿为了这亲人而离开，重新沦落天涯，重新踏上那条孤寂哀伤的流浪路，那条饥寒交迫的不归途。

雅科夫·季特奇行动了，走向供大家挑选的女人堆，来到相中的女子跟前摸上她脸蛋，手下感觉似乎这女人外在上跟自己也差不多。

"你是谁家的？"他问她，"在这世上你靠啥活？"

女人低下头躲着他。雅科夫·季特奇发现她脖子后脑下方位置深深陷了进去，凹坑中尽是污泥，尽是无家可归的痕迹；当那女人又抬头，整颗脑袋架脖子上颤颤巍巍摇晃，活像架在了一根枯萎的草茎上。

"你到底是谁家的，怎么穷成这副样子？"

"谁家的也不是。"女人应了声，眉头一皱掰起指头，明显与雅科夫·季特奇生分得紧。

"走吧，上我院儿里去，我给你洗洗脖子上脏泥巴，刮刮身上老皮子。"雅科夫·季特奇只好又先开口。

"不干，"女人没马上答应，"你得先给点儿啥我才起来。"

女人记得普罗科菲路上答应过她，到了地头便当夫妻，便办两口子间的事情，可她连同她的伙伴们没太闹明白，究竟什么个意思，只隐隐猜到她的身体今后要交给一个人折腾了，而不再是一群人，因此受苦受累受折磨前得先替自己要下礼物；事后再提的话，通常非但不会给东西，反倒要撵人。宽宽松松大衣下女人把自己缩得更紧了，那具赤裸的躯体她想尽量保护好一点，毕竟这是自己活着的证明，活命的手段，活下去的捷径，也是唯一有盼头的翻身机会；女人眼里，自己这身皮囊之外即是别人家的世界，而自己从那世界还什么都没捞着，甚至连保暖护身的衣服都没搞到一件，而护好身子骨儿就是在保护自己的食物来源，也是在保护别人的幸福泉眼。

"这究竟是些啥玩意儿呀，普罗什，老婆吗？"切普尔内伊越看越糊涂大伤脑筋，"看看，明明是些八个月大小的早产儿嘛，身上连丝儿油水物质都没有。"

"那你想要啥样的？"普罗科菲不乐意了，"这不还有共产主义嘛，让它把第九个月拿出来贴补在她们身上就是。"

"嗬，对头哇！"切普尔内伊幸福得欢天喜地大喊大叫，"她们待在切文古尔如同待在温暖的娘肚子里，过不多久便瓜熟蒂落了，便完完整整地生出模样来了。"

"那是当然！再说了，无产阶级性质的外人，太油腻的东西也非他们所愿，不过是生活的苦在身上锈蚀太久了，才需要那么一小滴油水滋润滋润嘛！至于你需要的那东西这不现成的么，甭管怎么着她们对你来说总还是女人嘛，身体上总还有处空位置，想放东西进去也是有地方的嘛。"

"这样子的老婆从来也没有过，"德瓦诺夫撂下一句，"这样子的母亲倒是不少，谁有过谁自个儿心里清楚。"

"或者像一群小姑娘，"帕申采夫实话实说，"曾经我有过一小姑娘，也像这般面黄肌瘦皱巴巴，吃得非常不好就自己死了。"

切普尔内伊听大家纷纷言语，习惯上欲一锤定音拿拿主意，可又犹豫不决，总想着自己脑瓜子似乎没那么聪明。

"咱们这儿到底哪样多些，男人还是孤儿？"他张口即问也没过脑子，"大家试试吧，我这样表达不一定妥当，首先，全体同志挨个儿亲一口这些伤心的女人，到时便清楚多了，究竟拿她们做什么好。乐师同志，来，把你乐器给皮尤夏，让他弹点儿靠谱的来。"

皮尤夏弹开了，激昂的进行曲，一听活像有一团的人马在行军；

这家伙向来不好孤独哀伤的调调儿，也不喜欢软绵绵的圆舞曲，觉得弹那些好不丢脸。

德瓦诺夫捞到第一，率先亲吻那群女人，还得吻遍才行；他下口亲时张开嘴，两片儿嘴唇包裹住女人嘴皮子，温柔而热切地含了含，同时伸出左手挨个儿搂上女人，让她们站稳别从身边滑开，直到尝试清楚方才松手。

谢尔比诺夫迫于无奈也得亲遍这群准老婆，只不过他的轮次在最后，当然他亲过后倒也不后悔；西蒙这人向来不喜冒头，甘愿退而求其次，甚至默默无闻都觉开心，而今一轮亲吻下来他更是快活无比，整整一天一夜都心满意足陶醉幸福。现下他离开的念头已有些淡了，反而抄起手一脸称心如意笑容不断；只是这家伙隐身人流中，躲在进行曲的喧嚣后面仍不为人所发现。

"如何？德瓦诺夫同志，说说你的看法。"切普尔内伊对结果很感兴趣，边擦嘴边问，"她们到底合适做老婆还是做母亲？皮尤夏，停一停，让咱们安安静静说会儿话！"

这可为难了，德瓦诺夫没找着感觉，自个儿母亲他从来没见过，而老婆也没体会过。他回味，觉得那些女人的身体干巴巴的衰老不堪，他扶着她们亲吻时就这感觉；不过当时好像有那么个女人，主动靠上他身体，软绵绵的活像根嫩枝条，脑袋埋了下去，使劲儿躲藏自己脸上挥之不去的忧伤凄楚；边想边回忆，德瓦诺夫又走到那女人身旁，这回闻出来了，吐气有丝奶香味儿，衬衫上有股汗水味儿，他再次吻了过去，亲她胸脯边的衬衣褶子，觉得那味道跟自己小时候亲吻过的那番滋味一样，那时他吻的是父亲死去的身体，嗅的是他残留的汗渍。

"我觉得还是做母亲好些。"他给出看法。

"咱们这儿谁是孤儿，赶紧过来挑一个吧，给自己当母亲！"切普尔内伊高声宣布。

在场的切文古尔人全是孤儿，可女人只有十个，这弄得大家谁也不愿第一个上前给自己找母亲,个个谦让,要把这母亲的好处首先让给最需要的同志。这时德瓦诺夫反应过来,那群女人也是孤儿,便建议最好叫女人先选,从切文古尔的男人中给自己挑兄弟,或者找父亲,这么办兴许行得通。

女人们开选了,一出手即找最年长的外人;甚至有俩女人都想跟雅科夫·季特奇过日子,他也就双双收下。这群女人没谁相信切文古尔的男人可以当父亲,或者做兄弟,所以一心想为自己找个丈夫,越老越好,只搂着暖暖和和地睡觉别的什么也不需要,没劲儿折腾。唯有一半大丫头,长得黑不溜秋,走到谢尔比诺夫跟前。

"你想要啥?"他吓了一跳问得惊恐。

"我想从身上生出一坨暖洋洋的肉疙瘩,将来好跟他一起活命!"

"我可不行的,我要离开这里永远也不回来。"

黑不溜秋的丫头放过谢尔比诺夫,转向基列伊。

"你呀,当女人呢倒马马虎虎,"基列伊招呼她,"想要啥我都送给你!今后你那个暖洋洋的肉疙瘩若生下来了,不会冻着他的。"

普罗科菲牵起克拉芙久莎的手。

"你说,克洛布兹德公民,咱俩接下来干点儿啥好?"

"还能干啥,普罗什,咱俩的事业呗,那可是有觉悟的……"

"也对。"普罗科菲点了点头。他捡起一坨无聊的泥块,远远地抛开,打发它孤独去了。"不知咋回事儿我心头老沉甸甸的,不晓得组织家庭时机对不对,还是等熬过共产主义再说……喂,那存钱罐儿里你给我攒下多少了?"

"那还能有多少?如今这世道,我到处跑到处卖也才换了那么点儿,普罗什,我跟你讲,就两张皮袄子和一件银器有人给了实在价钱,其余的马马虎虎,能脱手便脱手了呗。"

"算了,这么着吧,晚上你给我报个准数儿,我当然信你,只是有点小激动罢了。那些钱你放你姑妈那儿了吧,保管好没?"

"不放那儿还放哪儿,我的普罗什?那地方保险得很,放心吧。话说回来,你啥时候带我上省城?还答应过人家到国都去看看呢,可这次你家伙又把我给带回这里了,土不拉几的地方。你看看我,在这儿像啥,周围尽是些讨饭婆娘,就我孤零零一个,连找个人试试新裙子都不成,真是的!你说我穿上给谁看呀?莫非就给这群俗里俗气的小县城乡巴佬么?这里呀,不过一伙寄宿信徒。你就晓得叫我难过,看看吧,跟什么人混一起了?"

普罗科菲暗自叹息:唉,这婆娘你拿她真还没办法,长得水灵灵的倒标致,可若是脑子差远了咋弄?

"去吧,克拉芙久莎,把这群外来婆娘管好,我来想想办法,你看眼下,一个人的脑子好使,别的脑壳都是多余的摆设哟。"

现场,布尔什维克和外人早散了,各忙各的,又去给有感觉的同志忙活样样东西了,好让自己的一腔心思有所寄托得些盼头。只科片金这会儿没替别人干,在给马儿洗洗刷刷不住亲热,脸上却愁眉不展;接着他打自己存货里找来点鹅油,涂抹上武器;再之后又去寻帕申采夫,那家伙正打磨石头。

"瓦什,"科片金招呼他,"你老坐那儿干吗,也不怕浪费时间,瞧瞧,娘们儿不都来了。还有,谢苗·谢尔博夫早抢在她们前头,把自己的包袱口袋行头通通都搬进切文古尔了。你呀你,我看是活糊涂了,过的啥劲儿哟,你那仇忘啦?这资产阶级它迟早还要爆发一次,你那些炸弹呢,我的帕申采夫同志,在哪里?你的革命呢,你那革命下的自然保护区呢,又在哪里?"

帕申采夫也不着急,从带仇恨的那只瞎眼睛里悠悠然抠出一粒干巴巴眼屎,指甲一弹飞上篱笆墙。

"那事儿啊,我惦记着味儿呢,斯捷潘,你费心了,向你致敬!我不正为这事儿闹心嘛,所以才把一身力气消磨在石头上,不然愁都愁死了,怕是要到牛蒡丛中抹眼泪了!……皮尤夏这家伙跑哪儿去了,他那把乐器怕不是挂哪颗钉子上了哟!"

皮尤夏这会儿正在从前人家的后院寻寻觅觅摘野菠菜。

"你呀，又想听音乐了是不？"板棚里飘来他的声音，"没点儿英勇曲子，觉得窝囊难受是吧？"

"皮尤西，给咱和科片金弹弹《小苹果》吧，让俺们乐一乐，日子也好有些劲头！"

"好嘛，等着，这就来。"

皮尤夏取来乐器，一把自带变音的东西；端正神色，给两位同志弹上《小苹果》，兢兢业业一丝不苟，比得过专业演职人员。科片金和帕申采夫听着听着内心激荡眼泪汪汪；皮尤夏无动于衷，自顾自默默弹奏，这会子他可不是来享受生活的，而是在专心劳动。

"停下停下，搞得我都激动得快崩溃了！"帕申采夫连忙求打住，"整点儿忧伤的吧。"

"好嘞。"皮尤夏来者不拒，又弹上凄凄楚楚的长调。

帕申采夫脸上激动的泪水一扫而空，听那忧伤曲子入了迷，不久竟合着旋律扯开嗓子唱起来：

  哟喂，同志啊，我的战友，
  冲吧，唱吧，马蹄声响歌声悠悠，
  死亡在前头，咱们早该告别尘世——
  与其苟且于世不如归去忧伤一次……
  哟喂，我的同志，挺起胸膛别怕死亡，
  祖国母亲和亲娘双双许给咱们生命荣光，
  唯有亲娘叮咛在耳旁：孩子，莫忙走，
  敌人没倒下别先进坟头，
  敌人墓碑上你再安息静静躺……

"你那嗓子都要扯破咯，"科片金百无聊赖打断歌者的忧伤，"我看啦，你这是没捞到婆娘，唱的那闷骚劲儿不就想勾引一个过来把人家围住嘛。喏,这不来了一个长舌妇,赶得可急着哩。"

是基列伊的准老婆,黑溜溜的样子,活像佩彻涅格人家的女儿。

"你又来要啥?"科片金没好气问她。

"啥也不要,就想过来听听歌曲儿。我心里头一听音乐就伤心,就痛得舒服。"

"呸,胡说八道,一看就不是好货!"科片金骂了人起身便走。

这时基列伊跑过来,牵自家的伴儿回去。

"去哪儿,我的格鲁莎,跑啥跑?我给你采来些黍米,咱回家去,捣碎了晚上就有煎饼子吃啰,我呀,早就想整点儿什么子面食了。"

俩人双双回了,钻进一间下屋房子;从前那地方基列伊只偶尔去过夜,如今打算长住便仔细拾掇了一番,今后这里就是他和格鲁莎的安乐窝了。

科片金在切文古尔城里打转,起心去瞅瞅宽宽阔阔的草原,那上面久未驰骋了,不知不觉似乎已习惯城里忙忙碌碌的拥挤。粮仓角落,"无产阶级力量"正得小憩,听见科片金脚步当即嘶鸣开来,满腔愁闷直怨自家朋友。科片金牵上它,那马在身边不停蹦跶,似乎草原这就要来到自己脚下了,恨不能奋蹄而去。城市寨门口,科片金飞身上马,拔出马刀一声怒吼,声震沉默已久的胸膛,策马飞驰直冲秋意绵绵的宁静草原,一时间马蹄哒哒回声空旷,恰似落在坚硬的花岗石上。只帕申采夫一人眼睁睁看着"无产阶级力量"打草原飞奔而去,带着它的骑士消失于茫茫暮色,仿佛那昏暗深处正是夜的滥觞。适才,帕申采夫刚巧爬上屋顶,他喜欢站那儿眺望原野之空旷,听风儿在大地上来往。"一时半会儿他怕是回不来了,"帕申采夫暗自思量,"我呀,是时候把这城市拿下了,也好叫科片金高兴高兴。"

三天三夜后科片金回来了,马踏小碎步,进得城里已疲惫消瘦,身上人儿正瞌睡连连。

"守好切文古尔,"见德瓦诺夫和俩外人挡道上,科片金惺忪间撂下一句话,"给马喂点草,别饮水,回头我亲自弄。"说完松开马,寻了处光脚踩出的空地自顾自睡过去了。

德瓦诺夫领上马去找草丛,边走边寻思得造一门简易大炮保卫切文古尔。草丛离得不远,只几步距离,德瓦诺夫放开"无产阶级力量"任其自便,自己则伫立荒草丛一动不动;此时此际他脑子空空荡荡无念无想,脑海深处那名忠实的老伙计守卫正尽心尽职守护自家这片宝贝乡土的安宁,这家伙拒绝陌生,只情愿放进一位访客:那份在外面四处游荡的心思念头。这会儿外面不见那念头,唯有绵绵无际的大地沉寂空旷;唯有天上那颗亘古融化己身的太阳,像一件人造的东西似的寂寞流浪、寂寞繁忙;唯有一城切文古尔人在彼此想念,却没谁想到大炮。于是守卫打开后门放出回忆,一时间德瓦诺夫思绪翩翩,又感觉一股意识暖流在脑海荡漾:那一夜那少年走向村庄,父亲牵着他的手,小萨沙闭着眼睛,边走边睡不时又醒来。"怎么啦,萨什,白天太长累坏了么?来,到怀里,趴我肩头睡吧。"父亲一把抱起他靠上肩头,小萨沙挨着父亲的脖子入了梦乡。平常父亲会到村里卖鱼,他那口麻布袋子装有小鳊鱼,飘着鱼腥味儿和水草气息。当天傍晚下过一场倾盆大雨,路上泥泞不堪,处处雨水处处冰凉。他突然醒了过来尖叫一声,原来小脸蛋上飞溅好大一滴泥水冷得怪难受;父亲气坏了,怒骂前头一老乡,正是他刚才赶着铁皮马车从身旁擦肩而过,车轮匆匆溅了父子俩一身泥泞。"爸爸,为啥泥巴会从车轮子上跑出来打人?""萨沙,轮子呀它要转的,泥巴呢,太重了,觉得难受便从它身上飞出来了。"

"想必需要轮子,"德瓦诺夫猛然回过神来大吼一声,"就木头轮毂,包上铁皮,即便没炮弹也可向敌人抛砖头、投石头、扔垃圾。至于转起来嘛,让马来拉好了,不够再上人力用手摇,甚至灰尘和沙子也甩过去……戈普涅尔水坝上坐着呢,看来那里又漏水了……"

"有空吗,我没打搅您吧?"谢尔比诺夫慢悠悠走来问道。

"怎么会,有事吗?我心头正闲着呢。"

谢尔比诺夫深深吸了几口烟,这是他打莫斯科带出来的最后一支了,不由担心往后又抽什么。

"您该认识索菲娅·亚历山大罗夫娜吧?"

"认得,"德瓦诺夫回他,"您也认识她?"

"也认得。"

往来道路旁科片金睡得安详,突然半撑起身体,梦里未醒呓语惊心匆匆吼了一声,又睡死了,鼾声如雷呼吸若风,吹得路边枯死的脚下草东摇西晃。

德瓦诺夫瞧了瞧科片金,见他睡得正香便放心了。

"来切文古尔前我记得她,可到这儿后就忘了,"亚历山大幽幽出声,"她如今在哪儿过?为何要跟您提起我?"

"她现住莫斯科,在家厂子里上班。她一直记得您;你们这切文古尔啊,人们之间不分彼此互当对方心愿,我算是看出来了,您就是她的心愿;从您心头到她心头一直有股宁静的心泉在流淌,她心里您就是世上最最可靠的温暖……"

"您不全对,不太了解我们。当然,知她活着我心里还是蛮高兴的,也会常常想念她。"

"想吧,想想好啊。就按你们这儿的方式想吧,如此味道要多一些;你们这儿的想念,它是拥有或者相爱……她值得想念,如今她一人在莫斯科看着那座城市。现在那边电车来来往往叫得欢快,人们熙熙攘攘人潮人海,却不是每个人都想去认识结交他们。"

德瓦诺夫从未见过莫斯科,对那座城市的想象也只萦绕在索菲娅·亚历山大罗夫娜身上。往事如烟,回忆泥泞沉重,阵阵愧疚涌上心头:想当初生活的温馨从索尼娅那里朝他扑面而来,他原本可以将自己囚禁进去,囚禁于那人儿的狭小天地至死方休,可直到今日今时他才明白,那样的一份生活幸好没有到来,否则他恐怕会永生永世留在那里,如同呆在一间坍塌的房子里,多么可怕。风起,一只麻雀随风飞来,擦肩而过落篱笆墙上,莫名惊恐大声尖叫。科片金抬起头,一双苍白眼睛扫了眼面前这片遗落的世界,不由失声痛哭,情到深处断人肝肠;一双手颤颤巍巍抓上尘土,撑着自己出离梦乡的身体,梦里不安梦醒气息奄奄。"萨沙,我的萨沙呀!为何你从来也不告诉我她在坟里一直受苦,身上伤口一直痛?我这是干吗呀?自己在这边活着,却把她一个人孤零零抛弃在坟里,任她受尽折磨!……"科片金一腔委屈浑身痛苦,那痛苦在咆哮直欲冲破胸膛,令他不禁老泪纵横怨天尤人。此时的他蓬头垢面神色苍老号啕大哭;他试着一跃而起飞奔而去。"我的马呢,你们这帮坏蛋?我的'无产阶级力量'呢,在哪里?肯定是你们在自家棚子里把它毒害了;就是你们拿共产主义来骗我,我迟早会给你们害死。"哭诉完,科片金又倒下重归梦乡。

谢尔比诺夫遥望远方,千里之外即是莫斯科,那里他母亲躺坟墓里,孤苦伶仃一个人在地下受苦。德瓦诺夫走近科片金,给他脑袋垫上帽子,却发现这沉睡的人眼睛竟半开半闭,里面那对珠子不停晃动,入梦也无安心。"你有啥好抱怨的?"亚历山大喃喃自语,"难道我父亲躺那片湖底不也老在受苦,不也一直等着我吗?我心里也割舍不下呀。"

"无产阶级力量"停下吃草,小心翼翼轻手轻脚靠近科片金。马儿低头凑到科片金脸上,闻了闻人儿气息,伸出舌头舔了舔那双留有缝隙的眼皮子,科片金也才安心,合拢双眼长眠于梦,人事不省。德瓦诺夫将马儿拴栅栏上,离科片金不远;随后同谢尔比诺夫一道去水坝上找普涅尔。谢尔比诺夫的肚子不再闹腾了,浑不记得切文古尔是自己前来办事的陌生异乡,这里不过一周的差旅之地而已;如今他的身心已与这座城市的人间烟火相熟,已与那大草原的清新空气投缘。城郊一家农舍旁立着一尊泥土塑像,依稀普罗科菲的模样,上面搭了几片牛蒡草叶防雨;前不久切普尔内伊实在太想念普罗科菲,便为他塑了这座泥像以寄相思;完工后他心满意足,觉得自己对普罗科菲的一腔情感有物可托付了,也就万事大吉。如今他又牵挂上卡尔丘克,那家伙带着谢尔比诺夫的信件出远门了;切普尔内伊又忙活开，弄了些物料打算再造一座泥像以纪念长时不见的同志。

普罗科菲的塑像远非他本人样貌，不过有它在，只要普罗科菲或者切普尔内伊瞧上一眼，彼此心中皆会瞬间涌出一般无二的甜蜜。这塑像尽管似是而非，但看得出来其作者涂抹泥土时内心柔情荡漾，出手笨拙鲁钝，誓要为自己难能可贵命中注定的同志献出一腔心愿和完成一份纪念；这塑像即是共同生活的见证，也见证了切普尔内伊憨厚赤诚货真价实的艺术才能。

别人的艺术才能到底有何价值谢尔比诺夫向来闹不明白；在莫斯科时他混迹社会出没声色场合，别人说了什么一概听不懂，脑子总不开窍，原因在于他老坐边上只顾看人脸蛋挑人外貌，不倾听也不去理解别人说了什么。这会儿他留步塑像前，德瓦诺夫陪在身边。

"这塑像该弄石头来造，不该用泥巴，"谢尔比诺夫心生感慨，"不然时间久了，天气变来变去迟早土崩瓦解。这东西可并非艺术，它是一个时代的结束，表明革命前满世界粗制滥造的劳动和欺世盗名的艺术在这里走到头了；我这辈子头一次见到这样的作品，身上没有谎言也没有剥削。"

德瓦诺夫一声不吭，不知那塑像除此模样更能如何。末了，俩人双双朝河谷走去。

戈普涅尔并未忙活堤坝上的事情，而是坐在岸边招呼一根细木棒子，要为雅科夫·季特奇做副窗框子好过冬。老头担心冬天来了冻着自家俩女人，他那双女儿。见戈普涅尔手上活路未完，德瓦诺夫和谢尔比诺夫一旁守着等他一起联手打制木头绞盘，以便投掷石块砖头反击来犯切文古尔的敌人。德瓦诺夫坐地上倾听城市方向，喧嚣已渐渐静了。里面的人，谁领了母亲或女儿谁便呆家里甚少出门，跟新添的亲人一起同在一片屋檐下相依为命，为她们辛勤操劳添制不为人知的物品。难道那些守屋里的人要比来到外面天地更觉幸福快活么？

到底快不快活幸不幸福德瓦诺夫难以明了，茫然失落间愁绪徘徊，百无聊赖挥挥手。他起身，踌躇片刻扬长而去，去寻找建造发射盘的物料。入夜前他一直在切文古尔城尾游荡，在三三两两的板棚间逗留，处处宁静悠然。周围片片小树林几分木然呆滞，此间似乎并不拒绝生活，照样可以默默无闻活着，默默无闻坚守，一心一意为那远处的人儿操劳忙活。这片天地里德瓦诺夫寻得不少毫无生气的东西，各式各样，譬如破破烂烂的鞋子，装过柏油的木箱，死麻雀的尸身，不一而足。德瓦诺夫把这些东西一一捡起，缅怀一番生命之无常，可怜几分尘世之薄凉，然后又一一放回去，心想这一切的一切在切文古尔即便逝去生命也须得保存完整，等待共产主义带来最美好的那一天，以便赎罪和偿还。踏进一处滨藜草丛，德瓦诺夫一只脚陷进了某样东西，几经挣扎方才摆脱，仔细一瞧卡在了一只火炮轮子的轮辐中；那炮应是战场上直接废了给就地抛弃并遗忘。炮轮大小合适坚固结实，刚好可用来制造发射盘。只是轮子太沉远胜德瓦诺夫的体重，他根本推不动，于是招呼普罗科菲过来帮忙；那当口这家伙正挽着克拉芙久莎漫步左近，贪图此间空气清新。他俩推着炮轮进了铁匠铺；戈普涅尔测了测轮子身段赞口不绝，决定留在铺子上过夜，好对着这玩意儿安安静静琢磨一番，如何才能将全套活路从头到尾办得漂漂亮亮。

普罗科菲挑了那间布尔什维克的砖瓦房充作自家住处；这屋子从前大家一起挤里面过日子，一起过夜，从未曾分开。如今里头一屋子女人家的物件摆设，克拉芙久莎的东西，收拾得整整齐齐有滋有味儿，又通宵达旦生着火炉取暖除湿；屋顶盘旋苍蝇；四面铜墙铁壁，牢牢守护着普罗科菲小家的安宁；地板擦洗一净，活像刚过星期六才到星期天。普罗科菲爱躺床上休息，喜欢瞅着暖暖和和的天花板下面苍蝇爬来爬去，依稀回到儿时，回到乡下父母的家园，那处天花板下同样有苍蝇往来飞舞；他一动不动静静躺着瞧着，心头甚是欣慰快活，脑子里盘算如何搞到更多物资办好今后日子，夯实自己小家的未来。这会儿他将德瓦诺夫带回家，招待以茶水配果酱，再款待上克拉芙久莎亲手烤的软白面包。

"瞧，萨沙，天花板上有只苍蝇，"普罗科菲指了指头顶，"咱们过去家里也有苍蝇飞来飞去；还记得不，没忘了吧？"

"记得呢，"亚历山大应了声，"我还记得天上飞鸟成群数不清，翱翔天地如同天花板下的苍蝇在飞；如今切文古尔上空飞鸟盘旋，恰似飞在一间大大的屋子上面。"

"是啊，你那时住湖边没住农舍里，天空之外你便没啥别的屋顶子了，所以那鸟儿落你眼里就是亲如家人的苍蝇。"

喝完茶水吃完点心普罗科菲和克拉芙久莎双双倒床上，挤得暖和静静睡去。德瓦诺夫则睡木沙发上。清晨醒来，德瓦诺夫指给普罗科菲看切文古尔半空的飞鸟，看它们随低处风儿飘来飘去。普罗科菲望着飞鸟，觉得它们像极了高速飞行的苍蝇翱翔于清晨时分的天地间，整个天地活像一间巨大的农家正房，不远处切普尔内伊走来，打着赤脚裹了件军大衣，大衣下赤身裸体；那模样那神情恰似普罗科菲的父亲正打帝国主义战场归来。零零星星几家烟囱，隐隐约约袅袅炊烟起，飘出的味道依稀如母亲的手艺，那时她在厨房忙活一大家子的早餐。

"萨什，是时候了，得为共产主义准备过冬伙食了。"普罗科菲若有所思，忧心这事儿。

"是啊，普罗什，是得着手弄了，"德瓦诺夫深以为然，"可是你看，你光给自己弄来了果酱，而科片金却只能长年累月地喝凉水。"

"怎么就光给我自己弄了？昨天我不才招待了你吗？你是不觉得杯子里倒少了？甜头没尝够？想再尝点，我这便给你再添一勺成不？"

德瓦诺夫此刻哪有心思在果酱上，急忙要去找科片金，跟他呆一起共度时光散其忧愁。

"萨沙！"普罗科菲在后面喊他，"你瞧瞧那些麻雀，它们在天盖子下面扑来扑去多像肥嘟嘟的苍蝇！"

德瓦诺夫没应声，没听见；普罗科菲转身回屋见苍蝇飞舞欢腾，隔着窗户又见切文古尔上空飞鸟身影。"没啥差别嘛,大家都一个样,"他望着苍蝇和飞鸟心头起了主意,"等哪天我驾上车去资产阶级那边运两桶果酱回来给这一城的共产主义,到时便让那些外人也喝上茶水尝尝甜头,舒舒服服在鸟儿们的天空下挺尸,就活像躺自家堂屋子。"

普罗科菲又瞅了瞅天老爷,暗自盘算,普天之下得有多大的财富,远非屋盖子下的可比,整个切文古尔盖在天幕下,如同一件家具摆在外人们这方大家庭的堂屋里。他突然反应过来,往后要是外人们散了自谋生路去了,切普尔内伊也死了,切文古尔岂不要落萨什卡手头了?念及此,普罗科菲发现自己看来想岔了失算了,得马上纠正认识,得将切文古尔当作自家的堂屋来看待,如此方能成为家里长兄,成为合理合法的继承者,将这朗朗乾坤下的全部家产收入囊中。甚至到时再来瞧这一天空的麻雀便会发现,它们远比苍蝇肥壮得多,挤在切文古尔也密集得多,都是自己的财富。普罗科菲扫了一眼自家屋子,目光慎重审时度势心中愈发坚定,肥水绝不能外流,当用自己手上这间屋子去换取整座城市。

"克拉芙久莎,克拉芙久莎!"他叫唤自家老婆,"你说我这是咋想的,干吗要把咱自家的家具送你呢!"

"还能咋想啊!送就送呗,"克拉芙久莎也没多想,"我正想着趁上面还没落灰尘,不如这就给姑妈拉过去!"

"那你可得抓紧早点运过去,"普罗科菲觉得可行,"只是到时你自个儿也留那里做客吧,等我把切文古尔全部拿到手再说。"

克拉芙久莎心知肚明,东西她是非要不可,却一时半会儿反应不过来,普罗科菲安的什么心,非要一个人留下才能拿到这座城市,在她看来这城市理所当然就该归他,差不多也落他手上了;琢磨不透便问他有何讲究。

"你呀,骨子里还是缺乏政治思想哟,"她那口子跟她分说原因,"你看,要是我跟你一起着手搞到这城市,那不明摆着我只能把它送给你一个人了。"

"送就送呗,普罗什,有啥干系,到时我从省里直接赶过来拖一溜大车拉走不就完了!"

"你着急忙慌赶过来管啥用,无凭无据还不得等着!……你想啊,到时我凭啥把它送给你呢?我一送人们就会出言语,看嘛,他跟她睡觉来着,好上了,却没跟咱们一起睡,他把自己身子骨儿都让给她了,再让出这座城市一点儿都不会心疼哦……可要是你不在场那便好说了,大家都看得清清楚楚嘛,我孤家寡人要这城市作甚,是不会拿的……"

"你干吗不要呢?"克拉芙久莎顿觉委屈,"你啥意思,想把它留给谁?"

"哎呀,你真个管家婆哟,就晓得屋里那点事儿!仔细听好啰,看看我啥说法!既然我没家没口又有手有脚,那我要这城市干吗?是不这谙理?然后我再把城市弄到手,将一城的人都疏散了,打发干净,到时再拍封电报把你从别的居民点紧急召过来,不就成事儿了!……你先收拾收拾准备出发,我去把城市的财物清单整理下……"

普罗科菲自大箱子底找出革委会那张单子后出门了,去登记自家今后的财产。

空中那日头仍勤勤恳恳在天上走来行去忙活,为大地洒下温暖;而切文古尔城里的劳动却日渐消停。自家门厅口,基列伊紧紧搂着他婆娘格鲁莎躺身草堆自顾自打瞌睡。

"怎么着,同志,你就不打算送点儿啥礼物给共产主义么?"普罗科菲一路登记财产,经过基列伊家门口时随口问他。

基列伊醒了;而格鲁莎非但没动反而死死闭上眼睛,光天化日下做夫妻,闯来外人有些丢脸。

"共产主义关我什么事儿,能给我啥?如今我有了格鲁莎便有了共命的同志了,我光为她还忙不过来呢,你瞧瞧,我现在一身性命都花销成这副样子了,你还不赶紧弄点儿吃的来,气儿都快没了……"

普罗科菲离开后,基列伊更往格鲁莎下巴以下深深偎了过去,深深嗅上一口,里面生命气息饱满,深藏温暖幽香。随时随地,一旦想要幸福,基列伊总能掏出自个儿身体将其奉献出去,从而赢得格鲁莎的温馨,赢得她那具积攒多年的娇躯,从而事后深深体会到生命的意义不过是一片风平浪静之所在。若是谁来送他什么别样东西,他家格鲁莎瞧不上眼,哪怕为了格鲁莎,他基列伊又怎会瞧得上?恰恰相反,他如今不时觉得良心有愧,为格鲁莎操心得还远远不够,吃的喝的奉献太少,衣物打扮也耽搁太久。在基列伊看来,如今自个儿的命已算不上什么无价之宝了,反正自家身上那最最管用的部分,最最珍贵宝贝的东西,最最温柔的小身体,已全部搬到格鲁莎身子骨儿里头去了。事后每回上草原找寻伙食,基列伊便发现头上的天比起前一阵儿苍白暗淡了不少,稀稀拉拉几只鸟儿叫得有气无力,而自己灵魂上的精神劲儿同样疲沓沓软绵绵,老缓不过来。好不容易采完果子、摘些苗穗子,基列伊回到格鲁莎身边只觉浑身疲倦得要死,那当口他恨不得一心一意只想着她,只惦记她的好,把她当作自己唯一的共产主义心愿,并借此成为一个知足而幸福心平又气和的人。然而,不冷不热休养一阵,时光冷冷清清过去一阵后,基列伊感觉滋味儿又不对了,幸福不见了,缺了爱情的物质性甜头人生索然无味没意思;而在他眼里,外面天地又鲜花灿烂繁荣昌盛了:高天上碧空如洗宁静美好,半空中风来风往呼啸而过,草原上飞鸟吟唱相思,久不见自己归来歌声幽怨。这一切叫基列伊好不羡慕,造物主创下的东西远比他这条贱命高妙。然而又不然,每回跟格鲁莎重新入了洞房结下姻缘后再来看这偌大尘世,基列伊觉得又灰蒙蒙一片到处惨不忍睹,也就不再心生羡慕。

入秋后切文古尔天气渐转凉;别的一些外人,但凡年岁上比不过的,领了那些女人回去只能当作母亲,相互依偎讨份暖和。不过,就这般跟自家母亲一起过日子,就这般活着倒也足够,没谁再去跟周围同志分享自己身体操劳忙活制作礼物了。每每夜间这些外人纷纷带上自家母亲远远去到河边，给她们洗洗身子，讲究在于他们母亲的身子骨儿委实太干巴瘦弱，见不得人也就不好意思进澡堂子；其实切文古尔城本也有一间公共澡堂，生了火还能洗得热乎。

一城走下来，凡有人住的地方普罗科菲一家没落下，通通作了登记，城里一应不吐活气儿的东西均提前列为自家私人财产。最后一家，城门口的铁匠铺子，他走了近前，当着戈普涅尔和德瓦诺夫的面把铺子也添了进去；那会儿他俩正里头忙活。科片金拖着脚步过来，肩头扛了一根原木，身后跟着谢尔比诺夫架着原木的另一头，仅受了八分之一的重量，却吃力费劲笨手笨脚，倒还真像知识分子。

"赶紧滚开！"普罗科菲挡了铺子通道，科片金冲他吼叫，"别人家身上扛着死重死重的东西，你倒好，手里轻飘飘拿着张纸片片，还挡人道路。"

普罗科菲让开路，却又把那根原木作为现成财富也算进自家腰包，方才欣欣然乐悠悠走了。

科片金卸下木头，坐下喘气。

"萨什，你说这普罗什卡啥时候才能招点儿痛苦，老老实实呆着老老实实哭一场呢？"

德瓦诺夫瞟了一眼科片金，眼里既疲倦又诧异，眸光闪烁。

"那到时你莫非就不保护他免遭痛苦了么？他这人是有点不招人待见，又忘了自己其实很缺群众，便着手收集财产，反倒把同志搁一边了。"

科片金听得若有所悟；他想起有回草原战场上见一人哭得伤心，显见是废了派不上用场了。也是秋天，那人坐石头上任秋风打脸；没部队要了，甚至连路过的红军后勤部队也不带他上路，一应证件都丢没了，下半身又伤得不轻。那家伙一直哭，莫明其妙没完没了，不是哭大家把他丢弃不管，就是哭自己裤裆里空空如也而性命和脑袋却还完整。

"也许会保护吧,萨什,我这人见不得人家受痛苦遭罪,狠不下心肠……到时候没准儿会拿马驮上,带他一起到日子的远方去……"

"所以说就不该盼着他挨痛苦嘛,不然到时你还得去可怜心疼一向恨得牙根儿痒痒的仇人。"

"算了,萨什,俺不盼了,"科片金顺口接下,"就让那家伙呆共产主义里头吧,他自个儿走着走着便混进群众队伍了。"

夜里草原上来了一场雨,却与切文古尔擦肩而过,独留城市干燥一方。切普尔内伊对此见怪不怪,心里明白这是老天爷早知道城里兴有共产主义,时机不当便不会来打湿城市。然而不过活像心里不踏实,切普尔内伊和皮尤夏又去到草原上仔细查看那些湿漉漉的地方,身后还跟了整整一队伍外人。科片金心头笃定是来了场雨,也就没动哪儿都没去,跟德瓦诺夫一起靠在铁匠铺子旁的篱笆墙边歇息。科片金这人一向不太懂谈话的乐趣好处,直来直去告诉德瓦诺夫空气和水都是便宜货色,但又离不得;又说还有石头也是如此,总有哪样东西用得上它们。科片金叨来叨去,说了什么意思已不重要,只为觉着跟德瓦诺夫如此投缘交好,老不言语岂不苦闷得慌。

"科片金同志,"德瓦诺夫想到一问题,"对你来说谁更宝贝,是切文古尔还是罗莎·卢森堡?"

"当然是罗莎,德瓦诺夫同志,"科片金一脸惊愕回话讶然,"她身上的共产主义可比切文古尔多了去了,所以资产阶级才把她给杀害了,而这城市呢,尽管周围全是天生野蛮的势力不还是好端端活着……"

德瓦诺夫平生还从未尝过爱情海枯石烂的滋味,无丝毫天长地久爱的珍藏,只单单寄望于切文古尔,靠它活命,唯恐把它消耗得太狠,一着不慎烟消云散。此间朝夕相处的人民是他留在世上的唯一理由,比方科片金、戈普涅尔、帕申采夫,还有那一城外人;然而他心头总恐慌,害怕一觉醒来大家全没影儿了,不知上哪儿了,要不就纷纷死在了他面前。德瓦诺夫弯下身揪起一根草茎,瞧着哆哆嗦嗦小身板儿,心想要是谁都不剩了便护着它吧,也是一条命。

草原上跑来一人,科片金起身迎了上去。切普尔内伊闷头闷脑一路飞奔冲向城市深处。科片金一把揪住他大衣止住其势头:

"你慌慌张张跑啥,又没警报?"

"哥萨克人!白鬼子学生兵,个个骑在马上!科片金同志,快上马打他们,我跑嘛,是要拿枪去!"

"萨什,好生呆铺子里头,"科片金留话,"我一个人过去把他们全结果了,你千万别跑出来,我马上就好。"

另四个外人一起随切普尔内伊上草原看雨,这会儿也跑了回来;皮尤夏则找了处地方卧倒,一个人布防,一个人就是一道散兵线,他开枪了,火光一闪直射静悄悄的暮色深处。德瓦诺夫抄上手枪跑了出来,迎着枪声而去;顷刻间,科片金骑上"无产阶级力量"越过了他飞驰向前,留下一串沉重马蹄声;紧随这头一拨战士身后城里涌出一队拥挤的武装力量,全体外人和布尔什维克都出动了,有武器的手持家伙,没武器的端了根栅栏木棍子,或者一把火钩子;女人们也跟着队伍跑了出来。谢尔比诺夫握着那把女式手枪跟在雅科夫·季特奇后头,边跑边寻找对手,打算逮着机会就来一枪。切普尔内伊骑了匹马,正是将普罗科菲拉回来的那头牲口;而普罗科菲紧随其后,边跑边劝切普尔内伊赶紧成立作战指挥部任命司令,否则伤亡不断毁灭在即。

飞驰中切普尔内伊连连开枪射向远处,不一会儿弹夹打空了;他一心想追上科片金却终究无能为力。科片金一人一马跳过卧倒的皮尤夏,根本无意开枪,抽出马刀挥舞向前,只想靠近了跟敌人肉搏厮杀。

通向外间的那条大道上敌人奔驰而来。那些家伙手持步枪提在胸膛,也不开火只顾策马狂奔。敌方人马有军官指挥队形整齐,无惧切文古尔方向飞来的头一拨弹雨,行进平稳队伍不乱。德瓦诺夫清楚敌人的优势在哪里,当即跳进水沟站稳步子,瞄准手枪连开四下,终于摞倒敌方军官。可敌人队伍未见慌乱，包抄上来将军官裹入队形藏好身影，再扬鞭催马全速冲刺。敌人那方进攻有条不紊，带着一股冰冷麻木的战无不胜力量一板一眼向前冲；而切文古尔这方则在用保家护土的决心，用一种捍卫生命的本能誓死抵抗；更何况切文古尔还有共产主义。己方情况切普尔内伊心知肚明，勒停马举起枪将敌方三个家伙打落马下。皮尤夏这当口自草丛放了两枪，竟打中敌人两匹马，射在腿上；那俩畜牲扑倒在地掉落队伍后面，肚皮发力拼命想站起来，马头戳进了土里，呼哧挣扎间尘土飞扬。帕申采夫跑了上前，铠甲头盔穿戴整齐，打德瓦诺夫身边擦过；只见他右手高举一空壳手榴弹，作势要炸出去，想单凭这份心灵上的威胁和敌人脑子里的恐惧把他们给制伏；实在没办法，炸弹里头早空空如也，而别的武器他又没带。

敌方人马说停即停，齐刷刷当场站定，活像这支队伍只有左右两名骑兵似的。切文古尔对面一列陌生战士脸孔，也不闻什么命令，齐刷刷举枪对准不断靠近的一众外人和布尔什维克，一枪未发继续冲向城市。

残阳黄昏仿若凝固，悬挂人间高处，夜幕尚未拉开，头顶暮色熹微。草原生荒地上马蹄声响，敌人部队木然冷漠地压了过来，挡住了此间一众外人的去路，令他们去不成辽阔草原，踏不上通向未来灿烂国度的道路，闯不出一条离开切文古尔的坦途。帕申采夫大喊大叫欲喝退对面资产阶级，又摆出姿势威胁要拉响手榴弹。虽听不见，但明显又起了一道命令，敌方进攻队伍齐齐开火，一排枪响火光转瞬而逝，当即，七个外人连带帕申采夫应声而倒，另有四名受伤的切文古尔人忍着剧痛拼命往前冲，恨不得徒手干掉敌人。

科片金已冲到了近前，拉起"无产阶级力量"，挥刀扬马扑向敌人队伍，急欲劈杀撞翻这伙土匪。"无产阶级力量"勇往直前，一蹄踹在迎面来马身上，对方当场断了几根肋骨一屁股坐倒在地；科片金手中马刀上下挥舞，热血沸腾中死死夹住马背，将自己一身火热的力量滚烫地送了过去以助马儿冲锋，想赶在看清敌方骑兵面孔前将其劈成两半。一刀下去竟砍在马鞍上，劈得丁当作响；刀身猛然弹回在科片金手上嗡鸣不止。当即，科片金探出左手一把勾住敌骑脑袋；这颗脑袋年岁不大发色棕红；科片金又略略松开手掌好方便发力，再一爪扣紧敌人头颅，猛力一拉掀翻马下；这时，另来一抹刀光直奔科片金脑袋，亮瞎了他双眼；科片金别无反应，只手擒住来刀，另一只手劈刀而上砍向敌方胳膊，对方整条手臂齐根而断，又猛力一振，将那断肢连刀甩了出去。随即，科片金看见戈普涅尔倒持左轮手枪在马群堆里拼死奋战，许是脸皮太瘦绷得太紧，或是受了伤皮开肉绽，戈普涅尔颧骨上和耳根旁血流如注。他不住伸手擦拭，免得鲜血打湿脖颈弄得直痒痒不便作战。科片金面前挡了一骑敌兵，阻止他冲向戈普涅尔，当即抬腿一脚从右侧踹上对方肚子，顺势闪身而过，又夹马一跃再次越过戈普涅尔头顶，以免撞上自家这位浑身是伤的战友。

科片金冲出敌人包围。而另一边，切普尔内伊在侧后方遭遇上敌人的先头部队；他骑着那匹劣马冲进敌方乱哄哄的骑兵阵营，挥舞步枪东敲西打，拼命想干掉来犯之敌；枪里子弹早已打光。只见他高举枪杆全力扑打，却失了准头没挨着敌人，反将自己给带落马下，一时间密密麻麻的马腿淹没了他身影。科片金稍作歇息，头里单手擒刀的那只巴掌鲜血淋淋，他凑近嘴巴匆匆吸吮几口；随即策马狂奔扑身向前，誓欲消灭一切敌人。他呼呼地冲过敌方先头部队，却无伤无损，但什么面目也没看清，于是调转马头，挟"无产阶级力量"怒吼咆哮之威又冲了过去，这回他执意要将全部敌人尽皆拦下，在脑子里深深跟他们算一笔账，定要通通记清楚，否则这仗打得就不过瘾，即便灭了敌人，那你死我活的胜利也无助消解拼搏战斗的疲惫。五名敌骑脱离先头部队，冲入远处作战的外人队伍一阵狂砍猛劈；不过一众外人也不放弃，顽强反击，大家这辈子遇敌无数，已非头一回有人挡了自己的生路。他们作战，砖头横飞，落向敌军队伍；又于寨门口点了几堆枯草篝火，随手从中抓起小小火把扔向敌骑扑近跟前的马头马脸。雅科夫·季特奇扔出一块焦木炭正中一匹奔马屁股，只听得马尾下木炭烧灼汗液吱吱作响；那匹母马，给烫得惨叫连连脑袋抽风，驮着身上骑士一路癫狂而去，眨眼工夫竟跑到切文古尔对面两里开外。

"你怎想起用火来打仗呢？"另一骑兵奔至他面前，上来就喝问，"我一招便宰了你！"

"杀吧！"雅科夫·季特奇全无惧色，"赤膊上阵打不过你们，可铁家伙俺们手上又没有……"

"站稳了，我来个冲刺，好叫你死得神不知鬼不觉。"

"冲吧。好多人都死翘翘了，反正死亡也没人记数儿。"

那兵稍退远几步，一个起跑冲上来砍倒了立挺挺的雅科夫·季特奇。谢尔比诺夫拿着枪闷头闷脑瞎跑；枪里只剩一颗子弹，留给他自己的；刚跑出来正好撞见这一幕，吓得他赶忙查看枪械是否完好。

"我跟他说过要宰了他，说到做到也就一刀劈了，"那骑兵回头看向谢尔比诺夫，顺便借马鬃擦净刀上血迹，"谁叫他拿火打仗来着，最好别这样干！"

那兵也不急于战斗，眼睛东扫西扫看看下一个轮到谁再出手击杀，那谁铁定便有罪便该死。谢尔比诺夫举枪对准。

"你想干吗？"骑兵一脸狐疑，"我又没招你惹你！"

谢尔比诺夫寻思士兵说得有道理，于是放下枪。可那兵却调转马头冲向谢尔比诺夫。西蒙挨了一蹄正中肚腹，倒了下去，只觉一颗心越飘越远，似乎又急着打远方再冲回来，把远去的生命也带回来。谢尔比诺夫望着自己的心倒不如何在意它能否成功，反正索菲娅·亚历山大罗夫娜还好生生活着，而自己残留的部分身体也已保存在她那里，有她继续活下去就足够了。士兵弯下身一刀直插谢尔比诺夫肚子，剖了开来内中什么也没滚落，既无鲜血也不见内脏。

"谁叫你自个儿偷偷冒头还想放枪来着，"那兵犹自感叹，"你要不是第一个慌慌张张冲出来，不定这会儿还在。"

德瓦诺夫奔跑急切，左右双枪在手，另一把自敌方缴获而得，其原主人已丧命，正是敌方那名军官。德瓦诺夫身后三骑兵紧追不舍；突然，基列伊和热耶夫蹿出来截住追兵引了开去。

"你往哪儿跑？"适才杀死谢尔比诺夫那兵拦住德瓦诺夫去路。

德瓦诺夫也不跟他废话，径直双枪齐开将其射落马下，再迅疾跑开慌忙去寻科片金，心想这会儿他怕莫已倒下，性命垂危亟需帮助。左近之地已然安静，战斗移向了城市中央，那边战马啸啸蹄声如雷。

"格鲁莎！"寂然中基列伊一声呼唤。他倒地上，胸膛大开奄奄一息。

"你有啥话？"德瓦诺夫跑近他身边。

基列伊有话交代却无力张口。

"那就永别吧，"亚历山大俯身凑近，"亲吻一下吧，这样好过些。"

基列伊张开嘴等着告别，德瓦诺夫低下头含住他双唇。

"格鲁莎呢，活着还是死了？"基列伊挣扎着挤出一声。

"死了。"德瓦诺人随口一答，省得他老惦记死不瞑目。

"我这便要死了，心里的寂寞下来了。"基列伊再挣扎了一句便咽气了，终究不舍合眼，里面死光一片如若冰封。

"睁着干啥，反正你也见无可见了。"亚历山大絮叨一句。他合上那双眼帘遮住内中空茫，又摸了摸那颗余温犹存的脑袋。"再见！"

科片金已冲出城市，冲出切文古尔的凌乱拥挤；浑身血淋淋，马刀已不见踪影，但仍活蹦乱跳斗志昂扬。他身后四骑敌兵拼命追赶，身下马儿已精疲力竭。内中两家伙勒马停住，举枪朝科片金射击。科片金调转"无产阶级力量"反身疾冲，赤手空拳扑向敌人，一心拳拳到肉。德瓦诺夫正好撞见，发现他这是找死的节奏，当即半膝跪地瞄准敌骑射击，左右双枪互开一枪一梭子。科片金已冲到近前，猛扑了上去；敌方战马一阵恐慌焦躁不安，那几名骑兵当即松开马蹬俯下身体；俩骑兵当场坠落马下，另两人未及挣脱双脚给受伤的战马拖上了草原，一路尸体颠簸晃荡。

"萨什，你还活着？"科片金看见德瓦诺夫，"城里满是敌人的部队，人们全死光了……你这马，停下！我身上哪个地方怎生痛起来了……"

科片金耷拉下脑袋扑在"无产阶级力量"鬃毛间。

"萨什，帮我弄下来到下面躺会儿……"

德瓦诺夫将他抱下平放地上。他身上早前最初的伤口已然凝结，大衣破烂处血迹斑斑；而新伤鲜血尚未浸透，兀自里面一片潮湿。

科片金仰面平躺苟延残喘。

"萨什，转过身去吧，别看我，你也晓得我活不成了……"

德瓦诺夫背过身去。

"别再回头看我，当你面死去我脸上挂不住……我在切文古尔耽搁了，马上要死了，而我的罗莎今后只得在地下孤零零一个人受苦……"

科片金突然坐起，大吼一声，嗓子再次充满战斗激情：

"德瓦诺夫同志，人民还在等着我们啊！"话音落人倒下，脸上死灰一片，浑身却犹自热血沸腾。

"无产阶级力量"咬住大衣拖上他身体，择了方向走往故乡，那里有空荡荡的草原，有尘封已久的自由天地。德瓦诺夫跟在马身后，沿着它足迹前行；走着走着科片金身上大衣束带绷开了，脱落出半具赤裸身体，上面伤口翻卷比比皆是，远于衣服遮住时的情形。马儿停步闻死者，凑近嘴巴舔上累累伤口，舌头进出间急切贪婪，执意抹净内中血迹和体液；它吞咽淤血是为分享自己逝去的伙伴身上最后的生命财富；舔净脓水是为消解他体内静静流淌的死亡力量。德瓦诺夫骑上"无产阶级力量"领着它踏进草原，踏进那片空旷无边的漆黑夜色。天亮前德瓦诺夫信马由缰也不催促；偶尔"无产阶级力量"站定，回头张望侧耳倾听，可身后无声无息漆黑如故，不见科片金身影，不闻那人儿的声音；马儿无奈又踏步前行。

大白天，德瓦诺夫认出脚下道路，那么熟悉，原是少时旧相识；于是引着"无产阶级力量"踏路而行。那条路经过一处村庄，再往前隔着一里地与穆捷沃湖擦身而过。进了村德瓦诺夫任马徐行，漫步自己故乡。农舍和宅院已换了容颜，烟囱林立炊烟四起，堪堪晌午光景；屋顶枯草早化为泥土，簇簇新生杂草东倒西歪牵拉下沉重身体。教堂看守敲响更钟，清音袅袅依稀亲近如故，恍若童年光景。抵临一条水井排水沟前他勒住马，让它饮水稍作歇息。旁边谁家农舍墙根下坐有一位驼背老人，正是彼得·费奥多罗维奇·康达耶夫。他没认出德瓦诺夫，亚历山大也不提醒。日头当空地上暖烘烘，苍蝇爬来爬去，彼得·费奥多罗维奇双手捉东捉西，又捏在指尖剥去苍蝇羽翼，沉迷其间一脸陶醉浑身幸福，觉得日子莫过如此，也就无暇顾及那陌生骑士。

德瓦诺夫无意心疼不舍，弃故乡而去。田野安静，正是秋收后景象，人烟荒芜绵绵苍凉；天尽头大地身姿渐低，从那里飘来枯草腐烂的气息；从那里苍茫天穹愈遥愈高如陷囚笼，覆盖整个世界，使其同样那般空寂虚妄。

午后的轻风飘过，落于远处复归沉寂，却惊扰了穆捷沃湖水，犹自微波荡漾。德瓦诺夫骑着马下到湖畔，浅水盈盈。这一汪湖水记着他的童年，他曾来此嬉戏，她也哺育过他的生活；这汪湖水曾几何时用自己幽深的怀抱安抚过德瓦诺夫的父亲；父亲，他此生最后相伴永远唯一血脉相连的同志，今日今时正在那处狭小的地底深渊思念着他，为他受苦已寂寞孤单好几十年。"无产阶级力量"低下头，一只蹄子上下跺了跺，有哪样东西缠住了它。德瓦诺夫顺着马腿方向见着一根鱼竿，应是马儿打岸边高处拖曳而来。鱼竿上兀自挂着一尾小鱼，只剩一具残缺不全的骷髅；德瓦诺夫认出就是那根鱼竿，自己儿时忘在这里的玩伴。湖水静悄悄，一切似乎没变，德瓦诺夫打量整片天地，突然警醒，想起父亲还留在这里，他的骨头，他身上曾经生机勃勃的生命物质，他那件浸透汗水破破烂烂的衬衫，这一切都在这里，这里的一切皆是生命的故乡，皆是骨肉亲情的家园。那边，湖中有处地方与他德瓦诺夫那么紧紧相连，那么难舍难分；那边亲情绵绵，一次次呼唤他归还身上血脉；那血脉是一位父亲曾经从身上分离出去留给儿子的生命之源。德瓦诺夫催马前行踏入湖水，直到淹没"无产阶级力量"的胸膛方才停下，也没说告别，弃马而去跳入水中，去延续自己的生活；他要找到那条曾经父亲因好奇死后日子而一路走过的道路；可如今德瓦诺夫再踏上这条道路，他为自己的生命愧疚不安，他即将面对的那具身体那般羸弱不堪，那般相忘已久，其残留的遗骸在坟里等得太久，久已疲倦早不耐烦；毕竟那遗骸跟他亚历山大同质同源一般无二，都是父亲生命的痕迹，都是他尚未彻底消逝犹自磷火点点的人间印记。

"无产阶级力量"听见湖面一株水草倏地沙沙响；又见一股浑浊淤泥朝它面前涌来。不过马儿浑不在意，嘴巴荡开那污浊湖水空出一片清澈之地，方才探嘴伸舌浅饮少许。而后马儿上岸信步回家，回切文古尔。

马儿与德瓦诺夫告别，只身上路，再见切文古尔已是第三天上了。它途中耽搁了，先在一条草原幽谷躺了许久睡了一觉，醒来后又迷了路，兜兜转转生荒地上找不到方向；后来还是卡尔丘克发现了它，大声招呼它过去方才成行。当时，与卡尔丘克同行的还有位老人，也要去切文古尔。那老人正是扎哈尔·巴甫洛维奇，在家久等德瓦诺夫不见归来，便亲自上此间要把他带回去。

进到切文古尔，卡尔丘克和扎哈尔·巴甫洛维奇寻遍全城一个人影也没见着，城市空了，满目凄凉惆怅。只一处地方，那间砖瓦房旁，普罗什卡坐地上，对着一城落他手上的财产失声痛哭。

"你咋啦，普罗什，哭啥哭，没人诉苦么？"扎哈尔·巴甫洛维奇关心道，"想不想我再给你一卢布，去把萨沙给我带回来？"

"我去带回来，这回不要钱。"普罗科菲答应下，径直动身找寻德瓦诺夫去了。

打开赤诚的心窗去远方

现在来看，无论从思想内容的深度，还是从美学形式的厚度上讲，安德烈·普拉东诺夫的长篇小说《人墟——切文古尔》无疑属于史诗性巨著的行列，但它却非"英雄"拯救世界的史诗，而是"人民"寻找未来的史诗。这部作品创作于1926至1928年间（一说是到1929年），其问世却是断断续续颇为艰难。小说第一部分曾以中篇小说的样式发表在《红色处女地》1928年第4期，取名为《能人的来历》；第二部分的个别片段曾以《渔夫的后裔》和《传奇故事》为篇名分别见于同年第6期的《红色处女地》和《新世界》；作家逝世后，从上世纪60年代开始，小说的部分篇章在一些杂志或作家作品合集中偶有现身，而整部小说的稿本仅是以地下非法出版物的身份在民间少量流传；在国外，1972年巴黎首次出现了单行本的俄语版，还出了法语版，米兰则发行了意大利语版，但三者均缺少了《能人的来历》部分；足本的英语版于1978年在伦敦问世；完整的俄语版直到1988年才公开跟作家祖国的广大读者见面，刊载于当年的《各民族友谊》杂志第3—4期。

1

小说第一部分以主人公萨沙·德瓦诺夫的养父扎哈尔·巴甫洛维奇的故事开场，到扎哈尔送萨沙到苏俄革命内战前线办差告一段落。这部分故事以扎哈尔的生存境遇为主线，以萨沙的成长经历为副线，着重展现了"革命"前俄国农村经济濒临破产、生活极端贫困的苦难情形，反映了三个基本问题，一是"革命"的动力，二是"技术"的可能性，三是"新人"的成长。

作为一名技术专家，普拉东诺夫在专职从事写作前曾是"土壤改良技师和电气技术工作者"，早年间主持过故乡沃罗涅日省的土壤改良工作，对俄国"革命"前和"革命"初期饥荒肆虐俄罗斯大地的悲惨情景深有感触，为此还专门写了不少政论文章对"饥荒"这一自然的恶力现象予以深刻揭露和痛斥，诸如《修整大地》（1920年）、《帮帮忙，农民们》（1920年）、《生命的尽头》（1921年）和《论同饥荒的后果作斗争》（1923年）等。而在小说中，"饥荒"恶力带来的破坏情形则描绘得更加触目惊心：

> 又过得四回寒暑，到第五年上，村子已面目全非，一半沦为矿场和城市，另一半则化作了树林。那年头全然断了收成。……只是今儿这遭旱情再度袭来绵绵不绝，来年怕也未见得好转。村子里家家户户闭门上锁一下子全跑空了，出了两队人马到外面讨生活，一路去向基辅讨口要饭，一路投奔卢甘斯克找活干；再有剩下的竟转回树林和草木丛生的山涧沟谷，径直靠嚼食湿草、泥巴和树皮活命，渐渐沦为野人。有命跑远路的差不多都成了年，没长大的娃子们要么自个儿早早丧了命，要么左近四里八乡要饭去了。更有那奶孩子的娘亲再也给不出一餐饱吸，身子里的奶水所剩无几尽瘪在胸膛焖干了去。

面对这样的情景，谋求改变和寻找出路是必然的内在逻辑，这也是那场"革命"之所以会发生并获得俄国农民普遍期待的欲望动力之一，也即首先是出现了一种"当局"——历史的现实场景下，广大农民不堪重负或难以生存的极端环境，他们于死亡线上挣扎之际迫切需要获得拯救，而"当着地球全天下的面承诺明天就奔向幸福"的"革命"就成了能改变那一"极端环境"的手段和出路。只是，若单纯从"革命的动力"现象出发来解读这部分内容未免有失偏颇，容易忽略作家创作的根本目的——替"未来新世界"的到来作铺垫,也即要与"革命"前的旧历史和旧世界相切割。其实,小说中有关那场"革命"的过程几乎没有描写,革命主题也仅是在这部分篇末借助隐喻方式略略予以了交代:革命不过是引发世人走向或接近"未来新世界"的一种途径,或者说是打开"未来新世界"大门的众多"钥匙"中的一把钥匙。如此来看,"这部长篇小说的第一部分《能人的来历》涉及两个主题,一为人的积极性,二为人类世代所居的世界的内在性"(俄学者达维多娃语)这句评语是很有道理的。所谓"人的积极性"显然是指"革命的积极性"或"革命的动力"问题,而"世界的内在性"则指的是小说所描绘的旧世界破败景象:经济崩溃、生命凋零、心灵麻木、道德沦丧和幸福感迷失等现象,这些现象如同一颗颗巨大的毒瘤顽固地盘踞在俄罗斯大地上,它们的存在与"革命"后努力要开创或迎接的"未来新世界"在内在结构上是那么格格不入,作家之所以把这些旧有的存在元素一一揭示出来,其目的不外乎要警醒"革命"后的现实世界的主导者们,如若不治愈或抹除这些顽疾,"革命"前行的道路就难以通达,"未来新世界"的降临就必定遭遇磨难。而从后面所显示的命运来看,"革命之路"的确因这些元素的存在而发生了偏转,"未来新世界"的雏形最终也幻灭于难产。

再来看小说浓墨重彩地描绘的"另一把钥匙"——用"科技的力量"叩开"未来新世界"大门的可能性问题,"普拉东诺夫在技术中看到了这种可能性,因此在小说的开头就把技术诗化和拟人化了"(达维多娃语)。确切说,是将代表技术的"机器"这一物质存在形态生命化了。

> 大师傅心里明镜似的,机器车子都是有生命的,它们活着飞驰转动并非出于人的安排和操作,而是按自己的想法行事;人在这里什么也不是。

* * *

扎哈尔·巴甫洛维奇心中有个执念一直纠缠不休，时常令他着迷：那些机器无论尺寸大小还是思想深浅都远胜制造它们的工匠师傅，若是这些家伙激动了，兴奋运转起来，此时人身上藏在血液中的力量贸然闯了进去，会不会给那些家伙瞧得上眼。

在作家笔下，甚至可以说在普拉东诺夫所创作的整个艺术世界中，"机器"具有明显的"未来属性"，它仿佛已经与未来取得了某种联系，不仅直接指向了未来，并且似乎不需要作出什么改变就能够"跳入"或"跨进""未来新世界"，甚至，它可能本身就是"未来新世界"叠合向"现实世界"之投影的"先行者"。这一"先行者"的存在使命及其意义在于为"复活祖先的事业"提供必要的手段与方法，并且"机器"在那一"事业"中因其主体性作用和价值的发挥而具备了存在的主体性显征，也就是说"机器"在这样的条件下具有了"生命"意义和特性。因此，在普拉东诺夫的艺术世界中，"机器"这把"钥匙"不仅体现了作家所追求的"物质的存在意义"这一创作理念，而且"机器的生命化"也增添了其作品书写姿态上的"异样感"。

显然，抛开"人的主体性"来谈"机器的主体性"是唯心的也是荒谬的，高明的普拉东诺夫不可能犯下这样的错误。他在其艺术世界中自然而罕见地建立起了二者之间的有机伴随性和固有共生性。

"想我那会儿，车子动起来只一丝杂响听着不对头，那大机器随便一呻吟，我拇指尖尖立马便察觉到了，同样在痛啊，整个人浑身哆嗦，嘴巴子刚一贴上去毛病就找着了，再舔几圈吸几口抹上点鲜血，哪敢瞎着眼睛乱开呀。"

* * *

司机大师傅心里最清楚，倘若工人们丢失了对机器的热爱追求，他们的劳动付出不再出于本能的无私奉献，而是变成单纯的钱物交换，那么这个世界也就走到头了，甚至比走到头还可怕……

在这里，作家就提出了一个"人的主体性"与"机器的主体性"如何相适配的问题，也即他在思考，什么样的人，要具备怎样的情感和心灵，才能与机器相"伴随"和"共生"？这样的人当然首先是对机器有深厚情感，视机器的生命力胜过人的生命力的"旧人"，他们生长于也成熟于"旧世界"，他们对机器的爱是出于他们看见了机器对推动生活和世界运转的可能性，确切说是看见了机器战胜饥荒和贫困的可能性，所以他们才努力工作，意图将这种"可能性"变成一种"现实性"。但他们却受制于"旧世界规则"的束缚，受制于旧有的"生活惯性"，所以当"革命"这驾更加庞然、动力更加强大的"新机器"在打破和摧毁"旧世界"之际，他们那颗对机器向来"赤诚的心灵"能张开的幅度就过于狭窄了，可容纳"革命"这架"机器"的心灵空间也极为有限，"革命"来临时，他们虽则有期盼和寄望，但更多的是徘徊、犹豫和观望。小说这一篇章的主人公扎哈尔·巴甫洛维奇就是这类人的典型。

那么必然还有另一类人，他们的心灵相对于"旧人"来说受"旧世界规则"和"生活惯性"的束缚明显要少得多也轻得多，毕竟他们还在成长过程中，心灵空间更加纯粹和开阔，也更加易于接受新事物，甚至是在积极准备着接受整个世界，包括有可能降临的"未来新世界"。这类人的代表就是萨沙·德瓦诺夫，他身上具备了长出"未来新世界"、蜕变为"新人"的基本属性，至少在心灵结构上的属性是如此。

他觉着光知道还不够，得亲自感受那些事物，体会它们过的日子。……萨沙行事不甘形单影只的寡然：事儿来了，先瞅瞅左近有无类似情形，然后再行动，倒非缘于事情非干不可，而是出于跟某物或某人牵扯上了同命相连的干系。

* * *

德瓦诺夫这小伙17岁上头了心思仍单纯如初，全无一点防备架势：既不信上帝，竖把神仙保佑的盾牌；也不藏什么高明道理，披层生人勿近的铠甲；他硬是舍不得把眼前这方敞敞亮亮的无主世界寄养在别人名下。当然，他同样也不愿意这世界老无名无姓没家归属，一心想它跟自己姓，它嘴里呼唤的永远都是自己，而非那些没安好心凭空捏造的乱七八糟名字。

以上情形表明，作家笔下的"准新人"在心灵品质上至少须具备这样几个特征：一是得有悲天悯人的情怀；二是要足够纯粹，不沾染"旧世界规则"的尘埃，包括信仰上的尘埃；三是当足够宽阔，宽阔得足以容纳下整个世界。只是，光具备这样的心灵还不够，离最终的"蜕变"仍有一段较长距离要走，所以小说这一篇章才"安排"了几处"学习情节"，学习技术，包括"革命的技术"。而这一点，正是我们能够看出"萨沙·德瓦诺夫是一名知识分子－布尔什维克，一名幻想家和献身者"（达维多娃语）的原由，同时也是小说这一部分曾命名为《能人的来历》的原由。只是，仅有"学习"显然也是不够的，长不成完整的"新人"，所以接下来作家才安排了"游历情节"，以便这"新人的胚芽"在增长见闻、认识世界和寻找真理过程中接续成长。

2

小说第二部分以主人公萨沙·德瓦诺夫的"游历"开场，期间兜兜转转见识了俄罗斯大地上"革命"后"新生活"和"新历史"初露端倪的复杂样貌，结识了一批志同道合的"野外布尔什维克"，听闻了形形色色关于"未来新世界"究竟该是什么样子的"臆想和主张",并以要去见证宣称"未来新世界"已经到了的"切文古尔城"作为结束。他这番"游历"明显带有古代神话的传奇色彩,"是传统的徒步旅行式的,像《圣经》里的使徒故事一样的,是一种精神的游历,它永远通向天国,通向上帝的终极理念。"(俄学者恰尔马耶夫语)正是在这一"色彩"的基础上,布罗茨基才提出将整部小说的诗学身份定义为"古典形式的超现实主义"。因此,小说这一篇章值得关注的重点不外乎两个方面,一是围绕"革命的真理"是否必然通达以及何时抵近"未来新世界"这一问题而展开的"寻道"主题,二是基于什么样的人且怀着怎样的心灵在"寻道"而得来的"混杂人"和"边缘人"形象。

那么,小说中方方面面的人物"寻"的这个"道"究竟具有怎样的结构和面貌,答案相当复杂(这一答案不局限于第二部分,还可回溯到第一部分和延伸进第三部分):它是将俄国古老的多神教信念和革命前的宗教哲学思想——万物有灵、永生、不死、复活、尘世天堂、神王国等元素,同革命前后的多种社会变革学说和革命后的迎接或开创"未来新世界"的建设理念——改良主义、庸俗主义、阶级斗争、暴力革命、社会主义和共产主义等元素,相交织并缠绕而得来的一种似是而非、模棱两可的"道",这个"道"真实反映了"人民是按照自己的方式来理解和接受革命的,在精神和心灵上把它视为基督教关于创世的神话"(俄学者玛雷金娜语)这一混乱情形。正因这个"道"显现出来的朦胧性和模糊性,如同最初的"精神献祭仪式"一样的"寻道"行为才引发了小说结尾处的那场"伟大的牺牲"。而在以"寻道"为指向的"精神献祭仪式"过程中,一众寻道者力图将那个"道"所包含的全部结构要素合并为一种可以企及并把握的真理,且把革命当成了实现这一真理的手段,把"未来新世界"与"尘世的天堂"相合一或同时降临当成了到达彼岸后的历史终点和归宿。

那曾经熬过的日子毕竟增长了,它的背影越积越凝重;那一直向前的未来同样也增长了,它的脚步越迈越飘渺,比他年轻时深邃又神秘得多;仿佛他扎哈尔·巴甫洛维奇在从生活的终点日益向后退缩,或者在给自己的未来不断注入希望和信心。

* * *

到扎哈尔·巴甫洛维奇这把年纪没几样事情瞒得了他,行事非十拿九稳不出手,是以暂时把革命拒之门外了。

* * *

亚历山大怎会见气。……不过他相信,革命就是人间的远方尘世的尽头。……这感觉越来越强烈清晰,未来那一崭新世界已耸立他脑海,只是它不可述说,而仅能动手去完成。

* * *

由此德瓦诺夫对眼下的俄罗斯大地可谓心满意足,一场轰轰烈烈的革命将为数不多的丛林密布之地,也即文化泛滥之所,铲除得干干净净,而老百姓经此洗礼又回到从前,变回一片净土,一片未曾耕种过的良田,一片肥沃悠闲的荒地。

上面是父与子两代人在"寻道"途中表现出来的不同的"精神献祭"方式。扎哈尔·巴甫洛维奇似乎更看重"道"的自然成长性,他相信"生活的惯性"必然带来"未来的惯性",所以一直处于观望和静待中,对"革命"那一打破"生活惯性"的突发事件或翻天覆地手段并不怎么热衷,他的精神指向显然还处于游离状态,其心灵位置也徘徊在新旧两个世界的边缘。不过,从小说中的"角色安排"来看,扎哈尔·巴甫洛维奇不属于革命者的行列,算不上为理想而勇于献身、真正又纯粹的"寻道者",顶多属于监督革命动向和进程的"边缘人"。而萨沙·德瓦诺夫则不同,他是典型的行动派和践行者,不仅欢迎革命,并且积极投身革命,他"对想象中的未来有自己明确的极具预见性的伟大构想和设计"(恰尔马耶夫语),看重的是那个"道"先验存在意义上的可能性——"未来新世界"终将抵达的可能性，认定它是一种根本性改变，是抹除一切旧世界存在元素的方法和结果，包括抹除旧文化、种植新文化的方法和结果。从这个层面讲，以萨沙·德瓦诺夫为代表的革命者在"寻道"时，他们的身姿和心灵位置同时居于两个世界——既在对"现实世界"采取行动，包括指引发展和扫除障碍的行动，也在对"未来新世界"进行献祭，包括肉体承受苦难和精神走向崩灭的献祭。因此，他们属于一群兼具"现实人格"和"未来人格"的"混杂人"。

> 德瓦诺夫过得两日才想起自己为哪样活着，还有给派往何处。只是，人的身上还活着一个小小的旁观者，这家伙既不参与任何行为，也不承受种种苦难；他总那么冷漠那么孤单。他唯一职责即是目睹一切并成为见证，不过于人的生活他无权发声不得干涉，也闹不明白那人为何如此寂寞孤独。在人的身上，这处意识之角日日夜夜灯火明亮，如同一大幢楼房里的那间看门人的小居室，始终透着亮光。那看门人白天黑夜都清醒冷静，目光如炬坐在人这幢大楼门前，他熟悉大楼的每位居民，可没哪位居民会跟这看门人商量自己的事情。居民们进进出出，而看门的旁观者只能用目光一一迎来送往。外面有任何风吹草动他都消息闭塞难以察觉，故而有时不免忧伤难过，可却总那么彬彬有礼，那么独自泰然。他在别处楼房有间独属自己的居室；人身上这幢大楼起了火看门人叫来消防就算了事，然后静静蹲守外面漠然观察事情进展。

上段描述是对"混杂人"萨沙·德瓦诺夫具备双重人格最直观的一次呈现。作为整部小说的核心人物群体——"混杂人"群体，德瓦诺夫仅是内中典型代表，其余还有于"寻道"途中跟他产生了交集的"革命者"，诸如相伴了大半个"旅程"的战友科片金，少时玩伴后来成为同志的戈普涅尔，途中偶遇的"革命的独行侠"帕申采夫，以及"终极梦想家"切普尔内伊,等等。这群"混杂人"的总体特征在于,他们亲手砸烂了旧世界并结束了旧历史,打开了可能通向"未来新世界"的大门,于摸索前进中似乎也找到了迎接"未来新世界"轰然降临的途径或道路,但他们内心还不够丰满,心灵相对于未来还远未成熟,还没有足够的准备和信心把自己"培养"或"打造"成"未来新世界"的主人,他们在打开那扇门之后,面对那条暂时看不清也摸不实在的道路还心存疑惑和担忧,害怕一切向前发展的"新事物""新现象"会不会是海市蜃楼般的幻影,忧虑眼前所发生的"生活的转变"迹象是否就是"未来新世界"已然提前到来的征兆。他们是一群"从'远离祖国的黑暗'中走了出来,去迎接新生活的曙光"的"探路者"(俄学者瓦西里耶夫语),是一群"奇怪的、热情的和兴致昂扬的人","他们行动是为了战胜与世隔绝、剥削、自私和人与人之间的'非友善'关系,……为了战胜死亡,为了建立'存在的物质实体'和'友谊的物质实体',……为了开创某种人类的超集体组织形式"(恰尔马耶夫语)。

如果说萨沙·德瓦诺夫这类"混杂人"作为"国家的主要建设者",代表的是那个年代的新一代"寻道者",那么扎哈尔·巴甫洛维奇代表的就是老一辈的"民间思想家"类型,他们是"一种将20世纪的时间、空间和孤儿等元素相互糅合在一起的哲学心理模式"(俄学者科尔尼延科语),这种类型或模式简单来说就是"边缘人"形象。"边缘人"的典型特征在于,他们是一群从旧世界走向"未来新世界"的"圣愚",在"未来新世界"之投影的召唤下,他们曾经麻木的心灵和"死去的生活激情"有了复苏迹象,来到了新旧世界交替的门槛位置,带着些许新奇和向往,也带着不安和忐忑,对现实进程予以紧张观望和甄别,用一种固执的怀旧和置疑心理谨慎观察并审视"未来新世界"向现实世界叠合过程中所发生的一切,包括新行为、新事件、新事物和新观念。当然,他们并没有简单或草率地立即抛弃旧世界而拥抱新世界,他们也还在转变与适应过程中,他们有自己固有的对世界的理解和看法,并且受旧时宗教信仰的影响,执著于对"尘世天堂"的憧憬和追求,他们把这一次的"革命"当作了一个契机,渴望"革命"后的道路能够自然而然地长入象征着"尘世天堂"的"未来新世界",所以他们并不急切,心灵相当理智和稳定。小说中,除扎哈尔·巴甫洛维奇外,村民"上帝"和铁匠索特赫,以及前往切文古尔城考察"未来新世界"据说有了新动向的老人阿列克谢·阿列克谢耶维奇等亦在此列。

3

小说第三篇章,也即最后一部分,以老人阿列克谢·阿列克谢耶维奇前往切文古尔城的故事拉开序幕,并最终以一场突如其来的"终极献祭式毁灭"戛然落幕。不过,通观整部小说,总感觉有一个"朦胧的世界身影"在行动:那被无数人寄望和渴盼的"未来新世界"尤如高悬远方天际的一颗星辰,它在不断投下星辉指引人们前行并向它靠近,而人们却始终难以看清其真貌或捕捉到它路过的痕迹,只能通过大地上反射的模糊剪影来揣测和感知它的存在,而切文古尔城就是它射落地面的最大的一团影子。这团影子仿佛是"现实世界"与"未来新世界"相碰撞的"试验场",这一"试验场"诞生了两个非常独特的"试验品",也即"切文古尔社会"和"切文古尔人"。

詹姆逊在《时间的种子》一书中将"切文古尔社会"指称为一种"农民的乌托邦",他看出,切文古尔式乌托邦试验场的情景与十五世纪亚当主义乌托邦中的情景极具相似性,在这一"试验场"里,农民取得了土地所有权,并经由自发意识和对"未来社会"的理想感知作出了"集体化"生产方式的选择,这是一种内心自由意志的自然表达和热切盼望过上幸福生活的即时选择。然而,从小说具体情景看,詹姆逊的认识只触及"切文古尔社会"的一种表象,即农民与土地关系的表象。而如果说普拉东诺夫的艺术世界含有某种"乌托邦"的话，他所构想和缔造的"乌托邦"与过去的同类也是大为不同的，它是一种先验性的乌托邦，是以一种提前抵达的方式在观照现实，在与现实世界的不相融性所叠合或者遮盖的过程中而显现出其独特性的"未来存在"。这一"乌托邦式的运动"是从未来的角度，确切说从"未来新世界"的角度，从历史长河的深处和远方，让"未来新世界"反过身来拉扯现实世界前进或与之靠近的一种行为。

当然，仅仅囿于"乌托邦"这个话题来解析"切文古尔社会"的实质，来探寻作家创造出这一"试验品"的目的和功效，恐怕就过于狭窄和浅薄了。既然是"试验"，任何试验都得有必要的方法和过程，"切文古尔试验"的方法和过程就是两个世界——"第一性的现实世界"和"第三性的未来新世界"，相互靠近、相互碰撞和叠合的"运动的"方法和过程，确切说是一场"物质的精神化"和"精神的物质化"双向表达的"运动过程"。

> 在切文古尔压根儿就没钱粮收支这档子事情，为此省上还挺高兴，觉得那地方的日子走在了自负盈亏的康庄大道上；而当地居民也乐得只讲幸福，不谈什么劳动不劳动，不在意哪样房子不房子，不操心谁又欠了谁家一屁股债；这些身外之物迟早有一天得全部拿出来，献给人身上那具鲜鲜活活的同志之躯。

这一细节仅是那场"物质的精神化"运动的一个侧面，从小说的诸多现象和情景看，"物质的精神化"运动完整地表现为，人们将"第一性的现实世界"中一切代表剥削和压迫的物质实体，并且是看得见又摸得着的物质实体，予以超度或献祭了，从而虚化出了一片纯净的精神空间，以便迎接"未来新世界"的到来。所以小说中才出现了一场超度或献祭"人、事、物"的"试验"，人们将剥削和压迫的主体"资产阶级及其余孽分子"消灭了，也将剥削和压迫的手段"劳动"取消了，还将剥削和压迫的客体或者劳动的结果"财产"抹除了,甚至将超度或献祭的精神源头——产生剥削和压迫的精神源头——宗教,给架空并虚化了:消灭了"上帝"的信徒,剥夺了"上帝"在人间的"驻地"——教堂,徒留本就虚无飘渺的"神灵体"——"上帝"继续虚化般存在。

"这个嘛,人身上的心灵就是一项本职工作。此项工作的产出则是友谊和同志关系!怎么到你那儿就不算事情了?说来看看!"

* * *

此时间,一城外人各归各屋,要么坐过道上要么待板棚里,各凭自己本事手上不停忙活:一些人削刨木板;另一些人悠然自得意踌躇,织补麻袋子,……每个外人这般劳心劳力不为自个儿捞好处,……渐渐将自己的幸福快活寄托在了别的切文古尔人身上。于是才有了为着别人落好处:缝补袋子以采摘吃食;削刨木板子,想着没准儿什么时候便派上了用场,拼拼凑凑打制出哪样礼物或家什。

* * *

德瓦诺夫坐地上倾听城市方向,已渐渐静了喧嚣。里面的人,谁领了母亲或女儿谁便呆家里甚少出门,跟新添的亲人一起同在一片屋檐下相依为命,为她们辛勤操劳添制不为人知的物品。

以上三个片断是"切文古尔试验场""精神的物质化"运动的局部表现。在这场运动中,人们努力将可能代表"第三性的未来新世界"必然存在的"精神元素"物质化,也就是说人们想要将那看不见也摸不着的"精神",变成一种具体可感知甚至触摸的"物质",这一"物质化"的过程其实就是"心灵的生产或劳动"过程:人们意欲通过外在的"物质化形式",比如"礼物"的形式,将彼此间心灵能生出温暖的"友谊"物质化;又比如借助"女人"的形式,将大家心灵上能收获幸福的"亲情"或"爱情"也物质化。人们将这些"精神元素"物质化的目的,不外乎是想将那同样暂时还看不清也摸不实在的"未来新世界"之投影,转化为某种看得见也摸得着的"实体"存在,以便不断接近或企及,也即想要实实在在拥抱上"未来新世界"。然而,人们的努力终究不过一场徒劳,这一方向的"试验"仅是将"精神元素"的附着体予以了"物质化",而其本体恰恰因为缺乏必要的"物质基础"和"客观条件"——"生活的基础"和"时机的条件",仍旧处于一种虚化状态。

两个方向的"运动"——"物质的精神化"和"精神的物质化"运动,其结果最终都指向了虚妄,从而让这场"试验"甚至连同整个"试验场"都"虚妄化"了,这也是"切文古尔社会"最终灰飞烟灭的原因及结果。但是,肯定又留下了什么,不然作家缔造出"切文古尔社会"这一形象就没有意义。掩卷而思,"切文古尔社会"幻灭之后,那一空空荡荡的"天地间"——"第二性的艺术世界"的"天地间",至少留下了一个巨大的惊叹号,这个"惊叹号"既是一种警醒——警示那个年代的"今人和后来者不可重蹈它的覆辙";也是一笔财富——对那个年代"鲜活的、正在形成和发展的新生活有益的全部财富"(瓦西里耶夫语)。

再来看另一个"试验品"——"切文古尔人"。总体上说,"切文古尔人"是一群由"混杂人"和"外人"组成的集体形象。在这个"集体"中,"混杂人"包括那场"清除运动"后剩下的全部十一名布尔什维克,也包括后来的一批"革命者":科片金、帕申采夫、德瓦诺夫、戈普涅尔和谢尔比诺夫。"混杂人"形象前面已分析过,这里重点谈谈作家倾注大量心血和情感、花费颇为冗长篇幅塑造的"外人"形象。

这个"外人"之所以被确定为"居于范畴之外"的情形,首先他们不是"敌人",不仅不能"清除",反而要予以"招揽";其次他们又并非"革命者",在思想觉悟和生活轨迹上没有与"革命"产生过直接交集,不属于"混杂人";再者,他们抵达切文古尔前,一直在"旧世界"中流浪,不知道有"新世界"存在,没有来到新旧两个世界相交结的"门槛"位置,因此也不属于"边缘人"。他们仿佛就是一群"地球的孤儿",但他们却有其出现或存在的必要,因为他们才是"最初最原始的阶级",是"一群最纯粹的自来人",从这个意义上说,他们正是除"苍白的天空""赤裸的大地"和"一贫如洗的自然界"之外的建设"未来新世界"的"原材料"。

"他们那种人没有父亲的,"普罗科菲跟着解释,"他们居无定所,四海为家到处流浪。"

* * *

"他们就是最纯正的国际无产者,你看嘛,既非俄罗斯人,也非亚美尼亚人,更不是鞑靼人,甚至什么人都不是!"

* * *

只一样特征格外明显,个个都穷苦人,除开一身自发生长的血肉之躯和见谁都陌生疏远外更别无所有;正因如此,这群人走来队伍挤得密密实实,眼睛不离彼此身影,甚少张望切文古尔,张望城边那支党的先锋队伍。

* * *

多亏有普罗科菲相助,切普尔内伊才从理论上不负众望地认识到,劳动人民,他们相对于自由散漫的天地自然来说就是野兽,同时也是未来的主人。

上面所列情形表明,"外人"们之所以能成为建设"未来新世界"的"原材料",是因他们至少具备了三样品质或特征。一是他们身上没有"历史的负累":他们"没有同属一个阶级下来的父亲",也就不存在象征"历史传承"的代际关系,跟"旧世界"的历史扯不上牵连,属于"历史缺场"的"空当期",可以任意长向一段"新历史",包括"未来新世界"的历史。二是他们身上没有"文化的束缚":他们失去了清晰的民族特征,也就没有了代表"文化烙印"的民族性,属于"文化缺场"的"荒芜期",可以长出任何"新文化"的幼苗,尤其是"未来新世界"的幼苗。三是他们身上却有"情感的动能":彼此间因一贫如洗的"赤裸"和相互帮衬着共同"流浪"而挤出了温暖的"友谊",同时在到了切文古尔后又收获了能衍生出幸福滋味的"亲情"——母亲和女儿,他们的心灵就活过来了,情感上渴望过上正常的"新生活",哪怕是"未来新世界"的"新生活"。所以正是这样一群"外人",他们"在切文古尔的生活状态中,开创了一个新时代。如同《圣经》里所描述的那样,这个新时代让我们回到了那个赤裸的大地上、一群同样赤裸的人群中,他们开始去劳作、感知和思考,他们的行为方式表明他们就好像是这个白色世界的第一批人类"(瓦西里耶夫语)。而这样一批可能会生活进"未来新世界"的"最原初的人类"或"未来的主人",同样由于"物质基础"和"客观条件"的缺失,随着"切文古尔社会"的灰飞烟灭而一并殉葬了。

4

"普拉东诺夫的比喻,无可争议的应是其形式的马达。"(恰尔马耶夫语)套用这句话,将其扩大到整个"普拉东诺夫的艺术世界",不难得出"普拉东诺夫的叙述语言,无可争议的应是其艺术形式的马达"这一结论。正如俄国最早的普拉东诺夫研究者舒宾所指出的那样,"作家20年代中期的小说创作就是对新的艺术形式的探讨,他希望借此能够在矛盾中捕捉到生命及其生活。然而,那些他最为关心的问题却是要通过革命史诗的形式才能得到解决或找到答案。作家花了几年时间来创作长篇巨著《切文古尔》,就如同在抽丝剥茧一样层层推进,……它显然是普拉东诺夫风格形成的重要阶段。"其实,纵观"普拉东诺夫的艺术世界",这部长篇小说不仅是"普拉东诺夫风格"形成的重要阶段,甚至堪称其风格的集大成者和最为突出的代表,超过了后来的《基坑》和《初生海》这两个中篇体量的"故事"在艺术形式上的美学价值。(布罗茨基曾说过,"20世纪俄国文学没有创造什么特别的东西,除了安德烈·普拉东诺夫写的一部小说和两个故事",这"一部小说"指的应当就是《人墟——切文古尔》,而"两个故事"则该是指《基坑》和《初生海》。)

关于"普拉东诺夫风格",确切说普氏的"反文学语言风格"或"质变的语言"(布罗茨基的定义),在上一本书《美好而粗暴的世界》序言部分已说得很清楚了,就不再进行整体性赘述。本文的任务可以简单一些,只初步分析在普氏别的作品中较少见到(或难以集中感受到)的两种语言手段,一是"抒情性讽刺",二是"一语双关性"。这二者其实是普氏风格中叙述语言具有"离奇的混成性、杂糅性和粘连性"特征的具象化显现。

1929年,普拉东诺夫曾给高尔基去过一封信,请他帮忙出版这部小说,高尔基回信中直言不讳地指出了小说风格上的"不合时宜性",恰恰也是这部小说叙述语言上的独特性——具备"抒情性讽刺"色彩,"不论您愿意不愿意——您对现实的描述带有抒情讽刺色彩,这自然是我国书刊检查机关所不允许的"(《高尔基给安·普拉东诺夫的四封信》,谭得伶译)。这个"抒情性讽刺",简而言之就是叙述进程中语言发生了扭曲和戏剧化,在结构上显得有些生硬或跳跃,内容上较为含混或诡奇,形成了一种略带贬抑语气的讽刺格调。

> 普罗科菲的道理还没摆完,再谈共产主义,更又展开几句:共产主义总而言之言而总之最终会全面到来的,所以最好赶在它大驾光临前稍微提早一步,先把它组织出一个样貌来,免得到时候徒增烦恼痛苦……

"这可你说的，共产主义最终才会到来！"雅科夫·季特奇开始较真儿，慢悠悠地扯出一串说法。"那么，它来的时候是在最短的那个点上，那里离最终的终点最近，那里就是最短的所在！那么，这整个日子中最长的那一段距离过来过去都没共产主义的影子啰，既然如此，到时咱们干吗还要全心全意地再盼它来呢？我看呀，要把这日子活够最好活在错误里，反正错误的时间要长得多嘛，而真理只占那么一小截儿不是！你呀你不拿人当人看哟！"

* * *

"老人家，你讲的完全可以接受，"切普尔内伊想清楚了。"既如此，普罗什，你这样表达：无产阶级及其队伍中的外人自己会操心自己，并在此基础上建起了整个人间世界，所以，你还可添一句，操心这操心者的祖宗是可耻的，是在侮辱人；并且，切文古尔这边没有脑瓜子最最聪明的家伙，连候补的都没有。这么回复，咋样，老人家？"

"这样嘛，或许可以接受。"老人觉得大差不差。

"书呆子给木匠造房子是立不起来的。"热耶夫表了态。

"放牛的，啥时候该喝奶他自个儿肚子里清楚着呢。"基列伊替自己说了句话。

"在你把人干掉之前，他硬是就活不明白，糊涂得很。"皮尤夏也亮明立场。

仔细品味这两个例子不难体会，普拉东诺夫的语言在逻辑上出现了突然拔高或节奏上陡然减缓的趋势。"拔高趋势"的征兆在于，语句在平顺的叙述逻辑中，一些看似平凡而又普通的事件要素，突然表现出某种根本性、起源性或本真性的直指形而上存在样态的特质或规律，从而给人一种对事物的认知突然就被拔高到接近真相甚至真理的高度，获得了某种恍然大悟或醍醐灌顶式的阅读审美感受。而"减缓趋势"的迹象表现为，语句在正常的抒情节奏上，一些正在展开和表达的情节陡然出现了偏转或滑落，产生了一种停滞现象，仿佛要让情节和事件稍得喘息以便短暂思考，以便替抒情的形式及其内容赢得足够时间延展和传递。正因为这种突然向上或陡然向下的书写姿态的存在，让语义发生了挤压或分裂，致使抒情表达出现了某种看似有些怪异的荒诞，进而实现了讽刺。不过，无论是"突然拔高"还是"陡然减缓"，"抒情性讽刺"手段并没有影响整体叙述进程，反而增加了小说话语的阅读时长和审美厚度，同时也使故事的价值和意义得到了充分挖掘及展现，取得了既凹凸不平又相得益彰的艺术效果。

而从艺术效果或审美体验上讲，普氏叙述话语的"一语双关性"无疑是其艺术世界具备"叠合性"特征最直观最有力的证明。它真正反映了作家意欲将"第一性的现实世界"和"第三性的未来新世界"糅合在一起进行表达的艰辛努力，首先就是"语言上的努力"，"在作家的作品中，那无数世纪以来由人民智慧凝结而成的语言、精神、制度和言语逻辑形式，第一次遭遇了科学社会主义的语言、精神、制度和言语逻辑形式"（瓦西里耶夫语）。准确来说，在"一语双关性"的表达手段中，作家是将"第一性的现实世界"的日常话语——当时俄国的民间话语，跟"第三性的未来新世界"的日常话语——未来理想社会的理论言说，自然而纯朴、紧张又粗暴地粘连在了一起，结果就导致语言发生了"质变"，"语法"成了"第一个受害者"，"语言在无法跟得上思想的情况下，便开始在虚拟语气中喘气，并开始在引力作用下被吸向对一种有点儿不受时间限制的名称进行各种描述和建构"（布罗茨基语）。

"那你跟他们讲没，如今那世界末日是在与革命前进的步伐背道而驰，处于反革命的方向？"切普尔内伊质问主席。

* * *

"在共产主义即将来临的平安夜,光我一个人守候也太孤独可怕了!"

* * *

"你们呀,一旦在这里生儿育女就会养出一帮小资产阶级来。"

"既然是小号儿的,那你怕它个什么劲儿!"雅科夫·季特奇隐隐惊讶奇怪。"小号儿的嘛,弄不了多大事儿的。"

* * *

"公有是可怕的,却又无与伦比温顺;也就是说,公牛是可怕的,却又如母羊般温顺。"

从上面四个例子来看,普氏的"一语双关性"明显又分为两大倾向或表征:一是同一语句分说两个世界的事情(包括人、事件或事物),比如前两例中的"世界末日"和"平安夜"属于宗教事件,是来自"第一性的现实世界"中的事件,而"革命前进的步伐""反革命"和"共产主义"则属于"那场革命"理论上所描述的"事件",是"第三性的未来新世界"之投影中的"事件",却在同一语句中硬性地黏合在了一起;二是利用语词语义指涉的含混性分说两个对象,类似文字游戏(与修辞上的"双关"手法相同),比如后两例中,"小资产阶级"和"公有"本属于专门术语范畴,算是"第三性的未来世界"之理论言说中的对象,却借助语词语义指向的模糊性或相似性被戏谑化为"小号儿的"东西和"公牛"这两个事物,从而回落到了"第一性的现实世界"之"民间话语"领域。这样的"一语双关性"表达,诚如布罗茨基所发现的那样,"每一个句子"都在"把语言赶入语义学的绝路,或更确切地说,揭示了对那绝路的癖好,它是语言本身的死胡同心态"。而正是这条"绝路"或"死胡同",让叙述语言以其令人惊叹的哲理性、致人疑惑的错位性和叫人心悸甚至羞愧的粗暴性,打破甚至粉碎了传统的文学书写方式和样态,使得语言仿佛不再成其为思想和内容的载体，而是语言本身，或者说语词或语句的意义拉伸、结构张力和音域冲击等内在因子，成为了主要的审美内容和对象，成为了文本最耀眼和最具意义价值的构成元素，成为了其艺术世界的主角或核心，就像某些诗歌那样。

5

布罗茨基曾断言普拉东诺夫的作品是不可译的，并将这样的遗憾归咎于"这里的过失在于普拉东诺夫本人，或者更准确地说，在于他的语言在风格上的极端性"。若真按照他的这个判定来办，普拉东诺夫就真成"地球的孤儿"了。于是，甭管有多么艰难和辛苦，面对这样一部迷人的艺术杰作，既然喜欢上了，很难有人不动心去尝试翻译，以便让更多读者认识这部小说，从而亲近普拉东诺夫，所以才有了本文开篇所提到的英、法、意大利语译本，并有了1997年漓江出版社出的古杨翻译的中译本《切文古尔镇》。古杨先生的译本对译者的助益是毋庸置疑的，但此次这一译本毕竟是后来者，就有了补充完善和重新处理的机会。"补充完善"的地方主要在于对之前译本中错过的第一部分——即《能人的来历》部分，进行了增补，对后面的译文个别漏译的地方予以了补充，比如上一节最后的那个例句，原译本漏译了"公有是可怕的，却又无与伦比温顺"这半句；"重新处理"的手段则表现在对原著整体"调性"的把握上，也即在翻译过程中注重了"整体调性的传导"（翻译家、学者刘文飞的概念）。

"调性"一词本是音乐学上的一个术语，指调的主音和调式类别的总称，是音乐文本在审美内容和艺术形式上的"风格化"概括。而在文学领域，如果说"风格"一词更侧重指向文本的美学形式的话，那么换用"调性"来表达，便有了一个同时可以指涉内容和形式的说法。因此，文学文本的"调性"也理当从一分为二的角度来把握，既要把握内容上前后语义相关联甚至贯通所形成的"语境调性"，也当把握形式中遣词造句的选择或安排上所显化的"文法调性",并且阅读理解包括翻译过程中二者还须同时兼顾。

那么"调性"在翻译过程中到底如何整体把握和传导?译者认为,翻译是一个不断跟原文作者展开对话和博弈的过程,既要关切原文作者在创作时的"生产过程",这一"过程"可以简单用下面的示意图表示:

故事生发世界→作者想象世界→读者经验世界→文本艺术世界

还要考虑译者进行翻译创作时的"生产过程",这一"过程"也可以用一个简明的示意图表示:

文本艺术世界→作者想象世界→原文读者经验世界→译文读者经验世界→译者想象世界→译本艺术世界

前一"过程"即是把握原作"调性"的过程,后一"过程"则是"传导调性"甚至形成"译作调性"的过程。在此基础上,今次这个译本和之前的译本相比,在"调性的传导"和"译作调性"上便有了很大的不同。

比如在小说名称的翻译上,之前的译本译为"切文古尔镇",是一种以音译为主的译法,而今次译为"人墟——切文古尔",则属于同时兼顾"调性"和音译相结合的处理方法。"Чевенгур"这个俄语词是作家生造的,它由两部分构成,"чевен(切文)"是俄语"чево"一词的变体,其中一个意思是"穿得破破烂烂的人",而"гур(古尔)"一词则既有"咆哮、怒吼、喧嚣"之义,也有"坟墓"的意思。恰如前文所述,"切文古尔人"的主体之一就是那群穿得破破烂烂的"外人",且"切文古尔社会"包括整个城市最终在一场"屠杀"中给埋葬了,沦为一片"废墟"甚至"坟场";同时,汉语"墟"字既指"原来有许多人家聚居而现在已经荒废了的地方",又有"坟墓"这一义项。因此上,基于考虑这部小说的"整体调性",译者确立了今次的译法。

再比如下面两个例子。

今译:

　　亚历山大·德瓦诺夫去往的那座城市,新霍皮奥尔斯克市,此前握在哥萨克人手中,不过,涅赫沃拉伊科师长的队伍出了手妙招便将那伙人撵跑了。该城四面旱地,只一条水路沿河而下,两侧沼泽淤积不便通行,哥萨克人对此就没太在意,疏了戒备。然则,涅赫沃拉伊科师长备了些草鞋给部队马脚套上,方便穿行沼泽水洼,于一月黑风高夜发动袭击拿下了城市;哥萨克人被赶进一处泥泞河谷,出口外沼泽茫茫,坐骑光脚赤蹄实难踏行,因而受困好长一阵不得脱身。

旧译:

　　亚历山大·德瓦诺夫动身前往的新霍漂尔斯克城曾被哥萨克占领过,不过涅赫沃赖科老师的队伍又巧妙地把他们赶了出去。新霍漂尔斯克城的周围全是旱地,唯有通向河流的一段地方沼泽密布。哥萨克认为此处无法通行,放松了警惕,而涅赫沃赖科老师却给队里的马匹全都穿上了树皮"鞋"以防止下沉,在一个人不知鬼不觉的夜里夺回了该城,还把哥萨克逼进了到处是沼泽的谷地。哥萨克在那儿滞留了很久,因为他们的马全都光着蹄子。

* * *

今译:

　　"我去带回来,这回不要钱。"普罗科菲答应下,径直动身找寻德瓦诺夫去了。

旧译：

"就怕是白费劲。"普罗科菲答应下来便寻找德瓦诺夫去了。

第一个例子属于旧译开篇的一段，从内容看今译与之差别不大，但遣词造句的"文法调性"却略有不同，今译侧重于关注普拉东诺夫书写上的"抒情性"，"遣词"力求精准而别致，"造句"则注重汉语文学表达上的"简洁性"，"做了尽量简洁化的句法处理"（刘文飞语）。

第二个例子是整部小说的结尾，今译和旧译的差别就更为明显。原因正在于对原著"语境调性"的把握不同。小说进行到这里，"切文古尔社会"毁灭了，主人公萨沙·德瓦诺夫也投湖自尽了（除了那匹马，尚无人知道这一事实），只留下一向贪财的普罗科菲守着一座空城哭泣，而萨沙的养父扎哈尔·巴甫洛维奇却找了来，打算再出一个卢布，让普罗科菲像小时候那样去把萨沙带回来（小说第一部分的情节）。回顾整篇小说在内容上的联系，"带回来"这一表达是贯穿"语境"的重点，并且原文中作家也明确使用了这个词；另外，这一句中所使用的俄语词"даром"虽有"白费、徒然、枉然"之义，但也有"不花钱地、免费地、白白地"的意思，考虑到普罗科菲最后的"哭泣"暗含"人去城空"的悔意，他再贪财恐怕也难真正做到用"一个卢布"去交换"一位同志"，因此他甘愿"不要钱"也要把"那位同志""带回来"。而这一点也是小说结尾处的语义逻辑所指向的"语境调性"（其实普拉东诺夫的结尾还要更复杂些，包含了一个隐喻，寄寓了对"未来新世界"的主人——"新人"终将回来的期盼）。

或许，任何能参与跨时代对话的经典名著，其翻译都是一趟没有"终点"的"旅程"，也就是说，因时（时代和世道）因人（译者和读者）的不同，始终在远方有一部"未来的译作"存在。此次《人墟》的这一段"翻译之旅"必定有许多疏漏和难如人意的地方，在敬请各位方家和读者批评指正之余，译者也期待下一段"旅程"（别人的或自己的）能够更精彩更迷人！

淡修安

2024 年春于重庆

А. Платонов
Чевенгур

图书在版编目（CIP）数据

人墟：切文古尔／（苏）普拉东诺夫著；淡修安译．
上海：上海译文出版社，2025．4． -- ISBN 978-7-5327-9707-3

Ⅰ．I512.45

中国国家版本馆 CIP 数据核字第 20256CG754 号

人墟——切文古尔
[苏联] 普拉东诺夫　著　淡修安　译
责任编辑／刘　晨　装帧设计／周伟伟

上海译文出版社有限公司出版、发行
网址：www.yiwen.com.cn
201101　上海市闵行区号景路 159 弄 B 座
江阴市机关印刷服务有限公司印刷

开本 889×1194　1/32　印张 16.25　插页 5　字数 369,000
2025 年 4 月第 1 版　2025 年 4 月第 1 次印刷
印数：0,001—6,000 册

ISBN 978-7-5327-9707-3
定价：78.00 元

本书中文简体字专有出版权归本社独家所有，未经本社同意不得转载、摘编或复制
如有质量问题，请与承印厂质量科联系：T：0510-86688678